天官赐福，百无禁忌！

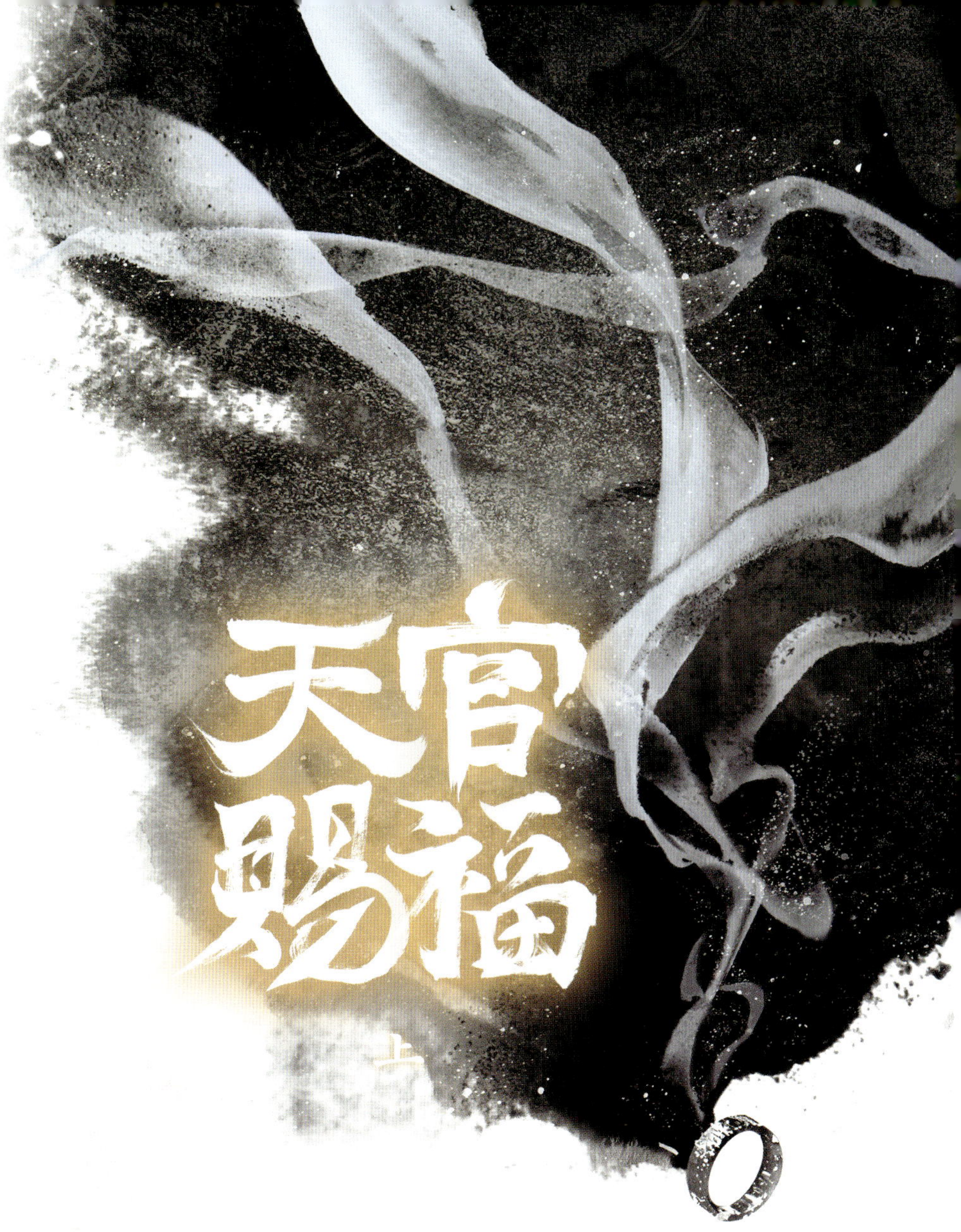

天官赐福

上

墨香铜臭

著

廣東旅游出版社
GUANGDONG TRAVEL & TOURISM PRESS
悦读书·悦旅行·悦享人生
中国·广州

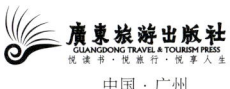

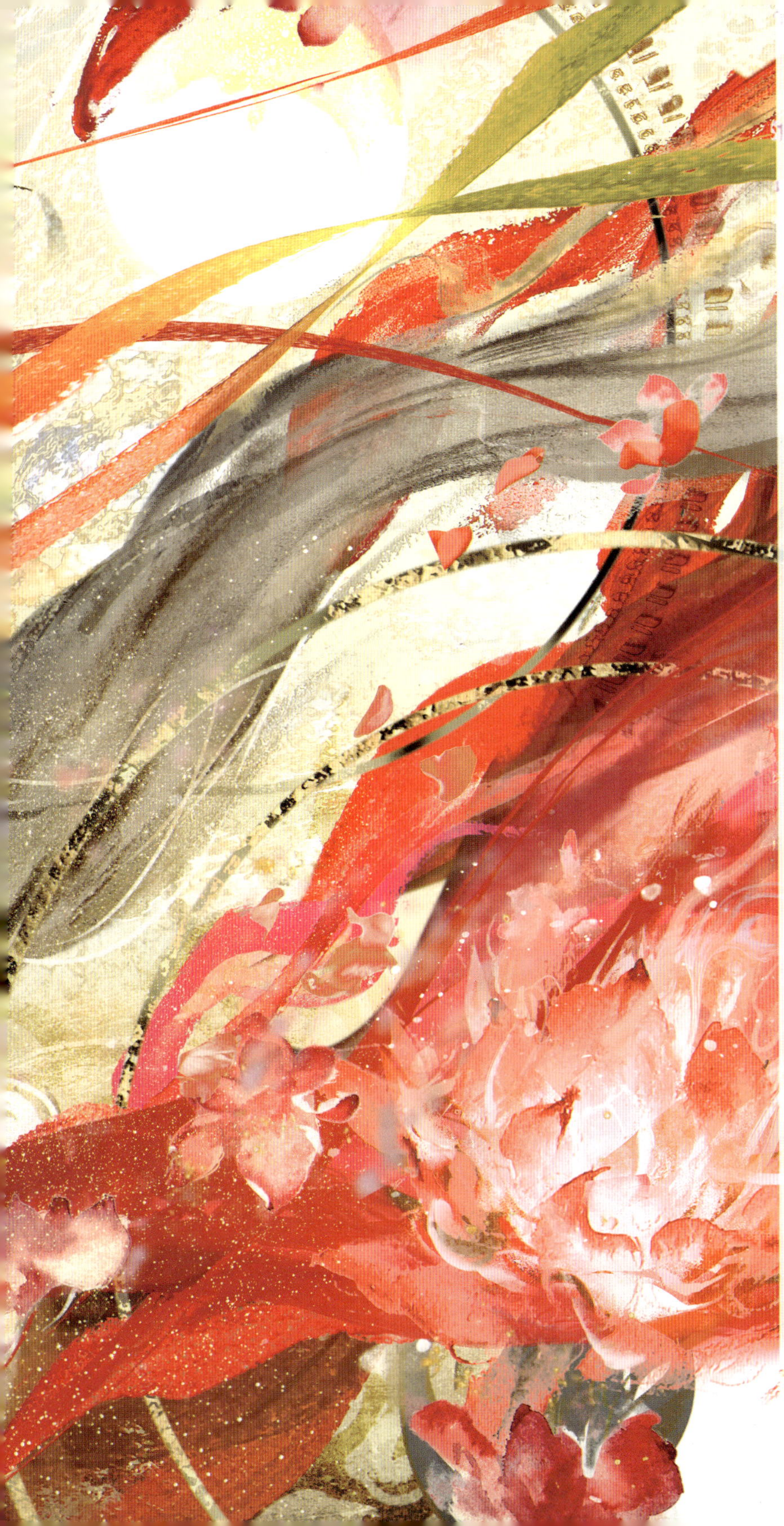

『我珍重之人，是个勇敢的金枝玉叶的贵人。他救过我的命，我从很小的时候就仰望着他。』

天官赐福

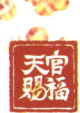

『对一些人来说，某人存在于这世上，本身就是希望。』

「如果不知道要怎样活下去，那就为了我而活下去吧。」

「在我心中，你是神！你是唯一的神，你是真正的神！我永远也不会忘了你的！」

身在无间，心在桃源。

目录

第一卷

❖ 血雨探花

第一章 神武道惊鸿一瞥，一念桥逢魔遇仙 /002/

第二章 破烂仙人三登仙京 /006/

第三章 鬼娶亲太子上花轿 /012/

第四章 衣红胜枫肤白若雪 /051/

第五章 妖气横生魅态横颜 /081/

第六章 缩地千里风沙迷行 /096/

第七章 执红伞心荡护花铃 /121/

第八章 菩荠观夜话聚散缘 /146/

第九章 入鬼市太子逢鬼王 /158/

第十章 隔红云赏花心堪怜 /180/

第十一章 一赌生死五问芳心 /196/

第十二章 极乐坊见君赴极乐 /213/

第十三章 夜探鬼府妖图斗法 ⋮ /226/

第十四章 神武殿太子见太子 ⋮ /242/

第十五章 玲珑骰只为一人安 ⋮ /254/

第十六章 无名道杯水问二人 ⋮ /268/

第十七章 芳心剑血洗鎏金宴 ⋮ /283/

  太子悦神

第一章 神武大街惊鸿一瞥 ⋮ /308/

第二章 世中逢尔雨中逢花 ⋮ /336/

第三章 温柔乡苦欲守金身 ⋮ /355/

第四章 永志不忘永志不忘 ⋮ /376/

第一卷

血雨探花

神武道惊鸿一瞥，
一念桥逢魔遇仙

这满天神佛里，有一位著名的三界笑柄。

相传八百年前，中原之地有一古国，名叫仙乐国。国有四宝：美人如云，彩乐华章，黄金珠宝，以及一位大名鼎鼎的太子殿下。

这位太子殿下，是一位奇男子。

虽然人人都将他视为掌上明珠，爱若珍宝，但对于俗世的王权富贵，太子完全没有兴趣。

他有兴趣的，用他常说的一句话讲，就是——

"我要拯救苍生！"

太子少时一心修行，有两个广为人知的小故事。

第一个故事，叫作《神武道惊鸿一瞥》。

太子十七岁那一年，仙乐国举行了一场"上元祭天游"。

上元佳节，神武大街。

王公贵族高楼谈笑，皇家武士披甲开道，少女的纤纤素手撒落漫天花雨，金车中传出悠扬的乐声，在人山人海和整座皇城上空飘荡。仪仗队的最后，十六匹金辔白马并行拉动着一座华台，载着万众瞩目的悦神武者登场。

悦神武者身着华服，手持宝剑，戴一张黄金面具，扮演伏魔降妖的千年第一武神——神武大帝君吾。

"悦神"乃是至高无上的荣耀，因此，武者的挑选标准极为严格。这一年被选中的，就是太子殿下。举国上下都相信，他一定会完成一场有史以来最精彩的悦神武。

可那一天，却发生了一个意外。

在仪仗队绕城的第三圈时，经过了一座城楼。当时，华台上的武神正要将妖魔一剑击杀。

这是最激动人心的一幕，大街两侧人声鼎沸，城墙上方人潮汹涌，人们争先恐后，挣扎着，推搡着。

这时，一名小儿从城楼上掉了下来。

尖叫连天。正当人们以为这名小儿即将血溅神武大街时，太子微微扬首，纵身一跃，接住了他。

人们只来得及看见一道飞鸟般的白影逆空而上，太子便已抱着那名小儿安然落地。黄金面具坠落，露出了面具后那张年轻俊美的脸庞。

万众欢呼。

百姓是兴高采烈了，可国师和大臣们就头疼了。

华台绕皇城游行的每一圈，都象征着为国家祈求了一年的国泰民安，如今断在了第三圈，那岂不是说你这国家只剩三年的命？

太不祥了！

于是，国师和大臣们请来太子，委婉地表示，殿下您能不能面壁一个月以示悔过？不用真的面壁，只要意思一下就可以了。

太子微笑道："不要。"

他说："救人又不是什么坏事。上天怎么会因为我做了对的事情而降罪于我？"

不怕一万，就怕万一。万一上天就降罪了呢？

"那么上天就错了，对的为什么要向错的道歉？"

这位太子殿下就是这样一个人。他从没遇到过他做不到的事，也从未遇到过不爱他的人。他是人间正道，他是世界中心。

所以，虽然国师心里很痛苦："你懂什么！"

但也没办法。反正说再多，殿下也不会听的。

第二个故事，叫作《一念桥逢魔遇仙》。

传说，黄河之南有一座桥，名为"一念桥"，有一只鬼魂在这座桥上徘徊多年。

这只鬼魂十分可怖：身穿残甲，脚踏业火，遍身鲜血和刀枪利箭，每走一步就在身后留下血与火的足迹。每隔数年，它便会在夜里忽然现身，游荡在桥头，拦住行人问三个问题——

"此间何地？"

"此身何人？"

"为之奈何？"

行人如果答得不对，就会被鬼魂一口吞噬。谁也不知道正确的答案是什么，所以数年下来，这只鬼魂已经吃掉了无数行人。

太子十七，云游途中听说此事，找到了一念桥，夜夜守在桥头，终于，在一夜遇到了作祟的鬼魂。

那鬼魂现身，果然如传闻中一般阴森。它开口问了太子第一个问题，太子笑答："此间人间。"

鬼魂却道："此间无间！"

错了。于是，双方便亮了兵器，开打。

太子身手绝伦，那鬼魂更是悍勇骇人。一人一鬼在桥上斗得天昏地暗、日月翻转，最后，鬼魂终于败下阵来。

鬼魂消失后，太子在桥头种下一棵花树。一名白衣道人路过，见他在此撒下一抔黄土为鬼魂送行，问："此意何解？"

太子答："身在无间，心在桃源。"

道人听了，微微一笑，化为神人，踏祥云，挽长风，乘天光而去。太子这才知道，竟是恰好遇上了亲身下凡来伏魔降妖的神武大帝。

满天神佛在上元祭天游那一跃时便留意到了这名悦神武者，一念桥一见后，问帝君："您看这位太子殿下如何？"

帝君也答了八个字："此子将来，不可限量。"

当晚，天生异象，风雨大作。在电闪雷鸣之中，太子殿下飞升了。

这位太子殿下，无疑是上天的宠儿。

他本就是民心所向，飞升后各地大力兴修宫观庙宇，开窟立像，万民朝奉。仙乐宫太子殿在短短几年之内风光无两，鼎盛一时。

——直到三年之后，天下大乱。一场瘟疫席卷人间，仙乐国灭。

人们终于发现了一件事。

原来，他们奉为天神的太子，根本没有他们想象中那么完美强大。

失去家园和家人的百姓愤怒地推倒了神像，烧毁了神殿。火光连天，烧了七天七夜，所有曾经的荣光都化作了灰烬。

太子殿下，也被封禁法力，打落人间。

他从小就在万千娇宠中长大，从未受过人间疾苦。这个惩罚，让他从云端掉进了烂泥地，让他痛苦万分。

可太子殿下并未放弃，而是继续修行，渴望重登天界。未过许多年，某日，天空一声巨响。他第二次飞升了。

可这次，他只飞升了一炷香，就又被神武大帝打了下去。

被贬一次，已是奇耻大辱；被贬两次，不可能有人再爬起来。

所有人都说，太子殿下眼见是已经废了。有时他街头卖艺，吹拉弹唱样样精通，连胸口碎大石都不在话下；有时他则勤勤恳恳收破烂，为一文钱死皮赖脸不要尊严。

由于太过奇葩，被围观数年之后，这位太子殿下，终于变成了公认的三界笑柄，以至于如今要是对谁说"你生个儿子是仙乐太子"，会被认为比咒骂对方断子绝孙更加恶毒。

人们爱凡人登天，更爱天神坠地。

笑过以后，只有多情人还会为他叹息：当初的那个天之骄子，真的已经不在了。

神像倒塌，故国覆灭，一个信徒都没有，渐渐被世人遗忘。谁也不知道他流浪到哪里去了。谁也不关心。

直到又过了许多年，某日，天空一声巨响。

天界震动，电闪雷鸣中奔走相问：这是哪位新贵飞升了？好大的阵仗啊！

等到把来人一看，整座仙京都仿佛被一道苍雷劈了。

你有完没完！

那位著名奇葩、三界笑柄，传说中的太子殿下，他他他——他又飞升了！

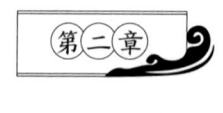

破烂仙人三登仙京

"太子殿下，恭喜你了。"

谢怜抬头，未语先笑，道："谢谢。已经几百年没人对我说过这句话了。不过，具体我是哪里值得恭喜呢？"

灵文真君道："您摘得了第一名。本甲子'最期望将其贬下凡间的神官'榜第一名。"

谢怜一怔，旋即恢复微笑，道："不管怎么说，总归是个第一名。"

灵文道："本榜第一，可以得到一百功德。"

凡人的每一份香火与供奉被称为"功德"，在天界便如俗世流通的金银。谢怜立刻发自内心地道："下次如果还有这样的榜，请一定再捎上我！顺便一问，第二名又是谁？"

灵文道："没有第二名。您一骑绝尘。"

"这……也算众望所归？那上一甲子的第一名是谁？"

"也没有。因为这个榜是从今年，准确地说，是从今天才开始设的。"

谢怜眨眨眼："咦，这么说，这不会是专门为我设的一个榜吧？"

灵文道："你可知为何你会夺魁？"

"为何？"

"请看那个钟。"

灵文抬手指去，谢怜极目望去，只见一片白玉宫观仙气缭绕。但他看了半天，问："哪里有钟？没看到啊。"

灵文道："没看到就对了。本来那里是有个钟的，但是你飞升的时候把它震掉了。"

"……"

灵文语重心长："那钟是个好热闹的性子，但凡有人飞升，它都会鸣几下来捧场。你飞升那日，不知怎的震得它疯了一般狂响，最后它自己从钟楼上掉下来这才消停。掉下来还砸着了一位路过的武神。"

谢怜道："可能它也没见过飞升三次的……现在好了吗？"

"没好，还在修。"

"我说的是被砸到的那位武神。"

灵文道："他当场反手就把钟劈成了两半。再来，请看那边那座金殿。看到了吗？"

她又指，谢怜又望，望到一片云气中的金顶，松了口气："这次看到了。"

灵文道："看到了才不对。那里本来什么都没有。"

"……"

"你飞升那日，好些金殿都给你震塌了，我们只好临时搭几座新的凑合。你没发现它们看起来很简陋吗？"

谢怜叹了口气，笑道："我明白了。请问，我该如何挽救这个局面？"

"好说。"灵文不知从哪摸出一把算盘噼里啪啦打了一阵，给他看，"八百八十八万功德。"

谢怜抚额。

八百八十八万功德？若是八百年前，他挥出去眼睛都不带眨一下的。但今非昔比，二度贬谪，他在凡间的宫观早就烧得一间不剩，没有信徒就没有法力，没有香火供奉，自然也一文不名！

灵文拍他肩膀："太子殿下不必绝望。你刚回来，先进入上天庭的通灵阵和诸位仙僚打个招呼吧。正所谓，车到山前必有路。"

谢怜苦笑道："只怕我是，船到桥头自然沉！"

从灵文殿出来，谢怜在仙京大街边随便找了个地儿一蹲，二指并拢轻抵太阳穴，神识连入了上天庭的通灵阵。

所谓通灵阵，是可令多个神识即时传音通信的一种法阵。上天庭中，可谓帝王将相遍地走，英雄豪杰如水流。什么国主公主皇子将军在仙京根本不稀罕。谁还不是天选之子怎么了？诸神在位，便以通灵术互通音信。谢怜第一次飞升时由于太过激动，把阵里每一位神官都抓来打了招呼，将自己从头到脚详细地介绍了一遍，现在自然不会了，安静就好。但很快便有人注意到新人加入。一个轻轻的声音道："太子殿下？"

这天界，竟还有神愿意搭理他！

谢怜由衷地感到高兴，道："是我。大家好，我又回来了！"

话音未落，那声音便打断了他："太子殿下开什么玩笑？你回来了，各位仙僚如何还能好得起来？"

一句话打得谢怜愣住了。好在灵文立刻私下传音提示谢怜。她只说了一个字："钟。"

谢怜瞬间明白了。原来，这就是那位被钟砸了的武神，是他的苦主！

那也难怪人家阴阳怪气了，要道歉！可道歉总不能连人家名字都不知道，谢怜忙问："请问阁下怎么称呼？"

谁知此言一出，对面沉默了。而此刻灵识在阵的神官们，则全都竖起了耳朵。

那边灵文又悄悄给他传音："殿下，虽然我觉得你应该不会没认出来，但我还是想提醒你：那是慕情。"

谢怜大惊，传音回去："谁？你说这是谁？这是慕情啊？"

慕情乃是坐镇西南方的武神，法号"玄真"，坐拥数千宫观，香火繁盛。而在八百年前，他曾是仙乐宫太子殿座下的一名侍神。

——也就是给谢怜打杂的。

灵文也惊了："你不会真的没认出来吧。"

谢怜辩解道："真的。他以前跟我说话又不是这个样子的，可柔弱了。而且上次我跟他见面是什么时候我已经完全记不清了，我连他长什么样都快不记得了，怎么可能还听得出他的声音。"

要说他们也是比较尴尬。当年谢怜贵为仙乐国太子，修行于皇极观。皇极观乃是仙乐国的皇家道场，择徒严苛。慕情贫民出身，又是罪人之子，根本没资格入观修行，故一开始只能做给太子殿下打扫道房、端茶送水的小道童。谢怜看他刻苦努力，请求国师破例收他为徒，太子殿下金口玉言，慕情这才得以拜师一同修行。谢怜飞升后，把他也一起带到了上天庭。

但谢怜被贬下凡间后，慕情并没有追随于他，而是自己找了个洞天福地发奋苦修，不出几年，渡了天劫，也飞升了。

慕情一声不吭。灵文道："他很生气。"

谢怜揉了揉眉心，道："我想，他可能觉得我是故意用钟砸他的吧……"

这时，又一个声音怒道："哪个狗东西拆了我的金殿，滚出来！"

谢怜被吼得头皮一炸。慕情却终于开口了。他笑了两声，那声音里的怒火立即向他爆发："你笑什么？你拆的？！"

慕情淡淡地道："我笑你张口就骂。拆你金殿的人现在就在通灵阵里，你自己问是谁吧。"

谢怜干咳一声，道："是我。对不起。"

他一出声，后来的这位也沉默了。

耳边，灵文又传音来了："殿下，那是风信。"

谢怜道："他我认出来了。"

灵文道："不要介意，他说'狗东西'，不是在骂你。"

谢怜道："知道。他就这样。"

风信乃是坐镇东南方的武神，法号"南阳"，极受民间百姓喜爱。而他在八百年前，也是仙乐宫太子殿座下一名侍神。他为人忠心耿耿，从谢怜十四岁时起便是太子的侍卫，随太子一齐长大，一齐登天，一齐被贬，一齐流放。可惜，却没一齐熬过这八百年。

怎会刚好是这两人？怎么看怎么像是他在蓄意报复昔年抛弃自己的下属啊！话说回来，昔年的金枝玉叶沦为三界笑柄，两名仆从却都爬到了他头上——这究竟是人生何处不相逢，还是不如自挂东南枝？

好在谢怜此人脸皮甚厚，毕竟他这八百年什么都不多，脸一定丢得多。他诚挚地道："这次回来烦扰大家，对不住了，各位的损失我会全力补救，请给我一点时间。"

慕情哼道："那您好好想想怎么凑齐八百八十八万功德吧，相信也难不倒神通广大的太子殿下。"

上哪里去弄八百八十八万功德还债？

谢怜只好又去灵文殿找灵文："最近有凡人向仙京祈福许愿吗？只要可以取功德，什么样的祈福我都可以接。或者仙京缺扫大街的吗？扫大街我也可以的，我扫大街很干净的。"

灵文道："不至于如此的殿下……你先把扫帚放下。说到祈福，刚好帝君有事相求，你可愿助他一臂之力？"

天界的帝君，只有一位。但这位若是想做什么事，那可是从来用不着求别人的。因此，谢怜一下子腰都直了，道："何事？"灵文递他一个卷轴，道："北方有山，名为与君山。你可曾听闻？"

谢怜笑道："岂止听过。怎么，近来不太平吗？"

灵文道："不太平，现有许多大信徒在此疯狂祈福，非去看看不可了。"

所谓大信徒，指三类人。第一类，有钱人，出钱烧香做法事、修庙宇；第二类，能向旁人宣法讲道的传道者；第三类，身心彻底贯彻信念者。其中以第一类最多，越是有钱人越是敬畏神鬼之事，而天底下有钱人如过江之鲫；第三类最少，因为如果真能做到这一步，那么这个人境界一定很高，离飞升也不远了。这里所说的，明显是第一类人。

灵文道："你知道帝君常年镇山定海分身无暇，若你代替他去一趟，届时他们还愿，无论供奉多少功德都算你的。如何？"

谢怜双手接过卷轴道："多谢。"

这分明是君吾在帮他的忙，却反过来问他愿不愿意帮自己的忙，谢怜哪里看不出来。灵文却道："我只负责办事，要谢便等帝君回来你再自己向他道谢吧。你法力不足，我去借几个小侍神来助你。"

现任的武神们不是不认识自己就是不待见自己，这点谢怜还是清楚的，他道："也不必了。你借不来人的。"

灵文却道："我试试。"说着她便接入了通灵阵，道，"各位，帝君北方有要务急需用人，谁能拨两名小侍神过来？"

第一个应答声居然是慕情的。他道："借给谁？大家殿里都不缺人，怕是给太子殿下借的吧。"

谢怜心想："你是一天到晚都守在通灵阵里吗……"

灵文微笑道："慕情，我这两天怎么老是在阵里看到你？看来最近你很闲了。公文记得不要交迟了。"

慕情淡淡地道："手伤了，在养伤。"

潜着的神官们都心想你那手往日劈山断海也不在话下，劈个傻钟还能怎么你了？

灵文本想先骗两个过来干活再说，岂知慕情一猜便知，偏生还说出来，这下肯定找不着人了。果然，半晌无人应，谢怜对她道："你看吧，我说过借不来人的。"

灵文道："慕情要是没说话，可以借到的。"

谢怜笑道："你那话说得犹抱琵琶半遮面，雾里看花美三分，人家以为是给帝君办事，当然叫得来，但若来了发现是跟我共事，只怕要闹，又如何能同心协力。我反正一个人惯了，也没见缺胳膊少腿，就这样吧。有劳你了，我这便去了。"

灵文也无法了，一拱手，道："好吧。预祝殿下此去一帆风顺。天官赐福。"

谢怜回道："百无禁忌！"他挥挥手，潇洒离去。

鬼娶亲太子上花轿

三日后。

大路边有一间茶点小铺,铺面不大,伙计简单,但贵在景好。有山有水,有人有城。都有,不多;不多,正好。身在景中,若是在此相逢,必成妙忆。店中茶博士清闲极了,没客时,便搬张凳子坐在门口,看山看水,看人看城,看得乐呵呵。远远看到路上走来了一名白衣道人,满身风尘,仿佛走了很久。他行得近了,与小店擦肩而过,忽然定住,又慢吞吞地倒退回来,一扶斗笠,抬头看了一眼酒招,笑道:"'相逢小店',名字有趣。"

这人虽然略有倦色,但一身白衣飒爽,神色也是笑眯眯的,看得人两个嘴角也忍不住往上弯。他问:"劳驾,请问与君山是在这附近吗?"

茶博士给他指了方向,道:"是在这一带。"

谢怜吐了口气,总算是没把魂儿一起吐出来,心道:"终于到了。"

他那日离开仙京,原本是要落在与君山附近的。谁知他潇洒地离去,潇洒地往下跳时,袖子被一片潇洒的云挂了一下。是的,被云挂了一下,他也不知道到底怎么挂上的,反正在万丈高空打了个滚,滚下来就不知道自己在哪儿了。徒步三天后,他终于来到了原定落地地点。跋涉千山万水,令人几欲落泪。

进了店,谢怜拣了靠窗的一张桌,才坐定,忽听屋外传来一阵哭哭啼啼、敲锣打鼓之声。他往外一看,只见一群男女老少簇拥着一顶大红花轿走来。

这支队伍透着十足的古怪。乍一看,像是送亲队伍,但细一看,这些人脸上神情有严肃,有哀戚,有愤怒,有恐惧,唯独没有喜悦。偏偏又都穿红戴花,吹吹打打。当真诡异。

谢怜目送那奇怪的队伍远去,忽觉有什么耀眼的事物一闪而过。他一抬头,一只银色蝴蝶从他眼前飞过。

那只银蝶晶莹剔透，在空中飞过，留下璀璨的痕迹。谢怜忍不住向它伸出了手，笑道："你好啊。"

这只银蝶却有灵性得很，不但不惊，反而停留在他指尖，双翼闪闪，美极幽极，在阳光之下，仿佛触手即碎的梦幻泡影。它留恋指尖与他缠绵片刻，不一会儿，便飞走了。

谢怜对它挥了挥手，算是告别。再回头，仿佛是突然从地里冒出来的，他这一桌上就多坐了两个人。

桌有四方，这两人一左一右各占一方。两方都是十七八岁的少年，都是一脸黑云罩顶。谢怜眨眨眼，问道："两位是？"

左边那少年桀骜，道："南风。"

右边那少年斯文，道："扶摇。"

谢怜道："你们好。但我问的又不是你们的名字！"

这时，灵文忽然传音过来了。她道："殿下，方才中天庭有两位小神侍说愿意前来协助你，这会儿他们也该到了。"

所谓的中天庭，自然是和上天庭相对的。天界的神官可以简单粗暴地分为两类：飞升了的和没飞升的。上天庭，全都是凭自己飞升的神官，整个天界里不过百位，极其金贵。而中天庭里的，则是被"点将"点上来的，也就是"一人得道，鸡犬升天"里"鸡"和"犬"的角色。严格来说，其实全称应该叫作"同神官"，但大家叫的时候，往往会省略掉这个"同"字。

那么，有上天庭和中天庭，有没有下天庭？

没有。

其实，在谢怜第一次飞升的时候，还真是有的。那时候，分的还是上天庭和下天庭。但后来大家发现了一个问题：自我介绍的时候，开口说"我是来自下天庭的某某某"，真是难听。有一个"下"字就觉得特别低人一等，须知，他们当中绝不乏天赋过人、法力强盛的佼佼者，离真正的神官只是差了一道天劫，说不定哪天就等来了呢？于是有人便提议改一个字，变成"我是来自中天庭的某某某"，这就好听多了。虽然其实都是一个意思。总之，改了之后，谢怜好一阵都没习惯。

谢怜看这两人，脸色一个比一个难看，忍不住道："灵文，我看他们不像是要来助我行事,更像是要来取我狗头啊。"可惜,说完这句,他法力便耗尽了,耳边也听不到灵文的声音了。

谢怜只好对两位小神侍先笑笑:"先谢谢你们了。"

两人都只点了点头,颇有架势,看着来头不小。谢怜问道:"你们是哪位神官座下的?"

南风道:"南阳殿。"

扶摇道:"玄真殿。"

"……"

风信和慕情派来的?!

这可真是令人愕然了。谢怜道:"你们家的神官大人让你们过来的吗?"

两人皆道:"我家大人不知道我过来。"

难怪。谢怜又指自己道:"那你们知道我是谁吗?"

若他们是稀里糊涂被灵文骗过来的,帮了他忙回去还要被骂,这就可怜了。南风道:"知道。你是太子殿下。"

扶摇道:"知道。你是人间正道,你是世界中心嘛。"

谢怜噎了一下,不确定地问南风:"他刚才是不是翻了个白眼?"

南风道:"是的。让他滚吧!"

风信和慕情这两位武神关系不好,谢怜不吃惊。因为他俩打小关系就不好,应该说是恶劣!只是那时他为主他们为从,太子殿下说你们不要吵架了,要做好朋友,他们只好捏着鼻子握握手,混到如今可算用不着再假惺惺了。所以就连他们的信徒和侍神都相互厌恶。扶摇冷笑道:"灵文真君说自愿的就可以来,凭什么让我滚回去,你怎么不滚啊?"

"自愿"二字用他这个表情说出来,实在没有说服力。谢怜忙举手道:"我确认一下啊,你们真是自愿的吗?千万不要勉强!"

两人皆道:"我自愿!"

你们这脸……谢怜心道你们想说的其实是"我自杀"吧!

他一心转移话题,唰地把卷轴摊开,道:"先谈正事。这次到北方来是做什么的你们都知道吧?那我就不从头讲起了……"

两人皆道:"不知道。"

……这是来帮忙的吗?连要干什么都不知道!

谢怜微笑道:"那我还是给你们从头讲起好了。话说多年以前,与君山下有一对新人成婚……"

新郎等着送亲的队伍前来,可等了许久也不见新娘到来,心中着急,便找去了新娘的娘家。结果岳父岳母告诉他,新娘子早就出发了。

两家人报了官,四处找,始终不见,便是给山中猛兽吃了,好歹也能剩个胳膊腿儿什么的,哪有连着送亲队伍一起凭空消失的道理?于是难免有人怀疑,是新娘自己不愿意嫁,串通了送亲队伍跑了。谁知,过了几年,再一对新人成婚,噩梦重现。新娘子又没了。

但是,这一次却不是什么都没剩下。众人在一条小路上,找到了一只什么东西没吃完的脚。

那脚虽然不是新娘的,却穿着送亲队伍出门时穿的靴子。新娘也多半遭遇不测了。

从那之后,一发不可收拾。近百年间,共有十七位新娘在与君山一带失踪。有时十几年相安无事,有时一月内失踪两人。于是一个恐怖传说迅速流传开:与君山里住着一位鬼新郎,若是它看中了一位女子,便会在她出嫁的路上将她掳走,再把送亲的队伍吃掉。

这事原本是传不到天上的,也不过是敢把女儿嫁到这一带的人家少了些,本地的新人成婚也不敢大操大办罢了。偏偏这第十七位新娘,父亲是位官老爷。这位老爷颇宠爱女,风闻此地传说,精心挑选了四十名勇武绝伦的武人护送女儿成亲,可女儿还是没了。

这下可捅了马蜂窝。这位老爷在人间能找到的人是拿它没办法了,于是他暴怒之下联合了一众当官的朋友,狂做一波法事,还按照高人指点开仓济贫什么的,搞得满城风雨,这才终于惊动了天界。

南风皱着眉道:"失踪的新娘有何共同点?"

谢怜给两人倒了茶推过去:"有穷有富,有美有丑,有妻有妾,一言蔽之——毫无规律。根本没法判断这位新郎的口味是什么样的。"

南风喝了茶,还道了谢,扶摇却碰都不碰,乜眼道:"太子殿下,你怎么就知道一定是位鬼'新郎'呢?从来也没人见过它,你怎知它是男是女?"

这下谢怜可记住了:看上去脾气不好但其实还算配合的那个是南风,这个瞧着斯斯文文却总爱阴阳怪气唱反调的是扶摇!

他笑道:"你说得对,不过,'鬼新郎'只是民间的叫法,并不是我起的名字。时候不早了,我们先找个地方落脚吧!"

路上经过一座破破烂烂的土地祠,藏着个又小又斑驳的石土地,脸都快被砸没了。谢怜走过去又退回来,在怀里抠啊抠,终于抠出个小馒头,端端正正放在祠前,双手合十念道:"土地啊土地,烦请佑助我们此行除祟顺利。"

扶摇喷了:"这土地破成这样,一看就是多年无人供奉已经失灵了,你拜它有什么用?"

谢怜道:"话不能这么说,对我来说是一个馒头的事,但是对人家而言可能很重要呢……欸欸欸,干吗拉我?"

两人一人一边把他拖走。扶摇道:"并不重要。你自己都没什么香火,干吗还供它。走吧!"

一去二三里,一座城隍庙红红火火立在路边。庙宇虽小,五脏俱全,三人进到庙里,殿上供的就是南阳武神披甲持弓的泥塑神像。谢怜一看到这神像,道:"这……跟我认识的风信不太一样啊。"

扶摇哈哈道:"真是惨不忍睹啊!"

南风额头青筋暴起,谢怜马上跳到中间把两个人分开:"有什么关系嘛,神像塑得走形岂非常事。别说妈都不认识了,有的神官见了自己的神像自己都不认识呢。"毕竟没几个工匠师傅见过神官本人,都是要么美得走形要么丑得走形,只能靠特定姿势、法器、服冠等来辨认。谢怜又一推他们:"你们看,有信徒来参拜了,还是女信徒!快隐去身形。"

两人都道:"哪里?"他们顺着一看,果然,进来了一名少女。但他们脸色都唰地变了。

扶摇道:"太丑了!还不如没有。"

平心而论,扶摇说的是实话。那少女满脸缠着绷带,绷带下透出一丝猩红,恐怕不是伤疤就是胎记。但她跪地默默祈福,神色虔诚,谢怜回头,语重心长道:"扶摇,不能这样说女孩子。"

扶摇撇嘴。谢怜又困惑道:"说来南风,你们家竟有女信徒,真是难得。"

武神的女信徒一向很少,只有八百年前的谢怜是个例外。不过,原因非常

016

简单，就两个字：好看！

不错！他很清楚，不是因为他德高望重或神武非凡什么的，大家仅仅是冲着他的脸罢了。他父皇母后召集全国各地顶尖工匠照着他的脸雕神像，能不好看吗？他的庙也好看，因为那句"身在无间，心在桃源"，导致大家都喜欢把他的宫观种成一片花树香海。信女们就冲他的脸和那些花花朵朵也愿意进来拜拜。所以当时谢怜还有个美称，叫作"花冠武神"。当然，一开始是美称，等到他被贬下凡后，就变成讥嘲他是小白脸的讽称了。

可一般的武神，因杀伐之气太重，面目往往被塑造成狰狞冷酷的模样，女信徒都宁可去拜拜观音什么的，几乎不会来。南风一脸黑气道："我不知道，你别问我！"

恰在这时，那少女拜完了，一转身，三人大惊失色。这次不是因为太丑了，而是因为她一转身，裙子后就是一个巨大的破洞。

她浑然不觉自己身后异状。谢怜道："不能让她就这样走出去吧？"

扶摇道："不要问我。她拜的又不是我们家的庙。非礼勿视，我什么都没看见。"南风则面色铁青不敢动，看来和他侍奉的神官一样，是个对女子退避三舍的。谢怜只得亲自出马，外衣脱了一丢。那外衣呼啦一下飘到那少女身上，挡住了她裙后破洞。三人齐齐松了口气。

可这阵风实在邪乎，那少女吓了一跳，四下看看，拿下外袍就放到了神坛上。

谢怜看她要走了，连忙跃出来："这位姑娘……"

庙内灯火昏暗不明，他这一跃带起一阵风，火光摇曳，那少女只觉眼前一花，一名男子就突然从黑暗里冒出来，赤着上身还对她伸手，想也不想就是一巴掌："流氓！"

"啪"的一声，谢怜就这么挨了一耳光。

耳光清脆，听得蹲在神坛上的两人脸都一抽。这姑娘手劲居然了得，谢怜差点被打得眼冒金星，还不忘把外衣硬塞过去："姑娘，你裙子破了！"

那少女大惊，一摸身后，飞奔而去。只剩一阵凉凉穿堂风，谢怜脸顶着一个红巴掌印，转身道："没事了！"

扶摇道："没事个头。堂堂武神，尊严何在？"

谢怜睁眼道："不然呢？我打回去吗？如果这样尊严就没了的话，尊严也太不值钱了吧。"

南风却指着他道:"你……这是怎么回事?"

谢怜把衣服一脱,端的是一身羊脂玉般的好皮肉,只是瘀青和伤口连片,着实骇人,连脖子和双腕上也都缠满了绷带。扶摇神色也凝重起来:"这是谁打的?"

谢怜茫然道:"打?哦,你们说这伤吗?不是打的,是我不小心摔的。"

"……"

谢怜把脖子上的绷带解下来,道:"真的是摔的!我还顺便把脖子也扭了。现在已经差不多好了。"

扶摇道:"这也是能顺便的?你怎么不顺便把脑袋也掉了?"

谢怜道:"你怎么知道我没掉过?"

"哈?!"

绷带一圈一圈落在谢怜脚边,两人突然卡住。觉察到他们异样的目光,谢怜摸摸脖子,笑眯眯地道:"怎么啦?第一次看到真正的咒枷吗?"

一个黑色项圈,环在他雪白的颈项之上。

咒枷,顾名思义,诅咒形成的枷锁。

被贬下天界的神官,天谴会化为一道罪印封禁其神力,永不消除,像是在人脸上黥字,又像是被铁链缚住手脚,是一种刑罚,也是一种耻辱。

这东西谢怜不光有,还有两道。

扶摇盯了他一会儿,忽然道:"你干吗不把这东西取掉?你飞升回来,又不是不能找帝君让他帮你取。"

谢怜穿上衣服哈哈道:"这不是因为,我上次飞升,和帝君打了一场吗?我怕我当时下手太黑得罪他了,不好意思去找他取。"

南风道:"帝君又不是慕情,哪会那么小气?"

扶摇看他:"你当我是死的吗?"

南风道:"你是死是活慕情都是一样的小气。"

谢怜忙道:"我们先办正事!谁借我一点法力?我进通灵阵核实一下情报。"

南风举起手,谢怜道:"有借有还,再借不难!"

二人击掌为誓,如此,便算是立下了一个简单的契约。法力,就是可以像借钱一样相互借来借去的,不过那句咒语却只是走个过场,因为他就从没还过这玩意儿。

一连上通灵阵，便听灵文道："殿下终于借到法力啦？在与君山可顺利？那两位毛遂自荐的小神官如何啊？"

谢怜抬起头，看了一眼两个在旁边掐作一团的少年，用发自真心的口吻道："善良友爱，可塑之才！"他又对他们道，"别打了，再打我要向你们家大人告状了！"

两人这才气急败坏地分开。过了一会儿，慕情的声音冷冷地浮出来："扶摇这次完全是擅自行动，我一无所知，回来一定要好好罚他！"

谢怜心想："你还真是一天到晚都守在通灵阵里……"他道："灵文，敢问北方供奉的是哪位神官？"

灵文道："北方是裴茗裴将军的坐镇之地，他的明光庙在那边香火甚旺。怎么，殿下要求助吗？"

谢怜道："不劳烦了。这鬼新郎，你们还有更多情报吗？品级评定出来了吗？"

灵文道："出来了，是'凶'。"

凶！

对于祸乱人间的妖魔鬼怪，根据其能力，三界将之分为"恶""厉""凶""绝"四等。

"恶"者一年杀一人，"厉"者一次作祟可灭一门，"凶"者可屠一城。而最可怕的"绝"者，但凡出世便要祸国殃民，天下大乱。

断开灵识，谢怜正色道："南风、扶摇，你们听我说……听我说！你们好，有人吗？怎么又打起来了？你们知道吗？那鬼新郎是'凶'，很厉害的，你们留点力气，齐心协力对付它吧。"

南风掐着扶摇一条角度扭曲的胳膊，额头青筋暴起："这人除了阴阳怪气还有什么用？"

扶摇也锁着南风一条角度扭曲的腿，道："我比你有用！太子殿下，你不是问为什么风信会有女信徒吗？我告诉你吧，他家在人间可是很受妇人爱戴的，所谓妇女之友，求子最强，送子'南阳'。哈哈哈……"

南风脸色红白交错，大怒："总比你们家忘恩负义的扫地真君好！"

扶摇脸一下子也黑了。要知道，慕情在皇极观最初就是做杂役的，他视此为毕生之耻，听闻"扫地"二字必跟人翻脸。扶摇果然道："彼此彼此，你们家那位也不过五十步笑百步罢了！"

听他们这样把他当成大棒互捶，谢怜终于听不下去了，道："等等！"

两人打得更厉害了。谢怜看着裂为两半的桌子和满地乱滚的瓜果，面上云淡风轻，心底愁云惨雾。

好不容易来两个帮手，整天斗殴，八百八十八万功德，前途未卜啊！恰好一个小馒头滚到脚边，谢怜还没吃饭，连忙捡起擦擦要吃，被南风眼角瞥见，立马一掌给他打掉："别吃了！"

扶摇也停手了，震惊道："全是灰你还吃，脏不脏啊。"

谢怜趁机隔开两人，和颜悦色地道："第一，你们口里的那位太子殿下，正是本人。本殿下都没说话，你们不要把我当武器丢来丢去攻击对方。我想，你们家两位大人是绝不会做这种有失体统之事的！"

听了最后一句，两人神情微微闪烁。

谢怜又道："第二，你们是来协助我的，对吗？那么到底是你们听我的，还是我听你们的？"

半晌，两人才道："听你的。"

虽然他们的脸看上去都像是在说"我自愿"，但谢怜也很满意了，"啪"的一声双手合十，道："好。最后第三，最重要的一点——如果一定要丢什么东西，那还是请你们丢我，不要丢吃的。"

南风终于把他第二次捡起来的馒头从他手里抠出来了，忍无可忍道："掉地上就别吃了！"

次日，依旧相逢小店。

谢怜要了三杯茶，道："大家来说一下今天的收获吧？"

正在此时，大街上传来一阵敲锣打鼓之声，三人向窗外望去。

又是那队阴阴惨惨的"送亲"人。这列人马吹吹打打，连呼带号，仿佛生怕别人听不见。南风皱眉道："不是说本地人成亲都不敢大操大办了吗？"

这队伍里个个是身强力壮的大汉，神情和肌肉都绷得很紧，仿佛他们抬着的不是一顶喜气洋洋的花轿，而是断头铡。不知轿子里坐的究竟是什么样的人。

谢怜正想出去瞧瞧，一阵阴风吹过，轿子一侧的帘子随风掀起。

帘子后的人，用一种很奇怪的姿势歪在轿子里。她的脑袋是歪的，盖头下露出一张涂得鲜红的嘴，嘴角的笑容过于夸张。轿子一颠，盖头滑落下来，露出一对圆睁的眼，瞪着这边。

这分明是一个折断了脖子的女人，正在冲他们无声大笑。

不知是不是轿夫手抖得太厉害，那花轿子不甚稳当，那女人的脑袋也跟着直晃。晃着晃着，"咚"地一颗脑袋掉了下来，骨碌碌滚到了大街上。

而那坐在轿子里的无头身体也向前栽倒，"砰"的一声，整个人扑出了轿门。

一个轿夫没留神，一脚踩中一条胳膊，大叫起来，送亲的队伍立刻炸开了锅，一行人"唰唰唰"地便掏出了一片白花花的大刀，喊："怎么了？来了吗？！"也不知原先都藏哪儿了。外面嚷成一片，谢怜再定睛一看，那分离的头身，竟不是个活人，而是一个木头娃娃。

扶摇又道："太丑了！"

谢怜道："你不要老一看到女子就开口评定美丑，很伤人心的。"

南风皱眉道："他们这是在做什么？"

扶摇道："作死。"

"哈哈哈……"谢怜道，"听闻有位新娘的父亲重金悬赏，找他的女儿，他们这是想用假人伪装新娘，把鬼新郎引出来吧。"

这悬赏的爹必然是那位狂做法事闹上天界的官老爷了。扶摇道："我要是鬼新郎，送一个这样的丑东西给我，我就灭了这个镇。"

谢怜汗颜道："你这话是神官该说的吗？"

这时，队伍里突然钻出一个小胡子青年，看样子是领头的，振臂高呼："听我说！这样下去根本没用！这几天咱们跑了多少趟？鬼新郎压根没出来！"

众大汉纷纷附和抱怨，小青年道："依我看，不如一不做，二不休冲进与君山，大家搜山，杀了它赏金大家分！有血性的好汉子都跟我来！"

众大汉似乎蠢蠢欲动。这时，一个少女的声音插进来道："大家别听他的，不要上山！"

说话的正是昨晚那名少女。谢怜一看到她就觉得脸有点痛，抬手摸了摸。那小胡子青年道："大老爷们说话，你插什么嘴？大家伙儿是拼了性命为民除害，你呢？自私自利，吃了我请的茶还不肯扮新娘子，现在又来妨碍咱们，你安的什么心？别挡路！"

他每说一句就推那少女一把，谢怜看得皱起了眉。那少女坚持道："我是不想大家送死。而且，我也没吃你请的茶，我不答应你，也用不着划破我裙子……"

那小青年跳将起来，指她鼻子道："你这丑八怪少在这里含血喷人！我划破你裙子？你当我瞎了眼！我请你吃你不吃，你这丑脸别想有第二个人请你吃！"

南风听不下去了，茶杯"咔"的一下碎在手里。可他还没起身，身旁白影一掠而过。而那边正一蹦三尺高的小胡子突然捂脸大叫一声，一屁股跌坐在地，指间鲜血狂飙。众人根本没看清怎么回事，还以为那丑女暴起伤人，再看她，却已看不到了。

只见一名白衣道人挡在那女孩子身前，笑眯眯地道："这位姑娘，不知我能不能请你进去吃杯茶？"

他简直像凭空出现的，那少女一下子睁大了眼。那边地上的小胡子踉跄着爬起，喊："这人使妖法！"

身后众大汉一听"妖法"，纷纷举起大刀。南风忽然一掌拍出，"咔嚓"一声，一根柱子应声折断。

见此神力，一群大汉脸色齐变，那小胡子心下怯了却还在嘴硬，边跑边喊："今儿个我是栽了，你们是哪条道上的好汉，留下姓名，日后我们再来会会！"

南风根本不屑回答，扶摇道："好说好说，这位乃是巨……"

南风反手又是一掌。谢怜本想请那小姑娘进去坐坐，给她点个果子茶水吃吃什么的，谁知转个身的工夫那姑娘人又没影了，只得自己进店。进店时茶博士道："柱子记得赔。"

于是谢怜坐下时对南风道："柱子记得赔。"

南风："……"

谢怜道："方才说到哪里？鬼新郎是'凶'，法力必定强盛，假人骗不过它。若要引它出来，新娘一定要是活人。"

扶摇道："那去街上找个女子，让她来做我们的诱饵。"

谢怜却摇头。扶摇道："为何？怕不愿意？给笔钱便愿意了。"

谢怜道："就算有女子愿意也不行。万一我们失手，新娘被掳走，她就只有死路一条了。"

扶摇道："我们有三个人还会失手？你要是不找女人，就只能找男人了。"

南风道："上哪儿找个男人愿意扮……"

话音未落，两人的视线都转移了过来。

谢怜还在兀自微笑："嗯？"

晚，南阳庙。

谢怜披头散发地从后殿转了出来，道："我尽力了，你们看看可还行？"

外面两人一看，南风当场就大骂一声冲了出去。谢怜无语片刻，道："何至于？"

扶摇站在原地，目光复杂地打量他。谢怜道："你有什么话要说吗？"

扶摇点点头，道："如果我是鬼新郎，谁要是送这种女人给我……"

谢怜道："你就灭了这个镇子吗？"

扶摇冷酷地道："不，我就杀了这个女人。"

谢怜庆幸道："幸好我不是女人。"

那头南风青着脸进来，他骂完了就冷静了，这点真是跟风信如出一辙。扶摇试图挽救谢怜："眉毛画歪了，胭脂太浓……算了，你没救了！你不如现在去通灵阵问问有没有哪位神官肯教你变身性转的法门吧。"

谢怜道："不用了吧，天已黑，吹了灯都一样！"说着便要去拿盖头。可他一步迈开，便听到了"刺啦"一声。

这红嫁衣是扶摇找来的。女子身形本就娇小，他穿着腰身倒还合适，但肩胸紧如五花大绑，动作一大衣服便撕开了。正当他到处找到底哪块儿裂了时，庙门口传来一个声音："请问……"

三人循声望去，只见庙门孤零零站着一个少女，正是打了谢怜一巴掌的那姑娘。

谢怜笑道："请问？"

这一笑他就感觉脸裂了，一层结壳的粉掉了，南风又冲出去骂人了，扶摇道："求你别笑了，再笑要哭了。"

那少女往前走了一步，愣愣地看着谢怜。扶摇皱眉道："你看什么？"

谢怜听他口气不善，道："不必如此。别吓着小姑娘了。"

扶摇无言片刻，道："你确定能吓着她的是我而不是你？"

谢怜一噎。谁知，那少女立即道："不会！他不会吓到我的。这位……道长，我、我是来道谢和道歉的。我叫小萤。"

谢怜明白了，摆手道："不必放在心上。倒是姑娘你快回家吧，今夜怕是不太平呢。"

小萤却脚下不动。谢怜越来越奇怪，道："还有什么事吗？"

小萤看着他的笑容，道："道长，你这是今晚就要出嫁了？"

扶摇喷了。谢怜感觉脸上又掉了一层粉壳，道："不，姑娘，你误会了，我没有这种爱好。"

小萤忙道："我的意思是，道长这是要假扮新娘子去抓鬼新郎吧？太危险了，还是让我去吧。"

扶摇道："你不是不愿意吗？"

谢怜微笑道："是啊姑娘，你也说危险了，又怎能让你去呢？"

小萤呆呆看着他，道："那……那至少让我帮你！"

谢怜蒙道："帮我？"她能怎么帮他？

他双手按在脸上想挽救最后一层粉，小萤见了他这样子，忽地粲然一笑，上去就双手牵住了他，道："交给我吧！"

两炷香后，谢怜再次低着头从殿后出来。

这次，是小萤扶着他出来的，新娘盖头已经盖好，款步轻移，倒还真有那么点娇羞新妇的意思，两人鸡皮疙瘩一阵一阵起。谢怜也不知自己现在什么样子，道："这次的你们要看看吗？"

扶摇道："我要珍惜眼睛。"

南风也点头。谢怜道："明智的决定。那走吧。"

他们寻来的轿子就在庙门口，精心挑选的轿夫已等候多时。月黑夜风高，太子殿下便这么一身新嫁衣，坐上了大红花轿。

那花轿通体大红绸缎，彩线绣着花好月圆、龙凤呈祥。南风与扶摇两人一左一右护行于花轿两侧。谢怜端坐轿中，随轿夫行走，晃晃悠悠，越晃越狠。

八抬大轿的八个轿夫，皆算得上武艺高强的凡人，是扶摇找那位悬赏的官老爷借的八名武官。之所以要找武艺高强的，并不是指望他们帮上忙，只要他们足够自保。本来也没什么，坏就坏在扶摇因为不耐烦而说了大实话，惹得这八名轿夫现在心里有气，难免发作，故意将一顶轿子抬得颠颠簸簸。外人看不出来，可坐在轿子里的人只要稍娇弱一些，怕是就要吐个昏天黑地。颠着颠着，果然听到轿子里的谢怜低低叹了口气，几名武官忍不住暗暗得意。

扶摇在外面凉凉地道："小姐，你怎么了？高龄出阁，喜得流泪吗？"

新妇出阁的确都是要在花轿上啼哭的。谢怜啼笑皆非，道："不。只是我忽然发现这送亲队伍里少了很重要的东西。"

南风道："少了什么？该准备的我们应该都准备了。"

谢怜道："少了两个陪嫁丫鬟。"

"……"

外边两人不约而同看了一眼对方，想想对方女装的模样，俱是恶寒。扶摇道："你就当家中贫穷，没钱买丫鬟，凑合着吧。"

谢怜反问道："穷还养得起你们？"

扶摇道："我们好养。"

谢怜："整天砸来砸去浪费食物还好养？"

扶摇："公主，你话这么多，当心被驸马嫌弃。"

谢怜："驸马爱我，不会嫌弃的。"

扶摇："爱你还过了这么多年才娶你。"

谢怜叹了口气，道："唉，他也不想的，我不怪他。"

扶摇道："我看你已经被那狐狸精迷住心窍了！"

谢怜道："你怎么突然换了本子？从小姐出阁到公主下嫁又到狐精魅人，好好演完一个不行吗？"

南风喝道："你们够了没有！还上瘾了是不是！"

轿夫们听他们鬼扯，忍俊不禁，不满之意倒是消散了不少，轿子也稳当起来。谢怜便又靠了回去，正襟危坐，闭目养神。

谁知，未过多久，一串小儿的笑声突兀地在他耳边响起。

咯咯"桀桀"，嘻嘻哈哈。笑声如涟漪般在山野之中扩散开来，空灵诡异。然而，花轿并未停顿，甚至连南风与扶摇都没出声，似未发现任何异状。

谢怜睁开了眼，道："南风，扶摇。"

南风在花轿左边，脱口道："公主……"他忽然反应过来自己被另外两人对了一路的恶俗戏本洗脑了，黑着脸改口，"殿下……怎么了？"

谢怜道："有东西来了。"

此时，这支"送亲队伍"已渐入与君山深处。

四野愈寂，就连木轿嘎吱作响声、踏碎残枝枯叶声、轿夫们的呼吸声，在这一派寂静之中，也显得略微嘈杂了。而那小儿的笑声还未消失。时而远，仿佛在山林深处；时而近，仿佛就趴在轿子边。

南风神色凝肃："我没听见任何声音。"

扶摇冷声道："我也没有。"

轿夫们就更不可能有了。谢怜道："那它是故意只让我一个人听见的了。"

八名轿夫本来自恃武艺高强，加之觉得今夜多半又无功而返，并不畏惧，但不知怎的，忽然就想到了之前那四十名失踪的送亲武官，开始冒冷汗。谢怜觉察有人脚步慢了，道："别停。装作什么事都没有。"

南风挥手，示意他们继续走。谢怜又道："他在唱歌。"

扶摇问："在唱什么？"

细细听辨那小儿的声音，谢怜一字一句、一句一顿地道："新嫁娘，新嫁娘，红花轿上新嫁娘……"

寂夜之中，分明是他在念，但众人却仿佛听到了一个幼童的声音，正在和他一起唱着这支古怪小谣，心下毛骨悚然。

谢怜继续道："泪汪汪，过山冈，盖头下莫……把笑扬……听不清了。"

南风皱眉道："什么意思？"

谢怜道："字面意思。就是让坐在轿子里的新娘，只要哭，不要笑。"

南风道："我是说这个东西跑来提醒你是什么意思？"

扶摇永远有不同意见，道："它未必就是在提醒，也有可能是故意反其道而行之，其实要笑，不能哭。不要上当。"

谢怜道："上当又会如何？"

扶摇道："被鬼新郎劫走。"

谢怜："我们今晚出行的目的不就是这个吗？还有一件事，我觉得必须告诉你们。"

南风："什么事？"

谢怜道："其实我已经笑很久了。"

"……"

话音刚落，轿身猛地一沉！

外面八名武官忽然一阵骚乱，花轿停了下来，南风喝道："都别慌！"

谢怜道："怎么了？"

扶摇淡淡地道："没怎么。遇上一群畜生罢了。"

他刚答完，谢怜便听到一阵凄厉的狼嚎。他道："与君山里常有狼群出没吗？"

一名轿夫在外答道："从没听说过！"

谢怜一振嫁衣袖摆，让它看上去更端庄，道："嗯，看来是找对法子了。"

黑夜的野林中亮起一对对绿幽幽的狼眼，一匹又一匹的饿狼从森林中缓缓走出，包围过来。

这看得到打得着的野兽，不比听不见摸不着的东西，众人摩拳擦掌，准备大展身手大杀一场。可好戏还在后头，紧跟着它们的步伐，沙沙、沙沙，一阵似兽非兽，似人非人的怪声响起。一名武官惊道："这又是什么东西！"

谢怜道："又怎么了？"

南风道："你别出来！"

轿身猛地一震，有什么东西扒在了轿门上。谢怜目光下敛，从盖头下看到了一条黏糊糊的白手臂。

它竟是爬进轿子里来了！

眼看那东西就要摸到谢怜靴子，却又被外面的人一把拖出去。南风在轿子前骂道："是鄙奴！"

一听是鄙奴，谢怜道："这下麻烦了。"

鄙奴又称"人虫"，在灵文殿的判定中，是一种连"恶"评都不配得到的东西。据说它最初是人，有头有脸，但模糊不清；它有手有脚，还不止一对，多的能长五六对手脚，但无力直行只能爬。它战斗力低下，可很多人宁可遇上厉鬼都不想遇上它。因为鄙奴往往是和别的妖魔鬼怪一起出现的，它生命力又极其顽强，并且成群结队，甩不开又打不死，渐渐便会被耗干力气，总有猎物那么一瞬大意被它绊倒。而在猎物被别的妖魔鬼怪杀死后，鄙奴便会捡一点吃剩的残肢断臂当作食物，就像一条巨大的寄生虫。

扶摇远远嫌恶地道："我——最恨——这东西！灵文殿为什么没说过这个，效率太低下了！"

谢怜问："来了多少只？"

南风道："一百多只！"

十只鄙奴便能让人精疲力竭，一百只活活拖死他们绰绰有余。它一般喜欢繁华之地，万万没想到一座与君山里会有这么多。谢怜略一思忖，微微抬臂，露出了小半截缠着绷带的手腕。

他道："去吧。"

那白绫忽地自动从他手腕上滑落，有生命一般，从花轿的帘子飞了出去。

谢怜端坐轿中，温声道："绞杀。"

黑夜之中，一道白影毒蛇一般游了出来。

那白绫伪作绷带缠在谢怜手上时看起来最多不过几尺，可这么鬼魅似的闪电飞梭在厮杀的众人间时，却仿佛无穷无尽。只听"咔咔"一串间隙不留的脆响，数十匹野狼、鄙奴，瞬息便被它绞断了脖子！

谢怜凝神听轿外动静，觉得数量比自己想象中的更多，略一思索，又道："穿膛。"

白绫得令，当空一甩，绫影竟雪亮似剑光，从一匹狼心口刺入，一口气穿透了二十多匹！

谢怜一手撩起轿帘，从盖头下扫了一眼战况，微微一笑，道："很好。接下来你随意。"

那白绫欢呼一般地啸了一声，旋成一道白色龙卷，所过之地，血肉横飞。南风一掌劈飞一匹野狼，见此血腥情景，一呆，一掌拍上轿门："你不是没法力不能驱使法宝吗？那是什么东西，怎会这么歹毒！"

他这一掌拍得整个轿子几乎散架，谢怜不得不举手扶门。南风还要说，那白绫抖落一身血淋淋，飞过来"啪"地打掉了他的手。远处传来轿夫的惨叫声，扶摇道："有什么话先打退了这拨再说！"

南风只得去救场。谢怜在后面道："南风扶摇，你们先走。"

南风回头："什么？"

谢怜道："它们冲花轿来的，你们围着轿子就会一直有东西来，打不完的。先带人走，我留下来会会那位新郎。"

南风道："你一个人……"扶摇却道："他反正能驱使那绫，你有空拉扯不如送走这群凡人别让他们拖后腿。我先走了。"

他倒干脆，说走就走。南风一咬牙，对几个轿夫道："走！"

果然，离了花轿，野狼与鄙奴虽然还纠缠不休，但再也没有新的一拨加入围攻。两人各护四名武官，路上扶摇边打边恨声道："岂有此理，要不是我现在……"

言尽于此，两人对视一眼，扶摇闭嘴转头，继续匆匆行进。

花轿四周，满地狼藉。

若邪绫已将扑上来的狼群与鄙奴尽数绞杀，飞了回来，柔顺地缠回了他的手腕。谢怜静静坐于轿中，被无边无际的黑暗和沙沙作响的树海包围着。

忽然之间，万籁俱静。

风声，林海声，魔物嘶吼声，刹那全数陷入一片死寂，仿佛在忌惮着什么。

然后，他听见了很轻的两声笑。

像是个男人，又像是个少年。

谢怜端坐不语。

若邪绫在他手上静静缠卷着，蓄势待发。只要来人流露出一丝杀气，它便会立刻疯狂地十倍反击。

谁知，他没等到突如其来的发难和杀意，却是等到了别的东西。

花轿的帘子被微微挑起，透过鲜红盖头下的缝隙，谢怜看到，来人对他伸出了一只手。

指节明晰。第三指系着一道红线，在细长而苍白的手上，仿佛一缕明艳的缘结。

给，或是不给？

谢怜不动声色，尚未考虑好是该继续这般我自岿然不动地坐下去，还是该佯作惊慌失措的新嫁娘怯怯地往后躲去，那只手的主人却颇有耐心，颇有风度，谢怜不动，他也不动，似乎正在等待答复。

良久，鬼使神差地，谢怜伸出了手。

他站起身来，要去撩开帘子下轿，对方却已先一步，为他挑起了红帘。来人握住了他的手，却并未握得太紧，仿佛是怕捏痛了他，竟是给人一种小心翼翼的错觉。

谢怜低着头，由他牵着，慢慢出了轿子，瞥见脚下横着一匹被若邪绫绞死的狼，心念微转，脚下微微一绊，一声惊喘，向前扑去。

来人立刻反手一扶，接住了他。

这一扶，谢怜也是反手一握，只觉摸到了什么冷冰冰的事物，原来，来人手上戴着一双银护腕。

这护腕华丽精致，花纹古拙，其上雕着枫叶、蝴蝶、狰狞的猛兽，颇为神秘，也不似中原之物，倒像是异族的古物。它堪堪扣住这人手腕，显得精致利落。

冰冷的银，苍白的手，毫无生气，却有几分杀气与邪气。

他那一摔乃是装模作样，有心试探，若邪绫一直都在喜服宽大的袖子下缓缓缠绕着，蓄势待发。然而，来人却只是牵着他手，引着他往前走。

谢怜一来盖着盖头识路不清，二来有心拖延时间，因此，故意走得极慢，而对方竟也配合着他的步伐，走得极慢，另一只手还不时过来牵一牵他，仿佛是怕他再摔倒。尽管谢怜心中是十二万分的警惕，被这般对待，也忍不住想："若这当真是一位新郎，倒也真是温柔体贴到极致了。"

这时，他忽然听到了一个极为轻灵的叮叮之声。两人每走一步，那声音便丁零零地响一响。正当他在琢磨这是什么声音时，四下忽然传来阵阵野兽压抑的低哮。

野狼！

谢怜身形微动，若邪绫忽地在他腕上一收。

谁知，他还没有任何动作，那牵着他的人却在他手背上轻轻拍了两下，仿佛是在安抚，让他不要担心。这两下，轻得简直可以说是温柔了，谢怜微微一怔，而那阵阵低哮已经压了下去。再一细听，他忽然发现，这些野狼，并不是在低哮，而是在呜咽。

那分明是一种野兽恐惧到了极致、动弹不得、垂死挣扎时的呜咽。

他对来者何人的好奇，越发强烈了，真想掀了盖头，看一眼再说，可也心知如此不妥，只能透过红盖头下方的缝隙，管中窥豹。所见的，是一片红衣的下摆。而红衣之下，一双黑皮靴，正在不紧不慢地走着。

那双小黑皮靴收得紧紧，往上是一双修长笔直的小腿，走起路来，极是好看。黑靴侧面挂着两条细碎的银链，每走一步，银链摇动，发出清脆的叮叮声响，煞是好听。

这脚步漫不经心，带着轻快，更像是个少年。然而，他每一步却都又成竹在胸，好像没有任何人能阻碍他的步伐。谁若敢挡他的路，谁就等着被他碾得粉碎。如此，倒是叫谢怜说不准这到底是位什么样的人物了。

正当他兀自思量之际，忽然，地上一样白森森的东西闯入了他的眼帘。

那是一颗头骨。

谢怜脚下凝滞了片刻。

他一眼便看出来，这颗头骨的摆放方式有问题。这分明是某个阵法的一角，若是触动了它，怕是整个阵法都会瞬间向这一点发动攻击。但看那少年步伐，似乎压根没注意到那里有个东西。他正在想要不要出声提醒，只闻"咔啦"一声脆响，就见这少年一脚下去，顷刻便把这颗头骨踩得粉碎。

然后，他仿佛什么都没感觉到一般，漠然地踩着这堆齑粉走过去了。

谢怜："……"

他居然就这么一脚，把整个阵法踩成了一堆废粉……

这时，那少年脚下一顿。谢怜心中一动，心想他是不是该有所动作了，那少年却只停留了片刻，便继续引他前行。走了两步，上方忽然一阵"滴滴答答"之声，仿佛点点雨珠打在伞面之上。原来，方才，那少年是撑起了一把伞，挡在二人头上。

虽然不合时宜，谢怜心中也忍不住赞了一声他真体贴，但心里还是颇为奇怪："下雨了吗？"

魆魆黑山，莽莽野林。远远群山深处，狼群对月长嗥。不知是不是因为方才在山中进行了一场厮杀，冷冷的空气中，还弥漫着一股淡淡的血腥味。

斯情斯景，诡谲至极。但那少年一手牵他，一手撑伞，缓缓前行，却是无端一派妖冶的风月无边，款款缱绻。

那阵奇异的雨来得奇，去得也奇，不一会儿，那雨珠打伞的"滴答"之音便消失了。而那少年也驻足立定，似乎收起了伞，同时，终于收了手，向他走近了一步。

一路上牵着他的那只手，轻轻执了这盖头的一角，缓缓向上挑起。

谢怜一路上都在等这一刻，定定不动，看着面前缠绵的红幕慢慢地向上揭开——

绫动！

他本意先发制人，谁知若邪绫飞出带起一片横风，鲜红盖头离了那少年的手，飞起又落下，谢怜只来得及看到一个红衣少年的残影，若邪绫便穿了过去。

那少年竟是破碎为千只银蝶，散成了一阵银光闪闪的绚烂星风。

虽说还是不合时宜，但谢怜退开两步后，也忍不住心头惊叹，这景象，实在是美得如梦似幻。这时，一只银蝶幽幽从他眼前飞过，他还待再看仔细，那只银蝶却绕着他飞了两圈，这便汇入蝶风之中，化为漫天银光的一部分，振翅

031

向夜空飞去。

好一会儿，谢怜才回过神来，心想："这少年到底是不是鬼新郎？"

他总觉得不像。可若不是，这少年又为何会来劫花轿？

越想越奇，谢怜把若邪绫往肩上一甩，还是先办正事。四下一望，他"咦"了一声。不远处，竟有一座建筑沉沉地立在那里。

谢怜捡起地上盖头走近，发现这建筑红墙斑驳，竟是一座老庙，看这形制还多半是一座武神庙。果然，大门顶上三个金刚铁骨的大字："明光殿"！

为什么明明主管北方的武神是明光，他的庙却被藏在深山迷阵中？

谢怜推开大门，一股怪味扑面而来。不是多年无人的灰气，而是一股淡淡的腐臭味。

谢怜反手掩上大门，迈入庙中。大殿中供着一尊武神像，面目英俊，执剑披甲，气宇轩昂。没有问题，于是谢怜转到大殿后。

这一转，他就定住了。

一群身穿大红嫁衣、盖着盖头的女子，直挺挺地站立在他面前。

那股淡淡的腐臭之味，正是从这些嫁衣女子身上散发出来的！

谢怜一手翻出两张符，一个一个数过去，一、二、三、四……一直数到十七。

正是那在与君山一带失踪的十七位新娘。

看来他找对地方了，这就是鬼新郎的老巢。有的新娘嫁衣红色已褪，微有破损，应是较早失踪的新娘。而有的新娘身上腐臭味还未浓，应该没死多久。谢怜略一思索，揭开了一名新娘的盖头。

鲜红盖头下是一张惨白的脸，被黯淡的月光一照，甚是恐怖。而最恐怖的，是这女子死去的面容肌肉扭曲，但在这扭曲的脸上，还挂着僵硬的微笑。

谢怜再揭下一名女子的盖头，同样嘴角上扬。

这满屋子的鬼新娘，竟然都身穿喜服，面带微笑。

谢怜耳边似乎又响起了那小儿所唱的诡异歌谣："新嫁娘，新嫁娘，红花轿上新嫁娘……泪汪汪，过山冈，盖头下莫把笑扬……"

突然，他听到庙外传来一阵奇怪的声音。

当真是极为奇怪。奇怪到难以形容，像两根用厚布包裹的棍子在地上咚咚敲打。这声音由远及近来得极快，须臾便到了明光庙门口。只听"吱呀"长长一声，明光殿的大门被推开了。

不管来的是人还是什么东西，多半就是那鬼新郎。它回来了！

殿后无门，也无处躲藏，谢怜只思考了一瞬，把红盖头往头上一盖，就站进了一排新娘的队伍里。

若只有三五具尸体，肯定躲不了，但现在这里有十七个新娘，谢怜赌鬼新郎不会一个一个数。他刚站进去，便听那怪声"咚咚、咚咚"地"走"了进来。

谢怜一动不动，心道："这究竟是什么声音？脚步声？有什么东西的脚步声是这样的？"反正绝对不是方才带他来的那少年，那少年可是从容惬意得很，走路还带丁零零的响儿。忽然，他想到一个破绽，暗呼不妙。

他怎么忘了，这些尸体均是女子，可他却是个男人，虽一眼看不出多了个人，但一群尸体里有个人特别高，却是能一眼就看出来的！

可转念一想，谢怜又稳住了。他虽是高于女子，但这些新娘个个盛装打扮，高髻凤冠，恐怕也不比他矮，他未必惹眼。

正这么想，他听到了"唰啦"一声，距离他两丈远。

过了片刻，又是"唰啦"一声，这次，离他近了一点。

谢怜反应过来这鬼新郎在干什么了。

它在一个一个地掀开新娘的盖头，一个一个地查看尸体的脸！

此时不击，更待何时？若邪绫突飞，"砰"地正正打中了那鬼新郎。

只听一声巨响，黑雾扑面，站立着的新娘们被撞了个东倒西歪。谢怜屏息掩鼻，同时催动若邪绫舞出流风，驱散黑雾。只听"咚咚、咚咚"，一个矮小的黑影一晃而过，庙门大开，一团黑雾滚滚地朝树林袭去。

谢怜立即追出。可他追了没几步，树林里竟火光冲天，远远传来一阵喊打喊杀之声："冲啊！"

谢怜心里叫苦，本来有一个迷阵罩着这里，可方才阵法被那神秘少年一脚踩得稀巴烂，他们瞎猫碰上死耗子，竟然真的找来了。而且他们来的方向，刚好是鬼新郎逃跑的方向！

谢怜提着若邪绫便冲了过去，还没喝止他们，小胡子先大喜嚷道："找到一个活的新娘子，赏金有了！"

谢怜一怔，心中好笑，这才想起他还一身女装，这群人居然没看出来他是个男人！

此时，两名黑衣少年也赶了过来，谢怜忙道："南风、扶摇，快来！"

谁知，这二人循声望来，却齐齐一僵，倒退两步，目光诡异。谢怜手僵在半空，心道："不会吧，还这么丑吗？"

他哪里知道姑娘家的妆笔是何等鬼斧神工，修眉化秀眉，若不开口，那就是个温柔似水的美貌大姑娘，导致这两人看着他心头巨震，怀疑人生。一旁有人开始窃窃私语"男人""奇怪的喜好""真是可惜"云云，谢怜被看得浑身发毛，干咳两声道："这是任务需求、任务需求！南风、扶摇，你们路上遇到什么东西了没有？"

南风道："不曾！"

谢怜道："好。你们守住这里，一个人都不能走！"

闻言，群情哗然。未等他们发作，南风一掌劈出，一棵一人环抱的大树应声折断倒地。众人闭嘴。

望着明光庙前这一片黑压压的人头，谢怜一抱拳："诸位得罪。但鬼新郎刚刚从这里逃走，你们刚好跟它迎头撞上，劳烦你们相互仔细看一看，看清楚每个人的脸，看看有没有一个你们都不认识的人混在里面。用火把照脸，一个一个照！"

听说鬼新郎可能就混在自己人中，众人毛骨悚然，你看我、我看你。南风拿过一人手里的火把，举着一个一个照过去。每一张脸上都有冷汗。

谢怜道："如何？有陌生面孔吗？"

众人纷纷摇头，都道："没有不认识的人！"

小胡子又是第一个叫："鬼新郎不在咱们里面，看清楚了还不放了我们！"

居然没有？谢怜蹙眉思索，会不会附在谁身上？可那东西明明是个实心的。

这时，忽有人道："咦？这是座明光庙？稀奇了，我还从没在与君山附近见过哩。"

众人纷纷看起了稀奇。谢怜却忽道："明光庙。"

南风听出他语气有异，道："怎么了？"

谢怜道："北方明明是明光将军的地盘，他香火又不是不旺，法力也不是不强，但是，为什么与君山山下却只有南阳庙？"

那官老爷向神武大帝祈福，倒好理解，因为神武大帝乃千年第一武神，地位高于明光将军，自然是越往上头求越保险。

◆ 034

可明光庙与南阳庙资历上乃是平级，真要论起来，这位明光将军可能资历更老、信徒分布更广，为何非要舍近求远？

就算与君山里这座明光庙被鬼新郎鸠占鹊巢，旁人找不到它，但明明可以再建一座明光庙，为什么却要建别的武神庙？

一定有别的原因，让与君山一带的人选择再也不建明光庙！

忽然，有人嚷道："好多新娘啊！"

一听这声音是从庙里传来的，谢怜猛地转身。他让这群人好好待在庙前的空地上，竟有几人置若罔闻，跑进庙里了！

南风喝道："谁让你们乱跑的！"

小胡子却道："别听他们的，咱们是良民，他们还敢真杀了不成？大家都跟我走！"

他竟是吃准了这点，肆无忌惮。南风指节咔咔作响，看样子在憋骂。可他还真不能随意打折凡人的手脚，捅到上天庭那可不好玩儿。小胡子又嘿嘿冷笑："不要以为我看不出来你们打什么主意。不就是想骗我们不动，独占功劳，好自个儿去拿悬赏？"

他如此煽动，竟有半数人蠢蠢欲动起来，跟着他跑进了庙里。扶摇拂袖道："随他们去吧。人要送死，你拦得住？"

而明光庙中又是一声惨叫："这些都是死人啊！"

那小胡子先是大惊，但马上又想开了："死了也没事。把新娘子的尸体运下山去，她们家里人还不得出钱买？"

谢怜一进去就听到这句，哭笑不得：此人金句频出，都没力气跟他生气了！他道："快出去。这庙里常年无风，毒气沉淀，你们会中毒的。"

可惜，有人唏嘘，有人嘀咕，有人又高兴起来，就是没人理。小胡子还教他们："大家伙儿紧着新鲜的尸体挑，太老的尸体她们家里人都不知道在不在世上了，就别费那个劲扛下去了。"居然还有几人夸他精明能干。谢怜见有人动手动脚，立即喝止："别揭盖头！"

然而，一群人为了抢新鲜的尸体，早动手了。有个大汉掀开一名新娘的盖头，惊道："我的妈呀，这个小娘真是美得上天了！"

众人纷纷围过来："这门儿都没过，就这样死了真是可惜了。""这裙子怎么破成这样？不过就数这个最美没跑了。"

这新娘子确实美艳。大抵死得不久，脸上肌肤还颇有弹性，有人道："敢不敢摸两把？"小胡子道："有什么不敢？"说着他就伸出手。谢怜实在看不下去了，一脚就把他踹趴下。小胡子大怒："你！"

　　谢怜无辜地看着他："我？"

　　小胡子气势汹汹爬起来，谁知刚爬起来，"咚"的一声，小胡子又倒了。谢怜定睛一看，他脑上一个洞，地上一块沾血的石头，而窗外一个人影一晃而过。

　　谢怜右手在窗棂上一撑，翻出去直奔树林。有几个胆大想拿赏金的也跟着他爬出窗外。可追到树林边，谢怜忽然闻到一阵浓郁血腥味，猛地刹步，道："别进去！"

　　那几人却心想你不追正好我追，竟是不停，直冲进树林中。众人也拥了出来围观。没过多久，只听几声惨叫，树林里跌跌撞撞走出几个黑影，正是方才率先冲进去的几人。光之下，众人一看，魂飞魄散。

　　进去时还是个活人，怎么出来时就变成了血人？

　　人若是流了这么多血，那是决计活不成的。然而，这几个血人还在歪歪倒倒走过来，众人吓得齐刷刷退到谢怜身后，谢怜举手道："镇定。血不是他们的。"

　　果然，那几人开口了："是啊！血不是我们的，是……是……"

　　满脸的血也掩盖不住他们脸上惊恐万状，一群人顺着他们的目光朝树林中望去。黑漆漆的，瞧不清楚树林里面到底有什么，谢怜拿过一支火把，往前走了几步，举着向前探去。黑暗里，有什么东西滴到了火把之上，发出"吱吱"声响。他看了一眼火把，目光往上移去，定住了。

　　有人问道："这位道长，怎么了？那上面……是什么？"

　　谢怜不答，扬手将火把向上一抛。

　　尽管被抛起的那支火把只将上空照亮了一瞬，但所有人还是都看清楚了，树林的上方有什么。

　　长长的黑发，惨白的脸，破烂的武官服，以及悬在空中来回晃动的手臂。

　　四十多个男人的尸体，高高低低，摇摇摆摆，倒挂在树上，形成一派恐怖景象。

　　外面这群人虽都是身强力壮的大汉，但哪里见过这样的阵仗，竟是全都吓呆了，鸦雀无声。而南风和扶摇过来看到了这幅景象，皆是神色一凝。

　　须臾，扶摇道："'青灯夜游'。难道他也来了与君山？"

谢怜神色比他们更凝重："你说的是谁？"

扶摇道："一个'凶'。据说很接近'绝'。他最喜欢这种游戏。"

谢怜好笑。须知这世上，只存在"飞升了"和"没飞升"两种状态，"快要飞升"这种模棱两可的形容没有意义。同理，是"绝"就是"绝"，不是就不是，非说"接近"，反倒尴尬。

他又想起那少年牵着他一路前行时，曾有一阵雨打伞面之声。莫非他撑伞，便是为了替他挡下这一阵尸林血雨？当下轻轻"啊"了一声。那两人立刻问道："怎么了？"

谢怜便把那迎亲少年的事简略说了。扶摇将信将疑道："这山中迷阵我上来时便觉察到了，凶险得很，他就这么随手便破了？"

谢怜道："准确来说，他就随便踩了一脚，手都没用。"

南风想了想，道："我感觉你遇到的这个人不是青鬼。"

扶摇道："不错。青鬼品味低下，看这行事风格，定不是他。"

谢怜："你们居然意见一致，看来这位'青灯夜游'品味真的很差。"

南风又道："你见到的那个少年有什么特征没有？"

谢怜道："银蝶。"

方才南风与扶摇看到那恐怖景象时表现镇定，可此言一出，他们神色却都变了。扶摇微微睁眼："你说什么？银蝶？什么样的银蝶？"

谢怜觉察他大概说了什么非同小可的话，道："似银又似水晶，不似活物，瞧着挺漂亮的。"

南风、扶摇脸色皆极为难看。半响，扶摇才道："撤吧。"

谢怜道："鬼新郎都没抓到，如何能撤？"

扶摇冷笑："解决？看来你真是两耳不闻窗外事。鬼新郎不过是'凶'之境界，算得了什么？就是这青鬼，虽然令人头痛，但也就能让人头痛一下了。可你知道那银蝶的主人是何等来头吗？"

"不知道。"

扶摇道："总之，你惹不起！先回上天庭搬救兵去吧。"

谢怜道："那你先回去吧。"

"你……"

谢怜道："那银蝶主人并未流露恶意。而若他有恶意，又真像你说的那么可怕，现在就更得有个人守在这儿了。"

扶摇这人一大特色就是分手十分干脆，看清利害说走便走。南风则比较老实，还是留下。鬼新郎、青灯夜游，还有那来头不小、使人谈之色变的银蝶之主红衣少年，一座小小与君山竟是异客不断，谢怜感觉出师不利。

这时，人群又是一阵骚动，有人道："逮着了！"

一听他们叫，谢怜就头痛不已："这一会儿工夫，你们又逮着什么了？"

树林中又走出两个身影，一个大汉嚷道："原来是这丑八怪！"

他手里抓着个少女，正死命挣扎，躲避去照她面容的火把。不是小萤又是谁？

谢怜讶道："小萤姑娘，你不是回家了吗？"

怎么哪里都有这姑娘？她怎么会在这里？

小胡子道："哦——我就说为什么你总是古里古怪的，原来你跟鬼新郎是一伙儿的！"

小萤捂着头道："不是！我只是……"她看向谢怜，小声道，"我只是想帮忙！"

小胡子道："帮忙？你帮忙就是偷偷用石头打我？我倒要看看，你这丑八怪究竟长的什么鼻子眼睛，这么恶毒！"说着就去抓小萤的脸，他这两把揪乱了覆面的绷带，小萤登时抱头惨叫，叫声凄厉可怜。谢怜的忍耐终于到达了极限，一挥手，若邪绫倏出。小胡子仿佛被一万条钢鞭抽过，发出更高的惨叫声，倒地不起。

世界终于一片清静，谢怜深出一口气，微笑道："大家何必火气这么大呢？和和气气的，不是很好嘛！"

若非怕待会儿出事时还要搬着人走不方便，谢怜早就打晕十个八个了。这人就是专门挑事的搅屎棍，他不动，人群不知道要跟着谁冲，瞪着谢怜那圣光普照的笑容，终于闹不起来了。

谢怜心下甚为满意，把小萤扶起来，拍拍她身上的灰，道："小萤姑娘，没事吧？"

小萤的脸从手臂下的缝隙里露出。绷带下露出一点皮肤，仿佛被大火灼过，不难想象这是多么可怕的一张脸。谢怜有意挡住火光，免得她被照得难受，可小萤对上他，火光明晃晃的也不躲避了。谢怜还待安慰，忽然想到一事，隐隐觉得抓住了什么重要的东西，问："有件事我早就想问了。小萤姑娘，你一直都住在与君山附近吧，这一带就没建过明光庙吗？"

小莹回过神，道："应该是建过的。"

谢怜道："那为何山下只见南阳庙，不见明光庙？"

小莹道："建是建过，但我听说，好像是因为每次想建明光庙，修建途中老是会无缘无故失火。有人说，怕是明光将军有什么原因镇不住这里，就换了南阳将军……道长，怎么了？"

谢怜喃喃道："我明白了。"

笑了就要被抓走的新娘，无故失火的明光庙，被迷阵深锁山中的明光庙，气宇轩昂的裴将军武神像，被若邪绫打伤后凭空消失的鬼新郎——

谢怜猛地抓住南风，道："借我点法力！"

南风给他吓了一跳，手掌送出："怎么了？"

谢怜与他对击一掌、拽着他就跑："待会儿再解释，先跟我去把那十八个新娘的尸体镇住！"

南风道："你糊涂了？只有十七个新娘的尸体，加上你才是十八个！"

谢怜道："不不不，之前是只有十七个，但现在有十八个了。十八个新娘尸体里面，有一个是假的——鬼新郎就混在里面！"

二人奔回明光庙中，而大殿之后已是空空如也，方才立着一群新娘的地方只剩一地乱红盖头。

见状，谢怜心道要死，将地上盖头一把薅了，这时，庙外传来阵阵惊呼。二人透过窗子往外一看，只见十几名周身猩红嫁衣的女子，形成了一个包围圈，正在缓缓地在向那群村民逼近。

这些女子个个脸色发青，面带微笑，双手平举向前，正是方才那些新娘！

眼看着她们越逼越近，任谁也没法镇定，众人拔腿就跑。谢怜无奈道："别乱动！"

今晚他这句话都说了不知道多少次了，每次出什么事他都要说个三四十遍，可是为什么大家都不听啊！

他挥挥手，若邪绫向天飞出，捏个诀，若邪绫便自行在空中舞成一朵狂花，甚是夺人眼球，那群新娘看到这边有个十分活跃的东西转得欢快，尾巴还不时抽一抽她们，好些个都被吸引了过来，还有七个则被森林深处的血腥味吸引，往那边慢慢跳去。谢怜道："不要让她们下山！"

南风早已追了上去，太可靠了，谢怜赞道："好南风！"两名新娘朝谢怜这边攻来，十指鲜红，指甲尖利，谢怜取出方才在地上捡的红盖头，忽地双手一丢，两块盖头旋转着飞出，正正盖到两名新娘头上。她们的动作瞬间就迟钝了。

　　果不其然，这厚厚的大红盖头一遮，把那新娘尸体的眼睛和鼻子都遮挡了一层，看不见人影，也闻不到人气了。而且因为她们尸体僵硬，也没法自己弯折手臂把盖头取下来，只能伸着手到处乱摸乱抓，仿佛在和人玩捉迷藏，真是恐怖又滑稽。谢怜站在她们面前，试探地在她们眼前挥了挥手，见她们茫茫然地摸向另一个方向，道："得罪了。"

　　他抓住两条手臂就把她们的手爪放到了对方的脖子上。两名新娘突然摸到东西，浑身一震，这便恶狠狠地互掐起来。谢怜赶紧跑了，又是一扬手，若邪绫一道白虹似的去了，暴长数倍，在地上落成一个大白环。他对四下逃窜的众人道："都进圈子去！"

　　一群人边跑边犹豫，小萤率先进圈。恰好有个新娘跳到了白圈边缘，伸爪要抓，却被一道无形的墙震开，小萤大声道："快来，这个圈子她们进不来！"

　　众人见状，连忙又一窝蜂拥来，真担心有人被挤出来。新娘们跳不进圈子，齐齐尖啸着朝谢怜袭来。

　　而谢怜这边早已等待多时，他袖中抓出一大把盖头，四五块红布在手里上下左右前后转得飞起，脚下不停手上不歇，来一个盖一个，一盖一个准，盖中一个新娘她便开始盲人摸象般慢腾腾地摸索起来。他那盖头实在是转得人眼花缭乱，在双手间游刃有余地抛来抛去，在空中飞成数片红影，众人在白圈内居然忍不住喝起彩来："好家伙！""厉害厉害，这功夫，练过的吧！"

　　谢怜习惯性地脱口道："还好还好。各位有钱的捧个钱场没钱的捧个人场……嗯？"话一出口他才觉不对，竟然把从前在杂技班凑场子时说顺了的话顺嘴溜出来了，连忙打住。说话间，又有几个新娘跳了起来，竟是一蹦七尺高，一弹三丈远，挟着一股腐臭味就飞到他眼前。谢怜足底一点，身子也掠了出去，在空中赶紧默念三遍通灵口令，道："灵文灵文百事通！我问个问题，你可知北方武神明光将军有没有什么红颜知己？"

　　灵文的声音在耳边响起，道："殿下你问这个做什么？"

　　谢怜道："实不相瞒，有十几个死人正在追我。"

　　灵文："啊。"

谢怜："所以！这问题不好答吗？任务需求，绝不泄露。"

灵文道："殿下误会了，这问题不是不好回答，而是老裴他红颜知己太多了，我不知道你问哪个。"

谢怜脚下险些一歪，道："好吧。那在裴将军这些红颜知己里，有没有一位占有欲强、嫉妒心强、身有残疾的女子？"

灵文道："你这么一说，我倒是的确想起来一位。"

谢怜又是两块盖头飞出，引来一片喝彩，他转身一拱手，道："说来！"

灵文道："老裴以前没飞升的时候，是个将军。他在战场上结识了一个敌国的女将军，十分美艳，性情悍烈，叫作宣姬。

"裴将军这个人嘛，见了美貌的女子，哪怕是拿刀架在他脖子上，他也是要去纠缠的。这女子带兵与他交锋，成了他手下败将。

"宣姬被押送到敌营，当场便要自尽，偏生没自尽成，被敌国一位风度翩翩的将军挥断三尺青锋，救了下来。

"一来裴将军向来是个怜香惜玉之人，二来战事大局已定，他便把宣姬放了。一来二去，再来再去，两人便有了一段露水姻缘。"

这时，一名新娘抓住谢怜右腿，五指一抠，险些入肉，他正想一脚踹出，发现这个角度只能踹到脸，心道不可打姑娘的脸，换了个姿势改踹她肩，反手又是一盖头飞出，道："听起来像是一桩美谈！"

灵文道："本来是美谈。可坏就坏在，宣姬一定要跟裴将军一生一世一双人。"

谢怜两步飞上屋顶，看着下面朝他逼近的六个新娘，抹了把汗道："女子想要一生一世一双人，本也没错。"

灵文道："是没错。可老裴这个人，我说实话……"

"……"

"况且两国交兵，战场无情，原本两人就说好了，露水姻缘，你情我愿，有今朝没明日。宣姬却性情极为激烈，她要的东西，便一定抓死了也不放手……"

"且慢！"谢怜道，"你先告诉我，宣姬是不是残疾，是哪里残疾！"

"是她……"话到此处，灵文的声音戛然而止。法力又没了！总是在关键时刻！

横飞纵跃间，谢怜迅速理了一遍思路。

如果鬼新郎没有混在村民里，那么，剩下唯一可以混入的地方，就只有十七个新娘里!

他自己混进去时,鬼新郎没有一眼发现数目不对,反过来,当鬼新郎混进去的时候,他同样不能一眼觉察多了一个。仔细想想,若邪绫打伤鬼新郎后,他只看到一团黑雾滚滚袭向树林,但并不能保证那团黑雾里就一定有人。

事实上,恐怕那时候,他奔出庙门去追,鬼新郎则藏在一屋的黑烟中,与他擦肩而过,回到殿后,混进了新娘里。

藏叶于林。"鬼新郎"根本就不是"新郎",而是"新娘"——一个身穿新娘喜服的女子!

根据是女子,再来反推其他事。比如,为何与君山一带没有明光庙。不是当地人不想建,而是建不起来。小萤说"每次想建明光庙,修建途中老是会无缘无故失火"。这听起来就绝不是巧合。

为什么放火烧庙?通常情况下,是因为恨,然而这与君山内又有一座被迷阵封锁的明光庙,无一人前来,庙内神像雕得极好,为何?鬼新娘自己身穿嫁衣,却见不得穿着嫁衣的女子路过与君山时脸上带笑,又是为何?

除了嫉妒和独占欲,还能为何!

而那仿佛厚布包裹木棍、拖着重物的怪异声响,如果真是脚步声,谢怜也只想到一种可能!

追着他跑的新娘已被他尽数盖上了盖头。谢怜终于得以落地,微喘一口气,略定心神,起身去数。

一、二、三、四……十个。

七个新娘跳进了树林,由南风去追了。十个新娘被他重新盖上了盖头,都在这里。那么,还有一个,还没出现。

正在此时,他听到了那阵熟悉的"咚咚、咚咚"声,从他身后传来。

谢怜缓缓转身,一个矮小的身影,映入他眼帘。

他轻吸一口气,心道:"果然如此。"

眼前这个矮小的女人,一身红嫁衣,不见喜气,只见凄厉。

但她之所以矮小,并不是因为她身材矮小,而是因为,她是跪在地上的。

她双腿骨头已断,却没有截去小腿,竟是一直用两个膝盖在地上跪着走路。

他听到的怪异的"咚咚"声,就是她拖着两条断腿在地上跳跃行走的声音。

她容长脸，双眉上扬，果真是十分美艳。原本美艳之中还带着三分英气，而如今，美艳里一股怨气扑面而来，仿佛常年囿于狭小之处，不见晴空。跪在地上，膝盖以下的嫁衣破破烂烂。

谢怜与她定定对视一阵，才道："宣姬？"

似乎很多年没人叫她这个名字了，她面容上郁结的怨意竟幽幽散去几缕。过了许久，她才道："你是谁？是他派你来找我的吗？"

这个"他"，自然是指那位裴将军了。宣姬好像已经相信了这个说法，又追问道："他呢？他自己为什么不来见我？"

她那种热切的神情让谢怜觉得，还是不要说"不是"为妙。

见他半晌不答，宣姬身子一晃，倒在那尊英俊挺拔的武神像脚边，大红嫁衣在地上铺成一朵巨大的血花，她披头散发，满脸痛苦难挨之色，仿佛在受着莫大的煎熬，道："裴郎啊裴郎，我为你背叛我的国家，抛弃我的一切，我腿都断了，变成这个样子！你为什么不来看我了？"

她双手狂扯自己头发，质问道："你害了我，你害了我啊！你对得起我吗？你的心难道是铁石做成的吗？"

谢怜暗暗思索，背叛国家？断腿？难道是那位裴将军始乱终弃，甚至趁二人浓情蜜意时恶意诱骗，才导致她怨气如此深重？

这时，庙外忽然传来一阵尖叫。

谢怜往窗外望去。只见若邪圈内挤满了人，圈外，一人正拖着小萤往外拉，那人大骂不止，竟是不知何时醒来的小胡子在抢位置："你这丑八怪有什么资格在里面，让我进去！"

宣姬听到这声音，挥手就是一道黑雾。小胡子被黑雾裹挟，吸到宣姬手里。他回头一看，这个长发乱舞、阴气森森的女子，不就是方方他差点就轻薄了的那个美艳新娘？

事到如今他才终于知道害怕，大声惨叫起来，而宣姬五指一弯，一把抓碎了手中那个厉声惨叫的头骨，十分美艳的一张脸此刻竟有七分变形。她冷笑几声，突然猛地跳上神像，掐着它的脖子疯狂摇动起来。

她狂怒道："我烧你的庙！在你的地盘杀人，就为你来看我一眼！我等了你多少年！你还不来，是不是你自己也知道对不起我？你看看我的腿，看看我现在这个样子！我这都是为了你、为了你！"

谢怜抹了一把冷汗,心想你若是想见情人,可否换个正常点的方式?若是有人想用这种方式见他,他反正是一点也不会想来的!

众人被吓破了胆,有的口吐白沫直接倒出圈子。宣姬一看,居然还有人敢不专心听她倾诉衷肠,又是一阵勃然大怒,五指伸出。情急之下,谢怜灵机一动,放声大笑起来!

宣姬听到笑声,猛一回头就看到一个红衣新娘笑得欢快,忍不住妒火中烧。她嫁不了自己心爱的人,就恨不得全天下女人都嫁不了,都哭哭啼啼一辈子不幸才好,是以一看到新娘子笑就恨得咬碎银牙,立刻改向谢怜扑来!

她断了双腿,行动却极为迅速,还力大无穷,掐得谢怜与她僵持不下,道:"宣姬将军,你也曾是一代巾帼,为了一个男人,何苦如此!"

宣姬喝道:"闭嘴!你不会懂的!"

就是因为他不懂,所以才没疯!

难怪宣姬把山下的明光庙都烧掉了,想来是一想到可能有女子去参拜裴将军的庙、与她分享同一尊神像就受不了。这是已经嫉妒成魔了!

这时,忽听有人急速奔近,竟是小萤冲了过来,边冲边道:"放开他!"

谢怜忙道:"别过来!"

果然,宣姬眼中血丝一爆,小萤还没靠近便飞出数丈。谢怜听她重重落地的声音,心里一惊,出脚就是一踹!

他这一脚一不小心爆了力。宣姬被他踹得横飞出去,竟是撞断了十二三棵树才被化去冲击,最后趴在地上,一动不动了。谢怜看她再也爬不起来,心道"罪过,竟然把女子踢成这样",转身奔向那边,道:"小萤姑娘!"

小萤躺在地上,谢怜上去扶起她来粗略查看,发现竟未受重伤,胳膊腿都完好,连口血都没吐,惊讶之余松了口气。小萤躺在他怀里,一双眼睛从绷带里露出来,看着他忙着给自己查有没有断骨脱臼,轻声道:"我是不是给你添麻烦了?"

谢怜笑道:"怎么会?方才真是幸亏姑娘来帮我,不然就给这女鬼掐死了。只是这样也太危险了,下次千万不要这样了。"

小萤却微微一笑,道:"你不用哄我啦,太子殿下。"

谢怜眨眨眼,道:"你……"

小萤笑意更深:"怎么你还是这样子啊?"

谢怜一愣:"你认得我?"

小萤粲然道:"谁不认识太子殿下呢?"

随即,她似乎又微微蹙起了眉,喃喃道:"只可惜,还是没能帮上你的忙……"

正在此时,一阵奇异的号角声传来。

那号角声似战场上冲锋陷阵,一众村民都被震晕过去,四周新娘们也东倒西歪栽了一地,只有手臂还直冲天空。

若邪从地上爬起来,缠缠绵绵卷回谢怜手腕上,谢怜轻轻拍了它两下以示安抚。正莫名其妙,他看一人从树林中走出。顾不得小萤了,谢怜放下她道"姑娘你稍候",便上去道:"南风,这是什么?"

南风一根捆仙索拖着一排新娘,一回来听了那号角声,道:"是救兵!"

明光庙前,不知何时出现了一名身材颀长的年轻武将,负手而行,来到谢怜面前,对他微微欠身,道:"太子殿下。"

南风道:"这是裴将军。"

谢怜道:"裴将军?您可算是也来啦。"他心里却想:"这神像又塑走形了。"

那神像英姿勃发,眉眼傲气横生,乃是一派带着侵略之势的俊美。而这名年轻武将面容白皙,殊无杀气,只有一派波澜不惊。

他看到了地上的宣姬,道:"灵文殿传信,与君山作乱之物可能和我们明光殿有渊源,在下这便赶来。有劳太子殿下了。"

谢怜心想感谢灵文,灵文殿的效率哪里低下了,道:"也有劳裴将军了。"

而宣姬挣扎中隐约听到"裴将军"三个字,抬头狂喜:"裴郎!是你吗?你终于来了吗?"

可她把来人一看,立刻垮了脸:"你是谁?"

谢怜奇怪中微带怜悯,道:"这不是裴将军吗?"她莫非是等太久,已经不认得情郎了?

南风却道:"是裴将军。不过,不是她等的那位。"

谢怜更奇怪了:"难不成还有两位裴将军?"

南风道:"不错,正是有两位!"

原来,这女鬼等的那位裴将军,乃是明光殿的主神,而他们面前这位,则是明光殿的辅神,乃是那位裴将军的后人。叫的时候为了区分,都称这位为"小裴将军"。正统的明光殿里,是要一正一反供着他们二位的。裴将军为主殿正神，神像正对殿门，小裴将军的神像则设在他背面。一门二人飞升，也算得奇谈佳话一桩。

宣姬急躁起来，道："裴茗呢？他怎么不来见我？叫那个狗男人来见我！"

这就是活生生的当着后人骂祖宗。小裴将军却是面不改色，道："裴将军有要务在身。"

宣姬呆了一会儿，道："要务？"

她在披面的长发之下喃喃道："他有什么要务？当年他为见我一面可以一夜横跨千里，现在他知道我等了他几百年，他会有什么要务，重要到他连下来看我一眼都不肯？有吗？根本没有吧！"

小裴将军不回答她，道："请您上路吧。"

明光殿内又走出两名神侍，宣姬任他们抓住，突然恨极，恶狠狠地道："滚开！你算什么东西？别碰我！我要诅咒你！"

小裴道："晚辈当然不算什么，您尽可诅咒。"

宣姬道："我不光要咒你，我还要咒那个狗男人！"

小裴道："裴将军不会介意的。"

宣姬气得又要发疯了，指天骂道："好！裴茗你听着！"

谢怜觉得有必要阻止一下这种行为："那个，是不是打断她一下比较好？万一她真的咒成功了呢？"

小裴将军道："见笑了。裴将军早就料到会这样了，所以他说，他一生被人咒得多了去了，最不怕的就是诅咒。"

宣姬声嘶力竭道："我诅咒你、诅咒你，你最好永远也别对任何人动真心，否则那一天，你就像我一样，永永远远，时时刻刻，无穷无尽，恋火焚身！"

小裴将军对谢怜等人道："失礼了。请稍候片刻。"并起食、中二指，轻抵在太阳穴上，不知在和谁通灵。须臾，他"嗯"了一声，放下手对宣姬道："裴将军让我转告您——'那是不可能的'。"

宣姬尖叫起来，小裴将军道："押走。"

两名神侍架着狂挣的宣姬拖了下去。谢怜道："小裴将军，宣姬怨气颇重，恨裴将军害她至此，只怕镇压不是长久之计。"

小裴将军却道："她说裴将军害她至此？"

谢怜一怔："难道不是？"

小裴道："若一定要这么说，也可以。不过，个中细节，可能与旁人所想象的不太一样。裴将军与她散后，宣姬为挽留，不惜主动奉上军中情报。裴将军不愿胜之不武，不取。"

这可真是万万没想到，所谓的"我为你背叛了我的国家"，原来是这样的。谢怜道："那她的双腿是？"

小裴将军道："她的双腿是她自己折断的。"

自己折断的？

小裴将军平淡无波地道："裴将军不喜强势的女子，而宣姬生性要强，这便是为何他们不能长久之故。宣姬心有不甘，对裴将军说，她愿为他牺牲改变，于是自行废去了武功，还折断自己双腿。如此一来，她等于是自断双翼，将自己困在裴将军身边。裴将军未弃她于不顾，便收留照顾她，但始终不愿娶她。宣姬夙愿不得偿，含恨自杀，不为别的，只为让裴将军伤心难过。但，恕我直言——"

他讲话始终一派彬彬有礼、冷静过头，谢怜道："并不会。"

小裴将军又道："个中是非，我也不知。我只知宣姬若愿放手，原本不至于如此。太子殿下，在下告辞了。"

谢怜也一拱手，送他们去了。南风道："什么人啊这都是。"

谢怜叹道："只可怜这些新娘，却是无妄之灾。"

明光殿的都回上天庭去了，剩下树林前一个长挑的身影抱着双手慢慢走来，正是扶摇。南风瞟他道："你不是跑了吗？"

扶摇哼道："我不跑快点催，他明光殿有这么快到？"

眼看这俩人又要掐起来，谢怜赶紧道："别这样说嘛，是我让他回去搬救兵的。"

扶摇看看他，道："这衣服你还没穿够？"

谢怜这才发现自己还穿着红嫁衣，"啊"了一声，道："南风，方才小裴将军在，你怎么不提醒一下我？"

扶摇道："可能是看你穿得还挺高兴的吧。"

南风道："放心。你就是穿得再奇怪十倍，他回去也不会和别人多说一句。不像某些人那么多话。"

谢怜干笑道："是吗，这位小裴将军真沉得住气呢！"

扶摇却没接南风的茬，神色凝重道："你别看他好像一副彬彬有礼的样子，他跟他祖宗一样，都不好对付。裴宿是近一两百年才飞升的新贵，上得很快。他被裴将军点将之时才不过弱冠之龄，你知道当时他干了什么吗？"

"什么？"

扶摇吐出两个字："屠城。"

他总结道："总之，上天庭里没几个是好相与的，都不是什么善男信女。"

谢怜听他一副过来人告诫后人的口吻，不免好笑，猜想扶摇是不是在上天庭里受过气、深有感触才这么说。南风却极不赞同："你少危言耸听，哪里都有好与坏，天界里还是有不少值得信赖的神官的。"

扶摇道："哈，值得信赖的神官，你是想说你们家巨阳神吗？"

南风："是谁我不清楚，反正不是你们家扫地神。"

谢怜头痛道："你们真有活力呢，不如来成语接龙吧。"

忽然，三人闻到一阵恶臭。转眼去看，只见地上十七具新娘尸身，均开始变化。有的已化为一具白骨，有的已开始腐烂，那阵阵恶臭就是这么来的。

可谢怜看了一圈，诧道："小萤姑娘？"

小萤原本躺着的地方，没人了！

但那里似乎留下了什么东西。谢怜走过去，发现那是一个冷透了的小馒头，孤零零地在地上。

他捡起那个馒头，忽然想起，这是前日他放在那落魄土地祠前的供品。

三人均恍然大悟。南风道："怎么说？那姑娘是与君山的土地？"

难怪她识得谢怜。也难怪她三番两次阻挠众人上山作死，那是她守护一方土地的天性使然。可惜的是，她原本法力就不强，连普通村民都能欺负她，还要去别人的庙里祈福，又被宣姬打了一掌，眼下似乎撑不住，已经散掉了。

扶摇也诧异道："这土地祠香火零落无人跪拜，她竟还能化形，还能撑到现在。"

谢怜将那小馒头收进袖里，叹道："想必是有什么执念吧。"

他又高兴地道："我就说了，供奉虽少，但一点心意也是很重要的，没错吧？"

扶摇道："是是是。太子殿下永远正确！"

南风则一巴掌拍过来了："说了掉地上的就别吃了！"

这时，臭味熏醒了地上众人，他们悠悠转醒，大惊大骇。谢怜趁机神神道道告诫诸人一番。他虽不常行骗江湖，但扮起神棍来倒也有那么几分气质。众人哪里还敢说别的，战战兢兢听他讲话，都觉仿佛做了一场噩梦，想不通昨晚怎么着了魔一样满脑子钱，现在想想后怕得很，倒也都老老实实悔过祈福。

村民们散下山去，谢怜却还要忙。这里躺着十七个新娘，树林里还挂着四十个死武官，够折腾的。他笑眯眯地道："南风、扶摇，来干活了！"

哪还要他说，那两人早已认命地干起了苦力，看样子仿佛前世就是给他当牛做马的一般娴熟。谢怜也没闲着，把一名新娘尸身翻过来，突然脚底一软，一下子跌坐在地。

这尸体的脸已经开始腐烂了，但这根本不可怕。可怕的是，她的面颊上，长出了另外三张小小的人脸。

这些人脸幼儿掌心大小，挤在她脸上，每张小脸的五官都剧烈地皱缩着，仿佛在痛苦地尖叫。

这张脸，真是比任何妖魔鬼怪都要恐怖！

谢怜毛骨悚然，连自己什么时候摔倒的都没发现。他也不知自己脸上露出了什么样的表情，但一定非常恐怖，因为南风和扶摇都抢了上来："怎么了？你干吗突然乱打？尸体都给你炸没了！"

谢怜说不出话来。他这才发现，原来方才在极度恐惧之下，他一掌出去，所有残余的法力聚在一处，把那具尸体轰了个片甲不留！

好半晌，谢怜终于能开口了，可他声音几乎是颤抖着的："南风……扶摇……马上把与君山方圆十里全部封掉……这是人面疫！"

听到那三个字，南风与扶摇也瞬间僵掉。

他们总算知道为什么方才谢怜会失控了。

八百年前，仙乐国皇城被一场瘟疫席卷。这种瘟疫，患病之人，身上会先浮现一个个小小的肿块，肿块越来越大，越来越硬，微微发痛。然后，这个肿块慢慢有些凹凸不平，三个凹陷，一个凸起，就好像是……眼睛、嘴巴和鼻子。然后五官越来越清晰，最终，长成一个类似人脸的形状。如果放任不理，身上就会长出越来越多的人脸。据说，有的人脸长到最后，长成了形，还会开口说话，甚至尖叫。

而这种瘟疫的名字，就叫作人面疫。正是因为它，才会有仙乐亡国，才会有"花冠武神"谢怜之堕!

怎么会是这东西?怎么会有这东西!它明明已经消失八百年了啊!

想来就算没亲眼见过,也早听过这东西的恐怖传说。扶摇脸色变了又变,道:"怎么可能,这种东西几百年前就被扑灭了,绝对不可能再出现!而且这些尸体刚刚看,明明都是正常的!"

谢怜只说了一句话:"我没看错。"

南风与扶摇俱是无法反驳。谢怜说出的这句话,没有人可以反驳。

谢怜跌跌撞撞爬起来。虽是头痛欲裂,但他还是尽力让自己思路清晰,道:"不管了。马上去查与君山有没有人被传染!还有这些尸体,马上全部烧掉。人面疫传染力极强,半点也不能大意,只要漏过一个,就全都完蛋了!"

南风一把拽住他道:"你找个地方坐着,脸色难看成这样!排查的事自有人会做。"

扶摇已经去通灵了。他在慕情跟前似乎颇有地位,招呼玄真殿的侍神下来接摊子,竟是用命令口吻。完事了,他对谢怜道:"你也别先乱了阵脚,或许……或许只是类似的邪术。"

谢怜却根本坐不下来。他走了两步,握紧了拳头,低声道:"但愿如此吧。"

第四章
衣红胜枫肤白若雪

还好,最终是虚惊一场。

差不多半个中天庭都出动了,与君山方圆十里都被搜了一遍。最后,灵文殿通知他结果:与君山附近,从过去二十年到现在,都未发现过有人面疫症状的人。考虑到人面疫那恐怖的传染力,如果它存在,这一带早已人烟灭绝,所以,不排除谢怜当时看到的景象是邪术所致的可能。

意思就是说谢怜你看错了吧。

听到这一消息,谢怜心里那根紧绷的弦终于松下来。如果人面疫重降于世,那真是人间灭顶之灾。相比之下,"看错了"导致中天庭耗时费力的尴尬根本不算什么。

不过,飞升也才几日,他是飞檐走壁又杂耍、上了花轿被出嫁,末了又给这么狠狠一吓,比他以往在人间收一年破烂还累。回到仙京,谢怜在大街边随便找了个台阶坐下就连上了通灵阵。

一进去,上天庭的通灵阵内竟是十分难得地热闹,众多声音在阵里飞来喝去,乱成一片。

首先听到的便是风信的骂声:"小裴!你们裴将军回来没有?那女鬼宣姬是个疯子,无论问她什么,她一律吵着要见裴将军,赶紧把她弄走!"

风信是最不惯对付女人的,竟是让他来干这问讯的活儿,谢怜不禁微觉同情。小裴将军道:"见了也没用,见了更疯。"

慕情的声音道:"又是倒挂尸林。不愧是连鬼界都嫌弃的青鬼,品味一如既往地低下。"

灵文也冒出来了:"问出来了。青鬼不在与君山,那倒挂尸林是女鬼宣姬在按照青鬼的要求给他上供。"

谢怜："原来宣姬是青鬼的下属？"

灵文："正是。不知多少年前，女鬼宣姬无意间救了被无名高人封印的青鬼，被他相中。青鬼与她相见恨晚，对她十分欣赏，一拍即合，便收编了。"

谢怜道："与君山彻查过了吗？应该还有一只童灵。"

灵文却道："童灵？这倒是没查到。"

这可奇怪了，那它是打哪儿来的？

忽然，谢怜想起一件他惦记了一路的事，道："说起来，这次我在与君山遇到了一个能驱使银蝶的少年。诸位可知这少年是什么人？"

忙得飞起的通灵阵突然安静。

半晌，灵文才问："太子殿下，你刚才说什么？"

慕情冷冷地道："他刚刚说，他遇到花城了。"

终于得知那红衣少年的名字，谢怜笑道："原来他叫作花城？这名字很美啊，倒是挺适合他的。"

听他如此语气如此言，通灵中的诸位神官都无言以对。片刻，灵文轻咳一声，道："太子殿下，你可听过所谓的四大害？"

谢怜道："惭愧，我只知道四名景。就这还是最近才知道的。"

所谓的四名景，乃是上天庭中四位神官飞升之前的四段美谈佳话——少君倾酒，太子悦神，将军折剑，公主自刎。

其中，"太子悦神"，说的便是仙乐太子"神武道惊鸿一瞥"。

其实能跻身四名景，并不意味那位神官最厉害，只是因为恰好他的传说流传得较广。谢怜流浪人间，久不关心天上事，这"四大害"大抵是后来才流行的一个说法，那就更不关心了。他道："既是'害'，肯定不是好说法。敢问是哪四大害？"

灵文道："这四大嘛，殿下请记好，乃是'黑水沉舟，青灯夜游，白衣祸世，血雨探花'。指的，是天界人间都非常头疼的四个鬼界混世魔王。"

人，往上走，成神；往下走，为鬼。

诸天仙神开辟了天界作为居所，把自己与人界割裂开来，居高临下，凌驾众生之上。而所谓的鬼界却还没有和人间分离开来，妖魔鬼怪和人们享用同一片土地。有的潜伏于黑暗中，伺机而动；有的伪装成人类，游荡人间。

灵文继续道："黑水沉舟，说的是一只大水鬼。他虽然已至绝境，但很少出来惹事，非常低调，根本没几个人见过，暂且不管。

"青灯夜游，指的便是我们那位品味低下、爱好倒挂尸林的青鬼。他也是这四害里唯一一个非'绝'境的。"

听到这里，谢怜道："等等，他为什么会出现在这里面？就因为常年惹事很烦人吗？"

灵文道："你可以这么想。不过更主要的原因大概是加他一个凑足四个比较好记。您知道的，无论什么东西大家都不凑齐四个不舒服。至于之所以是'青'，是因为其他三个鬼王恰好都有一种代表色，他为了保持格式一致跻身其中就强行给自己也安了个颜色。总之也不用管。"

谢怜道："真是实际的理由呢。"

灵文道："白衣祸世，这一位，太子殿下你应该比较熟悉。他还有一个名字，叫作白无相。"

听到这个名字，谢怜忽然感觉到一阵从心脏传向四肢百骸的抽痛，手背微微发抖，无意识握紧了拳。

他自然是熟悉的。都道"绝"一出世，可祸国乱世。而这位白无相一出世，灭的就是仙乐国。

灵文又道："白衣祸世早已灭于帝君之手，也不提。不过，就算他还存于世上，如今只怕也轮不到他来出风头了。

"太子殿下，你在与君山所见的那银蝶，又叫死灵蝶。它的主人，就是这四位里面的最后一位，也是当今天界最不想招惹的一位——'血雨探花'，花城。"

天界之中，当得起"大名鼎鼎"的，当属神武大帝和仙乐太子。虽然这褒贬意义完全相反，但如雷贯耳的程度差不多。而在鬼界，要挑一位在"大名鼎鼎"上与他们旗鼓相当的，花城以外，再无第二。

若你想了解一位神官，出门在路上走走，找到一座神庙进去，看看神像穿什么衣服，掌什么法器，大概就能了解一些。若是想了解更多，听听那街口口相传的神话故事、演义传奇，神官们为人时是什么身份、做过些什么事，差不多都已被挖得一清二楚。

而妖魔鬼怪则不然，它们为人时到底是什么样的人，现在又长什么样，几乎都是谜团。

花城这个名字，肯定是假的，相貌也肯定是假的。因为传闻中的他，有时是个喜怒无常的乖戾少年，有时是个温柔的翩翩美男子，有时是个蛇蝎心肠的艳丽女鬼，说是什么样的都有。关于他本尊，唯一确信的只有他一身红衣，常伴随着血雨腥风出现，银蝶追逐在他衣襟和袖间。

至于他的出身，更是有无数个版本。有人说他是个畸形儿，天生没有一只右眼，所以从小饱尝欺凌，憎恨人世；有人说他是一名少年将士，为故国战死，亡魂心有不甘；也有人说他是个因心爱之人逝去而痛苦的痴人；还有人说他是个怪物。最离奇的版本，据说——只是据说——花城其实是一位飞升了的神官。只是，他飞升之后，自己跳了下去，堕落为鬼了。

不过，这只是一个流传不怎么广的传说而已，真假不知，信的人也不多。话说回来，就算是真的，那也得是假的。因为这世上居然有人放着好好的神仙不做，宁可跳下去做鬼，这对天界而言实在是太丢脸了。总而言之，越是众说纷纭，越是迷雾重重。

各路神官对花城格外忌惮，有许许多多的原因。比如，他性情阴晴不定，时而残忍嗜杀，时而又有诡异的善举。再比如，他在人间势力极大，信徒极多。

是的，人们拜神，祈求保佑，远离妖魔鬼怪的侵袭，神官们这才有了许多信徒。然而花城一只鬼，在人间居然也有数量庞大的信徒，几乎到了只手遮天的地步。

这里，就不得不说了：花城刚冒头时，就干了一件出名的事。

他向上天庭的三十五位神官公然挑战，与武神斗法比武，与文神论法问道。

这三十五位神官里，有三十三位神官觉得可笑极了，但也都被他的挑衅激怒，接受了挑战，准备联手教他做鬼。

首先和他比试的，是武神。

武神是天界里最强的神系，几乎个个信徒众多，法力高强，面对一个初出茅庐的小鬼，可以说是稳操胜券。

谁知，一战下来，全军覆没，连神兵也统统都被花城那一把诡异至极的弯刀打得粉碎！

打完了才知道，花城是铜炉山里出来的。

铜炉山是一座火山，这不重要，重要的是，山里有一座城，叫作蛊城。蛊城并不是一座人人养蛊的城，那座城，本身就是一个大型的蛊毒。

每隔一百年，万鬼会聚在此厮杀，杀到最后只剩一只鬼，蛊成。虽然结果往往是一只也不剩，但是，只要能出来一只，那就一定会是个混世魔王。

几百年间，蛊城里只有两只鬼出来过，而这两位，果不其然，都成了人间家喻户晓的鬼王。

花城便是其中的一位。

武神被打得一败涂地，然后就轮到文神了。

打架打不过，论战总得过吧？

可巧，还真的论不过。那花城上天入地道古论今，时而斯文，时而恶毒，时而强硬，时而精辟，时而诡辩，当真是伶牙俐齿滴水不漏，旁征博引妖言惑众。数位文神被他从天骂到地、从古骂到今，气得一口血瀑直冲云霄。

花城，一战成名。

但是，若只是如此，他还不足以称可怕。可怕的是，大获全胜后，他要求三十三位神官履行诺言。

挑战之前双方定下约定：若花城败，奉上骨灰；若神官败，就全都自行跳下天界，从此做凡人去。若非他态度狂妄，赌注决绝，三十三神官又深信绝不可能败，也不会答应和他斗法论战。

然而，没有一位神官主动履行承诺。虽然毁诺很丢脸，但想想，有三十三位神官都输了呢，一个人丢脸是很丢脸，但是这么多人一起丢脸的话，那就一点都不丢脸了，甚至可以反过来一起嘲笑对方。

他们达成了默契，心照不宣，都装作没这回事。反正人们忘性大得很，再过五十年，说不定就不记得了。

这一点他们算得倒是不错。他们算错的是，花城可没那么好对付。

不履行？好，帮一把。

于是，他把这三十三位神官在人间的宫观，一把火都烧光了。

这便是如今诸天仙神依旧谈之色变的噩梦——红衣鬼火烧文武三十三神庙。

宫观和信徒是神官最大的法力源泉，殿都没了，信徒上哪儿去拜神？又有什么香火？元气大伤，重新立殿，少说也要一百年，还不一定能恢复当初的规模。对神官而言，这真是比渡劫失败还恐怖的灭顶之灾。这些神官里大的有宫观上千，小的也上了百，加起来过万之数，花城居然在一夜之间尽数烧毁，谁都不知道他是怎么做到的，但他就是做到了。

简直丧心病狂。

神官们向君吾哭诉，可是，君吾也很无奈。

神武大帝素来不喜争端，致力维持三界平衡。当初挑战是神官们自己应承下来的，承诺也是自己答应的，花城又十分狡猾，只是毁庙，并不伤人，等于是挖了个坑问他们跳不跳，他们自己把坑挖得更大然后跳进去了，事到如今又能怎么办呢？

原先那三十三位神官想要在天下人面前斗败这只狂妄小鬼，所以才把比武论战斗法之地选在了许多人间王公贵族的梦中，目的在于在信徒面前一展神威，谁知王公贵族们看到的却是他们被斗得一败涂地的模样。于是，一梦醒来之后，不少王公贵族不拜天官，改拜鬼了。这三十三位神官失去了信徒和宫观，逐渐销声匿迹，直到又一代新的神官飞升后，大批空缺才被填补。

从此，天界许多神官提起"花城"这个名字就胆战心惊，甚至听到红衣、银蝶就毛骨悚然。有的是怕惹到他，一个不高兴，先来挑战，再一把火烧光庙宇；有的是因为有把柄抓在他手里，动弹不得；有的则是因为他在人间只手遮天，有时一些神官要做事还不得不有求于他，请他大开方便之门。长此以往，部分神官竟是出于一种诡异的心理，也对他颇为拜服。

因此，对这位，天界当真是又恨、又敬、又怕。

而那三十五位神官里，那两位没有应战的武神，正是慕情与风信。

他们两位当初没有应战，倒也绝不是怕了花城，只是那时根本没有把对方放在眼里，觉得没必要理会这种挑战，赢了也没意思，不是欺负小鬼不懂事吗？故不应。谁知这竟是歪打正着。

然而，没应战，花城也没忘了他们俩。好几次中元节出巡，双方撞上，远远地打了几场，那疯狂肆虐的银蝶给他们留下了极深的阴影。

听到这里，谢怜却满脑子都是那银蝶晶萦绕着他飞的欢快模样，忍不住心想："那小银蝶有这么恐怖吗？还好啊……挺可爱的。"

当然，这话他绝对不会说出来的。不过，也难怪南风与扶摇听到银蝶时会脸色大变了，想来是跟着他们侍奉的两位神官一起吃过那银蝶之主的苦头。

一名神官问道："太子殿下，你遇到花城，他他他……他对你做了什么啊？"

这语气听上去更像是在问"你是少了胳膊少了腿还是少了更重要的东西"。谢怜道:"也没有做什么,只是……"

只是什么?总不能说,只是劫了我的花轿,迎亲一样牵着我走了一路吧?

他词穷了,只好道:"只是帮我破了女鬼宣姬在与君山内设下的迷阵。"

众位神官都是心下直犯嘀咕。半晌才有神官问:"诸位,你们怎么看?"

光听声音谢怜都能想象各位神官连连摇头摊手的模样。

"没有看法,完全没有看法!不知道他想干什么,怪瘆人的。谁能弄懂花城呀!"

虽说是被普及了一通花城是何等的混世魔王,可是,对这位传说中的绝境鬼王,谢怜却并不觉得怎么恐怖,反而有几分好感。

总之,他飞升回天界之后的第一桩祈福,这样就算完成了。虽然那位官老爷因为女儿之死过了许久才记起要还愿,带着伤心还愿,也不免打了折扣。

因为身负巨额债款,看谁都心虚,谢怜决定表现得态度良好一点。一开始打算无偿在仙京扫大街,发现仙京大街一尘不染根本没什么东西可扫后,他改变了策略。具体表现方式为,偶尔在通灵阵内冒出来说一句。

"诸位的观点真是非常有趣呢。"

"读到一首很美的小诗,与诸君分享一下。"

"一个非常有效的治疗筋骨疼痛的小秘诀,亲测有效。"

令人遗憾的是,每次他发出这些友好且有益身心的内容,通灵阵内便会一阵沉默,仿佛不知道该怎么接。

谢怜稍感郁闷,但很快又释然。大概他脱离天界太久了,已经彻底救不回来了,没办法跟上各位仙僚的步调,还是不要勉强了。

但谢怜这个人永远有一脸温和然后一句石破天惊的本事。某日他心血来潮,突发奇想道:"如果没人供我,我可以自己供自己吗?"

到现在为止,人间还没有谁为他建过一座宫观,也没有一个信徒在他耳边絮絮叨叨。须知连土地都好歹有个祠,这可真让人替他尴尬。而在他问出上面那句后,尴尬达到了顶峰,其他神官都不知该怎么回答。

谁听过哪个神官是自己供自己的!

当神仙的意义不就在于可以被人吹着捧着供着吗?做神做得凄惨到这个地

步，还有什么滋味!

谢怜早已习惯他一开口就冷场，觉得如此自娱自乐也不失为一件趣事，一旦做了决定，便又跳下了人间去。本来想找个小城镇，不小心又被云挂了一下，头朝下落到了一个小山村。

虽然落下地点错了，但谢怜把头拔出来后，见这里青山绿水，稻田绵绵，风景秀美，心里也美，不打算走了。再一看，小土坡上一片歪歪斜斜的破屋子，他四下问问，村民都说："那屋子废了，没主人，偶尔有流浪汉进去睡一晚，随意住。"这岂不正合他意?

走近了他才发现，这片屋子远看很破烂，近看更破烂。四根柱子朽了三根，风一吹，整个屋子都嘎吱作响，怀疑随时会倒。不过比露宿街头还是好太多，谢怜进去看了看便收拾起来。

村民们一瞧，居然真的有人要在这里住下，而且好像还是要倒腾出一个小道观，很是惊奇，都凑过来看热闹。此地村民倒是都十分热心，不光送了他一把扫帚，还送了他一筐新摘的荸荠[①]。荸荠都削去了皮，一个个白白嫩嫩，甘美多汁。谢怜蹲在破屋门口吃完了，双手合十甚是幸福，心里决定就叫此处荸荠观。

他一阵忙活，围观村民纷纷问："你这观要供的是谁呀?"

谢怜一脸普度众生地道："本观供的是仙乐太子。"

众人一脸蒙然："那是谁?"

谢怜道："我……也不知道。是位太子吧。"

"哦，干什么的?"

"大概是保平安的。"顺便收破烂。

众人又热切地问："那这太子殿下他管招财进宝吗?"

谢怜心想不倒欠钱就不错了，道："很遗憾，似乎不能。"

众人纷纷给他出主意："这是什么神啊! 你供他没前途的，还是供水师吧，招财哇，肯定香火旺!"

"要不然供灵文真君吧! 说不定我们村就可以出一个状元!"

一女羞怯怯地道："那个……你有没有……有没有那个……"

谢怜微笑道："哪个?"

[①] 即荸荠，别名马蹄、钱葱、菩荠等。

"巨阳真君。"

"……"

他要是真的开一座巨阳观，只怕风信马上天外飞来一箭！

粗略清扫干净了菩荠观，还差些香炉、签筒等杂物。谢怜背起斗笠出门采购，对了，也没有门扇。他想了想，又写了一个牌子放在门口："本观危房，诚求善士，捐款修缮，积累功德。"

他步行七八里，来到城镇上。做什么呢？自然是为了混口饭吃，又操起了他的老本行。

神话传说里，神仙都是不需要吃东西的，其实，这事很难说。造化大能们的确可以直接从阳光雨露中摄取所需之灵气。但问题是——可以归可以，没事谁爱这么干？为什么要这么干？

而部分神官要求五脏清洁，的确是完全沾不得凡人的荤腥油腻，若是沾了，就会像凡人生吃毒虫和泥土一般，上吐下泻。然则并非不吃食物，而是只吃那些生于净地、有延年益寿、增强法力功效的仙果灵禽。

但谢怜就不存在这个问题了。他咒枷在身，与凡人无异，什么都能吃，而且由于身经百战，怎么吃都吃不死。无论是放了一个月的馒头，还是已经长出绿毛的糕点，他吃下去也绝对都挺得住。有如此逆天体质，所以他收破烂时其实过得还算可以。对比一下：开观倒贴钱，收破烂赚钱，当真是飞升不如收破烂。

这人长得玉树临风仙风道骨，收破烂的时候就比较有优势，不一会儿谢怜便收够了一大包。出了城，城门外，他看到一头老黄牛拉着一辆板车，车上堆着高高的几垛稻草，他想起在菩荠村好像看到过这辆板车，应当同路，便问能否顺路捎一程，板车主人同意后，谢怜便拎着一大包破铜烂铁旧罐子上去。坐上去才发现，高高的稻草堆后，早已经躺了一个人。

这人上身遮在草堆之后，支起左腿，架着右腿，似乎正枕着手臂躺在那里小憩，看起来甚是悠闲自得。这般惬意姿态，倒是叫人蛮羡慕的。那一双黑靴收得紧紧，贴着修长笔直的小腿，颇为养眼，谢怜想起那晚在与君山盖头下所见，忍不住多看了几眼，确认这靴子上没挂着银链，不知是用什么动物的皮制成的，心想："这是哪家的小公子跑出来玩了吧。"

牛车慢腾腾在路上晃着，谢怜从收来的破烂里翻出几本小册子乱看。晃了不知多久，穿过一片枫林。谢怜抬头四下望望，青青田浪，艳艳枫火，带着点山间野趣，以及沁人心脾的清新草意，极是醉人，他忍不住微微一笑。

他少时在皇极观修行，皇极观藏于深山，漫山遍野都是枫林，灿灿如金，烈烈似火。此情此景，他难免有所思所忆，看了好一会儿，才低头继续看书。谁知，一眼就看到一行字：仙乐太子谢怜，乃是一位奇男子。

通常情况下，以这个开头，谢怜可以猜出后面都会写什么，果然又是那些：太子十七岁飞升，成为仅次于神武大帝的最年轻武神，颇得帝君赏识，万千宠爱于一身，曾有外号"小君吾"。但飞升不足三年便被贬，再升再贬，然后就一直在人间卖艺捡破烂为生，收破烂成神……

谢怜道："好吧，其实仔细想想，武神和破烂神也没有太大区别。众神平等，众生平等。"

这时，从他身后传来一声轻笑，一个声音道："是吗？"

这少年人用懒洋洋的语气道："人们口上自然是爱说众神平等、众生平等。但如果真是这样，诸天仙神根本就不会存在了。"

这声音是从车上的稻草垛后传来的。谢怜回头望了一下，见那少年人还是一派慵懒地躺在那里，没有起身的意思，大概只是随口插了句，莞尔道："你说得也有道理。"

他接着看，底下又写：许多人相信，作为瘟神，仙乐太子的亲笔或画像有着诅咒的功效。如果贴到某人背后，或者某家大门上，便会使该人或该户霉运连连。

"……"

竟难以判断这到底是在说神还是在说鬼。

谢怜摇了摇头，不忍心再看与自己有关的评述了。想起方才有村民提过水师，他便去翻查水师评述，翻到一句：水师无渡。掌水，兼掌财。许多商人的店铺内、家中都会供一尊水师像，保其财运。

谢怜奇怪："既是水神，又为什么会兼掌财运？"

那躺在稻草堆后的少年又道："商队行商运货，重头都从水路走，所以上路之前都要去水师庙烧一炷高香，祈求一路平安，允诺回来如何如何。长此以往，水神才渐渐兼掌了财运。"

这竟是在专门给他解惑了。谢怜转过身来，道："是这样吗？有趣，看来这位水神官很了不得啊。"

那少年嗤笑道："嗯，水横天嘛。"

听他语气，似是不怎么把这位神官放在眼里，也不像是在说什么好话，谢怜道："水横天是什么？"

那少年悠悠道："船从大江过，是走还是留，全凭他一句话。不给他上供他就翻，挺横的，所以给他送了个诨号，就叫水横天喽。跟巨阳神、扫地神差不多意思。"

名头响亮的神官，在人间和天界都多少有几个诨号，类似谢怜的三界笑柄、著名奇葩、扫把星、喀喀喀，等等。通常，用诨号来称呼神官是非常失礼的事，如果谁敢当着慕情的面叫他扫地大仙，慕情必勃然大怒。谢怜记住了不能这么叫，道："原来如此，多谢你解惑啦。"

他觉得这少年谈吐好玩儿，顿了顿又道："这位朋友，你年纪轻轻，知道得倒是蛮多的。"

那少年道："不多。闲。有空瞎看看。"

民间随处可见神话小册子，说的都是那些神神鬼鬼的故事，大到恩恩怨怨，小到鸡毛蒜皮，有真也有假。这少年知道得多，倒也不算奇怪。

只闻其声，不见其人，他不免好奇，微微倾身，想看看那少年模样。但这方位，只能捕捉到一片明艳的红衣衣襟，再多就看不见了，他只好放弃。

过了一阵，谢怜放下小破册子，道："那，这位朋友，神你知道得多，鬼你知不知道呢？"

那少年道："哪只鬼？"

谢怜道："血雨探花，花城。"

闻言，这少年低低笑了两声，终于坐起了身来。谢怜蓦地眼前一亮。

只见这少年十六七岁年纪，衣红胜枫，肤白若雪，双眸明亮如星，含笑斜睨着他，俊美异常，神色间却莫名有几分野气。黑发松松束着，略有些束歪了，看起来极为随意。

二人正穿过那如火炽艳的枫林，枫叶片片舞落，有一片落到了这少年肩头。他轻轻一吹，吹落了枫叶，这才抬起头看谢怜，似笑非笑地道："你想知道什么？尽管问。"

他神色戏谑，却莫名有一派无所不知的泰然自若。虽是个少年人的声气，嗓音却比其他这个年纪的男孩儿要略为低沉，甚是动听。谢怜正襟危坐于牛车之上，思量片刻，道："血雨探花，这一景听起来仿佛很了不得，这位朋友，你能说说是怎么来的吗？"

为表尊重，他特地没有在"朋友"前加一个"小"字。那少年坐得随意，一条胳膊搭在支起的膝盖上，整了整箭袖的袖口，漫不经心道："没什么大不了的来头。只不过是他有一次端了另一只鬼的老巢，漫山下了血雨，走人的时候看到路边一朵花，被血雨打得凄惨，就偏了偏伞，挡了一下。"

谢怜想象了一下那幅景象，血雨腥风之中，一派缱绻风雅，不禁神往。又想起那红衣鬼火烧三十三神庙的传说，笑道："这位花城经常到处找人打架吗？"

那少年答："也没有经常，看心情吧。"

谢怜问："他生前是什么样的人？"

那少年道："肯定不是什么好人。"

谢怜问："他长什么样？"

这一句问出，那少年抬眼看看他，歪了歪头，站了起来，到谢怜身边，并排坐下，反问道："你觉得，他应该是什么样子？"

如此近看，更觉这少年俊美得惊人，且是一种隐隐带着攻击之意的俊美，如利剑出鞘，夺目至极，竟令人不敢逼视。只与他相互凝视了片刻，谢怜便有点儿招架不住了，微微侧首，道："既是一只大鬼王，想来形态变化多端，有许多不同的模样。"

见他转头，那少年挑起一边眉，道："嗯。不过，有时候他还是会用本来面目的。我们说的当然是本尊。"

不知是不是错觉，谢怜觉得两人之间的距离似乎远了点，于是又把脸转了回来，道："那我感觉，他本尊，可能便是如你一般的少年吧。"

闻言，那少年嘴角微弯，道："为何？"

谢怜道："不为何。你随便说说，我也随便想想。万事随便罢了。"

那少年哈哈笑了两声，道："说不定呢！不过，他瞎了一只眼。"

他在自己右眼下点了点，道："这只。"

这个说法倒是不稀奇，之前谢怜也略有耳闻。在某些版本的传说里，花城的右眼戴着一只黑色眼罩，遮住了他失去的那只眼睛。谢怜道："那你可知，他那只眼睛是怎么回事？"

那少年道："嗯，这个问题，很多人都想弄明白。"

旁人想知道是什么让花城没了右眼，其实便是想知道花城的弱点是什么。谢怜这么问，却纯粹是想知道而已。他还没接话，那少年便道："他自己挖的。"

谢怜一怔，道："为何？"

那少年道："发疯。"

……疯起来居然连自己的眼睛都挖，对这位血雨探花的红衣鬼王，谢怜当真是越来越好奇了。

他继续问道："那花城可有什么弱点？"

他根本没指望这少年能回答，随口一问罢了。若是花城的弱点如此轻易就能被人知道，那也不是花城了。谁知，那少年答得毫不迟疑，道："骨灰。"

若是能拿到一只鬼的骨灰，便可驱策此鬼。鬼若不听从驱策，将骨灰毁去，他便会神形俱灭，魂飞魄散，这倒是个常识。谢怜笑道："恐怕是没有人能拿到他的骨灰的。所以这个弱点便等同于没有弱点了。"

那少年却道："不一定。有一种情形，鬼是会自己主动送出骨灰的。"

谢怜道："像他约战三十三神官那样，作为赌注交出去吗？"

那少年噗道："怎么会？"

尽管他没说全，谢怜也能听出，他的意思是花城怎么可能会输。他道："鬼界有一个习俗。若是一只鬼选定了一个人，便会将自己的骨灰托付到那个人手里。"

这其实就等于把自己的性命交付到一个人手里了。谢怜饶有兴趣地道："原来鬼界还有如此至情至性的习俗。"

那少年道："有。但没几个敢做。"

谢怜料想也是如此。世间的欺骗和背叛，并非仅存于妖魔身上。他道："人心难测。若是一片痴心付出，却终至挫骨扬灰，确实令人痛心。"

那少年却哈哈笑道："怕什么？若是我，骨灰送出去，管他是想挫骨扬灰还是撒着玩儿？"

谢怜莞尔，忽然想起，两人胡乱聊了这么久，竟都还不知道对方名字，道："这位朋友，怎么称呼？"

那少年举起一手搭在眉上，遮住酒红色的落日余晖，眯起了眼，似乎不大喜欢日光。他道："我吗？我在家中排行第三，大家都叫我三郎。"

他没主动说名字，谢怜便也不多问，道："我姓谢，单名一个'怜'字。你走这方向，也是要去菩荠村吗？"

三郎往后一靠，靠在稻草垛上，枕着自己的双手，双腿交叠，道："不知道。我乱走的。"

听他话里似乎有内情，谢怜道："怎么啦？"

三郎叹了口气，悠悠地道："家里吵架，被赶出来了。走了很久，没地方可去。今天饿得要晕倒在大街头了，这才随便找了个地方躺下。"

这少年衣着虽看似随意，却材质极好，加上谈吐不俗，又仿佛每天很闲，看这看那，什么都知道，谢怜料想他是哪个富贵人家跑出来玩的小公子，被赶出来云云应是赌气话。一个养尊处优的少年人独自出来走了这么久，路上必然颇多艰辛，这一点谢怜是深有体会的，听他说饿了，马上翻翻随身的小包袱，只翻出了一个馒头，心中庆幸还没有硬，对他道："要吃吗？"那少年点点头，谢怜便把馒头给了他。三郎看看他，问道："你没有了？"

谢怜道："我还好，不太饿。"

三郎把馒头推还给他，道："我也还好。"

见状，谢怜便接了回来，把一个馒头一掰，分成了两半，再递给他一半，道："那你一半，我一半吧。"

那少年这才接了过来，和他坐在一起并排啃馒头。看他咬了一口馒头，有点乖，谢怜总觉得好像哪里委屈了他。

牛车在起起伏伏的山路上拖拉着，两人便坐在车上继续聊天。越聊谢怜越觉得，这真是一个奇异的少年。他虽是年纪轻轻，举手投足和言语之间却自有一派大家之风，从容不迫，仿佛上天入地没有他不知道的，也没有可以难倒他的。这让谢怜觉得他懂得很多，少年老成。有时他又会流露几分少年人特有的灵动俏趣，说到滑稽之处也会拍手大笑，在谢怜看来还有几分天真烂漫。谢怜说自己是菩荠观的观主，他便道："菩荠观？听起来有很多菩荠可以吃。我喜欢。供的是谁？"

又被问到这个叫人头大的问题，谢怜轻咳一声，道："仙乐太子。你大概不知道。"

那少年微微一笑，还未答话，牛车忽然一阵剧震。

两人也跟着晃了几下，谢怜担心那少年摔下去，猛地伸手抓住他。谁知，谢怜的手刚碰到三郎，他仿佛被一个滚烫的物事灼到，猛地甩开了谢怜的手。

虽然那少年脸上神色只是微变，但谢怜还是觉察了出来，心想难道这少年其实很讨厌他。可分明一路上聊得还算开心。但这时候也没空多想了，他站起身道："怎么回事？"

驾牛车的老大爷道："我也不知道怎么回事！老黄，你怎么不走了？你走哇！"

此时太阳已下山，暮色降临，牛车又是在山林之中，四下黯淡无光。那老黄牛停在原地，一直犟着脾气不肯走，任那老大爷怎么催都没用，哞哞直叫恨不得把头埋进地里。谢怜看情形不对正要跳下车，忽然那老大爷指着前方大叫起来。只见山路的前方，许许多多团绿色的火焰东一丛、西一丛地幽幽燃烧着，一群无头白衣人正慢吞吞朝这边走来。

谢怜道："若邪！"

若邪从他腕上飞出，绕牛车连成一个悬浮的圈，护住了三人一牛。谢怜回头道："今天什么日子？"

那少年在他身后答道："中元。"

七月半，鬼门开。他出门不看日子，今天竟是刚好赶上了中元节！

谢怜道："不妙了，今天撞邪了。"

那群白衣人项上无首，身穿囚服，每个人都抱着一颗头颅，似乎是一群被斩首的囚犯。他们朝牛车慢慢走来，臂弯里的头颅还在兀自呶呶不休。谢怜道："别出声。"

三郎却是歪头道："这位哥哥，你竟还是一位奇人异士呢。"

他语气饶有兴趣，谢怜道："就……略懂一点。待会儿千万别大叫，他们现在看不到我们，走近就难说了。"

那赶车的老大爷看到白绫自飞已是目瞪口呆，再看到无头人行简直要吓得翻白眼，连连大惊摇头："不行！我怕是憋不住啊！道长怎么办？！"

谢怜道："那也……好办。得罪了。"说完"啪"的一声又是一张符，大爷登时歪了。谢怜把他放平在牛车上，自己驾车，回头一看，那少年也紧跟着坐到了他身后，便道："你没事吧？"

三郎一手支着下颔，道："有事啊。我害怕。"

"呃……"虽说并没从他声音里听出半分害怕，谢怜还是安慰道，"不用害怕。你在我身后，不会有东西伤得到你。"

那少年笑笑，不说话。谢怜终于发现，他竟是在盯着自己颈间的咒枷看。

这咒枷犹如一个黑色项圈套在人脖子上，根本藏不住，而且容易使人产生不好的联想，谢怜轻轻拉了拉衣领，即使并不能遮掩什么。

天色已暗，看不清那少年神色了。谢怜拿起绳子轻声哄那牛。那群囚衣鬼走了过来，想要过去，却感觉路中央有什么东西挡着，都粗声粗气地道："真是奇了怪了，怎么过不去！"

"真的！过不去！见鬼了！"

"去你的，咱们自己不就是鬼吗，能见什么鬼？"

谢怜好不容易哄好了牛，与这群无头的囚衣鬼擦身而过，听他们抱着头，叽叽喳喳，只觉好笑。那群鬼还有诸多抱怨："那个，你是不是搞错了？我怎么感觉抱着你脑袋的那个才是我的身体？"

"是你的身体拿错了头吧！"

"赶紧换过来吧你们……"

"你这头的切口怎么这么不整齐？"

"唉，那个刽子手是个新手，砍了五六刀才给我砍下来，我都怀疑他是故意的。"

"你家里人没给红包吧。下次记得事先打点一下，一刀给个痛快。"

"哪来的下次！"

七月十五中元节，乃是鬼界的第一大节日。这一天，鬼门大开，平日里潜伏于黑暗中的妖魔鬼怪全都涌了出来，大肆狂欢，生人须得回避。尤其是在这天的晚上，闭门不出是最好的选择。一出门，撞上点什么的机会可比平日大多了。谢怜一向是喝凉水都塞牙，穿道袍也见鬼，此刻就撞了个正着。只见四面八方都飘浮着绿幽幽的鬼火，许多鬼追着那鬼火跑，还有一些面无表情、喃喃自语的寿衣鬼蹲在一个圈子之前，伸手去接后人们烧给他们的纸钱、元宝等供品。

这一派景象，可谓是群魔乱舞。谢怜从中穿行，正想着今后出门一定要看皇历，忽然有个声音杀鸡般地尖叫道："不好啦！不好啦！杀鬼啦！"

这一叫叫得众鬼惶惶："哪里哪里？哪里杀鬼了？！"

那只鬼尖叫道："吓活我了！我在那边发现了好多破碎的鬼火啊，都是被生生打碎的，好狠啊！"

"都打碎了？这是碎尸万段啊！真的太狠了！"

"谁干的？该不会……有法师和尚道士混进来了吧！"

那群无头人纷纷叫道："啊！说起来，刚才我们在路上也被什么东西挡住了过不去。那该不会就是……"

"哪里哪里？"

"就在那里！"

谢怜暗叫不好。下一刻，一大群妖魔鬼怪便把这辆牛车团团围住了，一个个狞相毕露，不怀好意地道："我闻到了热气腾腾的阳味儿啦……"

藏不住了！

原本在中元节冲撞群鬼便是活人没道理，谢怜哪里想和这么一大帮子东西斗，驱车喝道："走！"

那牛十分惊恐，老早就在不安地原地刨着蹄子，一听喝声，迫不及待拉着板车狂奔起来，谢怜不忘拉一把身后少年："坐稳！"

他一扯缰绳，一辆牛车突然在一圈鬼火中暴露无遗，冲出包围，青面獠牙、缺胳少腿的群鬼在车后尖叫道："真的有道士啊！死道士活得不耐烦了！"

"活人居然敢来搅和咱们的中元会，追！"

谢怜一手抓缰绳，一手掏出一大把符往地上一扔，道："绊！"

此乃逃跑利器"绊步符"，只听一串轰轰，每轰一声就给群鬼设下一道障碍，拖住他们一小段时间，不过也只有一小段时间，这么多符用掉，不到半炷香就会追上来。谢怜火烧屁股般驾着牛车逃了一段山路，突然道："停！"

那老黄牛拉着牛车来到了一个岔路口，谢怜一看前方有两条黑漆漆的山路，立即拉住了绳子。

这里可得万分小心了！

中元节这一天，有时候人们走着走着便会发现面前出现了一条平时并不存在的路。这样的路人是不能走的。一旦走错走到了鬼界的地盘里，再想回来可就困难了！

谢怜初来乍到，分不清这两条山路该走哪条，想起方才在镇上除了收了一大包破烂还买了些杂物，其中就有签筒，于是翻出来拿在手里哗啦啦地摇，边摇边道："天官赐福百无禁忌！大路朝天各走一边！第一根左第二根右！哪路签好便走哪条！"话音刚落，咔咔！筒里掉出两根签，他拿起一看，沉默了。

下下签，大凶！

两根签都是下下签，两条路都是大凶，岂不是走哪条都是死？

谢怜无奈，双手持筒又是一阵狂摇："筒啊筒，何至于如此绝情！再来一次，给个面子吧！"咔咔！又是两根，他拿起来一看，依然全都是下下签，大凶！

这时，一旁的三郎忽然道："我来试试？"

反正总不会比他更差，谢怜便把签筒递给了他。三郎单手接过，随意摇了摇，掉出两根，拿起来，看都不看就递给他。谢怜接过一看，竟然两根都是上上签，不禁惊奇。

衰到他这个地步，似乎经常连旁人的手气也被他带衰了。不知是不是真的如此，反正常常被这么抱怨。可这少年竟是分毫不受他影响，直接摇了两根上上签出来！

两根都是上上签，他胡乱选了一条路，驱车边跑边道："你运气很不错啊！"

三郎把签筒随手往后一丢，笑道："是吗？我也觉得我运气不错。一向如此。"

听他说"一向如此"，谢怜暗叹：人和人之间的差距，果然是可比天堑！

谁料没跑一阵，四面八方又是一阵鬼哭狼嚎："逮着了！在这里！"

"大家都过来！死道士在这儿！"

一颗颗鬼头冒将出来。谢怜道："啊，居然还是选错了！"

绊步符效用已过，这些妖魔鬼怪里三层外三层地围住他们，还在不断增加，真不知这里为什么会聚集这么多非人之物，但也没空奇怪了。谢怜马上跪了，道："冲撞诸位实非本愿，还望各位高抬贵手。"

一个无头鬼啐道："你怎么不先高抬贵手？在那边打散一堆鬼火的就是你们吧！"

谢怜无辜地道："不是我们啊。实不相瞒，在下只是一个收破烂的。"

"不要狡辩了！哪有你这样的收破烂的？你分明就是个死道士！"

谢怜道："打散鬼火不一定就是道士啊！"

"那还能是什么？鬼吗？"

谢怜悄悄把手放进袖子里，正色道："不是没可能。"

"哈哈哈哈哈哈死道士！死到临头了你……你……你……"

发出震天嘲笑的群鬼突然卡了壳，谢怜道："我如何？"

068

他一问，群鬼却是连卡壳都没了。它们盯着谢怜，仿佛看到了什么恐怖至极的东西，要么张大了嘴，要么闭紧了嘴，好几个无头死囚吓得手里抱着的头都掉到地上了。谢怜试探着道："诸位……你们……"

谁知，还没问完，群鬼便如风卷残云，作鸟兽散。谢怜愕然："不是吧？"

他手里那把符还放袖子里没扔出来呢，这就被发现了？这些小鬼有这么敏锐吗？吓跑它们的，当真是他吗？

还是，他身后的什么东西？

想到这里，他一下子回过头。他身后的，只有昏死过去的牛车主人，以及那名依旧悠然托腮的红衣少年。

见他回望，三郎又是微微一笑，放下了手，柔声道："这位道长，好英姿飒爽啊，那些妖魔鬼怪都被你吓跑了呢。"

"……"

谢怜也干笑道："是吗？我也没想到，原来我这么厉害啊。"

扯了几下绳子，牛车车轮又缓缓滚动起来。接下来一路顺利，不到半个时辰，牛车便慢腾腾地爬出了森林，来到了坦荡的山路。菩荠村已经在山坡之下，一簇簇的灯火温暖明亮。

竟是真的"上上签"之路，有惊无险。

夜风拂过，谢怜再一次回头。三郎似乎心情甚好，躺了下去，正枕着自己双手眺望那轮明月，那少年的眉眼在淡淡的月光之下，不似真人。

沉吟片刻，谢怜漾开一个笑容，轻声道："嗳，这位朋友。"

三郎转过头来，道："什么？"

谢怜道："你算过命吗？"

三郎道："没算过。"

谢怜道："那，你想让我帮你算算吗？"

三郎看他，笑道："你想帮我算？"

谢怜道："有点想呢。不过，当然还是看你愿不愿意了。"

三郎微一点头，道："行。"

他坐了起来，身体微微倾向谢怜，道："你想怎么算？"

谢怜道："看手相，如何？"

闻言，三郎嘴角微弯。那笑容说不清是什么意味，只听他道："好啊。"

说着，他便朝谢怜伸出了左手。

这只手手指白皙，指节分明，十分好看。并且绝不是那种柔弱的好看，劲力暗蓄其中，谁也不会想被这样一只手扼住咽喉。

月光洁白，说暗似乎不暗，说亮又似乎不亮，谢怜低头看了一阵，牛车还在山路上缓缓爬行，车轮和木轴嘎吱作响。三郎道："如何？"

少顷，谢怜缓缓道："你的命格很好。"

三郎道："哦？怎么个好法？"

谢怜抬起头，道："你性情坚忍，极为执着，虽遭遇坎坷，但贵在永远坚守本心，往往逢凶化吉，遇难成祥。此数福泽绵长，朋友，你的未来必然繁花似锦，圆满光明。"

以上几句，全都是胡说八道。谢怜根本就不会给人看手相。他从前被贬，有一段时间便经常后悔从前在皇极观不跟国师学看手相和面相，如果学了的话，在人间讨生活的时候也不用总是吹吹打打街头卖艺和胸口碎大石了。而他之所以要看，也并不是看这少年命运如何，而是要看这少年到底有没有掌纹和指纹。

寻常的妖魔鬼怪可以变幻出虚假的肉身，装作活人，但是这肉身上的细微之处，比如掌纹、指纹、发梢，一般是没有办法细致到这种地步的。

可这少年的掌纹，十分清晰。

谢怜装作很有把握的样子硬着头皮编了几句，终于编不下去，三郎一直目不转睛地盯着他，就一边听他胡说八道，一边低低地发笑，笑得十分耐人寻味，道："还有吗？嗯？"

谢怜心想不会还要编吧，道："你还想算什么？"

三郎道："既是算命，难道不都要算姻缘吗？"

谢怜道："我学艺不精，不太会算姻缘。不过想来，你应当不用愁这个。"

三郎挑起一边眉，道："为什么你觉得我不用愁这个？"

谢怜道："必然会有许多姑娘家喜欢你吧。"

三郎道："那你又为什么觉得必然会有许多姑娘家喜欢我呢？"

谢怜正要开口顺着他答下去，忽然反应过来了。这小朋友竟是在想方设法引着自己直接开口夸他，谢怜无奈又好笑，不知该说什么好，只好道了声："三郎啊。"

这是谢怜开口叫的他第一声。那少年听了，哈哈一笑，终于放过了他。

此时牛车已气喘吁吁爬进了村子里，谢怜赶紧下车，一指点醒牛车主人，叮嘱今夜之事不可外传。那老大爷哪里敢不点头，拉着老黄赶紧回家了。三郎也跳下了车，方才他一路都是慵懒地躺在牛车上，现下两人这么站到一起，谢怜才发现这少年居然比他还要高，两人竟是无法平视。那少年站在车前伸了个懒腰，瞥到他转身似要离开，谢怜道："三郎，你往哪里去？"

三郎叹道："不知道。睡大街吧，找个山洞凑合也行。"

谢怜道："不行吧？"

三郎摊了一下手，道："没办法，我又没地方去。"他睨过来，又笑了两声，道，"多谢你给我算命了。承你吉言，后会有期。"

看他果真转了身，谢怜忙道："等等！你若不嫌弃，要不要到我这里来？"

三郎足下一顿，转过半个身子，道："可以吗？"

谢怜道："那屋子本来也不是我的。只是，可能比你以前住的地方简陋多了，怕你住不了。"

若这少年当真只是个离家出走的小公子，总不能就这样任他到处乱跑。谢怜十分怀疑他这一整天就只吃了那半个馒头，年轻人仗着身体好任性乱来，迟早有一天真的晕倒在街头。

听他这么说了，三郎这才转过身来，没有回答，而是走到谢怜面前，上身前倾。谢怜还没弄明白他要干什么，只觉得两人之间的距离忽然变得非常近，又有点招架不住。

他很快就退了开来，竟是顺手就把谢怜扛回来的那一大包破铜烂铁都拎了，道："那就走吧。"

那少年身形修长，却帮谢怜拎着一大包破烂，还拎得如此泰然自若，谢怜要了几次都没能要回来，只好只背了一卷席子。

三郎单手扛着那一大包乱七八糟的东西，悠悠地上了山坡。到了那座歪歪扭扭的菩荠观前，他一低头，扑哧一笑，似乎瞧见了什么有趣的东西。他正是在看谢怜出门前写的那块危房求捐款的牌子。谢怜假装无事发生地把牌子翻了过去，道："你看，就是这样。所以我方才说，你可能住不惯。"

三郎道："挺好的。我从前也没住过什么很好的地方，这样就很好。"

菩荠观原先的木门早已朽烂，谢怜把它拆了换上了帘子，上前撩起，道："进来吧。"

二人进了屋，谢怜接过三郎手里提的东西，把买回来的签筒、香炉、纸笔等物摆上供桌，点起一支人家顺手塞的红烛，屋子霎时明亮起来，倒没那么砢磣了。

三郎随手弹了弹烛火，满屋红影颤动，他道："所以，有床吗？"

谢怜默默把背上那卷席子取下，双手递给他看。

三郎挑起一边眉，道："只有一张床是吗？"

谢怜从镇上回来的路上才遇到这少年，自然是没想到要提前多买一张床。他道："你若不介意，我们今晚可以挤一挤。"

三郎道："也行。"

谢怜跪在地上铺席子，那少年在观内望了一圈，道："道长哥哥，你这观里，是不是少了点什么东西？"

谢怜直起身子道："除了信徒没什么少的了吧。"

三郎一手托腮，问道："不对吧？少的可不是那个。神像呢？"

经他提醒，谢怜这才猛地想起来，他居然忘掉了最重要的东西！

没有神像的观，算什么观？虽说他本尊就在这里了，但总不能让他每天自己坐到供台上去吧。

谢怜马上找到了解决方法："没关系，明天我画一幅画像挂上去。"

自己给自己画像挂在自己的观里，这事传开了估计又会被笑十年。但雕一尊神像既耗成本又费时间，相较之下，谢怜选择被笑十年。说动手就动手，他拿了纸笔就开始画，三郎看了一会儿，道："《太子悦神图》？"

谢怜停笔，奇了："你还知道这个？"

三郎坐在了席子上，伸直了双腿，修长笔直，道："知道一点。看样子，你很了解。"

谢怜笑道："实不相瞒，我也不太了解。因为正统的《太子悦神图》讲究太多了，华丽到烦琐，太麻烦了，随便画画，料想太子殿下也不会生气。"

之前一路上这少年评遍上天入地神神鬼鬼，虽然偶尔会突然挖人家老底，但对其正面之处也不吝正视与肯定，谢怜对他的评价颇感兴趣，不画了，也坐到席子上，道："那对于这位太子殿下，你又有什么看法？"

二人灯下对视，红烛火光微颤。那少年背负烛光，阴影之中看不清神色。少顷，他道："我觉得，君吾一定非常讨厌他。"

　　谢怜没想到会是这样的回答，一怔："为何你会这么觉得？"

　　三郎道："不然为什么会把他贬下去两次？"

　　谢怜哭笑不得："可是，做错了事，就是要接受惩罚的啊。不能想这么简单吧？"

　　三郎："那要怎么想？"

　　谢怜："这很复杂，你以后就懂了。"

　　三郎道："可我想现在就懂。"

　　谢怜随口道："比如，你欣赏或者喜欢一个人，你也不会永远对他好、发生什么事都对他好。"

　　三郎道："为什么不会？如果不会，只能说明这所谓的喜欢也没什么了不起。"

　　谢怜换了个方向，道："那……难道对一个人除了喜欢就只能是讨厌，只有这两种态度可以选择吗？"

　　三郎笑着反问道："为什么不能？对就是对，错就是错，爱便是爱，恨便是恨。为何不能清清楚楚、明明白白？"

　　谢怜一面觉得真是孩子想法，爱憎分明，一面又觉得这就是少年人的可爱之处，微笑着不再反驳，脱了外衣和靴子。

　　那两道咒枷，第一道在他颈项间，第二道便在他足踝上。那少年正在盯着的，就是他足踝那一道。三郎忽然道："不说这个了。"

　　谢怜道："为什么突然不说了？"

　　三郎道："你不想谈这个。"

　　谢怜一愣，笑了笑，道："那说点别的吧。"

　　红烛一夜未眠。两人并排躺在一张席子上，那少年在他身边和衣而卧，兴许他是第一次出门在外、夜宿不归，竟是大半宿都睡不着，两人什么都聊，连什么悦神服只能有几种颜色、每种颜色分别代表什么、袖子衣摆必须是多长、结要怎么打等都聊。不知是不是家教太好了，好像无论他说什么那少年都听得津津有味。谢怜第一次体会到聊到昏天黑地是什么感觉，最后终于沉沉睡去。

　　次日清晨，谢怜睁开眼睛，隐约觉得旁边没人，迷糊中喊了一声："三郎？"

无人应声，谢怜一下子醒了七分，身边果然没人！

难道不告而别了？他爬起来穿衣。谁知衣服还没拉上肩头，他抬头一看，这下，醒了十二分。

供桌上竟铺着一幅画像，墨色未干，明显才完成不久。画像上，一少年白衣华服，黄金覆面，一手仗剑，一手执花，清艳绝伦。

正是一幅《太子悦神图》。

谢怜怀疑自己是睡糊涂了，头发乱糟糟地拿着那画看了半天。

的确是《太子悦神图》没错，但没可能他还没动笔这画就自己画完了啊！

转念一想，他昨晚对那少年细讲过悦神图，有可能是那少年临走前画的，作为"住宿费"馈赠。若是如此，就不得不感叹，那少年真是笔力了得，华而不浮，艳而不俗。记忆也了得，几乎所有细节都没落下。

忽然，他目光一凝，心道："不对……"

正惊艳且疑惑间，屋外有了动静。谢怜挑起帘子一看，竟是那少年。

他原来没走，正倚在屋外一片阴影里，一边将一把扫帚在手里转着玩儿，一边百无聊赖地看天。他似乎真不大喜欢日光，望天的那副神气，像是在思考着该怎么把太阳拽下来踩烂。

谢怜出了门道："昨晚休息得可好？"

三郎仍是靠在墙上，转过头来，道："不错。"

谢怜接过他手里扫帚，道："怎好让客人做这些？"

三郎道："我既睡了哥哥的床，干点活来偿还也是应该的。"

门外有一堆落叶，全都扫好了堆在一处，谢怜竟是无处可扫，只得放弃。不知是不是因为胡乱睡了一晚，这少年的头发今日束得更歪了，松松散散地甚是随意。随意而不凌乱，倒有几分俏皮，好看极了。

谢怜心念一动，指指自己头发，道："要不要我帮你？"

三郎一点头，和谢怜进观去了。待他坐下，谢怜解了他的头发，一手将那黑发握在手里不动声色地端详，另一手手指在他发中轻轻摩挲，缓缓探查。

这少年的黑发顺长清丽，不知是不是给他摸了半天摸得痒了，笑了一下，微微侧首，斜睨着他道："哥哥，你这是在帮我束发呢，还是在想做点别的什么呢？"

他长发披散下来，俊美不减，却多了几分邪气，如此发问，似在调笑。谢怜眉尖一跳，道："我从没给人束过发，手生还请不要嫌弃。"

三郎嘴角翘了翘，道："自然不会。"

谢怜还真是在做别的。妖魔鬼怪，总会有一个地方出现漏洞。即便掌纹、指纹做得完美无缺，但一个活人的头发是数也数不清的，一根根分得细密且清晰。而许多鬼怪伪造出来的假皮囊，头发要么是一片黑云，要么是黏成了一大片，仿佛一条一条布片，再要么就干脆扮作个秃头。

但这少年的黑发根根分明，并无异常。谢怜又看了一眼桌上那画。

这一眼被那少年注意到了，他竟主动发问，笑道："怎么了哥哥？看你神色，可是我那幅画画得不好？"

谢怜忙道："怎么会？画得很好。"

只是，太好了。连谢怜没讲的细节都画上去了。

古仙乐国人认为最完美理想的境界是雌雄同体，所以在表现他们心中至高至美的神明时，会同时糅合男子和女子服、冠、发、饰的细节。其中有一个细节，就是耳坠。

他压根忘了这套悦神服还有一对耳坠，所以昨晚提都没提，一般人也绝不会想到要给一个武神画上这个。

但方才那幅画里，画中清贵的少年的确佩有一对小巧的红珠耳坠。

这难道只是巧合？

束完发之后，三郎对着一旁的水盆瞧了一眼，回头对谢怜挑了挑眉。谢怜先还不知道什么意思，再一看，这头发方才是歪的，被他束了之后，居然更歪了！

那少年这样歪歪地束着发，越发俏皮，但谢怜就仿佛看到自己的罪证，纵使没被取笑也窘了，道："再来一次。"

三郎却哈哈轻笑一声躲过了他，道："不必了，这样就挺好的。"三郎又指了指他，道，"哥哥，你刚才帮了我，不如现在让我来帮你？"

"什么？"谢怜被他指了指，自己也对着水盆看了一眼，这才发现，原来他方才起床太过震惊忘了打理自己，竟就这样顶着一头乱糟糟的软毛给别人梳了半天头，马上抱头离开，"不必了，我自己来！"

三郎却拉住他袖子的一角，道："哥哥可别就这样出去，门外有客人来了，给人家看到就不好了。"

果然门外一阵嘈杂，谢怜被他拉着理了理头发，出去一看，门口堵了一大圈人，个个脸色通红，为首的老大爷指着他道："就是他！"

谢怜："啊？"

村长当即一个箭步冲上来，一把抓住他的手，道："就是道长你昨晚降妖伏魔？活神仙啊，看来这庙也一定是真的灵了，大家快来！"

其余的村民们也一拥而上，谢怜被围攻得连连后退，心中叫苦，明明叮嘱过了不要说出去的，果然还是白叮嘱了！

村民们虽然压根都不知道这观里供的是啥玩意儿，但纷纷强烈要求在此上一炷香，反正不管什么神统统都是神，拜一拜总没坏处。谢怜原先预料的景象是门可罗雀，所以只意思意思准备了几小捆线香，谁知顷刻之间便被瓜分完毕，小小一只香炉里插得密密麻麻、东倒西歪，因为好久没闻到香味儿了谢怜还呛了好几口，边呛边道："喀喀各位，真的不能保佑财源广进，真的，喀、请千万不要在此求财！后果无法预料！……对不起，也不管姻缘的……不不不，也不能保佑生儿育女……"

如此一来，自然顾不上再试探了。三郎倚在功德箱旁的墙壁上笑吟吟地看着这边，姑娘们一见这少年，脸上飞出一片红霞，原本要往功德箱里投一枚钱，不由自主就多投了几枚。投了一次不够，为了多看他几眼明明走了还要再回来投一次。投到后来谢怜都看不下去了，把她们投的钱抠出来塞了回去，免得回去被家里人骂。

好容易散了，谢怜仍未放弃，继续方才被打断的事。二人来到门前，谢怜从袖中取出一面新帘子，挂在门上。那少年果然定住脚步，盯着这道门帘，一副若有所思的模样。

谢怜知道，他是在看那帘子上画的符。

他盯帘子，谢怜盯他。

这道符是谢怜之前顺手画的，其上符咒层层叠叠，气势森严。由于是谢怜本人的亲笔，也许有一点招来霉运的作用，但主要功效在于辟邪。非人之物来到门前，会被门帘挡住无法入内。

三郎看他一眼，笑了一下，道："等我一下。"

他轻飘飘丢下一句，这便转身离去。

莫非真被符屏退了？

可谢怜又隐隐觉得，他说等他一下，那他必然不会离开太久。

一炷香后，谢怜在屋后小溪洗净了菩荠回来，观外传来一阵足音，不徐不疾，一听便能想象出来人走路时从容不迫的模样。出去一瞧，那少年果然回来了。

兴许是因为日头大晒，他把那红衣脱了，随意地绑在腰间，上身只穿一件白色轻衣，袖子挽起，显得整个人很是干净利落。他右脚踩在一面长方木板上，左手转着一把柴刀。那柴刀大概是从哪个村民家里借来的，看起来又钝又重，在他手里却使得轻松，仿佛极为锋利，他时不时在那木板上削两刀，犹如削豆腐皮。他见谢怜出来了，道："做个东西。"

谢怜过去一看，惊了："你这是在做门？"

门做得齐整美观，削面光滑，手艺竟是极好。因为这少年似乎来头不小，谢怜觉得他大抵是五谷不分四体不勤的类型，谁知他做事倒是利索得很。三郎一笑，随手一丢柴刀，便给谢怜装上，敲了敲那门，对谢怜道："既要画符，画在门上岂不更好？"

说完，他便若无其事地掀开那帘子，进去了。

看来，那帘子上森严的符对他根本没有任何威慑力。再一次试探无果。

谢怜关上这扇新门，忍不住再打开，再关上，又打开，又关上。如此开关几次，那少年已经在屋里坐下，道："哥哥，那样很有趣吗？"

谢怜这才忽然惊醒，觉得自己真是无聊，笑道："是你这门做得太好了。谢谢。"

三郎一手支颐，一手慢悠悠丢着菩荠吃，道："不客气。香火不错。"

这还是谢怜第三次飞升后第一批来上供的，他道："是啊，分明之前一个人都没有，一下子来了这么多，手忙脚乱了。"

三郎道："之前一个人都没有吗？"

谢怜道："没有。想来或许是沾了你的运气？"

三郎道："放心吧，以后会有很多的。"不知他是说香火还是说运气，竟似胸有成竹。

忽然，谢怜看到他挽起的袖子，手臂上有一小排刺青，刺着十分奇异的文字。三郎注意到他的目光，把袖子放了下来，笑道："小时候刺的。"

谢怜道："好别致的花纹。"

三郎道："不是花纹，是名字。"

谢怜："你的名字吗？"

三郎："不是。"

谢怜不问了。那少年却道："为何不接着问？"

谢怜道："一个人把另一个人的名字刺在身上，感觉意义非凡呢，外人不方便问吧。"

三郎低低笑出了声，倒也没继续这个话题。

至此，谢怜已经前后试过他三次，看手相、束发、关门，全无破绽。他决定，最后再试一次。

于是，他从桌下包袱里翻出一个铜铃，来到屋外，准备挂在门口的屋檐下。但那屋檐太高，他身量够不着，正想出去借梯子，那少年走到他身边，从他手里取过铃铛，从容挂起，问他："这样？"

谢怜道："就这样！谢谢。"

三郎白皙的手指慢条斯理地在那铃铛的红穗子上绕缠着，仿佛对它爱不释手，道："哥哥挂这铃儿做什么？瞧着好看吗？"

谢怜笑道："当然不是，祈福铃是常用法器。不过我也是第一次用，以前没钱买，这次乔迁新观才趁机买了。"

三郎道："哦？它能有什么用？"

谢怜道："非常有用。比如，如果有非人之物靠近，它就会无风自响……"

话音未落，那铃铛便"叮叮、叮叮、叮叮"地响了三声。

此刻无风无雨，二人并排站在屋檐下，无声无息。

"叮叮、叮叮、叮叮"，那铃铛又响了三声，终于打破沉默。那少年神色自如，挑眉道："比如，现在这样？"

谢怜这才转向他，微微一笑，道："不。如果是在警告邪祟逼近，它会一直急促地响个不停，仿佛催命，直至那邪祟离开。但如果它像这样隔一阵才响一阵，便是代表另一个意思。"

"什么意思？"

谢怜容光焕发道："就像它的名字那样，提醒我——有人祈福了！"

不知是谁，居然会向他祈福，谢怜简直要受宠若惊了。他凝神细听，三郎歪头看他，须臾，问道："哥哥能听懂它在说什么吗？"

谢怜道："自然！只是……"

见他凝眉，三郎道："只是？"

谢怜摇了摇头，道："只是，很奇怪。听它所传达的字句，不像是一个人在祈福。因为它一直在重复三个字，听起来像是个……"

忽然，谢怜微微蹙眉，向上望去。

他已经驻足倾听，照理说那铃响应该止息了。但不知何故，它不但不停，反而响得更亮更促，间隔时间也越来越短。

这太不对劲了。谢怜谨慎地道："有点古怪，咱们先退退……"

谁知，话音未落，那铃铛突然响疯了，尖厉不休，直逼人耳。与此同时，黄光炸射！

谢怜抓起那少年就要往后扔，可蓦地一歪，反应过来时，人已经躺到了菩荠观最远的角落，身上还压着一人，正是那少年。

他虽是把谢怜压在身下，两人身体却没怎么接触。他要从谢怜身上起来，谢怜却一把抓住他胳膊，道："你没事吧？"

三郎一愣，笑道："哥哥呢？"

谢怜从他身下坐起，道："我自然没事。可你方才在干什么？我把你往后拉，你怎么还挡我上面？太危险了！你真的没事？"

三郎任他抓着自己胸前背后翻来覆去地查看，笑眯眯地道："我真的没事。哥哥与其瞧我，不如瞧瞧那个？"

他指向原先挂着铃铛的地方，现在，只剩一截干巴巴的绳子了。谢怜眨眨眼，心中捶胸顿足："我新买的祈福铃啊……"

居然炸了！

三郎也眨眨眼，道："原来祈福是这样的吗？我还是第一次看到，好厉害啊。"

谢怜忙道："不不不，这绝对不是！"他也是第一次看到把祈福铃炸掉的祈福！这比击鼓鸣冤把鼓捶破了更神奇！

见他脸色凝重，三郎道："哥哥不必烦忧，铃铛甚的，想要的话，再买一个新的便是了。"

谢怜哭笑不得，他脸色凝重怎会是因为这个？虽说那祈福铃的确是非常之贵，贵到他这么多年才攒够钱买了一个，然后马上就炸了。他道："这是个意外，应该是个意外！你稍候片刻，我查点东西。"他把自己关进小房门内，连了上天庭的通灵阵。

第五章
妖气横生魅态横颜

多日不见，阵里竟是难得地热闹，而且并不是因为忙于公务，似乎是大家在玩儿什么游戏，嘻嘻哈哈笑成一片。谢怜正奇怪，只听灵文道："殿下回来了？这几日在下面过得如何？"

谢怜道："很不错。大家这是在做什么？这么高兴。"

所有人都在喊："风师大人年方二八！""风师大人年方二八！""风师大人年方二八！"紧接着，又是一大片声嘶力竭——

"两百功德！抢到了！"

"为什么我这次只有五十功德？"

"一千！一千啊！谢谢风师大人！哈哈哈哈哈哈……"

谢怜莫名其妙，灵文道："这是风师大人回来了，正在散功德。念一句口令就能抢一次，殿下不去抢一抢吗？"

这不就是天上掉钱的事？虽然谢怜压根不认识那位风师大人，但立刻毫不犹豫地念了一遍："风师大人年方二八！"

"叮"的一声绽放在他耳边，仿佛金钱在钱袋子里碰撞的声音，谢怜抢到了一功德。

虽然遗憾只有一功德，但也没空再玩儿了，谢怜问道："诸位可有听过'半命关'？"

此话一出，兴高采烈的通灵阵瞬间沉默。

谢怜略感郁闷。以往他发些小诗和秘方，大家沉默也就罢了，但通灵阵内经常有神官们咨询公务，如"你们谁认识某某鬼，好对付吗""你们谁的地盘在那儿，能帮个忙不"，大家也是有建议的给建议，没建议的说有空回头我帮你问问。没理由他一问公务又全场死寂啊!

突然,一人喊道:"风师大人又散了十万功德!"

"天哪!十万!"

通灵阵又活跃起来抢功德去了。谢怜感慨了一下那位风师大人真有钱,正要退下,忽然,灵文私下对他发起了通灵。她道:"殿下为何忽然问起这个?"

谢怜道:"也没什么,只是我新观落成,这是我最近收到的唯———个祈福。这地方怎么了?"

灵文那边沉默一阵,道:"殿下,我劝你放弃这个祈福。"

"为什么?"

灵文道:"您也不用问为什么。相信您方才也听到了。这肯定是蹚浑水,您实在想要祈福,也不是没办法,何必撞上去呢?"

从通灵阵里退出后,谢怜若有所思。

夜色已深,那少年坐在菩荠观的窗上,半身沐染月光,听到谢怜脚步声这才回头,微微坐直身子,目光星亮:"办完事了?"

谢怜摇头。三郎端详他,道:"哥哥可是遇到了什么难事?"

谢怜看他,道:"说来是有些难为情……虽是我请你跟我回来的,但现在却有些要紧事得出一趟远门了。"

三郎轻轻"哦"了一声。谢怜道:"不过如果你愿意,当然可以继续留在此处,一切请自便,随意吃用。虽然其实并没什么吃用的……"三郎却道:"这无所谓。哥哥,你要去哪里?"

谢怜如实道:"我也不知。我只得了一个地名,这地方究竟在哪里却是一无所知。"

三郎笑道:"那为何不问问我呢?"

谢怜看他:"你?"

三郎慢条斯理地道:"我啊。哥哥不是说,我所知甚多吗?说不定,刚好我就知道那个地方呢。"

谢怜道:"三郎可曾听过'半命关'?"

他本来没抱太大希望,谁知,那少年却是眉眼一弯,道:"可巧,这地方,我刚好听过。哥哥也一定听过的,它还有个名字,叫作半月关。"

谢怜奇道："半月关？莫非是半月古国所在的那个半月关？"

三郎道："正是。不过，如今半月古国已不复存在了。"

那么遥远的地方，怎可能会有人向他祈福？

谢怜纳闷儿了一会儿，又问："为什么会被叫作'半命关'？那里我很久以前也去过，那时候还不这么叫啊。"

三郎道："因为'每逢过关，失踪过半'吧。"

半月国地处西域，国人力大无穷，且剽悍好斗，永安国地处中原，在把仙乐国踹翻了之后鼎盛一时。两国在边境之地时常冲突，摩擦不断，大小战事纷繁。终于在近百年前，永安国出兵攻破了这个心腹大患。

半月国虽然灭了，他们却有一位通晓邪术的国师，使士兵们的怨念久久不散，留下来作祟。半月国原本是一片绿洲，灭国变成半月关后，仿佛是被邪气侵蚀，绿洲也渐渐被四周的戈壁吞没了。据说夜里人们还时常会远远看到身材高大、手持狼牙棒的半月士兵在戈壁上徘徊游荡，巡逻狩猎。原先此处有好几万居民，都逐渐生存不下去，迁移离去。

同时，也有一个"每逢过关，失踪过半"的传说渐渐流传开来：只要是外人，尤其是打东边来的人从这里过，都要留下一半的人头作为买路财。

谢怜一听，居然这么危险邪门，果断道："就是这里了。"

三郎道："哥哥要去那里的话，介意捎上我吗？"

谢怜奇道："你为何要去？"

三郎眉眼更弯，道："我可以给你做向导呀。前不久我才去那附近玩儿过，还算有趣。"

难怪他知道这么多了。谢怜道："路途遥远，风沙艰辛，你怎么跑那么危险的地方去玩儿？"

三郎低头掸了一下并不存在的灰，道："也不全是玩儿。我去过的地方里，比那里危险的多了去了。"他又抬头笑道，"所以哥哥，捎上我吗？"

正在此时，门外忽然传来一阵"叩叩"之声。

深夜拜访，来者何人？谢怜站到门口，屏息片刻，又是两声"叩叩"，似乎同时有两个人在敲门。一个少年的声音不客气地道："你怎么来了？"

另一个少年更不客气地道："我先到的，我还没问你怎么来了呢。"

他立刻开门。果然，两个黑衣少年在门口已经捎上了，正是南风与扶摇。

083

谢怜道:"不要在我观前打架!"

两人劈头便问:"你是不是要去半月关?"

谢怜道:"你们怎会知道?"

扶摇道:"你不知你一开口说点什么马上整个天界都会知道?"

谢怜奇道:"是吗?我不知我竟有如此之大的影响。所以你们深夜造访是想做什么,莫非是'自愿'要来助我?"

两人都是一副牙痛得面目扭曲的表情,道:"……是啊。"

谢怜忍俊不禁,道:"欢迎、欢迎!"当下侧开身子请他们进屋。谁知,那两人一看到他身后那名歪歪坐着的少年,脸色齐齐大变。南风喝道:"退开!"

谢怜道:"怎么了?"

三郎一摊手,也道:"怎么了?"

扶摇质问:"你是什么人?"

谢怜道:"是我一位新朋友。"

三郎满脸无辜,道:"哥哥,他们是什么人?"

听他喊哥哥,南风嘴角一抽,扶摇眉毛一抖。谢怜对三郎道:"这是我的两个……"扶摇立即道:"别跟他说话!"

谢怜道:"怎么,你们认识吗?"

"……"

扶摇冷声道:"不认识。"

谢怜道:"不认识那你们做什么这么……"话音未落,他忽然觉得两边有什么东西在发光,回头一看,那二人竟是同时在右手中聚起了一团白光,忙道:"打住。不要冲动啊!"

那两团凭空冒出的白光刺啦刺啦地看起来非常危险,三郎拍了两下掌,礼貌性地捧道:"神奇、神奇。"两句称赞毫无诚意。谢怜好容易抱住两人手臂,南风劈头盖脸就是一串怒问:"这人你哪儿遇到的?姓甚名谁?家住何方?来历如何?为何跟你在一起?"

谢怜答道:"路边遇到的;我叫他三郎;其他一概不知;因他无处可去,我就让他跟我回来了。"

"你……"南风一口气憋住了,质问道,"你觉得这像真名吗?你一概不知你就敢让他跟你回来?你当是捡小猫小狗吗?万一他心怀不轨该怎么办?"

谢怜心想南风这口气怎么仿佛是他的爹。这时，三郎道："哥哥，这两个是你的仆人吗？"

谢怜道："'仆人'这个词不对，确切地说，应当是助手吧。"

三郎笑了笑，道："是吗？"

他站起身来，随手抓住一样东西往扶摇那边一丢，道："那就帮个忙？"

扶摇看都不看就抓了那样东西，拿到手里，低头一瞅，霎时黑气冲顶。

这少年竟是扔了一把扫帚给他！

看他神情，仿佛要当场把这扫帚和那少年一起劈了，谢怜连忙把扫帚夺来："冷静冷静，我只有这一把！"谁知话音未落，扶摇手上那团白光便放了出去。

三郎保持着抱臂而坐的姿势，只微微一偏，那道炫目的白光打中了供桌，噼里啪啦，杯盘碗盏白花花摔了一地。谢怜觉得不能再这么下去了，一挥手，若邪倏出，将南风与扶摇缚住。再一挥手，若邪便拽着他们飞了出去。谢怜回头对三郎说了一句："你看家，我马上回来。"反手他就"啪"地关了门。

来到观前，他先收了若邪，再拿过门前那个牌子，放在二人面前，对他们道："请念一遍，告诉我这是什么。"

扶摇念道："本观危房，诚求善士，捐款修缮，积累功德。"他一抬头，"危房求捐款？你写的？你好歹是个飞升的神官，怎么能写这种东西？尊严呢？"

谢怜道："是的。我写的。你们若是继续在里面打下去，那我求的就不是修房款而是建房款了，到时候更没有尊严。"

南风指着菩荠观道："你就不觉得里面那个古怪吗？"

谢怜道："当然觉得。"

南风道："那你明知他危险还敢把他放身边？"

谢怜见他们没有捐款意图，又把牌子放了回去，道："你这话就不对了。古怪并不等同于危险。我看上去也肯定很古怪，但你们觉得我危险吗？"

"……"

这话倒真不能反驳。这人分明长得一派仙风道骨玉树临风却偏偏整天都在收破烂，更是三界知名奇葩，仔细想想，他才是最古怪的那个。扶摇道："你就不怕他有所图谋吗？"

谢怜问："你们觉得我有什么可图谋的？"

南风与扶摇两人登时语塞。如今的谢怜，要钱没钱，要宝没宝，这一问实

085

在太过犀利，也太过催人泪下。谢怜又道："而且我不是没有试探过他。"

两人神色一凝，道："可有破绽？"

谢怜道："毫无破绽。已经做到这个份儿上了，若他不是凡人，那就只剩一种可能。"

绝！

扶摇冷笑道："说不定就是这种可能呢。"

谢怜道："不会吧，绝境鬼王应该没你们那么闲，陪我在这里收破烂。"

"我才不闲！"

"是是是……"

小山坡上，观外三人都只听到那少年在屋内慢悠悠走来走去的声音，听起来惬意得很。扶摇道："不能大意。还是得想个办法试试他。"

谢怜道："那你们试吧。不过不要闹得太过分了，人家说不定真的只是一个离家出走的小公子呢！我跟这位小朋友挺投缘的，你们不要欺负他。"

听到"不要欺负他"，南风一脸一言难尽，而扶摇的白眼简直要翻到脑后去了。谢怜叮嘱了他们，再打开门，三郎正低着头，似乎在检查那供桌的桌脚。谢怜道："你没事吧？"

三郎笑道："我没事，在看这桌子还修不修得好呢。"

谢怜道："方才只是一场误会，你不要介意啊。"

三郎笑道："既然你说了，我又怎么会介意？兴许他们是看我眼熟吧。"

扶摇凉飕飕地道："是的。有点眼熟，所以刚才可能看错了。"

三郎笑嘻嘻地道："哦。巧得很，我瞧这两位也有点眼熟。"

"……"

那二人虽仍是警惕，但也没再有什么过激举动了。南风闷声道："给我腾一片地方，画'缩地千里'的阵法。"

"缩地千里"就是缩地术，顾名思义，缩千里山川为一步。除了每用一次就要消耗大量法力，无比便利。谢怜收了地上席子，道："画这儿吧。"

方才扶摇进来没细看观内陈设，现在在这歪歪扭扭的小破屋里站了一会儿，四下打量，一副浑身不自在的模样，蹙眉道："你就住这种地方？"

谢怜给他拿了个凳子，道："我一向都住这种地方。"

闻言，南风动作一顿。扶摇没坐下，神色也微微凝了一下，说不清他脸上是什么表情，但他很快就收起了异样神色，又道："床呢？"

谢怜抱着席子，道："这个就是。"

扶摇瞟了一眼一旁的三郎，道："你和他睡一张席子？"

谢怜道："有什么问题吗？"

半晌那两人也没再憋出一句话来，看来是没有问题了。谢怜便转头，问道："三郎还有什么可以告诉我的事情吗？继续说？"

三郎方才盯着他们，一副若有所思的模样，目光黑漆漆的，听谢怜问他，他回过神来，微微一笑。南风立刻道："不用他说了，你想知道什么，我来告诉你。半命关其实就是半……"谢怜道："半月关对吧？我知道。"

南风道："是的。半月关以前是半月国，半月国被……"谢怜又道："半月国被永安国打垮了是吧？我知道。"

南风道："是的。半月国有一位……"谢怜道："有一位通晓邪术的国师，把半月士兵都变成了魔物是吧？我也知道。"

南风："你为什么都知道？谁告诉你的？"

谢怜指指三郎，道："他。"

扶摇皮笑肉不笑道："这位公子，你知道的可真多。"

三郎笑道："哪里哪里。是你们知道得太少罢了。"

"……"

谢怜忍俊不禁，三郎又道："还有，那名国师乃是妖道双师之一。"

谢怜道："既是双师，必然是两位，那还有一位是谁？"

三郎道："芳心国师。"

谢怜微微睁大了眼。这时，南风终于在地上画好了一个层层叠叠的法阵，起了身，道："好了。什么时候出发？"

谢怜道："就现在吧。"

他将手放在门上，轻轻一推。推开门时，门外已不见那一片小山坡和村庄，取而代之的，是一条空荡荡的大街。

这大街虽道路宽阔，却是寥寥无人，半晌才能看到一两个行人。不是因为现下天色暗了，而是因为西北之地，人口稀少，本来如此，再加上靠近戈壁，就算是白天，估计路上行人也不会太多。谢怜从屋中走出来，反手关了门，再回头一看，他哪里是从菩荠观出来的？身后的，分明是一家小客栈。这一步就跨出了千里之远。

几个路人路过，嘀嘀咕咕瞅着他们，甚是戒备。这时，只听三郎在他身后道："月沉之时，向着北极星的方向一直走，就会看到半月国。哥哥，你看。"他指天道，"北斗星。"

谢怜仰头看看，笑道："好亮啊。"

三郎来到他身边，与他并肩，望了他一眼，也抬起头，笑道："是啊。西北的夜空似乎比中原更疏朗些。"

谢怜表示赞同。他们在这边一本正经地讨论夜空和星星，后面两位小神官则简直匪夷所思。扶摇道："怎么他也在这里？"

三郎无辜地道："哦，我看这奇门遁甲很是神奇，所以顺便跟过来参观一下。"

扶摇道："参观？我们是去游玩的吗？"

谢怜道："算了，跟过来就跟过来了，他又不吃你们干粮，我带的应该够了。三郎跟紧我，不要走丢了啊。"

三郎有点乖地道："好。"

"这是吃谁的干粮的问题吗？"

"唉，南风，不要在意这种小事嘛。大晚上的大家都睡了，不要这么大声。走啦走啦。"

四人顺着北斗星的指引，朝北方直行。走了一夜，一路的城镇和绿意渐渐稀少，而路面上沙石渐渐增多，等到脚下踏的再也不是泥土时，这才进入戈壁。

荒漠之地，昼夜温差极大，夜晚冷意侵骨，倒是还好，但到了白天，却又全然是另一番感受了。此处的天空极为干净，天高云疏，但日光也极为猛烈。一行人走着走着，像在深入一个巨大的蒸笼，地心冒出腾腾的热气，走上一天能把活人蒸熟。

谢怜靠风向和一些缩在岩石脚下的植被辨方向，担心有人跟不上，走一段便回头看看。南风与扶摇非是凡人，自不用说，三郎却是让他看得笑了。

烈日当空照，那少年把红衣外袍脱了下来，懒懒散散地遮着太阳，神色慵懒中带点厌倦。他皮肤白皙，发丝漆黑，红衣这么一遮，遮在脸上，眉眼更显绝色。谢怜把斗笠摘了下来，举手往他头上一扣，道："这个借你。"

三郎一愣，半晌，笑道："不必了。哥哥瞧着更累。"他双手把斗笠又戴回谢怜头上。

这一来一往，谢怜颇为暖心，扶住斗笠道："我还好，就是担心旅途里你难免枯燥。"

三郎道："哥哥若是担心这个，不如我们说说话解闷。"

谢怜笑道："好啊，三郎博闻强识，一定会很有趣。"

扶摇道："博闻强识？怎么个博闻强识法？"

谢怜："有问必答。"

扶摇："哦？真有这么厉害？"

三郎笑道："有没有，哥哥问我不就知道了？你可有想知道的？"

谢怜道："有的。说起来，为什么神官们的神像水平参差不齐，只有慕情的神像情况最好呢？"

扶摇觉察危险，道："慢着，你为什么要问这个？"

三郎嗤笑道："无他。因为人家都是神像丑了便丑了，不管，只有慕情，看到把自己塑得丑了，就要偷偷去弄坏了让人重塑，或者托个梦隐晦地表达不满，长此以往，他家信徒自然都知道该怎么塑了。"

对这种事斤斤计较，果然是慕情的风格。扶摇脸色微青，南风哈地笑了一声。谢怜忍了笑，又道："那，为什么风信会被称作巨——咳——巨阳真君呢？"

这回轮到扶摇笑、南风觉得危险了："你为什么要问这个？"

三郎道："误传。"

"误传？"

三郎道："原本的正确写法是'俱阳'，'万事俱备'的'俱'。写错字罢了。"

谢怜奇道："写错字改过来不就好了吗？怎么就一直错下去了？"

三郎道："那要看写错字的是什么人。"

谢怜道："看来，是个达官贵人。"

三郎道："是个国主。为了表现自己的诚心，大兴宫观，还特地亲自给每一个宫观都题了匾。可惜，写错了一个字。"

谢怜笑道："那怕是要愁死负责宫观修建事宜的官员了。"

三郎道："不错，他们就整天不干事，光琢磨这国主脑子里到底想什么去了。要是故意的，为什么不明令下旨说我就是要这么改？要不是故意的，怎么会犯这种低级错误？他总不能直说。谁知道这国主会不会觉得他是在暗示'陛下，你这蠢货！居然连个字都能写错'。况且，国主写的，他敢不用吗。"

他语气里的嘲讽游刃有余，并不尖锐，令人只觉有趣，谢怜被逗笑了，道："我懂了。天底下最难揣测的就是圣人之意了，官员一定极度痛苦，所以思前想后还是觉得，委屈陛下，不如委屈一下俱阳真君了。后来呢？那国主也该发现了吧，有什么表示？"

那少年道："没什么表示。只是请了一批学者大翻古籍，找了无数典故，写了无数文章，竭力证明原本便是'巨阳'，'俱阳'才是错误的写法。"

谢怜道："这下糟了，一夜过后，全国的俱阳殿都要变成巨阳殿了。"

那少年道："变咯。直到多年以后，有个新国主上来，觉得这简直不成体统，才又改成了南阳。"

谢怜忍笑忍得好辛苦。接下来的事他完全可以想象了。风信一贯不爱看牌匾，肯定也从来不仔细看自家神殿的招牌，但他肯定会有一天忽然郁闷怎么到他庙里来参拜的妇女这么多，而且个个都含羞带怯脸蛋通红，上香的时候求的东西也很奇怪；弄清怎么回事后，也肯定冲到九霄之巅对着烈日长空就是一通破口大骂；然后硬着头皮听了许多年那些祈愿，毕竟又不能跟什么都不知道的女子过不去。

他二人在这里谈天说地，聊得开心，后面南风和扶摇听他们谈论自家仙长，都气急败坏，但又无法阻止。再行得一阵，一行人看到前方黄沙之中有一座灰色的小楼，走近一看，似乎是一家废弃多年的客栈。谢怜抬头望了望天，算着已过午时了，马上就到未时，一天之中最炎热难捱的时辰。他们已经走了一夜，是时候休整了，于是领着其余三人进去。

楼里有一张方桌，三人围着坐下。谢怜从简易的行囊里拿出水壶，递给三郎，道："要吗？"

三郎点头，接过，喝了一口，谢怜这才拿回来喝。他仰头咽下几口清水，喉结上下滚动，喉间阵阵凉意涌过，畅快极了。

那少年坐在一旁，一手托腮，似盯非盯，过了一会儿，忽然道："还有吗？"

谢怜拭去唇角一点清水，点点头，再次递出水壶。三郎正要去接，这时，一只手格开了谢怜拿着水壶的手。

扶摇道："且慢。"

众人望他，只见扶摇缓缓从袖中取出了另一个水壶，放在桌上，道："我这里也有。请吧。"

谢怜一看就知道怎么回事了。

扶摇这性子，怎么会愿意和别人分享同一个水壶？他们昨夜说要再试探一番，那这水壶里装的，必然不是什么正经水，一定是现形水。

这种秘药，普通人喝了无事，但若不是人，喝了，便会在药水作用下现出原形。这一壶现形水，必然威力不小。

只听三郎笑道："我同哥哥喝一个就行了。"

扶摇道："他的水只够他一个人喝的，你不要客气。"

三郎道："是吗？那你先请。"

扶摇道："你是客，你先请。"

三郎做了个"请"的手势，道："你是仆，你先请。"

谢怜听他们在那里惺惺作态来，惺惺作态去，最后终于动手，两个人隔着一张桌子上同时在一个可怜的水壶上暗暗发力，推来推去，只觉得自己手下这张隐隐发颤的破桌子恐怕是要提前寿终正寝，摇了摇头。那边斗了几个来回，扶摇终于按捺不住，冷笑道："你不肯喝这水，莫非是心虚了？"

三郎笑道："你这般不友好，又不肯先喝，岂不是更像心虚？莫非是在水里下了毒？"

扶摇道："你大可以问问你旁边那位，这水有毒没有。"

他虽然说话还是那副斯文秀气的模样，但这一句已经是从咬着牙的牙缝里挤出来的了。三郎便问谢怜："哥哥，这水有毒吗？"

扶摇这个问题实在狡猾。现形水自然不是毒药，普通人喝它同喝水没有区别。谢怜只能答："没有毒。不过……"

一句未完，扶摇猛盯他，警告他不要多说。三郎竟是直接松了手，道："好。"

他拎了那水壶，提在手里晃了晃，道："既然你说没毒，那我就喝了。"

言罢，他便笑着一饮而尽。

谢怜没想到他竟会这般干脆，微微一愣。南风与扶摇也是一愣，随即全神戒备。谁知，三郎喝完了那现形水，晃了晃那壶，道："味道不怎么样。"他随手一丢，"哐当"一声，那水壶在地上摔了个粉碎。

见他喝了现形水依旧全无异状，扶摇脸上闪过一瞬惊疑不定。须臾，他淡淡地道："清水而已，岂不都是一样的味道。能有什么分别！"

三郎把谢怜手肘边放着的那个水壶拿了过去，道："当然不一样。这个好喝多了。"

见状，谢怜忍俊不禁。本以为应该就此消停了，谁知，"哐"的一声，南风将一把剑放在了桌上。

他那气势，乍看还以为他要现场杀人灭口，无言片刻，谢怜道："你这是做什么？"

南风沉声道："要去的地方危险，送这位小兄弟一把利剑防身。"

谢怜低头一看，这把剑剑鞘古朴，似有多年岁月磨砺，非是凡品。他心头一震："居然是'红镜'。"

这把剑的名字，正是叫作"红镜"。这可是一把宝剑。

它虽然不能伏魔降妖，但任何妖魔鬼怪都逃不过它的法镜。只要是非人之物，将它拔出，它的剑刃就会变成红色，仿佛被血意弥漫，而且血红的剑刃上还会倒映出拔剑者的原形。任你是凶是绝，无一幸免！

但谢怜完全无法直视这把剑。说来，这奇剑"红镜"，原本乃是君吾的一件藏品，谢怜第一次飞升的时候，有一次去神武殿玩儿，在君吾那里看到了，觉得此剑虽然不怎么实用，但也有趣，君吾便把红镜送了他。后来被贬，有段时间实在过得困难，混不下去了，他便让风信去将这把奇剑当掉了。

那时候当掉的东西太多了，所以谢怜干脆全部忘掉，免得时不时想起来心都会滴血。想来可能是后来风信飞升了，想起这么件事，实在受不了一代奇剑红镜流落凡间，便又下凡去把剑找回来，摆在南阳殿，又被南风拿了下来。总而言之，谢怜看到这把剑头就隐隐作痛。

少年人对于宝剑宝马总有格外青眼，三郎"哦"了一声，似是颇有兴趣，道："我看看。"

他一手握剑身，一手握住剑柄，缓缓往外抽出。南风与扶摇四只眼睛紧紧盯着他的动作。那剑出鞘了三寸，剑锋雪亮。半晌，三郎轻笑一声，道："哥哥，你这两个仆从是在和我开玩笑？"

扶摇："谁是仆从？"

南风："谁跟你开玩笑？"

三郎笑道："这剑如何防身？"

他说完将那剑插了回去，丢在桌上。南风眉峰一凛，猛地握住剑柄拔出，只听"铮"的一声，他手上这便多了一把锋利森寒的……断剑。

红镜的剑刃，竟是从三寸以下就断了！

南风脸色微变，再把剑鞘一倒，只听"叮叮当当"一阵乱响，剑鞘内剩下的剑刃，竟是全都断为了数截雪亮锋利的小碎片。

红镜能辨别所有的妖魔鬼怪，这是不假，从没听说有什么东西能逃出它的法眼，可是，也从没听说过，有什么东西能将它隔着剑鞘断为数截！

南风道："你！"

三郎"哈哈"笑了两声，往后一靠，黑靴子架上桌面，拿了片红镜的碎片在手里抛着玩儿，道："想来你们也不至于故意拿一把断剑给我防身。兴许是在路上不小心弄断了？别担心，我不用剑也可以防身的。这玩意儿你们自己留着用吧。"

谢怜感觉那三人又掐上了，摇摇头，认真观察屋外天气，心道："看这势头，待会儿怕是要起风沙了。若是今天再走下去，路上找不找得到避风之处？"

这时，屋外灿灿金沙之上，忽有两道人影一闪而过。谢怜一下子坐起身来。

那两道人影一黑一白，行色并不如何匆匆，甚至可以说从容，但足下如踏风云，行得极快。黑衣那人身形纤长，头也不回，白衣那人则是一名女冠，臂挽拂尘，在与这座小楼错身而过时回眸一笑。这笑容便如他们的身影一般一闪即逝，但一股诡谲横生。

南风霍然起身道："那是什么人？"

谢怜也站了起来，道："不知道。但肯定不是普通人。你们别玩儿了，此地不宜久留。"

好在这一行人虽然时不时鸡飞狗跳一番，但该做事时都还是铁了心地做事，当下收拾了红镜碎片便出了小楼。

风沙比之前大了许多，四人顶风走了一阵，狂风裹着沙子，劈头盖脸打在人身上，打得人露在外面的头脸手臂都隐隐作痛，耳边呼呼作响，说话都困难，一开口声音就被刮走。谢怜担心有人掉队，频频回头。南风与扶摇顶着乱风狂沙走得杀气腾腾。而三郎一直跟在他身后五步，不紧不慢地走着。

漫天的黄沙之中，那少年神色无波无澜，负手而行，一身红衣与黑发乱舞斜飞，仿佛感受不到风沙的侵袭，全然不为所动，连眼睛都不眨一下。谢怜被沙子打得脸上发痛，见他如此漠视，着实忧心，对他道："当心沙子进了眼睛和衣服里。"再一想，他也听不清自己说了什么，便直接走过去，帮他把衣服领子收了收，裹严实了不让风和沙子灌进去。三郎一怔，总算是眨了眨眼。

正在此时，一阵突如其来的狂风，吹得谢怜头上斗笠飞起。在这里一旦什么东西飞了，便要彻底消失在茫茫黄沙之中了，三郎却是反应奇敏，身手奇快，仿佛能预知风的轨迹，一举手便把即将飞向天空的斗笠截住了，再次递给他。

这时，另外两人也跟了上来，四人总算能勉强听清彼此声音了。谢怜道："大家小心点，这风沙不大对劲，我们最好停下找地方避风。"

扶摇却道："停什么？这风沙要是有鬼，目的就是想阻拦我们。那么越是如此，越该前行。"

三郎哈哈一笑。扶摇不悦道："你笑什么？"

三郎抱着手，道："故意和人反着来，是不是给你一种自己特立独行的满足感？"

这少年对谢怜以外的人说话时总是这样，虽然总在笑，但时常叫人分不清他到底是真心实意，还在故作恭维地嘲讽对方。有时说话就差直接告诉你你是个傻瓜了。见扶摇目光骤冷，谢怜忙举手道："你们先打住。有什么话待会儿再说。风真大了也是很恐怖的。"

扶摇道："比如？"

谢怜道："比如，把人吹上天……"

话音未落，他面前的几人便消失了。

不。消失的不是他们，而是他——这风沙竟真的把他卷上了天！

龙卷风！

谢怜在空中天旋地转，一挥手，道："若邪！抓个坚实可靠的东西！"

若邪嗖嗖飞出，谢怜便感觉白绫那端一沉，缠住了什么，谢怜好容易在空中定住，低头一看，他居然被狂风带到了数十丈的高空，现在就犹如一只飞上天的风筝，只被一线牵着心系人间。扑面的黄沙中，他勉强辨出一道红影。若邪的另一端，似乎正缠在一个红衣少年的手腕上。那少年看了一眼自己手腕上的白绫，目光探究。

他让若邪抓个坚实可靠的东西，若邪居然抓住了三郎！

谢怜哭笑不得，正要让若邪赶紧重新抓一个，只觉腕上白绫猛地一松。他心中暗叫"糟了"。

这种突如其来的感觉，并不是若邪的另一端被松开了，而是更可怕的事发生了。

果然，地面上那道红影忽然离他近了不少，未过多时，便来到了他伸手可及之处。

三郎竟是也被卷来暴风之中！

第六章

缩地千里风沙迷行

谢怜一张嘴便又吃一大口沙子，但事到如今吃着吃着也吃习惯了，他道："喀喀，三郎不要慌……"

可是，他马上就发现根本不需要这种安抚。那少年被若邪迅速拉近，谢怜看得分明，三郎虽然一脸无辜，但半分慌乱也没有，简直给他本书他就能立刻在沙尘之中看起来，临到近前还向他招招手，坦然得谢怜反而不知道该说什么好。若邪在两人腰上绕了几圈，将他们绑在一起，谢怜道："手给我！"

那少年莞尔："好。"他便从容伸手。照理说在风沙中不易接触，谢怜却一把就抓住了这手，把他拉过来道："抓紧我！"

三郎便乖乖搂住了他的腰，谢怜又道："再去！这次不要再抓人了！"

于是若邪再次飞出。这一次，抓住的果然不是人，是……南风和扶摇！

谢怜身心俱疲，教训若邪道："我让你别抓人，这个'人'并不是指狭义上的人……好吧。"他又冲下面两人大声道，"千万撑住！"

南风与扶摇自然是想要撑住的，奈何这风沙实在太狂，不一会儿，又有两道黑影也加入了龙卷风空游队。这下，四个人都在天上转圈圈了。暗黄的天地间，那龙卷风犹如一道支天沙柱，一条白绫连着四道人影在这条沙柱中旋转不休，越转越快，越升越高。他们不得不都用最大声音相互嘶吼，扶摇一边吃沙一边呸道："你这条傻白绫怎么回事？我从没见过这么蠢的法宝！"

谢怜双手掐着若邪喊道："听到了吗？这是你最后一次机会，不然以后你就改名叫傻白绫。去吧！"

带着悲壮的心情，他再次撒手。不一会儿手上又是一紧，谢怜精神一振，道："又抓住了！"

扶摇吼道："可别又是个过路的，放过人家！"

不过，这次另一端纹丝不动，若邪带着四条人影急速远离风柱，渐渐地，谢怜看清了下方一个半圆的黑色轮廓。

那是一块巨大的岩石。风沙之中，仿佛是一座坚实而沉默的堡垒，无疑是最好的避风之所！

甫一落地，四人立刻绕到背风面。谢怜眼前一黑，却是心中一亮。原来，这块砂岩背风一面有一个洞，足有二门之宽，洞口并不规整，歪歪扭扭的，但也不像天然形成。

这岩石几乎被挖成空心的了，洞内空间不小，但里面黑乎乎的，几人在光可照处先坐了。谢怜拍掉身上的黄沙，若邪蔫头耷脑地缠回他手腕，委委屈屈。南风和扶摇都在吐沙，衣服脱下来一抖也沉沉地全是沙。谢怜道："我就说这阵风沙有古怪了。真没想到你们也扛不住啊。"

扶摇可能觉得被他看扁了，一边恶狠狠抖着外袍，一边恶狠狠地道："你以为这里是什么地方，这里是极西北的荒漠之地，又不是我们家的主场。北边是裴家二将的地盘，西边是权一真的地盘，方圆数百里根本找不出一座玄真殿。"

须知人间尚且有一句俗语，"强龙压不过地头蛇"。在不属于自己的地盘上施法，必受限制。看扶摇憋屈气恼，想来吃这种亏还是头一遭。南风吐完了沙，道："怎么会突然有一块这种岩石？还开了这么大一个洞。"

谢怜道："不少见，以前的半月国人为了在外放牧赶不及回家时能躲避风沙或临时过夜，就会找块这样的大石头炸个洞。"

南风疑惑道："荒漠里怎么放牧？"

谢怜道："百年前，这里可是一片绿洲啊。"

扶摇看他一眼，道："你倒是了解。"

三郎在谢怜旁边地上坐了，正在帮他倒掉斗笠里的沙子。四人之中，看起来最体面的就是这少年了。他弯腰进来之后就意思意思地掸了掸袖子，除了黑发束歪了点，惬意之态分毫不改。可他那头发原本就给谢怜束歪了，再歪一点也没什么所谓了。

谢怜忽然想起一事，道："对了三郎，半月国师是男是女？"

三郎道："我没说过吗？女。"

果然！谢怜道："还记得吗？各位，废弃小楼前路过的那两个人，步法轻盈奇异，绝非凡人。其中有一名白衣女冠。我在想，那会不会就是半月国师？刚才那阵风来得古怪，会不会是她招来的？"

南风道："有可能！但她身边还有一名黑衣人同行，那又是谁？"

谢怜道："不知，不过那人身法比她更快，本领绝不在她之下。"

南风道："难道是妖道双师的另一位，芳心国师？"

谢怜道："这个吧，芳心国师我略有耳闻，乃是永安国的国师，出世时间远早于这位半月国师。我想，所谓妖道双师，可能也只是因为凑个双数好记，就像鬼界四大害之类的，不够四个也要凑足四个。"

三郎哈哈笑出了声，谢怜看他，他道："没事，我只是觉得你说得很有道理。四大害里面有一个的确就是凑数的，你继续。"

扶摇则疑道："你没听过鬼界四大害，却听过永安国的芳心国师？"

谢怜认真地道："因为我收破烂路过永安国，刚好听说了。鬼界又没有破烂可以收，当然没机会听说。"

这时，三郎道："哥哥。"

谢怜回头道："怎么了？"

三郎指了指，道："你坐的那块石头上，似乎写了字。"

"什么？"谢怜低头起身，这才发现，他坐的地方乃是一块石板。石板上果然刻有字，谢怜道，"我没法力了，你们谁托个掌心焰借我？"

南风打个响指，掌心凭空生出一团小小火焰，递给谢怜。谢怜就像接一个水杯那样接过了火焰，托在掌心。

火焰照亮了那些字，十分古怪。扶摇道："看不懂。这写的是什么东西？半月国的文字吗？"

谢怜清理了埋着石板的沙，道："将军。"

南风与扶摇同时一个激灵："什么？"

谢怜无辜地道："我在念给你们听啊，这个词是'将军'的意思。"

扶摇似乎松了一口气，道："你为什么会看懂半月文？"

谢怜道："很久以前，我也在半月国收过破烂。"

"所以……你究竟还在多少地方收过破烂？"

谢怜正想跟他说这种细节就不要在意了，忽觉不对。他一抬手，幽幽火光照出了黑暗中一张僵硬的人脸，两个眼珠子正在盯着他。

"啊啊啊啊啊！"

尖叫声快把谢怜的耳朵刺穿了。但尖叫的不是别人，正是那张黑暗中的人脸。南风和扶摇双双出手，火焰蹿得老高，终于把整个岩洞都照亮了。

岩洞深处，竟是早已有一堆人抱成一团瑟瑟发抖。南风喝道："什么人？"

那七八人哆哆嗦嗦，半晌，一个少年才壮着胆子道："我们是过路的商队，风沙太大，走不了，就在这儿避风。"

南风道："既是商队，为何鬼鬼祟祟躲藏在此？"

那少年道："你们突然从天上冲下来，手里还会凭空放火，谁敢出声？我们还以为你们是出来巡逻抓人的妖魔哩。"

其他商人似乎怕这边狂性大发宰了他，都道："天生回来！"

三郎忽然笑道："厉害、厉害。半命关恶名远扬，'每逢过关，失踪过半'，明知有此传闻还敢从这里走，好厉害的过路商队。"

那少年却是胆子不小，道："这你就不知道了，也有很多商队平安路过这里的！"

三郎道："哦？"

天生道："只要不进以前半月国的领地就行了。我们这次，就特地找了本地人带路。"他指了指一旁一个俊秀木讷的青年，道，"这一路上多亏了阿昭哥，要不是他带我们避开流沙避开风，说不定咱们现在就被沙给埋了。"

虚惊一场。谢怜道："好了好了，我们也只是路过的而已，还是继续看石碑吧。不过，我的半月语也忘得差不多了，后面这个词我不认识。"

三郎道："将军冢。"

"什么？"

见谢怜侧首，三郎笑道："哥哥，这个字，是'冢墓'的意思。所以，这块石碑，是墓志铭。"

谢怜奇道："怎么你也识得这文字？"

三郎笑道："不多。兴趣使然，认识几个。"

谢怜已经习惯这少年的说话方式了。他说"懂得不多"，意思就是"尽管问我"，向他招手道："好极了！你快过来，我们一起看。"

他一招手，三郎便过去了。二人手指慢慢拂过碑上文字，一起低声讨论。

读着读着，谢怜目光越来越奇异。

那天生还是个小孩子，看得好奇死了，问："道长，这石板子上写的是什么？"

谢怜回过神来，回答道："这石碑上记录的是一位将军的生平。"

"哦？是哪位名将？"

谢怜道："不是名将。虽然石板上称此人为将军，但其实，他只是一名校尉。"

"那他是后来升的将军？"

谢怜道："并没有。一开始他统领百人，后来他统领五十人，再后来他统领十人。"

南风和扶摇都无语了。谢怜总结道："总而言之，一贬再贬，贬无可贬。"

天生就奇了怪了："怎么做官还有这样，越做越低的？只要没犯什么大错，就算不会升，也不会降吧？这人是有多讨人厌啊？"

谢怜干咳道："这样的事也很常见的！人生不如意，十之八九啊。"

三郎轻笑一声，继续解读，道："这位校尉之所以官越做越低，并非因为他本领不济，相反，他武力高强。只是，他在战场之上，总是碍事。"

"什么叫'碍事'？"

三郎道："不允敌军杀伤己方百姓，也不允战友杀伤敌方百姓。"

众人不知不觉都坐拢了听得投入，议论纷纷："不让随便杀百姓，这不对吗？为什么要降他的职？"

"是啊，我觉得这校尉没错啊。"

谢怜听了，微微一笑。百年事灰飞烟灭，今论古人，当年半月国与永安国的不死不休，在后人眼中已成不可理喻之事。

只有那向导阿昭道："那时候永安国和半月国仇深似海，杀起来，不管士兵和百姓的。这位校尉这么行事，只被贬职没被杀头，已经是运气很好了。"

扶摇眉眼郁郁，道："在其位谋其政，这人既然做了士兵，就该奋勇杀敌。如此妇人之仁，只会让己方厌憎他、敌方嘲笑他。不会有任何人感谢他。"

他这番话很有道理，洞内大家都看他。扶摇淡淡地道："到最后，这种人就只有一个下场——死。而且，多半是死在自己人手上。"

无言片刻，谢怜道："是啊。你说得对。死了。"

"怎么死的？真是被自己人杀的？"

纠结了一下，谢怜还是诚实地道："这倒不是……上面说，是有一次边境暴乱，双方交战时打着打着，这人靴带没系紧，自己踩着了，摔了一跤，就……"

众人原本以为这人既然被立碑，那一定死得无比悲壮，闻言都是一愣。

谢怜硬着头皮道："就被双方杀红了眼的士兵乱脚踩死、乱刀砍死了……"

众人："哈哈哈哈哈哈哈哈！"

三郎道："很好笑吗？"

谢怜无奈。三郎看他一眼，悠悠地道："总之，虽然这位校尉遭军队嫌弃，但许多边境百姓都受过他的照顾，便尊称其为'将军'，两国边境百姓合力为他在这里修了一个石冢，立石碑以纪念。后来，人们还发现了这石碑的一个玄妙之处。"

众人这才止住笑，忙道："什么玄妙之处？"

三郎道："只要对这块石板跪拜三次，便可在戈壁逢凶化吉。"

他的神情口气都高深莫测，实在很让人信服，众商人一听，好几个马上就拜起来了，都道宁可信其有不可信其无。谢怜却莫名其妙："有这句吗？我怎么没看到？这么神奇？"

三郎微微一笑，低声道："没有。我编的。既然他们笑都笑了，拜一拜，不为过吧。"

谢怜哭笑不得，也低声道："顽皮。"

三郎冲他眨眨眼，得意得很。两人正笑着，突然有人惊叫道："这是什么？"

这一叫，整个岩洞嗡嗡作响，谢怜道："怎么了？"

原先在对着古石碑跪拜的人连滚带爬逃开，惊恐万状道："蛇！有蛇！"

南风与扶摇掌心焰一转。沙土之上，赫然盘踞着一条色泽艳丽的长蛇！

众人都慌了："怎么会有蛇？！"

那蛇被火光一照，蛇身上扬，似乎随时准备暴起攻击。谢怜娴熟地撸起袖子，道："没事，诸位看我……"还没说看他怎的，一只手已经把那蛇一捏，提了起来。

三郎右手托腮，左手把那蛇举在眼前观察，淡声道："都叫什么？沙漠里有蛇，岂非常事？"

谢怜额头流下一滴冷汗："三郎，这蛇看起来好毒，你当心被咬。"

三郎笑道："没事，我捏着它七寸呢。它敢咬我，我捏爆它。"听他语气可亲，仿佛在说"我摸摸它"。

那蛇是鲜艳的紫红色，令人联想到内脏，极不舒服。蛇身在那少年左手臂上软绵绵地缠了好几圈，仿佛一条艳丽的手环，居然还有几分美感。而蛇尾一节一节地生了硬壳，不像是蛇尾，倒像是一条蝎子的尾巴。

突然，那尾尖一甩，猛地一弹。谢怜道："小心！"

那尾巴刺势极猛，三郎却是右手倏出，捏住了它，像拿着什么好玩儿的东西给谢怜看，笑道："这尾巴生得有意思，哥哥你看，还有一根刺。"

谢怜抹了把汗，道："没扎中就好，果然是蝎尾蛇。"

南风与扶摇也过来看了，道："蝎尾蛇？"

谢怜道："不错。是半月国一种特有的稀罕毒物，我也只听人说过。半月国人都很怕它，毒牙毒尾都极毒，被咬被扎，一定丧命。你小……"

"心"还没出口，他就看见三郎把那蛇盘在手上翻来覆去地折腾，时而拉长，时而压扁，时而当成麻花拧，就差把它打个蝴蝶结了，那蛇要是能说话，肯定早就在尖叫了。谢怜快看不下去了，道："别玩儿它了，太危险了！"

南风也看不下去了，道："我看该觉得危险的是这条蛇吧！"

三郎笑道："没事。既然哥哥都说它是稀罕毒物了，机会难得，当然要看个仔细。你还想看哪里？"

谢怜道："我已经看完了，你还是快丢掉它吧。"

三郎"哦"了一声，果然一丢。那蛇被他甩上岩壁，"啪"的一声当场撞死，软趴趴地落在地上，再也不动了。众人默默看它，再默默看那少年，心中竟涌起了微弱的同情。

那少年不知从哪儿拿出一方手帕擦擦手，又道："说起来，半月国师正是因为能操纵这种蝎尾蛇，半月人才认为她法力无边，拜她为国师的。"

一听"操纵"二字，谢怜便觉不妙，霍然起身道："各位，快出去！"

众人不解："为何？外面风还大呢。"

话音刚落，又听一声惨叫。数人纷纷惊叫道："蛇！""好多蛇！""这里也有！"

黑暗之中，竟是无声无息地爬出了十七八条紫红的长蛇，它们也不攻击，就静悄悄地盯着这群人，仿佛在审视什么。这蛇爬行和攻击都无声无息，连一般毒蛇吐芯子时的"咝咝"声都没有，实在是危险至极。

这就叫不听老人言，吃亏在眼前！须知但凡说到"操纵"，从来都是一大群一大片的啊！

南风与扶摇一挥手，大团烈焰在岩洞内爆开，众人哪里还敢留在洞里，忙不迭地逃了出去。好在天色微暮，那龙卷风早已远去，一行人跑着跑着，哭丧着脸道："不是说拜那石碑就能逢凶化吉？怎么我们刚拜完就遇上这种事！"

"……"

其实是因为拜了才出事的吧！

谢怜正心虚，突然一人栽倒在地，痛叫起来。谢怜抢上去道："怎么了？"那人面露痛苦之色，谢怜捉住他手一看，手背一大块紫红，骇人至极。

他立刻喝道："停下！有人被咬了！"

方才是一窝蜂地跑，现在又是一窝蜂地聚。伤者手臂上有一条肉眼可见的紫红之色顺着经脉往上爬，谢怜道："好厉害的蛇毒！"他撕下布条往那人小臂中央一扎，扎得死紧，阻绝了毒血倒流流上心脏。众商人都吓坏了，道："阿昭，被这蛇咬中了会怎样？！"

阿昭道："必死无疑，而且死得很快。"

众商人大惊失色。谢怜道："没那么可怕。"说着他给那伤者喂了一粒药丸。不一会儿，伤者脸色大缓，众商人松了口气，道："多亏了道长的灵丹妙药，没事了！"

谢怜却道："怎么可能没事？这药是续命的罢了，充其量是从死得很快变成死得不快，十二个时辰之后还是要毒发的。"

众人都望向阿昭："那这毒没救了？"

三郎却道："有救。"

这少年对旁人话着实不多，但不知为什么，每每开口都很能令人信服。众人都喜道："有救怎么不早说！"

阿昭却无声地摇了一下头。三郎道："他当然不好说。中毒的人不用死，别的人却要死。"

谢怜起身看他，道："怎么说？"

三郎道："这就要从这毒物的传说讲起了。"

传说，在几百年前，半月国一位国主进深山打猎，无意间抓住了两只妖物——一条蛇和一只蝎子。这两只妖物在深山修炼，不问世事，从未害人，苦苦哀求国主放它们一条生路。但半月国主以它们是妖物、迟早会害人为由，在宴会上将它们的身体打烂，供自己和一众大臣取乐。唯有皇后于心不忍，又不敢违逆国主，便摘下了一片香草叶子，抛过去盖在它们的尸体身上。

蛇与蝎子死后魂魄不散，拖着残余的躯体，去求见了极远之地的一位鬼王。不知索取了什么代价，鬼王将它们的身体拼到一起，又加入剧毒，使它们变成邪物。新生的怪物蝎尾蛇终于杀死了国主，并永远留在此地作祟，因此，这种毒物只在半月国一带出没。但因皇后那一叶之仁，当日皇后抛过去用来遮盖它们的香草叶子是可以解这种毒的。

三郎道："那种香草叫作善月草，也只生长在半月国故国境内。"

众商人犹豫片刻，还是道："这……神话传说，当真能信吗？这位少年郎，人命关天，你不要同我们开玩笑呀！"

三郎给谢怜讲完就不理人了。那阿昭倒是承认了："半月国境内，的确生长着善月草。善月草，也的确可以解蝎尾蛇的毒。"

众商人这下没话说了，看那少年的目光愈敬。可也有人道："可那地方，不是闹鬼吗？这谁敢去？"

也有人小声道："不去死一个，去了多少，死多少……"

那边阿昭照看伤者，这边谢怜对南风扶摇招招手。那少年似乎看穿了他们要说些不方便被外人听到的事，不消谢怜委婉表示，自己靠在一块砂岩边，闭目养神。谢怜看看他，三人走到一边，道："看来，以往的商队都是这么中招的，不然常人怎会去半月古城送死？除非不去就一定会死。我们需要人手。"

扶摇却道："告诉你一个不好的消息，我刚才试过，这里离半月古城太近了，连不上通灵阵，也没法儿用缩地千里。"

南风点头，看来也试过。谢怜心中微微一凉，道："看来这地方的邪气的确厉害，这下消息传不出去，我们也走不了了。"

在一些邪祟的地盘，法术和法力会被削弱或者阻隔。扶摇一脸不出所料，对谢怜道："真不明白你之前到底在想什么。看这鬼地方，有什么正常人会在这里对你祈福吗？肯定有人作弄你，再么就是不怀好意引你前来。也就是你，非要自己跑来找罪受。"

谢怜道："那万一真的有呢？万一有人快死了在求救，没人理他岂不是人间惨事。"

扶摇不客气地道："你醒醒。万一有人快死了，肯定首先求帝君，然后把各大武神都求一遍，也许最后才会顺便想到你吧。"

南风听不下去了，道："就你话多！"

谢怜笑道："若真是那样，那祈福的人就更惨了，最后只有我这个顺便的来了。大家就都凑合一下吧。"

正笑着，他眼角忽然瞥见一抹异常刺眼的紫红色。

他们三人在这边商量，那少年靠在不远处一块砂岩上闭目养神，仿佛什么都不关心，只等着谢怜说完话过去找他。无人留意到，砂岩的上方，一抹紫红无声无息地垂下。

一条蝎尾蛇，狡猾地将自己的身体混进深色的砂岩，悄悄亮出了阴毒的獠牙——突出！

毒蛇猛兽，一发如电。来不及了！

谢怜的身体反应远快过他思维，下一刻已闪到那少年身前，一掌拍飞了那蛇。那少年也同时睁开双眼，如星的眸子对上他的视线。

谢怜一口气送出，先是击中的欣喜，紧接着便是剧痛。

从手背传来的，是像针刺却比针刺钻心百倍的剧痛。

那蛇被他拍飞时，一甩尾巴，用剧毒的蝎尾刺中了他。

毒发迅猛，谢怜手背立刻就是一大块骇人的紫红鼓起。他立刻道："大家都小心！还有蛇，别靠近岩石和植……"话音未落，手腕一紧，却是三郎抓住了他。谢怜回头道，"怎么啦？"可这一回头，却被那少年脸上的神情给吓到了。

那少年盯着他手上伤口，面上一片空白，像难以置信，又像灵魂出窍。等那短暂的空白过去，他的脸就沉了下来。自两人相识，谢怜还从没看过他这副模样，情绪在呼吸之间变幻莫测，每一变都让人看不懂，忍不住担心道："你……你没事吧？"

那边扶摇把被谢怜拍死的蛇踢开，道："他能有什么事？被咬的是你好不好！"

三郎一声不吭，抓过若邪就用它在谢怜手腕上打了个死紧的结，锁住了毒血倒涌。若邪虽然对谢怜爱撒娇，别人来碰时却是不好惹的，但在那少年手里却服服帖帖得仿佛真是一条柔弱无助的小白绫。他又从一名商人腰间拔出一把匕首。南风立刻明白他要做什么，右手托了一道掌心焰递过来。三郎把刀尖放在火上燎了燎，匕首在谢怜手背上的创口处又轻又快地划了一个"十"字，就要俯身下来。谢怜忙道:"不用了!你当心自己中毒……"

那少年却是不由分说,抓紧他的手,唇覆了上去。

谢怜放手也不是,抽手也不是,求助的目光投向一旁两人。南风不解道:"你忸怩什么?又不是姑娘,有什么好害臊的。"

谢怜想想也是,辩解道:"我哪有害臊?你不要乱说。"但他还是像一个被绝色王妃伺候着更衣的落魄乞丐一样浑身僵硬,都不会站了。扶摇道:"谁让你乱动?他不一定会被咬中,你添什么乱?"

也对,想想这少年给蛇打结那副随心所欲的气势,谁怕谁还不一定呢。谢怜道:"反正死不了,一会儿就好了。"

实话。他走在深山,十次里有八次都会踩到点毒蛇毒虫、惊醒点猛兽妖兽什么的,早有千百种毒物在他身上试过爪牙。不管毒性怎么折腾人,最多发烧呕吐,最后都能熬过来。扶摇无语道:"你难道不觉得痛?"

谢怜道:"不会啊。我没感觉的。"

他对痛觉的反应比常人要迟钝好几倍。大街走路踩钉子、山里走路踩捕兽夹的程度也只能让他皱眉。说着说着,谢怜觉得手臂好像抖了一下,心中奇怪:"我在抖吗?不会吧,也没有很痛啊。"

三郎终于抬起了头。谢怜手背上红肿已消,而他唇边一缕血色,目光极冷。谢怜终于拿回自己的手,松了口气,感觉也拿回了从容,微笑道:"多谢……等等,毒血呢?"

谢怜大惊失色,抓住三郎双肩道:"你不会咽下去了吧!"

三郎却退后一步避开他手,道:"你有点发烧了。"

谢怜把手放到自己额头上:"啊?真的欸,等等,这不重要!你吸完毒血后一定要吐出来,不然你这跟喝毒药有什么区别,会中毒的啊!"南风和扶摇冲上来就架住他。南风恨不得要打他:"这不重要什么重要?"扶摇服了他:"你自己发烧了都没感觉的吗?"

谢怜道:"我说了我没感觉啊。趁我还能走,现在就去找善月草吧。"

众商人忙道:"你们去古城?那我们……"谢怜道:"你们就不用了。那里太危险,我们会在十二个时辰内带给你们解药的。"

商人们大喜,纷纷道这怎么好意思。但谢怜下一句出来,他们便喜不动了。他道:"不过,我们想暂借这位阿昭带个路。"

众人迟疑。谢怜知道他们在纠结自己会不会带着向导找到善月草就跑了，又道："扶摇你留在这里保护他们。"

众商人这才稍稍放心，点了头。看样子，阿昭却有点不想冒险，道："半月古城好找，顺着这个方向走就到了。善月草也好认，叶片像一颗心，茎上有弯弯曲曲的细藤，长得有点诡异恶心的就是。"

谢怜彬彬有礼地道："但我们毕竟人生地不熟，怕出意外浪费时间，还是劳烦你带我们一程了。"

他态度温和却坚持，阿昭只好点了点头。

他们说话间，三郎默默来到谢怜身后。路过那条已破烂不堪的蛇尸时，他视线往旁边一移，"砰"的一声，蛇尸炸成了一阵紫红色的血雾，骇得众人又是一个哆嗦。

一行人走出一阵，谢怜低声对南风道："南风，你帮我盯着阿昭。"

南风一句话不多说，点点头，和阿昭走到一起去了。谢怜十分满意，心想带南风过来真是正确选择。扶摇虽办事也利索，但动手之前必同他拌几句嘴。笑笑摇头，又看向一旁的红衣少年。

不知是不是因为方才的事，三郎的脸色依旧不太好，一路都没跟他说一句话。谢怜几次欲言又止，但看他脸色极差，不好搭话，只百思不得其解：难道自己做了什么得罪他了？可刚才自己只是拍飞了那条毒蛇，而且被咬的也是自己，究竟是哪里做错了？

四人在茫茫戈壁中行了小半个时辰，没有风沙拦路，脚程很快。渐渐地，路上能看到一些生存得极为艰难的杂草，长在沙与岩石的夹缝中。

太阳快下山时，天边终于出现一座古城。

这座古城很难看到，因为它是土黄色的，和茫茫的黄沙融为一体，城墙坍塌，还有几截埋没在黄沙之中。走到近处，他们才发现这城墙极高，最高处有十几丈，不难想象昔日宏伟模样。

穿过瓮城，四人便正式进入了半月古国的地界，邪气最重的禁地。

过了门便是一条大街，依旧是又宽又空，两侧尽是断壁残垣，破烂房子、破烂石头、破烂木头。

大抵是这古城和他心中的半月国相差甚远，南风疑道："这就是半月国？怎么这么小，比一座城都还不如。"

谢怜道："沙漠小国，绿洲有多大，国家就有多大。半月国在鼎盛时期也不过一万人左右，怎能和中原比？不过，也还算热闹了。"

南风观察一番，下了结论："打这个国，大概就是几天的事。"

谢怜道："真不一定。你不要小瞧了半月人，他们军队常年保持六千人以上，每个以一当十不成问题。"

南风："拢共也才一万人，军队就这么多人了？"

谢怜："他们男多女少，女子事耕作生产，除去老弱病残，男子几乎全数参军。而且半月士兵简直恨不得个个身高九尺，个性又勇猛好斗，特别难打。"

阿昭似乎略为意外，看了一眼谢怜，道："这位道长知道不少。"

这时，南风又问道："那个墙是什么？"

他指的是远处一个巨大的黄石建筑。说是建筑又似乎不大对，因为严格来说，那只能称之为四面高大的岩墙围起来的一个东西，没有门也没有屋顶。每面墙都高十丈以上，墙顶插着一根杆子，破破烂烂的不知是旗子还是什么东西在随风飘摇，看得人心里微微发寒。

谢怜看了一眼，道："那是罪人坑。"

南风皱眉："罪人坑？一听这个名字就知道肯定不是什么好东西。"

谢怜："你可以当它是个监狱，是专门关押有罪的人的地方。"

南风："连门都没有，如何关押？"

谢怜正要答话，忽然心念一转，改口道："这我就不知道了。"

他生怕花城不接，赶紧又添了一句："哎，真的好想知道啊。"说完，惴惴又期待地等着。

果然，那少年开口了。

他道："扔下去。"

谢怜看他，虽然生疏，但还是觍着脸道："咦，真的吗？从上面扔下去？"

三郎道："嗯。而且，底下全都是剧毒的蛇蝎和饥饿的猛兽。"

终于引得他开口了，谢怜松了一口气，偷偷走近一点，夸道："三郎真是博闻强识。"

那少年看他一眼。这一眼仿佛看穿了他的意图，谢怜难免有点窘迫，但又高兴见他眼角微弯，好歹人是哄好了，假装无事发生。南风骂道："这哪里是监狱，根本是酷刑，这个国家的人真是恶毒！"

谢怜道："其实这种东西天底下所有地方都有。半月人里当然也有挺可爱的，等等！"

其余三人果然停了下来，谢怜举起手，道："你们看那坑上面的那根杆子，是不是吊着一个人？"

夜幕降临，很难看清那杆子上吊的到底是什么，但走近些，那物的轮廓分明是一个小小的黑衣人，被风吹得摆来摆去。

三郎道："是人。"

这情景凄厉诡异，看得阿昭脸色隐隐发白。正在此时，三郎微一侧首，道："有人。"

谢怜也听到了极轻的脚步声，街道两旁都是残破的房屋，四人立即散开了藏匿进去。

谢怜和三郎躲进了同一间破屋，南风和阿昭躲进了对面的一间。不多时，破败的街道尽头，转出来一名白衣女冠。

那女子一身轻飘飘的雪白道袍，臂挽拂尘，走在街上，左顾右盼，双目极亮。那副神态，仿佛这里不是一座废弃多年的古城，而是可任她随意翻转的小小后花园。不远处，一名黑衣女郎负手而行，缓缓走在她身后。

这黑衣女郎眉目美而冷郁，目光如匕首出鞘，整个人仿佛散发着丝丝寒气，虽然走在那白衣女冠的身后，却不会有任何人把她视为谁的下属。

正是他们午时在那废弃小楼外见到的那两人。

当时，这二人身形一闪而过，那黑衣人身材又高挑，谢怜没看清到底是男是女，如今方知原来皆是女子。那女冠悠悠甩着拂尘，抱怨道："那些人又躲哪儿去了？一不留神就不见了，难道还要我一个一个找出来杀吗？"

在找他们？看来，这白衣女子真是半月国师。原来他们一进城就被盯上了。

那黑衣女郎走了上来，面无表情地越过她，道："你可以叫你的朋友们来帮你杀。"

"朋友们"，莫非是指那群传说中身高九尺、举着狼牙大棒的半月士兵？

半月国师笑道："哈！我不爱叫别人，我就爱叫你。开心吗？"

那黑衣女郎却是一点儿面子也不给，冷冰冰地道："被你叫来做这种事有什么值得高兴的。快走。"

半月国师一撇嘴，果然走快了。听她们的对话，倒像是关系挺好的老熟人。

谢怜屏住呼吸。他可不想横生枝节，谁知他这人"体质"就是越不想来什么越来什么。那黑衣女郎从这间屋子前走过时，忽然驻足，锐利的目光扫了过来。

那半月国师已经往前走了几步，见她驻足，身子往后一倒，道："喂，你到底走不走啊？"

那黑衣女郎道："你，退开。"

半月国师道："哦。"她果然退开，那黑衣女郎似乎正要举手，突然，长街对面一声巨响！

对面，南风他们藏身的那间屋子竟是突然坍塌了。这一间塌了，连带左右一排都塌了，霎时街上沙尘滚滚，一道黑影猛地从飞沙走石中跃出，打出一道熊熊的火焰，袭向半月国师。而那黑衣女郎一个转身，拦在半月国师身前，左手仍负在身后，右手顺手一抄便把那道火焰尽数抄在掌心之中，直接给他送了回去。那道黑影也是迅捷无伦，闪身避过，几下兔起鹘落，挟着一阵沙尘远去。半月国师追了上去，而那黑衣女郎看了一眼这边，这才也追了上去。

这一番变故发生在顷刻之间。谢怜暗暗道："好南风！"心知必然是躲在街对面的南风看这边快被发现了，声东击西，帮他们引开了敌人。确定那三人都远去了之后，谢怜拉着三郎出去，道："阿昭，你还活着吧？"

须臾，那坍塌的屋子之下传来一个声音："没事。"

南风打塌屋子的时候必会控制，给他留下藏身空间。谢怜单手抬起腐朽的屋顶，阿昭艰难地爬了出来，满头是灰，还算镇定。

谢怜道："咱们要快。善月草生长在城中什么地方？"

阿昭却摇了摇头，道："抱歉。我从前也没来过古城，并不清楚善月草长在哪里。"

一旁，三郎道："善月草喜阴，开阔无遮之地无法生长，不如往高大建筑近旁去寻找。"

谢怜一琢磨，道："我知道了。去皇宫吧。"

高大建筑必然常年有阴影相随。而在一个国家里，有什么建筑会比皇宫更高大宏伟？

三人眺望一番，果然在城中心看见了一座由砖石土木搭建而成的宫殿。那宫殿远看还颇有气势，但近看，破败程度也只比街上的其他房屋稍好一点。穿过宫殿大门，就是一片好大的花园。也许在以前这里并不是花园，是个阅兵场什么的。脚下的不是沙土，而是泥土，大概是绿洲仅剩的痕迹了。

三人低头，各自寻找。谢怜一直提防草丛里突然冒出一条蛇，却一直没有蛇。他隐隐觉得不太对。

花园杂草丛生，谢怜这边没找到，道："可有收获？"

阿昭道："没有。会不会找错地方了？"

谢怜直起腰，道："如果善月草真的存在，最有可能就是这里了。仔细想想那神话传说，也能侧面佐证。宴会后皇后摘下了一片善月草。皇后怎会随意出宫？随手就能摘，可见善月草就长在她寝宫附近。虽然大多神话都是扯淡，但有的也有一定依据。再找找吧。"

谁知，他还没找到解毒的草药，却先找到了别的。他手上突然摸到了一个东西，低头一看。

不是毒蛇，是一只脚。

一长串惨叫声划破夜空。而谢怜收回了手，一阵无语。

他发现，每当他在黑暗中看到或摸到个什么东西，往往是他还没吭一声，对方就已经抢先大叫起来。其实最该害怕的难道不应该是他吗？

这花园的灌木草丛生得既高且密，方才有个人偷偷摸摸地躲在里面，被谢怜一把抓到。那脚飞速抽离，前方草丛簌簌而动，谢怜定睛一看，道："怎么是你？"

居然是天生。天生松了口气，谢怜却没松，反手就是一张符要打。天生大叫："道长别打！"

谢怜道："当然要打。在这种情况下突然出现的人，很有可能是别的什么东西变来冒充的。"看他说着又举手，天生忙道："真是我！不光我在，还有几个叔叔也跟我一起来了，他们就在里面，不信你看！"

他朝宫殿里一指，果然，破败的宫殿内奔出好几个人，想是被惨叫声吓出来的。谢怜站起身来拍拍白衣下摆，问道："你们怎么回事？"

他一问，这几名商人都讪讪的，有人道："这不是……道长你们走了没多久，受伤的人就又毒发了。他发得厉害，我们……等不及。阿昭不是说了，顺着那条路走就能找到半月古城吗？咱们想着，多几个人也好找快点，就也过来了……"

其实就是后悔了，怕谢怜他们溜了。谢怜无奈道："这真是胡闹。你们又不是不知道这里有多危险。我留在那儿的小道士也没拦你们？"

想来天生也知道这么做摆明了就是不信任他们，方才趴在草丛里不吭声，大概也是觉得尴尬，道："拦了，但那位小道长说……"

谢怜道："说什么？"问完就反应过来，扶摇那性子，劝不住也就懒得阻拦了，说不定还会说"既然你们一意孤行非要死那我也就不拦了，请请请、请自便"之类的话。几个商人干笑道："人命关天，这不是为了救人吗，一着急就……"

谢怜道："当真是为了救人？"

几个商人笑得更尴尬了。

想也知道，那么大风沙，这商队的骆驼和货物肯定丢了，这趟是赔本买卖，一定会有人觉得不能空手而归，铤而走险要来古城探宝。谢怜无奈道："可别为了不赔本把命给赔了，这才是天底下最不划算的买卖不是吗？"

正在此时，一旁的三郎道："找到了。"

谢怜眼睛一亮，回头，只见那少年扬了扬手，手里拿着一把碧色的叶子。几个商人大喜过望，道："这就是善月草？"

那少年把他受伤的手捉了起来。那只手原本肿得吓人，吸毒后虽然肿胀消了，但一直微微麻痹。三郎捏碎叶子，把绿末细细涂在他手背上。谢怜屈伸手指，感觉灵活了许多，丝丝温凉从创口蔓延上来，道："是解药。"

众人大喜，都道："快，我们也找找！多找点！"

阿昭也举起了一把绿叶，道："我这边也找到了。"

他手上这一把善月草的叶子肥大极了，与之相比，三郎方才找到的那一片简直小得可怜。众人马上拥了过去，纷纷惊喜："这里有好大一片啊！""快多摘些带走，这可是珍稀药材！"

他们忙着采药，谢怜却有点奇怪，问那少年："方才那片地方好像你也找过的，怎么当时没发现呀？"那叶子简直大得人有点不舒服，不像该长在戈壁里的东西，应该很显眼才是。

三郎却摇头，道："哥哥，那边的草药，你是不能用的。"

谢怜更奇怪了："为何？"

那少年还没答话，便听一声惨叫："走开！"

众人一下子蒙了，道："是谁在叫？"

"我没有啊！"

"也不是我……"

又听那个声音凄厉地道："走开！你踩到我了！"

这下，他们才注意到这声音的发源地——竟是他们脚下！

众人霎时散开。别人躲，谢怜就上。他走到惨叫发出之处，伸手拨开草丛。这一拨，好几个人差点当场窒息。

草丛之下，泥土之中，赫然埋着一张男人的脸。

这片土地里，竟是有个大活人被埋着，整个人只露出了一张脸！

这幅画面无比诡异，几名商人吓得抱作一团，互相大叫。谢怜道："大家不要慌，要冷静。一张脸而已，有什么大不了的？"

众人尖叫道："一张脸啊！脸啊！这还没什么大不了的？"

谢怜道："当然。谁还没有一张脸了不是？人人都有的东西有什么大不了的？"

"……"

众人竟是无法反驳，而且莫名感觉很有道理，被安抚了。这时，那张脸呵呵笑道："吓到你们了？唉……我也经常吓到我自己。"

谢怜半蹲下来，细细端详起这张埋在土地里的脸。

这是一张男人的脸，不笑的时候很扁很平，笑的时候有许多皱纹。说不清是老是少，也说不上是丑是美。他看了半天，看不出这是个什么东西，只好直接开口问它："你是谁？"

那张土埋面叹了一口气，道："唉。我是谁？我只是一个过路人。不过，那已经是五六十年前的事了。"

它这么一说，更加诡异了。这人竟然被埋在这座废弃古城的土地里五六十年了，那还是个人吗？

一名商人战战兢兢地问："那……那你老人家……是为什么会到这里……啊？"

土埋面咳嗽了几声，皱着脸道："我……我是被半月士兵抓来的。我不小心进了城，被他们抓住，他们就把我埋在土里，让我变成这些善月草的肥料……"

原来这些善月草都是用活人当肥料长成的，难怪如此肥硕！

几名商人赶紧把手里的大把善月草扔到了地上。谢怜也忍不住低头看了看自己的手背，却听三郎道："哥哥不必担心，你用的那片草药没问题。"

难怪方才三郎明明找过了这片土地，却没采那些肥硕的善月草，恐怕早就猜到它们的养分从何而来了。谢怜道："难道你刚才早就看到了这东西吗？"

三郎眨眨眼，道："是啊。有什么问题吗？"

他居然直接忽略掉了这恐怖的东西，提都没提一句……谢怜道："没问题，你很厉害。"可能在他心中，这玩意儿和一只长得有点恶心的瓢虫没什么区别吧。

这时，那土埋面又开口了："我已经好多年没有看到过活人了，你们……你们都站过来，让我好好看看，可以吗？"

众人面面相觑，一致觉得不要按照它说的做比较好。见半晌无人响应，那土埋面喃喃道："怎么，你们不愿意吗？唉……可惜了……"

谢怜转过头，道："什么可惜了？"

土埋面道："从你们进来起，我就有一件事非常非常在意。我一直很想用自己的眼睛确认一下再告诉你们，所以才叫你们都站过来给我看看。因为我想一个一个地，把你们都仔细看个清楚。"

它用了一种耸人听闻、矫揉造作的语气，谢怜的回应却依旧朴实："什么事？"

那土埋面怪笑着道："我说了，你们不要害怕……你们中间，有一个人，我在五十年前就见过了！"

此言一出，每个人的背上都是一阵汗毛倒竖。

如果有一个人这土埋面在五十年前就见过，如今他该有六七十岁了。可是这里的几个人中，年纪最大的看起来都绝对不超过四十，这怎么可能？！

除非……那个"人"不是人！

谢怜的目光从每一个人脸上扫过，微惊的，恐惧的，惊疑不定的，瞠目结舌的。所有人反应都很恰当，如果一定要说有谁的反应不符合常理，那就只有他身边这少年了，因为他的反应就是没有反应。看目光聚集点便知，所有人都是这么想的。但谢怜却觉得这就是他该有的反应，继续问道："你说的这个人是谁？"

那土埋面脸部肌肉抽动几下，露出一个怪异无比的笑容，仿佛在竭尽全力让自己看上去更可靠一点，却掩饰不住从心底泄露的奸笑。它神神秘秘地道："你……你靠近一点，我就告诉你。"

谢怜却道:"所有人退下,越远越好。"

众人忙不迭慌乱散开。见他居然压根不作死,那土埋面急忙道:"你们真的不想知道那个人是谁吗?他很可怕!他会害死你们所有人的,就像他害死我们一样!"

谢怜道:"可是现在看起来,你比较可怕啊。"

那张土埋面一边嘿嘿发笑,一边努力地道:"唉,不要走嘛,你们这又是何必,我也是个人,我不会害你们的!"

谢怜诚实地道:"你想多了,你这样子可完全不像个人。"

正在此时,异变突生。

一名商人大概想着无论如何还是得拿些药草,偷偷往前走了几步,弯腰想去捡地上那一把方才被吓得丢掉的善月草。那土埋面的眼珠子骨碌碌转过去,双目闪过一道精光。

谢怜心叫糟糕,冲过去道:"回来!"

然而,已经迟了,土埋面突然一张嘴,一条鲜红的东西从他口中刺溜滑出。

舌头!

好长的舌头!谢怜一把拎住那商人的后领丢开,可那土埋面口里飞出的东西却奇长无比,"哧"的一声便从那商人的一只耳朵蹿了进去!

谢怜感觉手下躯体一阵剧烈的颤动,那商人发出一声短促的惨叫,四肢抽动不止,双膝跪地。那条长舌飞速从他耳朵里掏出了一大块血淋淋的东西,缩回了土埋面的口中。那土埋面边嚼边笑,嚼得满嘴鲜血淋漓,笑得几乎要掀翻这破烂皇宫的屋顶,尖叫道:"哈哈哈哈哈哈哈哈哈哈哈!好吃好吃好吃,好吃好吃好吃!好吃好吃!饿死我了,饿死我了!"

这声音既尖且锐,那双眼球布满血丝,实在是恶心至极!

这人在这里埋了五十多年,已经被这个妖国同化,彻底变成别的东西了!

它叫,其他人也叫,叫得谢怜耳膜隐隐作痛。他正要一掌劈了这恶心东西,忽听那土埋面又尖叫道:"快过来!将军快过来!他们在这里!他们在这里!"

只听一声凶猛的嗥叫,一道黑影从天而降,重重落在谢怜面前。

这道黑影落地的那一刻,几乎整片地面都一阵震颤。而等到他缓缓站起,众人都被笼罩在他投射下的巨大阴影之中。

这个"人",实在是太过高大了!

他脸色黝黑如铁，五官凶悍粗犷，仿佛是一张兽类的面孔。胸口肩头披着护甲，高逾九尺，与其说是人，不如说是一匹直立行走的巨狼。而在他身后，一个、两个、三个……十多个"人"从皇宫的屋顶之上跳落下来。

这些"人"个个人高马大，身材相仿，肩头都扛着一条生着密密利齿的狼牙棒，仿佛群狼化人。他们把花园内的几人重重包围起来，犹如一圈铁塔。

半月士兵！

这些士兵周身散发着阵阵黑气，当然早已不是活人。一看就极难对付，即便他有若邪在手，绞死一个怕是都得费大力气！

好在他们并未立即扑上来，而是相互用异族语言高声叫喊。那语音发音刁钻古怪，正是半月国的语言。虽说过了两百年，谢怜的半月语已经忘得七七八八，但这几名士兵声如洪钟，词汇简单粗鲁，倒也不难听懂。谢怜正待细听，忽见有人绝望地拿出匕首，忙道："这是何必？"

几个商人几乎要晕过去了："半月士兵可是会吃人的！与其被吃，不如自行了断！"

谢怜"哎"道："有什么事我会先上的，请把刀放下吧。你拿刀的手势不对，这样的话，就算是自杀一刀也要不了自己的命，会很痛苦的。"

土埋面见到这群怪物，大为激动，道："将军！将军！你放我走吧！我帮你把敌人骗来了，你放我回家去吧！我想回家！"

它一边尖叫，一边呜呜咽咽。那名被称为"将军"的九尺半月人见这边土里有一个东西在不断扭动尖叫，像条虫子，仿佛也觉得很是恶心，一个狼牙棒捶下去，数根锐利的尖刺扎穿了土埋面的脑袋。土埋面尖叫一声，将军再一提，尖刺就嵌着那土埋面的面门，把它连根拔起，从土里带了出来，实现了它"放我出去"的愿望。

可是，连在这土埋面的脖子下面破土而出的，根本不是人的身体，而是一具森森的白骨！

几名商人见此恐怖景象，吓得大叫。而那土埋面的脑袋从狼牙棒的尖刺上脱落，满脸是血，看到自己的身体，似乎也被吓住了，倒吸一口冷气，道："这是什么？这是什么！"

谢怜好心提醒道："这是你的身体。"

想想也知道了。这人做了五六十年的活肥料，身体的血肉早就尽数化为那些善月草的养分，被吸得只剩下一副骨头架子了。土埋面却还不肯相信，道："这怎么可能？我的身体不是这样的，这不是我的身体！"

它语音尖锐凄厉，画面可怕又可悲。三郎噱道："你现在才看不惯你这副身体？那方才从你嘴里伸出来的东西是什么，你觉得没问题吗？"

土埋面立即反驳道："有什么问题！只不过……只不过是比普通人的舌头稍微长了一点罢了！"

三郎道："嗯，不错，稍微长了一点。哈哈。"

土埋面觉得他在挖苦自己，强词夺理道："不错！那只是我这么多年为了吃飞虫和爬虫活命，慢慢地越伸越长，才变成这样的！就是稍微长了一点！根本没有很长！大惊小怪！"

它刚被埋进土里的时候，也许还是活着的，而为了活下去，就努力地伸长舌头去吃那些飞虫与爬虫。渐渐地，它不再是人了，那舌头便也越来越长，吃的"食物"，也从飞虫爬虫，变成了更可怕的东西。

但因为它一直被埋在土里，这么多年都看不到自己身体的模样，根本无法接受，也不愿相信自己已经不是一个人。见众人看它的目光都诡异极了，土埋面努力辩解道："也有人的舌头天生就是比较长的！"

三郎笑了。那笑容中有一种即将剥下他人脸皮般的冷酷，看得谢怜心中一寒。

三郎道："你觉得你还是个人吗？"

土埋面仿佛突然有了危机感，焦躁起来，道："我当然是人。我是人！"

它一边喊着，一边努力地活动自己已经化为白骨的手脚，想在地上爬动。也许是因为终于从土里出来了，它感到由衷地高兴，狂笑道："我现在就要回家了，我终于可以回去啦！哈哈哈哈哈哈……"

"咔！"

它的笑声太过刺耳，终于惹烦了那半月将军，一脚下去，这土埋面的颅骨瞬间碎裂。而它那"我是人"的尖叫，也再发不出来了。

"将军"踩碎了烦人的土埋面后，冲士兵们大声喊了一句，一群半月士兵便挥着狼牙棒大吼几声，驱赶起他们。

谢怜走在最前，三郎在他身后。即便是在被一群凶神恶煞的半月士兵押送的途中，这少年的步子依旧是不紧不慢，犹如在散步。走了一阵，等那群半月士兵又彼此交谈起来不怎么注意他们了,他便道:"他们称这头领的半月人为'将军',不知是什么将军?"

三郎道:"半月国灭亡时只有一位将军。名字叫刻磨。传闻身长九尺力大无穷,是半月国师的忠实拥护者。"

谢怜道:"现在他是要送我们到半月国师那里去?"

三郎道:"或许吧。"

该如何脱身?引开二人的南风那边又如何了?谢怜一路走一路思索,一群士兵带他们越走越偏僻,最后,把他们带到了半月城的边缘。

谢怜驻足,一堵高墙立在他面前,仿佛一个顶天立地的巨人。

他们居然被带到了罪人坑!

谢怜从没靠近过这个地方,如此近看,莫名一阵心悸。岩墙外侧设有梯,沿着简陋的楼梯缓缓攀行的同时,谢怜不动声色地以手扶墙,俯瞰间,终于明白了这阵心悸是源于什么。

那是一种纯粹由于感应到凶险法阵存在而产生的心悸。

整个罪人坑由四道高墙包围而成。每道墙长三十余丈,高二十余丈,每堵墙厚度约有四尺,森然耸立。四堵墙围出了一个四方的巨大空间,其上没有任何可供站立的平台或横木。

天色已晚,巨坑如深海巨兽潜伏之处,完全望不到底,只有阵阵寒气和血腥从深不见底的黑暗里飘上来。

登尽楼梯,来到顶部的谢怜轻轻吐出一口气,心道:"有这法阵在,掉进这坑里的人,可别想爬上来了!"

众人踩着没有任何护栏的高墙之檐,在高空行走,没几个人敢往下看。走了一阵,前方遇到一根竖立的长杆,杆子上吊着一具尸体,之前他们在下面已见过。那尸体是个黑衣少女,长袍破破烂烂,低垂着头,看上去死了没多久。

谢怜知道,这根杆子是专门用来挂罪大恶极之人的。通常狱卒们会把那人衣服扒光,赤裸着吊上去,任其饿死晒死,死后尸体随风摆动。竟然把一个少女的尸体挂在这种地方,这能是什么罪大恶极之人?阿昭、天生等人见了这凶残情形,脸色苍白,不敢前行,好在刻磨也没有再赶他们。他冲着坑底,长长地喊了一声。

谢怜心中正觉奇怪："为什么要如此喊上一声？"下一刻，他的疑问就得到了解答。

似是对他这一声大喝的回应，漆黑的坑底传来了阵阵咆哮。如虎狼，如怪兽，如海啸，成百上千，震耳欲聋。

墙檐上数人几乎被这吼声震得站不住脚，谢怜还听到了沙尘碎石被震落的簌簌之声，清晰至极。

底下的是什么东西？罪人的亡魂？

刻磨吼完，说了一句话，比了个手势。虽然大家都听不懂他说什么，但所有人都能看懂他想做什么。因为那手势很简单。

"扔下去"！

众人魂飞魄散，都冲谢怜道："道长！"

谢怜举起一根手指，笑眯眯地道："明白了。不要急。就来。"他自觉往前站了一步。

反正下面无非就是没有新意的毒蛇猛兽、厉鬼凶煞，只要不是岩浆烈焰、化尸毒水什么的就行，他先下去探探路也好。

但不知为何，看到他这一步，三郎却脸色微寒。众人纷纷感动得恨不得痛哭流涕："道长，若有机会，我们以后一定给你修个祠子子孙孙供着，有我们一口饭吃，就有道长你一炷香！"

谢怜哭笑不得，但还是很高兴的，道："真的吗？那太好了，最近还没有人给我修过祠呢。但我这边有一个好消息和一个坏消息要告诉你们。那么先说坏消息吧：方才那位将军说，要把我们全部丢下去。"

众人畏惧："那……好消息呢？"

谢怜道："我会在下面接着的。"

众人崩溃："这算什么好消息呀！"

兴许是觉得必死无疑不如拼死一搏，一人突然发难，埋头朝刻磨冲去。谢怜错愕："阿昭！"

正是那年轻向导。他这一冲似是拼了同归于尽的决心，刻磨身材高大，形如铁塔，竟也被他撞得倒退三步，险些失足，当场大怒，翻手便把阿昭掀了下去。众人齐声惨叫，而黑不见底的坑下远远传上来一阵欢呼，以及极为残忍的撕咬之声，犹如恶鬼争相蚕食。光是听着就知道，绝无生还可能了！

谢怜大是诧异。他原本对阿昭略有怀疑，却没料到，这青年上来就死了！

刻磨又是一比手，这次，他挑中的是天生。见天生吓得要死，谢怜忙道："将军！"

听他开口说的是半月语，刻磨黝黑的脸上现出吃惊的神色。他道："你是什么人？"

谢怜道："这不重要，重要的是，让我插个队，先丢我吧。"

刻磨肯定从没见过有人要在这种事上插队的，双眼瞪如铜铃。这时，漆黑的坑底又是一阵排山倒海的咆哮。想来下面的东西似乎已将阿昭的尸体分食完毕了，可依旧饥饿，渴求更多的新鲜血肉。刻磨也知道下面等不及了，但又觉谢怜可疑，再次去抓天生。谢怜便挡在他人之前。正拉拉扯扯，谢怜忽然心一跳，回过头，却见一旁的三郎往前走了一步。

第七章
执红伞心荡护花铃

那少年抱着手臂，正用一种漫不经心的目光打量着那深不见底的罪人坑，若有所思。谢怜感觉不妙，道："三郎？"

听他出声唤自己，三郎转过头来，微微一笑，道："嗯？"

他又往前走了一步，整个人已经站在一个很危险的地方了。

谢怜心头怦怦、眼皮乱跳，他道："等等！你先不要动。"

高空之缘，那少年红衣下摆在夜风中猎猎翻飞。他看了谢怜一眼，笑了一下，道："不要害怕。"

谢怜道："你……先退回来。你退回来我就不害怕了。"

三郎道："没事。很快我就会回来了。"

一滴冷汗落下，谢怜道："你不要……"

话音未落，那少年便维持着抱臂的姿势，轻飘飘地一跃，消失在深不可测的黑暗之中。

在他跃出去的那一瞬间，若邪便从谢怜腕上飞了出去，化为一道白虹，想要卷住那少年的身影。然而坠速太快，那白绫没有抓到一片衣角便黯淡收回。谢怜一下子跪在高墙上，冲下面喊道："三郎！"

什么声音都没有了。

那少年跳下去之后，什么声音都没有了！

高墙之上，半月士兵们都震惊极了。今天是怎么回事？以往要抓着扔才能扔下去，今天却是轮流抢着往下跳？

谢怜来不及多想，收了若邪就纵身一跃。可人没下去，衣服后领却是一紧，就此悬空。原来刻磨见他也往下跳，竟是长臂一伸抓住了他。谢怜喝道：

121

"放开！"

刻磨不理。谢怜发狠道："不放你就跟我一起下去！"

若邪如一条毒蛇绕着刻磨手臂往上爬，死勒他喉咙。绞杀是若邪的拿手好戏，换个人早已脖颈断裂，奈何半月人皮糙肉厚。谢怜正要加力，忽然余光扫到了极为诡异的一件事。

那被吊在长杆上的尸体动了一下，抬起了头。

那群半月士兵也注意到了这尸体动了，纷纷挥着狼牙棒打去。而那黑衣少女动了一下之后，扯断吊住自己的绳子，跳下长杆，朝这边疾速冲了过来。

犹如一道黑风从高墙之檐上刮过，众士兵被这阵邪风刮得东倒西歪，惨叫着摔下了高墙。见他的士兵被扫进罪人坑里，刻磨狂怒，大骂起来。他骂得极为粗俗，大概使用了不少市井俚语，谢怜不是很懂，趁他分心，突然用力，拽着他一起掉了下去。

这一掉下去，可就爬不上来了！

下落过程中，刻磨的怒吼声几乎把谢怜耳膜震穿。他只得收了若邪，顺便踢了刻磨一脚让他离远一点保护自己耳朵，紧接着驱动若邪向上蹿起，想抓住个东西缓冲一下，可这坑阵法厉害，若邪被一层无形的东西挡了一下，抓了个空。正当他以为自己又要像之前无数次那样摔成一块扁平的人饼嵌在地上好几天都挖不出来的时候，黑暗之中，银光一闪。

一双手轻飘飘地接住了他。

那人接了个正着，简直像是守在底下专门等着去接他的，一手绕过他背，搂住他肩，另一手抄住了他膝弯，轻松化去了谢怜从高空坠落的凶猛之势。

谢怜刚从高处落下，猛地一顿，还有些头昏眼花，下意识一抬手，紧紧搂住对方肩头，脱口道："三郎？"

四周一片黑暗，什么都看不清，当然也看不清这人是谁。对方不答话，谢怜在他肩头和胸口摸索了几下，想要确认，道："三郎，是你吗？"

坑底的血腥之气冲得人几欲晕倒。谢怜一路胡乱往上摸，摸到那人坚硬的喉结时突然惊醒，心道罪过罪过，这是在干什么！他立刻抽了手，道："是三郎吗？你没事吧？有没有受伤？"

半晌，他终于听到了那少年的回应，从距离他极近的地方沉沉传来："没事。"

不知为何，谢怜觉得，他这一句的声音，似乎和平日里有着微妙的不同。

谢怜道："你当真没事？放我下来吧。"

三郎却道："别下来。"

谢怜一怔，心想："怎么回事？莫非地上有什么东西？"

那双手还是紧紧抱着他，一点松开的意思也没有。谢怜本想举手轻轻推一下他胸口，可这手刚放上去，他就记起方才摔下来被接住时胡乱摸索，摸到了这少年喉间那个坚硬的突起，又偷偷把手缩了回来。

也不知怎么回事，谢怜几百年过来了都不知道"尴尬"两个字怎么写，此时心中却有个声音一直在警告他不要乱动手动脚，老实点儿。

这时，坑底另一边传来一道嗥叫。这声音正是被谢怜一起扯下来的刻磨。他本来便是死的，自然也没摔死，只是估计也砸出一个人形坑，嵌在里面了。等他爬起来后，就开始吼："士兵！你们怎么了？"

方才他在高墙上朝下呐喊，分明有成百上千个声音回应他，仿佛坑底深处挤满了嗷嗷待哺的汹涌恶灵。但此时此刻，谢怜耳中听到却是一片死寂。他甚至连近在咫尺的三郎的呼吸声和心跳声都听不到。

谢怜呼吸一凝，忽然发现哪里不对劲了。

是的，他分明紧紧贴着这少年，可是却完全没听到他的呼吸和心跳！

刻磨道："是谁杀了你们？"

阿昭掉下去时还能听到底下传来蚕食生人的恐怖声音，可那红衣少年跳下去后，下面就再没任何动静了，还能是谁杀的？

谢怜一动，道："当心！"

他直觉有危险正朝这边冲来。三郎却道："不用管他。"三郎仍是抱着他，脚下微一挪步，转了个身。

黑暗之中，谢怜听到了一阵极其细碎的"叮叮"飞响，清脆又激烈，转瞬即逝，煞是好听。就这么几响的工夫，刻磨扑空了。

待要再捕捉那清响，刻磨再扑。那少年又是轻轻巧巧地一转，闪身避过。谢怜手臂不由自主地攀了上去，先是搂紧对方脖子，马上觉得不妥，立刻改抓他胸口衣物；还是觉得不妥，那改抓肩头？他一抓，却好像抓到一条细细的小辫子。

谢怜就跟抓到了女狐狸精的尾巴似的，飞速松手，心道："怎么哪儿都不能碰！"

他想抓点什么，可其实这双手抱他抱得极稳，闪转腾挪，照样托得稳稳当当，只是一双手的腕上似乎有什么冷冰冰的物事时不时硌他一下。无边无际的黑暗之中银光闪烁，四面八方传来利刃飞割之响以及对手的连连怒声。刻磨肯定伤得不轻！

但他果然悍勇，仍未退缩，挟着一阵怒风第无数次袭来。谢怜道："若邪！"

白绫应声飞出，"啪"的一声，击中！刻磨马上道："二对一，卑鄙！"

三郎却哼笑了一声，道："一对一你也没胜算。你别出手。"后面这句是对谢怜说的，语音低沉了一点，前一句里的讥讽之意也消失了。谢怜以为旁人插手他不乐意了，道："好。"又道，"不如你先放我下来？这样我太碍你事了。"

三郎却道："不碍事。马上打完了，你不要下来。"

谢怜莫名其妙道："到底为什么不能下来？"总不至于这少年喜欢抱着人打架，藐视对手也不必如此吧？

他的回答，只有一个字："脏。"

"……"

谢怜万万没想到他竟会说出这样的理由，偏生语气还这么认真，有点好笑，道："但你总不能一直这样抱着我吧？"

三郎却道："未尝不可。"

谢怜那一问只是开玩笑，可这一答却完全没有开玩笑的意思，反倒让他不知该如何应对了。几句话间，一声巨响，谢怜听出，那是一个巨大躯体轰然倒下的声音。接着，三郎道："打完了。"

这就打完了？可这少年分明双手都抱着他，究竟是怎么打倒对手的？

谢怜忙道："等等！你先别杀他。我还要问话。"

三郎果然站定不动，道："自然。否则他留不到现在。"

坑底重新陷入一片死寂。

这诡异的沉默让谢怜憋得慌。憋了好一阵，终于憋不住了，他道："那个……三郎，下面这些，是你做的吗？"

就算黑暗里什么也看不清，可这铺天盖地的血腥味和杀气已经清晰地勾勒出了答案。半响，谢怜终于听到了回答。三郎道："是。"

意料之中的回答。

谢怜叹道："你……让我怎么说你好？"

三郎安静地道："你说吧。"

谢怜道："你怎么就是不听话？说了让你别动，你还直接跳下来，拦都拦不住，真让人担心。"

那少年似乎噎了一下，再开口时语调有些怪异，道："你要说的就是这个？"

谢怜道："你还想我说什么？"

三郎道："比如，问我是不是人。"

谢怜道："为什么要问这个？"

三郎道："没必要吗？"

谢怜道："有必要吗？你有哪一点表现得像个人吗？"

"……"

谢怜道："三郎，虽然你很厉害，但你真是我见过伪装最不上心的鬼了。"

沉默片刻，三郎道："那你明知我很厉害，为什么还要跟着往下跳？"

谢怜睁眼道："难道你以为我往下跳是因为觉得你很弱吗？"

三郎道："那你为何要担心？"

谢怜觉得他的思路很奇怪，道："我担心你当然只是因为你，和你是弱是强有什么关系？"

"……"

谢怜在他臂弯里抱起了手臂，道："而且，与人相交，看的是投缘不投缘，又不是看身份。我若喜欢你，你便是乞丐我也喜欢；我若讨厌你，你就是皇帝我也讨厌。不应该是这样吗？所以，没必要问吧。"

"……"

这少年一贯伶牙俐齿，居然接连几句被他堵得说不出话，这可太难得了。三郎终于笑出了声，道："嗯，你说得真是非常有道理。"

谢怜也跟着笑了两声。笑着笑着，总觉得哪里不对劲，忽然反应过来了。

笑什么啊！他居然就这样一直被人抱着。最可怕的是不知不觉间他已经习惯这个姿势了！

谢怜心道这可真是要人老命，赶紧一挣，怎料却被抱得更紧，他只好提醒道："你可不可以……"

那少年道："什么？"

谢怜道："可不可以……"他还用手肘轻轻撞了三郎一下暗示。三郎却仿佛听不懂的样子，道："可不可以什么？"

谢怜没办法了，老老实实地道："请问，你可不可以放我下来？"

真是丢人现眼！

三郎还状似很乖的样子，彬彬有礼地道："哦，原来是这个呀，哥哥为何不直说呢？当然可以了。"

"呃……"谢怜才堵了他两回就又被堵了回来，道，"你小小年纪，怎么能这个样子？"

三郎笑了一阵才道："我错了，为表诚意，哥哥，请。"

谢怜终于踩到了一片坚实的土地，走了没两步却踩到一个东西，似乎是一条手臂。他很快站稳，三郎还是扶了他一把，道："小心。"

他轻描淡写地加了一句："我说了，地上很脏。"

谢怜终于明白那"脏"是指什么了。

深蓝的天空中挂着一轮明月，极为美丽，只是被框在一片四四方方的天空内，令人联想到那只坐井观天的青蛙。

谢怜伤脑筋地道："这地方设了禁阵，上不去。"

三郎倒是心情不错，道："那就待会儿再上去。风景倒也不错。"

谢怜哭笑不得："你怎么回事，一会儿说这里脏，一会儿又说风景不错。"

远处刻磨似乎爬了起来，谢怜道："劳驾，能问个话吗？"

刻磨恨声道："你们杀了我的士兵，有什么话好答，来打就是。"

三郎抱着手道："是我杀的，他没动手。你可以答他，然后跟我打。"

"……"

谢怜心想，这可真是有道理得都没法儿反驳了。刻磨却怒道："你们都是那个叛徒找来的帮手，都是一样的！"

谢怜莫名道："什么叛徒？"

刻磨一长串情绪激烈的咒骂砸了过来，语速快到谢怜一脸蒙然，只好偷偷地道："三郎、三郎。"

三郎扑哧一笑，道："他在骂人。他说，半月国师这该死的，居然把他所有的士兵都推下来了，他一定要再把她吊死一万次。"

谢怜忙道："等等！完全不对啊？"

短短一句话里，就有两处不对。

第一，半月国师和半月士兵这两方，居然是敌对的！

第二，他一直以为那在城中游荡的白衣女冠便是半月国师。可听这描述，怎么更像是……另一个人？

他打断刻磨："你说的国师，可是那个被吊着的黑衣少女？"

刻磨："除了她还有谁？"

谢怜："那才是半月国师？那在古城里闲逛的一对黑白女冠又是谁？"

刻磨："不知道你在说什么？从没见过！"

错了，从一开始就错了！

刻磨也发现他似乎搞错了什么，疑道："你们跟她真不是一伙的？那你们为什么要杀死我的士兵？只有她才会想这么做！"

谢怜讲道理："这不是因为你把我们扔下来了，不得已自保吗？"

刻磨大怒："胡说八道。我扔你们了？明明是你们自己非要往下跳的！"

"呃……"谢怜被他堵回去了，道，"罢了！我们是前来收服半月国师的，绝不是她的盟友。既然咱们眼下都被困在这坑底，不如同仇敌忾。能不能请你告诉我，半月国师究竟做了什么？"

刻磨对他们的仇才燃起不到一炷香，完全比不上对国师经年累月的恨，勉强收了一点敌意，道："她背叛了我们。和永安的最后一战，我们本来还能再撑一段时日，可她亲手打开了城门，放了敌军进来屠城！"

"什么？"

刻磨咬牙道："我一发现她干了什么，就把她杀了。屠城后，我这些战死的士兵怨气冲天不能解脱，可她死后也还不放过我们，经常抓住我一个士兵就推进这坑里。罪人坑被她设了阵，他们爬不上去，只能夜夜长号，只有撕咬活人的时候才能解恨。这全都是她害的！"

原来如此。谢怜终于明白一路所见都是怎么回事了。叛变的国师和战死的士兵，死后依旧不能和解，双方亡魂仍在故土游荡斗争。而那些过关路人，都是被刻磨投喂给了士兵亡灵，用撕咬血肉的方法以缓解它们的怨气。

可是，他依然觉得哪里不对。

谢怜道："她为什么要这么做？"

刻磨道："你问我，我问谁？！"

这时，三郎忽然道："你用来投喂它们的活人，全都是进来找善月草的？"

刻磨道："偶尔也有来盗宝的，但这里早被永安人洗劫一空，没什么宝了。"

谜团越来越多，谢怜的眉也越蹙越紧。士兵们的亡灵被束缚在故土无法离开，可听命于半月国师的蝎尾蛇却在不断出去咬人，为他们提供源源不断的新食物。他道："难道半月国师就没注意到，这是在为敌人打开方便之门？"

三郎却道："哥哥若有疑问，不如直接去问那半月国师。你看，她来了。"

闻言，谢怜仰头望去。还是那片四方的夜空，但四方之中，有一个小小的人影纵身一跃，向他们急速落下。

正是之前被吊在长杆之上的黑衣少女！

这少女落地不似真人，只像谁丢了件衣服下来，轻飘飘地没入黑暗。谢怜暗赞一句身法不错，就见黑暗中燃起一道火光，映出一个掌心托着一团火焰的黑衣少女。

她竟是只有十六七岁的模样，双眼黑黑的，倒不是不漂亮，只是一副很不快乐的样子，脸上几块瘀青。任谁也想不到，半月国师，居然是这样子的。

谢怜忍不住往旁边看了一眼。

因为那国师托起的火焰非常小，并没有照亮罪人坑底的全貌，他们依旧隐没在黑暗之中，但借着那远远的一点火光，他能看到身旁一个红衣身影。

不知是不是错觉，三郎原先已经比他高了，可现在的他，似乎更高了一些。谢怜的目光缓缓向上移去，来到这少年的喉间，停顿了一下，然后继续往上，停留在形状优美的下颌上。

那少年的上半张脸依旧隐没在黑暗中，这下半张脸，也似乎和之前有着微妙不同。虽是俊美不减，但线条轮廓似乎更明晰了。也许是注意到了他的目光，这张脸微微一侧，转了过来，唇角浅浅一弯。

也许是太想看清了，不知不觉间，谢怜又朝他走近了一步。

而那半月国师看到这边有两个人影，怔住了。想来方才在黑暗中，她完全没捕捉到一丝一毫花城存在的痕迹。她问道："你们是谁？"

她一开口，声音和谢怜想象中的差距颇大，仿佛一个闷闷的小孩在自言自语。谢怜道："我是个神官，这是我的朋友。"

国师道："你们从没来过，我以为你们早就不管这儿了。"

说完，她就盯着谢怜一阵猛看，看得谢怜身上几乎发了一层毛，才困惑地道："但你身上为什么……一点儿灵光也没有，反而一脸晦气？"

"……"

谢怜在自己脸前挥了挥,仿佛要挥散那无形的晦气,道:"真有这么重吗?"

半月国师道:"很重……而且你怎么会和这么厉害的邪物在一起?"

那少年嘴角噙着的笑意浅了一点。谢怜看看他,道:"你是说他?他不是邪物。"

半月国师迟疑了一下,可能觉得谢怜被骗了,小声提醒他:"其实是的。"

谢怜温声道:"没关系,无论他什么样子,都是我朋友。"

半晌,半月国师道:"说得对。你挺好的。"

谢怜道:"谢谢。"

气氛微妙地尴尬。按流程来说,现在他们应该激情澎湃地打一场了,谁知对方压根毫无斗志,他们居然就这样相当客气地介绍了彼此,还相当友好地聊起了天。这实在是太诡异了。

这时,上方远远传来一人的声音:"喂!下面有没有人?我数三声,一、二、三,数完了,没人我走了。"

是扶摇。谢怜似乎听到身后三郎"啧"了一声,忙抬头喊道:"别走别走!扶摇你不要数那么快,我知道你是故意的!我在下面呢!帮忙把阵法解开,不然我们上不去啊!"

扶摇在罪人坑上道:"下面除了你还有什么?"

谢怜道:"除了我还有很多,要不然你自己看看吧。"

于是"轰"的一声,扶摇放了一团大火球掷下来。霎时,整个罪人坑底亮如白昼,谢怜终于看清了他站的是一个什么样的地方。

四面八方包围着他的,是堆成了高峰的尸山。无数半月士兵的尸体堆积着,黝黑的面孔,雪亮的铠甲,紫红的血。而谢怜足下所立之处,是唯一一片没有尸体的净地。

这些,全都是在三郎跳下来后,在黑暗中,一瞬绝杀而成!

谢怜再次回过头,去望身旁那少年。

方才在黑暗中,他隐约看到三郎似乎忽然更高了些,哪里有些微妙的不同,但此刻,在明亮的火光之下,站在他身旁的还是原先那个俊美的少年,见他望来,微微一笑。

谢怜低头去看他的手腕和靴子,果然也同原先一样,并没有缀着什么会发出叮叮轻响的物事。

半月国师已经被震慑住了。扶摇吸了口气，道："这是谁干的？"

解开阵法，他也跳了下来。谢怜道："让你照看凡人，你和凡人都到处跑，你也太敷衍了。"

扶摇扇着血腥气，不以为然道："人想找死，八匹马也拉不住。你旁边这都是谁？"

谢怜正想给他介绍一下，刻磨忽然一跃而起。他一声不吭趴了这么久，终于蓄足力气，抬手就是一掌打向半月国师，道："你这个吃里爬外的东西！"

一个彪形大汉打一个小姑娘，这一幕是不可能发生在谢怜面前的，他上去就是一劈，道："冷静！"

刻磨当场就被他劈晕了，同时谢怜腿上一重。他先还以为被暗算了，谁知低头一看，那半月国师几乎要扒在他腿上了。

谢怜忙道："姑娘，你也冷静，抱我的大腿没用的啊！"说着他伸手想把她从自己腿上撕下来，这国师却抱得更紧了，大叫道："花将军！"

谢怜双目微睁，道："你……"

半月国师扒在他腿上仰脸看他，两只乌溜溜的眼睛瞅着她，这副模样，好似一只被遗弃的小狗。谢怜脱口道："是你？"

这一来一往，坑底所有人都愣了。扶摇用捆仙索绑完刻磨，道："你们认识？"

谢怜蹲了下来，抓着国师的肩，把她的脸仔仔细细地看了一遍。

方才看不真切，加上这少女的样貌长大后也变化了，又过了百多年，种种缘由使得他没在第一时间认出来。谢怜好一阵都说不出话来，半晌才道："半月？"

国师一下子抓住他袖子，居然有了点激动的样子，道："是我！花将军，你没死啊！"

谢怜好一阵都说不出话，道："我当然没死。可是……我真没想到……半月国师，原来居然就是你啊！"

三郎在一旁不动声色地看着，扶摇则直接打断了他们："慢！将军？你什么时候做过将军？"

谢怜还有点蒙，道："我没做过将军，做的是个校尉。"

扶摇更诧异了："将军？校尉？等等，你……莫非那将军冢是……"

谢怜道："我的冢。"

扶摇质问："你不是说你以前在这里是来收破烂的吗？"

谢怜道："本来我的确是这么打算的……"

话说百年前某日，出于某些原因，谢怜在永安国混不下去了，便决定避避风头，打算穿过秦岭到南边去闯出一片收破烂的新天地。于是他便拿着罗盘，往南边走。

这一路走，他就一路郁闷，怎么感觉路上风景不大对？明明应该绿树成荫、人口稠密的，怎么会越来越荒凉？

疑惑归疑惑，他还是一直坚持不懈地走，相信自己的努力会有所成效。直到走着走着来到了戈壁，被大风一吹吃了满口的沙子，他才发现，他拿的那个罗盘早就坏了。

这一路上给他指的方向，都是错的！

没办法，本着"来都来了"的念头，谢怜还是继续往前走，只不过临时把目的地改了西北，打算参观一下大漠风光，终于一路来到了边境最乱最危险的地方。

谢怜道："最初我的确只是在这附近收收废品什么的……但边境动乱频发，常有逃兵，军队便胡乱抓人充数。"

扶摇："你就被抓了？"

谢怜："抓了。反正做什么都差不多，做兵就做兵吧，还发饷呢……后来驱赶了几次盗贼不知怎的就做到了校尉，给我面子的也管我叫将军。"

扶摇道："但怎的她叫你花将军？你又不姓花。"

谢怜道："我当时取了个假名，好像叫花谢。"

听到这个名字，三郎神色微动，唇角若有似无地勾了一下。扶摇则小声道："花冠武神谢怜？"

谢怜尴尬看他："我随口取的而已，不要在意了。话说你怎么会知道这种远古的外号？"

扶摇看了一眼坐在谢怜腿边的半月国师，道："那你是怎么认识她的？"

谢怜道："做饭的时候认识的。"

扶摇脸上闪现了难以言喻的表情，仿佛有一点点想呕吐，又有一点点想骂人。

在有强盗的时候，没人敢拦在谢怜前面挡他的路，甚至不敢站他旁边。但在没有的时候，好像谁都能揉他几把。有一天，他找了片沙墙生火，用自己的头盔煮饭，煮着煮着气味飘了出去，气得几个士兵过来一脚踢翻了他煮的这玩意儿。

谢怜心痛地去捡自己的头盔，一回头却看到一个蓬头垢面的小孩蹲在他身后，不顾烫手捡起摔烂在地上的东西就往嘴里塞，他惊呆了："别！等等，小朋友你——"

果不其然，那小朋友呼啦呼啦吃了几坨地上捡起来的东西，撕心裂肺一阵干呕，吓得谢怜倒提着她一阵狂奔，好一阵才终于让她把吃下去的东西腾出来。

完事了他蹲在地上抹了把汗："你没事了吧小朋友？对不起啊，我第一次煮这种食材。不过这件事你千万别告诉你父母，下次不要再乱捡地上的东西吃，等等，你又干什么！"

那小孩竟是满眼泪花地又去捡，居然还想吃。谢怜一抓她才发现，这孩子肚皮是真的快前心贴后背了。她嗷嗷呜呜地边咬边说："不会告诉的……不会告诉的……我没有父母……"

谢怜没办法，回去拿了自己的干粮给她。再后来，就经常能看到这个小孩躲在附近的暗处偷窥他。他整天被偷窥，差点不敢洗澡，难受死了。出去打听才知道，这小女孩是个混血儿，是一名半月女子和一个永安男子所生。在这边境，两国国民彼此厌恶，这一对异族夫妻过得极为艰难，过了几年，那男子实在受不了，离开边境，回去了。不久，那女子也去世了。

他们留下这个六七岁的女儿，饥一顿饱一顿地长大。半月国人个个身材高大，男女皆以强壮活泼为美，而这孩子是异族混血，在一群半月人的孩童之中显得瘦小孱弱，从小常受欺辱。没人记得她名字，人们都叫她"半月小孩""半月孤儿"，半月就成了她的名字。她成天跟谢怜后面转，谢怜就也胡乱带带，空了教她摔摔跤、打打架，偶尔表演一下胸口碎大石、徒手劈砖什么的逗她开心，两人倒也感情不错。

听到这里，扶摇道："打住。"

谢怜："怎么了？"

扶摇："你教这么小的小女孩什么？摔跤打架？逗她开心表演什么？胸口碎大石和徒手劈砖？她真的会开心起来吗？"

谢怜:"这不是重点。"

扶摇:"怎么不是重点?你看看她这一脸郁丧的样子,我看都是从小被你荼毒的吧。"

半月道:"没有啊,我很开心。我后来天天练徒手劈砖,但还是没有花将军你劈得好。"

扶摇一言难尽,道:"我知道她怎么认出你来的了。"

一定是刚才谢怜那一下徒手劈人的招数她看太多次了!

三郎忽然道:"后来呢?"

谢怜道:"后来,就和那将军冢的石碑上说得差不多了。"

沉默片刻,三郎道:"石碑上说你死了。"

谢怜郁闷道:"我们还是不要提那块石碑了吧……"

一般的碑文难道不都应该是歌功颂德、极力美化纪念者的吗?一贬再贬这种写上去倒也罢了,怎么能一本正经地把他这么丢脸的死法也写下来?人家到他的纪念冢里避风,看到石碑上他的事迹还要评头论足哈哈大笑,他还不好意思请大家不要笑!但见三郎很专注地看着他,明显没放弃问题,他只好道:"啊,那个,当然是没死了。我装死的。"

扶摇一脸难以置信。谢怜道:"所有人都冲我砍,这种时候装死才是最明智的抉择。"

他虽然是百打不死,却也受不了这么个砍法,心想:"这样下去不行啊!"他当机立断,趴在地上一动不动。结果装死也是被一通好踩,活活把他踩晕了过去。他是被水呛醒的,因为打完仗后收拾战场,尸体都被丢进了河里。谢怜就这么顺着河水,一团破烂一样又被冲回了永安国。此后他养了三四年养好了伤,捡了个没坏的罗盘重新出发,终于如愿以偿抵达了当初定的目的地,就不怎么关注半月国那边的事了。

扶摇道:"你到底得罪了多少人,怎么会所有人都冲你砍?"

谢怜辩解道:"是大家火气太重了,我只是想在中间劝一下,我怎么知道会变成这样?"

半月却道:"是为了救我。花将军是为了救我才被踩扁的。"

众人望她,又望谢怜。谢怜忙道:"没有扁!别的我不记得了但是真的没有扁!"

扶摇道:"你在意的点真奇怪……你怎么能连这种事都记不清楚了?"

谢怜抄手道:"你也不看看我都几百岁了!一年就可以发生许多事了,十年整个人都能变了,何况这么多年?记忆是有限的,与其记住几百年前被砍了几百刀踩几百脚,不如去记昨天吃到了一个很好吃的肉包不是吗?"

半月低头道:"花将军,对不起。"

谢怜把手放在她肩头,蹲下来道:"半月,你要说对不起的话,不应该是对我。时局战势非我能解,我不问你生前为什么打开城门。我只问你,为什么死后放蛇出去杀人?"

谁知,半月犹豫了一下,却道:"我没有。"

谢怜一怔,道:"什么?"

半月道:"花将军,我没让它们咬人,我也不知是怎么回事。"

扶摇已经掏出了捆仙索,打断道:"好了,有什么要辩解的去上天庭和灵文说吧。"

谢怜拦他道:"你让她说完,半月不撒谎的。"

扶摇道:"或许以前的那个小女孩儿不会对你撒谎,但人是会变的。"

这时,三郎忽然道:"你召一条蛇出来看看。"

他竟是直接用命令的口气说话。半月愣了一下,道:"是。"

面对这看着比她大不了几岁的少年,她竟是不由自主答服从的"是",而非同意的"好"。答完,一条紫红长蛇便从一具尸体下方游了出来,无声地对众人吐起了芯子。扶摇道:"这不是很听你的话吗?"

可半月的脸上却闪过一丝怪异的神情。谢怜刚捕捉到这一丝怪异,那条蛇突然牙口大开,猛地一弹,朝他袭来!

谢怜早有防备,可还没出手,"砰"的一声,那蛇爆开了花。红衣箭袖挡在他身前。那边,扶摇也道:"我早说了,她在骗你。"

半月退了几步,听了这话马上对谢怜道:"花将军,我没骗你。它根本就不是我召来的!"

嗖嗖,嗖嗖,又有两条蝎尾蛇从尸体之下钻了出来,耀武扬威地冲他们吐着芯子。随即,第三条、第四条、第五条……尸山之中,从各个角落,竟是游出了无数蝎尾蛇!

但是,那些蛇游到距离谢怜尚有数尺时便停了下来,犹犹豫豫地,形成了一个怪异的包围圈。谢怜瞟了一眼旁边那少年，他正居高临下看着这些缓缓逼近的毒物，眼神漠然，仿佛它们是一丛狗尾巴草。蝎尾蛇们像是读懂了他的目光，不敢靠近，又往后退了一段，边退边把狰狞的蛇首贴在地上，一副臣服之态。而许多蝎尾蛇则掉头向扶摇游去。扶摇放火烧死一圈，道："让它们退下！"

半月双手成诀、眉头紧蹙，但蛇流还是源源不断涌现。一两条蛇咬不死他们，可几百条、几千条……即便咬不死也会很难看！

谢怜道："我们先上去再说！"

若邪"嗖"的一声向上蹿出，又"嗖"的一声溜了回来，缠在他手腕上瑟瑟发抖，好像出门就遇到了可怕的东西。谢怜道："怎么了？禁阵已经解开了呀？"说着一条东西就掉了下来，"啪"地砸在扶摇肩头。

扶摇顺手一抓，脸色大变——那从天而降的，竟也是一条蝎尾蛇！

扶摇把蛇掷向半月面门。又是"啪"的一声，第二条蝎尾蛇落在了地上。

谢怜猜到若邪为什么不肯上去了。

一仰头，数百个紫红的小点正从上方急速落下。

蛇雨！

扶摇咬破手掌，一挥手，一道血珠向上飞出，化为熊熊燃烧的一道烈焰屏障，飞速向上迎去。那道火障升上数十丈，悬在空中燃烧，碰到它的蝎尾蛇都瞬间被烧为灰烬，将正在下落的蛇雨拦腰斩断。谢怜喝彩："好！再来！"

扶摇脸色发青道："什么再来，你当不要耗法力的吗！半月国师！这些蛇根本不攻击你，你还说它们不听你的话？"

三郎道："或许只是因为你运气不好？它也没攻击我们啊。"

扶摇目光凌厉地扫他一眼，道："我倒忘了，不一定是半月国师在搞鬼，这儿不是还站着一位大能吗？"

谢怜忙道："这个时候就别打自己人了吧！"

扶摇道："谁跟他是自己人？太子殿下，谁知道你旁边站的那是个什么鬼东西？我不信你到现在都没觉察一点儿不对，你怎么还敢站在他身边！"

谢怜诚实地道："因为……站在他旁边没有蛇来咬啊。要不然，你也过来吧！"

扶摇气道："你！"

他的脸忽然黑了。可黑的不光是他的脸，谢怜整个视野都黑了。原来，所有的火光都熄灭了。

——包括他们头顶挡着蛇雨的火焰屏障。

黑暗中,谢怜听到三郎哈哈笑了两声,道:"废物!"感觉他将自己肩头一揽。二人上方传来一阵急促激烈的"砰砰"之声,仿佛毒蛇暴雨打在伞面之上。谢怜闻到一阵极浓郁的血腥,微微一动,三郎却道:"别动。没哪个不长眼的东西敢过来。"

他语气笃定,前一句低且柔,后一句却带上了几分傲慢。但谢怜听到那边传来扶摇的怒叱,似乎他被蛇雨浇了个满头,又道:"三郎!"

三郎立刻道:"不要。"

谢怜哭笑不得:"你怎知我要说什么?"

三郎道:"你尽可放心好了。他死不了。"

谢怜只好道:"扶摇,点火!"

扶摇咬牙切齿地道:"那你叫你旁边那个东西别压制我的法力了!"

谢怜心一沉,三郎却道:"我没有。"

谢怜道:"我知道你没有,就是因为你没有才不对!半月和刻磨都被捆仙索锁住了,你又没有压制他,这不就说明……这坑底还有第六个人!"

这时,只听半月道:"谁?"

谢怜立即道:"半月你怎么了?有人到你那边去了?"

半月道:"有人……"一句未完,她的声音便消失了。谢怜又道:"半月!"

扶摇还在群蛇中乱斗,短暂的白光在一片漆黑中一拨接着一拨爆炸,他道:"小心她使诈诱你靠近!"

谢怜道:"不管了,先救再说!"说着他便要冲进那蛇雨之中去,却听三郎在他耳边道:"好!"

谢怜只觉一只手揽着他的肩,瞬间带着他飙了出去。这少年竟是一手撑伞,一手揽他,前进攻击。好嚣张!

黑暗之中,银光闪烁,叮叮当当,突然,一声刺耳的刀剑相击声划破众人耳朵。

三郎"哦"了一声,道:"竟是当真有着第六人。有趣。"

不知他是如何操控武器、操控的什么武器,但是,此时此刻,他所操控的武器,确实和一人正面交锋了!

对方一言不发,谢怜听到利剑破风之声,时不时有炫目的火花在黑暗中亮起，却都是转瞬即逝，不足以照亮对方面孔。谢怜一边侧耳细听战局，一边扬声道："半月你还醒着吗？"

那边无人回话。扶摇道："也许你们正在打的人就是她！"

谢怜道："不，这个绝对不是半月！"

同样是在黑暗中对战，打刻磨时三郎轻轻松松犹如戏耍对方，这一场却稍微认真了一些。对方武力了得，兵器使用更是得心应手，而半月身材瘦小，光看手臂也知道力量和武器非她所长，因此绝不可能是她。

可这第六人到底是谁？又是什么时候出现的？

扶摇似乎终于得空，喘了口气，道："你别自欺欺人了，不可能有第六人。我下来之后就再也没人下来了。"

谢怜一下子屏住了呼吸。扶摇又道："除非，那人一开始就藏在坑底，一直没出去！"

谢怜道："你说得对！"

"什么？"

谢怜道："你说得非常对！正是如此。那第六人从一开始就在这坑底了，对吗？"

最后两个字，他是在问那第六人。刀剑声不断，对方无动于衷。谢怜也不着急，道："从一开始，我最怀疑的就是你。

"我在半月国生活了几年都没见过蝎尾蛇，你们随便找个地方避风沙就遇到了这种罕有的毒物。当然了，商队跟着你走，你想把他们带到哪里都可以；

"我让你跟我们一起出发去找善月草，临走之前你还特地指路半月古城怎么走，结果按捺不住的商人果然自行前往；

"那土埋面说我们这群人里有一个人五六十年前就在了，这句可能是假话，但也有可能是真话；

"罪人坑上，我分明顶在前面，你却还是跳了下去毫无意义地送死——不能说毫无意义，目的在于在我面前洗脱嫌疑，对吗？阿昭！"

扶摇喘了口气，道："你说那个向导？他不是个凡人吗？"

谢怜道："那只是一个分身。但他本尊是谁我也清楚了，没必要再藏了。"

扶摇道："你为什么不直接说出来？"

谢怜道："因为，那是一位神官！自己承认，总比被人拆穿的好。"

扶摇:"别开玩笑了,能在这里完全压制住我的法力,你知道什么神官才能做到吗?除非是这片地盘的主场神官……"

话音未落,他便住了口。谢怜道:"是啊,你自己说了,除非是这里的主场神官。"

兵刃相斗之声凝滞一瞬。

谢怜道:"我早说了我已经知道你是谁,你觉得我是在诈你吗?小裴将军。"

"呃……"扶摇道,"小裴?哪个小裴。小裴将军?"

谢怜道:"就是他。不是你告诉我的吗?他飞升之前做了一件事。那件事是什么,你不会忘记了吧。"

屠城!

屠的是什么城?恐怕就是半月古城!

其实,屠城这种事在上天庭也不算什么稀奇,毕竟要成事,谁还不得流点血?各位神官见怪不怪。

但也不是什么光彩的事,传太开了,也许会影响吸收新信徒,自然得粉饰遮掩。通常也不会有人故意挑起,毕竟如果不是有什么深仇大恨,谁会想没事挖别人老底、得罪人家背后的靠山呢?

谢怜道:"这本来只是一个猜测,但我想起那天我在通灵阵问半命关,居然没有一个人应我。这太不合理了,要知道,各位神官平时可是连绝境鬼王都敢编派来打牙祭的,什么能让他们如此讳莫如深?"

他一字一句地道:"这个人地位很高,谁都不敢得罪,那是当然的了。但更直接的原因却是另一个——因为当时,那个和'半命关'直接相关的人,或是说凶手,就跟他们在同一个通灵阵里,他在听着、在盯着,他们当然不敢说一个字!"

一片死寂。

半晌,一道火光倏然亮起,照出两道身影。

一个是红衣的少年,抱着手臂好整以暇地站着;另一个则是一名布衣青年,跪在地上,剑伫在侧,看来他已经没了拔剑的力气。

这布衣青年周身浴血,面上却无波,果然是阿昭。

遍地蛇流和漫天蛇雨停止了肆虐。他本想趁乱行动,既然身份暴露,便再没有制造混乱的必要了。谢怜道:"小裴将军,放蛇出去咬人的是你吧。"

裴宿认得倒是痛快："不错。是我！"

谢怜道："到底为什么？你是如何学会这种邪门术法的？在这整件事里你又是个什么样的位置？"

对面却沉默了。

正当谢怜觉得他不会再开口时，突然上方一个声音道："事到如今，就算你不说，难道还瞒得下去吗！"

那声音是从众人头顶上传来的，谢怜道："哪位高人在此？"

没有回答，却有一阵怪声传来。呼呼呜呜，如狂风呼啸。这一阵大风来得实在是太突然、太猛烈，以至于谢怜还没搞清楚什么情况，身子已经一歪，整个人浮了起来。

这阵突如其来的狂风直灌入罪人坑底，竟把一行人都卷上了天！

谢怜一下子抓住离他最近的三郎，道："当心！"

那少年也反手抓住了他。谢怜只觉一阵天旋地转，身体急速升空又猛地一顿，开始坠落。他抛出若邪，百忙之中哄道："好了好了没事了，快，好若邪，先出来救个急！"

摸了两把，若邪总算是飞了出来。然而四周光秃秃的，除了一个偌大的罪人坑，竟没有能抓的东西，若邪出来飞了一圈又缩回去。万般无奈，谢怜只得在空中自行调整落地姿势，准备按以往惯例大头朝下陷地三尺。可这一次，在即将着陆之际，三郎顺手托了他一把，他居然是正着落地的。

稳稳当当踩到地面的时候，谢怜还感到有些不可思议。他一落地就回头去看，所有人都被卷出来了，扶摇一人拎着裴宿、半月和刻磨，疑道："这风什么情况？"

这时，前面一个身影跌跌撞撞过来。谢怜定睛一看，微喜："南风！"

果然是南风。只是仿佛被扔在鸡窝里过了一夜，南风狼狈不堪。谢怜道："你怎么了？这是被那两个姑娘打了一顿？"

话音未落，前方又有两道身影飘然而至。一个正是那名白衣女冠，拂尘搭在臂弯里，笑眯眯地向他打招呼，道："太子殿下，久仰啊！"

对谢怜而言，"久仰"真不是什么好话。但虽然摸不清突变的形势，他也要礼尚往来，同样笑眯眯地招呼道："哪里哪里。这位道友是……"

而那黑衣女郎则是冷淡地一眼横过来，没怎么留意他，扫到三郎时却微微一滞，似乎觉得此人甚为可疑，驻足了片刻。

裴宿见到来人也不惊讶，只是对那白衣女冠低声道："风师大人。"

一听这四字，谢怜惊了。

风师大人？那个在通灵阵里一散就是十万功德的风师大人？

对于一出手就是这个数的神官，谢怜难免抱着一种莫名的敬畏之心。他问南风："你怎么不早告诉我这是风师？我还一直以为是哪里来的妖魔鬼怪，连蛇精、蝎子精都猜过了，这可真是有点失礼了。"

南风黑着脸道："我怎么知道那是风师？我从没见到过这副模样的风师大人，风师明明一直都是……算了。"

谢怜了然，看来这是风师的假皮相。当时，这白衣女冠说着什么"那些人都躲到哪里去了，难道要我找出来一个一个地杀吗"，让他以为其非善类，但话里这"人"，真不一定是指他们，也可能是在指"半月人"，只是他先入为主，这才觉得对方一举一动都带着妖邪之气。

那边，风师蹲在裴宿面前甩了甩拂尘，道："小裴啊，这次你怕是做得有点过了。跟我上去吧。"

裴宿低声道："是。"

谢怜已经做好一路烂摊子收到尾的准备，谁知半路杀出个比他还姿态娴熟的，疑道："风师大人这是？"

风师把拂尘插进道袍后领里，对谢怜拱手笑道："太子殿下，之前真是不好意思了啊。"

"'之前'是？"

风师："之前你们不是遇到了龙卷风吗？"

谢怜想起来还恍惚觉得满口都是沙子："是啊。"

风师："那是我起的。"

"……"

风师："本想让你们不要靠近半月国，没想到你们还是找来了。"

谢怜越听越不对劲。这是什么意思？

风师又道："不过嘛，这件事，太子殿下你还是不要再管了。"

谢怜心道不妙。

他第一次在通灵阵里询问半月关时，一片尴尬里这位风师忽然散了十万功

◆ 140

德，引开了旁人的注意。后来起风阻拦他们去半月关，现在又让他别管这件事，莫非是要包庇小裴？这事若不见光，大笔一挥嘴皮子一动，恐怕又变成小裴无罪、旁人顶锅了。

于是，他不动声色地挡在半月身前，笑道："可是，这件事我已经管上了呀。"

谁知风师也笑了一下，道："太子殿下大可放心。半月国师，你可以带走。"

这倒是出乎谢怜意料了。风师又道："你们在这里打架，我这边也没闲着。我方才在城里游走，搜集情报，个中秘辛他小裴不肯言明，我倒是能为你解答一二。这件事是从半月国师开城门放敌军进来屠城而起的，你可知她为何要开城门？"

谢怜凝眉道："愿闻其详！"

风师道："那时两国交兵，半月国即将败北，只是时间的问题了。但半月人十分仇视永安国，仍然负隅顽抗，绝不认命。最终攻城前一晚，许多家族首领联合起来秘密约定好了一件事。整个半月国的男女老少都做好了准备。

"什么准备？他们把城里所有的诅咒之物、炸药、毒水、武器都贴身藏好，打算万一城破败北，所有人就立即从各个方向逃窜，流入永安，专门混在人群众多之地伺机作乱。即便他们自己死，也要拉上更多的敌人死！"

谢怜微微眯眼。风师继续道："这位半月国师听到了这件事，劝解无效，万般无奈之下，她只好找上敌军首领，希望能借助他的力量制服这些疯狂的民众。作为交换条件，她会打开城门，但也请求这位敌军首领尽量不要杀伤城中百姓。

"这位敌军首领一口应承。哪知道第二天，半月国师如约践诺，开启城门，这位首领却带头一刀斩入，血洗屠城！"

至此，整件事终于连了起来。

风师看着裴宿，道："因为这些士兵亡魂是你为人时双手沾满血腥的铁证，或许有一天会变成你更上一层楼的阻碍，你想让它们消失。

"可你做不到，在上天庭无数双眼睛盯着你，你做了动静太大，会留把柄，所以你只能退而求其次，让它们安静闭嘴。

"于是你就利用这个分身，引活人去堵它们的嘴，让它们撕咬血肉来发泄怨气，让它们只能在这一亩三分地里闹腾。我都没说错吧？"

裴宿淡声道："风师大人早有怀疑，也早已查证，又何必再问！"

风师给他这态度气到了，道："你你你，还真跟你家裴将军一样铁石心肠呢！这样骗人家，一点都没愧疚的，唉！罢了。"她又转向谢怜，正色道，"我观察过，这半月国师斗士兵、放路人，非但没害人，还在救人，今天进来的一群商人已安全离开。所以我要带走的只有小裴和刻磨。"

原来并无拉人顶罪之意，谢怜终于放心，道："惭愧！是我多心了。"

风师道："你这么担心也很正常，毕竟上天庭风气的确不好！"

那黑衣女郎却像是再不能忍受在这里多待一刻，在一旁道："说完没有？说完就走了。"

风师叫道："呔！你急什么，你越急，我说得越多！"话是这么说，人却已回过头来，从腰间取出一把折扇，道："太子殿下，若是没有别的事，咱们就上天庭再见了？"

谢怜一点头，风师便将那折扇展开。只见扇子正面写着一个"风"字，背面画着三道清风流线。她将那折扇正扇一下，反扇一下，忽然之间，平地又起了一阵狂风。风吹飞沙走石眯人眼，谢怜举袖挡脸，而待那风过去，三郎在他身前。那两名女子和裴宿、刻磨都消失了。

谢怜放下袖子，蒙道："这是什么情况？"

三郎闲闲地转身，道："挺好的情况。"

谢怜看他，心想为何三郎忽然到他身前了，便听三郎又道："风师让你不要管，是在帮你。"

南风也走过来，道："是的。这事你已经管很多了，接下来就只剩去找帝君告状。告状的事你就不要再管了。你这次，算是彻底把裴将军得罪了。"

谢怜笑道："我得罪其他神官，岂非家常便饭？"

南风忧心道："你别当我开玩笑，除神武殿以外，势力最大的武神就是明光殿了。裴将军很看重小裴，一直想让他把权一真踢下去，一定会找你麻烦的。"

谢怜道："权一真就是你说的那位西方武神吗？"

南风道："是他。权一真也是位新贵，年纪轻轻，虽然厉害，但人有点……"他似乎想指指自己脑门，但还是忍住，道，"裴将军有意让裴宿把他在西边的信徒都夺过来，裴宿也挺争气的，结果你搞了这么一出，裴宿要倒大霉了，不知道会不会被贬。万一他被贬，你也要倒大霉了。"

三郎却是不以为然，道："用不着担心。裴茗这个人骄傲得很，不会来阴的。"

谢怜揉了揉眉心，道："那风师呢？风师让我别管，意思是她负责去告状？

这岂不是换她得罪裴将军了？我看还是我来吧，反正不愁多一位。"

南风却道："你不用操心风师。裴将军敢动你，可不会动她。她年纪虽比你小，混得可比你好多了。"

"……"

谢怜的沉默倒不是因为他受打击了，而是因为他在想："这上天庭里难道还有哪个混得比我差吗？没有吧。"

三郎笑道："风师有人撑腰，自然混得好啰。"

其实，有人撑腰也不一定混得好的。须知当年，给仙乐太子撑腰的可是三界千年第一武神君吾，他不也照样没混好吗？但这也不必说。谢怜道："你说的是她身旁那黑衣女郎？我看那也是个厉害人物。"

风师能平地起龙卷风，自然是法力高强，而那黑衣女郎似乎更胜一筹。谢怜总觉得那女郎似乎对三郎觉察了什么，略感不妥。

三郎道："不是。但那黑衣服的的确是个厉害人物，应该也是'风水雨地雷'五师里面的一位。不建议得罪。"

他不知从哪儿拿出谢怜掉落的斗笠，谢怜接过道谢，打量了一下南风，道："你这莫不是被那两位大人追着打了一路？"

南风黑着脸道："是的。打了一路。"

谢怜拍拍他肩膀，道："真是辛苦你了。"说完他想起来，还有一个也挺辛苦的，道，"扶摇呢？"

南风道："没见着，不想蹚浑水，又遁了吧。你毒解了吗？"

一语惊醒梦中人，谢怜道："我是解了，别人还没呢。赶紧先回去救人。"

三郎道："不急，天才刚亮。"

但救人命的事儿，可不能不急。当下谢怜捡了个罐子把半月塞进去就一路狂奔。

他们带着善月草，回原地救助了伤者，又等了好一会儿，被半月放走的天生等人才回来。总之，将这一行路人送出戈壁，事情才算终于告一段落。

不过，临别之际，天生跑来找他，神神秘秘地："道长，我问你一个问题。"

谢怜："你问。"

天生："你其实是神仙吧？"

"……"

以前有段时间谢怜大喊"我是神仙""我是太子殿下"都没人信他,这次居然他没开口对方就问他是不是神仙了,着实令他有点震惊且感动。

天生马上道:"我看到你用法术了!你放心,我不会告诉别人的。"

谢怜心想:"世上的'我不会告诉别人的',都是假的!"

天生拍胸道:"这次多亏你,不然我就被那群黑乎乎的鬼士兵踢下那个坑去了。我回去给你建个庙,专门供你!"

见他比了一个"很大"的手势,谢怜忍俊不禁,道:"那就多谢你啦。"

被百般纠缠,他不得已胡乱留了个"破烂仙人"的名号,三郎在一旁,轻笑了一声。不知为何,谢怜并不觉得他是在嘲笑童言无忌不知天高地厚。

虽然小孩子根本不清楚建庙是多大一件事,但不管能不能实现,他都挺高兴的。

回了菩荠观,谢怜躺倒在席子上就像是变成一具尸体。三郎也在他旁边坐了下来,托腮看他。谢怜叹了口气,道:"我们走了几天?"

三郎道:"三四天吧。"

谢怜又叹道:"三四天而已,为什么这么累?"

打从飞升之后,他就经常累得仿佛一条狗,飞升不如收破烂,这真的不是错觉!叹完,谢怜抬头道:"咦,南风,你怎么还不回去?一下离开三四天,风信不找你吗?"

南风给他把门上画的缩地千里阵都擦干净了,道:"他现在不在殿里,不管我的。"

谢怜便爬了起来:"好,你留下来也好。"

南风道:"你要做什么?"

谢怜和颜悦色地道:"我给你烧顿饭吃犒劳一下你。"

南风闻言,脸色大变。他二指并拢,抵到太阳穴边,似乎接到了谁的通灵,起身道:"殿里有事,我先走了。"

谢怜道:"哎南风,别走啊,怎么会突然有事?这次真的辛苦你了……"

南风吼道:"真的有事!"见他冲出了门去,谢怜又坐回席子上,对三郎道:"看来他不饿。"

三郎尚未答话,只听"砰"的一声,南风又冲了回来,堵在门口,道:"你们两个……"

谢怜和三郎并排坐在席子上,抬头看他,道:"我们两个怎么了?"

南风指了指三郎,又指了指谢怜,憋了半晌,道:"我会再回来的!"

谢怜道:"欢迎!欢迎!"

南风又扫了一眼三郎,关门离去。谢怜抱起手臂,学三郎歪了歪头,道:"看来是当真有事了。"

他又看了一眼身旁那少年,笑眯眯地道:"他不饿,那你呢?"

三郎也笑眯眯地答道:"我饿了。"

谢怜站起,转过身,随手收拾了一下供桌,道:"好吧。那,你想吃点什么呢,花城?"

身后,须臾静默,随即,传来一声低笑。

"我,还是比较喜欢'三郎'这个称呼。"

第八章

菩荠观夜话聚散缘

谢怜问:"血雨探花?"

花城道:"太子殿下。"

谢怜转过身来,道:"还是第一次听到你这么叫我。"

那红衣少年坐在席子上,支起一条腿:"感觉如何?"

谢怜想了想,道:"好像和别人这么叫我的时候感觉不太一样。"

花城道:"哪里不一样?"

谢怜道:"我也很难说,可能……你喊得太认真了吧。"

旁人唤他殿下,要么是公事公办地称一声,比如灵文。而更多的人唤他殿下,却是带着一种挤对之意,就如同喊一个丑八怪美人一般,有点故意讽刺的意思。

但花城喊他"殿下"时,这二字却是珍重至极,仿佛当真视对方为高贵的王族、俯首的对象。所以谢怜总觉得不能轻易受之。

谢怜道:"与君山上接走我的新郎是你吗?"

花城唇角笑意愈深。谢怜这才发现这句话似乎有歧义,连忙修改了一下:"我是说,在与君山伪装新郎带走我的那位是你吧?"

花城却道:"我没有伪装新郎。"

那倒也的确。当时那少年并没有骗他说自己是新郎云云,他根本一句话都没说,只是停在了花轿门前,然后伸出了手。是谢怜稀里糊涂就把手给了他、自己跟他走的。

谢怜道:"好吧。那,你当时为什么会出现?"

花城道:"第一,我是特地冲着太子殿下你去的;第二,路过,很闲。两个答案，你觉得哪个比较可信？"

算了算他在自己身边耗费的天数，谢怜道："哪个比较可信不敢说……不过你好像真的很闲。"

他整个人和目光都绕着花城，来回打转，良久，点了点头，道："你，跟传说中的，不太一样。"

花城换了个姿势，依旧是手托着腮，注视着他，道："哦？那太子殿下是如何得知，我就是我的？"

谢怜满脑子都是那血雨下的伞、那叮叮当当的银链、那冷冰冰的银护腕，道："无论怎么试探，你都滴水不漏，必然是'绝'境。你一身红衣，如枫如血，仿佛无所不知、无所不能、无所畏惧，如此气度，除了那位令诸天仙神谈之色变的'血雨探花'，好像想不到其他人了。何况，你也没有认真隐瞒啊。"

花城笑道："这么说的话，我可以当你是在夸我吗？"

谢怜道："难道你没听出，本来就是吗？"

花城眉眼弯弯，似乎很受用，又道："说了这么多，太子殿下为何不问我，接近你有什么目的？"

谢怜道："如果你不想说，我问了你也不会告诉我，或者告诉我的也不是实话，何必问呢？"

花城却道："那可不一定。而且，如果我不答你，或者你觉得我在骗你，那你可以赶走我呀。"

谢怜道："你这么神通广大，就算我现在赶走了你，你要真想做什么坏事，不会换一张皮再来吗？"

两人正相视而笑，忽然，一阵骨碌碌之声打破了菩荠观里短暂的沉默。

二人朝声音发出的方向望去，没有人，只有一个小陶罐在地上滚动。

回来后谢怜就把半月放进了他空置的咸菜罐子里，避免她陡然离开故土造成水土不服。不错，鬼怪也是会水土不服的！现在它却自行倒下，滚到门口，被花城做的那扇木门拦住了，一下一下地在门上撞。谢怜担心它就这么把自己撞碎了，上去打开了门，那小陶罐便一路骨碌碌滚到了门外的草地上，立了起来。分明只是一个罐子而已，却给人一种它在仰望星空的错觉。

谢怜跟在它后面。它发出一个闷闷的声音："花将军，小裴将军被抓走了吗？"

花城也从菩荠观内走了出来，站在一旁，倚着一棵树。

罐子道："他会怎样？"

谢怜双手插袖，道："不知道。不过，做了错事，都是要接受惩罚的。"

沉默一阵，那罐子道："我好像听到有人说他骗我，可其实，我并没有觉得被他骗。打开城门时，我早已做好小裴将军不会守诺的准备了。"

谢怜道："啊。"

他知道半月现在需要倾诉，便在一旁坐了下来。

罐子自言自语般道："而且，虽然小裴将军没有遵守诺言，但是，他人也没那么差。"

"是、是吗……"

"嗯。"罐子边晃边道，"花将军你的尸体，不是被水冲走了吗？我想把你给埋了，所以追着那条河一直走，一直找，最后找到了中原的永安国。"

谢怜："一追就是万里……倒也不必这么执着？"

罐子认真地道："那不行的，要给你埋的。我追到中原，在街上走，一个人都不认识，真的好饿、好累。最后，是小裴将军和他家里人给了我饭吃。很好吃！我吃了都没有吐。"

"……"

"我一口气吃了他们家好多饭，有点不好意思地说'以后我会还给你的'。小裴将军就一直笑，他好像觉得我好好笑，说：'饭就不用还了，什么时候你又饿了再来吧。'那个时候小裴将军才十五六岁吧，是很爱笑的。"

想想裴宿那张万年无波的脸，谢怜讶道："还真看不出来呢……所以，你才会在攻城前一晚去找他吗？"

并非病急乱投医，而是基于少时的信任。罐子又晃了两下，道："嗯。

"可是，后来我攒够钱了去还他，他们家大门上贴了封条，冷冷清清的。我问别人，原来他们家犯事被治罪了。小裴将军一个人被判了充军，其他人不是年纪太大就是年纪太小，要么是女眷，就都被判了流放。

"我到处找，找到一个路口，小裴将军穿着新士兵的衣服在等人，我不敢上去，一群衣衫褴褛、背着铺盖的人走过去，队伍里几个人看到他就叫。他也冲过去，原来那几个人就是他的爹娘和弟弟妹妹。

"小裴将军先塞银子给押运官，然后塞银子给他爹。他爹骂他：'你到这里来干什么？军中能让你随便出来？哪有这么多钱给你折腾了，快走！'

"他娘就说：'你干什么骂他？他去边关，咱们天南地北，都不知道以后还见不见得着，最后一面还要说他？'

"他爹叹气，说：'宿儿你日后去了边境，在军中千万小心。'"

想来这一段给半月的印象极其深刻，以至于这么多年后，她还能逐字逐句复述出来，如在昨日，如在眼前。她继续道："小裴将军就问他爹这话是什么意思，是不是真的有人故意害他们家。他爹好像不想告诉他，但最后还是告诉他了。

"原来去年腊月，小裴将军参加皇宫举办的一个什么演武比赛，和其他人比剑。当时他使了一剑，好像很了不起，所有人都夸他。但是，和他同期比赛的有一位大将的儿子，也是使剑的，如果小裴将军继续比下去，势必会撞上他，所以……"

谢怜明白了，道："所以为了让那位大将之子不撞上他，就让他没资格再参加演武？就为了这个，把他们全家都治罪？"

一家人惨遭祸事，原来不怪别的，只怪他剑使得太好，挡了别人的道。

罐子道："小裴将军的爹说，要他日后在军中千万小心做人，不要张扬又被记恨，也不要被拿住了把柄，人家说不定还盯着他。话没说完押送的人就赶他们走。小裴将军的弟弟妹妹都拉着他，他娘叫他把银子拿回去，说给他们不如去军中打点。小裴将军站在原地看他们走，就哭了。"

罐子也不晃了，道："我从没见过一个人哭得那么伤心。

"后来我再见他，就是在半月关了。有一天他去捉蝎尾蛇，我的蛇咬了他，我才发现他充军充到了这里。

"我治好了他的毒，他醒过来了。其实现在想想，他当时好像不太认得我了，我们都是各说各的。以前他说话就会笑的，可是后来别说笑了，连话他都不多说了。

"又有一天，小裴将军问我，怎么让蛇听话。他那时候干什么都很拼命，我想是为了早日立下战功，好救回他的父母弟妹。如果我不告诉他，他一定还会去捉蛇探究，迟早要被咬死，我就把操纵少量蝎尾蛇的方法教给了他。"

谢怜道："原来如此。他是这样学会你的法术的。"

罐子道："对，是我教的。攻城前一晚，虽说我请他尽量不要伤害半月国人，可其实刀剑无眼，战场之上，你不杀人人要杀你，哪容得什么手下留情？现在想来……倒是不该那么跟他说的，弄得他还要被说背信弃义。"

她坦然地道:"打开城门是我自己的选择。在当时的情况下,小裴将军也只是做了能达到最好结果的事而已。

"而且我觉得,他可能也没想到我会死。因为我被刻磨吊在城楼上的时候,还记得他一回头的表情。我觉得我可能……吓到他了。"

没有推卸责任,没有身不由己,也没有怨天尤人,只是还惦记着死状把人家吓到了。谢怜也不知该说什么,只是心忽然有点软了。罐子碎碎念道:"就是不知道,他家里人最后有没有被他救回来。"

"没有。"

一人一罐同时侧首。花城在不远处道:"裴宿飞升的时候,已经是他家里人死在流放路上好几年后了。他也是屠城后才知道的。"

费尽心机,背弃承诺,双手沾满血腥,可到最后,还是没有救回自己想救的人。这是怎样的一生啊。

谢怜叹了口气,这时,罐子道:"对不起,花将军。"

谢怜就奇怪了:"你为什么老是跟我道歉?"

罐子道:"我,要拯救苍生。"

谢怜:"……"

半月:"花将军,当初你是这么说的。"

谢怜:"啊?"

他一把按住了罐子:"等等!"

谢怜瞄了一眼抱臂站在附近那棵树下的花城,道:"我真的说过这种话?"

这句话明明是他十七岁以前才最爱挂在嘴边的,在后来的这几百年里应该根本提都没提过才对!谢怜觉得无法接受,罐子却道:"对啊你说过的。"

谢怜还想挣扎:"没有吧……"

罐子认真地道:"说过的!有一次你问我长大了以后想做什么,我说不知道,你呢?你就说:'我小时候的梦想,是要拯救苍生!'"

"这……"

谢怜叫道:"这、这种随口一说的话,你记这么清楚做什么!"

罐子:"可是我觉得你说得很认真啊!而且后来你还说了好几次,看来真的一直念念不忘。"

谢怜:"哈哈哈哈哈是吗?可能吧!我都不记得啦!"

罐子："我想想。你还说过：'只要真的想前进，就没有什么能阻挡你的脚步！''就算在烂泥地里跌倒一百次，也要坚强地爬起来！'很多啊，类似的。"

"……"

"噗。"

不用回头也知道了，绝对是在树下的花城听到了笑出声了！

谢怜捂罐子也捂不住了，心想："都什么废话……这是我说的吗？我不是这样的人啊……我是这样的人吗？"

罐子道："可到最后，我什么都没做好。"

谢怜一愣。

罐子迷茫地道："我明明是想保护人的，像花将军你那样，无论是半月国人还是永安国人，我都要护，所以我才拼命修炼。可到最后我能做的，也只有让刻磨他们把我多吊死几次，这样他们多少也能消散些怨气，也许能早日被度化。

"我知道我做得不好，但是你能不能告诉我，我到底该怎么做才好？该怎么做才能真的像你说的那样，拯救苍生，拯救所有人？"

沉默片刻，谢怜道："其实，这个问题我从前就不知道，现在依然不知道。"

罐子道："花将军，我觉得我这辈子，好失败啊。"

听它这么说，谢怜就更郁闷了："照你这么说，我这八百年岂不是更失败？"

留了一个忧伤的罐子独望星空，谢怜与花城回到菩荠观内。

关了门，谢怜道："小裴将军到底在想什么呢？"

花城道："也许是想让你这位半月小朋友少被吊死几次吧。谁知道呢。"

谢怜道："那也不该用凡人去填窟窿呀。"

花城淡声道："凡人嘛，自然是蝼蚁不如啰。杀几百个人，对神来说跟踩死几百只虫子没什么区别。如果不是分身的力量会被削弱，他恐怕会尝试把我们全部灭口。"

谢怜看他一眼，想起当时他跃下罪人坑后一瞬间便将半月士兵杀尽，道："分身的力量会被削弱？我看你这分身倒是厉害得很呢。"

花城却对他一挑眉，道："当然。不过，我这可是本尊。"

谢怜转过头，略感诧异："是吗？你是本尊吗？"

花城道："如假包换。"

要怪就怪他说完这句之后，那副似乎是在说请君亲验的表情，于是，在谢怜还没觉察自己做了什么的时候，他就已经举起了一根手指，在花城脸颊上杵了一下。

杵完了，谢怜这才猛地惊醒了，心中连声暗叫糟糕。他只不过是心中好奇绝境鬼王的鬼皮到底是什么手感罢了，没想到身体比心思快，抬手就杵了一下，这可不像话极了。

突然之间被人杵了脸，花城好像也微微吃了一惊，不过他一向镇定，神色迅速平复，倒也没说什么，只是仿佛在等着谢怜的解释，目光里的笑意却一览无余。谢怜当然拿不出任何解释，看了看那根手指，不露痕迹地藏了起来，道："不错。"

花城终于哈哈笑了起来，抱起手臂，歪头问他："什么不错？你是觉得我这张皮不错吗？"

谢怜由衷地道："是啊，非常不错。不过……"

花城道："不过什么？"

谢怜盯着他的脸，仔细看了一阵，最后还是道："不过，我能看一下你本来的样子吗？"

既然他方才说了"这张皮"，那就说明，此身虽然是本尊，但是皮相却不是本相。这副少年的模样，并不是他的真容。

这一次，花城却没立即回答了。他放下了手臂，不知是不是错觉，谢怜总觉得他的目光幽暗了一些，一颗心不免微微提起。

只消这一刻空气的凝结，谢怜便知道了，这一句问得不太应该。虽然这些日子来两人相处得颇为愉快，但不代表他们便亲近得可以提出这种要求了。

他旋即笑道："我只是随口说一句，你别太放心上了。"

花城闭上眼，少顷，微笑道："日后有机会再给你看吧。"

若是别人来了这么一句，那自然是随口敷衍了，"日后有机会"就等于"别想了忘掉吧"。但既是花城说的，谢怜就觉得他一定会做到，莞尔道："好。那就等你觉得可以了的时候，再给我看吧。"

折腾到大半夜，他又躺到了席子上，花城也跟着躺下了。谁都没有纠结为什么在亮明身份之后，一鬼一神还能同席而卧。草席上没有枕头，谢怜学花城枕着手臂，道："你们鬼界都不用报到的吗？看起来真清闲。"

花城不光枕着手臂，还支着腿，道："报什么到？我就是最大的。而且鬼界都是各自为政，谁也管不着谁。"

谢怜道："原来如此，那你见过其他的鬼王吗？"

花城道："见过。"

谢怜道："青鬼也见过？"

花城道："你是说那个品味低下的废物吗？打过招呼，他跑了。"

谢怜直觉这个"打招呼"一定不是正常的打招呼，果然，花城悠悠地道："顺便得了个'血雨探花'的号。"

原来这"打招呼"，就是血洗的意思。谢怜道："你这招呼打得真是不同凡响。你同青鬼有嫌隙吗？"

花城道："有。"

"什么嫌隙？"

"看他碍眼。"

谢怜哭笑不得，心想莫非你单挑三十三神官也是因为看他们碍眼？道："上天庭有神官说他品味低下，连鬼界都嫌弃他，当真如此？"

花城道："当真。黑水也很嫌弃他。"

谢怜道："黑水是谁？"随即他反应过来，"是'黑水沉舟'那位吗？"

花城道："不错。也叫黑水玄鬼。"

没记错的话，黑水玄鬼也是一"绝"，而青鬼只是个凑数的，难怪其他几位都这么嫌弃他。谢怜饶有兴趣地问道："你跟这位玄鬼很熟吗？"

花城懒洋洋地道："不熟。鬼界我本来就没几个熟的。"

谢怜道："为什么？"

花城挑眉道："在鬼界，不是'绝'，没有资格跟我说话。"

这是一句极为傲慢的话，被他说得理所当然。谢怜微微一笑，道："这也挺好的，不像天界，神官多如繁星，名号都记不过来。"

花城道："那就别记了。"

谢怜道："但若是没记住，拂了面子，又会得罪人家了。"花城道："要是这么点儿事就能被得罪，可见是心胸狭窄的废物了。"

闲聊了一会儿，怕话题深入敏感之处，谢怜不再谈两界之别，望了一眼紧闭的木门，道："半月这孩子，不知道什么时候才回来。"

想到方才那句振聋发聩的"我要拯救苍生"，他脑海里有许多纷乱的画面翻涌上来，又被他强行压了下去。这时，却听花城道："那句话真不错。"

谢怜道："什么？"

花城悠悠地道："我要拯救苍生。"

"……"

谢怜如遭重击。

他翻了个身，蜷成虾米，一双手掩面，简直想再多一双手捂耳，呻吟道："三郎啊……"

花城似乎靠得更近了些，在他身后一本正经地道："嗯？这句话有什么问题吗？"

他一直追问，谢怜拗不过他，又翻了回来，无奈道："别说了！傻乎乎的。"

花城却道："怕什么，哪里傻？敢言苍生，不管是要拯救苍生还是要屠尽苍生，我都由衷佩服。前者比后者困难多了，我当然更加佩服。"

谢怜啼笑皆非地摇了摇头，躺尸道："敢言也要敢做，还要能做到才行啊。唉。好吧，其实也没什么。我年纪小一点的时候，更傻的话都说过。"

花城笑道："哦？什么样的话，说来听听。"

恍神了片刻，谢怜一边回忆着，一边微微笑着道："很多很多年以前，曾经有一个人对我说，自己活不下去了，问我到底他活着是为了什么，有什么意义。"他望了一眼花城，道，"你知道我怎么回答的吗？"

不知是不是错觉，花城的目光里，似乎有微光闪烁。他轻声道："怎么回答的？"

谢怜道："我对他说：'如果不知道要怎样活下去，就为了我而活下去吧。如果不知道你活下去有什么意义，那么姑且把我当作你活下去的意义，把我当作支撑你活下去的支柱吧。'哈哈哈……"

谢怜想着说着，忍俊不禁，摇头道："到现在我也没弄明白，我当时到底是怎么想的，为什么会有勇气说出成为别人的人生意义这种话！"

花城没有说话。谢怜继续道："真是只有那么年轻的时候才能说出这种话。那时候，真以为自己无所不能，无所畏惧啊。现在你让我说这种话，我是再也

154

说不出口了。"

他缓缓地道："我不知道那个人后来怎么样了。成为某人生存的意义，已经是一件非常沉重的事，遑论什么拯救苍生呢。"

菩荠观里，良久静默。半晌，花城淡淡地道："拯救苍生那种事，怎样也无所谓。那么年轻就敢说这种话，虽然勇敢，却很愚蠢。"

谢怜道："是啊。"

花城又说了一句："虽然愚蠢，却很勇敢。"

谢怜哈哈笑道："真是多谢你了。"

花城道："不客气。"

两人各自对着菩荠观的小破顶，盯了一阵，花城又道："不过，太子殿下，我们才结识了几天，你对我说这么多，没问题吗？"

谢怜道："有什么问题？随便啦。就算是结识了几十年的人，要成陌路也不过在朝夕之间。萍水相逢，聚了又散。投缘便聚，不投缘就散。说到底，天下无不散之筵席嘛。"

花城似乎轻声笑了一下，忽然道："假使——"

谢怜转头，道："假使什么？"

花城没有望他，望着的是菩荠观破破烂烂的小屋顶，谢怜只看得到这少年俊美无俦的左半边脸。

他淡声道："我不好看。"

谢怜道："啊？"

花城这才微微转过头来，道："假使我原本的样子不好看，你还想看吗？"

谢怜道："是吗？可我总觉得你原本的样子也一定不会太难看的。"

花城半真半假地道："那可不一定。万一我青面獠牙五官错乱，丑如罗刹恶如夜叉，你待怎的？"

听他这么说，谢怜先还觉得有点趣味：原来身为鬼界一方霸主、诸天仙神都闻之色变的混世魔王，也会在意自己本相的脸好不好看吗？但往深里想想，他就不觉得有趣了。

依稀记得，在花城那五花八门的出身传说里，有什么"从小是个畸形儿"之类的传言。若真如此，他为人时一定曾为此而受歧视。或许是因此才对自己的本相格外敏感。于是，谢怜斟酌了一下，用最诚挚的语气道："其实，对一个男人而言，相貌根本就不重要……"

花城道："是吗？可是我觉得很重要。"

谢怜搜肠刮肚想话来安慰他，道："真的不重要。如果有人用你的相貌攻击你，只能说明他找不到别的方面来攻击你了。对，很有可能他嫉妒你。这个只能更加证明你的优秀。这个世界上有很多人根本不在意外表，比如我，我就从来不会！而且你看，我们都这样了……"

花城道："嗯？这样是哪样？"

谢怜毫无防备地道："我们这样，也算是交了个朋友吧？既然是朋友，当然要坦诚相对了。你放心，只要是你真正的样子，我一定都……你笑什么？我说的是真心话。"

说到最后几句，谢怜感觉身边那少年的身体好像微微颤抖了起来。本来他还愣了一下，心想："我说得当真有这么好，把他都感动成这样？"但他也不好意思转头去看到底怎么回事，谁知，过了一会儿，从旁边传来了极低的笑声，是漏出来的。谢怜就觉得很郁闷了，把手放到他肩膀上推了一下："你做什么笑成这样？我说得哪里不对吗？"

花城瞬间止住了颤抖，转过身来，道："没有。你说得很对，很有道理。"

谢怜更郁闷了："你好没诚意……"

花城却道："我发誓，上天入地你再找不到一个比我更有诚意的了。"

谢怜不想讲了，翻了个身，背对着花城："算了，睡觉。好好睡觉，不要说话。"

花城那边又轻笑了一阵，道："下次吧。"

虽然已经决定要睡了，但花城一开口，谢怜还是忍不住又接话了："什么下次？"

花城低声道："下次再见之时，我会用我原本的模样来见你的。"

谢怜本该再问一问，但一晚下来，止不住的困意上涌，他实在是撑不住了，于是沉沉睡去。

次日清晨，谢怜一觉醒来，身旁已是空荡荡的了。

谢怜跌跌撞撞爬起来，茫然地在菩荠观里走了一圈。打开门，门外也没见人影。

不过，落叶已经被扫成了一堆，一旁立着一个小陶罐。谢怜出去把那陶罐抱了进来，放在供桌上。正在此时，他忽然发现，一贯空荡荡的胸口似乎多出了什么东西。

谢怜举手一摸，发现在咒枷之下，竟是多出了一条极细的链子，佩得松松的。

谢怜一下子便把它从脖子上取了下来。原来是一条银链子，因为又细又轻，他完全没发觉身上多了个东西。而银链之下，吊着一枚晶莹剔透的指环。

谢怜拿在手里琢磨起来："这是什么？"

仙乐国喜爱黄金珠宝等美丽珍贵之物，追捧成风，谢怜从小就常把各色宝石当成弹珠子打着玩儿，见惯了宝贝，瞧这枚指环，倒像是金刚石打磨而成的。

可这指环形状优美，技艺再精绝的能工巧匠怕是也打磨不出这般浑然天成的漂亮之物，比他见过的所有金刚石都要晶莹剔透、璀璨明亮，使人见之着迷，倒也说不准是什么了。

反正肯定是十分贵重的物事。这只能是花城离去之前所赠的信物了。

谢怜有些意外，决意收好，下次见面再问那少年是什么意思。这小破道观没有藏宝之处，想想最稳妥的还是贴身而藏，他又把这条细银链子戴上了。

跑了两趟，回来后，谢怜在菩荠观里躺了好几天的尸，全靠热情过头的村民捧着一些吃不完的馒头粥点过来施舍——不对——上供。如此几日，一天，灵文忽然通知他赶紧回仙京。

谢怜道："怎么了？听你语气，大事不妙？"

灵文道："是的。你快来神武殿吧。"

听到神武殿，谢怜一怔，马上知道，君吾回来了。

第九章

入鬼市太子逢鬼王

打他第三次飞升后，还一直没有见过君吾。

身为仙京之主，三界第一武神，君吾整年整月里不是在镇山海便是在出巡，不然就是在闭关。这一趟君吾好不容易回来，谢怜是非走不可了，于是谢怜没歇几天，又回去报到了。

仙京的主干道是神武大街。虽然人间也为纪念君吾修建过无数条神武大街，但人间的许多事物都只是对天界事物的模仿和投影，因此只有天上仙京的这一条，才是真正的神武大街。

沿着这条宽阔的大街，谢怜朝神武殿走去，一路上遇到不少行色匆匆的神侍，没有一个敢搭理他。

当然，以往谢怜也没什么人搭理，只是那时候的"没人搭理"指的是各位不会上来和他嘘寒问暖，但点个头打个招呼的礼貌还是有的。现在纯粹是当没他这个人了，在他前面的就走快，在他后面的就走慢，只恨不能离得丈八尺远。

谢怜不以为意，毕竟他刚刚才把一位炙手可热的新贵给扯了下去，大家不避他才奇怪。

这时，忽听有人在他身后喊："太子殿下！"

谢怜一奇，心想这时还敢喊他，勇气可嘉。可回头一看，叫太子殿下的那名小神侍却是匆匆越过了他，向前方另一人奔去，边奔边道："太子殿下！您去神武殿议事怎么能把腰牌也忘了！"

谢怜这才反应过来。难怪了，这一声"太子殿下"，并不是在叫他。上天庭里原本就有好几位太子殿下，叫混了也不是什么奇事。可当他一眼扫过去，扫到前方那另一位太子殿下身上时，却又愣住了。

那青年一身戎装，英挺至极，但他这身戎装在身，穿出的却并非沙场将士的杀伐之气，而是一派明亮开阔的王族贵气。近看不过十八九岁，剑眉星目，面带笑容，这笑容跟上天庭其他神官的笑容都不同，乃是一种毫无心机的开怀笑意，使得他那张分明很英俊的面庞带上了一种稚气。如果换刻薄一点的神官来评价，比如慕情，大概就会说这是一股傻气。

谢怜驻足盯着前方看。前方两人觉察，也回头看他。那小神侍一见是他立即变了脸色。谢怜浅浅一点头，对那青年微笑道："你好啊，太子殿下。"

那位太子殿下明显是个平日不关心事的，不识他的脸，见有人招呼立即笑得灿烂，回道："你好！"

小神侍悄悄推了一把他，那位殿下却是毫无自觉，奇怪道："你做什么推我？"

谢怜"扑哧"一声笑了起来，那小神侍推得更猛了，催促道："您要迟到了，殿下走吧！"他也只好疑惑地往前走去了。谢怜摇了摇头，正觉得自己方才有点失礼，这时街头迎面轧轧走来一列手持长戟的士兵。

这列卫兵似乎正在巡逻，阵列整齐，步伐一致，仪容威严，不可侵犯，正是仙京之主神武大帝座下的护卫，神武卫。然而，他们周身覆盖着一层古意盎然的铜绿——竟不是真人，而是青铜铸成的士兵。

谢怜主动侧身给它们让路，靠边站时还在想，上次见它们还没这么绿，怕是过了几百年锈得更厉害了，居然还在用。谁知青铜卫兵的首领看到了他，眼中绿光暴长。"铛铛"两声，长戟尾敲了敲地面，谢怜就被团团包围住了。

他无辜地道："何事拦我？"

一群青铜卫兵围着他，严肃地对彼此道："可疑。"

"可疑！"声音嗡嗡的带一种青铜质感，甚是诡异。

谢怜道："哪里可疑？"

卫兵首领道："金殿？"

谢怜明白了，这是在盘查他的身份，问他的金殿在哪里，道："没有。"

在仙京立殿，一个小祠就要几十万功德，寸土寸金！

卫兵们面面相觑，似乎很困惑，一个飞升了的神仙，居然在仙京没有自己的宫殿！但卫兵首领还是又道："法力？"

谢怜道："对不起，也没有……"

没有、没有。什么都没有的他似乎激怒了这群士兵，下一刻，数十支长戟就齐刷刷对准了他。

谢怜忙道："等等，你们不认识我了吗？我们以前见过的！"虽然以前都是他把君吾这些卫兵当沙包打，但那也算是见过的！

"铛"！一柄长戟扎进他脚边地面，要不是谢怜闪得快，人就给钉住了。他举手想打，忽然想起自己还欠了一屁股债，不能再破坏仙京财产了，硬生生收回。正在此时，一只手抓住了青铜首领。

居然有人会来为他解围，谢怜简直要感动了，转头一瞧，竟然是方才那位年轻的太子殿下，他去而复返了！

那青铜首领力大无穷，但那位太子殿下就像拽娃娃一般把它拽到一旁，一条胳膊圈住它的脖子，笑道："又在巡逻？别打了，没事的，散了吧！"

卫兵们明显认得他，对他鞠躬行礼，果然从地上拔出长戟，列队往另一个方向巡逻去了。

全身而退，谢怜笑眯眯地道："谢谢你，太子殿下。"

那青年笑道："不客气。你也要去神武殿的吧？快点吧，要迟了，我先走一步！"说完他便一阵风一样刮走了。

谢怜在原地站了一会儿，远处几名下级神侍的窃窃私语飘进了他的耳朵。

"都是太子殿下，站在一起真是一个在天、一个在地啊。泰华殿下那才叫真的有天潢贵胄之气，连对待仇人都这般宽厚。"

"小声点啦，他还在呢，万一给他听到就不好啦。"

谢怜无奈地心想，他们还怕他听不到吗？不就是故意说给他听的吗？

至于"有仇"，也的确是有。因为方才那位太子殿下，是永安国的太子殿下，郎千秋。而郎千秋的先祖，便是攻打仙乐国、使其灭国的下一任开国君主。

果真是血海深仇。

这时，身后又有一人道："太子殿下。"

谢怜心道："不会吧，还来？"这次一回头，却真是唤他的。灵文顶着两个黑眼圈夹着一堆卷轴走了上来。路上远远近近的小神都连忙道："灵文真君！"

灵文是司人事的文神，掌人事亨通、平步青云，是上天庭地位最高的文神，现如今没有人不重看她几分。灵文却道："你们殿里公文批完了吗站在这里？好清闲啊。"

小神们面无人色，不敢多话，作鸟兽散。公文是永远不可能批完的，整座灵文殿从地面到穹顶堆满的全都是公文，谢怜每次去那景象都会变得更为震撼，每个人都托着比他们自己还高的公文跌跌撞撞，不是一脸崩溃就是一脸麻木。谢怜同情地道："看来最近你们殿的公文又积压了不少。"

灵文道："从来就没有不积压的时候。殿下，今天小心点，有人会找你麻烦的。"

谢怜道："有所预料。"

灵文又道："不过不用怕，有帝君在。"

谢怜叹气道："他在我更害怕，我回来后一直没跟他报到，不知道要怎样罚我。"

灵文语重心长地道："他怎会罚你？大人好哄，殿下老实点多说几句好话就揭过了。实在不行，跪一跪就好了。"谢怜哭笑不得，感觉自己被她说得像君吾不省心的儿子。话快说完了，路也快走到尽头了，一座雄伟的宫殿徐徐呈现。

这宫殿有些岁月磨砺了，但见沧桑，不见苍老，三重琉璃金顶，光华耀世。百级高台，百名青铜卫兵遥遥对仗，威势森严。谢怜抬头，金顶之下，"神武殿"三字苍劲有力，再一低头——上！

大殿里，数位神官，或三两站立，或独立不语。裴宿枷锁在身，跪在中央。

能站在这殿中的，全都是历经过飞升的上天庭神官，无一不是天之骄子，个个灵光充沛傲视睥睨，看得他眼花缭乱。此时此刻，全都凝神聚气，未敢高声。大殿尽头的宝座上，坐着一位身披白甲的武神。

这名武神面容俊朗，闭目不语，极为庄严肃穆。谢怜进殿来后，仿佛感应到他来了，睁开了双眼。双目极黑，仿佛万年寒潭之雪所化。他微微一笑，道："仙乐，你来了。"

声音沉沉地响彻了整个神武殿。殿中其他神官的目光都聚集了过来。

谢怜对殿上之人微微俯首。灵文一身黑衣不苟言笑，拿着册子点人，点完了就开始奋笔疾书记录集议。

君吾对谢怜道："想必你也知道，今日召你上来是为什么。"

谢怜直起身子："为半月关的事吗？"

君吾道："嗯。方才殿上有分歧，你以为小裴该如何处置？"

谢怜想了想，道："贬了吧。"

旁边有神官牙酸地吸起了气。君吾微笑道："不再考虑一下吗？"

谢怜道："不用考虑了，小裴将军造了太多杀孽，直接贬为凡人吧。"

君吾脸上笑意更深。

谢怜对旁人的倒抽冷气恍若未闻。君吾既然说有分歧，以那位小裴将军的后台，多半大部分人都建议轻罚，那他就提个重的，也好方便君吾折中一下，选择最恰当的惩罚，这样也好说他是充分顾及了各方的意见。这时，一个男子的声音道："我有异议，此事存疑。"

这声音自他身后传来，朗朗入耳，谢怜一回头，只见大殿外迈入一名武神，扶剑而行，经过他面前时，扫他一眼，一勾嘴角。

这武神外表看上去二十六七岁，气度雍容，行动果决。观其面相，是十分易讨女人欢心的那种英俊，一看便是个风流成性的人物。他道："太子殿下，久仰。我们家小裴真是承蒙你照顾了。"

谢怜道："哪里哪里。裴将军才是久仰。"

这句"久仰"可是实话。这些天，谢怜对比着卷轴又零零散散看了些著名神官的传说，其中可有不少这位明光将军裴茗的野闻逸事。

这位北方武神为人时虽然骁勇善战，但最让人津津乐道的，还是他在烟花巷里留下的那些美好或不美好的传说。美好传说有一掷千金义救风尘，名妓以身相许为君从良守身如玉等，不美好传说有作为奸夫淫妇被正主捉奸在床等，某种程度上来说也很厉害。看完之后谢怜就觉得这人这么多年居然只惹出了一个宣姬实在不合理。

由于他在沙场和情场都驰骋得意，不少对手和同僚都热爱咒他去死，最好是得花柳病死。偏偏这人命很硬，他万花丛中过，就是不得病；非但不肯死，他还活得比别人久。末了终于有一天吃了败仗，众人心想哈哈哈哈！这下该死了吧！谁知在这千钧一发之际，他轰隆隆地飞升了。

这下，没被他打死的也给他气死了。

飞升之后，裴茗也不改其作风，猎艳传说的舞台大大拓展。上到仙子女官下至妖精女鬼，就没有他不敢出手的。不少艳情小传都热爱以他为主角写作，所以，民间也常把他作为交桃花的神来拜。甚至不少神官在天庭里遇到他，路宽八丈也要擦肩而过，只为沾桃花。不得不说，他可比无辜得了个"巨阳"头衔的风信要幸运多了。

客气完了，裴茗突然发难。

他打了个响指，大殿中央现出了一具悬空的尸体。

这尸体血淋淋的，正是阿昭的尸体。大殿内的青铜卫兵感应到血气，长戟齐刷刷对准这边。灵文停笔道："裴将军请注意，神武殿上不要搞出血光。"

裴茗道："片刻就好。"

君吾一抬手，青铜卫兵们这才恢复笔直站立的姿势，长戟杆底重重落地，发出"铛"的整齐巨响。谢怜道："裴将军这是何意？"

裴茗道："小裴的本事，我是一清二楚的。虽然他这分身力量远不如他本人，但和'凶'战个平手还是能办到的。可居然有一个人能将他打得毫无还手之力，难道不稀奇？"

他绕着谢怜走了半圈，道："于是我仔细追问，才发现原来当时在半月关，太子殿下身边，跟着一个神秘的红衣少年。"

一听"红衣"二字，有些神官的神色便开始有些不自然了。接下来裴茗的话，则让他们的不自然，变成了站不住："这少年既没有名字，也看不出来头。但他在黑暗之中，一瞬就将数百名即将化'凶'的半月士兵屠杀殆尽！——请问太子殿下，这名红衣少年，究竟是何方神圣？"

一个能瞬杀百凶、又一身红衣的"绝"！

答案呼之欲出，但谁也不想第一个说出那个名字。谢怜虚伪地道："这个，当时有好些人在，我们就相处了几天，不太记得了。"

裴茗道："不对吧太子殿下，我听说，你跟那少年可是亲密非常，一点儿也不像只相处了几天的样子，怎么会转眼就不记得了？"

谢怜心想："不，我说的是实话，真的就只是相处了几天而已……"

这时，他身后一名白衣道人晃了晃雪白的拂尘，道："所以裴将军，你究竟想说什么，又究竟想怎样？"

裴茗道："我想请南阳将军和玄真将军来帮上一点小忙。"

顺着他目光，谢怜在大殿的两个角落发现了风信和慕情。

风信还是他记忆中的样子，很高，一贯站得极直，眉宇间永远是微微蹙着的，仿佛有什么事叫他很不耐烦，事实上他并没有不耐烦。慕情却和他印象里的有些差别了，虽仍是面容白皙，但薄唇微抿，眼帘低垂，一派冷淡。这两人虽然都算得上是美男子，看上去却一个比一个难相处的样子。听裴茗点名，他们先望向君吾。君吾领首，二人才慢吞吞地站了出来。

这还是谢怜第三次飞升以来，第一次和他们对上。这一碰头，不光殿上其他神官都在看戏，三个人也面面相觑。乱七八糟地相互瞧看了一阵，裴茗道："二位都和那位交过手，想来对他的武器比我们熟悉，那么自然也辨认得出，这是不是那位造成的伤了。"

谢怜瞄了一眼那尸体，这么远看不清，只看见从头到脚都是血。风信和慕情面色凝重地看了一阵，抬头互扫一眼，陷入了沉默。

君吾道："如何？"

风信道："是他。"

慕情道："'弯刀厄命'。"

大概现在在神武殿的神官里，只有谢怜不清楚这四个字代表什么。

弯刀厄命，就是花城梦中论战、单挑三十三神官时，将数位武神打得魂飞魄散、肝胆俱裂的那一把诡异弯刀！

众神官投向谢怜的目光诡异不已。裴茗道："多谢两位将军证实了这一点。如果事件中真有那位的影子，那就复杂了。"

先前那名白衣道人又道："有什么复杂的？裴将军，难不成您还想赖在人家头上？"

这道人两次发声，两次都站在他这边，谢怜免不得要瞧一瞧到底是哪位清奇的仙僚了。他一回头，只见那道人一双眼睛黑白分明，拂尘搭在臂弯间，腰间插折扇，端的是风流儒雅，神采飞扬。只是那眉目依稀眼熟，谢怜却又想不起来在哪里见过这样一名道友。

裴茗也看了对方一眼，仿佛是个糟心的长辈不想跟小孩子计较，摇了摇头，道："那位本领通天，也不是不可能。"

这意思，竟是想把花城塑造为半月关之乱的幕后黑手了。谢怜蹙眉道："裴将军，一码归一码，且先不说与我同行的那位少年是不是花城，就算他的确是花城，没证据怎好往他头上扣黑锅？绝境鬼王的恶名也太好用了吧。"

他神情自若地把那个名字说了出来，殿上一片噤若寒蝉。裴茗道："总之，裴某认为还有疑点，最好能把太子殿下带走的半月国师也带来再行审问。"

谢怜微笑道："我不同意。"

这一声语气温和，却斩钉截铁。裴茗像有点意外，谢怜说话居然不像他看上去这么好脾气，还要再论，这时，君吾道："好了。"

两人欠身。君吾道："半月关之事已经了结。有仙乐与风师做证，证据确凿。明光殿裴宿小裴，不日流放。"

果然折中了。流放，等于"暂时被贬"。意思是你犯了事，但这事不是完全不能商量，还是有可以复职的机会，哪天表现得好指不定就给捞上来了。谢怜觉得可以接受，裴茗却不这么想，沉默一阵才道："是。"

他应了还不忘再补谢怜一刀："但这伤口确是弯刀厄命所留。帝君还请留意，不要让太子殿下为邪祟所骗。"

君吾道："嗯。这就是另一件事了。"

裴茗坚持"补刀"："还请彻查。"

君吾道："现在便查，今日散了。仙乐，你留下来。"

看样子是要留谢怜下来马上查了。众神官都无话说，欠首道："是。"

既已散了，殿上神官便一一告退。风信看他一眼，谢怜对他微微一笑，他反而一怔，还是走了。慕情则走得目不斜视，还非要昂首挺胸从他面前过，看得谢怜好笑。那白衣道人甩着拂尘满面笑容正要和谢怜说话，刚刚失利的裴茗便无奈道："青玄，看在你哥哥的分儿上，别闹了行不行？"

那白衣道人笑容敛了："裴将军，你莫要拿我哥来压我。我又不怕他！"

"你……"裴茗有点像是气得牙痒痒了，又拿他没办法，最终，指了指他，道，"你啊你，小裴这次被你害惨了。两百年的流放。"

那白衣道人狂甩拂尘，道："那是小裴自己做的事，与我无关！"说完他赶紧地跑了。谢怜原本做好了裴茗讥讽他几句的准备，却并未如此，裴茗也摇摇头，径自走了。偌大一座神武殿，除了座上的君吾和殿下的谢怜，只剩下一个人，竟是那位永安国的太子殿下郎千秋。

谢怜奇怪，走上去一看，这孩子居然闭着双眼，站着就睡着了！

谢怜登时哭笑不得，心想这可真是厉害，轻轻拍了拍他肩头，道："太子殿下、太子殿下？"

郎千秋这才猛地惊醒："怎么了？"

谢怜道："没怎么，散会了。"

郎千秋刚睡醒，茫然道："这就散了？刚才都讲了什么？对不起，我什么都没听到。"

165

谢怜道:"没听到就算了,不是什么重要的事。走吧,回去啦。"

郎千秋道:"哦!"这便走了,郎千秋迈出大殿之前,还疑惑地回头看了他一眼,又扬起满面笑容,对他道:"谢谢你叫醒我了。"

谢怜笑眯眯地对他挥了挥手。待到众人都散干净了,他才慢吞吞转过身。

君吾也负手从宝座上走了下来,走到他面前,道:"血雨探花,弯刀厄命。"

谢怜仿佛被提起了后脖子的猫,不由自主站直了身体。

君吾又道:"所以,到底怎么回事?"

谢怜看他一眼,忽然跪了下来。

他双膝尚未落地,君吾一伸手,便托住了他的手肘,没让他跪成,道:"你这是做什么?"

谢怜道:"对不起。"

君吾道:"你这算是知错了?"

谢怜叹道:"不错,帝君。仙乐错了,再也不敢了。"

君吾道:"那你说说,知的是什么错?"

谢怜试探着道:"呃……跪下永远没有错?"

君吾看向他。谢怜立即道:"伸手不打笑脸人啊帝君。"

君吾无奈道:"你的脸皮……现在是越来越厚了!从前让你认个错比登天还难,现在这都是跟谁学的?"

谢怜心想我不光能跪,有必要的话擦靴子我也干得出来。君吾微一侧首,示意谢怜跟他走。

两人缓缓走到神武殿后,君吾负手在前,道:"八百年前我让你下去后记得时常跟我通信,你却一下去就杳无音信,逍遥得很,一个人在下面把自己往死里折腾。这次飞升上来这么多天,一次也没有来神武殿报到过。换个人这么不把我的话当回事,你看我如何责罚!"

谢怜笑道:"帝君心胸宽广,自然不会为这点小事责罚于我。"

君吾扫他一眼,道:"仙乐长大了,还学会阿谀奉承了。"

谢怜道:"我还学会了很多别的,改日有空表演给您看……"

君吾道:"胸口碎大石就免了。还是说吧,你这次下去,招惹上什么了不得的人了!"

谢怜无辜地道："我真的什么也没做。只是有一天路上偶遇了一个很有意思的小朋友，就跟他处了一段日子，仅此而已。我发誓绝没有半点苟且。"

君吾："当真没有？好吧，暂且信你。"

谢怜："多谢帝君信任。那我走了。"

君吾轻声喝道："回来！没说几句你又想跑哪里去！我有一件要务，你过来看看。"

谢怜道："哦。"他乖乖随君吾到了神武殿后。前殿后殿以一面高大的壁画隔开，壁画正面，绘的是耸立于云海之巅的金殿，白光万丈，壁画背面，则是一幅《万里山川图》。仰头望去，这巨幅地图上嵌着许多细碎的明珠，仿若星辰。

这些都是人间神武殿的所在标识。有一颗明珠镶嵌在此，便说明这里有一座神武殿。地图之上，闪烁的珠光几乎均匀覆盖了整个视野。

君吾轻轻敲了敲图上一处，道："七日前，此处深山之中，突然冲天燃起一条火龙，烧了两炷香才熄灭。"

谢怜："伤亡如何？"

君吾："并无一人伤亡。"

谢怜神色凝重起来，君吾道："你有什么想法？"

谢怜道："火龙啸天之法是神官法术，基本算是释放效果最显眼的法术了，有难度。更难的是，施放火龙却没有伤一人。可见这位神官对人命极有原则，不是为了攻击。"

君吾道："不是为了攻击那是为了什么，难道是为了好看？"

谢怜知道他是在考自己，道："正是如此。他就是想要别人看到这条火龙。但又不是在闹着玩儿，没人会用这种高难度又危险的术法闹着玩儿。那就只剩下一个可能——他在求救。"

君吾微笑道："看来没有忘光。"

谢怜道："不敢。此事诡异，不容小觑。那一带附近有什么妖魔鬼怪的老巢？"

君吾道："有，还是个大巢。你可听过鬼市？"

谢怜道："听说过。"

鬼市乃是鬼界第一繁华之地，处于人界与鬼界的交界之处，自古以来有之——不过不够谢怜古。众鬼云集在此交易，群魔乱舞。一些有几分修为的方士也时常进去做点买卖，打探点消息。甚至一些天界的神官也会出于好奇或是不可告人的缘由，乔装一游。偶尔也有什么都不懂的活人误入，不是被吓个半死就是被生吞活剥。

人间流传着许多关于鬼市的传说，如，一个赶夜路的人看到前方有一个热热闹闹的集市，大红灯笼，张灯结彩，乐呵呵地进去，却发现周围的人要么戴着面具，要么披着斗篷，要么奇丑无比，很是奇怪，但他没多想，买了一碗面坐下来准备吃，拿着筷子送进嘴里，吃着吃着觉得不对劲，再一看，这哪里是什么面，分明是一碗还在蠕动的黑头发。这种经典的鬼故事，比比皆是。谢怜曾经好奇想去参观一番，但总也找不到入口，一直无缘。

君吾道："天界与鬼界向来泾渭分明互不进犯，鬼市之主性情强势激烈，没有证据断不可硬闯他的地盘，所以我眼下急需一人秘密探查。"

谢怜道："需要我去？"

君吾道："我心中的第一人选是你。但你可知，鬼市是谁的地盘？"

看他神色，谢怜试探着猜道："难道是……花城？"

君吾缓缓点头，道："看样子你与他关系不错。他若清白，倒也无妨。怕只怕他不清白。"

那可就尴尬了。

忽然，谢怜又想起一事。那求救火龙是七天前起的。而花城，恰恰也是在七天之前离开菩荠观的。难道真有关系？

一番思量，谢怜叹了口气，道："还是我吧。横竖也是要查他，不如我去，也好转圜。况且，我认为，那位血雨探花绝非居心叵测之徒。"

君吾看了看他，道："仙乐，你交什么朋友，自不必我说。但我也知道，你太容易上当。"

谢怜汗颜："您别把我说得跟个没出过门的小公主似的好吗？哪有这回事！"

君吾道："小心花城。"

闻言，谢怜微微张口，欲言又止。他表温顺之态早已轻车熟路，本该敷衍几声"是"，可这一声"是"，不知怎的，他不太想说。

君吾又道："尤其小心他那一把妖刀。"

提到兵刃，谢怜起了几分精神："怎么说？"

君吾道："他的配兵，名为'弯刀厄命'，被称为'诅咒之锋，不祥之刃'，是如今的三界第一邪兵。这种兵器，必然需要血淋淋的决心和极为残忍的祭品才能炼成。不要碰它，也不要被它伤到。否则后果无法预料。"

谢怜脱口而出："他不会伤我的。"再一想，发现这句未免太厚脸皮，君吾已经用探究的目光在看他，他忙又补充一句，"好的好的，我会小心的。"

君吾道："希望真如你所想，只是误会一场吧。有什么想要的兵器法宝？"

谢怜道："这些不必，只需一个帮手，能借我法力就行。"

"你想要谁？"

"您来定吧，性格好相处就行。"

君吾笑："你这岂不是直接封杀了你的两位老朋友？"

谢怜也笑了起来："说实话，他们俩以前都很好相处的！"

君吾回到座上，慢条斯理地道："我听说你这次一回来就把他们都坑害了，八百八十八万功德还完了吗？"

一提到这个，谢怜又愁眉苦脸起来："没有……说起来，还要谢谢帝君给了我与君山的祈福，不然到现在我连个零头都还不上。下次还有这样的祈福，还请多介绍给我。"

君吾却道："你谢谢风信吧。我听灵文说，他后来自己主动私下去找她，说不用你还他重修金殿的功德了。"

谢怜一愣，道："这……我完全不知道。"当时南阳殿的损毁可是最严重的，据说半边金顶都塌了。

君吾道："南阳让灵文不要告诉别人，你当然不知道。你叹什么气？不用还债还不好吗？"

谢怜挠挠头，道："我只是觉得，这世上的'千万不要告诉别人'，果然全都是假的。既然他不愿我知道，我还是继续假装不知道好了。"

君吾又道："你既然不要风信和慕情，那风师如何？风师法力高强，性子活泼，爱交朋友，必然好相处。"

谢怜道："风师大人很好，不过不知道她愿不愿意和我一同出这种公差。"

君吾道："不愿意也得愿意。况且风师对你评价不错。那事情定了，你先回仙乐官，我即刻让人去通传风师，你二人会合便出发。"

谢怜"哦"了一声要走，又奇怪地回转："等等，帝君，我以前的仙乐官早就被推了，哪里来的仙乐官？"

君吾道:"批了一座新的给你,免得你每次都要被巡逻卫拦下盘查。"

"……"

总之,离开神武殿时,谢怜就莫名其妙被塞了一座宫观,推都推不掉,他只好收下去看看。

这座新仙乐宫和他以前那座旧的几乎一模一样,琉璃红墙,富丽高傲。但他一点也不想进去,就在门口蹲等那位风师大人。等着等着,没等来白衣女冠,却等来了一名白衣道人。

这道人神采奕奕,周身仙风飘飘,正是方才神武殿上和裴茗乱斗的那位青玄。他拂尘一甩,含笑道:"太子殿下好啊!"

谢怜也笑:"道友也好啊!"

对方凑过头来,赞道:"这宫观不错啊!"

谢怜也赞道:"是不错。"

"要不少功德吧。"

"应该吧。"

"不是应该,是肯定。这地段绝佳啊,在仙京中央呢,跟神武殿一条街,还这么大!"

"是哦……"其实,给他批一座这么大的宫观,不如直接给他一千万功德还债啊!

事实上,他很想问问对方是谁,但又觉得如此未免失礼,正想偷偷翻一下卷轴恶补,那白衣道人却已热络地道:"走吧!改日再来你这里做客,现在一起下去晃晃啊!"

谢怜婉言谢绝:"晃晃也改日吧道友,我在此处等人,还有公务在身呢。"

对方听了,把拂尘插进道袍后领,奇怪道:"你还等谁?"

谢怜答:"我等风师大人。"

那白衣道人更奇怪了,道:"我不就在这儿吗?"

"啊……"谢怜眉尖一跳,道,"你是风师?"

对方把折扇一展,边摇边道:"我是风师,这需要怀疑吗?难道你不知道我是谁吗?你没听过我风师青玄的名字吗?"

他语气理所当然、理直气壮,仿佛谢怜不认识他是一件完全不可能的事。

那折扇正面写着一个"风"，背面画着三道清风流线，岂不正是那日那白衣女冠摇着的那一把？

谢怜忽然想起来：扶摇说过，上天庭有些神官处于特殊需求，擅变身性转之法；而当时在半月关，南风也曾说过半句话："风师明明一直都是……"

是什么？

是男人啊！

谢怜被对方拽着走了几步，道："你是风师大人？好吧。但你上次为何要扮作女冠？"

风师道："怎么？不好看吗？"

谢怜道："好看。但是——"

风师笑逐颜开，道："好看还有什么但是？好看不就行了！当然是因为好看，所以才要扮！"

说到这里，他上下打量谢怜："说起来，这次咱们去鬼市，也是要隐瞒身份，是吗？"

"呃……"谢怜，"你想做甚？"

半个时辰后，严词拒绝了十次女相邀请的谢怜抽空偷偷看了卷轴，这才大致了解这位风师的来头。

天界五师，均以称号代替姓氏。比如，地师飞升前，在人间的本名叫作明仪，飞升后，便被称作"地师仪"。而风师飞升前本名叫作师青玄，飞升后，则被称为"风师青玄"。

风师青玄，人如其号性情如风，喜欢结交朋友且出手大方，在上天庭人缘极好，这从他在通灵阵里一散就是十万功德便可以看出来了。

话说回来，其兄乃是执掌人间财运的大神官，自然是出手大方，不拘小节了。不错，风师青玄的哥哥，便是那位财神"水横天"——水师无渡了！

他兄弟二人，师无渡率先飞升，没过多少年，青玄也渡了天劫。人们经常把这二位神官放到一起供奉，同殿而拜，平起平坐，可见这两兄弟是真的感情极好。想必，水师也就是裴茗不会动风师的原因。毕竟是水横天的胞弟，谁敢乱动？

二人跳下云层落地，边走边聊。谢怜道："裴氏二将一姓二飞升已算是奇

171

谈，而你们风水二师兄弟同登上天庭，真更奇了。"

须知，几万个人里也不一定有一个人能飞升，裴茗和裴宿之间尚且隔了几百年，裴宿还不是裴茗的直系后人，乃是裴茗兄弟那边曾曾曾了不知道几辈的孙，这水师无渡和风师青玄却是一对货真价实的血亲兄弟，这才是真正的一门二飞升，如何不奇？

师青玄则笑道："你也很奇啊！我给你说，半命关的事儿，大家谁不知道？只是都不想得罪裴茗，所以就都装不知道。我早想去看看了，但我哥骂了——不——念我几顿，把我死死摁住了，没想到第一个敢捅破这层窗户纸的是你。我觉得你这人虽然有点奇葩，老爱把自己弄下去，倒是可以交个朋友的，哈哈。"

上天庭里居然还有这样直爽有趣的神官，谢怜感觉心情都大好了，笑道："你哥哥还因为这事骂过你？我看裴将军和他似乎颇有交情，那你这次去告了小裴将军，他不会再骂你？水师大人和裴将军又会不会因此生出嫌隙？"

师青玄似是想到他哥也有些犯怵，但在谢怜面前不能露怯，马上道："生出嫌隙才好，我巴不得我哥别跟他混一起，早日脱离三毒瘤。"

谢怜道："什么三毒瘤？"

师青玄惊道："什么！你这也不知道？哎，好吧，你听听就算了，不是什么好话，这三毒瘤嘛，便是'色、钱、权'，指的是上天庭里的三位大神官。我哥就是'钱'。"

谢怜了然："'色'就是裴将军了。那'权'是谁？"

师青玄道："灵文啊。"

谢怜倒是吃了一惊："为何她是'权'？"

师青玄道："因为她是当今上天庭文神第一啊，所以很多神官传她爬到这个位置干了什么什么的，挺难听的，我不说了，你也别去问了。反正文神的世界真可怕。"

谢怜正答应着，谁知一转头，身边的白衣道人又变成了一名白衣女冠。这变得也太突然了，谢怜被她喜滋滋挽了手臂，彬彬有礼地道："大人为何又突然变身？"

师青玄娇滴滴地道："实不相瞒，我这个样子，法力会比较强。"

前面说到，风师和水师经常是被供在一起的。也许是人们觉得，同一庙檐下，两个都是男神官，好像差了点什么。男女搭配干活不累，后来就有人干了件事——把风师像雕成了女神像。

给他改了女神像不说，还要胡说八道杜撰故事，说什么这风、水二神官乃是一对情深义重的兄妹，甚至还有版本说他们是一对情深义重的夫妻。几百年下来以讹传讹，衍生出许多千奇百怪的故事，有一次二位神官一时兴起找来一看，看得鸡皮疙瘩掉了一地。谁知这种东西竟也有不少人信，传到后来提起风师往往搞不清男女，一口一个"娘娘保佑我"。因此，师青玄也有个诨号，叫作"风师娘娘"。

师青玄道："这样的荒唐事不在少数！"

谢怜："还有？"

师青玄："你看灵文是男是女？"

谢怜道："你别告诉我她是男人。"

师青玄折扇一合，道："你说对了！到人间随便抓一个人来问，他们都会告诉你，灵文是男的！"

文神嘛，似乎理所当然应是男子。许多人觉得，女神去保佑青春貌美还差不多，别的就不要想了。可偏偏灵文是个冷酷的公务狂人，最爱做的事是整天按着下属的头让他们跟自己一起狂"吃"公文。一年之中最忙的时候，灵文殿常有口吐白沫者被送出去，换被吓坏的新人继续"吃"。

但任她勤勤恳恳把自己当畜生使，香火就是不太行。后来，几个庙祝一气之下重塑了神像，全改成男身，灵文元君强变灵文真君。这么一改，香火一下子就旺了，所有人突然之间发现：灵文真灵！纷纷赞不绝口。再后来，灵文去托梦或是显灵的时候，便只好都用男身了。不然人家不认。

谢怜笑着叹了口气，道："原来如此。其实神官还是那个神官，无非改了男女，其他什么都没变呀。说到底，大家都是只信自己肯信的。"

至于师青玄本人，依谢怜的观察，他并不介意自己的形象被扭曲。倒不如说他完全乐在其中。不光自己乐在其中，还热衷于怂恿其他人和他同乐。从天界下到这里来的一个时辰内，师青玄一直试图劝说谢怜也化个女相，并且理由十分正当："女子阴气重，更容易在鬼市里藏匿行踪。"

谢怜只能婉拒："我法力不够，化不了的。"

师青玄很热情地道："我借你呀。帝君说了，让我过来就是专门借你法力的，我说这算什么呀，不要客气，来来来，随便借。"

谢怜实在抵挡不住他的热情，心想我一定要找个人代替我抵挡！忙道："就我们两个吗？其实，我觉得光我们两个人手有点不够，附近还有没有别的神官能来帮忙的？"

师青玄果然上钩，道："当然有！"说完他却迟疑了，道，"不过，这帮手不知你想不想要。"

谢怜道："怎么说？"

师青玄道："地盘在这附近的，只有郎千秋。"

谢怜微微眯眼，师青玄又忙道："不过撇开那些纷争，他其实人不错的。"

谢怜微笑道："我知道啊。"

仿佛怕他不相信，师青玄道："真的！你知道他是为什么飞升的吗？"

谢怜道："为什么呢？"

师青玄揽着他肩道："太子殿下或许不知，当年你们仙乐国破，旧皇城里亡灵成千上万，黑云压城，怨气冲天！后来，就变成一座死城了。郎千秋从十二岁开始便试图度化这些旧国怨灵，终于在他弱冠之时成功，功德圆满而飞升。如果你想叫人帮忙，我说一声，他肯定马上就过来了。他的地盘就在这附近，你想让他来吗？"

想了想，谢怜道："那就谢谢他了，来吧。刚好我也挺想见见他的。"

师青玄觉得这算是化解了一段恩怨，说不定也能成一段佳话，心中得意，喜道："那好！我就约他在鬼市最繁华的地方见了，那里鱼龙混杂什么东西都有，不容易被注意到。"

二人来到一片荒郊野地。夜已深沉，老鸦乱啼，萧索诡谲，谢怜道："就这里吧。此处阴气郁郁还有大片坟地，总会见到一两个出坟赶集的，跟着他们走就行了。"

于是，两人蹲在乱坟边守株待兔。阴风吹得二人背上冷飕飕的，他们又不能用灵光护体，会惊动小鬼，凄凉无比。好在没等多久，树林深处就亮起了幽幽的一排光。

这一排幽光越走越近，出了森林。这是一列面无表情的白衣妇人。有老有少，有美有丑，身穿寿衣，打着白色的灯笼。这些，便是要趁着深夜去鬼市游荡的女鬼们了。

两人若无其事地跟在了这群鬼魂后。那群妇人鬼魂提着白灯笼，一边慢吞吞地走，一边慢吞吞地聊。一女鬼道："好开心呀，鬼市又开了，我要去做一做我的脸。"

另一鬼道："你的脸不是三年前才做过吗？"

先一鬼道："又烂掉了。唉，上次那家说是给我用的上好的油，可以保十年不烂的，这才过了多久。"

谢怜心中好笑。这时，忽听一女鬼细声细气地道："不知道这次去，能不能瞧见城主大人呀！"

谢怜的呼吸一凝。

又一女鬼道："怕是没戏啦，我去了几十回，一回都没瞧上。想看城主他老人家一眼，真是难如登天哩！"

"而且就算瞧见了，怕也不是真的呀。我听说，鬼市的主人有几千张假皮，从不露真面目的。"

这群女鬼中，竟有好些都是冲着瞧一眼"城主他老人家"去的。即便明知看到的希望渺茫，也不减半分热情。一女鬼美滋滋地道："不露真容也没关系嘛，他老人家的假皮也没有一张不好看的，只要能远远看上一眼我就心满意足啦，心里比吸了六岁小女孩儿的脑髓还甜。"

虽说这比喻既恐怖又不伦不类，但在一众女鬼的附和声中，谢怜还是忍俊不禁，险些笑出声来。师青玄小声道："太子殿下、太子殿下？"

谢怜："什么？"

师青玄严肃地道："不知你和血雨探花到底是什么关系，但我听说花城性情古怪，喜怒无常又深沉恐怖，此次一探鬼市我们又有任务在身，你要小心了。"

谢怜回忆自己和花城的相处点滴，完全无法把他和"喜怒无常""深沉恐怖"联系起来，忍不住为他辩解道："没有的事。他脾气很好的，很懂礼貌又很会为人着想，还是个小孩子呢！"

师青玄看着他，看上去好像怀疑自己疯掉了："脾气很好？很懂礼貌？很会为人着想？小孩子？"

谢怜无辜地看着她。正在师青玄给他描述鬼王设宴、请来的客人吃到最后发现吃的都是自己的尸体这种恐怖故事时，队伍最末一名女鬼一回头，发现了他们，疑惑地道："你们是谁？"

这一问，前边齐刷刷转回十几张惨白的脸，把他们团团包围，发出质疑声："是啊？真奇怪，他们是什么时候跟上的？我们出坟的时候，没这两个呀。"

　　"你们是住哪片坟的，怎么好像从前没见过你们？"

　　谢怜微笑道："我们是从比较远的坟地赶过来的，各位姑娘当然没见过了。"

　　师青玄也笑道："是啊，我们是为了赶鬼市，千里迢迢过来的！"

　　一群白衣妇人不言不语，面无表情地盯着他们。

　　若换两个人，只怕当场就吓跪了。良久，一名妇人盯着师青玄，缓缓地开口了。

　　她道："这位妹妹，你的脸，保养得很好啊。"

　　闻言，谢怜与师青玄一怔。

　　随即，两人均大力点头。一众妇人鬼议论纷纷。

　　"是啊，一点都没烂。"

　　"妹妹，你是在哪里缝的脸？可有推荐的店家？"

　　"可有秘诀？"

　　师青玄边干笑边道："是吗？我也觉得我的脸不错，其实我从不保养，可能这就是天生丽质吧，哈哈哈哈哈哈哈……"

　　正在此时，缥缈虚无的夜色中，有歌声传来。众女鬼欢呼："到了！"

　　队伍一转，谢怜的视线豁然开朗，一片赤红映入眼帘。

　　一个光怪陆离的世界，展现在他面前。

　　这是一条长街。

　　长得望不到尽头，大街两侧挤满了各式各样的店铺和小贩，上空无数艳丽纸伞，缓缓旋转，红白灯笼和飘飘的招子高低错落。路上行"人"来来往往，大多戴着面具，哭的、笑的、怒的，是人的、不是人的。没戴面具的，都只能用"奇形怪状"来形容。有的头大身小，有的瘦长得犹如竹竿，有的扁成一张饼贴在地上，一边被行人踩过，一边发出抱怨。

　　谢怜尽力不踩中任何奇怪的东西，路过一个小吃摊，那摊主正用一根大骨头棒子卖力搅拌一锅汤，颜色诡异的汤水里浮浮沉沉漂着数个眼球。另一边，一些古怪的人在表演杂技，一个彪形大汉抓着一个弱鸡仔一样的小鬼，一张嘴，一口熊熊大火喷涌而出，烧得他手上抓着的那小鬼杀猪般地嚎叫挣扎，围观者却拍手尖笑，大声喝彩。

一路上，无数声音和手臂对他招摇道："公子，来呀！""来玩呀！"谢怜一一微笑颔首以示谢意，继续前行。一个无眼无手的佝偻画师在对着客人作画，画的却是那人腐烂的尸体。更有人疯疯癫癫朝空中撒钱，撒得漫天白雪纷纷，钱飘飘摇摇落到谢怜眼前，他伸手一接，拿来一看，果然是冥钱。

再接着走，路过一个肉铺，铺子前挂着一排憔悴的人头，人头从小到大排得整整齐齐，明码标价，幼子肉几钱，少年肉几钱，男人肉几钱，女人肉几钱，脆人骨几钱。那扎着围裙、手持屠刀在铺子上忙活的，居然是一头鬃毛黑长的野猪，而它手下一刀一刀剁着的，乃是一条粗壮的人腿，还在一弹一弹地抽搐着。

真真是群魔乱舞、狂欢地狱。

人砍猪很常见，猪砍人却不多见，谢怜忍不住多看了几眼，却被那猪发现了。它立马道："看什么看？死小白脸，你买不买？"

谢怜摇头道："不买。"

那猪屠夫又是一刀狠狠剁在砧板上，剁得血肉飞溅。它粗声粗气地道："不买就别看！你这厮，是不是想找事？快滚！"

谢怜便滚了。可他走了几步，忽然发现大事不妙——风师没了！

谢怜怕她真被那群妇女的鬼魂拖去修面敷脸了，急欲通灵。然而此处是鬼市，天界许多法术在此受限。他只好往回走。没走几步，忽然被人一拉。他立即道："谁？"

那拉住他的是个女人，被他的警惕反应吓了一跳，看清他脸后，却又咻咻地笑了起来，媚声道："啊哟，这位小道长，你可真是俊得很哪。瞧你这粉雕玉琢的样儿，怎么敢到这种地方来？你就不怕给人吃了吗？"

这女子衣着暴露，妆容艳俗，粉没抹匀，一开口就簌簌往下掉，胸口鼓囊囊的像两颗球，仿佛在肉里填了东西，令人颇受惊吓。谢怜将她瘦如鸡爪的手轻轻地拂去，道："这位姑娘……"

那女子一愣，哈哈大笑道："我的妈！你叫我什么？姑娘？这年头，居然还有人叫我姑娘？哈哈哈哈哈哈！"

四周的人仿佛也觉得很滑稽，跟着哄笑起来。谢怜还没说话，那女人又扑了上来，道："别走呀！我喜欢你，跟我去快活一晚呗？我不要你的钱。"她抛了个媚眼，"我倒贴你，嘻嘻嘻……"

177

谢怜道："这怎么好意思？"

那女子突然不耐烦了，一把扯开了自己原本便暴露的衣衫，道："行了别废话了，怎么样，你到底来不来？"

谢怜没防备她居然这么大胆，只好轻叹一声"罪过"，侧身绕道而行。那女鬼却又挡了他去路，百般挑逗，道："喜不喜欢？"

然而，谢怜从小便泡在皇极观，多年的清修使他身心守得稳如泰山，给他看什么他都能心如止水，脑海里都会有一个声音毫无波动地朗诵经文，无动于衷。那女鬼挑逗不成，啐道："倒贴你都不要，你是不是男人！"

谢怜目光眺望远方，道："是。"

女鬼道："那你这什么反应？是男人就证明啊！"

一旁有人尖声笑道："人家嫌你又老又丑不肯要你，你还倒贴个什么劲儿？"

谢怜听了，道："实不相瞒，我有隐疾。"

"什么隐疾？"

谢怜面不改色道："我不行。"

众人一怔，爆发一阵鬼哭狼嚎的大笑。这一次，嘲笑的对象变成谢怜了。真是从没见过哪个男人敢当着大庭广众的面说自己不行的！

偏偏谢怜这个人对于这种事很是无所谓，惯常以此为借口各种推托，可谓屡试不爽，对方往往会因为同情或爆笑而忘记本来想干什么。果然那女鬼不再纠缠，骂道："难怪这副德行。有病不早说！啐！"

长街上许多声音嚷嚷着"女鬼兰菖又在闹事！""猪屠夫砍鬼啦！"两边这么哄哄乱地撕扯上了，没人再注意谢怜，谢怜便迤迤然溜之大吉了。

不多时，前方又是一阵嘈杂，走着走着，他来到了一座偌大的红色建筑之前。

这建筑可谓是气派非凡，乃是富丽堂皇的大红之色。比之天界行宫也分毫不差，只是失之庄重，却多三分艳色。难能可贵的是，华丽而不浮夸，艳丽而不艳俗，颇富品味。

门前人来人往，门内人声鼎沸，极为热闹，细听细看，这里似乎是一家赌坊。

谢怜走上前去，只见两边的柱子上，挂着两幅字。左边是"要钱不要命"，右边是"要赢不要脸"。再看上面，横批"哈哈哈哈"。

"……"

如此粗陋，根本不配称为对联，而且字迹也粗拙狂乱，毫无书法可言，仿佛是谁喝醉了以后提着大斗笔、怀着满腔恶意一挥而成，又被一阵歪风邪气吹过，终变成了这么个德行。

谢怜从前贵为金枝，书法蒙名师指导，这种字在他眼里自然是惨不忍睹，不过它们已经难看到魔性的地步了，反而让谢怜看得有点心疼。他忍着笑摇了摇头，心想还是去那些给女鬼修面的美容铺子里找找吧。

他的确本该就这么走了的，可鬼使神差地，没走几步，他又回过头，走了进去。

赌坊大堂果然爆满，人头攒动，大笑与哭喊齐飞。谢怜刚走下几级台阶，忽听一阵惨叫，他定睛一看，四个面具大汉抬着一个人走了过来。

那人痛不欲生，被抬着还在挣扎狂号，沿路走沿路狂飙鲜血。原来他两条腿都被齐齐切断了，血流如注，而几只小鬼正一路紧跟着，贪婪地舔舐地上的血迹，瞬息舔得地面比刚洗过还干净。

如此恐怖的景象，赌坊内却没有任何人回过头多看一眼，仍是都在呐喊着、欢叫着、打滚着。不过，原本，在这里玩儿的，大多也不是人，是人的话，也不是普通人。

谢怜侧身，让那四名大汉抬着人走了出去，继续往里走。一个戴着笑脸面具的小鬟迎了上来，笑道："这位道长，进来玩儿吗？"

看着那张眉目弯弯的笑脸面具，谢怜心中一热，不由自主露出微笑，道："我身上没带钱，可以只看看吗？"

通常进店里说这种话都是要被人轰出去的，可那小鬟却嘻嘻地道："没带钱没关系呀，在这里玩儿的人，赌的都不是钱。"

"是吗？"

小鬟掩口道："是的呀。公子，请随我来。"

第十章

隔红云赏花心堪怜

谢怜边走边四下打量。那小鬟袅袅娜娜地在前行着，把他引到最大的一间屋子里。谢怜刚进去，便听一个男人道："我赌我一只手！"

屋里有一张围得里三层外三层的长桌，围观的人太多，谢怜止步不前。忽然，他听到另一人道："不需要。别说一只手，便是你这条狗命，在这里也一钱不值。"

这声音懒洋洋的，谢怜一听，心便忽地一提。

比他记忆中的稍低沉了些，但正因如此，也更加悦耳动听了。即便是在四周围观的嘻嘻哈哈的笑声中，这声音也清晰至极，穿透了人声鼎沸的赌坊，直击入他耳底。

他抬起头，这才发现，长桌之后，有一面帷幕。而帷幕之后，隐隐能看到一个红衣身影，闲闲地靠在一张椅子上。

谢怜在心中轻唤了声："三郎。"

花城这句话虽饱含轻蔑之意，极不客气，但他一开口，那男人任由旁人嘲笑，不敢多辩。领谢怜前来的小鬟道："这位公子，你今天可真是好运气。"

谢怜目光不转，道："怎么说？"

小鬟道："我们城主很少来这里玩儿的，就是这几天才忽然来了兴致，这难道还是运气不好吗？"

听她语气，显是对这位"城主"极为倾慕推崇，认为只要能见到他便是莫大的幸事，谢怜忍不住微微一笑。

帷幔是轻纱，红影绰绰，一派旖旎风光。红幕之前，还站着几名风情万种的娇艳女郎执掌赌桌，个个声如黄莺，且相貌如同一个模子里刻出来的，令人称奇。谢怜本不打算挤进去，就站外围随便看看，听到花城的声音后才往前走了几步。如此生生挤进了里三层，先看到的是那个正在赌桌上下注的男人。

那是个活人。谢怜并不惊讶，早便说过，鬼市鱼龙混杂，不光有鬼。那男人也戴着面具，两眼暴凸，爆满血丝，嘴唇发青，虽然是个活人，但比在场的鬼还像个鬼。他双手紧紧压着桌上一个黑木赌盅，憋了一阵，仿佛豁出去了，道："那……那为什么刚才那个人可以赌他的双腿？"

帷幕前一名女郎笑道："刚才那人是神行大盗，他一双腿走南闯北轻功了得，所以才值得做筹码。你既非巧匠亦非名医，你的一只手，又算得了什么呢？"

那男人一咬牙，道："那我……我赌我——女儿的十年寿命！"

天底下竟然真的会有父亲赌自己孩子的寿命，谢怜微微凝眉，心想："这也可以赌吗？"

帷幕之后，花城却是笑了一声，道："行。"

不知是不是错觉，这一声"行"里，谢怜听出了一缕森寒之意。

他又心想："三郎说他一贯运气好，抽签都是上上签，若是他赌，岂不是一定会赢？"

长桌旁的女郎娇声叱道："双数为负，单数为胜。孤注一掷，死亦无悔。请！"

原来花城根本不是亲自下场去赌，谢怜暗松了口气。那男人一阵乱抖，双手紧紧扒着赌盅，一阵猛摇，大堂里稍稍安静了些，骰子在赌盅里乱撞的声音显得愈加清脆。良久，他的动作突然停止，一片死寂。

过了许久，这男人才很慢、很慢地撬起了赌盅的一角，从缝里偷看了一眼，那双布满血丝的眼睛突然一瞪。

他猛地掀了木盅，欣喜若狂道："单！单！单！我赢了！我赢了！哈哈哈哈哈哈哈哈哈我赢了！我赢了！"

围在长桌旁的众人众鬼想看到的可不是这样的结果，均是"哼"的一声，拍桌起哄，大为不满。一名女郎笑道："恭喜。你的生意，马上便会好转了。"

那男人大笑一阵，又叫道："且慢！我还要赌。"

女郎道："这次你想要的是什么？"

那男人把脸一沉，道："我想要、我想要跟我做同一行的那几个对手，全都暴毙！"

闻言，大堂一片"啧啧"之声。那女郎掩口笑道："如果是这个的话，可比你方才所求的要更困难一些了。你不考虑求点别的？比如，让你的生意更上一层楼？"

那男人却双目赤红地嚷道："不！我就要赌这个。我就赌这个。再拿我女儿十年寿命！"

那女郎道："若求的是这个，这个筹码就不够了。"

那男人道："不够就再加。二十年寿命！"

那女郎依旧道："不够，还是不够。"

那男人喊道："还不够？那就再加！再加上……她的姻缘！"

众鬼哗然，大笑道："这个爹丧心病狂啦！卖女儿的！"

"厉害了，厉害啦！"

那女郎道："双数为负，单数为胜。孤注一掷，死亦无悔。请！"

那男人又开始哆哆嗦嗦地摇起了赌盅。他输了他女儿固然不好；但他胜了难道就真的让他同行全都暴毙？

谢怜又往前走了一步。这时，忽然一人拉住了他，竟是师青玄。他已恢复本相，小声道："太子殿下，你怎么在这儿？"

谢怜道："我随便逛逛进来的。大人你又怎么在这里？"

师青玄道："我不是说约了在鬼市最繁华的地方见吗？这鬼赌坊客流量极大，就是鬼市里最热闹的地方，可巧你也逛进来了，不用找真是太好了。"

谢怜道："你刚才去哪里了？"

师青玄道："唉，一言难尽！那群大娘小妹拖着我跑，说要给我介绍好店，我好不容易逃出来，赶紧变回来才脱身。她们把我拉到一个地方往脸上涂了很多东西，又拉又扯又拍又打的，太可怕了，你快看看我的脸，有没有怎么样？有没有什么不对劲的？"

他把脸凑到谢怜面前，谢怜仔细看了看，实话实说："好像更加白皙了。"

师青玄一听，容光焕发，一边摸脸一边道："是吗？那太好了，哈哈哈哈。哪里有镜子？哪里有镜子？"

回头，那男人还没开盅，双眼翻白念念有词。谢怜道："待会儿再找镜子吧。这人赌这种东西也行得通吗？天界不管？"

师青玄想了想，道："行得通。鬼赌坊的规矩是你情我愿，敢赌敢赔，鬼市又是花城的地盘，天界管不着啊！"

看来，花城的势力比他想象中的还要大。桌上那男人似乎终于鼓足了勇气，把赌盅打开了一条缝，结果就要揭晓了！

谁知，正在此时，突然一人抢出，一掌把那黑木赌盅拍了个粉碎。

这一掌不光打碎了赌盅，把那男人盖在赌盅上的手也拍碎了，连带整张桌子也裂了一条裂缝。那面具男捂着骨头粉碎的一只手，在地上乱滚大叫。众鬼也纷纷大叫，有的在叫好，有的在惊叫。

那人出了手，道："岂有此理，真是看不下去了。你求荣华富贵也就罢了，你求的却是别人暴毙？你要赌，有本事拿你自己的命来赌，拿你女儿的寿命和姻缘来赌？简直不配为男人，不配为人父！"

这青年剑眉星目，英气勃勃，未着华服，却不掩贵气。这不是郎千秋又是谁？

看到他，谢怜和师青玄先是因赌局被破坏大大松了一口气，随即又双双露出惨不忍睹的表情。

这时，帷幕后的花城轻笑了一声。谢怜的心也跟着一悬。

这少年和他在一起时便经常笑，到现在，谢怜已经差不多能分辨出来，什么时候他是真心，什么时候他是嘲讽，什么时候他又是动了杀心。

只听他悠悠地道："到我的场子上来闹事，你胆子倒是大得很。"

郎千秋转向那边："你就是这赌坊的主人？"

四面众鬼纷纷嗤道："你这不知天高地厚的小儿，知道自己在跟谁说话吗？这是我们城主！"

也有人冷笑："岂止这家鬼赌坊，整个鬼市都是他老人家的！"

闻言，郎千秋并无惧色，师青玄却是吃了一惊，道："我的哥，我的娘，那后边的，莫非就是那个谁？血雨探花！"

谢怜道："嗯，是他。"

师青玄道："你确定？"

谢怜道："我确定。"

师青玄道："死了死了。这下千秋怎么办？他会被做成血雨吗？咱们要不拿个盆来接接，说不定还能把浆凑起来凑成个人形……"

谢怜听他说得凄凉，道："大人你冷静一点，应该没这么惨。"

郎千秋四下望了一圈，看到还有不少双目通红丧心病狂的赌徒，忍无可忍道："这什么鬼地方，乌烟瘴气群魔乱舞，进了这种地方还会有人性吗？"

众鬼嘘声一片，道："咱们本来就不是人，要什么人性，那种玩意儿谁要谁拿去！"

花城懒洋洋地道："开赌坊，讲的是公平，要什么人性？想求公平，就来鬼赌坊，想看无耻，才去上天庭。"

此言一出，群鬼欢呼。而谢怜和师青玄听到"上天庭"，心道大事不妙。

暴露了！

郎千秋站在长桌之尾，一掌劈出，围着桌子的人人鬼鬼纷纷闪避，长桌直冲向帷幕后的红影。但见幕后人影坐姿不变，微一挥手，那长桌又往反方向冲了回去，笑道："我这地方原本就是狂欢地狱。真是天堂有路你不走，地狱无门你闯进来！"

郎千秋先是单手托住，而后换了双手，终于将那沉沉的长桌再次推了回去。

红幕后花城的影子却仍是侧着身，五指轻轻收拢，再轻轻一放。那长桌霎时裂成无数片碎木屑，朝郎千秋飞去。这些木屑带着极为凌厉的刀风，比什么暗器都要可怕！

谢怜和师青玄都不敢暴露，真要跳出来帮忙那就是一抓抓仨了，不如暗中伺机帮忙。大堂内乱作一团却没几个鬼逃跑，都盼着越乱越好，给自家城主呐喊助威。那红衣人影安坐红幕之后，手势一变，五指并拢，微微向上一抬。

这一抬，郎千秋整个人忽地悬空而起，浮在了赌坊大堂的天花板之上。

谢怜头疼地道："这下麻烦了。"

大闹赌坊的不速之客被锁住了，众鬼聚成一堆，对上方的郎千秋指指点点，哈哈大笑。郎千秋脸气得发红，暗暗使劲想挣脱那无形的缚术。底下不时有鬼跳起来想去戳他，还好花城把他悬得极高，不然可丢脸了。

花城在红幕后笑道："今天抓到这么个玩意儿，你们拿去玩儿吧。谁运气好赌到一把大的，谁就拿回去煮了吧。"

闻言，大堂内欢呼不断，尖叫不止："赌大小！赌大小吧！点数最大的，把他拿回去煮了！"

"哎呀呀，这个小哥看起来很补的样子，嘻嘻嘻嘻……"

"让你不知道在谁的地盘上闹事！"

四名面具大汉又抬进来一张新的长桌，没人理会那在地上抱首哀号打滚的男人，众人众鬼又聚在了长桌边，开始下一轮赌局。而这一次的赌注，便是悬在上空的郎千秋了。

眼看那边赌得热火朝天，师青玄在这头走来走去，急得甩手："怎么办？我们要上去把他赌回来吗？还是直接开打？"他又马上否决道，"不行，鬼赌坊里不能硬来，一切都只能以'赌'决胜负。这群妖魔鬼怪尚能守这规矩，怎么能由我们坏了？"

谢怜道："风师大人，你手气怎么样？"

师青玄道："当然是时好时坏，手气这种东西，哪有定论？"

谢怜道："有的。比如我，我就从来都没有好过。"

师青玄道："这么惨？"

谢怜沉痛地点头，道："我掷骰子，最多二点。"

师青玄眉头一皱，马上有主意了，拍腿道："不如这样，既然你最多二点，那你跟人家比，就比谁掷出来的点数最小。肯定没人能再比你小了。"

谢怜想了想，道："有道理，我试试。"

他凑到长桌旁，抓来两个骰子先试着掷了一把，心中默念："小、小、小。"掷完之后，两个人凑过来一看——两个六点！

谢怜："……"

师青玄："……"

谢怜揉着眉心道："看来，点数的大小会随着规则的改变而改变，但运气的好坏不会。"

师青玄也学着他的样子揉眉心，道："要不我们还是直接开打吧。"

这时，一名女郎靠近红幕，微微倾身。似乎听幕后之人说了些什么，她微露讶异之色，点了点头，再抬头，扬声道："请诸位静一静，城主有话。"

她一说城主有话，众鬼立即止息，安静至极。那女郎道："城主说，规则改变一下。"

众鬼纷纷道："城主就是规则！"

"城主说是什么就是什么！"

"改成什么样？"

那女郎道："城主说，他今天心情好，想陪大家玩儿两把。大家可以和他赌，赌赢的人，就可以抬走上面这个东西。无论蒸还是煮，抑或煎炸炒腌，全凭赢家处置。"

一听要和城主赌，众鬼都犹豫了。看来，花城的确是从来不下场玩儿的。有几个大胆的跃跃欲试，不过，还没有哪一个敢第一个上来。郎千秋在上方怒道："我又不是东西，你们凭什么拿我来做赌注？"

他大声说着"我又不是东西"，许多女鬼听了，发出咪咪的窃笑声，目光露骨地盯着郎千秋，猩红的舌尖扫过嘴唇，仿佛更想将他拆吃入腹了。谢怜又好笑又无奈，无声地叹了口气，站了出来，道："既然如此，那么，斗胆请与城主一试。"

闻言，红幕后的身影也顿了顿，随即，缓缓起身。

幕前的女郎笑道："那么，就请这位公子上前来吧。"

大堂之内，人人鬼鬼自动分出空地，给这位了不起的勇士腾出了一条路。

谢怜不紧不慢走上前，那女郎双手托过来一个漆黑得发亮的赌盅，道："您先请。"

她先前对待那些赌客，用的都是"你"，话虽平和，语气却不算客气，此时对他，却用了"您"，语气也十分恭顺。谢怜从她手中接过这个黑木赌盅，道了声多谢，凝眉沉思。

他几乎没怎么摸过这种东西，拿着就胡乱一阵摇，还要假装自己很在行的样子。摇着摇着，他抬头，看了一眼悬在上方的郎千秋。郎千秋也睁大了眼睛，眼巴巴地在看着他，仿佛在期待他的逆天翻盘。谢怜哭笑不得，忍住，继续摇了许久，终于停了下来。

无数双眼睛都紧紧盯着他手中这个赌盅，谢怜也觉得这小小一个赌盅变得无比沉重，不知道该用什么姿势开才是正确的。正当他准备揭晓结果时，那女郎又道："且慢。"

谢怜道："何事？"

那女郎道："城主说，您摇盅的姿势，不太对。"

谢怜一怔，心想："原来真的是有正确姿势的？难不成我以前运气不好，都是因为姿势不对？"

他虚心求教道："那请问，什么样的姿势才是正确的姿势？"

那女郎道："城主说，请您上来，他愿意教您。"

◆ 186

闻言，赌坊内众鬼发出一片咝咝抽气之声。

谢怜听到有鬼嘀嘀咕咕地道："城主要教人，这可真是破天荒，城主想干啥？"

"摇盅不就是那样摇吗？还有什么正确的姿势吗？恕我孤陋寡闻！"

谢怜也在想这个问题，那女郎已经手邀向红幕，对他道："请。"

于是，谢怜抱着那黑木赌盅，走到了红幕之前。

纱幔飘飘，红影绰绰。幕后之人，就站在对面，两人之间，只有半臂之隔。

屏息片刻，一只手分开重重红幔，从幕后探出，覆着谢怜的手背，托住了这个赌盅。

这是一只右手，细长而苍白，指节分明，第三指系着一道红线。

在漆黑光亮的木盅衬托之下，白色更加苍白，红色更显明艳。缓缓地，谢怜抬起了眼帘。

红云一般的纱幔之后，沉默不语地站着一个十八九岁的少年。

是花城，也是三郎。

依旧是衣红胜枫，肤白若雪。依旧是那张俊美异常，不可逼视的少年面容，只是轮廓更加明晰，褪了少年人的青涩，更显沉稳从容。说这是一个少年，却也能说，这是一个男人。

他眉宇间那一段狂情野气，不灭反骄。依旧是明亮如星的眸子，眸光沉沉，正目不转睛地凝视着谢怜。

只是，明亮如星的，却只有一只左眼。

一只黑色眼罩，遮住了他的右眼。

红纱幔只分开了浅浅一线。这个方位，大堂内其他人众鬼都被谢怜的身子挡住了，看不见，当然，也不敢乱看，只有谢怜才能看见幕后之人。

那只左眼凝视着谢怜，而谢怜也凝视着他，入了神。

花城这副容貌，不光是看上去像长大了几岁，身量也变得更高了。从前谢怜看他，勉强点也能平视，现在看他，却是非要扬首不可了。

对视半晌，花城缓缓地开口了。

他沉声道："你是要比大，还是要比小？"

这声音低沉悦耳，谢怜这才回过神来。横竖比大比小都一样，他答道："比大。"

花城道："好。我先来。"

谢怜左手托着黑木赌盅的底盘，右手压着上方圆形的盅盖。花城站在他对面，右手覆着他的左手，带着轻轻晃了一下，开盅。

只见底盘之上，两个骰子，一个六点，一个五点。

悬在上方的郎千秋看得清楚，见一摇就这么大，忍不住睁大了眼睛。

花城微微松开了一点手，对谢怜道："这样摇，你试试。"

谢怜便学着他的样子，摇了两下。花城却道："不对。"

虽是在说谢怜做得不对，但语气却低柔至极，耐心至极。说着，花城再次托住了他下面那只手，左手也探了出来，覆在谢怜压着盖子的右手上方，低声道："是这样。"

如此，谢怜两手的手背便都被花城的手心覆住了。

肌肤相触，温凉如玉，那对华丽精致的银护腕倒是冰冷如铁，然而，花城的动作似乎小心翼翼，没让它们碰到谢怜。他的双手带着谢怜的双手，不紧不慢地摇着黑木赌盅。

一下、两下、三下。

当当、当当、当当。

两颗骰子骨碌碌，在黑木盅里滚动，缠绵相撞，响声清脆。不过是如此微弱的震动，却震得谢怜手心手背一阵丝丝发麻。而这一丝麻意，顺着他手腕爬了上去，扩散开来。

摇着摇着，谢怜无意间抬起眼帘，扫了一眼，发现花城根本没看赌盅，却是一直在目不转睛地盯着他，唇角微翘。谢怜也忍不住对他微微一笑，随即想起还有很多人人鬼鬼在上面下面看着，立即敛了笑容，低头认真地学习花城摆弄出来的手势，道："这样吗？"

花城唇边笑意更深，道："嗯。对，是这样。"

看谢怜满怀希望地摇了几把，他又道："打开看看？"

谢怜便打了开来，只见底盘上两个白白骰子，是两个三点。

两个三点，已经是破天荒的惊人战果了，谢怜心头仿佛有春风吹过，心想："莫非我真的抓住诀窍了？"

不过，就算是战果惊人，六点还是比十一点小。他轻轻咳了一声，道："不好意思，我输了。"

花城却道："不要紧，这盘不算。我现在是在教你，再来。"

这一句出来，无论是郎千秋还是师青玄都无言以对，堂下众鬼更是目瞪口呆，纷纷犯起了嘀咕。

"我以为城主要给他好看来着，这还真是在教人啊？"

"还能这样玩儿？这把不算数，那什么时候才算数？"

"这人究竟什么来头呀！"

"看来城主今天的心情是真的很好啊……"

花城一挑左边眉，外边女郎立刻道："安静！"

大堂内瞬间又安静下来，只是虽然都不说话了，目光却更加肆无忌惮。

花城笑了笑，又在他耳边柔声鼓励道："再来？"

大概是因为赌坊内人人鬼鬼太多了，谢怜莫名觉得脸颊表皮一层有点发热，道："好。"

骨碌碌、骨碌碌，又摇了两把。这次，揭开一看，竟是两个四点。

花城道："怎么样，是不是大了一点？"

虽然觉得有点不对劲，但谢怜还是点了点头，道："是……大了一点。"

花城道："做得很好，继续。"

他这般循循善诱，但不知为何，四周传来了许多窃窃笑声，听声音，似乎都是女鬼。谢怜也搞不清楚，到底什么姿势才是正确的了。他先开始还老老实实地研究花城的手如何摆放、快慢又是如何把握，现在却只是任由花城带着，胡乱瞎摇一气了。摇着摇着，有一个念头越来越强烈，谢怜心想："三郎莫不是在哄我……"

而郎千秋在上面也看不下去了，道："你不要摇了。他肯定是在骗你啊！"

他如此耿直，师青玄再次捂住了脸。底下众鬼嘘声大起，一阵骰子雨冲郎千秋丢去，都嚷嚷道："你不要乱讲，大家正看到精彩处呢！"

"就是！你懂什么！那位道长照我们城主教的姿势来做，得到的结果一次比一次大可是实话！"

郎千秋气死了："你们这群睁眼说瞎话的乌合之众，欺负人家不懂……啊！"

他突然住口，满脸通红，原来几个女鬼狠狠拽了一下他的腰带，叱道："小弟弟莫要再吵闹了，你再胡说八道，姐姐们可要扒你裤子啦！"

若只是被暴揍一顿那也还好，但要扒裤子，不如让他去死，当下郎千秋闭嘴，但还是一脸不忍心谢怜受骗的样子。谢怜只好对花城小声道："三郎……"

听他这么喊，花城笑了一下，道："别管他。我们继续。"

"……"

谢怜无奈，托着赌盅，又摇了两把。不出所料，这一次，摇出来两个五。

见状，众鬼更乐，纷纷逗郎千秋逗得更狂，道："看到没有？越来越大啦！"

而谢怜也早发现了，这是花城在带着他玩儿呢。他有点哭笑不得，心想世界上果然根本不存在什么正确的姿势，对他这种人来说，什么姿势都是错误的，今后可以彻底放弃任何转运的念头了。他正准备自暴自弃地摇上最后一把，花城却道："等一等。"

谢怜感觉他覆着自己的手掌压得稍稍重了些，停下动作，道："怎么啦？"

花城半真半假地道："这位哥哥，你好像还没有说，输了的话，怎么办呢？"

听他叫谢怜"哥哥"，师青玄和郎千秋的表情真是一言难尽。而群鬼也都是一阵毛骨悚然，有几个更是吓得头都掉地上了。

说来也是不好意思，方才情急，谢怜的确是没想过赌注这个问题，道："这……"

他原本想的，也是押上自己十年寿命，可是，神官的寿命，那可就长了，十年根本不值钱。宝物？不存在的。法力？不存在的。一时半会儿，谢怜竟也想不出来有什么东西能押，于是，只好问赌坊的主人。他道："你觉得，我身上有什么东西，值得拿来做赌注？"

闻言，花城笑了起来。

他道："我无所谓。你身上带了什么东西？"

谢怜想了想，轻咳一声，道："实不相瞒，我这次出来，身上只带了一个没吃完的馒头。"

闻言，花城扑哧笑出了声。他笑了，其他人却是想笑不敢笑。

笑完了，花城一点头，道："行。就那个馒头吧。"

此言一出，不光群鬼，连执掌赌桌的女郎们都震惊了。

这家赌坊开张以来，出现过无数不可思议的赌注。有内脏，有寿命，有情绪，有能力，然而，什么赌注都没有今天这个不可思议：一个没吃完的馒头。

郎千秋终于忍不住了，震惊地道："所以我只值一个没吃完的馒头吗？"

群鬼嘻嘻哈哈，有人大叫道："一个馒头怎么了？便宜你了，还不快住口！"谢怜听出来了，这崩溃的声音正是躲在群鬼中的师青玄。正啼笑皆非，花城对他道："来。最后一把了，别紧张。"

谢怜道："我没有紧张。"

花城敛了一点笑容，凝练目光，轻声却坚定地道："孤注一掷，死亦无悔。"

谢怜也随着他低声道："孤注一掷，死亦无悔。"

两人仍是维持着手心覆手背的姿势，摇了几把。虽说谢怜的确是没怎么紧张，但他贴着赌盅的手心，以及贴着花城的手背，还是沁出了一层隐隐的薄汗。终于，两人动作停下，到了揭晓胜负的时刻，他轻吸一口气，打开一看——

两个骰子，两个六点！

谢怜松了口气，心知是怎么回事，抬眼去看花城。花城一挑眉，道："喔，我输了。"

他这一声认输，虽然一本正经，却是毫无诚意。堂下众鬼也是鸦雀无声。

方才还有人在下面嘀咕"这把不算数，那什么时候才算数"，现在，答案出来了：直到这位道长赢了的时候，才算数。

这放水放得也太丧心病狂了！

然而，没有一个人会对此说什么。那女郎托过黑木赌盅，高高举起，道："恭喜这位道长！这一局大获全胜！"

大家都十分给面子，纷纷嚷道："城主输也输得完美！漂亮！"

"赢的人还不是城主手把手教出来的，赢了也是城主教得好哇！"

"今天学习了正确的摇骰子的姿势，真是大开眼界哪！"

听着四周一片群魔乱舞之声，谢怜忍俊不禁。看他笑了，花城也笑了起来，拨了一下红云似的纱幔。谢怜道："既然我赢了，那请问能不能……"

花城还是盯着他，笑意不变，眼睛也不抬一下，只是随手一挥，郎千秋猛地砸了下来。那一声巨响，听得谢怜眼睛一抽，赶紧俯身去看，道："你还好吧？"

郎千秋砸得虽响，落地却不狼狈，一个翻身站起，道："没事！谢谢你。"

谢怜拍拍他后背的灰，忽然背后几声"叮叮"清响，随即，四周传来一片低低的惊呼。谢怜回头一看，原来，竟是花城终于从红纱幔之后走了出来。

之前少年形态，花城都是歪歪束着长发，此时却是黑发披散，红衣掩映，雪肤耀目，俊美之中妖气横生。右侧结了一条极细的小辫，以红珊瑚珠坠角，又带了几分俏皮。靴链是银的，护腕是银的，腰带是银的，腰间悬着一把修长纤细、弧度诡谲的弯刀，也是银的。

弯刀修长，人也修长。他抱着手臂，虚倚在半开的红纱之旁，一脸似笑非笑，道："哥哥，你赢了我。"

谢怜心知肚明方才怎么回事，无奈道："你就别笑我了。"花城要是不给他放水，他就是赌到裤子都输掉也赢不了。

花城挑眉道："没有笑你呀。怎么会笑你？"

下边群鬼兴奋至极，沸水一般翻滚个不停，激动不已，窃窃私语："城主今天怎么又换了一张皮？"

"要死啦，城主这张新皮俊得我要死了，又鲜嫩又带劲儿！"

"死什么死，你不是早就已经死了吗死婆娘！"

看来，因为花城过往从不以真容示众，频繁更换皮相，导致连鬼市群鬼都弄不清他到底长什么样，均以为这副模样也是他披的一张假皮。只有谢怜心中知道，面前的，一定就是传说中的血雨探花的真容了。

谢怜凝视着那红衣少年，道："你……"

他倒是想说点什么，可现下四周无数双眼睛都看着这边，花城态度又捉摸不透，好像认得他，又好像不认得他。谢怜也不知花城是不是有意而为之，只道："多谢你。"

郎千秋却仿佛很担心他又受骗，道："你好容易上当啊，他一直在玩弄你，你看不出来吗？"

"……"

你不要总这么直接说出来啊！

谢怜赶紧拉他："太子殿下，我们赢都赢了，还是走吧。"

"哦哦……"

谢怜最后望了花城一眼，对他点头致意，决意不再多看，推着郎千秋就往外走。没走几步，花城却在他身后道："且慢。"

闻声，谢怜驻足。群鬼也道："对对对城主，不能就这样放走他们。这两人有点可疑，我看该留下来拷问一番！"

"不错，没准是打天界来的，故意到咱们的地界上生事的呢！"

花城悠悠地道："你不把赌注留下来吗？"

谢怜微微一怔，道："赌注？我以为我已经赢了，还请城主大人指教？"

花城把玩着辫尾的红珊瑚珠，道："方才那一局，哥哥的确是赢了我，这没错。不过，不要忘了，你前面还输了一把。"

谢怜硬着头皮道："可，城主大人不是说过，那一把输了不要紧，不算数的吗？"

他越说声音越小。赌输了就不算数，赌赢了才算数，虽然谢怜最不缺的就是脸皮，但在这少年面前，他修了几百年的脸皮似乎总是不够用。花城却道："跟我赌的那几把，输了当然不算数。我说的，是你在下面赌的第一把。"

谢怜这才想起，原来，花城说的是他第一次尝试比小时，在下面掷出了两个六的那一把。他还以为混乱之中没人注意到，连他自己都忘了，谁知花城却眼观六路耳听八方，对如此细微的一节都了如指掌，还追究起来。花城道："如何？哥哥，你认吗？"

愿赌服输，还能如何？

谢怜只好点了点头，道："我认。"

花城一摊左手，道："那，就把说好的赌注给我吧。"

说好的赌注？

踌躇片刻，谢怜在袖子里摸了半天，摸出半个馒头，有点无法直视地看了一眼，硬着头皮递出去："你说的……是这个吗？"

掏出这半个馒头的时候，他只觉得这张八百年都没崩过的脸，忽然有点颤颤巍巍地挂不住。

花城笑吟吟地接过了，将它举起来看了一眼，拿在手里晃了晃，道："赌注，我收到了。"

看他当真收了，谢怜不知该说什么。半晌，才道："那个……冷的。好像，有点硬了。"

花城道："没关系。我不介意。"

谢怜道："那……我走了？"

花城道："这就要走了吗？好吧。"

他看上去还像是有些遗憾，但终归是没拦路。至于堂下群鬼，早就无话可说了。

方才他们给谢怜让道，意在围观送死，但这一回给他让道，却都是用敬畏又好奇的目光在看他了：城主第一次下场跟人赌，赌注是个没吃完的馒头，这也就算了，毕竟城主就是这么顽皮，谁知道是不是心血来潮闹着好玩儿。谁知城主居然输了！不光输了，还一本正经地找人家追讨这半个馒头。作为城主他老人家的子孙，除了安静围观，还敢多说啥？

天哪，难道这人，真是城主他老人家的亲哥哥！

虽已决意再不回头，但走了几步，谢怜还是又忍不住回瞄了一眼，恰恰撞到花城坦然的目光迎来，花城盯着他，手里拿着那半个馒头抛了一抛，低头咬了一口。

"……"

谢怜就跟人也给他咬了一口似的，差点撞翻桌子，拽着郎千秋就冲。二人发足一阵狂奔，刚闪进一条僻静小巷，师青玄马上冒了出来，折扇扇得他头发乱飞，道："好险好险，终于逃出生天，吓坏我了！"

谢怜一颗心还在怦怦跳，郎千秋道："你竟然脸都吓白了。"师青玄道："这个不是吓的！这是刚才……咳，这个是我天生的。"想到自己被大娘小妹鬼们拖去做脸也不是什么很光彩的事，他悻悻改口，正色道，"千秋，方才在赌坊你为何突然杀出来？你又不是不知道这是谁的地盘！"

郎千秋摊手道："没办法，当时太急了，不能让那赌徒打开赌盅，只好出此下策。"

师青玄道："太下策了。你差一点就化成漫天血雨，咱们都商量起上哪儿找个盆去接你呢！"

郎千秋反问道："那怎么办？我等着别人冲出去吗？"

师青玄伤脑筋地道："话是这么说……"郎千秋却已侧首打量谢怜，笑道："方才真是多谢了。你就是那位飞升了三次的太子殿下吗？厉害！"

换个人说这句话，必是嘲讽无疑。可谢怜完全相信，郎千秋一句"厉害"发自真心。他笑眯眯地道："是啊，就是我了。"

郎千秋对他果然毫无偏见，打完招呼便自然而然谈论起别人，道："方才那就是血雨探花吗？果然很强。不过，好像和传说中不太一样。"

谢怜："传说中怎样？"

郎千秋："传说中是个八岁的小孩子。"

谢怜扑哧一笑。师青玄摆手道："假皮啦！血雨探花得换了有百多张假皮吧，谁都不知道他本尊长什么样。那肯定是张画皮。"

谢怜却心想："是真的。"

郎千秋又道："不过他果然脾气古怪行事诡异，太爱玩弄人！"

谢怜险些喷了，道："好了，寒暄到此为止！别忘了我们还有公务在身。"

师青玄道："是了，公务第一。怎么查？"

谢怜道："鬼市比我想象中的大太多了，分头查。"如遇见什么鬼忌讳怎么做、遇见什么怪怎么顺着毛摸，谢怜一一详解，另二人听得连连点头。末了他道，"我不大熟悉鬼市，不知还有没有更多忌讳，大家随机应变吧。十二个时辰后在此集合。"

师青玄应了声"好"，这便兴冲冲去实践了。郎千秋也道："那我也走了。"

谢怜却叫住他："太子殿下。"

郎千秋已经走了几步，回头问："什么？"

谢怜忽然敛了笑容，郑重地向他弯下了腰。

第十一章

一赌生死五问芳心

这可把对方吓了一跳，郎千秋马上去拉他："你下什么突然拜我？"

但他一拉，心中一凛，因为他用力不小，却没能拉动谢怜半分。是以谢怜坚持行完了这个礼才直起身，道："多谢你。"

郎千秋越发迷糊了："你谢我什么？"

谢怜道："谢你超度了仙乐旧皇城的亡灵。"

郎千秋："这有什么好谢的？"

谢怜："我做不到的，你做到了，自然要谢。"

"你为什么做不到？"

"惭愧，戴罪之身，法力不够。"

郎千秋点头，道："你是有心，奈何无力。有什么好惭愧的？说句也许你不爱听的话，你所说的'旧皇城'，后来改名为苍城，已属永安国，是我的百姓。我度化他们，难道不是天经地义？"

谢怜含笑看他，道："太子殿下说的也是。"

郎千秋拍拍他肩，忽然想起谢怜算他前辈，这么做不大合礼仪，但拍都拍了，也不收手了，道："所以别放心上了。我走啦！"

望着他飞奔而去的背影，谢怜心头轻盈，也迈开了步子。

一日后，三人会合，一接头，谢怜和郎千秋无所获，只有师青玄收获颇丰，在鬼市的各种摊子上买了一大堆奇形怪状的东西。

谢怜道："我也料到没这么容易就能查到什么，看来还需深入。"

师青玄一边玩儿一个巫毒娃娃一边道："再深入，可就得去调查花城的鬼王府邸了。但那地方他根本不开放，咱们情报有限，连门都摸不到在哪儿呀。"

谢怜正要说话，忽然注意到郎千秋一直在摸索身上，脸色不太好，便问："怎么了？"

郎千秋摸了好几遍，袖子也翻过来，道："丢东西了。"

谢怜道："丢路上了？"

郎千秋想了想，脸露懊恼之色："不是……我想起来了，昨天！丢在那乌烟瘴气的赌坊里了。我回去找。"说着他就要走，师青玄抓住他道："昨天丢的，今天怎么还会在？丢了就丢了吧，大不了我赔你一个。"

郎千秋摇头道："多谢风师大人，但那东西旁人赔不了。"师青玄道："什么东西这般要紧？不说清楚可不行。我看那鬼赌坊里好多女鬼恨不得吃了你，你回去岂不是羊入虎口？"郎千秋脸先是一红，再是一黑，道："哪有这事！我要去找我的护身符。"

谢怜一怔，道："护身符？"

郎千秋："嗯。那符是我小时候用来驱邪的。"

师青玄："我以为你们这样的王公贵族都有那什么天子之气庇佑，我们这样的平头老百姓才要驱邪！"

另外两人看了一眼他这个从头到脚宝气闪瞎人眼的平头老百姓，不予置评。郎千秋道："我八字很轻。以前身体不好，老爱生病，招来了鬼怪。什么鬼怪我也不记得了，当时太小了，只记得有一阵每晚它都来，我就会听到磨牙声。"

"磨、磨牙声？"

郎千秋道："对，就在我枕头旁边磨牙。我要么就一整晚睡不着，要么就做一整晚噩梦。"

师青玄想象了一下整晚都有个声音在自己耳边嘎吱嘎吱磨牙，毛骨悚然："这是什么鬼怪？"

郎千秋道："不知道，至今还是不知道。法师也全都没法子，只叫我听到磨牙声就闭眼，千万不要睁开眼，这样还能多撑一段时间。"

师青玄道："这是什么道理？"

谢怜道："为了不让火灭掉。"

"什么火？"

谢怜道："活人有三把火。头顶一把，肩头各两把。火不灭，阳气不散，鬼

197

怪还会有所忌惮。所以民间经常有说法，不能让别人拍自己的头，头上那把火会灭，或是走夜路听到后面有人叫你绝不能回头，因为多半是有东西在等你火灭，回头一次肩上的火就灭一把，回头两次就必死无疑。让殿下听到磨牙声不要睁眼，是怕他受到过度惊吓，这样火也有可能散掉。"

总之，国主、皇后心痛难忍，御医、法师束手无策，当时年仅八岁的太子殿下便这样半死不活地熬着，能拖许久，全凭他一口气撑着。直到一日，郎千秋做了一个梦。

梦中，一个面目不清的人和他玩耍。郎千秋身体孱弱，平日不能疯玩儿，梦中却蹿上爬下，好不快活。最后，那人给了他一枚护身符，叮嘱他要随身戴着，不能取下。醒来，一枚护身符便搁在金丝玉枕边。

死马且当活马医，郎千秋人也小，不疑有诈，稀里糊涂就戴上了那枚符，也没和人说。当晚，那磨牙的鬼怪又挟阴风阵阵而来，岂料这一次，它袭到大殿外就大叫一声，竟是落荒而逃。

第二晚、第三晚依旧如此。那鬼怪在门外徘徊，咬牙切齿，就是不敢进来。如此，得了几个月的空隙，郎千秋身体渐渐好转。但那鬼怪也因此气得狂性大发，一晚，郎千秋躺在榻上，忽然听到惨叫声，坐起一看，外面甩进来一条手臂，断裂口参差不齐，竟像是被一口一口啃掉的。看衣袖，是守夜宫女的。而门上映出了一个黑影，掐着那宫女正在撕咬。

郎千秋那时也只有九岁，但拿起一柄小剑就冲了过去，隔着门一刺，那鬼怪发出一声惨叫，黑影化作黑烟，在门窗上的阴影如水墨晕散，从此再也没有出现。

师青玄哔道："嚯，看来你是遇上高人了。你可知对方尊号？"

郎千秋摇头："至今不知。"

谢怜道："这么多年了，那护身符应该早就没用了吧。真的一定要去拿？"

郎千秋道："我戴了太多年，要是丢了总觉得会发生什么不好的事，心里不踏实。"

想了又想，谢怜道："不如我们一起回去拿。"

两人都回头看他。谢怜道："不管拿不拿那枚护身符，我们都非回去不可。要找鬼王府邸，现在唯一的着手点，就是那鬼赌坊了。"

几炷香后，三人再次回到了昨日才逃出的鬼赌坊。师青玄一路都念叨着希望今日血雨探花不要在里面，但一听里边鼎沸之声，便知道那鬼市之主今日肯定又来寻消遣了。还有来来往往的鬼在议论："这可真是稀奇！城主他老人家以往都不怎么来玩儿的，怎么接连来耍了两日？"

师青玄连声道："晦气、晦气！怎么这样倒霉，不撞则已，一撞就是两次。唉，咦，我怎么觉着这联上的字比昨日更丑了？"

站在铺了软红织锦的台阶上，谢怜看了一眼，道："你的错觉吧。毕竟那字又不会变。"

岂料，话音刚落，那对联和横批上的字便抖了抖，仿佛一群长尾巴蝌蚪扭动起来。谢怜无言以对，师青玄奇道："太子殿下你看，它们像是听见了咱们的话。"

谢怜纳闷道："那就不能变好看点儿吗？"

闻言，又变了，仿佛努力想摆出一个好看点的阵势给他看，但实在力不从心，变成了更惨不忍睹的形状，谢怜看不下去了，上前道："算了、算了，你们还是原来那样子吧。原来那样子就挺好的！"

这边几人正爆笑，笑着笑着，谢怜笑容一僵，足下一顿。他看到前方台阶上，站着一个黑衣人。

那黑衣人戴着一张面具，面具上绘着一张落下泪水的伤心颜，和赌坊中来来往往的笑脸面具刚好是两极。那人回头，似乎在从头到脚打量他。谢怜与他对视片刻，心头涌上一股寒意。师青玄道："怎么了？"

谢怜定定神，道："没事。你们先在外面等等，我进去探探。"

他一掀白衣下摆，步上台阶。二人愈近，步伐愈慢。擦肩而过，谢怜把他甩在身后，心头那股寒意仍是挥之不去。

这时，那黑衣人对着赌坊内道："求见鬼市之主花城。"

这人竟直接说了花城的名字！

来头一般的客人可不敢这样，许多小鬼闻声张望起来。坊内出来一名窈窕女郎，道："城主今日不见外客。"

谢怜刚好在她说"不见外客"时到了赌坊门前，正在想是不是来的时机不巧，便见那女鬼冲他一笑，恭敬又娇媚绝伦，躬身邀请道："道长快请，等您多时了，好着急了呢！"

199

谢怜"啊"了一声，稀里糊涂便被她推进去了。那黑衣人的声音传了进来："携稀世筹码而来，请鬼市之主花城一见。"

群鬼正盯着堂而皇之进来的谢怜，好奇不已，听了那声音都道："再稀世的宝贝到了咱们城主这里也不过是个搁靴子的命，说不见就不见，走吧走吧！"

谢怜一路被无数双手推进大厅，花城就坐在长桌尽头，是整个赌坊里唯一坐着的人，第二张椅子摆在谢怜身后。花城看着他，歪了歪头，道："这位哥哥，今天又来玩儿了？"

他神色俏皮，谢怜忍不住浅浅一笑，还没说话，一名女郎便双手给他送上了一枚小小护身符。白符金穗，似是手工制作的，手艺花纹都粗陋得很，边角早已磨损。

谢怜奇道："你怎么知道我会回来拿这个？"

花城笑眯眯地道："哥哥的什么我不知道呢？"

正在此时，赌坊大门外的那黑衣人又开口了。

他道："我的筹码，鬼市之主一定想要。它是当世排名第一的邪兵，一把诅咒之刃！"

立即有鬼呸道："胡吹什么，当世排名第一的诅咒之刃是我们城主他老人家的刀！怎么就成你的筹码了？"

谢怜哭笑不得：你们怎么回事，"诅咒之刃"这种名声很好听吗，怎么还争起这个来了？

但谢怜已看出来者不善，望向门外。花城似乎兴趣不大，只懒洋洋地摆了摆手，赌坊女郎会意，道："那就看看你的筹码吧。"

那黑衣人站在门口，抬手一掷。一道黑风从众鬼上方掠过，钉在了赌坊墙上。那东西被重重封禁符缠得密不透风，仍有肉眼可见的戾气溢出。

那是一把剑！

花城眯了眯眼。不光坊内群鬼如寒风过境噤声，谢怜也定在了原地。

那黑衣人道："绝剑芳心，花城主可曾听闻？"

与此同时，剑上封符自行脱落，锋芒尽出！

这把剑通体如黑玉锻造，深沉森然，光滑胜镜，若有人在，剑身上能映出清晰倒影。唯有剑心一道细细银白贯穿，宛如一线芳心。

黑衣人道："相传，有数十位皇族死于它刃下。据说，它还沾染过更宝贵的鲜血。"

比皇族血还宝贵的血，那岂不是只有……神血？

群鬼都被这剑散发的不祥气息激得倒退出一圈空白，极为不安。而那黑衣人一路将它带来，居然稳如泰山，绝非等闲之辈。他道："听闻鬼市之主爱好收集天下名兵，对这把绝剑芳心更是搜寻多年。这筹码，够不够资格一赌？"

花城目光沉沉，笑意不减，道："你想赌什么？"

那黑衣人道："赌这绝剑芳心，和你的弯刀厄命比，谁的邪气更重。"

花城又道："你想怎么赌？"

那黑衣人道："你我皆以手中兵刃攻击对方，不闪不避，先败者，即输！"

谢怜听到四面八方传来各色各式的磨牙声。

有鬼道："这个赌法有毒吧？你砍我、我砍你，看谁先把对方砍得撑不住，谁的兵器就更邪，是这个意思吗？"

真是简单粗暴。赌坊女郎道："你可想好了，要攻击你的，可是弯刀厄命！你根本撑不了几招。"

黑衣人道："没关系。我更好奇，在绝剑芳心的攻击下，花城主又能撑多少招！"

群鬼一听，大为不忿，纷纷道："凭什么要答应你这种荒唐的要求？""是啊，不会答应你的！"可只有谢怜看出来了，花城虽在笑，眼中却殊无笑意。

看来，花城对这把剑，志在必得！

谢怜不禁暗暗心惊：难不成真要让这剑去砍他？

花城哈哈一笑，一举手。赌坊女郎得令，曼声道："为赢芳心，何惧豪赌？城主答……"

眼看就要成立赌局，情急之下，谢怜脱口道："且慢！"

群鬼纷纷扭头望他。花城目光也是一凝，坐了起来。谢怜握了握拳，走到芳心之侧，对那黑衣人道："抱歉打扰阁下雅兴。但我想，花城主是不会和你赌的。"

那黑衣人道："哦？为何不会？"

谢怜笑道："因为这根本就不是什么绝剑芳心，只是一把普通的剑啊。"

有鬼道："嘎！这位道长你冷静一点看清楚再说，这剑一点都不普通，它多吓人呀！"

谢怜却道："是吗？"

说着他便伸手握住了剑柄。群鬼大骇："不要乱碰，会死人的！"

许多鬼捂了眼、抱了头，谁知，好半晌也没听到预料中的惨叫，又悄悄睁眼，却见"芳心"已被谢怜拔出握在手中。持剑的人一脸平静。

群鬼大是诧异。

这怎可能？刚才这剑明明黑气缠绕，邪得用肉眼都能看见啊！

谢怜泰然自若道："方才的邪气，不过是障眼法。"

赌坊女郎不确定地道："可我们一靠近这把剑，确实觉得阴冷无比……"

"鬼市常年不见日光，夜露深寒，自然冷。多穿点衣服，多喝热水就好。"

"……"

谢怜道："总之，这把剑当真不是什么绝世邪兵，不信，各位来亲自摸一摸？"说着就把手中长剑递出。群鬼先是避之不及，有大着胆子的小鬼一根手指碰了一下剑刃。没事？

这下，大家胆子都大了，开始将长剑传来传去，摸来摸去——完全没事！

也有鬼怀疑："该不会是你方才动了什么手脚吧？"

马上有鬼反驳："真要是那么厉害的邪剑，就算是神官也会被排斥的，怎会有人碰一下邪气就散光了？除非它肯听这人的话，不然肯定是障眼法啊！"

谢怜马上赞道："英明！所以，此剑根本无法与花城主的弯刀厄命相提并论，花城主又怎会与你赌呢？"

这话群鬼爱听，但凡赞美城主的都是自己人，于是蜂拥而上："说得好！""就是嘛！"谢怜一下子就被乌七八糟的一群妖魔鬼怪簇拥起来了。见状，那黑衣人也起身了。赌坊女郎道："阁下这是？"

黑衣人道："既然阁下认定此剑并非芳心，想来也没什么必要赌了。"

花城这才终于把视线慢悠悠地从谢怜身上收回，道："谁说的？"

那黑衣人走到一半便被拦住去路，道："花城主还有指教？"

花城微微一笑，道："这里是谁的地盘？"

黑衣人道："你的。"

花城道："那么，赌不赌，当然我说了算。"

黑衣人道："鬼市之主还想赌什么？"

"啪"的一声，花城将他腰间那把修长的银色弯刀压在了赌桌上。

弯刀刀柄也绶着银色的细链子，此外，还雕着一只银眼。这只眼闭着，似乎正在安眠，银线妖媚狭长，透露着一股诡异的邪气。谢怜不禁注目，心道："这就是当今三界第一邪兵，诅咒之锋、不祥之刃，弯刀厄命？"

花城一字一句，轻声道："我赌，下一刻，你就会粉身碎骨。"

话音刚落，那只安眠的银眼突然睁开，露出一只红宝石般的瞳珠，发出妖异狰狞的红光。

那黑衣人急速向后飞跃，但已经迟了。只听一声巨响，下一刻，他整个人就炸成了碎片！

碎片纷纷扬扬，犹如鸦羽。花城动都没动一下，只随意一挥手，拒绝了一片颤颤巍巍即将落在他肩头的鸦羽。

弯刀厄命，根本没有出鞘，仅仅是开眼，那黑衣人便真如花城所言，粉身碎骨了！

赌坊女郎朗声道："此人谎报筹码价值，违反赌坊铁则，现城主已将其处罚，请大家不必在意，继续玩乐便是！"

谢怜接了空中一片碎片，正仔细查看，忽然一只手放到他肩上，一个声音在他身后响起："太子殿下，符拿到了没？"

师青玄不知何时挤到了他身边，谢怜道："风师大人，你怎么进来了？我不是让你们在外面等吗？"

师青玄却道："早进来了！你半天没出来，我们当然要来看看。"

闻言，谢怜心一悬，道："早进来了？千秋也进来了？"

"是啊，他不就在那边？"

果然，郎千秋就站在不远处，正盯着他手中的芳心，脸色极其古怪。谢怜一侧身，低声道："你们什么时候进来的？"

师青玄道："你拔剑那会儿我们就在了。太子殿下，厉害呀！你要不说，我都没看出那邪气是障眼法呢。"

谢怜正拿着芳心不知该往哪里放，手上却一轻，原来是一名赌坊女郎双手接过了他手中沉甸甸的长剑，笑道："这把剑已经是我们城主大人的战利品啦，有劳道长。"

群鬼并不在乎方才的骚乱，每天来鬼市砸场子的他们早已见怪不怪，重新玩乐起来。三人赶紧躲到角落，谢怜若无其事地把护身符递给郎千秋，师青玄道："太子殿下，鬼赌坊里不分白天黑夜全都挤满人人鬼鬼，怎么深入调查？"

谢怜道:"不难。我引开所有人注意,你们趁机去调查。"

师青玄:"你怎么引开注意?"

谢怜转向花城。那边一手托腮,正好整以暇地看着他,仿佛等候多时了,是以一看他望过来,便笑眯眯地道:"这位哥哥,可还有事?"

谢怜道:"有。斗胆请问城主,可否赏脸,再与我赌上一局?"

师青玄惊了:"这就是你想到的办法?"

谢怜:"不好吗?"

师青玄竖起大拇指,道:"好极了。花城一开赌,谁还有空去注意别的?只是你真是个勇士啊太子殿下,你不怕输得裤子都没的穿吗?"

这次,谢怜却颇有信心,道:"未必。"

赌坊女郎道:"不知这位道长想要与我们城主大人赌些什么,是金山银海,还是百年法力?是十次好运,还是一片福地?"

谢怜道:"不必。世间万物,皆非我所求。我只想请花城主,陪我一夜。"

此言一出,花城似乎愣了一下,眨了眨眼。

不光是他,整个赌坊空气也凝结了,连赌坊女郎们脚底都齐齐打了个滑,险些跪倒一片。

好半晌,才有鬼喃喃道:"他知道自己在说什么吗……胆子也太大了吧嘎!"

而花城终于扑哧一下,笑了出来。

他一笑,四周也是一片花枝乱颤,谢怜感觉自己被排山倒海的诡异目光淹没,终于发现他原本正直无比的意图似乎被扭曲了,忙解释道:"等等!我的意思,只是想请花城主做一回东道主,带我一览鬼市全貌罢了。我不会提任何过分要求的……真的不是!"但这时候哪里有人肯听。师青玄一手捂脸,一手拍他肩,道:"你还是别解释了。越描越黑!"

谢怜也不知该不该捂脸,刚才好不容易找回的信心都要被打垮了,道:"我真的没有别的意思……"

师青玄道:"我知道。但是听上去真的很……"

那边,花城好容易才止住笑,抱着手臂一点头,道:"行。"

见他答应,赌坊又迅速安静下来。花城一手把玩着小辫子尾那颗红珊瑚珠,道:"不过,这位哥哥所求之物甚重,我也是第一次。相应地,你要拿出的赌注也不能随意。"

谢怜松了口气，又觉得他这一面眼帘轻垂、一面又要看他的样子实在很可爱，果然还是个少年，微笑道："自然不能随意。"

花城道："可是，有件小事需要提醒一下。哥哥身上剩下的最后一样东西，昨日已经输给我了。"

就是那半个已经被花城吃掉的馒头。

谢怜汗颜，道："是呢。还请等一等，我再找找。"

可他能找出什么？看他实在为难，有鬼道："我说道长，要实在没东西，你拿衣服做赌注，输一场脱一件就不行了？"

四面哄笑，花城却眉峰一冷，轻喝道："闭嘴！"

群鬼不知他为何突然愠怒，连忙闭嘴再不敢起哄。忽然，一个眼尖的女郎道："道长，你脖子上戴的是什么呀？"

谢怜一摸，摸到一条细细的银链子，道："这个吗？"

银链子下吊着一枚指环，被谢怜拽出，赌坊内众女鬼都屏住了声息。

那晶莹剔透的璀璨光芒似是迷了所有人的眼，就连执掌赌桌、见多识广的赌坊女郎都惊叹道："瞧着是个很了不得的宝贝呀。"

这正是花城留给他的那枚指环。谢怜向馈赠者望去，而花城也正在看他，露出意味不明的微笑，慢条斯理地道："如何？这位哥哥，要赌上这枚指环，与我一决胜负吗？"

谢怜想了想，却把指环放回了衣内，道："不能。"

花城挑眉道："哦？为何不能？"

谢怜道："此物太过贵重，不可随意处置。"

花城道："给了你的便是你的，如何不可随意处置？"

谢怜认真地道："那就更不能了。这种礼物我不收则已，我若收了，当然要珍重才对得起这份心意，怎可拿来做赌注，挥霍轻慢？"

闻言，花城低头笑了。

群鬼也对他表示理解，道："毕竟是这样的宝贝。"但群鬼又道，"这也不行，那也不行，那你还剩什么呢？"

谢怜已经把浑身上下都摸遍了，无奈道："好像……只剩一个我了。"

花城抬了头，道："好。"

谢怜眨眨眼，道："什么？"

花城抱起手臂，目不转睛地凝视着他，重复了一次，道："你。"

就赌你。

群鬼立即拍手："妙、妙、妙，就赌你！输了就卖身过来，给城主他老人家洗衣叠被、端茶送水！"

师青玄大惊，小声道："太子殿下！你可别答应，这赌没有赢面的！"

谢怜却早已掷地有声道："好，我赌！"

师青玄脸都青了。谢怜低声道："没事，这次我不一定输。这里交给我，你们快去探查，回头再想办法接应我。"

师青玄见已成定局，一脸悲壮地道："那……太子殿下，你多保重！你放心，我哥很有钱的，万一你把自己给输了，我找他要钱，肯定能把你赎回来的！"说完他便拉上郎千秋，趁鬼不备，左钻右钻消失了。

谢怜轻出一口气，又道："不过，赌法和规则都由我来定，可以吗？"

花城早已在谢怜对面坐下，好一副公平公正、可亲可敬的东道主气派，道："请！你想怎么赌？"

谢怜一振衣摆，随之坐下，道："隔空猜物。如何？"

花城拍了两下手，便有女郎袅袅娜娜托上来一个乌黑光亮的赌盅。谢怜点头，道："有劳城主大人在此之内置物。"

花城笑道："举手之劳，只待道长。"

谢怜手掌覆上那赌盅，道："城主大人可以问我五个问题。"

花城道："五局三胜？"

谢怜道："五局三胜。你问我答。答中即我胜，不中则你胜。除了不能打开赌盅看，不限制我的试探方法。但这五个问题里，必须有生死、方圆、红白、明暗四个问题。剩下最后一个问题，随城主大人之意。如何？"

花城莞尔："孤注一掷，死亦无悔。哥哥来便是。"

不知何时，赌坊内聚集的人人鬼鬼更多了，原本宽敞到可容纳千人有余的大厅隐有千里堤决之势，甚至赌坊大门也是里三层外三层，比原先人头还密集三五倍。空中好多长长的鬼脖子伸着，好多鬼大头飘着，站在前排的帮忙拿着挤不进来的同伴的眼球，却无人吵嚷。

谢怜一手压在赌盅上，全神贯注地盯着它，自然没注意外界情形，当然也就更不会知道，鬼赌坊内这一场即将开始的赌局，已经传到上天庭去了。

此时，上天庭正有一场小宴，大大小小神官到了不少位，觥筹交错间，灵文忽然道："各位麻烦看看银镜。"

宴厅内设有几面琉璃银镜，是供宴酣之乐无聊时看外界找乐子用的。裴茗道："有什么好看的吗？"

只见琉璃银镜里呈现出的是一片艳丽夺目的大红，以及黑压压的人群鬼群，众神都围了过去："这是什么？这是……鬼赌坊！"

千真万确。而且虽然他们都不知道花城到底长什么样子，也看不清首席那红衣男子的身影，但所有人都莫名坚信——毫无疑问，这就是血雨探花！

于是大家便呼啦一下全围过去了："这镜子能不能再拉近一点？这么远，看不到花城了！"

"他这是在跟谁赌吗？他不是从不下场吗？"

"你们为什么这么了解血雨探花的习惯啊……"

慕情一进宴厅就见了这么一圈热火朝天，蹙眉道："怎么回事？鬼市不是设了禁制，不允许外界窥视的吗？"

灵文道："我也不知为何，方才突然就能看到了。看吗？"

众神官全道："看！等等，血雨探花对面是谁在和他赌？"

银镜位置不太巧，从这一角只能看到那是个白衣人，正襟危坐，一手负于身后，一手压在乌黑的赌盅上，五指和手腕都极为白净。他道："城主大人，请开局吧。"

风信和慕情都脱口道："太子殿下！"

慕情一把就把挡在前面的神官全拨开了，也不管别人有没有意见，站在银镜前道："他怎么去鬼赌坊了？这是要和花城赌？他疯了？没记错的话，我好像从没听说花城输过！"

灵文却道："记错了。花城好像昨天才刚输了一场。"

"什么？这混世魔王输了？不可能！怎么输的？输给谁了？"

背后声音太多，灵文回头一看，也惊了："怎么这么多人？你们为什么都来了？"

鬼赌坊里，花城含笑道："如你所愿。"

他站起身来，离开首席，慢慢走到谢怜身边，问出了第一个问题。他道："敢问哥哥，盅内之物，是生是死？"

众神官听到"哥哥"二字，俱是悚然："什么？花城叫什么？再叫一遍？"

风信受不了了："你们就不能关心一下赌局吗？都不知道输了会怎么样！"

鬼赌坊内，谢怜翻出一张符，探到赌盅边。那符倏地无火自燃，谢怜微笑道："答城主——此物为死。"

花城也是微微一笑，道："这局是哥哥赢了。"

赌坊女郎上前来，打开木盅，盅内飞出一只荧光淡淡的银蝶，绕着谢怜翩翩飞了两圈，栖回花城肩头。

众神官蒙道："怎么就赢了？"

只有灵文通过嘈杂的围观声弄清了赌局的规则，几句解释后，道："太子殿下的规则设置得巧，那符是燃阴符，遇死魂阴气则燃烧，他是通过这个判断的，判对了。"

众人先是叹，原来有这种应对办法，又疑："可如果花城在赌盅里放一块石头又怎么办？这也算是死物，燃阴符可试不出来。"

灵文道："天界鬼界但凡提到'生死'，自然是说生灵的生死。在此做文章不过是小聪明，想必血雨探花是不屑于玩这种文字游戏的。"

那边，谢怜道："第二局，请。"

赌盅重新合上，花城左手轻轻一拂，众人便知里面换上了新的东西。第二问，花城道："敢问哥哥，盅内之物，是白是红？"

难道还有符咒能试出颜色？

并没有。谢怜却依旧从容，笑容不变，只是压在赌盅上的手微微用力，须臾，道："答城主——此物为红。"

话音落地，赌坊内众鬼和镜前众神官全都看到了诡异的一幕：谢怜掌下赌盅微微震颤，下方缝隙漏出丝丝白烟。靠得近的小鬼都不由自主后退了。

花城凝视他片刻，轻笑一声，道："哥哥厉害。这一局，你又赢了。"

谢怜这才放开手，对他一点头，道："承让。"

有神官奇道："这又怎么算？"

有几只胆大的恶鬼好奇方才那震颤是怎么回事，飘上去想摸摸赌盅。谁知，手才碰到便猛地缩回，大惊："这盅怎么滚烫烫的？烫活我了！"

慕情轻哼一声，道："他以掌力对盅内事物加热，热到极热，无论里面是什么东西，都会被烧成赤红色……答红色当然绝不会错。"

果然，赌坊女郎上来揭盅，看清里面的东西后，群鬼"喔喔"惊叹。只见里面是一片红得透亮的叶子，散发着丝丝灼热白气。看来这原本是一片银叶。

有神官道："但如果里面放的是一张白纸呢？这种东西承受不住热力，自然也就变不成红色。"

慕情却道："如果是白纸这类轻薄物件更好办。那就会被他掌力烧成灰烬，里面什么东西都没有，这局必然不算数。"

这时，花城走到了谢怜身后，问出了第三个问题。他道："敢问哥哥，盅内之物，是圆是方？"

谢怜道："答城主——此物为圆。"

他手掌之下，那赌盅又开始震颤起来，且咚咚咚咚，仿佛一个坚硬的东西在盅内疯狂横冲直撞，声响之激烈，令人色变。这次，所有人都明白了："他是在用掌力催动盅内空气震动，让里面的东西飞速旋转，不是圆的也能被削成圆的！"

风信面有喜色，道："五局三胜，只要这局赢了就稳了！"

谁知，花城微一弯腰，左手也放到木盅上，道："哦？是吗？这位哥哥确定？"

两人的手都按在盅上，视线胶着。谢怜道："我确定。"

他手下震动更为剧烈，但撞击声却变微弱了。慕情道："这次恐怕不管用了。花城知道他想干什么，现在那木盅里有两股掌力纠缠相撞，力道相互缓冲，盅里的东西肯定削不圆了。再斗下去，盅迟早要裂。"

果然，片刻之后，谢怜先撒了手，道："这一局，我输了。"

花城也放开了手，道："哥哥承让。"

赌坊女郎上前揭盅。只见里面的是两个骰子，但很勉强才能看出是骰子，因为它们已经被二人掌力震得不成原形了。不过，有棱有角，依然算是方的。

观战者见差一点点就能稳胜，未免可惜，但也对接下来一局更为紧张期待。至此，所有人都看出，这赌局根本不是在赌运气，而是双方在暗暗斗法！

第四问，花城不紧不慢地道："敢问哥哥，盅内之物，是明是暗？"

谢怜在木盅边打了个清脆的响指，道："答城主——此物为明。"

这个问题最简单了！不管里面是什么，谢怜只要打个掌心焰，点着里面的东西，那不就铁定是"明"了？四局三胜，稳赢。谁知，花城笑眯眯地道："哥哥，这一局，你又输了。"

谢怜微微蹙眉，道："输了？"

他并未感觉到花城熄灭他的火焰，输了又是从何说来？

赌坊女郎上前开盅，只见里面的东西是一盏小小明灯，一点烛火在灯上跳跃，正是谢怜方才施法点燃的。谢怜不解："烛火为明，城主方才为何认定我输？"

花城也打了个响指。只是，他这一声清响之后，点燃的不是一星烛火。

一盏接一盏的落地连枝灯争先恐后地送光明，蔓延出去。霎时间，整个鬼赌坊、整个鬼市都亮如白昼、亮彻夜空。外面传来阵阵惊叹，更热闹了。想必是原本蒙头大睡的妖魔鬼怪也终于按捺不住出来看稀奇了。

在这连天的煌煌灯火之前，赌盅内那一点小小烛火，实在算不得"明"。花城笑吟吟看着他，道："哥哥，这一局判你输，可还服气？"

谢怜环顾四周，缓缓收回目光，微笑道："千灯照耀之景，美不胜收。怜心服口服。"

花城微微眯眼，伸手在那盏小小明灯上一拂，把谢怜点燃的一星烛火托在指尖，收入掌心，笑道："第五问。"

四局下来，胜负对半，最后一局，便是关键！

最后一个问题可以由花城任意选择。万一他选了是苦是甜之类的问题，谢怜就不好判断了。是以赌坊里、银镜前，无人不屏息凝神。只听花城悠悠问来："敢问哥哥，盅内之物，是死是活？"

谢怜一怔，心想："这个问题不是早就问过了吗？"只要再一次用符试探，他岂不是赢定了？

他又翻出一张燃阴符，送到赌盅边。片刻后，他抬头凝望花城，迟迟不下决断。

旁人见他不动，都在着急。燃阴符没动静，说明是活物了。但为何他还不说答案？莫非觉察出有陷阱？会是什么陷阱？

两人在千盏明灯环绕之中对视，花城笑容中透着几分邪气，道："怎么了？哥哥，还不说答案吗？"

好半晌，谢怜才道："答城主——此物为死。"

观战者尽皆愕然:"怎么会答死?"

有人好心提醒:"口误了吗?燃阴符不烧,说明盅里没有死魂,里面的东西是活的呀!"

花城笑意更深:"哥哥,不悔?"

谢怜缓缓点头:"不悔。"

得到答案,花城低低笑出了声,单手挥开了赌盅。

在那里面的,果然是"生"——一枝娇艳欲滴、怒放的红花。

众人原本还抱着最后会有所反转的心思,这下都哀叹可惜:"果然答错了!"

虽是输了,谢怜也无遗憾之色,而是笑道:"花下死,心犹香。"

上天庭,银镜前众神官都跺脚道:"怎么就输了?明明稳赢的!"

正捶胸顿足着,银镜画面倏地消失了。登时哀叫一片:"还没看完呢,别关呀!"

可是,鬼市的禁制又毫不客气地关上了。

鬼赌坊内,花城抱起手臂,道:"这位哥哥,五局三胜,我赢了。"

谢怜道:"没错。"

花城道:"所以,只好请哥哥跟我走一趟了。"

人群中闪出来一个黑衣人。那黑衣人戴着一张鬼面,鬼面神情有趣,似乎是个无奈的苦笑。群鬼道:"下弦月使来啦!"

这鬼使一见谢怜便躬身行礼,道:"这位贵人,请随我来。"

谢怜点头,走了两步,又去看花城,奇怪道:"你不走吗?"

他脱口而出,一旁女鬼们哧哧娇笑。谢怜这才发觉这话莫名显得他片刻离不得花城、好心急似的,又恨不得一巴掌把自己拍进地里。花城笑道:"委屈哥哥在极乐坊稍候片刻了,我马上就来。"

谢怜真待不下去了,捂着头跟上那鬼使,在分开的路上落荒而逃。没哪只鬼敢再起哄,只是一双双眼瞪如铜铃。

极乐坊?那可是城主的暖被窝,从来不请别人进去的呀!

离开了热闹的鬼市中心,谢怜总觉得那下弦月使走着走着就要隐没在黑暗中,自觉跟得更紧。而当他无意间扫过那鬼使的手腕时,忽然发现,这人手腕上,有一道黑色的咒圈。

211

这个东西，他是再熟悉不过的了。

咒枷！

这是个神官？

忽听那鬼使道："殿下，到了。"

谢怜抬头，这才发现那鬼使居然消失了，存在感稀薄到令人震惊。而他被领到了一片湖泊之前。许多幽幽的鬼火在水面上追逐打闹，水边矗立着一座金碧辉煌的红色高楼，华丽妖艳，连楼上"极乐坊"三个大字都透着一股妖气。

第十二章

极乐坊见君赴极乐

风中传来奇异的歌声，旖旎如嬉闹，缥缈如虚风。

循着歌声，谢怜走了进去，一手撩起珠帘叮当，一阵温暖的香风扑面而来。他微微侧首，似要避过这阵靡靡之气。

极乐坊的大殿之上铺着厚厚一层红毯，女郎们赤着雪白的双足在恣意旋转，仿佛朵朵带毒刺的玫瑰在深夜绽放。她们转过谢怜面前时都会向他颇为挑逗地送出眼波。但瞥一眼，天顶上的琉璃镜却映出了她们真身——一具具身披破烂纱衣、枯发蓬乱的骷髅。

红粉骷髅。

这种女鬼是风尘女子无人收敛的尸骨所化，生前为别人歌舞，只有死后才只为自己歌舞。深夜若有行人闯入，恐怕还没沉溺一会儿温柔乡便要被活活吓死。

大殿之末是一条长榻，不知什么妖兽的皮毛铺了完整的一张，可容十余人并卧，却只坐了一个红衣人，正是花城。

无数美艳女郎在他面前载歌载舞，他却眼皮都不抬一下，只盯着自己眼前一座金灿灿的小宫殿。忽地，他粲然一笑，在小金殿上方轻轻一弹——哗啦啦，整座金殿都倒塌了。

金箔散了一地。花城却愉悦得像一个把积木玩具推倒的小孩子。他把心不在焉玩儿着的那片金箔随手一丢，跳下了榻。女郎们迅速向两边退开，掩口不歌。花城则负手踩着一地金灿灿的碎片向他走来，道："既然到了，哥哥为何一直不上前来？莫不是只离开了几天就和三郎生分了？"

谢怜放下珠帘，道："方才在赌坊，可是三郎先装作不认识我的。"

花城已经走到了他身边，道："哥哥的天界同侪也在场，我只好敷衍敷衍，做做样子了。"

　　果然，他们一行三人鸡飞狗跳，早被花城看透了。但花城还是随他们闹，真是体贴得没话说。花城道："哥哥这次，是特地来看我的吗？"

　　这次不是。谢怜不想在这个问题上骗他。好在，花城也根本没在等他的回答。花城微微一笑，道："不管你是不是来看我的，我都开心。"

　　谢怜一怔，两旁掩口的红粉骷髅们发出了一阵嘻嘻娇笑。花城扫了她们一眼，女郎们捧了脸，佯装惊吓地小小尖叫一声，顷刻化为溃散的红烟刮了出去。偌大一座华殿，只剩下两人。花城微一偏头，道："到这边来坐。"

　　二人并行到榻边，谢怜上下打量花城。他竟是又换了一身衣服，白色中衣，领口微敞，红衣在外滑落肩头，较之前那身更为随意，也更为华丽，仿佛是在家中闲适小憩所穿的。

　　他打量得太久，花城道："哥哥看我做什么？"
　　谢怜道："所以，之前你不肯给我看的真容就是这个？"
　　花城的肩膀似乎僵了一下。谢怜道："好极了。"
　　花城道："哪里好？"
　　谢怜叹道："你上次说得么吓人，我都做好你真的青面獠牙、丑如夜叉的准备了，可瞧你这模样，无非就是大了一点、高了一点嘛。"
　　花城笑笑。谢怜接着道："从来没有人见过血雨探花的真容，而我们初见便是坦诚相待，不好吗？而且，我看其他人都认定你这也是一张假皮，只有我知道这是真容，怀揣一个如此了不得的秘密，不好吗？"
　　花城笑意更深，神色恢复如常，半真半假地道："哥哥好会说话啊。"
　　谢怜坦然道："不是会说话，是因为你真的好看啊。"
　　花城竟是一愣，侧首片刻才转回来，道："哥哥，取笑我！"
　　谢怜认真地道："没有取笑。花城主风采卓绝，技艺超群，在下是甘拜下风。"想起那日菩荠观夜话时，花城似乎觉得男人的相貌很重要，谢怜当然要使劲儿夸他，好让他不要自我怀疑。

　　说到"风采卓绝"，花城目光闪动，说到"技艺超群"，他却一本正经地道："提到这个，我便要说了。哥哥你忘了这个。"

　　他手中不知何时又出现了那枝娇艳欲滴的红花，递了过来。花城道："哥哥有意相让,是对我有何误解?难道我会弄死它吗?"

谢怜接过花,微感诧异。花城竟是看穿了他的想法。

谢怜也是到最后一问才发觉问题不妥。符燃不燃,的确可以判断盅内事物生死。但如果答"生",要把里面的东西当场弄死,也很容易。如果盅里的东西是小兔、小妖甚至人的生灵,那这赌局就不好玩儿了。

谢怜摇摇头,道:"并非担心。我当然知道你不会这么做。我只是觉得,还是不要给别人做这种选择的机会了。"

四下望望,他站起身道:"路上听说极乐坊是花城主的暖被窝,所以三郎是把我带到了寻欢作乐的烟花之地吗?"

花城却睁大了眼,道:"哥哥这说的是什么话,我可是从来不去烟花之地的。"

他一副仿佛被人冤枉了清白的语气,谢怜有意逗他:"什么,原来你不去的吗?"

花城仰脸看他,道:"哥哥,我长了一张会让你那么想的脸吗?"

谢怜这才笑道:"你不去很好,洁身自好,修身养性,今后也不要去。"

花城状似很乖巧地道:"谨遵哥哥教诲。"

谢怜正满意点头,忽觉一丝异动,原来是花城腰间那把弯刀突然银眼大开,骨碌碌转了一圈。花城低头看了一眼,道:"哥哥,失陪片刻。"

谢怜道:"出事了?我也去看看?"

花城却轻轻把他按了回去,道:"没什么,废物捣乱罢了。既然来了我的地方,哥哥玩儿着就好,有什么事就叫人,没谁敢不听,我去去就回。"

说完,他转身朝外走去,似乎因为被扰了兴致而不高兴,远远一挥手,珠帘噼里啪啦向两边分开。待他出去了,满帘的珠玉又噼里啪啦合拢,摔得一片清脆乱雨纷飞。

谢怜在妖兽皮毛上坐了一会儿就离开大厅,在极乐坊里转了起来。他们已把鬼市外围搜了一圈,剩下最后可能藏匿神官的地方,就只有这里了。朱红的走廊纵横交错,空无一人。谢怜一阵乱走,忽见一个黑色背影一闪而过。

下弦月使!

他行色匆匆,必不是在闲逛。谢怜立马跟了上去。

跟了一阵,那鬼使七弯八转,谢怜始终无声无息幽灵一样地跟在他身后

215

三四丈。二人转入一条长廊，尽头一扇华丽的大门，下弦月使来到门前，忽然一回头。

但他没看到什么，因为谢怜已经在他头顶上了。

大门边有一尊仕女像，婀娜多姿，手里托着一只玉盘。下弦月使不先开门，只往那盘里丢了什么东西。只听"叮当"两声脆响，谢怜暗暗猜测："骰子？"

这声音他听了一天，只怕很久都要在他耳边响个不停了。果不其然，那鬼使移开手，盘里的正是两个骰子，两个都是鲜红的六点。

那门突然自行打开，下弦月使收了骰子便进去了。

谢怜像一张纸片一样飘到地上。照理说，这屋子不大，在里面做什么都会传出动静。但那鬼使关门进去后，没有半点声息。谢怜果断举手一推。

果然，屋里空无一人，陈设一目了然，不可能别有洞天。谢怜若有所思地望向一旁这座仕女像。

看来，这屋子是上了锁的。不过不是真锁，而是一道法术锁。

要开锁就需要钥匙。打开这扇门的钥匙，就是要用骰子抛出两个"六"。

可这才是最难的。对他来说，根本是绝对不可能的事！

忽然，远远传来一个声音："哥哥，你可叫我好找。"

谢怜猛地转身。迎面走来一个身形颀长的红衣人，腰悬一把修长的银色弯刀，弯刀和靴子上的银链子走起路来叮叮当当，争相闪耀，极为嚣张。正是花城。他抱着手臂，边走边道："怎么到这儿来了？"

谢怜道："我……找你啊。但你家太大，走错路了。"

花城纠正道："居所，不是家。这地方是我修着玩儿的，有空来晃晃，没空不管。"

谢怜决定忽略他那句"修着玩儿"，道："居所和家，有什么区别吗？"

花城道："当然有。家里有家人。"

谢怜心中微动。如果一定要有"家人"才能算作"家"，那他已经八百多年都无家可归了。虽然花城脸上并无寂寥落寞之色，但谢怜仍是微生同病相怜之意。又听花城道："这破地方除了空有华丽，还有什么？哥哥那菩荠观虽然小，我却觉得比极乐坊舒服多了。"

谢怜汗颜道："你也太抬举菩荠观了，那才是真正的'破地方'呢。你要是这么不嫌弃，日后什么时候想去就去玩吧。"

花城立刻道："那便恭敬不如从命了，哥哥日后不能嫌我烦。"

谢怜总觉得好像又上了什么当，但又说不出具体是什么当，正纳闷儿着，花城已走到他面前，道："所以，哥哥找我做什么？"

谢怜倒真是有事，将胸口那条银链子取下来，道："上次你把这个落在我那里了。"

花城看了那指环一眼，微笑道："啊，这个？我说了，是送给你的。"

谢怜道："这是什么？"

花城道："不是什么贵重东西，你戴着好玩儿就是了。"

他越这么说，谢怜越明白此物必然贵重。见他把指环又戴了回去，花城轻声道："哥哥没有把它当成赌注押出去，我很高兴。"

谢怜道："我说过啦，既然收下，便会好好珍惜。你什么时候又想要了，随时找我。"

花城却笑道："我做过的事从不后悔，我送出的东西也断没有收回的道理。"

谢怜道："孤注一掷，死亦无悔？"想起今日赌局，他道，"那黑衣人什么来头知道吗？"

花城道："是张画皮，查不出什么东西。不过，总会露出马脚的。"

多少也预料到了，谢怜又道："说起来，你为什么这么想要那把剑？那种赌局，简直乱来。"

被责备了的花城看着他，道："可是，我是不能让那剑落在别人手上的。"

谢怜无奈笑道："倒是像我以前，见了名兵宝剑，怎么样也要弄到手。"

花城笑笑，又道："提到这个，刚好我有个地方想让哥哥看看，可愿意赏个脸？"

二人穿过几条朱廊，花城把他领到了一座巍巍大殿之前。殿门以钢精打造，雕刻凶兽，令人胆寒。花城走进去，猛兽自动为其分开一条道路。谢怜还没进去，便感觉一阵杀气扑面而来。

他手背青筋一现，若邪蓄势待发。可看清屋内情形之后，谢怜呆了一下，登时丢盔弃甲，双腿自动带着他走了进去。

他四面八方都被陈列着的各式兵器环绕，刀、剑、矛、盾、鞭、锤……没有哪个男人身处这个地方不会热血沸腾！

谢怜四面八方都被绝品武器环绕，犹如置身天堂，两眼放光，心潮澎湃得说话都结巴了："可……可以摸吗？"

花城笑道："哥哥随意。"

谢怜的手就摸上去了："此剑阴锋诡谲，适合刺杀；此刀只要使用的人合适，以一当百没有问题……等等！这是什么？这难道就是传说中的……"

花城靠在门边，盯着他爱不释手的模样，道："哥哥，你觉得如何？"

谢怜流连忘返都舍不得回头，百忙之中抽空道："什么如何？"

花城："喜欢吗？"

谢怜："喜欢啊！"

花城："有多喜欢？"

谢怜："太喜欢了！"

花城似乎窃笑了，但谢怜没注意到，他整个人满面潮红、心跳加速，将一把寒光闪闪的四尺青锋从剑鞘中抽出，惊叹不已。花城道："哥哥可有看得上眼的？"

谢怜又抽出一把剑，双手举剑，铛铛一击，被剑锋花火映得容光焕发："实不相瞒，你这里都不是凡品，我全都看得上眼。"

花城道："我原是想说，哥哥手头没有称手的兵器，若在我这里有看得上眼的，就挑一把拿去玩儿。既然哥哥这么说了，那就全送给你好了。"

谢怜这才勉强清醒，忙道："我不是这个意思，不用啦！我也用不着什么兵器。"

花城道："是吗？但是我看哥哥，分明很喜欢剑啊。"

谢怜看了看自己手里的两把剑，觉得用这样的姿势拒绝可能没什么说服力，把它们小心翼翼放回架上，笑道："喜欢不一定非要拿到手嘛。我很多年都不用剑了，只要看看就很高兴了。再说你全送给我，我也没地方放呀。"

花城却道："简单。我把这间屋子也一起送给你不就好了？"

谢怜只当他在开玩笑，道："这么大一间屋子我可带不走。"

花城道："不用带走，地也送给你好了。有空哥哥就过来看看它们。"

谢怜道："可是，兵器库还需要人经常清扫打理的，我怕我亏待它们了。"他怀念道，"从前我也有这样一间兵器库，可惜后来烧了。你可要好好爱惜它们啊。"

花城道："这也简单。有空我来帮哥哥不就行了？"

谢怜笑道："那我可请你不起。怎敢让鬼王阁下给我打杂？"

正调笑着，目光落到大厅正中，一把通体如黑玉般的长剑闯入他眼帘。

四面墙壁上都挂着画，色泽浓丽，但这把剑上却挂了整整一排画，是以格外引人注目。谢怜手指微动，似想触碰，这时，花城道："哥哥以为，这里哪一样兵器最强？"

谢怜提起一点的手又收了回来。花城自然是不会信他今天持剑时的那些鬼话了，但也没问他为何能令这把剑上的邪气溃散，倒是让人松了口气。谢怜干笑两声，道："当然是你腰上这把弯刀厄命了。"

花城挑了挑眉，道："我猜，哥哥是不是听说过些什么？关于我这把刀。"

谢怜道："略有耳闻。"

花城哧哧笑道："我再猜，不是什么好的'耳闻'吧。是不是有人告诉你，我这把刀是用了无数活人血祭，以邪门凶法炼出来的？"

谢怜道："实情究竟如何呢？"

花城几步走到谢怜面前，道："实情究竟如何，哥哥你自己看看它不就知道了？"

他腰间那弯刀上的银眼红瞳又骨碌碌地转向谢怜，那妖气横生的狭长线条微微眯了起来。

谢怜弯腰，对它道："你好啊。"

听到他打招呼，那只眼睛眯得更厉害了，弯成了弧形，似乎在笑，红瞳转来转去，活络得很，也惬意得很。见状，花城唇角勾起，道："哥哥，它喜欢你。"

谢怜抬头："当真？"

花城挑眉道："嗯。当真。它不喜欢的，根本懒得施舍眼神，除非是要杀了对方——厄命可是难得喜欢谁的。"

谢怜对花城笑道："我也挺喜欢它的。"

听到这句，那只眼睛一连眨了好几下，突然银链子一阵叮当乱响，好像刀身在颤抖。花城义正词严地道："不行。"

谢怜："什么不行？"

花城又道："不行。"

厄命又是一阵乱叮当，仿佛恨不得蹦出鞘来。谢怜奇道："你是在对它说不

219

行吗？"

花城一本正经地对谢怜道："是的。它想要你摸它。我说不行。"

谢怜莞尔："那有什么不行的？"说着他便伸出了一只手。厄命一下子睁大了眼，仿佛极为期待。谢怜想到大概不能摸银眼和红瞳，被人戳眼球的滋味可不大好，便顺着刀鞘的弧度轻轻搔了两下。

那只眼睛眯成了一条缝，仿佛享受得很。谢怜感觉也十分奇妙。他以前摸猫摸狗，它们舒服了就是这么眯起眼睛来哼哼呼呼一个劲儿地往他怀里钻，没想到现在他还能把一把冷冰冰的"诅咒之刃"当狗摸……

这哪里是什么诅咒之刀、不祥之刃啦！

二人在兵器库品评神兵，最后花城不得不提醒谢怜晚宴已布置完毕，他才依依不舍地离开，趁兴致高昂，还主动携了花城的手。

听说要在极乐坊最高的楼台上为他接风，谢怜道："不用这么麻烦吧？"

花城道："小宴罢了。既然哥哥来了，这次可要多玩儿几天，让我好好尽到地主之谊。"

被按到首席之上，谢怜眼睁睁看着身姿曼妙的鬼界女郎们玉步款款登楼，奉上各色佳肴。他记着之前在集市上看到的眼球汤，已经抱着视死如归的决心，无论花城安排什么都要吃下去，没想到菜肴意外地正常无比，甚至应当说精致无比，再想起风师所讲的鬼王设宴的恐怖故事，不免好笑。

花城道："哥哥笑什么，今天玩得开心吗？"

谢怜道："开心。鬼市很有趣。"

花城笑道："那是当然。我这地方，虽然说出去人人都道是三界浊流，群魔乱舞，可其实谁都爱偷偷来晃一晃。如果一个神官告诉你他没来过鬼市，必定是在撒谎。虽然表面上装作不屑一顾，私底下来这里做的勾当可不少，精彩得很。"

一名窈窕女郎送上了酒盏。花城举杯示意，道："哥哥，喝一杯？"

谢怜道："不了，茶就……"他一抬眼，正好撞上那奉酒的女郎对他抛了个媚眼。

他当场就喷了："噗——"

还好他那一口茶已经咽了下去，什么都没喷出，只把自己呛到了，咳嗽不止。花城轻轻拍着他的背，道："怎么回事？哥哥喝茶也能呛到吗？那不如正好换酒?"

谢怜忙道:"不是!修、修我此道须戒酒。"

花城道:"啊,那是我的不是了,考虑不周,差点叫哥哥破戒了。"

谢怜冷汗涟涟,而那名送酒盏上来的女郎风情万种地侍立在了一旁。

这不是师青玄算他眼瞎!

这就是他想到的接应办法吗?

谢怜着实被那一个媚眼惊得不轻,幸好花城只在全神贯注地看着他,根本不扫一眼这些美艳鬼女。而当他有意无意似要回头,谢怜猛地一把抓住他。

花城低头,看了看那只抓住自己小臂红衣的手,微笑道:"哥哥有事便说,这么急做什么?"

谢怜道:"我……我又想了想,喝一杯也无妨。"

花城眨了眨眼:"可是,哥哥,破戒怎么办呢?"

谢怜豁出去了:"既是和三郎,破戒也无妨!"

花城:"当真?可是,三郎这样不是害了哥哥,也没关系吗?"

谢怜胡说八道起来:"没关系,这怎么会是你害的,其实我以前就破过戒了。"

花城"哦"了一声:"是破过酒戒还是……"

谢怜忙道:"色戒没有。绝对没有,从前没有,以后也不会有!"

花城眉尖微微蹙起,说不上是愉悦还是觉得有点麻烦,道:"好吧。不过,我以为,道法自然,清规戒律不合道者逍遥本色。哥哥觉得呢?"

他说着,似乎又要转身去看。谢怜双手用力抓住他肩,再次扳回:"我觉得!"

花城任他抓着,笑道:"哥哥觉得怎么了?"

谢怜:"我觉得有点闷……"

花城:"闷吗?那我们不如出去透透气?"

正合他意!谢怜这就准备起身了:"那我们这便走吧。"

却听花城道:"哥哥,坐稳了。"

话音刚落,谢怜便觉地面一阵颤动,突然失重,仿佛被从高楼上抛了出去。

好一会儿,谢怜终于反应过来:不是他被抛了出去,而是这座高楼上的宴厅被整个抛了出去!

一声巨响,宴厅自十丈高楼跌落入水,惊起九尺水花,却不下沉。一阵天旋地转东倒西歪,谢怜坐得稳当,花城却还是伸过来一只手扶他,道:"小心。"

平静下来后，宴厅变作了画舫，在湖上优哉游哉地游起来。

　　习习夜风，沁凉如水，自河上吹来。厅内，不仅两人衣物没沾上一点儿水，连杯盏都未倾倒。花城给谢怜斟了一杯酒，道："现在不闷了吧？"

　　没有师青玄了，谢怜抹了一把汗，道："你这极乐坊真是神奇有趣。"

　　花城眨眨眼，似乎甚为得意，道："这算什么？我这里还有更多神奇有趣的东西没给哥哥看呢。"简直像个向人献宝的十岁小孩，谢怜不禁莞尔。

　　这时，外面依稀传来奇怪的人声，谢怜侧耳倾听片刻，仿佛在喊"渡我！渡我！"他起身去看。只见这"鬼画舫"漂荡在漆黑的夜色和水色中，仿佛一盏巨大的花灯，四周还浮着不少小花灯。

　　温暖的华光引来了星星点点的小鬼火绕着他们打转，那些细声叫唤便是它们发出来的。

　　谢怜伸手要去托，小鬼火们却仿佛忽然得到了某种指令，闭了嘴一哄而散。谢怜回头道："那些都是无人超度的小鬼吗？"

　　花城走到他身边："是。见了人便缠着要帮忙，有的是纯粹嬉闹，哥哥不必理会。"

　　谢怜道："随手渡上一渡也无妨的。"

　　花城倚在红栏上，笑眯眯地道："哥哥心善，但这见君川上孤魂成千上万，你是渡不完的。"

　　谢怜心中默念"见君"二字，道："这条河叫见君川？为什么叫这个名字？"

　　花城道："因为这条河连接着人间。"

　　谢怜了然，道："日日思君不见君。"

　　河川边，许多或白衣惨惨，或歪瓜裂枣的小鬼蹲在岸上，巴巴地望着那些从远处漂来的流水浮灯，似乎在等自己阳间的亲人递来一点音信。夜河，流灯，磷火，游魂，鬼画舫，二人身处一幅诡谲凄艳的画卷中。

　　谢怜道："无人相渡，那它们要怎么办？"

　　花城道："自己办。给我在江上路边好好照明，老实干完活了，自然就解脱了。"

　　夜风时不时送来阵阵鬼哭狼嚎，花城摆摆手，鬼画舫十分听话地掉头向另一个方向游去。谢怜望着哭声传来的方向，道："哭得好伤心啊，那是怎么了？"

花城道："没什么。夜常。等了二十年没等到思念之人的小鬼嚎两嗓子罢了。"

谢怜微微惊叹，道："二十年？这也太长了，何不放弃？也好放自己解脱。"

花城道："不会放弃的。"

谢怜觉得他这句语音有异，回头去看。花城却已侧过脸，神色如常笑道："人间放的花灯也经常会顺水漂到这边来，中元节尤其多。哥哥，你看。"

说着，他一垂手，从水里摘上一朵花灯，取出里面的字条。谢怜瞧不出他神色端倪，以为是自己多心，道："别看啦，里面写了人家愿望的。"

说完他才反应过来，花城在人间也有大量的信徒，这是信徒们送到鬼界的祈愿花灯，笑道："我糊涂了，本来就是写给你看的。你看吧。"

花城："一起看？"

谢怜："不好吧。"

花城道："有什么不好的，过来吧。不然这么多灯，谁有耐心看。"

毕竟是好奇，人们写给鬼王的愿望和写给神仙的愿望有何不同，于是，谢怜坐到了花城身边，就当帮他处理公务了。两人一起从花灯里择出卷好的芯纸，展开，一连好几张，什么"长得丑，也没钱，不过还是请让我娶到七个老婆""明天要去盗墓了，保佑这是个王公贵族的大坟"……谢怜哭笑不得："这都什么乱七八糟的？"

人们向神许愿时，大概还保留了那么点矜持，而向鬼王许愿则完全暴露真面目了。随手拿到一张祈愿芯纸，写的是"求今年考得比我好的考生都死光"，真是眼熟。谢怜道："三郎，你那家鬼赌坊开了多久？"

花城道："挺久了。怎么了？"

谢怜正考量措辞，花城便道："哥哥是想说，觉得鬼赌坊剑走偏锋，太过危险，我最好收手？"

谢怜道："你别误会，我不是想插手你门下事务。"

花城道："殿下，你问过郎千秋，当时为什么他要冲出去没有？"

谢怜不知他为何这么问，道："问了。"

花城道："我猜，他肯定跟你说，如果他不做这件事，就没有人会做这件事了。"

意思的确是这个意思。谢怜道："你竟是看透了他。"

花城道："那么，我就是完全相反的情况。"

他放下把玩的酒盏，道："在让自己多活十年和让敌人少活十年里毫不犹豫地选择后者，这就是人，不会因为多了一家鬼赌坊而变得更坏，也不会因为少了一家鬼赌坊变得更好。如果我不掌控这种地方，自会有另一个人来掌控。与其掌控在别人手里，不如掌控在我的手里。哥哥不觉得，在我手里更放心吗？"

谢怜把这番话认真思索，道："你说得有道理，是我逾越了。"

花城笑道："不算。还是多谢哥哥的关心了。"

看来，花城虽是性情中人，对力量的追求却比他想象中更坚持。不过，这一点也不一定是坏的。

谢怜举起手里的芯纸，道："那，这种愿望你要帮他们实现吗？"

花城拨弄着水里的花灯，道："怎么会？哥哥看完丢了便是。"

谢怜奇了："不管吗？"

花城懒洋洋地道："不管。我一般看都不看。"

"这是为何？"

花城道："求人不如求己，若想爬出深渊，指望旁人有什么用？旁人总不会次次来救。"

谢怜随口道："所以才需要神啊。"

花城却道："可若人人都指望神来救，那神要怎么办？神不会累吗？"

谢怜微微一愣，须臾，笑了起来："可你的信徒不少吧，置之不理的话，不会说你不灵吗？"

花城嘻嘻笑道："我又没有要他们拜我，是他们擅自要跪在我面前的。再说了，只有碰巧灵了的才敢说，不灵的，他们敢废话吗？"

天界有的神官勤勤恳恳就为多添几个信徒，一个不小心没把信徒伺候好还要被哎哎不休到处抱怨，要是让他们知道花城连祈愿都不看也没人敢说他半个字，只怕要气得烧自己的庙了。谢怜笑着摇了摇头，把仅有的几个还算正常的祈福记下，打算回头有空去代替花城完成，给他攒点口碑。

但他还没有忘记正事，放下河灯，道："说起来，投骰子到底有没有什么诀窍呢？"

花城道："有啊，运气好就行了。"

谢怜道："所以，今天在赌坊里，三郎的确是在戏弄我，对吧？"

花城却道："我哪里敢戏弄哥哥？'运气'二字，玄之又玄，但也不是不能练，只是非一日之功，也不一定人人都能成。"

谢怜叹道："那看来，我一定是在不能成的那一批里了。"

花城笑道："哥哥若是真想赢，我倒是有一个速成的法子。"

"什么法子？"

花城举起右手。一缕红线在第三指根手背的一面打了一个小小的蝶形结，甚为明艳。他对谢怜道："手给我。"

谢怜不明就里，但既然花城说给他，那便给了他。花城的手没有温度，却并不冰冷。他捏着谢怜的手握了一会儿，微微一笑，翻手丢出两个骰子，道："试试看？"

谢怜拿了骰子一丢，滴溜溜，一下便是两个鲜红的"六"。他奇道："这是什么法门？"

花城道："没什么法门。我把运气借了一点给哥哥罢了。"

谢怜道："原来运气和法力一样，也是可以借的？"

花城笑道："自然可以。下次哥哥若是要和谁赌，先来找我。你要多少我借多少，保管你得心应手，百战百胜，打得对手一百年也别想翻身。"

两人相对着胡乱玩了几十把，一直玩到深夜，谢怜说有点乏了，花城才命那鬼画舫优哉游哉地把两人送回了极乐坊内。互道晚安，花城便离开了。

目送那红衣身影缓步远去后，坐了没一会儿，谢怜便听有人在门外幽幽地唤道："殿下……太子殿下……"

第十三章
夜探鬼府妖图斗法

谢怜一开门，门外人蹿了进来，果然是女相的师青玄。一进来就滚倒在地上化回了男身，他捂胸口道："窒息！窒息！我的妈，我要被这玩意儿勒死了！"

谢怜反手关门，一回头看到的画面，就是一名男子穿着一身红粉骷髅的暴露纱衣躺在地上狂撕自己的抹胸和束腰，无法直视，道："风师大人！你不能换回你原先的衣服吗？"

师青玄道："我傻呀我？大黑夜里穿个明晃晃的白道袍，给人家当靶子打？"

谢怜捂眼道："不……你穿成这样，某种意义上来说，是个更扎眼更让人想打的靶子！"

师青玄控诉道："有什么办法！我听路上鬼都奔走相告，说你被花城送到极乐坊了。这极乐坊什么地方呀，一听这个名字就不正经，我远远一看，觉得这地方妖里妖气的，肯定是个十足的淫窟啊！我担心你的安危，所以就费了九牛二虎之力混进来了。谁知道啊谁知道，太子殿下你是貌美女鬼满地追，血雨探花当地陪。这绝境鬼王我觉着怎么也日理万机吧，居然放下所有事务和你游湖夜谈，待你真没话说。看看我，要么被大娘小妹拖去做脸，要么忍辱负重穿成这样，真是从来没有做出过如此巨大的牺牲！"

谢怜心想你穿成这样明明就乐在其中，道："我们没有游湖夜谈，我只是在找他借东西……好吧，我们的确游湖夜谈了。千秋呢？"可别告诉他郎千秋也装成鬼界女郎了！

师青玄撕掉束胸总算缓过了气，瘫软坐在地上道："放心吧，你看这个。"他东掏掏、西掏掏，掏出一张符。这黄符上画着一个血红的罗盘，一股邪气，罗盘指针竟会随着他转动符纸而转变，道："鬼界的东西？"

师青玄道："不错！天界的法宝在这里不好使，所以我花了一点钱在鬼市买了本土特产——呼应罗盘符！千秋一张我们一张，我们拿着这张就能随时观测他在什么方位距我们有多远。我让他在外面等我，你看，他在这里，很安全！紧急情况时，你撕碎这张符就能瞬间传到他身边。"

谢怜这才放心。师青玄又道："不过奇怪得很，我看他好像特别在意今天血雨探花弄到手的那把剑，后来还问我有没有看仔细。太子殿下你是拿了那剑的，有什么问题？"

谢怜道："他被障眼法唬住了吧。别管这个了，风师大人你来得正好，跟我走。"

两炷香后，两人来到那仕女像前。谢怜拿出两个花城送给他的骰子，轻轻一掷。只听"噔噔"，果然，一把便是两个鲜红的"六"。

师青玄奇道："真的成功了！"

谢怜松了口气，可一想到这运气是之前花城手把手借他的，而他现在是要去窥探花城的秘密，难免内疚。但花城身上疑点又实在太多，只盼着事实能打他的脸，让他有机会痛快向花城认错赔罪才好。

推开门，门后果然变为一个黑黢黢的地洞，一级级楼梯通往地底深处，从下往上飕飕飘冷风。

师青玄打个响指，托起一道掌心焰照亮脚下石阶。谢怜关门断后。下着台阶，他又想起一事："风师大人，上天庭近些年还有什么神官被贬吗？我是说除了我。"

师青玄道："有的。近些年的确有一位西边的武神被贬，当时闹得还挺大的。"

谢怜道："西边的武神听说是叫作权一真？"

师青玄道："不不，是权一真之前那位，是他师兄。"

谢怜："为什么被贬？"

师青玄："这个就太复杂啦！殿下你突然问这个干什么？"

谢怜道："因为引我来的那名鬼使手上有一道咒枷。"

师青玄惊道："什么？咒枷？这……不可能吧，被贬了，就来给鬼王打杂？血雨探花居然敢留，真嚣张啊！"

这就像人间的王公贵族落草为寇当了土匪一样让他不能接受。谢怜道："也不算嚣张。既已不属天界，要去哪里不都是个人选择吗？"

两人下了百多级石阶，终于踩到了平地。

这是一条可容五六人并行的单行地道。前方漆黑一片，左右都是厚实的墙壁，不需纠结该怎么走，因为只能往前。

只是，走了两百步后，一堵冷冰冰的石墙便挡住了去路。

师青玄一手托火焰，另一手在墙壁上摸索，又施了几个破除障眼法的法诀，墙壁毫无动静，不见机关，他没辙了，道："我把它打穿？"

谢怜道："动静太大了。而且你打不穿，这墙怕至少有三丈厚。"

师青玄："可你是亲眼见那鬼使进来的吧？总不至于他鬼鬼祟祟就为了进到这样一个死胡同里打坐冥想吧？"

谢怜四下细察，不多时，指向地面："风师大人，你看。"

师青玄立即放低手掌的火焰，两人一起蹲了下来。

他们脚下踩着一块方砖。说是方砖，其实有一扇门那么大，还画着图案。图案不大，是一个小人正在丢骰子。

师青玄抬头，道："莫非这里也和外面那道门一样，要丢出正确的点数才能找到出路？"

谢怜道："看来是这样了，但不知此处通关的点数是多少。"

师青玄道："先乱丢一把碰碰运气。来吧！"

谢怜拿出骰子："风师大人，还是你来吧，我不知借来的运气能撑几把，万一已经耗光，我这一把可能会把我们……带到很恐怖的地方。"

师青玄也不推辞，麻利接了骰子一丢，道："几点？"

他丢出了一个"二"、一个"五"。两人等了片刻，没等到异动，谢怜道："不行。错了。"

师青玄却道："太子殿下，你看脚下，图案变了！"

谢怜立即低头。果然，地上的图案原本是一个小人在玩骰子，此时却渐渐变成了另一幅画面，看上去像是黑乎乎的一条扭曲的长物。

师青玄纳闷："这是什么玩意儿？绳子？"

谢怜猜测："水蛭？地龙？长得很像，田里很多，见过不少。"

师青玄："你以前究竟是干了啥才见过不少这种东西？"

话音未落,他整个人就消失了。

不光是他,谢怜也消失了。方才说到"这种东西"时,二人同时感觉脚下一空,掉进了一个地洞中。

原来,那堵石壁根本不是门,它就是一面货真价实的石壁,而他们踩在脚下的这块方砖,才是真正的门。丢了骰子后,那门突然一个开合,吞掉了谢怜与师青玄,二人重重摔落到一片地面上。

好在这地面松软至极,虽然压出了两个深深的人形坑,但他们倒并不觉得如何疼痛,立即就要站起。谁知,这一站,两个脑袋却双双撞了顶,一齐"啊"了一声。谢怜一手捂头,一手摸索上方,摸到了与脚下地面同样松软潮湿的泥土。

没有石板。那扇石门消失了。

师青玄手里的掌心焰摔熄了,此时他重新燃起,照亮四周,二人这才发现,他们竟是身处一条地道之中。

这地道洞口呈圆形,洞壁全是泥土,不像有人工开凿过的痕迹。师青玄揉着额头:"这又是什么地方?是不是因为我丢错了点数,咱们就被扔到这里来了?"

谢怜道:"恐怕是了。石门已经不见,即是说不给咱们回去的机会了。先想办法出去再说。"

两人略一商量,便顺着地道前行了。这地道曲曲折折,成年人若想在这条地道里站直了怕是有点困难,只能勾腰行走,或在地道内爬行,速度缓慢,还颇为辛苦。

这地道中空气潮湿温暖,泥土也非一般难缠,走一步陷一脚,拖泥带水,偶尔还会踩到一些腐烂在土中的小动物、植物。师青玄起了一身的鸡皮疙瘩,谢怜倒是神色不变,但他越走越觉得不对劲,道:"风师大人,得加紧快走。这地方好像是一个……"

话没说完,一阵"轰隆轰隆"的怪异巨响传了过来。

整个地道也随之微微震颤,上方泥土啪啪掉落。二人对视一眼,一句不说,飞速奔去。

然而,那阵巨响和震动横冲直撞,速度比他们要快得多,不断逼近。二人深一脚浅一脚在弯弯曲曲的地道中连滚带爬,始终不见出口,一丝光亮也没有。非但如此,前方居然也传来了与身后相同的巨响和震颤!

前后路都被堵住,二人只得停步。伴随着那"轰隆轰隆"、沉重庞大的躯体从泥土中拖过的噪声，两条巨虫蠕动，出现在两人面前。

这两条巨虫硕大臃肿无比，身呈紫黑色，表皮微微透明，虫身一节一节，无眼无足，两颗头就是两个肉尖，不是两条奇长无比的地龙，又是什么？

谢怜一巴掌捂住自己脑门：果然是地龙怪的老巢。

这是两条大蚯蚓啊！

师青玄被恶心得唰地展开风师扇，可惜在这狭窄的地底带不起狂风，如此上品法宝恐怕难以发挥作用。谢怜忙道："风师大人，地龙畏热畏光，借我法力，加大掌心焰！"

师青玄依言，左手与他清脆相击，右手火焰蹿高了几尺。谢怜也迅速起了一道明亮的掌心焰。果然，那两条地龙感受到炙热的火光，往后缩了缩，拉开一丈之隔。于是，两人借着火焰之威，继续一边慢慢行走，一边逼着两条地龙和他们保持距离，指望能找到出口。

然而，地道洞口狭窄，大火这么一烧，不光两条地龙怪怕了这热，时间一久，谢怜和师青玄也热得汗流不止，如置身烤炉。更可怕的是，师青玄虽然极力以法力加持火焰，那掌心焰还是越来越小。觉察到这一点的两条地龙，也没有那般避之不及了。

谢怜又走了几步，觉得呼吸微有滞涩，道："风师大人，这掌心焰怕是撑不了多久。虽然这里泥土疏松，但毕竟是地底深处，再过不久，气流不通，火要灭，我们也要晕了。"

师青玄咬牙道："可是，我们也腾不出手画缩地千里阵啊！"

恰在此时，谢怜脚下踩中了一片不那么潮湿的地面，似是一块石板。他心中一动，立即俯身。果然，这又是一扇石门！

这石门上也画着一个小人丢骰子。师青玄一踩到它，大喜过望，抓过骰子就丢。滴溜溜、滴溜溜，这次，是一个"三"和一个"四"。

他们手上的掌心焰又小了一圈，两条地龙蠢蠢欲动。谢怜收了骰子，仔细看图，它又渐渐化为另一幅图，是一片树林，几个穿得古怪的小人似乎在围着中间一人跳舞。

这时，一条地龙似乎终于按捺不住了，口器微张，拖着沉沉的身躯，冲了过来！

万幸，就在它距离两人只有三尺之隔时，石门顿开！

两人又掉进了一个狭窄的洞里。只不过，这一次的地面是硬邦邦的。两人撞作一团，谢怜惯来忍痛，一声不吭，师青玄却是大吼了起来。谢怜被他喊得耳朵生疼，担心他出了事，道："风师大人，你还好吧？"

师青玄头在下，脚在上，道："我也不知道我好不好，我以前从没摔成这样过。太子殿下，跟你一块儿出公务可真是太刺激了。"

闻言，谢怜苦笑两声，这才发现，两人是摔进了一个树洞中。他先艰难地爬出洞去，再把手递给师青玄，道："这可真是辛苦你啦。"

师青玄道："不客气！"

他拉了谢怜的手，钻出树洞，灰头土脸，一身纱衣已经破破烂烂，出来被外面的日光刺得在眉头搭了个遮阳的架子，道："这又是哪里啊？"

谢怜道："如你所见，深山老林。"四下望望，他又道，"我瞧这石门，其实是一个专门施放缩地千里术的法器。投出不同的点数，就会被送到对应的不同地方。不知方才我们投出来的点数是不是正确的。"

师青玄赤着两条胳膊，抱起手臂，严肃地道："施展一次缩地千里就要耗费大量法力了。那血雨探花为了防止旁人窥探他的秘密，竟然做出这样的石门法器，可见其法力之强，心机之深。"

他虽然表情严肃，但这么一副赤脚赤膊的狼狈模样，实在好笑。谢怜辛苦忍住了笑，心头却浮现花城那副轻翘嘴角的神情，摇了摇头，心想："与其说他心机深，倒不如说……只是顽皮罢了。"最后，谢怜还是笑出声了。

两人刚走了没几步，四周灌木丛后突然跳出了一堆赤身裸体的人，围着他们跳了起来，边跳边大声叫道："哦哦哦哦哦哦哦哦！"

"……"

二人都极为震惊。师青玄道："这回又是什么！"

谢怜举手道："冷静！先看看再说。"

他定睛一看，这群人并非当真赤身裸体，只是身上只穿了兽皮树叶，一副茹毛饮血之态，手持树枝长矛，矛头扎着尖锐的石头，满嘴利齿，皆是锯齿状的尖牙。

二话不说，二人拔腿就跑。

师青玄边跑边道："我哥以前常跟我说！南方深山处有许多野人精食人为生！让我一个人不要到这种地方来！该不会现在我们遇到的就是吧？"

谢怜逃跑已是轻车熟路，姿态和风度都比他从容得多，淡定地道："是吧！不要紧张，这种程度还好了。"

那群野人在他们身后大呼小叫，穷追不舍。原本，谢师两人是只能逃不能还击的，但野人们不时冲两人投些尖锐的石块、树枝，冷不防一根树枝贴着师青玄的脸颊擦过。

这下，可触了大霉头。师青玄一摸脸，摸到了一缕极淡的血痕，当场勃然大怒："我哥都不敢打我的脸！"

他"呔"了一声，刹住步子，转身道："你们这群没见过世面的深山野人，见了本风师，不但不折服，居然还敢乱我仪容！真是岂有此理！"

喝完，他猛地抖出风师扇，唰地展开，哗地一扇——那群野人登时平地起飞，被他扇到数丈之外，挂在树上，嗷嗷大叫。两人终于能停下脚步，大口喘气了。师青玄对谢怜道："太子殿下，你看到了，这是他们自找的！不是我恃法欺人。"

谢怜道："不错，我看到了！真的太不应该。咱们该继续去找门了。"

眼见师青玄一振衣衫，整了整头发，真真一派潇洒之姿。奈何他身上穿的是一件破烂不堪的纱衣，这一派潇洒之中不免掺上了十分诡异的味道，当真使人见之难忘。谢怜感慨万千：遥想半月关初见，风师大人何等神仙姿容，他以为这绝对是个高深莫测的人物，不是绝世妖道便是绝代高人。哪晓得熟了以后才知道，这根本是他的错觉……

两人在森林里没头没脑地转了几大圈，最后，终于在另一个树洞旁找到了一扇石门。这回师青玄却不肯再丢骰子了，挠了挠头，道："也不知道怎么回事，以前我运气还不错的，今天却撞了邪，丢了两把手气都这么差，下次不知还会遇到什么。"

谢怜略感心虚，道："可能是因为我在你旁边，所以把你手气一起带衰了吧……"

师青玄道："说什么呢！本风师怎么可能被别人带衰手气？不关你的事。喏，这次还是你来吧，反正我是不成了，说不定你那位三郎借你的手气还剩下一点儿呢。"

听到"你那位三郎"，谢怜莫名有点不好意思，想解释点什么，可再一想，有什么好解释的？解释反而仿佛掩饰，便也不多说了，执了骰子，轻轻一滚——两个"六"。

屏息片刻，谢怜留神看着那石门上图案的变化，好对接下来要遇到的东西有个心理准备，可这一次，那图案没有任何变化，石门便轧轧地打开了。

门后又是一道黑黢黢的石阶通往地底深处，飕飕冒着冷气。

两人对视一眼，均是心想："难道闹了一大圈，又绕回原地了？"

纵是绕回原地，也比遇到更多猎奇的危险要好，他们已经受够了。于是两人果断下了石阶。那石门在身后又沉沉关上，他们伸手去推，却摸到一片光滑的石壁。

谢怜道："只能继续往下走了。"

师青玄也道："唉好吧，喘口气，继续陪可恶的血雨探花玩儿吧！"

两人再次沿着这条四四方方的地下石道朝前走去。走了两百余步，谢怜道："好消息，风师大人，这不是我们第一次走的那条地道。即使看上去很像。"

师青玄也发现了："是哦。当时我们走了两百步就被墙拦住了。"

谢怜轻声道："看来，这一次，我们走对了。"

话音刚落，两人同时顿住脚步。

前方的黑暗中，空气里弥漫着血腥味。

与之相伴的，还有一个男人沉重的呼吸声。

两人一动不动，一语不发。无光无火，对方却已经觉察他们的到来了，因为他们驻足后，从对面掷来了冷冰冰的一句。

一个男子沉声道："无可奉告。"

一听这声音，师青玄立即便燃起了一道掌心焰。

谢怜没想到他会突然点火，根本来不及阻止。那火光明亮至极，映出了一个黑衣男子的身影。

这黑衣男子低头靠在道路尽头的石壁上，黑发蓬乱，一张脸惨白如纸，但那一头乱发中的双眼却是湛然有神，仿佛两道燃烧的寒冰。空气中浓重的血腥味说明他伤得极重，分明是被关押在此处。方才那句"无可奉告"，大概是把他们当作了前来拷问的人。

师青玄看清了这男子的脸，道："是你！"

那男子似是也没料到来人，顿了片刻，仿佛也想说一句"是你"，但终是忍住了。谢怜收起了暗中蓄力的若邪，道："原来你们二位认识？"

几经波折终于在此处找到了人，师青玄面露欣慰之色，正要答话，谁知那男子斩钉截铁地道："不认识。"

师青玄闻言大怒，用折扇指他道："认识我是什么很丢脸的事吗？你这么说真不够意思啊明兄，我可是你最好的朋友！"

谢怜正在想原来真的会有人用"某人最好的朋友"来定义自己，这大概也是师青玄这个人的特色了，那男子断然拒绝道："我没有会穿成这样到处乱跑的朋友。"

"……"

师青玄还穿着那身破破烂烂的纱衣，当真是不堪入目！他还要争辩："我这可都是为了救你！"

"明兄"？谢怜依稀记得，五师之中，那位地师的名字就叫作明仪，道："莫非这位就是地师大人？"

师青玄道："就是他了！你也见过的。"

谢怜打量明仪："我见过吗？"他并不记得这么一号人物。师青玄道："见过的。"

明仪却道："没见过。"

师青玄"嘿"了一声后道："明明就见过的。上次在半月关，你们不会这么快就忘了吧？"

"……"

看着明仪转为铁青的脸，谢怜终于记起来了。上次半月关一见，师青玄身边不是还有一个黑衣女郎吗！

当时花城便对他说，这位不是水师，但也肯定是风水雨地雷五师之一。原来如此！师青玄果然不光热衷于自己化女相，还热衷于拖别人和他一起化女相。难怪当时那黑衣女郎脸色极差，仿佛嫌恶，想起这次进入鬼市之前师青玄也是百般怂恿他……谢怜心道好险，幸好把持住了。他道："火龙啸天是你发来求救的？"

明仪道："是我。"

找对人了。谢怜一点头，道："地师大人伤势不轻，马上撤离，有话之后再说。"

师青玄扛了明仪，道："那行，走吧！"

三人顺原路返回，师青玄边走边道："我说明兄，你不是说你很能打的吗，咱们半月关那儿分开的时候还见你好好的，短短几天怎么给打成这样了？你是怎么惹到血雨探花的？真没想到我们这么辛苦营救的人是你，你也该请我一回了吧？"

他还有一点幸灾乐祸，谢怜心道这种不怕被揍的说话方式果然是最好的好朋友，明仪三个字迸出，道："你闭嘴！"

这三个字仿佛耗尽了他的力气，他说完就闭上双眼，想来这顿是被打得够呛。师青玄只好闭嘴不打扰他。三人奔上台阶，谢怜摸出骰子又是一丢。黑暗中不知丢出了几点，只听面前"咔"的一声轻响，拉开了一条缝，光亮从这条缝里透出。谢怜刚一推门就一脚踩空，喝道："别出来！"

他空中翻了个身，落在一个硬硬的什么东西上。他正庆幸着落点不是什么刀山火海，再一抬头，却觉得刀山火海可能还好一点。只见花城那张俊美异常的脸就在咫尺之处，正直视着他。

这一次，石门的终点，竟是花城的身上！

真不知道这到底是运气好还是运气差了。此刻，花城坐在那间兵器库的首席，正不紧不慢地擦拭着弯刀厄命。即便突然有人从天而降落到他腿上，他也只是将手挪开，停住了擦拭的动作，并不如何吃惊，淡定地望着谢怜，似乎在等他给一个解释。谢怜当然给不出解释，只能趴在他腿上，额头挂着一滴冷汗与他对视。

再一瞥，上方一只白色的靴子踏出了一半。情急之下，谢怜抓住花城双肩，道："得罪了！"

说完，他便将花城一扑扑倒。

他这一扑，把花城扑出了一丈之远，还就地打了几个滚，滚完之后猛地起身，师青玄已拖着明仪跳了下来，落在花城原先坐着的位置。谢怜立即一跃而起连连倒退，退无可退才道："三郎，容我解释。"

他不敢看花城。师青玄背着明仪冲向大门，兵器库门上的猛兽见不是主人，怒发冲冠向他咆哮，师青玄手都差点被咬掉，连忙折回谢怜身边："等等，反了吧？应该他给你解释才对。太子殿下不用怕他，打他！"

谢怜道："我不想打。"

师青玄想想也觉得没把握打赢，退而求其次："那……那就说他！"

真的变成最糟糕的状况了，谢怜也不知道该说什么，半晌，才道："三郎，请你放我们离开。"

花城歪了歪头，道："为什么？"

谢怜与他对视，道："私囚拷打神官，上天庭不会善罢甘休的。但现在还没铸成大错，放我们离开，就还有余地。"

花城道："我要如何相信，还会有余地？"

谢怜道："若你愿意就此收手，我一定请求帝君，绝不追究此事。"

花城道："真的？哥哥当真会在君吾面前为我求情？"

谢怜点头，并起三指道："我可以发誓。"

花城笑着叹了口气，道："哥哥呀哥哥，我该怎么说你呢？"

谢怜眨了一下眼，花城道："你都不问个仔细，就打算发誓要帮我吗？万一我在谋划着什么十恶不赦的事，你也要为我求情吗？哥哥也太容易相信别人了。"

这番话不像是在质问，倒像是在担忧。谢怜怔了怔，道："可是，我不是信别人。我是信你啊。"

他说得毫不犹豫，这回，轮到花城怔住了。

有那么一瞬间，谢怜觉得他就要把手里的刀丢掉了。可好一会儿，他还是道："虽然哥哥这么说，让我很高兴，我也很想答应你……"

师青玄硬着头皮祭出风师扇，道："我知道！你后面要接'但是'了！"

一对上他，花城笑吟吟地道："错。我后面要接的是'小心'。"

"小心什么……"还没说完，一道劲风挟着数点银光袭来。师青玄一避，只听一阵疾风骤雨般的"咚咚"之声，回头一看，一排羽箭钉在他原先靠的墙上。

花城根本没动，谁射的箭？

谢怜道："是画！"

兵器库墙上挂着不少画，正对他们的那幅是《射艺图》，画中，一个精神奕奕的俊美少年正朝他们的方向举弓。

弓弦还在微微震颤，而他已经把手伸到背后的筒里去取新的羽箭了，一取就是八支，嗖嗖嗖嗖！

师青玄背着明仪又是一个闪身，悚然道："好险！差点射中！"

谢怜把黑着脸的明仪背上的一支羽箭拔出来，道："不是差点射中，是真的射中了。好箭法！"

"现在不是夸这个的时候吧！"

这时，羽箭又来，谢怜道："小心！"他提起两人掷开。守门的猛兽不肯开门，三人只能在兵器架间腾挪闪避，险象环生。那画中少年箭法超神，虽然所有羽箭都完美避开了谢怜的活动轨迹，但另外两人迟早要被他射成筛子。谢怜抢上画前，那少年看见是他，已经搭上弓弦的羽箭又垂下。这画牢牢粘在墙上，谢怜扯不下来，只好一口咬破手指。

花城本是好整以暇坐在首席，这时却忽然身形微动，似想起身。谢怜提起血淋淋的手指就是一阵乱涂乱抹。他本该把那射箭少年涂掉，但谢怜看他俊美可爱又射艺精绝，不忍涂他，只涂掉了他背上的箭筒。画中少年见羽箭都变成了血红的一坨，一摸满手是血，吓了一跳，急得团团转。忽然，他眼睛一亮，向画卷右侧招手。谢怜心想："他在向谁招呼？画上又没有其他人了。"

谁知，他叫的并不是自己画中的人，而是隔壁那幅画中的。射艺图之右是一幅《樵作图》，画中一个老樵夫背着背篓和斧子攀在郁郁苍苍的水墨山林间，似乎听见左侧有人喊，扭头去看。那少年神箭手又喊了几句，那老樵夫点点头，沿陡峭山路爬到画卷最左，坐下来掏出一把匕首对着背篓中的柴枝几下削砍，用力一丢，一捆柴枝就越过两幅画中间那道分界线，丢到了射艺图里。

那少年以柴枝代箭，这次是一搭十二根，又是一拨猛攻！

老樵夫不停地给那少年砍柴做箭，没完没了，师青玄苦不堪言："这都是什么邪门术法！"

谢怜把他肩膀一压，堪堪避过一支飞矢，道："这就是所谓的'留得青山在，不怕没柴烧'吧！"

但说到这里，他又有主意了。那《樵作图》右还有一幅《小儿除夕图》，几个小儿围成一圈，一手捂耳一手去点烟花爆竹。谢怜一跃而上，道："小朋友们，借个火！"

但怎样才能借到呢？这几个小孩儿看上去可不像想到别人画里去玩儿。好在除夕图右，还有一幅《狼猎图》，图中一匹黑狼矫健。谢怜一指戳入画，那狼嗅到他指头上血味，眼里突然亮起幽幽绿光。谢怜压着手指一气拖过画缘、拖入左边的除夕图中，那黑狼便追着他画下的一道血横追入了除夕图，画上血迹都被它舔舐干净。那群小儿一见右边跳进来一匹大毛狼，吓得手里火都没丢就往左逃窜。这一逃逃进《樵作图》里，整座水墨山沾了火，一下子烧了起来！

那神箭手吃了一惊，樵夫带着一群呀呀小儿跑进了《射艺图》里，这下，大家都很狼狈地挤作一堆了。谢怜对着他们双手合十："实在抱歉！"

这一系列反应迅捷无比，旁人根本来不及思考，师青玄道："太子殿下真有你的！花城主，还有后招吗？"

花城却只盯着谢怜的手，脸色不怎么好。师青玄低声道："他他他……怎么看上去这么阴沉沉的？"

谢怜道："风师大人别掉以轻心，到现在，花城主还并没跟我们动真格。"

"什么！"

这时，三人都听到一阵哗啦啦、哗啦啦的声音。明仪道："哪里来的水声？"

谢怜指向远处："是那个……"

那面墙壁上，挂着一幅飞流直下三千尺的《飞瀑图》，瀑布激流飞迸，此刻，迸出了画卷——一股庞然巨流向三人冲来！

花城负手走到《飞瀑图》旁，与之相邻的是一幅《泊舟图》，一叶扁舟泊于静江之上。不需他命令，那小舟自行驶入《飞瀑图》中，又顺水流冲出画面。

三人早被卷入巨浪之中，上下都颠倒过好几个来回了。师青玄哥哥虽是水师，但他自己水性差，明仪水性也没看出来有多好，谢怜一个人带他们两个奋力挣扎，忽然感觉被人扶住了肩。一抬头，花城倚在一叶扁舟之上，对他伸出一只手，叹道："哥哥。"

谢怜喘了一口气，道："三郎。"

他一手提着两个狂吐水泡的同僚，另一手抓住花城递给他的那只手，道："三郎，如果先前言辞中有冒犯之处，那是我的问题，但非我本意。"

绝境鬼王性情都高傲得很，谢怜还以为是"求情"二字触了他的逆鳞。花城却道："哥哥，不是你的问题。先上来再说吧。"

谢怜身子上去一点，但还是没上船，道："这件事，能到此为止吗？"

花城一手用力拉着他，淡声道："殿下，有些事，你还是不要牵涉太多为好。"

谢怜道："现在和天界闹翻，对你不好。"

花城道："这不是我要闹翻的。哥哥，你知道风师背上的那个人是谁吗？"

"不是地师大人吗？"

花城却道："不。那是我一个不成器的下属，上弦月使。"

水里的师青玄一边奋力划水一边道："哈？他分明就是我上天庭的地师，地师仪！花城主你为何指鹿为马！"

花城道："不信你自己问他。"

师青玄转头质问："明兄，这怎么回事？"

明仪也不知是装的还是真被水淹晕了，干脆把眼一闭什么都不管，只剩师青玄莫名其妙，谢怜却心念电转。

原来如此！

花城哂道："上天庭真是好体面，正经事情不干一桩，处心积虑到我这里来卧底。我虽然常觉得他不对劲，可还真没猜到这就是神龙见首不见尾的地师。"

师青玄震惊了："明兄，你你你，难怪你一直神出鬼没，原来你一直在鬼市卧底啊！你怎么就给暴露了？"

明仪一下子青筋暴起，睁眼道："闭嘴！还不是怪你！"

谢怜也低声提醒："因为半月关的时候，咱们四个刚好撞上了吧……"

师青玄讪讪地道："嘿嘿，那还真是怪我。嘿嘿，不好意思啊。"

虽然当时地师化了女相，但自然被花城一眼看穿。半月关之事一了结他就离开菩荠观，恐怕便是去找明仪算账了。大概就是在被花城追杀的途中，明仪才施放了火龙啸天求救。然后就是君吾找到谢怜，让他来救人了。

虽说互塞卧底什么的事谁都没少干，但谁被抓住了就是谁的丑闻一桩。谢怜差点没晕过去。

帝君啊，你怎么不早告诉我还有这档子事！

那么花城收拾一个卧底，无可厚非，谢怜只觉得自己处境变得非常尴尬。奔流的瀑布已经让水位漫过兵器库的四分之三，花城道："哥哥，你先上来……"

突然，花城一蹙眉，随即谢怜听到一声巨响，水位急速下降，让他无意中挣开了花城的手。潜入水中睁眼一看，兵器库的一角，居然破了一个大洞。

外面有人打烂了兵器库的墙壁，放水了！

谢怜、师青玄、明仪三人被势不可当的水流冲到了兵器库外，啪啪啪！仿佛三条死鱼被抛上岸。外面那人明显没想到他们会以这种方式出场，呆住了。师青玄则吐出一口水，对他竖起大拇指："千秋，来得太及时了！"

来人正是郎千秋，他拿出自己那枚呼应罗盘符，道："我看符上显示你们这边异动很强，便赶来看看。你们怎么……这样子？"

兵器库大门上的猛兽齐声咆哮，两扇门猛地向两边撞开，花城负着手从里面走了出来。

他看了一下满地狼藉，各种绝世名兵和术法画卷都乱七八糟躺在水泊之中，还有东一丛西一丛的大小火焰，是那受了惊的除夕小儿抛出画来的。他眯了眯眼，道："你们上天庭的人还真是擅长在别人家里搞破坏。"

听了这句，刚爬起来的谢怜忍不住心虚。其实这些破坏大多是他搞的，但花城明显没算在他头上。这样一想……他就更心虚了。

郎千秋不明就里，只看到的确找到人了，道："你押人在先难道还有理了？"

地上三条死鱼一阵沉默。

这事儿他还真有理！

这时，郎千秋看到地上一物，脸色一变。谢怜也看到了，正是芳心。

郎千秋不假思索便要去捡，花城却冷声道："放下。"

郎千秋止了动作，道："凭什么？"

花城道："凭这把剑不属于你。"

郎千秋道："那这把剑也不属于你。"

谢怜暗叫不妙。花城笑容之下的东西可十分危险，他道："既然它谁都不属于，那就看看，到底谁能拿到手。"

郎千秋拔出自己腰间佩剑，道："赞同！"

谢怜惊出一身冷汗，喝道："别跟他打！"

但已经迟了，一剑已经挥出。花城弯刀在手，单手挽了个银花，从容不迫地挺刀迎击。谢怜又喝道："别硬接！会死的！"

可箭在弦上千钧一发，怎能一喝而止？

谢怜把心一横，一个打滚，抓起地上芳心，纤细的剑身在两人中间轻轻一挑。

这一挑看似轻巧，可交手的两人都瞬间脸色大变！

下一刻，短兵相接，白光爆炸，炫目至极。所有人的视觉都短暂失灵。谢怜右手握剑，左手拽过郎千秋就喊："风师大人，起风上行！"

师青玄还睁不开眼，但反应也快，抓了明仪应道："好！"扇子猛一抬，一道龙卷狂风平地而起，四人直冲云霄！

终于逃脱。师青玄在半空才恢复视力，见下方远远有火光，他怕花城再追上来，反手就是一扇。狂风登时带得火势大涨，火苗蹿到了别的屋子，大半个极乐坊都烧成了红通通的一片。这下，可是货真价实的"煽风点火"了！

谢怜好容易才抓住了拼命摇扇的师青玄，道："大人，别扇了！要烧光了！"

师青玄被他一抓，连忙收了风："好好好不扇了不扇了，太子殿下你手劲也太大了！……不对，你手怎么了？"

师青玄忽觉手上濡湿一片，一看，大惊失色。谢怜一整条右手臂，居然血淋淋的！

谢怜看都没看自己，道："没事。放着不管就会好的。"

师青玄脸都皱起来了："怎么可能会放着自己好？你这手都血肉模糊了吧！"再想想方才的千钧一发，他又心有余悸，"你也太生猛了，居然敢单手去接花城这一刀！"

花冠武神，一手仗剑，一手执花。他原先只记住执花了，却忘记了，谢怜飞升，是因为仗剑。

谢怜却只望着下方。一片红焰之中，那个赤红的身影明艳依旧。飞得太高看不真切，但他直觉，此刻花城一定就站在那里，也正抬头望他。

可花城既没有追上来，也没有去扑灭火焰，只是站在那里看他离开。

极乐坊外的鬼市大街上尖叫四起，群鬼窜逃。谢怜一阵呼吸困难，声音都哑了："怎么会变成这样？"

虽然方才一番斗法，但他总觉得其实花城并无意为难他们，是想放他们走的。这让他更难以接受："我居然烧了极乐坊？"

师青玄忙道："这怎么样都不算是你烧的吧，明明是我啊！"

谢怜却摇了摇头，道："那画里小儿是被我吓得抛出火种的，起风上行也是我说的。"

万万没想到，这火蔓延得如此之猛。就算花城不认为这里是"家"，但想起不久前他靠在那兵器库的大门边，半开玩笑半认真地说着要把这座兵器库送给他，现在却都化为一片火海。诚然许多法宝真金不怕火炼，但也有法宝天生忌讳火光，如此一来，只怕要被烧成灰烬了。

师青玄不好意思了，道："这怎么能全怪你呢太子殿下！要是血雨探花找你算账，你就推我头上好了。放心，多少我都赔，怕什么都不怕没钱。"

但他也知道，这哪里是赔不赔钱的问题呢！

渐行渐远，最终，谢怜长叹一声，道："算了……"

第十四章

神武殿太子见太子

离开鬼市后，谢怜在上大庭一觉睡了三天。

他虽不喜欢那座富丽堂皇的仙乐宫，但因手伤实在严重，君吾勒令他在灵气充沛的仙京安养，因此这几日就没回菩荠观，凑合着在仙乐宫过了。没想到第一次进来就是挂彩养伤，这兆头可真不怎么样。要是让人家听见他说在这种地段的金殿里养伤是"凑合过"，还嫌兆头不好，只怕要把他另一条手臂也打断。

睡足了，谢怜才慢吞吞爬起来，吊着右手去参加神武殿集议。

走在路上，他明显感觉聚在身上的目光更复杂、更诡异了。

他不知这是因为他和花城在鬼赌坊的五问猜物斗法被从头围观到尾，包括之前花城戏弄他比大小的那场也被扒了个干净，细节是传得绘声绘色、有鼻子有眼。现在，五成天界人士都猜得热火朝天，猜他跟花城是怎么回事，目前已经有九个版本了。

不过，另外五成天界人士则持另一种态度。由于谢怜一把火烧了极乐坊——虽然师青玄一直喊一人做事一人当，是他烧的，但众人都安慰他：这怎么会是风师大人的错呢？既然不是风师大人的错，那就一定是谢怜的错。

这几日，下面的孤魂野鬼都闹翻天了，叫嚣着要说法，凭什么平白无故烧人家地盘。小鬼尚且如此，难道还能不得罪那位喜怒无常出了名的绝境鬼王？毕竟至今也没人知道当初他为何要火烧三十三神庙。总之，这种时候一定要划清界限，避免花城报复时被殃及池鱼。

偏偏奇怪的是，不光君吾这边完全没有要责罚谢怜的意思，花城也没有任何要问罪的迹象！

谢怜无法解读出这些复杂目光后更复杂的心声，还以为自己忘了穿什么重要衣物，反复确认，一头雾水。

进神武殿时又遇到了郎千秋，谢怜笑着打招呼，郎千秋却没应，只是扫了他一眼，自己进去了。谢怜一怔，后面师青玄扑上来就道："太子殿下！手好了没？刚才那是千秋？他干吗那么看着你？"

谢怜想了想，道："可能前几天太累了吧。"

师青玄点头道："有可能。咱们刚回来那会儿我就觉得他脸色有点怪。不过这样也太失礼，待会儿逮住了我去说他。进去吧！"

谢怜总有种不好的预感。但转念一想，是福不是祸，是祸躲不过，定定神，还是迈入了大殿。

君吾到后，集议开始。先说的都是些在谢怜看来鸡毛蒜皮无聊至极的事，比如谁和谁争地盘要怪谁。他觉得座上君吾也是挺无奈的，但还是不改肃容，耐心调解，又觉得好笑，又觉得当真不易，听了半天便忍不住神游太虚。

上次一行人从鬼市回来后，君吾将明仪秘密送去疗伤，又把谢怜单独留在了神武殿。

君吾在玉阶上道："记得下去之前我对你说过什么吗？"

谢怜在玉阶下，俯首道："要小心血雨探花，尤其小心他的弯刀厄命。"

"当时你是怎么回答的？"

"我会小心的。"

"还有？"

谢怜吸了一口气，低声道："他不会伤我的。"

君吾道："那你为什么还搞成这个样子？"

谢怜看了一眼自己包成粽子的右手，道："是我自己的问题。"

看他闷闷不乐，君吾也没多说他了，道："弯刀厄命是一把诅咒之刃，它造成的伤口很难痊愈，哪怕它的主人亲自为你疗伤，你恐怕也有很长一段时间只能用一条手臂了。先静养七七四十九日吧，这段时间任何事务都不必操心，灵文会为你安排。"

谢怜这才抬起头，道："多谢帝君，但我还有一句话想问。"

君吾看他一眼："你是不是想问，我为什么派地师去鬼市潜伏？"

谢怜道："是。其实何必如此呢？"

君吾道:"你应当先问问你那位小朋友,何必如此。"

谢怜微微睁眼:"难道……"

君吾道:"不错。是他先在上天庭安插卧底的。"

谢怜一怔。君吾接着道:"该知道的,不该知道的,他都一清二楚。什么事可以做,什么事不可以做,哪里是底线,如何擦边压线,他也把握得太精准。仙京没有他的眼线,是不可能的。我相信你也多少有所觉察。"

谢怜低声道:"是。"

从第一次见面起,他就觉得这少年真是上天入地、无所不知。不是没有怀疑,只是因为觉得他无害,所以不认为是问题。

君吾道:"明仪潜伏鬼市数载,还是成了一步废棋。虽然被你营救回来,没折在他手里,但要找出他埋下的内鬼也更困难了。我们不知他的目的和动向,他却对上天庭了如指掌,这就很不利。"

听他说"这就很不利",谢怜脱口道:"其实三郎……"见君吾望来,他立刻改口道,"其实以他的实力,若要为祸作乱,人间早就被他搅得天翻地覆了。既然从前没有,想必,今后也不会突然就要称霸三界。"

君吾看他一眼,道:"仙乐,你对花城很有好感?"

谢怜一噎,道:"也不全是因为好感……"

君吾道:"你有你自己的分寸,我也不会多说什么。但你对他还是应该有所提防,不要把什么底都透给他了。你要明白:能成'绝'者,无一不是经历了常人所不能想象的痛苦。要么一飞冲天,要么万劫不复。铜炉里炼出的两尊绝境鬼王,花城和黑水,都远比你想象中的要可怕。我们不能冒险。"

一缕游丝飞过鬼市,想进去看看又不敢,绕来绕去,直到君吾出声唤他:"仙乐?"

谢怜这才收了神,道:"在。"

君吾道:"诸位都对花城在鬼赌坊得到的那把剑疑问颇多。依你看,那把剑究竟是不是绝剑芳心?"

谢怜轻吸一口气,没料到居然会讨论起这个问题。师青玄插口道:"自然不是。那把剑只是被施了障眼法,看似邪气很重,但被太子殿下识破了。当时我和千秋都在场亲眼看见的,对吧?"

没有人附和。

师青玄隐隐觉察气氛诡异，纳闷道："你们为什么对那把剑如此在意？"

灵文道："自然在意。因为那是传闻中唯一能与弯刀厄命相提并论的绝世邪兵。"

师青玄奇了："什么？这般了得？怎么说？"

灵文道："您看它主人都是什么人就知道了。传说，它曾是白衣祸世的佩剑。"

殿上哗然："白无相的佩剑？"

灵文道："不错。不过也只是传说罢了。另一个传说则是，绝剑芳心乃是一位祸国妖道——芳心国师的佩剑。"

师青玄道："这芳心国师倒是听过名头，是永安国的国师吧？不过他到底做过些什么，这我却是不解详情了。"

谢怜低声道："风师大人，这个要不您还是自己下去查查吧。"

师青玄先是不解："为何？"答疑解惑，本就是灵文的职责之一，况且底下也有不少神官比他还要迷惑。他又见灵文看了一眼郎千秋，似有所悟。果然，灵文叹道："芳心国师倒也没做什么别的，只是教导过一人，便是永安国的太子殿下，郎千秋。"

无数目光聚到郎千秋身上，殿中距离他近的鸦雀无声，距离他远的嗡嗡议论。师青玄也恍然顿悟。

难怪当时郎千秋在鬼赌坊里听到"绝剑芳心"时脸色那般古怪，原来，那是他师父佩剑的名字！

谢怜道："诸位，这个议题不如就此打住。"

当即有神官善解人意，连声附和。既然芳心国师被称为祸国妖道，那对郎千秋而言，必定不是什么愉快的话题。郎千秋却冷然道："灵文真君但说无妨。"

灵文翻翻手里那册好像万物都能在里面找到的文书，道："百年前，永安国有一位十二岁的太子殿下。这位太子殿下心地仁善，出巡祈福。谁知夜行半路，途经太苍山时，妖魔来袭。"

底下无数文神暗中恨骂灵文不要脸，讲个故事还要含蓄地拍马屁，却扛不住灵文一脸正直，继续道："千钧一发之刻，一人以花枝当剑，击退妖魔，救下了太子殿下的性命。"

众神官不断观察故事主角—郎千秋，他却一反常态，面无表情。灵文道："于是，此人便受封成为国师，号'芳心'，从此专门教导太子殿下。相传他性

245

情古怪，高傲冷漠，总是戴着一张白银面具，从来无人得知他的相貌，也无人知晓他的来历。但因为他于太子有救命之恩，又本领高强，甚至通晓呼风唤雨之能，在位五年，深得器重，尤其是得太子敬爱。

"太子殿下十七岁生辰时，永安皇宫举办了一场鎏金宴。

"鎏金宴，最初乃是风行于仙乐贵族间的一种宴会，宴会上所用的酒器、食器、乐器皆为精美至极的金器，相互攀比斗器，奢华无比，后来为永安皇室所效仿沿袭。"

说到这里，灵文顿了一下，才道："就在当夜，芳心国师手持绝剑芳心，杀尽了在场所有王公贵族，血流成河！"

倒抽冷气声之中，谢怜收回目光，垂首不语。

灵文语气不变，接着说道："只有那位太子殿下姗姗来迟，逃过一劫，但他还是亲眼看到芳心国师将所有尸身大卸八块斩为齑粉，扬长而去。"

殿上鸦雀无声。灵文一句拉回主题，道："绝剑芳心不杀生则已，一杀生便造下滔天杀孽，染尽皇血，无愧绝世邪兵之名。血雨探花有一把弯刀厄命在手已是极难对付，若是再多一把绝剑芳心……"

师青玄尚在震惊，道："这、这，为什么啊？"

灵文道："您问什么为什么？"

师青玄："杀人灭口，总得有个理由，他国师做得好好的，为什么突然杀人？是贼子谋逆，还是敌国奸细？"

灵文道："不知。"

"不知？"

"不知。"灵文道，"没有人知道凶手芳心国师长什么样，他真正的名字是什么，身份是什么，目的又是什么，通通不知道。这便是永安国史上最大的未解之谜——血洗鎏金宴。"

芳心国师，一个一片空白、你不知他到底想干什么的神秘凶手。若非他唯一的徒弟就站在这里，简直令人怀疑他是否存在过。

师青玄越想越毛骨悚然，道："就……就真的，什么都不知道？难道就没人偷偷取下过那张面具看看他的脸？"

灵文道："这就要问那位太子殿下了。"

殿上又齐刷刷去望郎千秋。灵文道："故事至此，并未完结。芳心国师血洗鎏金宴后,那位太子殿下举国通缉,终于将之生擒,并以四十九颗桃木钉将其钉入棺中,令永世不得开启。想来,如果世上谁可能看过芳心国师的脸,恐怕也只有泰华殿下了。"

郎千秋却缓缓摇头道:"没有。他那张白银面具是个妖物,认主。主人不取面具,它便不会让旁人得逞。直到他死,我也没看过他的脸。"

有神官道:"那试过招魂吗?招他的魂,拷问他呀。"

郎千秋道:"试过,招不来。"

众神官大感刺激,略感失望,都道:"可惜,恐怕要永远是个未解之谜了。"

郎千秋却忽然冷笑一声,道:"未必。"

他竟然冷笑。殿上相识的神官都大是惊讶,这可完全不是往日的泰华殿下!

应当说,今日的郎千秋一直都很反常。换作往日,他早站着睡着了,又怎么会冷静专注地听到现在?

角落里的谢怜一阵头晕目眩。他听到郎千秋道:"招不到他的魂,当然是因为他没死。"

"钉了四十九颗钉子还能没死?"

郎千秋道:"没死。而且,我说我没看过他的脸,那是从前。"

师青玄奇怪道:"什么叫'那是从前'?难道你如今就能看到了?"

谢怜听不下去了。

他腹中有什么东西在灼烧沉浮,有种已经七窍流血的错觉。他都听不到郎千秋接下来说了什么,自然听不到四周骤然的鼎沸。

他只看到,一只手猛地抓住了他的右腕。一抬眼,郎千秋愤怒的目光等待多时,几乎瞬间就将他焚烧殆尽!

他死死抓着谢怜,一字一句咬牙道:"我明明亲手把你钉进棺材里,你是怎么出来的……国师?"

谢怜不知自己此刻是什么表情,但他能看到郎千秋此刻的脸有多恐怖。他倒退一步,心中有个声音说"完了"。

神武殿中,哑了,惊了,屏息三声后,轰的一声炸了。

沸粥之中,师青玄蒙道:"什么国师?不是我想的那个国师吧?"

谢怜定定神,刚想开口,郎千秋一句就打散他要说的话:"别想否认。这几日我去查看了墓地,棺椁早就被人破坏过。放在里面的尸骨,也根本就不是人的尸骨!"

师青玄道:"即便如此,也不能妄下定论就是他呀!千秋你还有什么证据没有?这事万一弄错了可难看得很。"

郎千秋头也不回地道:"没错!当年几百个法师都镇不住芳心,可鬼赌坊里他一碰那剑它邪气就散,除了它的主人还有谁能让它那么听话?"

师青玄诧道:"那剑不是个赝品吗?"

郎千秋道:"我本来也是这么以为的,以为或许是弄错了。可是他不该在我面前用剑!"他五指一用力,转向谢怜,"你当我瞎吗?我的剑是谁教的?你居然还敢用那招?你真以为我认不出来你?"

谢怜伤口迸裂,额头冷汗和伤口鲜血齐流,他一会儿想,弯刀厄命留下的伤口果然非同小可,竟能让他痛到这种地步;一会儿又想,今天是无论如何都逃不脱了。

半晌,他才强作镇定道:"原来如此,是我大意了。"

竟然承认了!

他一承认,四周唰唰空出了一大片。郎千秋道:"你承认了,很好。"

谢怜缓缓摇头,道:"不承认你也不会信的。"

郎千秋道:"我一直在想,你究竟是为什么要做那种事,我怎么也想不明白,我以为永远都想不通了。直到今天,我才知道,原来是为什么。"

谁也不必问他一句"为什么"。谁不知仙乐国是为永安国所灭?谁不知谢怜就是因为仙乐国破,才从风光无限的天神跌落凡尘,沦落至此?

谢怜反倒越来越平静了,道:"所以,你今天想怎样?"

郎千秋死死攥着他,道:"我想怎样?今日望帝君与诸位都做个见证,此人与我,血海深仇,我也不求将他就地正法,我要跟他决一死战!"

师青玄一听不好,连忙说道:"要决一死战也……也不能这个时候。太子殿下右手带伤,还是帮千秋你挡了花城那一刀才受伤的,不适合啊!"灵文也道:"两位请先冷静,神武殿内不可动武。"

谢怜却知道,这定是他想了好几日的决定,绝无转圜的余地。果然,郎千秋道:"这很好办。我们出去打,他废了一条手臂,我也废一条手臂。这人的恩我不敢领,我现在还他一臂!"

248

见他真的提手就要自断一臂，谢怜忽然脸现愠色，甩手一掌道："你这是干什么！"

郎千秋被他一掌打断了自残之举，怔住。旁的神官亦是怔住，刚才他还温温的一副沸不起来的模样，怎的就突然被点燃了？

谢怜脸上余愠化作冷意，道："一个武神，壮士断腕，可为亲为友为名士，为情为恩为义举。为一己之仇，你怎么回事？"

郎千秋马上反应过来，指他道："你少教训我，你没资格！废话少说，要打就打。"

谢怜无声地吐出一口气，道："我不想跟你打。"

郎千秋道："为什么？你还怕我不成！"

谢怜微微昂首，道："太子殿下，是你该怕。跟我打，你必死无疑！"

狂妄！

郎千秋被他激怒了，险些冲上去掐住他脖子："你还怕打死我吗？你直接杀我灭口岂不是更好！"

风信和慕情立刻架住了他，谢怜面无表情任他扯着自己胸前衣领。师青玄也打圆场道："先别这么激动，我看太子殿下不像做这种事的人……"裴茗远远抱着手臂看热闹，道："真羡慕太子殿下能得风师大人一力担保，仗义执言。我们小裴就没这个福分啰。"

师青玄大怒："裴将军你不要混淆视听，小裴的事能一样吗？我是亲眼见他恶行的！"

裴茗笑眯眯地反问道："有什么不一样？泰华殿下还亲眼看见太子殿下把他族人的尸身大卸八块呢。"

师青玄据理力争："那不一样！尸身是尸身，不能证明是他杀的！"

"把尸身大卸八块，也很过分啊！而且如果不是他杀的，又为什么要毁尸灭迹？"

师青玄语塞，又道："芳心国师不是戴面具的吗？我看八成是被人冒充了！"

裴茗道："这就是你不懂了。青玄，你非武神，武神看身法比看脸更准。泰华殿下乃芳心国师亲传弟子，一招一式一出手刻骨铭心，不可能认错自己师父。诸位说是吗？"

一圈武神点头称是。正不可开交，忽然，一个声音自最上方传来。君吾道：

"够了。"

他只说了两个字，大殿瞬间噤若寒蝉，各人光速归位，皆转向上方，不敢斜视。谢怜也挥开了郎千秋的手。

君吾抚额而坐，脸色淡漠。但谢怜看得出来，他已听得头痛欲裂，是以不等发落谢怜便抢着道："帝君，事已至此，仙乐有个不情之请。"

君吾虽然一脸肃穆，但在谢怜看来，他明显更头疼了，道："你说。"

谢怜道："请您贬我下凡。"

照理说，"贬"就是对一个神官最重的打击、最大的羞辱了。可看谢怜这个样子，旁人唯恐避之不及的贬谪对他来说跟少吃一顿饭似的，毫不以为耻，贬他真是一点"大快人心"的感觉都没有，只略胜于烫死猪。

谢怜的想法则较为实际。反正也是要被贬的，不如主动提出，早些滚蛋，免得旁人还要为对他的惩罚再争论几场，浪费时辰浪费精力，平白让君吾听撕扯听得头痛。他没得到回应，又道："请帝君贬我下……"

话音未落，君吾拿下了抚额的手。二人目光一对上，谢怜立即闭嘴，不由自主打了个寒噤。

君吾平静地看着他，道："仙乐，你以为上天庭是什么地方？想来想走，随便跟我打个招呼就行了吗？"

他语气依旧平和，但谁都能看出，君吾的心情不是那么好。

谢怜低下头，道："是我逾越了。"

他不敢说话了。不光是他，殿上谁都不敢说话，只敢屏息把自己缩得小小的。

君吾从不发脾气。就算神武殿下面吵翻天，他也可以微笑不动稳如泰山，最后一锤定音。没有人见过他动怒的模样，但越是这样，一旦他动怒，后果就必然越是可怕！

漫长的无声压迫后，君吾才道："回你的仙乐宫。"

殿中人皆松了一口气，谢怜却怀疑自己听错了："回仙乐宫？"

君吾道："你被禁足了。在我想好怎么处理你之前不允外出，在里面给我面壁思过。任何人不得会见！"

谢怜道："可是……"

君吾打断他道："你也被禁言了。带走，散！"

师青玄松了口气，用力吹了几句帝君英明。君吾似乎给他吹得更头疼了，看了谢怜一眼，沉着脸离开。

可郎千秋还死死盯着谢怜，没人敢惹他，只有裴茗走过来拍拍他的肩，道："不用担心，帝君嘛，向来是最公正的，相信一定会给你个公道，不会偏私的。走吧，不要再看了，逃不了的。"裴茗笑着拖着他走了。

师青玄觉得裴茗落井下石，大怒，狂戳他背影："裴茗这厮，什么人品！"

灵文夹着卷轴走了上来，叹道："太子殿下，你真乃奇男子。神武殿从来没有这么乱过，帝君他，也从来没有这么生气过。"

谢怜干笑两声。灵文摇头道："你方才为何要故意激帝君贬你？好在他不日便要出仙京、镇山海，禁足期间，还请殿下好好面壁思过吧，千万不要再多生事端了。"

侍立殿中的青铜士兵们早就围了上来。这次终于可以拿住谢怜了，它们长戟尾铛铛敲打地面，竟是迫不及待。谢怜哭笑不得，道："好了好了，知道了，这就走了。"

师青玄道："太子殿下你放心，我相信你，真相迟早会大白的！"

谢怜却摆手道："还是不要白了，真相没准更黑呢。"

师青玄因为烧了极乐坊还让谢怜背锅，本就心中有愧，听他似心灰意懒更是同情，搜肠刮肚安慰道："你也不用如此悲观，帝君对你一贯是很不错的，他方才虽然看着很凶说得吓人，但你仔细想想，不就是一个'拖'字诀？这拖着拖着，说不定转机就来了！而且你看，他说任何人不得会见，那就是千秋也不能来打你，至少……呃，至少你很安全。"

谢怜看看他，扑哧一笑，又叹了口气，道："但愿如此吧。"

回到仙乐宫，谢怜心想觉得它兆头不好果真没错，就又迷迷糊糊睡了。自然，睡得很不好，滚了一地，被什么东西硌醒。迷糊中他一摸，愣了。

摊开手，掌心里是两个骰子。

他脑海中不由自主浮现出了一片枫红，不知是红衣还是烈火。看了它们一会儿，谢怜低声念道："孤注一掷，死亦无悔。"

骰子丢在地上，骨碌碌几滚定住，是两个惨淡的"一"。看来，花城借他的运气已经被花光了。

谢怜忍不住笑了一下，摇了摇头，又叹了口气，道："三郎啊。"

忽听身后咔啦一声，他一把将脸上笑意和地上骰子收了，回头道："谁！"

他再一看，又讶异："是你？"

翻窗进来的不速之客一身黑衫，面容白皙，唇色淡薄，神色也淡薄，分明是武神，却像个年轻的宰相，不是慕情又是谁？

谢怜很困惑："你干吗？"

慕情落到殿内地上，冷冷地道："谁让你被禁足，面壁思过谁也不许会见？当然只能翻窗了。"

谢怜道："我没问你干吗翻窗，我问的是你干吗过来啊！"

慕情抛了个东西给他，谢怜左手一接，竟然是一瓶药。

打谢怜第三回飞升后，慕情对待他的态度，只能用一个词来形容——"阴阳怪气"。而此时谢怜大祸缠身，他却忽然做出这种友善举动，谢怜想了想，没有拒绝，只是更疑惑了："谢谢。不过，你有什么事吗？"

慕情不答，绕着他走了两圈，忽然道："你真的就是芳心国师？你真的血洗了鎏金宴？"

谢怜不明所以，道："是啊，是我。"

慕情道："你为什么这么做？为了报灭国之仇？"

他目光中有隐隐的激动，声音都有点变调了，仿佛等一个机会等了多年，终于就要抓在手里。谢怜正感觉不太对，这时又是咔啦一声，两人齐齐回头，居然又翻窗进来个人，这回还是风信。他一进来便见两人拉扯，立刻警惕地打量慕情，道："你在这里干什么？"

他已经快把"这人是不是想落井下石"的怀疑写在脸上了，谢怜道："他来给我送药。"

慕情哼道："这里又不是你家，你能来我不能来？"

谢怜道："不，你们两个都不该来。请回吧！"

风信忙道："你等等，我有话问你。"

谢怜苦笑道："你也是想问我是不是芳心国师吗？是啊。"

风信没想到他答得这么干脆，半晌才挤出一句："为什么啊？"

谢怜耸耸肩。慕情却冷笑起来："什么为什么？以牙还牙，天经地义。他怎么就不能报仇了？"

风信怒道："滚吧你！你以为谁不知道你那点龌龊心思，巴不得他坏事做绝你就高兴了！"

慕情道："你有什么资格叫我滚？真是笑死我了，当初标榜自己最忠心最坚定、绝不会背叛太子殿下的人又不是我。谁知你也不过是五十步笑百步，比我多了个粉饰借口罢了，什么不忍亲眼见旧主堕落才跑路的，你不就是不想再跟一个废人捆在一起蹉跎年月了吗？"

谢怜："抱歉，废人是指——我吗？你们当着我的面这样说不太好吧……喂！"

"砰砰！""砰砰！"谢怜惊呆了。

他跟郎千秋都还没打起来呢，这两个人倒先打起来了！

他们三人年少时候，慕情讲话细声细气，都不跟人对着吼，而风信若是打谁，那都是谢怜叫他去打的，让打就打让停就停，如今却没一个肯听话。二人积怨已久，打作一团各骂各的，连对方的骂声都不听，更别说谢怜的了。

谢怜喊道："你们打归打，不要砸墙，这宫殿是全新的，我今天也是第一次进来……来人啊，把他们给我拖出去！"

他拖着一条手臂就往外冲，谁知没冲几步，前方一声巨响。风信和慕情双双住手，望向巨响传来之处。

仙乐宫的大门，被人一脚踹开了。

大门之外，不是仙京那条宽阔坦荡的神武大街，而是一片无边无际的黑暗与死寂。

黑暗之中，无数凛冽的银蝶扑面而来。

第十五章

玲珑骰只为一人安

银光乱闪，谢怜以手遮挡，他腕上若邪遇杀气会自动迎击，可那些银蝶根本没有袭击他，而是穿过了他，直扑向他身后两人。

风信和慕情吃过这死灵蝶的亏，深知它们厉害，瞬间一齐举手。成千上万只银蝶朝他们扑去，拍翅如疾风，在两人面前被一道无形的壁挡住，暴雨般打得砰砰作响，撞出激烈的白光，犹如火星四射。

这些死灵蝶势不可当且无穷无尽，如飞蛾扑火，疯狂至极，两人也被这阵炮火般的蝶雨打得眉头紧锁。这时风信听到谢怜"啊"了一声，以为他受伤，立即道："别站那里，快到后面来！"

谁知谢怜一回头："啊？你说什么？"

两人定睛一看，几乎当场要飞出一口凌霄血。只见谢怜毫发无伤，手心托着一只小小的死灵蝶，脸上还有点蒙。原来，方才那阵汹涌的蝶风刮过时，有一只好像有点笨，撞到了谢怜的额头，抖落一层淡淡的灵光，谢怜还以为是自己眼冒金星，这才"啊"了一声。那小银蝶见撞到他，慌里慌张地，原地转了几个圈，在谢怜面前扑翅了几下。谢怜看它这么努力，不由自主伸出手掌虚托在它下方，那小银蝶便在他手心上欢快地乱拍，不走了。

见状，风信额头青筋暴起，道："瞎玩儿什么，不要用手乱碰东西！很危险的！"

谢怜心想我觉得每次跟我见面就要打架和乱扔东西的你们更危险，忽然手腕一紧，竟是有人一把抓住了他，用力一拉。他整个人便被拉进了大门后的一片漆黑里。

身陷黑暗之中，他却没有丝毫不安。这黑暗非但不令人恐惧，反而像是一层温柔的铠甲，令人莫名安心下来。

慕情难以置信道："你好大的胆子，居然敢上仙京来捣乱，未免太猖狂了！"

一个声音笑道："彼此彼此，你们在我的地盘不也挺猖狂的吗？"

虽然黑暗背后那人尚未现身，可银蝶已呼啸而至，来人是谁，还会不知吗？谢怜的心高高悬起。风信道："把人放下！"

花城嗤道："那要看你们有没有这个本事了。"

一语掷地，大门重重关上！

谢怜感觉一只手紧紧籀着他的手腕，四面八方都是黑黝黝的，被那黑靴银链的叮叮清响扰乱了沉寂。脚下高低起伏不平，门外通往之处果然不是坦荡明亮的仙京大街，而是一片荒野山谷。谢怜认出这是通往鬼市的那片山谷，忙道："这是做什么！你快放开，让我回去。"

花城冷然道："不。"

谢怜道："让我回去！你这样直接闯上仙京劫人，上天庭不会善罢甘休的……"花城打断他道："已经闯了，门我都开到了仙京，回不回去他们都不会善罢甘休，难道我还怕他们？"

最不可思议的地方就在这里了，花城居然能在仙乐宫的大门上动手脚，视仙京结界如无物，开门就把他掳了下来！谢怜想起之前君吾对他说过，花城在上天庭埋子比他更早，这下可印证这一点了。

他呆了一会儿，越想越觉这事太严重了，道："我还是回去，兴许现在还没闹大，我就说是我自己跑的……"

花城却一把将他拽回，一字一句地道："那我就把它闹大！我劫出来的人，岂有还回去之理？"

谢怜道："你……"

突然风信的怒声炸开在耳边："灵文！太子殿下被劫走了！"

谢怜暗叫糟糕，这下迟了，捂不住了。声音虽在耳边，人却不在眼前，风信是在通灵阵里喊的，瞬间炸出一片神官。师青玄第一个冒出来："怎么可能？这里可是仙京，仙乐宫跟神武殿就一条街，谁敢过来劫人？"

君吾不镇守仙京时，一切事务由灵文殿暂代处理。灵文淡定依旧："知道了，我去看看。太子殿下你在听吗？能应声吗？"

谢怜正要答话，花城却忽然转身，探了两根手指过来。那冷冰冰的指节轻柔地搭在他太阳穴上，花城笑道："许久不见了，各位好啊！"

他这二指轻轻一搭，便通过谢怜，搭进了上天庭的通灵阵。这泰然自若的一句，不光在他身旁的谢怜听到了，其他所有神官也都听到了，瞬间空气凝结，无人再乱。

难怪如此嚣张，原来是这位啊！

谢怜没想到他说要闹大就当真如此决绝，直接宣告自己身份，惊呆了。花城又道："不知道你们有没有想我，反正我一点也没有想你们。"

"……"

这边天界确实有不少神官每天都在暗暗想他，但是一听他说没想他们，纷纷默诵经文祈求他今后请继续不要想他们。随即，花城继续道："不过我近来闲得很，要是有人也很闲，想过来跟我切磋一下，那是非常欢迎的。非但此次欢迎，今后也长期欢迎。"

意思再明显不过了：谁要是够胆敢追上来，下次我就去找这个人挑战！

这挑战，接了必输无疑，不接颜面扫地。岂非赤裸裸的威胁？

花城说完就移开那两根手指，放开谢怜手腕，道："别理他们，跟我走。"

他声音低低的，听不出情绪。而他放开谢怜的动作极快，几乎像是甩开了。谢怜本来觉得也许是花城知道了他被禁足，特地来救他的，虽忧心忡忡，但也隐隐高兴。可花城一撒手，他又猛地记起，他才烧了花城的极乐坊和兵器库，放走了花城抓住的卧底，花城难道不更有可能是来找他算账的吗？

两人一前一后，谢怜越想越内疚，决定还是先主动道歉："花城主，对不起。"

花城脚下一顿，道："你为何要说对不起？"

他口气有些生硬，谢怜心想糟了，真生气了。

他感觉自己人都低了几寸，道："我去鬼市，原是为调查地师失踪之事，之前是……骗了你。"

花城道："我知道。"

谢怜又低了几分，道："你盛情款待，我却烧了你那全是珍品的兵器库还有极乐坊。我真的很过意不去。"

花城道："兵器库我不是已经送给你了吗？烧了便烧了，有什么过意不去的。"

完了。

不知是不是错觉，谢怜从他声音里听出了一丝冷意，眼冒金星地想："这难道是在嘲讽我？"

他小心翼翼地道："花城主，我知道'过意不去'没多大分量，但我一定会竭尽所能补偿。就是时间可能久一点，如果你不介意……"

花城却忽然道："为什么你要补偿我？"

他像是再也听不下去了，猛地转过身来，道："你忘了是我用这把诅咒之刃伤了你？你又为什么要说对不起？为什么还要你来补偿我？"

谢怜都快忘了这手还有伤，被他怒容一惊，这才想起，忙道："你说右手？我右手没事，快好了。况且这根本怪不得你啊！"

花城定定望着他，左眼里的眸光异常明亮。而谢怜忽然觉察，他好像在发抖。

再过片刻，他却发现不是花城在发抖，而是花城腰间的弯刀厄命在发抖。

那银色的弯刀悬在红衣之上，颤抖不止。那只银线勾勒而成的眼睛也是。若它长在一个孩子脸上，那这个孩子此时此刻肯定就是在哇哇大哭了。谢怜伸出手去想摸摸它，道："这是怎么了？"

花城却微一侧身避开了，还在刀柄上狠狠拍了一掌，道："没怎么。别理它。说你是诅咒之刃说错了吗？"

令三界人士闻风丧胆的弯刀厄命被他一巴掌打得一震，抖得更厉害了。谢怜忙按住他手道："花城主！何必当着它的面这样说？也别打它了……"

那边通灵阵里，风信心急如焚地道："他们到底去哪儿了？"

慕情比他冷静得多，道："仙乐宫大门被花城动了手脚，用缩地千里连到了别处。但要怎么启动这个法阵？"

灵文道："据以往情报，这是血雨探花最爱开的一个玩笑，您得拿个骰子在门口丢一下再打开。"

风信道："行！我先试试。"

谢怜在这边全听到了。在地龙洞和野人精前夺命狂奔的狼狈不堪仍历历在目，他试图挽救："等等，不要动！"

但似乎已经迟了。不多时，风信突然就破口大骂了起来，为净视听在此不做转述，他怒中还带着一丝恐惧，大家吓了一跳，问："怎么啦怎么啦？"

师青玄道："千万小心，这个骰子不能乱丢的，很看手气！"

慕情的声音传来:"你怎么现在才说?"

师青玄意外地道:"咦?慕情你也一起去追了?没想到啊没想到,原来你也很关心太子殿下嘛!"

谢怜也忙问这法术的主人:"这骰子把他们送哪儿去啦?"

花城道:"他们来掷,什么地方最恐怖就会到什么地方。"

谢怜一把捂住了脸,知道那两人去到什么地方了。风信一贯谈女色变,对他而言,世界上最恐怖的地方绝对就是——女浴堂!

那边,两人似乎终于逃出生天。慕情当然不会放过这种挖苦对头的机会,啐道:"真是伤风败俗!"

风信:"我怎知会到那种地方?又不是我想去的!有本事你来。"

慕情:"我来就我来。"

谢怜有极为不祥的预感,但没法阻止。果然,不出片刻,慕情掉了一地的鸡皮疙瘩都要顺着他咬牙切齿的声线爬进谢怜耳朵里了:"世上怎么会有如此不堪入目之地!"

师青玄道:"你们又换地方了吗?听着像是手气不太好啊,这次又到了哪儿?"

风信倒是淡定了:"好像是个丢秽物的山头。"

"……"

也许因为从前是清扫杂役出身,慕情对于"肮脏"格外无法容忍,不清理干净就浑身不舒服,可以想象,这样的他突然置身一座秽物山头,被四面八方排山倒海的剩饭剩菜、灰尘沙土、腐烂气息以及不明黑暗物所包围,会是何等的窒息。风信道:"你乱轰什么!"

那边传来震耳欲聋的巨响,想来是慕情无法忍受也无法清理,便打算毁灭一切了。风信道:"你这是想同归于尽吗?整个山头都被你夷为平地了!骰子还我,你手气也不怎么样!"

慕情道:"有什么不好?这样看着干净多了。骰子给我,还是我来。"

风信大怒:"我刚才不是已经给你了?别说你弄丢了!"

两人都一口咬定对方手气不好,几句不对开始互轰,众神官看热闹不嫌事大,恨不得呐喊助威,只有谢怜于心不忍,对花城道:"花城主,要不然还是放他们走吧?"

花城道:"我又没不放他们,是他们自己要跟上来的。"看样子,他是不打算解救他们脱离苦海了。只听师青玄纳闷道:"奇也怪哉!你俩运气总不可能比太子殿下还差吧?怎么他一丢就丢出了花城,你们尽是这些玩意儿?他到底丢出了几点?"

他这么一说,谢怜也大为庆幸,自己居然难得地运气不错,没进女浴堂也没进垃圾山,问道:"那骰子我方才好像是丢的一个二点。是不是只要投出二点,就能见到你?"

刚说完他就发觉,这个问法有点微妙,听起来仿佛他在打听如何才能见到花城。花城却道:"不是。"

一丝窘迫油然而生,加上他的法力刚好在此时耗尽,再收不到通灵阵那边的动静,陡然的安静令场面更添尴尬。谢怜搔了搔脸颊,道:"哦,那我弄错了。"

花城走在他前方,道:"如果你想见我,不管丢出几点,你都能见到我。"

"……"

花城道:"丢骰子时,你不是叫了我的名字吗?我权当你是想见我,就去了。"

谢怜的心里好像有一个呆呆的小木鱼,突然被一个小银锤敲了一下,"噔"的一声,清脆动人,余音不休。

半晌,他才道:"你来,就是因为这个?"

花城反问道:"不然呢?上天庭这种地方,还有别的理由值得我出现吗?"

谢怜一时词穷,道:"你……"

花城道:"我怎么了?"

谢怜哑口无言,叹息着投降道:"算了。"

他和花城说话,总好像被温柔地将了一军,无力还击,又输得心甘情愿。他是真没话说了。

忽然,远处一道炫目白光划过天际。一声惊天动地的金石裂响,什么东西挡住了他们的去路。

待那道白光渐渐冷却淡去,谢怜才看清,这横空出世的,是一把剑。

剑身修长纤细,斜插入地面,兀自震颤。一道身影也随之落在一旁。剑是芳心,人是郎千秋。看来,虽然同为太子殿下,但郎千秋的运气,从来都比谢怜好得多,只有他投出了正确的点数。

这剑也不知郎千秋是怎么从神武殿拿到的,想来没走正途。花城负着的手微微一动,谢怜举手拦住他道:"等等。这是我们之间的事,不必劳烦你了。"

须臾,花城才道:"好。"

谢怜几步来到芳心之前,左手将它从乱石之中拔起,在剑锋上轻弹了一下,发出"叮"的一声清响。

几百年后,芳心终于重新在他手中被唤醒了。

它在谢怜手上发出低沉的嗡鸣。不远处,花城的眸光也被这不绝于耳的剑吟激得雪亮。

郎千秋也用左手拔出了剑,冷然道:"你总算肯正视真正的自己了。"

谢怜却道:"什么才是真正的我,你从来就没有了解过。"

他轻声道:"太子殿下,你不是想打吗?来吧——这是你自找的!"

七步已到,剑动!

剑光绚烂,人影如梭,两人瞬息之间已在谷中轰轰隆隆地拆了十几剑。

天下归心流是君吾所创,也是现今武神们修习得最多的第一流武道。仙乐太子谢怜修的是此道,永安太子郎千秋修的也是此道。

郎千秋已经是极为出彩的天下归心流传人,但和谢怜一比,明显一个稍稍显稚嫩,一个却纯熟如呼吸。天下归心流是法力越强,发挥越强。他们若是法力旗鼓相当的话,恐怕早就分出胜负了。不过,谁让法力也是实力的一环呢?

可谢怜虽是稳占上风,眉头却是越蹙越紧。再过小半炷香的时间,他仿佛再也忍不住了,忽然一收手,道:"你打的这是什么东西?"

郎千秋一愣。谢怜格开一剑,道:"天下归心流乃王者之武道,讲究气度从容、开阔光明。方正大气,方能久远。你一味疯打,当自己是舔刀尖卖命的死士?"

他从前教郎千秋就这么严厉,以往错了一招就被暴打成猪头的糟糕回忆历历在目,郎千秋微感窒息,咬牙更拼。一会儿,谢怜又看不下去了,道:"你怎么回事,要义全忘光了?你以为这种打法很凶很猛威力很强?你浑身上下都是破绽,再这样下去不出三招你就要死在我手里。"

郎千秋额头青筋都出来了,道:"闭嘴!"

他哪里不知天下归心流的要义何在?只是仇人当前,如何雍容?而且如果按谢怜说的做了，好像反倒被他提点了一样。

更令人气愤的是，他这边君心尽失，对方一招一式却都气度从容、开阔光明，全然如天下归心流的范本一般，哪怕拿尺子比都挑不出一丝差错。

凭什么！一个满手鲜血的凶手，凭什么修这种开阔光明的武道，而且还修得一派坦荡？仿佛他真的光明磊落一样！

郎千秋越想越恨。见他神色间戾气越来越重，谢怜喝道："三。手臂，收！"

芳心剑刃"啪"的一声打在郎千秋小臂上，郎千秋冒出一滴冷汗，觉惊险至极。

如果这一剑不是以剑身平拍，而是以剑锋直斩，他的手已经断了！

但对郎千秋而言，可能被斩了还好受点，因为被剑刃拍过的地方火辣辣地剧痛，仿佛小孩子被先生用戒尺拍了手心。可还没完，谢怜又喝道："二。重心，偏了！"

"啪！"又是一剑，打在他胸前。

郎千秋不由自主收回了重心，怒道："你在打什么！"

谢怜反手再一剑，道："是你自己要打的！最后一招，一。足下，飘了！"

最后这一记，打在他腿上。这一下最痛，郎千秋也发现了，谢怜他、他根本就是把芳心当戒尺用！

谢怜又一挑，挑飞了郎千秋的剑，道："三招已过，你已经死了。"

郎千秋忍无可忍，一把拍开他抵在自己喉前的剑锋，道："你够了没有！我是来和你决一死战的，不是来跟你上课的！"

谢怜反手又是一剑抽在他手臂上，仿佛要不是他矜持他就补上一脚了，道："你凭什么跟我决一死战？你看看你刚才打的是什么东西，你哪来的胆子这么说？你配吗？上天入地，够资格和我决一死战的一只手就数得完了，你以为你在里面吗？"

郎千秋要被他那一脸"在下三界第一"气疯了，想也不想再次拔剑，道："再来！"

谢怜严厉地道："你心气不正，戾气太重，再来一万次也没用。你不肯听我一言，只因说话之人是我，你以为你这是在对抗我？你这是在拿你的武道赌气！这是你能赌气的东西吗？"

郎千秋被他说得牙根发痒，恼火至极。恼到极点，突然心头一片放空，一剑飞出!

出剑快，躲得也快。谢怜急速闪避，"咦"了一声，一摸脸，手上一缕血丝。抬头，脸上也现出了一道细微的伤痕。

花城脸色一变。谢怜却眉头舒展，赞许道："这才对了。"

郎千秋一跃而起，二人再次开打。果然如他所言，接下来，郎千秋招招沉着，剑剑漂亮。天下归心流重法力，他原本法力就比谢怜强，调整了心气后，迅速扳回优势，这回轮到谢怜渐渐有些招架不住了。恰在这时，郎千秋凌厉至极的一剑发来。

这一剑可了不得。谢怜不假思索用右手去挡。可他偏偏忘了右手还有伤。短兵相接，剧痛蔓延！

花城身形微动，但毕竟谢怜有言在先，还是定住了。那边，谢怜被右手剧痛逼得双目圆睁，险些当场跪地，登时好大一个空门！

郎千秋提剑就要上，但很快反应过来怎么回事，又见谢怜面露痛苦之色，想起他这条手臂是怎么受伤了，迟疑了一刹那。

就这一刹那，胜负分晓。郎千秋重重倒地。

愕然中，他低头一看，这才发现，不知什么时候，一条雪白的绫已经如毒蛇一般缠住了他！

谢怜丢开芳心就抹了把汗："好险好险。"干笑两声，谢怜拍了一张定身符在他身上，收了白绫。

郎千秋不可思议地道："要打要杀用剑解决，用这种手段偷袭算什么男人？"

谢怜充耳不闻，别说骂他不算男人了，女装他都穿过了，开口就是"我不行"，难道会在意这个吗？他语重心长地道："生死关头能活就好，别的不要在意了。"

郎千秋惊呆了。此人还是永安国国师时，对他的教导从来都是什么光明磊落一往无前，他真没想到居然会有一天从同一张嘴里吐出这种话，道："从前的你不是这样的！"

谢怜道："我很早就对你说了，不要擅自在心里给我立一座神圣不可侵犯的丰碑。其实我从来都是这样的。"

他在郎千秋边上蹲下来，道："单论剑术，你是有长进，但气度是怎么回事？天下归心流非是以爆发见长，你修习它的话，这么容易血气上头、难以自控，是没法儿更上一层楼的。"

郎千秋快要爆炸了："你凭什么这么跟我说话！你很了解我吗？"

谢怜笑了笑，道："千秋，我就是很了解你呀。"

郎千秋一怔。谢怜道："你这孩子就是心太软了。当初往我胸口钉钉子都要大哭一场，到了今天你看到仇人受伤还会犹豫收手，这么多年了你还是这个性子，我很高兴。但是我又很担心，因为如果你的对手不是我，你现在真的已经死了。"

顿了顿，谢怜又道："你很适合天下归心流，王者气度虽重稳，但更重仁。只是，你还需沉淀脾性，弥补空门。你再恨我，本心也不可失，否则得不偿失。方才我打你那三下记住了吗？一定要记住——不泄战意，本心不移，脚踏实地。"

郎千秋看上去像恨不得捂住双耳："你凭什么用这副口气教训我？你凭什么以我师父自居？"

谢怜道："以后不会了。"

郎千秋一愣，谢怜又道："这是最后一次了。毛病要改，剩下的，就靠你自己慢慢琢磨了。"

见他起身要走，郎千秋立刻道："你站住！"

谢怜已经转身，头也不回，捡了芳心，对花城道："久等了。别的事我们到别处说吧。"

花城颔首道："好。"一面走，花城一面抓住他右手。谢怜先是一愣，随即从右手上急速缓解的疼痛得知花城正在帮他疗伤。正要道谢时，郎千秋在后面喝道："你站住！你跑什么？你怕什么？有本事跟我对质！你是有多恨我，那天是我十七岁生辰啊！"

花城微微蹙眉，谢怜对他干笑一声，脚下加快，道："走吧、走吧。"

郎千秋知道他不会回头了，索性痛骂起来："谢怜，我看不起你！你这种人，就是天底下我最讨厌的那种人，自己过得不好就见不得别人好！事到如今又凭什么摆出一副好人的面孔？你算什么狗屁师父啊！我是绝对不会变成你这种人的！"

谢怜原本低头走得飞快，听到最后一句，脚却突然像被钉在地上。花城也一起驻足，脸上一丝怒容一闪而过。

谢怜突然折回，指着郎千秋道："你刚才说什么？有胆子再说一遍。"

郎千秋当然有胆子。他仰着头，半分畏惧之色也没有，道："我说，我看不起你！你不配做我师父。我绝不要变成你这样的人。无论你曾经怎么对我，教过我什么，我都绝不会变成和你一样的人。绝不！"

谢怜抱着手臂，居高临下地看着他，面无表情地看着他。

好半晌，他才动了动嘴唇，扑哧一声——笑了。

郎千秋感觉受辱，又怒又惊："你笑什么？有什么好笑的？"

谢怜却笑得更肆无忌惮了，边笑边拍掌，大声道："好！好！说得好！"

他已经不记得上次笑这么开怀是什么时候的事了。好容易止住笑，谢怜眼角和鼻尖都泛起一层极浅的红，对郎千秋微笑着一点头，道："记住你今天说的话，你是绝不会变成我这样的。"

郎千秋道："你有毛病吧！"

谢怜微笑道："对啊，你今天才知道吗？"

"哈？"

郎千秋还没奋起继续痛骂，却听"砰"的一声，什么东西炸了。谢怜双目微圆，滚滚红烟随风斜飘。烟雾散去，郎千秋原先躺的地方只剩下了一个左摇右摆的不倒翁。不倒翁脑袋和身子都圆滚滚，剑眉星目，背一把长剑，神气极了。

花城一直抱着手臂冷眼旁观，现在终于出手了。他闲闲地走了过来，在这不倒翁上弹了一下，反手就把它不知收哪儿去了。谢怜蒙了："这，花城主，这是？"

花城歪了歪头，笑道："哥哥，这徒弟如此忤逆，不应再纵容。你心善下不了狠手教训，三郎越俎代庖一下，免得你辛苦。"

谢怜忙道："不不不你误会了，我早不是人家师父了。而且千秋是个好孩子，这不能怪他。"

花城淡淡地道："是吗？好在哪里？哥哥说来听听，也许我会被感动。"

谢怜马上道："比如，他没心机。"

"是缺心眼吧。"

"他很诚实！"

"是缺心眼吧。"

"他很……很……"

"是缺心眼吧。"

"我还没说呢……"

谢怜列举了一堆优点，谁知花城却始终脸上淡淡，不怎么认可的样子。谢怜只得道："你知道永安国与仙乐国的渊源，我原本并不打算与永安国有任何瓜葛，就是因为千秋才留下做了国师。"

花城看他，终于有了追问："为何？"

谢怜道："当年我是怎么做上永安国师的，相信也瞒不过你。"

花城道："花枝退魔。"

谢怜道："你说得真风雅，其实很狼狈的。总之就是，千秋他出巡祈福，被我救下。我带着他和一些护卫往皇宫方向走，路上不断有妖魔来袭，千秋当时身体不好，一直在车里昏昏沉沉地睡着。有一天我撞翻了那辆车，他醒了爬出来，一看到我……就哭了。"

花城不语。

谢怜莞尔，道："我当时以为他是看我一身杀气才哭的。因为我浑身是血，手里还提着一颗头，所以看他哭得哇哇的，我只好把头丢了去哄他，谁知他还号起来了。我那时杀了一路，也累得快要死了，再没力气哄小孩儿了，心里便觉得很麻烦，觉得他很娇生惯养，要知道，我小时候可没他这么爱哭。"

花城嘴角噙笑，似乎无意间揉捏了一下小辫末尾那颗红艳艳的珊瑚珠子，道："是吗？"

谢怜道："当然！话说回来，我本来想靠着那辆车休息一下的，没办法，只好走远点，免得他一直害怕得号。谁知我走了两步，他一下子扑出来挂我手臂上，问我，别人是不是欺负我。"

花城目光微动。谢怜道："我很奇怪，说，太子殿下这是什么话？没人欺负我呀。他却睁大了眼，问，那为什么刚才妖怪来了，所有人都不动，只有你一个人上去抵挡？

"其他护卫当场便跪了一地。场面快收不住了，我只好厚颜地说，那是因为我最强。"

花城道："哪里厚颜？实话罢了。想也知道，其他人必然都像废物一样躲在你后面等着捡漏了。"

谢怜噎了一下，道："不能这么算的。那些人大多肉体凡胎，看不到妖魔，上去只是送死而已,所以我让他们优先保护太子殿下。"

沉默片刻,花城道:"不公平。"

谢怜看看他,忽然一笑,道:"千秋也是这么说的。

"他说:'可是,这也太不公平了。所有人都没受伤,只有你伤得这么重!'"

他叹道:"那一刻我便觉得……真是个好孩子。后来他给我包扎伤口,说天说地,说他从小的愿望,说想拜我为师,学了我的本领,长大了去度化旧皇城的仙乐国怨灵。所有人都说,我救了太子殿下,但我觉得,其实也算他救了我。"

花城的脸侧了过去,看不清神色。谢怜道:"你怎么了?抱歉,我说太多了吗?"

花城回头,神色如常,微微一笑道:"没有,你说吧。我很想听。"

谢怜趁热打铁:"所以,花城主,你是最好的人,就别逗他了,他不经逗的,你就解开这法术吧。"

花城却理直气壮:"我不好,也不是人。"

谢怜哭笑不得:"你……"

花城道:"他在我的地盘大闹一场,我不过小施惩戒罢了。"

他这么说,谢怜倒不好意思继续求情了,只好道:"花城主,探你鬼市的主使者是我,无论他做了什么,都是为了帮我的忙,我难辞其咎。什么事我都答应你,可否请你不要计较他这一回?"

花城笑眯眯地道:"哦?什么事都答应我?"

谢怜连连点头。花城道:"说来,我这边的确有一件重要的事,哥哥可愿帮我一个忙?"

谢怜求之不得,立刻道:"什么忙?"

花城道:"现在还不能说,时机到了你自然会知道。哥哥要是肯帮我,现在就跟我走吧。"

谢怜怔道:"现在就走?这么着急?"

花城道:"现在就走。是一件很着急、很要紧、很危险的大事,一刻也不能等了。办完了事情,我就把郎千秋放了。"

绝境鬼王从不求人,既然要他帮忙,必然棘手,说不定是有强敌来袭。哪怕他手上没有郎千秋,谢怜也会帮他的。他本想和上天庭通报一声,但已经没了法力,加上转念一想,若是消息传回仙京,花城免不了又要被编派一番,不如他先斩后奏，帮花城把事情办完再带着安然无恙的郎千秋回去。那样上天庭最多也就怪他不及时通报，反正事情到了这个地步也不怕再多什么责罚了，他便点头道："那就走吧。"

花城佯装警告："这次哥哥决计不能不告而别了。"

谢怜自然一口应承："一定不会。"

第十六章
无名道杯水问二人

接下来几日，花城便以"帮忙"为由，让谢怜陪他去了不同的地方。

宁静小镇、巍峨皇城、深山老林，每到一地，花城都会给他讲些当地的风土人情。有时刚好是谢怜去过的地方，便是谢怜给他讲。这么一对，两人发现他们竟是在不少相同的地方留下过不同的足迹，只是往往前前后后错过了。

谢怜道："读万卷书不如行万里路，无怪花城主博闻强识。我从前就总觉得你好像去过很多地方，果然如此。"

花城也笑，轻声道："哥哥不也去过很多地方？可惜，这么久，我们竟然从来没有遇见过。"

虽然谢怜也觉遗憾，但还是安慰他："终究是遇见了，也不算晚啊。"

这日，花城玩心大作，一言不合就把几个恶人恶鬼变作不倒翁，狠狠戏耍一番。二人在几个脏兮兮的乞儿的叩拜中捧腹笑着溜走，谢怜道："你不是说你不管这些祈愿吗？"

见君川鬼画舫夜游那次，谢怜留意了几个难得正常的祈愿，都是孩子的愿望，本打算今后有空来帮花城完成的，没想到花城也记住了。花城对他眨眨眼，道："偶尔也管管。"

谢怜道："达官贵人的祈愿不管，却管这些小孩子的？"

花城道："那没办法，既是求我，应不应，天王老子也要看我心情，不是吗？"

二人相对而笑。谢怜更觉这鬼王虽吓煞三界，却常常流露出少年心性，实在可爱可亲，恨不得揉他一揉，道："所以，要我帮的忙，难道就是这个？"

花城道："自然不是。"

谢怜道："这也不是，那也不是，那么，到底什么是呢？"

开始，谢怜真以为他有事相求，全神备战，可渐渐地他就发现，花城每日除了为他疗伤、陪他游山玩水，根本无所事事。

弯刀厄命的伤的确带有诅咒，难以愈合，花城助力疗伤，痊愈速度大增，但还需七日。眼下已经过了五日，两人之间，好像只有谢怜还惦记着他那件"很着急、很要紧、很危险"的大事。每每问起花城，花城总是笑而不语，谢怜又不能过分催促，那样显得自己仿佛只想救了郎千秋就马上走人，便只能一直陪着他。不，应当说，是让花城陪着自己。

他大概猜到，花城只是以请他帮忙为借口，为他治伤罢了。

花城微笑道："那么，到底是什么呢？过不久你就会知道了。"

谢怜道："过不久是多久？"

花城道："嗯，我想想。总之，先把伤养好吧！哦哥哥你看，前面又到一座城了。"

谢怜就猜到他会这么回答，啼笑皆非，摇摇头。但循他目光望去，原本脸上含的三分笑意一下子收住了。

两人来到城门口，一抬头，"苍城"两个大字气势恢宏。花城走了几步，觉察与他并肩之人没了，回身道："哥哥？"

谢怜这才回过神，道："来了。"

花城道："别担心，来吧。"

谢怜心中一动，觉得他话里似乎有所指，但又拿不准，最后只好跟了上去，目光越过街边古老飞檐，落至远处黛青山岳，心下却没脸上那般镇定自若。

苍城之所以唤作苍城，是因为城依一座高山，太苍山。可在八百年前，它并不是叫这个名字。

那时，它乃是仙乐国的皇城。

谢怜自问如今已非喜欢感怀往昔之人，但他毕竟生于此、长于此。许是近乡情怯，又或是不想给自己感叹物不是、人亦非的机会，他已多年不归。沧海桑田，百年转瞬即逝，昔日风流富丽的皇都，如今满城人间烟火。

他边走边想："三郎为何要带我来这里？"

巧合？也许吧。只是，他实在不觉得，以花城的见识，会不知苍城旧名。

虽然故乡已如陌路，但走了几步，城中张灯结彩，倒是热闹非凡。原来他们来得巧，正赶上庙会。斗花的、斗茶的、斗蛐蛐儿的、搭戏台的、踩高跷的，好不热闹。二人闲逛一阵，忽见百人聚在一座大红的高台前，摩拳擦掌，跃跃欲试，谢怜看了半天没看明白，道："这是在做什么？"

一旁有人答："这位道长不知道吗？这是比赛，夺金花！你看那台子的顶端，看到没？上面放着一束金花。谁能第一个抢到那束金花供到庙里，谁就赢了！"

谢怜道："原来如此。夺得魁首，献上金花，神仙、信徒，皆面上有光。"

花城也像是饶有兴趣，还问上了："既然是比赛，抢到金花的人可有奖励？"

又一人答道："有的有的！只要你把金花供到庙里，许个愿，肯定能如愿！不信你问问，年年都是泰华殿下夺得金花，是不是年年都灵验？"

花城拖长了嗓子道："是——吗？年年都是他夺魁吗？"

众人浑然不觉，道："泰华殿下就是本城的城隍呀，不是他夺魁还能是谁？"

正在此时，街头一阵喧哗，有人嚷道："让一让、让一让！泰华殿下来了！"

谢怜一听，扭头一瞧，果然是郎千秋来了。不过，不是本尊，而是一尊金灿灿的神像。神像年轻俊朗，端坐在八抬大轿上，从容靠近。四面鲜花如雨纷纷落，都是路人所掷。那神像在人群簇拥之中游进了一座新漆光亮的庙宇，门口有华衣道人在发放不用钱的香火。看来，他们刚好遇上一座新殿落成，请神像入庙。

谢怜随人流游到庙门口，好奇地凑了个热闹的边角。他惯来是见香就上，正想进大门去看看，忽然瞥到脚下的门槛，一下子愣住了。而他身后，花城也慢悠悠上来了，道："有什么好看的吗？"

谢怜赶紧收回靴子，转身笑道："宫观庙宇，你见得多了，自然没什么好看的，我们不如去别处看看吧。"

花城的视线越过他肩头扫了一眼，似乎也没发觉什么，微微一笑，道："好。"

谢怜松了口气，两人走了一小段路，又回头看了一眼。忽听花城道："哥哥，你在看什么？"

谢怜回头道："没什么，新庙，好看，随便看看。"

花城却道："是吗？我却觉得这庙难看得紧。而且，瞧着不大吉利。"

谢怜奇怪道："城隍庙怎么会不大吉利？"

花城微笑道："就是不大吉利啊，看着像是很容易着火的样子呢。"

谢怜想起红衣鬼火烧神庙的传说，汗颜不止。这时，又有人来问他们："两位，前面去攀金枝吗？"

谢怜以为花城懒得理这种游戏，正要笑着推辞，谁知，花城却道："我要参加。"

谢怜奇了："你要参加？参加这个赛事？"

花城道："玩玩儿也无妨。哥哥在这里等等我吧？"

谢怜含笑点头："好，你慢慢玩，不急。不过，既是和凡人比赛，别吓着他们。"

花城应了，卷了袖子过小臂，这便加入高台下等待比赛的队伍。

时辰到，台下擂鼓三声，百人同时一拥而上，但不出片刻，全都被一个红衣少年轻松甩下，几乎开场就拉开了不可逆转的差距！

花城此刻是十六七岁的模样，笑容明朗，除了那几乎扎眼的俊美，瞧着便是一个爱打爱闹的人间少年郎。他攀到途中，还回头远远朝这边招了招手，霎时引起谢怜四周一阵骚动，一片花红柳绿的姑娘齐刷刷冲花台上回招手，个个只恨自己不是二丈身材、埋在人堆里不能叫那少年一眼看到。谢怜也笑着对他招招手。他瞧那花台高得很，要爬好一会儿。加上人都拥上去看夺花，挤在庙门口的就少了，便慢慢折返到那城隍庙门口。

泰华殿前，几名衣着华丽的道人正在对一群百姓宣讲传道："八百年前，仙乐古国战败覆灭，留下一城怨气冲天的鬼魂。为超度这些无家可归、无人祭奠的孤魂野鬼，永安太子郎千秋只身来此苦修，终于度化众生，功德圆满，飞升成神。自那以后，他便一直庇佑着苍城百姓……"

底下百姓极为敬爱这座城隍庙中供奉的神官，听着便拍起手来。谢怜也随着人群拍了拍手。

在永安以芳心国师身份存在时，几乎无人不怕他，因为他老一副冷若冰霜、高不可攀的模样，没事到处瞎晃，真就是无聊瞎晃，却被渲染解读成了极为神秘的恐怖活动。

他还爱搞些神神道道又毫无意义的仪式，仅仅是为了让自己看上去更符合高人的形象，结果成功唬得所有人包括国主皇后一干皇亲国戚都云里雾里吓个半死，看他的眼神颤颤巍巍，更加敬畏了，连他炸了两座行宫都毫无怨言，反而表示了亲切的慰问:"国师,我们知道的,你也是为国为民嘛!"导致他都不好意思坦言其实他只是想做个饭。

只有一个人不是那么怕他。那就是他的徒弟,太子殿下。

郎千秋十二岁时谢怜收他为徒,前后教导了五年,看着他从起个床都难的孱弱孩童长成爬上树拉都拉不下来的英气少年。这个徒弟,学揍人是很快的,只是,如果教他不感兴趣的东西,比如数术,他就老爱睡觉。

当然,谢怜也没什么资格说他,他自己当年也没怎么认真学过数术。阴阳五行、天干地支,都怪他师父对他说这些一般都是走江湖骗钱用的,你贵为太子用不着学这个!结果后来用得着了,他想出去支个摊算命挣口粮都怕害了人性命。

他是半桶水,他教出来的郎千秋就是直接在桶底扎了个洞。做着这种误人子弟的事却享着高官厚禄,谢怜时常汗颜,因此决定好好尽责。论表现,其一是郎千秋听课一睡觉就罚他抄《道德经》或者跑皇城;其二便是在剑术上更为用心地传授要义,包括一招不对就把郎千秋踩在地上暴打一顿,打到他鬼哭狼嚎不敢再犯。

有一天,十四岁的郎千秋来找他,说道:"国师,我发现了你一个秘密!"

谢怜当时心头一震,还以为他真发现了什么,手不由自主抚上那张绝不会脱落的银妖面具,道:"我有什么秘密?"

太子爬上了他的桌子,神秘兮兮地说:"我看出来了,国师,你一人之身,却有两路武学!我说得可对?"

谢怜暗暗松了一口气,道:"哦?哪两路,你说来听听。"

太子兴致勃勃,在桌上侃侃而谈:"一路便是国师你日常教我这路——'天下归心流'。此道,气度光明,锋芒耀世,又庄严开阔,有王者之风。"

这是谢怜原话,他背出来了,谢怜很满意,一脚把他从桌子上踢了下去,负手道:"嗯。相传此道为神武大帝君吾所创,王者气度,自然最为适合王室子弟。"

太子一翻而起,话锋一转:"可你我初见时,你用的却不是这一路武学!"

他说的初见,是指东宫出巡、执花退魔那一剑。他接着说道:"乱七八糟,百折不挠。力化千钧,所向披靡!——国师,我想学这一路!"

谢怜道:"太子聪慧,所言不差。不过,这一路,还是算了。"

太子道:"为何?"

谢怜道："那招并不实用。至少，对你来说并不适合。"

"我不解。"

谢怜与他正襟危坐相对，道："殿下，我问你一个问题。"

"问！"太子又补充道，"不要问我我曾曾曾祖父在哪年定了什么法这种问题就好。"

谢怜道："谁要问你，这种问题我也压根不知道答案。我要问的，你听好了。今有二人，行于荒漠，渴极将死，唯余杯水。饮者生，不饮者死。为求一生，二人相杀。这时，第三人来了。"

太子道："第三人来干什么？"

谢怜道："这第三人，想让这两人不要再自相残杀。你觉得这个时候，劝解有用吗？"

"没用。"

"为何没用？"

"因为那二人求生，要水。只是讲大道理，根本无济于事啊。"

谢怜道："不错。根源不解，没有人会听你的大道理。所以这第三个人想让他们不再相杀，只有一个办法——把自己的水给他们。"

太子皱眉："所以，这个问题和我们之前所说的有何联系？"

谢怜道："我是在告诉你，为什么它不适合你。

"你想学的这一路武学，它的优点如你所说，正是'百折不挠'，只要活着，只要有一口气在，使剑的人就能站起来，战下去。

"但你说它'力化千钧'，却是错了。它的精髓，不在于'化'，在于'忍'。"

"忍什么？"

谢怜道："忍受一切。"

他平静无波地道："世上没有任何一种招数能凭空化去力量。人有欲，便一定要被满足；人出剑，就一定要人受伤。不想他们为水相杀，就把自己的水给他们。这路武学，的确可以转移攻击和伤害，但是，只能转移到自己身上。

"欲止干戈，却自承其伤，这是很蠢的招式，若非万般无奈，不会用的。你贵为太子殿下，用不着学那个。"

太子似懂非懂，若有所思。谢怜接着道："殿下现在想学，只是因为新奇。但时机未到，你是无法领会其中真意的。而且它毕竟是摸爬滚打、乱七八糟的野流，天下归心流方为王者之武道。

"何为王者？万民来朝，方为王者。所以，天下归心流要到顶峰，那须得是飞升之后，受了苍生香火信仰，方能发挥到最强——殿下还有什么问题吗？"

太子抱着手臂，皱眉愈深，道："有一些。"

"不懂就问。"

太子道："国师，如果那第三人也没有水，该如何是好？"

"……"

太子又道："如果那两个人拿了他的水，却不满足，想要更多，不断向他索取，那第三人又该怎么办？"

"……"

"这么做当真是对的吗？他真的该插手吗？"

谢怜道："你怎么这么多问题？抄经五十遍！"

太子大惊："国师，你让我不懂就问的！"

谢怜道："你问得太深了，我答不了！"

太子拍桌而笑："原来也有国师不知答案的问题！"

谢怜道："我非神人，有何可怪？"

太子哈哈笑着站起身来，谢怜竟被他拉着手转了几个圈，又是好笑又是呵斥，莫名其妙。谁知，太子忽然道："不过，虽然国师说那是很蠢的招式，可我还是想学。"

谢怜忙着去捡被两人踩了好几脚的佩剑，道："为何？"

太子理所当然地道："因为我是太子殿下啊。天下之水尽在我手，我不做这第三人，还有谁能来做？"

谢怜噎了一下，拍拍剑上灰尘。太子又道："所以，有机会的话，国师还是教教我吧。等我出师了，第一件事就是要去苍城度化怨灵，不是您说的技多不压身吗？日后一定用得着的！对了，任何流派都有名字，此道何名？"

谢怜这才回神，微微一笑，道："此道无名。"

无名之人，无名之道。

日后，这招郎千秋果然用上了，只是没想到，却是用在拆穿他上。

事已至此，他倒不后悔当时为郎千秋挡下那一刀，只是觉得，当初果然是不该教那招。

忽然，谢怜想起什么，低头去看脚边门槛。那门槛黑乎乎的一声不吭，依稀看得出做成了一个趴地小人的形状。

果然没看错。谢怜庆幸方才把花城挡了回去，不然要是让他看清了这门槛，那可太尴尬了。这时，忽听一人问道："那难道咱们苍城之前就没有庇佑百姓的神灵吗？为啥要人家一个太子殿下千里迢迢过来超度鬼魂？"

一名道人道："这位问得很好。之前不是没有其他的守卫神官，只是差得远了。这前一位庇护苍城的神官，也是一个太子。只是，是一位骄奢淫逸的太子。"

谢怜："啊？"

人群中忽然冒出一个少年的声音："你怎知道他骄奢淫逸？"

这少年在人群里高出一个头，不是南风又是谁？那道人一愣，道："书上都是这么说的。"

南风明显在压抑火气，道："那我现在立刻写一本书，写你把八十老母赶出家门自生自灭，你就是不孝孽子了？"

那道人也火了："你这小子怎么乱说浑话！"

谢怜见势不好，生怕再吵下去南风又要徒手劈柱或学风信上演武神骂街了，连忙冲过去把他拉出人群，赔笑道："算了算了，少年人不懂事，何必动气呢？说起来请问道长，你方才说上元祭天游，那是什么？能否为我们解惑？"

见他扯开话题，南风又目光咄咄，那道人倒也不想继续纠缠，便顺着谢怜给的台阶下了，道："上元祭天游，便是古仙乐国最盛大的神事。仙乐太子十七岁时那一场更是倾全国之力，国主以纯金打造了一座三百丈高的黄金台，用了九九八十一匹马并行才拉动。举国轰动，万人空巷，只为看那太子一人悦神剑舞……"

众人啧啧慨叹："果然是骄奢淫逸！"

"呃……"谢怜正无言以对，忽然另一个少年的声音道，"哦？三百丈，你们知道三百丈的纯金有多高多重、什么东西才拉得动吗？至少九九八十一匹马是一定不行的。还有，门口这条街，就是当年的仙乐国神武大街遗址，你们知道九九八十一匹马并行有多宽吗？你们确定这条街塞得下？"

这声音凉飕飕的。谢怜又一回头，一个高挑的黑衣少年抱着手臂，一脸薄凉地鹤立在人群另一边，果然是扶摇！

那道人先后连被两人抬杠，气道："你们是哪个观的？好哇，这是来砸场

275

子了！"

谢怜连忙把扶摇也拉出人群，一手一个笑道："唉，一介古人，与你我何干？大家何苦为此争吵呢？我们走了，各位不送。"但已经迟了。那道人原先也许只是随口一说，但事到如今，就算只为面子也非要证明仙乐太子是个骄奢淫逸之徒不可，当即气急败坏地搜肠刮肚起来。谢怜本来还能假装没听到，但听对方说他穿布衣会浑身瘀青嘤嘤呼痛，不禁愕然："我以前有这么娇气吗？"这到底是在说他还是在说哪位公主殿下？

他本是扪心自问，扶摇却道："有！"

谢怜："绝对没有！你怎知道？你又没见过十七岁的我。"

扶摇呵了一声，正要还嘴，那道人却又声嘶力竭掷过来一招："还有！书上还说，仙乐太子刚出生的时候一个法师表演失误吓到了他都要被打成大罪冤死在牢里，如此霸道！"

南风在谢怜手中挣扎："你也说是刚出生的时候了，关他屁事！来啊！不能打你们，老子还不能骂你们？"

谢怜把他按了下去："我都没听过这种事，你跟他认真辩什么呀！你堂堂一武神确定要跟凡人当众比骂街？"

话音刚落，鸡蛋白菜、破铜烂铁，如漫天箭雨飞来！三人狼狈逃窜。好容易逃出生天，南风还在发怒："你干什么拦我？"

谢怜拍掉头上菜叶，确定已经烂透了才遗憾丢掉，道："你们何必在人家的场子上找骂？"

南风快气死："什么人家的场子？这场子究竟是谁的？你在这儿镇场子的时候，他们供的神还没出生呢！"

谢怜帮他摘掉肩头的蛋壳，道："算了算了。你们怎么找到这里来的？"

扶摇却道："这事算了，别的事可不能算了。太子殿下，私通鬼王、逃离禁闭，你可知该当何罪？眼下上天庭和中天庭闹得沸沸扬扬，一半神官在传你对郎千秋怀恨在心，已杀了他灭口。"

饶是谢怜已猜到他们来的目的，也无言以对："我杀他灭口？我要灭口，早几百年就动手了。"

扶摇："谁让你还暴打了他一顿！"

谢怜当下脸色就不对了："等等，你怎么知道我还暴打了他一顿？"

扶摇翻个白眼道："整个上天庭都知道了好吗。那夜你们被灵文殿的银镜搜识到，几乎整个仙京都在同步观战。天下归心流对天下归心流，好不精彩啊。"

谢怜面露惨不忍睹之色。这么说他的"老子三界第一"脸被所有人看到了？想想他又稍感宽慰："还好还好，一半在传，至少说明还有一半没在传。"

扶摇道："你做梦。一半是在传你独自灭的口，另一半是在传你和花城联手灭的口。"

"呃……"谢怜道，"你们觉得这可能吗？"

南风道："当然不可能！不过只要泰华殿下出现，这些笑话就不攻自破了，他现在在哪里？"

谢怜道："他的确在花城主手里，等等，你干什么！"

扶摇举起的手被他抓住，道："干什么？即刻通灵，通知仙京。"

谢怜道："花城主的脾气你们是知道的，通知仙京，让一大堆神官来吵他，只会越吵越厉害。这要是个好办法，我早几日就上报仙京了，何必等到现在？"

扶摇道："那你打算怎么办？上天庭的神官，总不能就这样扣他手里。"

谢怜道："再给我几天时间吧。我答应了花城主要帮他做一件事，做成他就会把千秋放回来了。他只是顽皮，何必把事情闹大？"

扶摇难以置信地道："花城究竟是什么狐狸精，让你这样护着他？"

谢怜正色："花城主是鬼，不是狐狸精。我只是知道他没有恶意而已。"

两人脸上都是不退让的神色，好一会儿，扶摇才道："没有时间给你了。你想大事化小、小事化了，已经不可能了。"

谢怜惊道："为什么？"

南风道："花城带你走的时候，不是在仙乐宫大门上开了个洞吗？现在许多神官都在向帝君进言，他们打算，如果明晚之前泰华殿下还不出现，就去讨伐鬼市。"

这下谢怜真惊了："讨伐鬼市？怎会如此莽撞！帝君怎么说？"

扶摇道："帝君向来稳如泰山，自然不同意去打鬼市。但这事闹到现在谁能压得下去？谁知道最后会怎样！"

谢怜越想越觉兹事体大，而且是因他而起，叹道："我还没认识这位花城主多久，就好像已经给他带来不少麻烦了。"

扶摇道："没错。你知道就好。"

南风一听就变脸了，一把推开他道："说什么呢你？不会说话闪边上去！"

扶摇反手就是一掌推回来，道："难道不是？血雨探花铜炉出世数百年之久，鬼市繁华一年胜过一年，天界不想早日敲打吗？为何挨到如今才发难？"

谢怜预感到他接下来的话，道："因为没有理由？"

扶摇不客气地道："没错！花城心思诡谲莫测，行事却极有分寸，从不留下把柄。所以对他，上天庭从来师出无名。但现在他私困神官、擅闯仙京，这短短一段时日他的破绽比以往几百年加起来还要多，谁会放过这种机会？你若真把他当朋友，就应当保持距离，而不是变成他的扫把星……"没说完南风就听不下去了，恼道："没完没了了你还！"这两人你一脚我一脚，又掐得不可开交。谢怜正一手一个拉着，恰在此时，一个烟花冲天，当空炸开，不远处有人海欢声雷动。谢怜一扭头，一大群人拥来。一个红衣少年被人群簇拥在中间，手里抛着灿灿金枝，脚下迤迤然走近。

他仿佛凯旋，笑吟吟地道："哥哥，我夺魁了，你不来恭喜我吗？"

谢怜微笑道："那真是恭喜你了。"

花城道："是我的错觉吗？方才似乎听到有什么东西落水的声音。"

谢怜道："当然是你的错觉了。"

方才，谢怜站在一处墙角，南风和扶摇在右面掐着，花城从左面走来，他能看到两面，这两面却看不到彼此。眼看四人就要撞上，旁边就是河道，谢怜当机立断，一脚就把南风和扶摇踹下了河。再一转身，花城才挥散了起哄的人群，迎面走过来。

他一走来就递来一样东西。谢怜一怔，道："这是给我的？"

花城道："我又不认识别的神仙，不给你给谁呢？不过这东西不值钱，哥哥若不喜欢便扔了吧。"

那金枝虽然称作"金花"，又被众人抢夺，实则不过粗糙的小饰物，金粉还扑簌簌往下掉呢。谢怜却十分高兴，说起来他都记不清有多少年没被供过花了，道了谢立刻珍重地放进了袖子里。花城眯眼看他收好，忽然道："既然哥哥收了我的花，那是不是也要实现我的愿望呢？"

谢怜莞尔道："你这么神通广大，还有我能帮你实现的愿望？"

花城淡然一笑，道："那可不一定。世上有些事，我再神通广大也无能为力。"

谢怜道："那好吧，你的愿望是什么，说说看？说不定我真能略尽绵薄之力。"

花城却只是斜斜瞧着他，笑而不语。谢怜以为他不愿说，正要打圆场，花城却道："想向哥哥讨一样东西。"

谢怜道："我这里有什么东西是你看得上的？"

花城道："那可就多了。不过，我现在想向哥哥讨的，是一枚符。"

"符？"

"符。防鬼的那种，护身符。"

谢怜怀疑自己听错了："还要防鬼的那种，护身符？"

鬼找道士讨符箓——怎么接才好？不过，既然他要，给就是了。谢怜几乎把整个袖子翻过来才找到了，道："幸好我还收着！来，随便挑。"

见他塞过来一把，花城半开玩笑道："哥哥真大方。"

谢怜道："哪里，我还有很多。"他又有点不好意思地问，"但你真的要这个吗？不知为什么，这符总也送不出去，没什么人要，这些都是积压了很多年的，我差一点找不着……"花城却道："我就要这个。别人不要是他们瞎，哥哥不如全都送给我好了。"

谢怜道："那还是算了，这符其实威力挺强的，恐怕对你……"

还没说完，花城就把数枚白底金纹的护身符全挂在了腰上。谢怜看他仿佛爱不释手，半点儿也没有作为鬼的自觉，欲言又止，忽然又听一阵嘈杂。他随口道："那边又有赛事，不知这次奖品是什么！"

花城顺他目光望去，笑道："你想要吗？再等等我。"看他居然挽起袖子就要出发，谢怜忙拽住他道："不不不，我不是想要！我是看天色也不早了，不如找地方休息吧。"

花城这才放下袖子，欣然道："好啊。那我们就一起等等。"

谢怜道："等什么？"

花城向他身后一扬下颌，道："来了。"

谢怜转身，只见河道的拐弯处缓缓出现一艘红艳艳的画舫，四角都挂着金黄的灯笼，河岸两旁人都争相追着它看稀奇。画舫游到两人面前，这才停下，花城轻轻一跃而下，回身对谢怜伸手。

二人上了船，一开门，竟是别有洞天，三进三出，像一座小宫殿。花城把谢怜送到一间房前，谢怜道："早点歇息。"说完他就想起花城是鬼，又用不着休息，可他这几天每晚都忘记这一点，每次还是忍不住要道晚安。花城也道："好。哥哥也早点歇息，我就在你对面。"

关上房门，谢怜便听到窗外传来"叩叩"之声，打开一看，窗棂下方的水里伸出两双手，抓着船身。水里又浮起来两颗头，齐齐吐水。扶摇率先质问："你干什么？"

谢怜道："你们每次见面都鸡飞狗跳，还是不要见面的好。"

扶摇："那你可以把他踢下河去啊，为什么踢我？"

谢怜："我不知道他会不会游泳呀。慢着！"

他再一次把两个即将翻窗踏足画舫的少年按进河里。扶摇在水里咕咚咕咚地道："你又干什么？"

谢怜道："你们不要进来。这画舫设有禁制，不被允许的客人一旦踏足就会被发现。"

扶摇咕咚咕咚："知道了，你别按了，要淹死了！"

谢怜撒手，两颗头又浮了上来。谢怜道："你们还没通知上天庭吧？"

扶摇道："暂时还没，但你要想好，如果明晚郎千秋还不出现，结果会怎么样可不好说。"

谢怜叹道："我尽力。你们等等。"说完，他就关上了窗。

为今之计，唯有找到郎千秋，才能将一场大祸消弭于无形。于是他悄无声息地离开了房间，幽灵般飘到了对面花城的房间门口。

窗纸镂花，透花看花。花城侧卧在美人榻上，似在小憩，似在冥想。

谢怜从袖里掏出一张符，符上画着一支香。他把符贴在窗上，咬破手指，在香头上戳了一点红，瞧着仿佛符上线香被点燃了一般。不多时，真有一缕渺渺轻烟飘进屋内。

谢怜屏息静候一阵，试着敲了敲门，花城没动。他再推开门，花城也没动。看来，迷神符生效了，花城已经陷入冥思状态。

谢怜叹了口气。可以的话，他也不想用这迷神符，感觉像登徒浪子欲行不轨。他心道一声得罪，这就动起手来。花城毕竟是绝境鬼王，这迷神符虽是他下了血本备着保命用的，恐怕也迷不了他半炷香的时间，必须速战速决。他拉拉袖子，不是乾坤袖，藏不了东西；扯扯胸口，扯开了红衣，露出里面白色的中衣，也没有法术。但他佩着一枚小小的护身符，就贴在心口，谢怜看到，愣了一下。这时，窗外传来扶摇的声音："你搜他的身干什么拈着两根手指像个大小姐在洗碗一样？把手伸进去查啊！"

一回头，南风和扶摇两颗头居然就在窗外，乍一看，像两棵诡异的盆栽放在窗台上。谢怜压下抓过一旁的玉枕砸过去的冲动，压低声音道："那也太无礼了！"

扶摇道："你都快坐他身上去了还讲什么礼？他又不是女人，你就算扒光了他从头搜到脚又有什么？"

谢怜假装没听到，拈着两根手指谨慎地搜完后得出结论，发愁：不倒翁不在。

此时，他手下的花城已是衣襟半开，黑发也是微散，谢怜连他头发里都摸过了，确定没有端倪，只好给他拉好衣服，梳理长发，尽力恢复成原来的模样。谁知衣服拉到一半，花城忽然睁开了眼睛。

两人视线毫无防备地撞了个山崩地裂，面上却是风平浪静。谢怜彬彬有礼地道："三郎，你醒了。"

花城看看他的脸，再看看他抓着自己衣领的手，绽出浅笑，慢条斯理地道："哥哥要是想和我一间屋子，何不早说呢？"

谢怜干笑两声，立马从美人榻上滚了下去。

"咔啦"两声，却是南风和扶摇见势不好，破窗而入，一跃到他身后。南风打开天窗说亮话："血雨探花，交出泰华殿下！"

花城从榻上起身，红衣滑到肩头，支起一条腿，仍是个闲适的姿势。他道："哥哥，你答应了我要帮我办一件事的。如今事还没完，怎能找我讨要人？"

谢怜不敢说天界已在准备明晚讨伐鬼市，否则以绝境鬼王之心高气傲，无论如何也不可能放人了，只好道："三郎，你的事只要说一声，我必定奉陪到底。只是能否先把千秋放回去？"

花城道："可是，我要做的这件事，少不了郎千秋。"

谢怜道："那，你能直接说，到底是什么事吗？"

花城叹了口气，道："不行。如果我说了，哥哥一定不会愿意帮我了。"

扶摇哼道："看来不是什么好事。"

忽然，南风道："城里有火光！"

谢怜循声向窗外望去，画舫此刻行驶在僻静的河道上，远处城中果然有一处火光冲天。谢怜一看方位，似乎是那座今日他们路过的新泰华殿，又想起花城白天说的那句笑言，果然不是戏语，忙道："快去救火！"

南风和扶摇向窗外一扑，所有门窗却都齐齐关上。看来，画舫的主人是不打算放他们走了。花城这才缓缓将双足从榻上放下，银链叮当作响，他道："哥哥放心，方圆三里已经无人，没什么好救的，烧就烧了。"

南风道："那庙怎么得罪你了，你就要烧了它？"虽然今日他们一行人都在那庙里被瓜果白菜砸得晕头转向，但对所有神官而言，毁一座庙便如割了身上一块肉，瞧着心有戚戚，不能袖手。花城却微笑道："不为什么，看它碍眼。"

南风甩手就是一道符，两方终于斗了起来。混战之中唯一空闲的居然是谢怜，没人打他，他也不知道要打谁，但已经烧了一座极乐坊，可别再把这鬼画舫给打沉了。谢怜把手伸进怀里想找找有什么符眼下能用，忽然摸到一张陌生的符。他一怔，摸出一看，符上绘着一个鲜红的罗盘，登时眼前一亮：这东西居然还在！

花城也看到了那张符，手上一停，脸上神色微妙地瞬息万变，显然已经猜到符的另一边会是谁，道："殿下，别去！"

他一停，双方自然罢斗。南风和扶摇都露出疑惑神色，花城又重复了一次："哥哥，别去。把符放下。"

见他神色凝重异常，谢怜犹豫了片刻，最后还是果决地道："花城主，对不起。"

只要找到郎千秋，一切就都结束了！

可万万没料到的是，他撕碎了那张符，忽然眼前一黑，一阵眩晕和呕吐的欲望袭来。

谢怜以为自己吐了，可举手一抹，竟然是血。

越抹越流，越流越多。他终于发现了一件事——

他踏足了不该踏足的地方。

第十七章

芳心剑血洗鎏金宴

一睁眼，郎千秋就在对面直勾勾盯着他看。

谢怜霎时醒了，一骨碌坐起，道："千秋！"

他听到叮叮当当的铁链声，而郎千秋脸一黑，似乎在考虑要不要一掌再把他打晕过去，过了一会儿才冷冷地道："你怎么会来？"

谢怜擦了一把脸，血好歹是止住了，他道："我来找你的。你没事吧？"

郎千秋却道："你找我干什么？我之前到处找你，你不让我找你，现在我没让你找我，你怎么还来找我？"

谢怜抚着额头道："我被你绕晕了。"

但看郎千秋气色尚好，他就先放下一半的心了。谢怜依稀记得此前，一踏足此地便一阵天旋地转不省人事，不知是着了什么道儿。现在一看，两人手足都沉甸甸地吊着冷冰冰的铁链。

四面皆是冷冰冰的石壁。他被拴在这一端，郎千秋被拴在另一端，两人刚好够不着对方。不远处，一具具宽大的石棺椁排列森严，似乎是一地下古墓。谢怜道："这是什么地方？这铁链又是怎么回事？"

郎千秋却没好气地道："我也是才醒，你问我，我问谁？"谢怜还要问，他却一脸恨不得捂住耳朵的模样，道，"别跟我说话！"

要不是方才谢怜没醒，现在他们又被拴着，他早打上来了，又怎么可能和谢怜心平气和聊天对答？谢怜讨了个没趣，也不跟他生气，试着绷了绷铁链。

换作是平常，这么细的铁链早给他拗断了，这时居然连变形都没有，不知是什么法宝。谢怜轻出一口气，微感不安，耐心打量四周，脸色越来越怪，喃喃道："怎么会是这里？"

郎千秋立刻道:"你认得这个地方?"

谢怜摇了摇头,不是否认,而是难以置信。

他道:"我当然知道。这里,是仙乐皇陵啊。"

郎千秋脸色终于变了:"仙乐皇陵?你们家的墓?"

他蒙,谢怜比他还蒙,道:"棺上铭纹,肯定没错。为什么会在这里?"

郎千秋一脚踹到一面石壁上。以他的法力,整面墙塌了都不奇怪,但现在石壁却冷冰冰的毫无反应。见他又双手握住铁链用力,谢怜道:"我劝你,还是省点力气吧。难道你之前没试过吗?都没用吧。"

郎千秋瞪他,看来是被说中了。谢怜道:"这是自然的。此地非你主场,而是敌场,你的法力和力量都会遭到压制,因为你是敌国之后,这里……不欢迎你。"

郎千秋气恼地低声骂了一句,道:"又不是我自己想进来的!"

谢怜道:"仙乐国皇族历代都埋葬深藏于太苍山下,由皇家道场世代秘密守卫,绝无可能擅入。虽然如今皇家道场早已没了,但它仍是十分隐蔽,普通人连入口都不可能找到。你是怎么进来的?"

郎千秋不答他,道:"既然是你家皇陵,它必然听你的话了,赶紧把墓门打开,放我出去。"

谢怜却摇了摇头,道:"我没办法开启仙乐皇陵,也不知道要怎么离开。"

郎千秋道:"你是仙乐国太子,怎会无法开启皇陵?"

黯然片刻,谢怜道:"我是灭国的太子,这里也不欢迎我。"

他从前就试图进来过,是为祭拜父母,但每次只要踏足皇陵范围,甚至仅仅是靠近,不是直接七窍流血晕厥就是被远远抛到数里外的另一座山头上,嵌进地坑好几天爬不出来。

难怪方才一传送过来便鲜血狂流了。用传送类符篆强行突破皇陵的排斥,自然讨不到好果子吃。他们二人一个是叛军之后,一个是灭国之子,在此皆非佳客。

谢怜叹了口气,抓抓头发,道:"我说实话,大事不妙。说白了咱们两个在这里跟废人是差不多的。还是说说你怎么会在这里吧,这墓不是谁都能打开的。"

郎千秋虽是一脸抗拒,但挣扎片刻,还是告诉他道:"是血雨探花。他放我离开的时候,给了我绝剑芳心,叫我来太苍山。"

谢怜怔了一下，道："花城主……早就放你离开了？"

郎千秋咬牙道："他说，他是看在……你的面子上，才勉强放我走。既然如此，我就欠了你一个人情。"

谢怜大概猜到怎么回事了，以郎千秋的性格，当然打死不愿意欠他人情。果然，郎千秋道："他又说，如今太苍山有妖魔作乱，如果我到这里平乱，这人情就算是还了。所以，我就来了。"

虽然他咬牙切齿的，但这么丢脸的事，居然也都老实说了，谢怜又好笑又无奈："你这孩子，何必这么老实？你不来又怎样？"

郎千秋哼道："你以为人人都像你。"他自然是非来不可的，否则，就算今后他要靠谢怜的人情才能脱身这件事不传出去，他自己心里也过不了那道坎。谢怜道："好吧，就算你要来，你好歹跟人说一声，你知不知道上天庭现在闹成什么样了？"

郎千秋警告道："你别教训我。"谢怜只好道："好吧。那现在这算怎么回事？太苍山上的究竟是哪路妖魔？你又怎么会进了皇陵，被锁在这里？"

郎千秋道："青灯夜游。"

谢怜愕然："青灯夜游？"

郎千秋道："就是他。我来了太苍山，从山脚打到山顶，把守山的小喽啰都打散了，最后青灯夜游出来跟我约战，约在这太子峰山头某处。可我一到，不知怎的两眼一黑，醒来就在这里了。"

谢怜明白了，青灯夜游多半是故意把约战地点选在仙乐皇陵内的。郎千秋肯定和他一样，一踏入皇陵范围就栽了个跟斗，不省人事，醒来已经进入敌场，只能任对方拿捏了。

但他还是不敢相信："太苍山是青灯夜游的地盘？他能随意开启仙乐皇陵？为什么他能？"

连他这个正经太子都不能！

而且，花城为什么会让郎千秋来这里？

现在胡乱猜测也没用。谢怜道："先打个掌心焰吧，点灯的法力你还是有的。"

郎千秋本来也是要点火的，但谢怜一说，他反而不能点了，点了岂不等于听了谢怜的指示？谢怜马上改口："等等，我想了一下，还是不要点火了，万一敌暗我明岂不糟糕。"

果然，郎千秋马上道："不，我要点。"说着他就"轰"地托了个掌心焰。谁知这一托，两人看见远处的一道阴影，背上登时爬满了汗毛。郎千秋喝道："谁！"

只见一个人身穿华服，背对他们跪在前方，正在对一具石棺磕头。

这个墓室里居然还有一个人，而他们两个一直没有觉察！

谢怜先也是一凛，但定睛一看，便松懈了下来，道："没事——那不是人。"

郎千秋疑道："你怎么知道？"他们两人都被铁链拴着，这个距离根本看不真切。谢怜却道："你没发现他背影很眼熟吗？"

郎千秋将信将疑，再仔细去看，忽然毛骨悚然。

的确很熟悉，越看越熟悉。

因为那人的背影，和此刻坐在他对面的谢怜是一模一样的。

谢怜从墙缝抠出一块碎石，微微侧身，弹指打去。小石子打在石棺上，反弹回来，击中那"人"额头，"铛"的一声，是金石之响。郎千秋也打了一颗石子，这次力度更大，那"人"仰面倒地，却还维持着僵硬的跪拜姿势。

果然不是人，而是一座真人大小的铜像。只是雕成了跪地之姿，哭哭啼啼地，仿佛一条丧家之犬，令人极不舒服。最让人不舒服的就是那张脸——它的脸和谢怜一模一样。虽然谢怜的脸上从来不会出现这种表情。

郎千秋脸色铁青地道："这是什么鬼东西？"

这种雕像一看就知道是专门造来侮辱人的，已经超出了他的忍受和想象范围。谢怜则不以为意，又抠了两颗石子，道："没有兵器，只能用这个防身了，省着点用，接好！"说着他丢了一颗石子过去。郎千秋正下意识要接，看他一眼，忽然收了手，道："不对。"

石子落地，声音清脆地一跳一跳，跳到谢怜附近。谢怜又辛辛苦苦地去捡，拼着命去够也够不着，感觉自己像一头犁被钉在地上的牛，最后只好放弃，坐在地上叹着气道："什么不对？"

郎千秋盯着他，道："你怎么会看背影就知道这是你的铜像？人是不可能认出自己背影的。"

因为，人根本不可能看到自己的背影！

谢怜愣了愣，才道："我不知道该怎么和你解释。总之，这东西我看得多了。"

郎千秋追问道："那究竟是什么东西？你怎么会看它看得多了？"

谢怜还没答话，石棺里突然传出一个声音："这个东西叫作'太子赎罪像'，他可不是看得多了！"

一股热浪迎面扑来，"扑扑"数声，石壁上插着的一排排火把猛地烧了起来。一个披头散发的黑影从棺材里爬出。

"这'太子赎罪像'，你知道怎么来的吗？仙乐灭国后，我们这位太子殿下可是被天下百姓恨死了。人们恨他入骨，就造了一批跪地像和趴地门槛。目的嘛，就是要他受千人踩、万人踏，永世不得翻身。这玩意儿千家万户随处可见，说不定你的庙用的门槛就是它，他当然看得多了！"

整个墓室灯火通明，却依旧寒气森森。谢怜眯着眼，尚在适应突如其来的光明，郎千秋已经恢复镇定，喝道："谁？"

那黑影嘻嘻一笑，拨开黑发，惨白的脸暴露在墓室火光中，道："我是谁，你看脸不就知道了？"

这一看可不得了。这人满嘴鲜血，明显方才是躲在石棺里大快朵颐。再一看，更不得了：他的脸，居然和谢怜有三分相似！

只是，他眉峰高高挑起，双眼格外细长，导致他面相多了好几分刁钻。虽也当得起一句英俊，但一看脸就知道极为难缠，所以，又一点儿也不像谢怜。

谢怜一看到他的脸就深吸一口气，闭目养神，对方却喜滋滋地过来就揽他，道："太子表哥！是我，惊不惊喜？"

可惜，无论是脸上还是心里，谢怜现在半分与这位"表弟"重逢的喜悦都没有，只任由他把手上、嘴上的鲜血都蹭到自己衣服上，淡声道："有什么好惊喜的？仙乐皇陵，当然只有仙乐皇族才能开启。既不是我，还能是谁？"

听那边"表哥"来、"表弟"去的，郎千秋眉头一动，道："你是小镜王戚容？"

那"表弟"拍拍谢怜的肩，得意扬扬地道："太子表哥，你这徒弟居然还听过我的大名呢！"

谢怜无言以对。仙乐国的小镜王戚容，的确是有名，只不过是那种经常被人拿来当作残暴典范的有名。此人精力旺盛，行为极端，最糟糕的是贵为皇亲国戚，无人敢打骂管教。他以前最常挂在嘴边的就是"太子表哥是完美的""我表哥怎么样怎么样"。若有人对谢怜有半分不敬，不管是谁，戚容一定把那人套麻袋打。他脑袋里从没什么敬老爱幼的念头，谢怜就有一次从他手底下抢救出过一个不过十岁的小孩，小孩被他揍得浑身是血看不出人样，惨极了。谢怜飞升之后，戚容变本加厉，比如有人在太子殿前随口吐了一口唾沫，他就要往人家嘴里塞烧红的炭。

仙乐国破后，谢怜被贬为凡人，戚容则彻彻底底变成了一个疯子，带头烧他的庙、砸他的殿，四处修建跪地石像和太子门槛，为了让他痛苦，戚容可以不惜任何代价做任何事。对于他这种行为，谢怜一向是能忍则忍，若波及旁人则极力阻拦，到最后忍无可忍，便只能盼着两不相见。谢怜异常粗暴地道："废话少说，你把我们弄进皇陵来到底想怎样？"

戚容哈哈一笑，道："太子表哥还是老样子，一点儿面子也不给我！不是做弟弟的说你，你架子可真不小，想找你叙个旧还挺难的，请了你无数次，你都不给我一个眼神，今儿个不知是吹的什么风自己送上门来了，我呢，当然得好好招待招待你了。毕竟自从你亲手把我镇压了之后，咱们就再也没见过了，这几百年来，做弟弟的可真是想死你了！"

谢怜道："招待就免了。似你这般招待，寻常人也消受不起。况且我也不记得你何时来请过我。"

戚容惊讶道："怎么？表哥可别说，我那些被打得魂飞魄散的下属不是你打发的。"

他这么一说，谢怜想起来了。中元夜他遇到花城时，一路都是飘浮的鬼火。莫非是花城帮他挡了那些来找麻烦的小鬼？

可那时候，他根本还不认识花城呀！

郎千秋冷冷地道："你们要招待也好，叙旧也罢，能否先把我放开？"

戚容道："大人说话，有你插嘴的份儿？太子表哥，你看看你这教的什么徒弟，一点儿对长辈的尊敬也没有，这种小杂种，活该你杀他全家。"

郎千秋双目一红，身上铁链叮叮作响："你说什么？"

谢怜看他脸露狞色，道："你别理他，这人是个疯……"郎千秋却道："滚开！别跟我说话！"

谢怜被他一噎，倒真不知道该说什么了。他身处皇陵，原本就胸闷气短，一口恶气堵在心口，眼下心头预感极糟，更是焦虑难言。见他面色难看，戚容一个箭步冲过来抱住他，大惊失色道："太子表哥！表哥你怎么了？你没事吧！你可千万别死啊！你死了我怎么办！"

要不是他冲过来时踢了谢怜一脚、抱过来时还压断了谢怜几根肋骨，谢怜大概真会以为他对自己万分关怀，而不是像现在这样吐血吐得更厉害了。忽然，戚容一拍大腿："对了！我给你看个东西，保管你高兴！"

谢怜果断道："不必了！"戚容却是兴高采烈，一把抓住谢怜头发就往前拖去，一直拖到那座跪地像前才停下，道："太子表哥，你看！看我精心打造的铜像，为的就是时时刻刻都能看到你，瞻仰你的英姿。怎么样，是不是很像你？你喜欢吗？高兴吗？感动吗？"

谢怜看着那尊哭哭啼啼的铜像，无言以对，只是脸抽了几下。他以往觉得慕情阴阳怪气，现在却发现真是冤枉慕情了，跟戚容一比，慕情简直和蔼可亲得像一朵楚楚可怜的小白花。

见他不答，戚容更来劲儿了，一面踩着他的胸口，一面捧着心口质问："这是我对你的一片赤诚，你感受到了吗？快说，你开心不开心？快说！"看样子，只要谢怜敢说个"不"字他就当场把谢怜脑袋揪掉。见敌人如此疯癫，郎千秋看得气都消了一大半，忍不住道："你有病吗？"

谢怜喘了几口带血沫的粗气，已是披头散发。戚容拳打脚踢他也没反应，只得悻悻然道："哟，太子表哥，骨头倒还是这么硬啊。"旋即他又笑道，"我知道，太子表哥是见过世面的人，不稀罕我这点把式。来来来，我给你换个新鲜的，包你喜欢！"

说完，谢怜头皮一紧，原来戚容拖着他就往郎千秋身前按下。郎千秋猝不及防，见谢怜几乎五体投地跪在他面前，一边脸紧紧贴地，姿势极为狼狈，他马上避开这一跪，道："我不管你们之间有什么恩怨，与我无关，赶紧放开我！"

说是这么说，但也没谁真指望戚容放人。谁知，戚容却道："好哇，放就放！"

只听哗啦啦一阵流水般的铁链响，谢怜吃了一惊，灰头土脸地勉强抬头，就见缚着郎千秋的铁链忽然拉长了数丈。原先他只能走个五六步，这下却能走二十步了。

郎千秋也愣住了。戚容又道："我不光放了你，我还送一把剑给你！"

他伸手在石棺里捞出一把剑，铛的一声插在地上，剑身如黑玉寒潭，正是被郎千秋带上太苍山、又被收缴的绝剑芳心。

郎千秋拔出长剑冲着铁链就是一阵电光花火地劈砍，却只砍出几道浅浅白痕。谢怜道："没用的。这剑年纪太大，早就钝了，你再劈，要折了。"

郎千秋差点没当场折了它。

这时，戚容却道："你这么生气做什么！我这可是在帮你。郎千秋，人我给你了，剑我也给你了，你请便吧。"

郎千秋气道："什么？还帮我？请便？请什么便？"

戚容道："请便！你打他一顿也好，捅他几剑也罢，想怎么对他，随你高兴。你说我是不是帮了你一个大忙？"

难怪他要放开一段铁链，这个活动距离，抓不住戚容，倒是能抓到谢怜。郎千秋哪里不明白这点，道："谁要你帮忙？我自己会找他算账，用不着假借他人之手，更不用说当你折磨人的卒子了！"

戚容鼓掌道："哈！你不愧是我那圣人表哥教出来的徒弟！不过，所谓机不可失，时不再来，这事儿你可不亏，你当真不动手？"

这倒是实话，郎千秋自问没有十分把握今后还能逮住谢怜。但掂量了一下，还是戚容的提议比较让人恶心，于是他也异常粗暴地道："我有没有机会，关你屁事！"

戚容"啧啧"两声，阴阳怪气地道："真是个孝顺徒弟哟。不过，你不动手，你师父可不一定会不动手。"

谢怜心中一动，听出了他话里的意思，缓缓看过去。戚容作惊恐万状道："太子表哥，你用这种眼神看着我干什么？我不喜欢你这种眼神，你再这么看着我，我可能会说出什么不该说的话！"

"铛"的一声，他又扔了一把剑到地上。看着那把剑，谢怜握拳握得太紧，以致松手后手指还在抽。半晌，他平静地道："我懂了。"

他倚着棺椁站起，擦去嘴边鲜血，道："你不就是想要这个吗？你无非是要这个罢了。"

说着，谢怜足下一挑，长剑一起，手中握住。他转向郎千秋，道："你听到了。"

郎千秋警惕道："听到什么？"

谢怜脸上表情竟有几分漠然，他道："既然他要看我们打，那就打好了。"

郎千秋道："我才不……"话音未落，他肩头一阵剧痛，低头去看，鲜血迸出。原来谢怜说打就打，竟是一剑就刺了过来。

这下，郎千秋也火了。

他本来不愿动手，原因有很多，除了不愿给青鬼看笑话，自己也说不清还有别的什么。谁知谢怜刚刚还嘘寒问暖，似乎无比关心，现在却又突然翻脸，说捅就捅！虽然不明白谢怜为何态度反复无常，但让他被动不还手，怎么可能？当下也挥动长剑反击。墓室内剑光火花飞溅，戚容看得狂喜，叫道："好！好好好！就是这样！郎千秋，快动手！听说你挺孝顺的？我再告诉你几件事吧，你知道吗，我这位圣人表哥，第一个杀的就是你老娘！你娘挺美的，临死前还抱着你师父大腿求他。至于你老爹，更惨哪，他就在那儿抱着他老婆尸体号叫，然后谢怜过去，当着他的面，一个手起刀落，大卸八块……"

郎千秋听不下去了。戚容每说一句，他下手就狠一分。听到"大卸八块"，他一定是想到了鎏金殿里那些惨不忍睹的尸块，一扑而上，一只手掐住了谢怜的喉咙。

谢怜被他双目血红地提了起来，喉骨剧痛，几欲窒息。热血冲上脑门，他听到远处戚容的狂笑，以及耳边郎千秋的怒吼。

天旋地转，背脊剧震，却是郎千秋把他甩到了石壁上。谢怜咳嗽着爬起，本能地想抵御，但转念一想：戚容的目的不过是要借郎千秋之手折磨他，眼下两人身处客场弱势，要是不让戚容遂愿，天知道他还能想出什么花样。反正他也不会被打死，又不是没被郎千秋打过，大不了被他多打几百下，不如就这样拖延时间等待转机。

想通这一节，他便躺平了摊在地上，等着郎千秋走过来再次把他抓起。正在这时，他看见郎千秋手中的剑闪过一丝寒光，忽然意识到，他拿在手里的剑是芳心。

谢怜突然打了个无声的寒战，道："等等！"

郎千秋却不理他，一剑刺来。谢怜一个滚打开，闪得狼狈不堪。他尽力让自己看上去更镇定，额头冷汗却是滚滚流落，又道："等一下！"

郎千秋却寒声道："现在才求饶？晚了！"

谢怜哑声道："等一下！你误会了，我不是想求饶，你想做什么都行，我保证给你打个痛快。但是别用这把剑！"

戚容叫道："太难看了太子表哥！"

谢怜脸色发白，道："我说真的，别用这把剑！"他跟跄着退了几步，脚下却被铁链一绊，郎千秋上来就一把攥住他喉咙，谢怜窒息到两眼发黑，却突然爆发一股大力，狂乱地挣扎一阵，不知怎的夺剑而下，一骨碌滚到了墓室的角落，大喝道："站住！别过来！"

惊魂未定中，郎千秋再次逼到他身前不足五尺之处。谢怜披头散发，喘出一口带血的气，对郎千秋道："不必劳烦你了。"

他掉转剑锋，决然道："我自己动手。"

说完，他便将芳心的剑锋对准了自己的腹部，狠狠刺下！

"轰隆"一声巨响，整个皇陵地动山摇。

沙石飞扑、烟尘滚滚。待烟尘散去，一面石壁消失了。

再一看，并没消失，而是整个坍塌了。

郎千秋刚好就站在那面石壁前面，整个人被压在墙下。谢怜手里的芳心还没没入腹就被震飞了。他眯着眼，看到弥漫的烟尘和落石中，一个红衣身影站在坍塌的碎石之上。谢怜脱口道："三郎？"

花城容颜俊美，神情肃杀，是前所未见的冷峻，一见到他，整个人紧绷的状态似乎微微一松，但随即又看见了那座跪像，当即冷笑一声，眼里燃起滔天怒火。

戚容仿佛活见鬼，整个人都跳了起来，嗓子都变调了："你！"

花城缓步前行，慢条斯理地，仿佛只是来串门。戚容如临大敌道："你怎么找来的？你想干什么？你是什么东西，竟敢擅闯我们皇……"

也不见花城身形如何飘忽，下一刻便出现在了戚容身后。

他单手抓戚容头颅，猛地往下一拍，道："你又是什么东西？敢在我面前找这种死！"

"砰"的一声巨响，跪地像炸成齑粉，戚容的头则整个被花城一掌拍进了地里。

花城蹲了下来，如同孩童抓着一个皮球，单手把那颗血淋淋的头颅从地里拔出，连着身体提起，观察片刻，笑了一下，道："说啊，你是什么东西？"

他眼神里尽是暴戾。谢怜从没见过这样的花城，觉得他此刻模样真是十二万分的不对劲，道："三郎？"

戚容吐血还在叫："谢怜你还不阻止他！这里可是仙乐皇陵，你怎么敢让外人在这里撒野！"

花城笑嘻嘻地道："啊，你不知道吗？世上有些东西，是阻止不了的。比如，太阳落下在西，比如，大象踩死蚂蚁，比如——我要你的狗命！"

说到最后一句，他脸上狰狞之色暴涨，将青鬼整个身躯猛地往下一掼！

又是一声巨响，戚容贴在地上，摔成了一摊比烂泥还不如的东西。而花城始终保持着得体的微笑，站起身来，又将他一颗脑袋狠狠往地里踩了将近十次。虽说这么踩戚容是死不了，但就是因为死不了才够呛，就算是铁铸的头也受不了这种踩法。戚容狂叫震天，谢怜忙扑上去连人带臂环住花城，道："算了算了！你别生气，这人有病，你跟他计较什……"花城却一转身，把他手里的剑抽出，"铛"的一声扔在地上，仿佛十分憎恨这把剑。

他这副模样太过反常，谢怜担心得要命，但又不知道该怎么办，只能一边圈着他，一边顺他背脊，道："别气了别气了……"

花城眼中风暴终于渐渐沉淀。他低头看着谢怜的脸，长叹一声，道："殿下，你怎么又把自己弄成这个样子了啊。"

谢怜愣了一下，这才想起，他现在大概已经被揍成了猪头。

他本来没觉有什么不对，可听花城叹息，他却感觉自己好像做错了什么，赶紧擦了一下脸又捋了一把头发。戚容终于能把头从地里拔出来了，正要滚到一边，花城却一脚踩上他脑袋，道："我让你起来了吗？"

戚容披头散发地吹了一口血沫，流里流气地道："哟，太子表哥，真没想到，你跟花城关系不错呀！恭喜你，傍上个大靠山了！看他这架势，倒像是专门来整我给你出气不平的！瞧瞧他，火成这样！不过表哥，你可是上天庭的大神官，怎么跟这种妖魔鬼怪勾搭上了，也不怕辱没了你的纯洁无瑕？"

谢怜道："他很好。我交什么朋友，不劳你操心。"

戚容道："看来他是被你头顶上的圣光感化，闪瞎了狗眼吧。啊哟不对，我发现了，他好像本来就瞎了一只眼！哈哈哈……"

话音未落，他两眼一黑，脸颊剧痛，竟是被谢怜一拳打歪了嘴。谢怜冷冷地道："你再说这种话，就不是一拳了。"

戚容瞪大了眼，像是不敢相信谢怜会真的打他，骂道："怎么？我说错什么了？他不是瞎了一只眼？这条犯疯癫病的狗独眼龙！"

说到"瞎"字，谢怜又是两拳。他出手奇快又狠，戚容被揍得嗷嗷直叫。最后，他像条癞皮狗一样躺在地上，捶地大笑道："太子表哥，你打我，你居然打我！天哪，我们高贵善良、悲天悯人、连蚂蚁都舍不得踩死的太子殿下，他给我

血雨探花

293

脸色看，他骂我，他还打人，他居然想打死我！不得了了、不得了了！"

他亢奋得仿佛吃错了药。谢怜的忍耐力已经到了极限，反手一张符就要封了他的口，谁知，花城却截住了他的手腕。谢怜一怔，道："三郎，干吗放着他这样胡说八道？"

花城却道："哥哥，你可还记得，我说过，想请你帮我做一件事？"

谢怜道："你是说过，我也答应了你。不过跟这有什么关系？"

花城道："你不好奇为什么我放走郎千秋，让他来太苍山？"

谢怜看着他。花城继续道："因为我要他到这里找一个人。"

二人对视，不知怎的，谢怜有些心虚，低声道："你……要他找谁？"

花城道："血洗鎏金宴的真正凶手。"

"呃……"谢怜的脸突然有些发灰，目光游离开来，干笑道，"什么叫真正的凶手？难道还有假的凶手……"

戚容也道："这还用问？谢怜啊！真凶就是谢怜！"花城一脚踩下，冷笑道："撒谎！我要听实话。"

戚容被踩得大叫一声。这时，一旁郎千秋掀开坍塌的石壁站了起来。花城一扬手，扔出一样东西。郎千秋不假思索接了一看，道："我的护身符怎么会在你那里？"

花城却冷声道："那是你的护身符吗？"

郎千秋仔细看了，发现果然不是。

这枚护身符的制法、符文虽然和自己那枚相似，但是是崭新的。再一摸袖里，自己那枚好好的也在。把两枚护身符放到一起，宛如一对孪生兄弟。他抬头道："你怎么会有这个？"

花城看着谢怜，从容道："谁给你的，就是谁给我的。"

郎千秋顺着他目光着落处望去，明白了他言下之意。

这护身符是谢怜给的？

谢怜忙道："不是！"谢怜劈手就要去夺他手里的护身符，谁知步子还没迈开，突然身体瘫软，被花城接住。他这回是真的又惊又怒了，道："你……"

他对花城，真是全无防备，不然也不会给制住。花城低声道："殿下，抱歉。"

他又对郎千秋道："这两枚护身符是出自同一人之手。你八岁时给你这枚护身符驱祟的，也是太子殿下。当时被他驱走的邪祟，就是现在我脚下踩的这个废物。"

瘫软倒在他怀里的谢怜没有办法，几乎是哀求了："三郎别说了，花城主到此为止吧。现在说这些没用的……真的没用啊！"

郎千秋拿着两枚护身符，目光在皇陵里另外三人中转来转去。混乱之中，他都不知怒火要对着谁发泄，对谢怜道："你到底想做什么？你到底又做了什么？"

见他如此混乱，戚容嘎嘎大笑，道："太子表哥，好可怜啊，做你的徒弟，真的好可怜哪！我都忍不住同情起他来了。算了你就别骗他了吧，告诉他真相吧！告诉他血洗鎏金宴的到底是谁吧！"

郎千秋道："鎏金宴不是……那天我亲眼看到……"

可他也没那么有底气了。戚容道："我问你，你亲眼看到了什么？"

郎千秋道："我看到他把所有人的尸体……大卸八块！"

戚容道："那不就结了。你看到的，不就是尸体吗？他杀的，也只是尸体而已。那些尸体是我特地留给他的。因为我知道，他非把他们大卸八块不可！"

谢怜冷汗滚滚，郎千秋的脸也抽了一下。在他追问之前，谢怜厉声道："你给我闭嘴！"

郎千秋却不理他，道："什么叫作'非把他们大卸八块不可'？"

戚容却露出了诡异的笑容，道："你不先问问，真正的凶手是谁吗？"

郎千秋忽然生出一阵极为不祥的预感。

戚容道："只要你知道凶手是谁，你就会知道他为什么非这么做不可了。你不问问？"

是谁？还能是谁？

为什么谢怜不否认罪名？要是一个人是无辜的，为什么不否认罪名？

他看着谢怜，戚容明白他在想什么，冷笑道："他当然不敢否认了，他只能认！为什么？因为不认更可怕！"

郎千秋道："还能有多可怕？"

戚容笑得嘴角都要咧到耳后了。他怨毒又畅快地道："是仙乐旧皇城的怨灵啊。听到了没？是你从小就心心念念要度化的那些怨灵啊！"

在他尖锐癫狂的笑声里，谢怜也仿佛回到了那片血海之中。

漫天穿梭尖笑的扭曲怨灵里，只有他一人站着，眩晕又踉跄，扶住一旁的红柱才勉强稳住身形。他唯一能听到的声音是戚容逃走前的狂笑。戚容说：太子表哥你喜欢吗？这是送给郎千秋的生日礼物，这是最适合骨子里流着脏血的叛军贱民的礼物了！"

谢怜满心都是绝望。

如果太子殿下知道了，会怎么样？他从小就一心苦修想要度化的亡灵，却要了他所有亲人的命，他会怎么样？

谢怜不敢想他会怎样，所以，这是绝对不能发生的事！

他一咬牙，拔出芳心，一剑横出，将一具尸体斩成一团血肉模糊。斩，再斩，越碎越好，一具尸体都不能留下。

可就在他疯狂斩尸的时候，殿外传来太子殿下的脚步和呼声："为什么没有人？人都到哪儿去了？师父、师父！"

到这个时候，太子殿下先叫的还是师父。然后大门两开，太子殿下满面笑容："师……"

然后，他眼中就倒映出了地狱。

地狱里最可怕的血景，就是他那如同妖魔一般狂乱斩尸的师父，无数肢体在他手下血肉横飞，血溅到了他脸上。

谢怜想冲上去把戚容重新打入地底深处，可花城却牢牢制住他。他只能眼睁睁看着郎千秋缓缓把脸转向他，眼里是茫然又难以置信的神色，仿佛在问他，戚容在说什么。

戚容道："现在，你知道你师父为什么非把所有人都大卸八块了吧？一具尸体都不能留！如果留下来，就会看到被百鬼啃噬的痕迹，你就会知道自己被恩将仇报，你是个大笑话！"

突然，谢怜喉间一松，身体也脱离制约，冲上去就是两拳，双目血红地道："闭嘴！你还很得意是不是！"

戚容被他打得鼻血横流，却还歇斯底里地狂笑："你打啊！但是你这徒弟已经完蛋了！这杂种怎么待你的？他把你活活钉进棺材，你真是活该！"

他说到"活"字，花城像是已经到了忍耐极限，雷霆一掌劈下。戚容原本便很耐打，看到谢怜受激神情更是兴奋了十倍，脸被劈进地里了还顽强不懈地喊道："活该！活该！活该！"

他每说一句，花城便在他后脑上补上一掌，场面血腥至极，戚容半个脑袋已经没有了。谢怜发现他眼神又被暴戾所浸染，不得不再次环住他道："算了！

三郎！"

突然，他眼前一红，血肉横飞。谢怜拉着花城闪身避开，定睛一看，血肉横飞的，居然是戚容的另外半边脑袋！

动手的不是花城，而是郎千秋。他一只手掐着戚容的脖子把他整个人提起，戚容没了头还在怪笑，道："表哥，恭喜你！你看看你的好徒儿，翅膀硬了，下手狠了，可以出师啰！可是不痛，一点都不痛！比起太子表哥打我的，你算得了什么？郎千秋，你现在是不是恨得要死，恶心得要死？哈哈哈哈哈哈恭喜！恭喜你终于追得了苦苦追求的真相，你就是个大笑话！"

不等他笑完，他全身骨节咔咔爆裂，炸成一摊齑粉！

郎千秋从不是残忍嗜虐之人，眼看着他要走偏了，谢怜上去抓住他道："你先……"郎千秋却狠推了他一把："你这个骗子！"

谢怜被他推得一倒，背后撞上迎来的花城才没摔倒。好不容易站稳，郎千秋眼露凶光红光，冲他道："你这个骗子！"

谢怜道："我……"

郎千秋打断他道："你一直都在骗我！什么只要我诚心以待只要我努力，仇恨就可以消弭天下就会太平，其实它们从来没有被度化是吗？它们恨我嘲笑我诅咒我想置我于死地，我却拼命对它们示好，甚至鎏金宴后我还一心修行，就为了度化它们！我到底是什么？"

谢怜慌忙道："不是的！鎏金宴上被戚容唆使杀人行凶的怨灵只是一小部分，根本不能代表全部！我早就把它们镇压了。你度化的那些亡灵是真的被你感化了的……"

郎千秋额头上浮起青筋，忍无可忍道："你闭嘴吧！我再也不想听这种话了，我再也不会相信你了！国师你真的……你真的好厉害啊。你根本是把我当超度工具吧？！"

听到最后一句，谢怜颤声道："我……我没有啊……"

郎千秋厉声道："你还说没有！你让我这么多年都不知道真正的仇人是谁，你骗了我却让我长成你想要的那种人！为达到这个目的，你宁可被我当成血洗鎏金宴的凶手被我活活在胸口钉四十九钉钉进棺材里！国师，你真的好厉害啊！"

每一句话，谢怜都无法反驳，因为那是事实。所以，他只能绝望地道："不是这样的啊……"

这就是他最不想让郎千秋知道的真相。

这个少年在他的教导下付出了那么多努力和真诚去度化那些亡灵，却换来了不为所动的怨恨和铺天盖地的诅咒，还失去了所有的亲人，这让他情何以堪！

这时，花城忽然一把打开郎千秋的手，冷笑道："他的确厉害，你今日才知？"

谢怜根本没意识到是花城扶住了他自己才没坐在地上，且现在就在他上方近在咫尺处说话。花城把他挡在身后，直视郎千秋，道："戚容这个废物，为报灭国之仇，一直在想方设法除掉作为永安国皇族的你，而被你当作杀人凶手的这个人，梦中赠符也好，花枝退魔也好，则一直在想办法补救。他去永安做国师，并非全是为了教导你，更重要的是为了保住你的命！因为其他法师全是更废的废物，对纠缠你的鬼怪束手无策！而只有你的师父——太子殿下——最了解该怎么对付戚容，才能一次又一次地救你性命。即便在最后他被你钉在棺材里，也要先把戚容镇压了，防止给你留后患！他不这般厉害，怎么教出你这样还能飞升的徒弟！"

他每说一句，郎千秋的目光和紧握的拳就颤得更狠一分。最后，花城道："我劝你，弄清楚你真正的仇人是谁，不要迁怒不该迁怒的人！方才你轰烂的不过是一个分身，你不会连这都看不出来吧。"

血肉横飞与飞沙走石中，郎千秋最后看了谢怜一眼，掉头离去。谢怜好容易回过神，道："千秋！"

郎千秋头也不回，反手甩出一样东西，正是他戴了多年的那枚护身符。忽地大火自燃，那符瞬间在空中被烧得一缕不剩。

花城道："别追了，让他自己静静吧。这个时候，他听不进任何话。"

谢怜何尝不明白这一点。他站了好一阵，才静静地道："为什么要这么做呢？"

一阵突如其来的怒气上涌，也不知是对谁的愤怒。

花城伸出一手，似乎想放到他肩上，谢怜挥开他的手，道："本来他只用恨我一个人！恨就恨吧，恨我的人你知道有多少吗？不差他一个！现在好了，他知道他为之努力的对象都在诅咒他！难道就非要让他觉得从前我教他的全都是假的、空的，是我骗他的吗？"

花城不语。谢怜一下子觉得难以忍受。

所有东西都难以忍受。难以忍受失控的自己，更难以忍受这样静静看着他的花城。他捂住脸，道："你走吧。"

花城没动，谢怜抱着头道："你走吧！算我求你了快走行不行！"

花城这才道："好。"

他好像无声无息地走了。

谢怜总算觉得好受一点，但也不知道还能做什么。他狠狠一甩手臂，本是想打点什么把郁结在胸口的东西发泄出去，袖子里却甩出一样金灿灿的小东西。

看着它飞出皇陵塌了的那个洞，直直往山崖下落去，谢怜吃了一惊，心道"糟糕"，想也没想就伸手往下跳。谁知人到半空，被一只手拽了回来。谢怜足底沾地，一看来人，脱口道："三郎，花丢了！"

花城一手圈住他腰，道："丢了就丢了，又不是什么值钱东西。"

那一点金色已经消失，腰却被揽得更紧，谢怜急死了："不能丢，那是……"

那是之前在庙会上，花城比赛夺来送给他的那朵花呀。

他惊出一身冷汗，魂也被拽了回来，这才后知后觉，不知何时花城居然去而复返。想起自己方才对花城态度恶劣，他呆呆地道："三郎，你……没走啊。"

花城不答。谢怜又想起刚才说了什么过分的话，越发内疚，不敢说话。

半晌，花城才轻轻叹了口气，道："哥哥既不要我，却为何又要我送的花？"

谢怜马上道："没有不要你的！绝对没有。"

花城道："那哥哥刚才叫我走。"

"……"

"之前也是。我喊都没有用，丢下我就跑。"

他这么说，谢怜便觉得他委屈得不行，自己也过分得不行，低声道："对不起……"

花城道："我并非要殿下道歉。"

正因如此，谢怜歉意才更浓。

他叹了口气，花城道："我的错。"

谢怜怔然道："怎么是你的错？"

花城道："我本意是想陪着哥哥把伤养好，让郎千秋自己来找青鬼。戚容这废物沉不住气，一番拉扯总会抖出真相，却不想哥哥身上还有罗盘符，定了郎千秋的位，让你还被送到这里，弄成这样。"

299

谢怜叹气道："关你什么事呀？是我搞砸了。"

花城道："你没错。若非你担下这罪名，新仇旧恨早就天下大乱永无宁日。一条命换了几世太平，你何错之有？是我做得比你狠多了。听我的，你没错。"

谢怜坐到地上，好半天才低声道："我只是觉得，不应该是这样的。"

花城静静听着。谢怜喃喃道："我只是觉得，一个人付出了善意，不应该是这样的下场。我怕他受不了，我怕他会变。我只是……"

自己已经受够的，不忍心再让别人去受了。

作为芳心国师，他是没有过去和姓名的，担了血洗鎏金宴的罪，只是会让郎千秋觉得被一个人背叛。可如果血洗鎏金宴的是郎千秋致力度化的怨灵，这就是终极的幻灭。

所以当戚容暗示他时，谢怜只能受他威胁，拿剑去刺郎千秋，从而刺激郎千秋疯狂反击。

花城却道："但你不可能永远帮他捂着那层遮羞布的，他总要知道真正的世界是什么样子的。"

他也在谢怜身边坐了下来，道："况且，你既然如此重视他，又为何不能相信他？"

谢怜把脸从胳膊肘里抬起。花城淡淡地道："相信他既然是你选中的人，便不会在怨恨中迷失自己。哪怕曾经恨不得毁灭整个世界，最后也会做自己该做的事。"

谢怜看着他，突然道："我想了一下，你还是走吧。"

花城道："为何？"

谢怜语无伦次地道："其实……我是瘟神，靠近我你会倒霉的，所以我们还是不要做朋友了。"

花城看着他，叹了口气，道："哥哥，你糊涂了。"

谢怜坚持道："难道你没发现吗？自我们相识以来，你一直都在给我带来好运，可我却在不断给你带来坏运气。"

花城道："不。"

谢怜道："我是认真的，再这样下去，我怕总有一天……"

突然，花城用力握住了他的手。

花城几乎是柔声地道："殿下，不是你的错。"

他说道："你已经尽力了，没有人能做得比你更好了。我知道。"

他说得对不对，谢怜不知道。但他确定，从未有人给过他如此温柔且坚定的安慰。

不知过了多久，谢怜从半梦半醒间睁眼，道："有人来了。"

花城这才放开他的手。谢怜终于发现自己方才有多失态，给他安慰了多久，浑身都僵硬了，也不知到底该不该害个臊。花城却是神色自若，道："这时候来得倒快。"

一名白衣女冠悠悠闲闲地转出，双眼一亮，道："找到了，太子殿下在这里！"

随即她便望到了谢怜身旁的花城，马上道："血雨探花！哇你在干什么？你你你、你别对太子殿下乱来。你那极乐坊，是我不小心烧的，你要是有什么不满，商量商量，咱们上天庭可以赔你，哪怕别人赔不起，本风师也赔得起，放了太子殿下，一切好说！"

谢怜哭笑不得，却也好生感激，道："风师大人不必紧张，其实……"

他想要解释花城并非为了极乐坊去找他兴师问罪的，师青玄却暗暗地朝他使眼色，像是叫他别说话。花城也并不辩驳，只道："君吾往我手底下插眼线的事我还没清算，你们拿什么跟我谈条件？"

谢怜明白了。师青玄已经看出来花城并无恶意，但明面上要装成花城是为了追责才闯仙京的，这样的话上天说起来，可以避免有心人传他是恶意潜逃。花城也懂他意图，便顺口配合了一句。可谢怜却不愿如此，道："大人算了，别演了。三郎是为救我才闯仙京的，是好意，何必掩饰？"

师青玄却笑道："不演了。方才那两句我已经传到通灵阵里去了。这你就不懂了，传来传去好意最终还是会传成恶意的，还不如一开始就是恶意呢。"

花城挑眉道："明白人。"

师青玄得意道："那是。要不然本风师怎么在上天庭混？"

谢怜道："大人你怎么会在这里？"

师青玄："我这不是担心你，刚好两个中天庭的小神官又找我帮忙，说找不到你了，我就帮忙找找嘛，花了我一堆天材地宝，可算是找着了！喏，他们来啦。"

又是一阵足音逼近，闪出两个少年，正是南风和扶摇，他们一见花城，脸一起黑了："怎么他又在这里？"

——而且又快他们一步。花城嗤笑一声，谢怜道："你们也用不着这么紧张。"

师青玄热情招呼道："是啊，都是自己人嘛！不过紧张也没办法，谁让太子殿下你一副被欺负得哭了三天三夜的样子，我一进来也吓了一跳呢。"

"呃……"谢怜一下子站起来，道，"我一滴眼泪也没流！"

花城道："我做证。"

师青玄道："这可是皆大欢喜！我刚才还看到千秋了。不过怎么回事儿？他脸色好吓人，杀气腾腾地一个字没说就走了，叫也叫不住。我还从没见过他这样子呢……"

谢怜轻叹一声，花城道："他去找血洗鎏金宴的真凶了。"

几人均是神色一凛，道："真凶？"

师青玄不知内情照样喜："果然其中有误会，本风师真是料事如神，这下你就算回去应该也不用关禁闭了。"

南风则道："好！"他看上去像是大大松了一口气，警惕之意也减淡了不少。谢怜摇头道："你们知道吗？真凶是青灯夜游，也就是戚容。"

南风和扶摇都吃了一惊："戚容？？"

谢怜看他们两个："你们认识他？"

师青玄看他们三个："你们认识他？"

南风："听说……是仙乐国的一位贵族。"

扶摇补充："一个没品但有毒的贵族。"

谢怜艰难地承认："我表弟……"

师青玄一惊，道："厉害啊。"

谢怜想起他就头疼，道："啊，他真是相当厉害。"就没见过比他更疯狂的人。师青玄却道："我不是说他厉害，是说你厉害。太子殿下，你看看，风信、慕情是你以前小弟，千秋是你以前徒弟，青鬼是你表弟，血雨探花是你一见如故的兄弟，本风师是你的……好老弟！上天入地，这还不厉害吗？"

谢怜被这一连串"弟弟弟弟弟"强行押韵逼得差点爆笑，心道风师可真人如其风，风一出来，阴霾就要被吹散。花城挑了一下眉，似乎不怎么认可这个说法。而扶摇好像对"小弟"一词很有意见，道："一见如故，未必如故！太子殿下若没什么事就赶紧回去吧，上天庭一大堆人等着你回去解释怎么回事呢。"

花城哈哈笑了出来。扶摇道："你笑什么？"

花城道："笑你弯弯绕绕。你无非就是想让殿下别和我这种妖魔鬼怪混作一路，为何不敢直说？知道自己没资格没立场吗？"

南风反感地道："太子殿下清清白白，你……"

师青玄突然"哒"了一声，往两人胳膊肘上撞了一下。

那一瞬间，南风的脸色当真比见鬼了还恐怖一万倍，当场就是一长串破口大骂，崩溃道："我……了！你想干什么！"

扶摇也瞬间退到十万八千里之外。原来师青玄方才用来撞他们手的竟是胸，这一撞可真吓坏俩孩子了，而师青玄一甩拂尘，仙骨潇潇地完全看不出来刚才干了何等有失体统之事，道："我还没问你们想干什么呢，这么想打架吗？没看见太子殿下和血雨探花好着呢，这么大敌意干什么？"

南风脸色铁青地躲在墙上那个被他撞出来的人形坑里，道："不要再做这种事了！不要再做！听到没有？"

扶摇也在十万八千里之外凉凉地道："请大人自重，不要坏我修为。"

见两人都如避蛇蝎，对自己之貌美如花、玉树临风十分有信心的师青玄不由得一阵郁闷，道："行行行。你们也不吃亏啊，什么态度？"师青玄仿佛觉得自己失了面子，于是化回了男相。

谢怜从一堆乱石里捡回芳心，一行人也出了地洞，师青玄双手叉腰道："这山青鬼拿来当了新巢，满山妖魔鬼怪乱跑，还是叫几个武神来清理吧。"

花城点头道："以上天庭的效率，大概下下个月就可以处理完了吧。"

扶摇哼道："说得你仿佛一瞬间就能了结似的。"

花城却不知从哪里取出了一把伞。这伞伞面赤红如枫，艳烈如火，但谢怜知道，此伞了得，能过火海刀山，可挡腥风血雨。花城单手撑伞，遮在他和谢怜的上方，映得二人面颊染上一片绯红。谢怜略感奇怪，道："三郎，这是？"

花城对上他，把伞往谢怜那边挪了挪，笑眯眯地道："等着。马上就要变天了。"

话音刚落，从天而降一阵瓢泼大雨！

那雨突如其来，哗啦啦哗啦啦，打得谢怜都蒙了。但他好好地待在花城的伞底，没淋到一滴。可南风和扶摇就没那么幸运了，这两名少年全无防备地给

303

这雨从头到脚浇了个透。

更不幸的是，这雨是血色的，因此他们变成了两个血淋淋的红人，浑身上下只有一双瞪大的眼睛眼白是白色的。师青玄因为刚好站在一棵树下也幸免于难，只是瞠目结舌，拂尘都忘记甩了。

血雨来得快去得也快，那两名少年好容易反应过来，抹了把脸，依旧一片猩红，毫无起色。谢怜道："这……"

花城收了伞，哈哈笑道："一瞬间。如何？"

五个字间，他悠悠然地走出几步，已是好长一段距离。谢怜那头原本正在袖中翻找布巾，师青玄从拂尘上薅了几把白毛，一起贡献给了陷入沉默的南风和扶摇。而花城一走，他立即发觉身后少了一人，转身奔出几步，道："三郎！你要回鬼市了？"

花城回头，道："事情既已解决，你也要回仙京了吧。"

他总是在谢怜最需要的时候到来，又在最适当的时候离开。

花城又半开玩笑地道："不过，哥哥要是想跟我走，我也欢迎啊。"

见他神色俏皮，谢怜笑了，道："我送你。"

二人并肩而行，谢怜道："下次我去鬼市，给你搬砖重修极乐坊。"

花城道："我那里可不缺搬砖的，缺别的。"

谢怜问："缺什么？"花城却是笑而不语了。

走了一阵，谢怜又道："三郎，为什么你好像一早便知道，血洗鎏金宴的凶手就是戚容？"

花城道："我并非知道一定是他做的，我只是知道一定不是你做的。"

谢怜敛了笑容，道："你就没想过凶手真的是我吗？你怎知我心里不想这么做？"

花城道："想这么做又如何？你不会做的。我幼时日日都想杀尽天下人，也没见我真的那么做。"

听到后半句，谢怜哭笑不得，心想还真是别具一格的童年。随后闭紧了嘴，半响才道："其实我——"

花城道："你说，无妨。"

踌躇一阵，谢怜还是道："其实我觉得，人在这世上，不要对别人太抱希望为好。"

花城"哦"了一声，道："你所说的'太抱希望'，是指什么？"

谢怜道："不要把某人想象得太过美好。若相识相知，终归会有一天发现这个人远远不如自己所希望的样子，到时候会很失望的。"

花城却道："别人失望不失望我不关心。但对一些人来说，某人存在于这世上，本身就是希望。"

虽然他这句话并未指明，仿佛只是随口反驳，谢怜的心却是忽然一浮，飘着了。

他顿足，忽然道："三郎，你到底是什么人？"

花城也顿足，回首望他。谢怜与他对视，认真地道："你对我了如指掌，你知道的东西很多，也许更多。我总觉得，你是一位故人。但我又确实不记得从前什么时候见过你。"

花城这样的人物，见过一面，就绝对不会忘记。谢怜也不曾摔破脑袋失去记忆，没理由不记得。

他凝视着花城，迷惑地道："你究竟是谁？"

花城并不回答，只是微微一笑。谢怜立刻反应过来，这问题真是极为不妥。鬼的真名都是秘密，岂有随意告知旁人之理？他忙道："对不起，你不要在意，我只是随口一问。你是谁都没有关系。你是你就够了。"

花城拖长了声音道："谁知道呢？你以后就知道了。"

这是之前谢怜用来答他的一句话，眼下被堵回，谢怜啼笑皆非。顿了顿，他缓缓道："千秋的事，不管怎么说，还是多谢你。我不知道怎么做是对的，但也许这样也未尝不好。"

花城却淡淡地道："想太多。"

谢怜一怔，花城道："你只管做就是了。"

说完，他转过了身，一摆手。

不多时，那道红衣身影便在山前、在月下、在谢怜的眼中，消失无踪了。

只有一朵小小的白花，悠悠飘落。

第二卷

太子悦神

第一章

神武大街惊鸿一瞥

那朵白花飞过漫天飘舞的彩带和欢呼，落于一剑。这一剑刺出，将妖魔穿心而过，杀死在地上。

"伏魔降妖，天官赐福！"

神武大街两侧，海浪般的轰声一浪高过一浪。朱红的皇宫大门前，那两名扮演天神与妖魔的道人向四周施了一圈礼，躬身分向两边退下。这一出暖场的武斗看完，百姓气氛高涨，不光街道两侧挤得水泄不通，连屋顶上都爬满了大胆者，拍手、喝彩、手舞足蹈，万众狂欢。

高台之上，一排排锦衣玉容的王公贵族微笑着俯瞰下方。这般盛况，当真是万人空巷。仙乐国史上，若论哪一场上元祭天游称得上空前绝后，那么，一定便是今日的了！

官门内，百人长队在此凝神静候。钟声大鸣，一个臂挽拂尘、高冠华服的青年道者肃然道："开道武士！"

"在！"

"玉女！"

"在！"

"乐师！"

"在！"

"马队！"

"在！"

"妖魔！"

"在。"

"悦神武者！"

无人应答。

青年道者眉头一皱，扬声道："悦神武者？太子殿下呢？"

仍旧无人应答。而方才答话的"妖魔"顿了顿，取下了那张青面獠牙的面具，露出一张清秀的面容。

这少年十六七岁，干干净净，一双眼睛却如一对黑曜石，明亮且闪烁不定，发丝柔软，极细的几缕散落在前额，看上去安静乖巧，和他手中那张狰狞的妖魔面具形成了鲜明的对比。他道："国师，太子殿下说，不必担心，他稍后就到。"

国师梅念卿脸上原本的肃容寸寸裂开："什么……"

居然在这要命的时候，人没了！

正在此时，一人穿过漆黑的宫门道，迎面奔来。也是个十六七岁的少年，身姿笔挺，个头极高，小麦肤色，背后背一把黑色的长弓和雪白的羽箭筒。他年纪虽浅，目光却坚毅。梅念卿一见这少年，一把抓住他道："风信！你家太子殿下呢？"

风信道："报国师！太子殿下在与君山伏杀妖魔！"

这问了还不如不问，梅念卿更加肝胆俱裂了："他不是一个月前就蹲在那里吗？怎么还在！"

"是啊！但因为那妖狡猾，他蹲一个月了才蹲到，马上就要得手了，所以殿下他说再等等，就快好了！"

梅念卿几乎是在咆哮了："要等到什么时候，这不是杀我吗！马上仪仗队就要出宫门道，华台拉出去只看到妖魔没看到神仙，一人一口唾沫在场的一个都别想活着游出去！你跟慕情干什么也不拦着？"

还是慕情冷静，道："殿下交代过，这次如果伏击不成，等下次再蹲，又要多死几十个人，他会在悦神武者出场前赶回来的，请国师按部就班走便是。再不发令出门，吉时要过了。"

宫门道外，从大清早等到现在等了几个时辰的百姓早已按捺不住，高呼猛催。没办法了。

没有悦神武者是死，坏了时辰也是死！

梅念卿绝望地一挥手，道："奏乐，出发！"

309

得令，笙箫管弦一起，一百名皇家武士齐声高喝，迈开步伐，引领着浩浩荡荡的仪仗队，出发了。

战士在前，象征世路之中披荆斩棘。其后紧随的，皆是万中选一的少女，娴静貌美，素手携篮，天女散花。乐师们端坐黄金车上，弦歌悠扬。

一出宫门道，便引得阵阵惊叹，众人争相抢夺花朵。花落成尘，清芳如故。不过，这些再华美、再铺张，都只不过是铺垫罢了。华台——最后的华台，就要出来了。

十六匹金辔白马拉动的华台穿过幽深的宫门道，缓缓呈现在万人眼前。台上，一名头戴狰狞面具的黑衣妖魔，将一把九尺斩马刀"铛"的一声，重重杵在地上，立于身前。

在一阵肃杀中，这个黑衣少年，气势颇足地完成了作为"妖魔"的开场。

然而，奇迹并未出现。悦神武者仍是杳无影踪。

人群哗然。高楼上，王公贵族们微微蹙眉，彼此相看，道："怎么回事？悦神武者为何不在台上？"

高楼中央，端坐着一名俊朗男子与一名贵丽妇人，这便是仙乐国的国主与皇后了。二人虽面带得体微笑，但皆是目有忧色，只能交换眼神安抚对方。

可下方大街两侧的人潮却没人安抚，叫声似要把房顶都掀翻。幸好华台之上的妖魔十分镇定，几十名扮演伏魔者的道人一一跃上台来，又一一被他打倒，赶下台去。看脸看身形，慕情都像是个斯文书生，可这样一把奇重无比的九尺长刀在他手里却好像完全没有分量。刀影重重，打得倒也十分精彩，因此也有不少人为之喝彩。只是，更多人却不是为了看"妖魔祸人"这一幕而来的，纷纷嚷道："悦神武者呢？"

"我们要看的是殿下扮的神武大帝！妖魔退散！"

高楼上，一个声音怒道："这是在搞什么鬼？谁要看这些玩意儿！见鬼了，我太子表哥呢？"

许多人齐齐抬头，只见一个华服少年冲到高台边愤怒地冲下方挥起了拳头。这少年十五六岁，倒也明丽夺目，只是脸含煞气，仿佛就要翻过栏杆跳下来打人。可这楼太高，于是他顺手就抓了一个白玉茶盏丢下。

茶盏急速朝妖魔的后脑飞去，眼看就要出事，妖魔长刀一挑，便将那茶盏稳稳挑在了刀尖，引发一阵叫好声。戚容大怒，还待再砸，皇后叫人上来拉，这才将他拉下去了。可众位皇族的神色也越来越凝重，有些都坐不住了。

绯红轻纱为幕，幕后坐着一排名门贵女，皆以团扇遮面，此前虽是心焦，却都碍于矜持不语。这时实在忍不住，有人小声道："太子殿下没来吗？"

"怜哥哥呢？"

上元祭天游没有悦神武者，这才是另一种意义上的空前绝后！

正在此时，人群一阵暴风喝彩，高台上众人不由精神一振。只见一道雪白身影从天而降，落在了妖魔面前！

那人落地，重重白衣在华台上铺成一朵巨大的花形，一张黄金面具遮住面容。他一手执剑，另一手在森森剑锋上轻轻弹了一下，"叮"的一声，煞是好听。而这个动作，又十分气定神闲，浑然不把面前的黑衣妖魔放在眼里。

华台之上，一黑一白两个身影对峙，天神与妖魔各自一抖兵器，终于对上了阵。

戚容看得两眼发光，跳起来大声道："太子表哥！我太子表哥来啦！"

楼上楼下，众人无一不瞠目结舌。

这个登场，真真是如天人降临，大胆至极！

这城楼少说也有十几丈高，太子殿下贵为千金之躯，竟是直接从城楼上跳了下来。方才那一瞬间，众人都以为是真的天神下凡，头皮都炸开了，此刻反应过来，不免热血沸腾，喊到声嘶力竭，拍到双掌通红。

国主与皇后含笑对望一眼，随之拊掌，皇族们也都眉头一舒，跟着赞叹起来。至于团扇遮面的名姝们，团扇也遮不住面上飞红了。

总算赶上，梅念卿这才抹了把汗，扫了一眼那绯红纱幕。一排名姝在后影影绰绰，但也有几缕芳心被扰乱的微澜透幕而出。

他心知这是些什么人，正暗暗好笑，忽听皇后却拍了拍心口，对国主道："孩子又乱来了。"

国主也抹了把汗，道："是啊，竟从那么高的地方跳下来！"

梅念卿不免带了点骄傲，道："两位陛下大可放心，太子殿下嘛，别说区区十几丈高了，就是再高几倍的城楼，他闭着眼睛也能轻轻松松上、轻轻松松下！"

这上元祭天游中，悦神武者是最重要的角色。他必须是武艺精绝的少年，服冠形制严格，华丽非凡，装备完毕后，从头到脚一身行头往往重逾百斤。武者要在这么沉重的负担下与扮演妖魔的武者打斗，完成至少三个时辰的演武，不能出现任何差错，这对常人来说根本是不可能完成的任务。

但梅念卿仍是笃定地道："请看！有太子殿下坐镇，今日一定会成为有史以来最传奇的悦神武者！"

台上两名少年都极为出色。刀光剑影，你来我往，呼声排山倒海，兵器火花四溅。台上打得越是激烈，台下欢声越是雷动。无数人在痛骂："杀！杀了妖魔！"

一声剑啸，白光耀目，众人"啊"了一声，屏息提气。原来，妖魔的九尺长刀竟被悦神武者一剑挑飞，直钉入大街一侧的朱红石柱。有好事者去拔那刀，竟是使出九牛二虎之力也纹丝不动，不由大骇："这是什么力气呀！"

黄金面具后传来一声轻笑。那悦神武者挽了一个剑花，正要刺出最后一剑，将妖魔"诛杀"，却在此时，上方尖叫大起！

悦神武者心下一惊，一抬头，只来得及看清一道模糊的身影从城墙上急速坠下。

电光石火间，他什么也来不及想，足尖一点，纵身一跃，轻飘飘地掠了上去，竟是逆空飞翔一般，在城墙上走了十几步！

那武者飞身而上，袖展如蝶翼；翩翩落地，轻盈如白羽。手里结结实实抱住了人，脚下结结实实踩到了地，他松了一口气，这才低头去看。

一个满脸缠着绷带、浑身脏兮兮的幼小孩童，蜷缩在他臂弯中，愣愣地望着他。

这孩子最多不过八岁，当真是又瘦又小的一只。从那么高的地方摔下来，小小的身体在他手臂里瑟瑟发抖，像是什么动物刚出生的幼崽。那满头扎得乱七八糟的绷带缝隙里，露出一只极大的黑眼睛，眼里倒映着一个雪白的影子。他就一眨不眨地盯着抱住自己的人，仿佛别的什么都看不到了。

只听四面八方阵阵倒抽冷气之声，悦神武者还半跪在地，没有抬头，一颗心却沉下了。

他余光扫到，地上落着一个东西。

遮住他脸的黄金面具，掉下来了。

惊变突生，武士们的稳健的步伐被这意外打乱，散花的玉女们也面露惶恐之色，金车停滞，高大的白马扬蹄嘶鸣，笙箫管弦中倏起几丝不和谐的音律。有人走，有人留，未能迅速统一步伐，场面似乎就要控制不住。

大街两侧的人群一时还没反应过来，高楼上的国主与皇后却一下站了起来。他们一站，其余人还哪里敢坐？众贵族纷纷起立。那十几位名姝亦是花容失色。国师的屁股才刚把凳子坐热，这下又凉了。戚容跳上栏杆，撸起袖子怒道："又怎么了？队伍怎么乱了？这群废物都在干什么？你们吃白饭的吗连个马都拉不住！"

眼看着人群骚动，一场大乱便要爆发，正在此时，那悦神武者干脆霍然起身，抬起了头。

太子殿下千金之体，往日要么深藏皇宫，要么隐山清修，几乎从未在百姓面前抛头露面，于是众人都不由自主想一睹其真容。这一望，又都不由自主屏住了呼吸。

那少年肤色白皙得透明，仿佛多看一眼都会碎掉的玉器，可偏偏他眼角眉梢都是骄傲，灿若朝霞。长眉秀目，俊美已极，令人不敢逼视，他自己却泰然自得接受着万众瞩目。

十六七岁，正是最好的年纪。若说神明会是什么样子，那一定就是这样子的。

趁众人注意力全都被吸引，风信从大街上一滚而过，抓了面具，再冲进仪仗阵里低声喝道："都别乱，继续走！走完这一圈再回宫！"

仪仗阵连忙重新振作，各自归位。而扮演妖魔的慕情如一道黑云掠过半空，带着进石拔出长刀，作势要斩武者怀中抱着的幼童。两人装模作样地斩了几下，打着打着重新飞回台上，假装无事发生。人群也被他们带跑了，再一次沸腾起来。

这是悦神武者谢怜本人第一次感谢上苍给他生了这张脸，出了大事还可以靠卖脸蒙混过关，真真是好极。他一手抱了个孩子，另一手使剑使得如游鱼穿水，游刃有余。"铛铛"接了数刀，却听怀中孩子"啊"了一声，想来是被裹挟于刀光剑气之中，吓得厉害。谢怜抱紧了他，道："别怕！我在这里，不会有东西伤到你的。"

那幼童抓紧了他胸口的衣物，仿佛抓着一根救命稻草。谢怜以为这孩子给吓坏了，想着反正祭典已经被打断了，道："慕情！"

妖魔微不可察地一点头，很有技巧地撞了过来。谢怜一剑挺出，慕情则假装中剑，挣扎两下，"砰"地倒下。

如此，悦神武者终于将妖魔一剑诛杀！

人群高呼冲破云霄。浩浩荡荡的祭天游队伍继续行进，驶向皇宫。或许是因为刺激，百姓非但没有被方才的意外败坏兴致，反而热情更高。万人尾随着华台拥向皇宫。仙乐国主忙在高楼上道："保护太子殿下！"

可卫兵们哪里拦得下来，人潮一下子就冲破了防线。幸好在此时，仪仗队的尾巴也全数收进了宫门。朱红的大门在华台后轧轧关上，招展的彩旗不再飘摇，百姓如潮水一般拍打到门上，拍门声和欢呼声震天巨响。

宫门之内，"哐当"一声，白衣的悦神武者扔了手中兵器。谢怜一下子瘫软，把那层层叠叠的华丽悦神服扯开，长出一口气，道："累死我啦！"

慕情也把沉重的妖魔面具摘了，无声地呼出一口气，看他扯了半天都扯不开，终于忍无可忍伸出手去："我来吧殿下……你再扯下去，衣带又要打结勒死你自己了！"

风信在下面追着华台边跑边道："殿下，你怎么把这小孩儿也带进来了！"

那幼童一直趴在谢怜胸口，僵着小小的身子，一动不动。谢怜悦神服外套褪到肩头，坐起来道："不带进来，难道丢在外面？街上那么乱，这么小一只，放下去一会儿就给踩死了。"

说完，他就顺手在这颗小脑袋上摸了两把，笑道："小朋友，你是从哪儿冒出来的？怎么突然就从天上掉下来了呀？"

那孩子眼睛一眨不眨，嘴巴也一声不吭。慕情道："他吓呆了吧。"

谢怜又给他理了理满头乱发，道："傻乎乎的。风信，待会儿你带他回家吧，看下他是不是有伤，脸缠着绷带呢。"

风信伸手，道："好。"

谢怜便把那幼童抱了起来，递过去。谁知却没递成，风信道："殿下，你怎么还不放手？"

谢怜奇怪道："我放手了啊？"他再低头一看，啼笑皆非，却原来是那小孩儿的一双手，紧紧抓住了他的衣摆，没放开呢。

几人一怔，当即哈哈大笑。谢怜在皇极观修行，多少善男信女为见太子殿下一面费尽心机，见了他一面就想再见第二面，恨不得跟他一起做道士才好。没想到这小朋友年纪小小，也颇有此风。一旁护法的小道士们纷纷笑道："太子殿下，这孩子喜欢你，不想走呢！"

谢怜笑道："是吗？那可不行，我还有好多事要做呢，小朋友回家去吧。"

闻言，那孩子终于慢慢松开了手，风信随即一把捞过他。他被风信提在手里，一只黑得发亮的大眼睛却仍是直勾勾盯着谢怜。这副神气，简直像是着了魔、鬼附身了一般，不像是个小孩子的眼神。见状，许多道人心里都犯起了嘀咕。谢怜却没再看他，只对风信道："你不要跟提破烂似的提着他，会吓着小孩子的！"

风信却没好气地道："别笑了。吓着他算什么，殿下你还是想好待会儿怎么跟国师交代吧。我看他才是被你吓死了！"

闻言，众人果然都不笑了。

而国师也果然给他吓了个够呛。

皇极观，神武殿。

香云缭绕，诵经阵阵。梅念卿愁云满面地道："跪下！"

谢怜便在神武大帝的金身神像前跪下了。风信、慕情从主，跪在他身后。

梅念卿拿起那张精雕细琢的黄金面具，唉声叹气道："太子殿下啊，太子殿下。"

就算是跪着，谢怜也跪得笔直，道："在。"

梅念卿痛心疾首，道："你可知道，仙乐国史上，举办过这么多场上元祭天游，还从来没有哪一次，仪仗台只绕城走了三圈的。三圈！"

上元祭天游的每一道仪式、每一处布置，都是有其寓意的。华台绕城一圈，就象征着为国家祈求了一年的国泰民安，因此，走了多少圈，就有多少年不需再举办一场如此盛事。不仅兆头好，而且省钱。

可是，三圈，这也太要命了！这岂不是说，只能保三年？

更要命的是，悦神武者脸上的黄金面具还在祭典途中掉下来了。

自古以来，人们便相信万物之灵在于人，人之灵在于首。人体灵气聚于头面，所以祭典中的武者必须戴上一张黄金面具。因为一定要把最好的献给上天，他的脸只能为诸天仙神所欣赏，凡人是没有资格看到的。

梅念卿恨铁不成钢，道："以往的悦神武者，最少都有五圈保底了，最多不过撑二十圈，你呢？你就是闭着眼睛都能走一百圈！结果你自己把自己给掐死在第三圈——这下好了，太子殿下你要名垂青史了！"

大殿中百名护法道人列阵，却无一人敢说话，只有谢怜自若道："国师，您不如这么看。若是祭天游中血溅当场，岂非也是不祥征兆？如今，至少结束得较为体面，已经是最好的结果了。"

梅念卿仍旧无法释怀，道："又不是非你不可！那么多皇家武士在，随便一个也能去接！"

谢怜却笑道："可是，就是非我不可啊。除了我还有谁能接住他吗？"

"……"

无法反驳，因为这是实话。但看他这般开心，梅念卿又是好气又是好笑，喝道："跪好！我告诉你太子殿下，你要补救的！"

"是……"

"还有一事。"

总不可能是比在祭天游上捅出娄子更麻烦的事了，谢怜忙道："请说。"

梅念卿哼道："今日，国主和皇后陛下又问了你老问题。"

谢怜马上移开了视线。

还真能有更麻烦的！

所谓老问题，便是太子殿下的终身大事问题。梅念卿冷笑道："今日我在祭天游观礼台上看到了一排贵女，有宗室公主，有书香闺秀，有富家千金，都在那儿围着看你呢。两位陛下要我向太子殿下转达，这是他们为你从全国各地精心挑选的世家名姝，太子殿下你抽空去看看有没有合意的。"

谢怜正色道："弟子一心向道，并无寻红尘之乐的志向，还请国师为我转达此意。"

梅念卿道："国主皇后说，他们也不是催你，但这些女子容貌家世品德无一不是上上品，说不定有你心中的太子妃呢！你要喜欢活泼的有剑兰大小姐，你要喜欢高贵的有小萤公主，总之什么样的都有！两位陛下说实在不行你可以一天见一个，今晚先给你安排了小萤公主……等等！跪好！谁让你起来的！太子殿下、太子殿下！"

谢怜早带着两个侍从溜之大吉。提到这个问题，谢怜才不管什么殿前礼仪，是非落荒而逃不可的。国师怎么喊都叫不住，这个宝贝徒弟金贵儿，横竖对他生不起来气，他也只能薅几把头发，以头皮的剧痛掩盖心中的忧伤了。

三人回到专为太子殿下修建的道房仙乐宫，谢怜这才开始除去仪式所用的华服。上元祭天游中，悦神武者的服冠形制严格，几乎身上每一样事物都有其寓意，不可乱一节。如，外服为白色，寓"纯圣"；中服为红色，寓"正统"；金冠束发，寓"王权"与"财富"；白羽寓"飞天"；袖挽飘带，则是寓意"携众生"；种种种种。

可想而知，这一身行头，无论是穿是脱，必将一层套一层，无比烦琐。不过，谢怜自然用不着事事自己动手，他一边等着慕情给他解衣带一边心有余悸道："父王母后又想骗我下山，又让我选妃，这次居然找了一排！"

风信忍笑道："我听说小莹公主和剑兰大小姐都是出名的美女，陛下他们都给你安排了，你真不去见见？"

谢怜想了想，道："还是别了。我所修之道是要守纯阳之身的，又不能成亲，现在不去见，还可说是一心向道谁也不见，从头一刀切。倘若见了人家又不娶人家，这才更让人家难堪。"

取下金冠，他散了长发，坐到檀床边踢了两下脚，甩掉了雪白的靴子，忽见慕情蹙眉，便问道："怎么了？"

慕情手中挽着谢怜身上脱下的悦神服，道："殿下，悦神服脏了。"

谢怜"啊"了一声道："我看看？"

果然，雪白的武服上，赫然印着两个小小的黑手印。悦神服的白衣质地极好，纹理细腻，边缘处绣有精致的浅金色暗纹，华丽不显奢靡，这两个小黑手印就特别明显。谢怜道："是那天上掉下来的小朋友弄的吧？记得他当时抓着我衣服不肯放手。他脸上还缠着绷带，也不知是摔跤了还是怎么回事。风信你帮他看了吗？"

风信郁闷道："没看。我带他出了宫，结果他踢我膝盖一脚就跑了，撞鬼了还挺疼。"

谢怜笑倒在床上，指他道："一定是因为你凶他了！不然他怎么不踢我？"

慕情无言地拿着衣服转身，谢怜忙起身道："慕情回来！你干吗去？"

慕情道："洗衣服。"

谢怜去拉他："洗什么，先别管那个了慕情，你今天打得不错啊！我上次没说错吧？你用刀，比你用剑使得要好多了！"

慕情道："真的吗？"

谢怜道："嗯！不过我觉得你还可以更凌厉一点，你看如果我这样……"

他兴致勃勃跳下床来，以手为刀，就地演示。慕情看得认真，风信却挥舞着悦神用的宝剑把谢怜赶上了床，喝道："要打把鞋子穿好打！披头散发赤着脚，像什么样子！"

　　谢怜正演到兴头上，却被他赶鸭子一般赶回了床上，丢了个枕头过去，道："知道啦！"他说着双手拢了拢长发，准备扎起来再讲。忽然，他眉头一皱，道，"奇怪。"

　　风信道："你又怎么了？"

　　谢怜捏了捏耳垂，道："有一只耳坠不见了。"

　　仙乐人认为，道家修行到最终的完美之境，乃是"阴阳和合""雌雄同体"。神明万变无穷，自然不受性别拘束，可男亦可女。这种理念也体现在悦神服的设计上。历来每一代悦神武者，服饰和装束都同时拥有男服和女服的形式和细节，如耳坠、步摇、彩带等。谢怜扮演悦神武者时便穿了耳，戴了一对耳坠。

　　那是一对极为瑰丽的深红珊瑚珠耳坠，明华流转，光泽莹润，极为罕有。可方才谢怜拢发时才发现，原本的一对红珊瑚珠耳坠，只剩下一只了。

　　他一说丢了，慕情脸色忽然僵了。风信马上把屋子里里外外找了一通，空手进来就骂他："你就是这么丢三落四，戴耳朵上的东西也能弄不见！"

　　谢怜又瘫软倒在了床上，道："干吗骂我！我没把自己弄丢就行，其他东西丢了就丢了吧。"

　　慕情无语片刻，拿了扫帚过来扫，道："那珠子珍贵得很，再找找吧。说不定掉床底柜子底了。再找不到，多叫些人来找。"

　　风信随口道："算了吧，人多手杂，别给人偷着捡了藏了。"

　　慕情原本在检查床底，听了这一句，忽然色变，手中扫帚"咔嚓"一声折为两段。谢怜一愣，风信也莫名其妙："你干什么突然折东西？"

　　慕情冷冷地道："你想说什么就直说，含沙射影做什么？"

　　风信历来直言直语，还是头一回听到有人把"含沙射影"这个词用在他身上，更莫名了："我说什么了？我又没说你偷捡藏，你发什么火？"

　　谢怜心叫不好，大叫道："风信别说了！"

　　慕情额头一下子暴了三四条青筋。风信道："怎么了？"

　　谢怜却没法儿跟他解释，只好对慕情道："你别误会，他不是针对你！"

　　慕情拳头握紧了又松，最终还是没有发作，夺门而出。谢怜跳下床要去追，追了几步便被一把拽住。风信道："你又不穿鞋！这样出去像什么样子？"

谢怜急道："我要拦他！"

风信："你先把衣服鞋子穿了，扎好头发。理他作甚，谁知道触到他哪根弦了，莫名其妙地发病。"

谢怜眼看也追不上了，只得边穿衣服边束发，叹道："他不是发病！只是你碰巧不小心说错话了。"

风信扔衣服给他，道："我说错什么了？"

谢怜一边套靴子一边道："你别问！你也别追上来，我去就好了。"

风信大是狐疑："你有什么是不能跟我说的？"

谢怜口气坚决地道："没有！"说完便飞出门去。一会儿听不到声了，谢怜回头瞄瞄，没跟上来，这才松了口气。

他不擅长说谎，风信对他又太熟悉，再追问下去，还真没把握能瞒住。偏偏个中缘由，又是他不能透露的。

要说这个，就得说到三年前了。那年，十四岁的谢怜软磨硬泡，终于说服国主皇后同意他在弱冠之前可入皇极观修行。仙乐宫建成后，他便兴高采烈地上山了。

太子殿下上山，带的行李并不算多，两车书、两百把名剑而已。可国主与皇后生怕他在山上过得寂寞清苦，后来又命人送了四十名仆从及八大车儿子以前的玩具，拉上太苍山。其中，就包含了一套总共一百零八片的黄金箔殿。

一开始，皇极观众道并不熟悉太子殿下的性情，见此奢华作风，虽然面上不好多言，心中却不免犯起了嘀咕。谢怜看到这浩浩荡荡的车队也是哭笑不得，打发他们赶紧回去。但清点时，却发现一件怪事：一百零八片的黄金箔殿少了一片。

风信找了一圈说没找到，谢怜就懒得找了。可梅念卿不知从哪儿听了这事。他治观甚严，一想到说不定有人被黄金诱惑而行窃或私藏就大怒，决意挖地三尺也要看到那片金箔。

于是当晚，整座皇极观三千多人什么也不干了，突然全被赶了出去整队，一间一间地搜查道房。并被告知，若是在某人那里找到了那片金箔，必将严惩不贷！

事情发展到这个地步，谢怜也没想到。更没想到的是，正搜得如火如荼时，还真有个人私底下来找他，拿出了那片金箔。

这人是个面色苍白的少年杂役，就是慕情。

原来，那片金箔是在上山路上磕磕绊绊从车里磕掉了，慕情挑水路过，在草丛里捡到。他忙着干活，又不知道这是什么东西，就先把这金箔收在床铺下，打算晚上再处理。没想到忙了一天晚上回去，国师就突然袭击了。

这下他前后为难，只得主动前来请罪。他也知道事情已经闹大，没法儿善了，但恳求太子殿下能从轻处罚，至少不要把他赶出皇极观。他父亲早亡家中无人，只有一个母亲，从前还能做点针线活养家，现在眼睛坏了只能等着儿子带些做杂役的工钱补贴家用。他走不得。

谢怜十分同情这个倒霉蛋，虽然并未行窃，这事却是说不清了，多少算个污点。见他如此难过不安，谢怜便道："这事你不用管了，我会解决。你放心，我也不会告诉别人的。"

于是，他便出去阻止了这场大搜查，用的理由是："不好意思，给各位同门添麻烦了。我忽然记起来，这套黄金箔殿好像在皇宫里的时候就遗失了一片。即是说，原本就只有一百零七片黄金箔。"

为了盘查那片失踪的金箔到底在哪里，皇极观那一夜可谓是人仰马翻，结果满头大汗时太子殿下忽然来了这么一句，大家险些吐血三升。好在大家也都是一心修行的正经道人，很快便都忘记了这事，否则换个门风差一点儿的门派，搞不好谢怜就被暗中排挤了。

这件事三年了谢怜都没跟人讲过，没想到今日风信一句无心之言，倒教慕情误会了。谢怜知道他多半以为自己把金箔之事说了出去，风信才会对此含沙射影，现在肯定不好受，一心想找他解释，但找了一圈都没找着人，倒是风信追了上来。他一来就道："你肯定有事瞒我！"

谢怜就怕被他看穿，道："再问绝交。并且你将会讨不到老婆。"

风信喷了："你跟我绝交！绝交第二天仙乐举国上下百姓都会知道一件事：太子殿下穿衣服的时候被自己的袜带勒晕过去。"

谢怜最不喜欢别人笑自己这点，顿足道："我哪有那么娇气！"

风信道："好好好你没有。你还在找他啊？我正要跟你说，我问了道童，他好像下山了，没准是回家去了。"

"什么！"谢怜马上换了个方向，道，"那我们也赶快下山。"

风信道："你这么急干什么！上上下下地折腾死了。说实话，我是不懂殿下你为什么这么看得起他。一个大男人，宫里的妃子也没他这么多弯弯绕绕的心思。烦人！"

谢怜笑道："他哪有你说的这么差？只是他从小遇事比我们多，敏感也是难免的。但他人和资质都不坏的。本是一块美玉，只出身还有性情不好，别人不能帮他拂去尘埃，难道我也不能？那我修行，和凡人又有何区别呢？"

风信挠了挠头，道："反正我是真不喜欢这种人。不过，你是殿下，听你的。"

二人才上山不久，这下又匆匆折返。一下山，高大的山门前堵着一辆金光璀璨的马车，一个锦衣少年手执马鞭躺在车前，高高跷着二郎腿，神气活现。一看到谢怜，那少年一跃而起，万分欢喜地道："太子表哥！"

这少年自然是戚容了。他两步蹦过来，开心道："我终于等到你啦！"

谢怜揉了揉他的头顶，笑道："小容又长高了？你怎知我今日下山？"

戚容嘻嘻笑道："我不知道。我就是守着，反正你总会出来的，我就不信我守不到。"

谢怜无奈道："你真闲啊。有没有好好读书练剑？母后要是再让我查你功课，我可不会帮你说好话了。"

戚容眼珠子骨碌碌一转，跳起来道："先别管那些了！你看我的新车！太子表哥你去哪里？上来，我送你！"他拽着谢怜的手把他往车上拉，谢怜只觉得十分危险，道："你驾车啊？"

风信也跟了上来，照理说侍从是要坐车前的，戚容却拉下了脸，一扬马鞭，道："我让太子表哥上车，又没让你上来。一个下贱人也想沾我的金车，还不快滚！"

谢怜马上在他脑门上轻轻拍了一巴掌，轻声喝道："戚容！谁教你说这种话的？再骂人我走了。"

风信早知道戚容就是这么一副张口贱人闭口去死的德行，他才不管，他这辈子只听谢怜的，谢怜没让他下去他就大喇喇地坐在车前，只当戚容狗吠。戚容十分委屈，但看风信不理他，谢怜也说要走，只得忍痛答应让风信上了他的宝贝金车。

岂知，上了车谢怜和风信就全都后悔了。戚容驾车，简直是个疯子，他不光口里狂喊乱叫，一柄马鞭也是抽得状如疯癫。白马嘶鸣车轮飞，在大街上横冲直撞，多亏另外两人不时拽一把缰绳悬崖勒马，否则一路闯过来起码要赔上三十条人命。好容易喝住了车，谢怜抹了把冷汗，风信则已经被戚容抽了十几鞭子，两人齐齐松了口气，而戚容一脚踩在高大的白马屁股上，得意地道："太子表哥，怎么样？我车驾得不错吧！"

谢怜下了车，道："我要没收你的车。"

戚容大惊："怎么这样！"

谢怜头痛道："你给我好好待着，我回来再和你说。"

戚容生怕谢怜真的没收自己的车，忙满口答应，道："再说吧再说吧。哦，太子表哥我还有件事，我要送你一件礼物，我这就去拿，你等等我哈！"说完他赶紧溜了。谢怜无言以对：谁敢要他什么礼物？只求他别再搞出什么出格事情就好！二人摇了摇头，转身去找慕情的家。

朱门高户与贫民乱窟，往往只有一巷之隔，慕情家便窝在皇城最繁华处一条阴暗的小巷子里。谢怜以前想来探望，慕情却说母亲没见过世面不方便接待太子殿下这样的金枝玉叶，因此并不知具体方位，两人就在街上转悠打听。

不转悠倒也罢了，这一转悠，谢怜发现街上每个人讨论的都是自己。有人赞叹："真的，我还以为是神武大帝亲临了，鸡皮疙瘩都起来了！"

有人肯定："殿下救小孩没错的！别人的命是命，咱们穷苦人家的小孩儿就不是命了吗？要是我也会那么做的！"

有人愤愤："就是。听到有人说殿下坏大事了，我就听不下去这话，如果掉下去的是个皇亲国戚，只怕那些人就不会这么说啦。"

听了这些，风信比谢怜还高兴："殿下，看来这事捂过去了。百姓觉得你没错！"

谢怜笑道："我本来就没错，傻瓜都知道。"

这时，忽听嗒嗒狂响，马声嘶鸣，大街上尖叫四起。而前方人逃马窜，水果滚了一地。一个少年狂笑道："滚开滚开！谁不长眼睛踩死了我可都是不管的！"

两人一听这声音脸就黑了。风信骂道："又是戚容！一会儿的工夫，又能整出事来！"

果然，戚容站在他那辆华丽的金车上，脸含煞气，扬着马鞭一阵乱甩，抽得白马惨嘶，车轮飞转。谢怜道："拦下他！"

那金车在他们面前呼啸而过，风信冲上。谢怜正要去扶被戚容撞翻的行人与摊子，忽觉有什么地方不对劲。猛地回头一看，只见那辆高大的金车后拖着一条长麻绳，绳子拖着一个麻袋。麻袋里有个什么东西，在挣扎不止。

谢怜惊骇交加，夺步冲了上去。长剑出鞘，麻绳一断，那个麻袋又骨碌骨碌滚了几圈，不动了。

这麻袋也不知在地上拖了多久，破得厉害，血迹斑斑。谢怜打开一看，里面果然装着一个人。而且，是一个幼童！

谢怜一把撕开麻袋。那幼童在里面蜷缩成一团，紧紧抱着自己的脑袋，脏兮兮的衣服上不是鲜血便是脚印，头发也是血污纠结，简直看不出人样了。看这身形，极小一只，恐怕最多八岁，抖得仿佛被剥了一层皮，真不知是怎么在被这般殴打和拖行后还能活下来的！

谢怜立即把他抱了起来。前方传来阵阵嘶鸣和戚容的怒吼。他叫道："狗胆包天的下人，谁给你的胆子拦我的车！"

谢怜怒不可遏，道："我给的！"

戚容被风信拖下马车，看到谢怜本想喊他，但见他脸色，又不敢喊了。这时，谢怜感觉怀中的幼童缩了一下，似乎正从胳膊肘里偷看他。他连忙收敛怒气，低头柔声道："小朋友，你感觉怎样？有没有哪里特别痛？"

那幼童摇了摇头。他居然还清醒着，没痛晕也没吓呆。见他露出来的小半边脸鲜血淋漓，谢怜想看看他有没有伤着头，谁知那幼童却紧紧捂住另外半边脸，死命不给谢怜看。那样子不像是怕痛，倒像是怕被他发现什么。谢怜忽然觉得在哪里见过这孩子，微微眯眼。见他脸色极为难看，戚容道："太子表哥，这小不死的坏了你的大典，我帮你出气！这就是我送你的礼物，你不要收我的车好不好？"

果然，他抱在怀里的这孩子，就是上元祭天游中，从城楼上掉下来的那个！

难怪谢怜越看他越眼熟，这小孩甚至连衣服都没换，仍是昨天那身，只是因为经过殴打和拖行，比昨天更脏了。他一低头，那幼童还抱着头，但一只漆黑的大眼睛流露出极度不安的神色，道："对不起……"

看他这样子，真是可怜得要命。谢怜呆了一下，一把搂住他安慰道："不要哭不要哭。"谢怜又对戚容严厉地道："真是胡来！我不需要你给我出气，再说关这孩子什么事？又不是他的错。这么可怜的小孩子给你这么拖，他还能活吗？"

戚容委屈又不解，道："表哥你干吗这么凶？我不过是为你好，又做错什么了？"

四周围观的行人越聚越多，窃窃私语。见谢怜全然不领他的情，戚容大为受伤，又见那幼童身上的泥沙鲜血都沾到谢怜白衣上，怒火攻心，扬鞭指道："太子表哥，你就是太好心了！可怜？你是不知道，这个小不死有多野蛮多凶！我十七八个人硬是逮不住他一个，给他拳打脚踢又咬又骂弄得鲜血淋漓。我算是看透了，他就是个坏坯子，肯定是故意找事才跳下去的，只不过他在你面前装得可怜罢了！"

哪有人为了找事跳那么高的城楼的？谢怜跟他说不通，又怕再拖下去这孩子就要死了，当机立断道："你听好了，从今往后，你不许再动这个孩子一下。一根手指也不许！风信，这里你善后！"说完谢怜抱着那幼童便往前冲。穿过几条街，谢怜在巷子口和一人险些撞个满怀，两人各退半步，打个照面，都是一惊。那人正是慕情，他一脸愕然："你怎么来了？"

来不及解释，谢怜把那幼童往他面前一塞："你快帮我看看这孩子！"

"……"

作为近侍，慕情学得多且杂，医术也有所涉猎，身上常备药物，许多大夫都未必及得上他，虽被突然塞了个血团子也不慌乱，听谢怜匆匆说了几句，把那孩子放到一辆没人要的破板车上就看起来。见那幼童还捂着半边脸，他道："你手能放下来吗？"

那幼童被谢怜抱了一路都乖得很，唯独在这一点上死犟。慕情看谢怜，意思是他无能为力。谢怜蹲下来，柔声道："小朋友，现在我们帮你看伤，你放下手好吗？"

那幼童迟疑了一下，还是摇摇头。谢怜道："为什么不啊？"

沉默许久，他才道："丑。"

谢怜笑道："怎么会丑呢？你不丑啊，眼睛这么大，肯定很可爱。那这样好了，我不看你，我转身好不好？"

可那幼童小小年纪却极是固执。无奈，慕情只好先给他看其他伤。谢怜发现他仿佛十分纳闷，问道："怎么了？"

慕情道："他当真给十七八个人殴打又被塞进麻袋里拖了一路？"

谢怜道："那还有假？"

慕情道："那只能说，我从未见过如此顽强之人了。断了四根肋骨，一条腿，各种大小伤加起来居然还能清醒如常，不哭不叫。成人尚且难以做到，他真的是个正常小孩子？"

谢怜一听，伤势竟然如此严重，再一看，那幼童果然坐立如常，仿佛一点感觉不到疼痛，只是还在用那一只又大又黑的左眼偷偷看他。觉察自己被逮住了之后，立即扭开了头。

见状，谢怜莫名觉得他好笑又可怜。

慕情手脚麻利，一会儿便把他绑成了一个小粽子，道："我大概处理了一下，但最好还是叫更好的医师看看。"

谢怜问那小朋友："你家在何处？"

那幼童摇了摇头，道："没有家。"

没有家，莫非是乞儿？谢怜本想知会他家里人一声，既然如此，只好道："那你先跟我走吧，哥哥带你去看病好吗？"

谁知，慕情却道："他撒谎。"

谢怜："什么？"

慕情道："皇城里的无家可归的流浪儿都是一伙的，经常到我家附近来讨吃的，我全都认识，从没见过这个孩子。"

那幼童瞅着慕情不吭声。慕情又道："而且他衣服上有好几个补丁，看这针脚一定是大人新近给补的，可能家境不怎么样，穿的旧衣，但绝对不是乞儿。他不回去，这会儿家里人多半在急着找了。"

幼童道："不、不会！没有人！"他好像生怕被送回去，张开双臂想去抱谢怜。忽然一个声音道："喂！小家伙想干啥呢？这是太子殿下，太子殿下你懂吗？不能随便碰的！"

谢怜一扭头，原来是风信来了。想来他已经安抚好街上受惊的百姓，也把戚容塞回皇宫了，当真神速。听了这句话，那幼童一下子又把手缩回，但还是巴巴地望着谢怜，似乎眼泪都要出来了，道："家里吵架，被赶出来了。走了很久，没地方可去。"

谢怜被他看得心都软了，上去就抱抱他，道："没地方可去的话就跟我走吧，跟我上太苍山。别的事以后再说。"

那孩子被他抱得一哆嗦。风信道:"殿下,你又到处捡孩子回去!"

谢怜笑道:"我就喜欢捡孩子。又不是养不起!"

风信认命地就要去提人。可他手还没伸出去那幼童就自己从床上跳了下来,道:"我可以自己走。"

他的抗拒之色溢于言表。看这小朋友被打成这样居然还生龙活虎,谢怜真不知该笑还是该心疼,道:"别乱跑啦!"谢怜弯腰,又将他抱了起来。那幼童窝在谢怜臂弯里,乖得像只小猫。风信瞪眼道:"这小子,昨天踢我,今天却这副样子,真是看人下菜碟!"

谢怜哼道:"我才不信呢。你看他多听话,怎么会踢人呢?"

风信道:"别抱着丢人现眼了,这儿有车,把这小孩儿拖上山吧。"

他指的是那辆破板车。慕情道:"先说好,我是不会拖这个东西上山的。"

风信道:"没谁指望你。"说完他便把那幼童从谢怜怀里拽了出来。一到他手里,那幼童又开始小兽一样挣扎,谢怜看得好笑死了,道:"算了,你看他这么不开心,不要勉强他了。"

风信道:"不行,你可是太子殿下,抱着这么个来历不明的脏小孩儿,被人看见了瞎说怎么办?而且你这样一路抱着他上山,累不累啊!"

一听这句,那幼童又不动了,风信赶紧把他放到车上,又回头道:"喂!"

他是冲慕情"喂"的。慕情一下子警惕起来,三人这才反应过来,正确的气氛应该是略带紧张的,毕竟之前在太苍山上是不欢而散了。

谢怜正担心他们又要吵起来,却听风信梗着脖子,硬邦邦地道:"你听好了,我风信不是阴阳怪气的人。我要想骂你我就直接骂你,用不着含沙射影。你也不要东想西想跟殿下闹别扭,殿下生怕你心里不舒服,巴巴找你一大圈。总之,今天的事,算我不对!"

"啊⋯⋯"听到最后,谢怜喷了,道,"什么乱七八糟的!"

慕情也瞪他们,道:"我才没闹别扭。"

风信道:"那你干吗突然不见?"

须臾,慕情闷闷地道:"那颗珠子,可能掉街上了,我是下来找它的。没找到,我回头再找找。"

谢怜本想说找不到就算了,但见他如此在意,不能表现得满不在乎,便道:"我也觉得它掉街上了,但那样的话,肯定找不回来的,毕竟人那么多。"

他又拍拍慕情的肩："其实，我倒是希望它被穷人捡到了，总比在我这里有用！总之，这件事就揭过吧。"趁风信不注意，他悄悄小声加了一句，"我真的没有跟别人说过。你信我。"

慕情盯着他，也不知信了没有，但脸色是缓和了。再看看，风信已经如一头勤勤恳恳的黑牛般拉起了车，顿了顿，他也认命地叹了口气，上去一起拉车了。

上太苍山时，夕照正如火。枫叶铺满长长的山道，挑着水桶、背着柴担的道人们都惊奇地望着这四人一车。

反正有两个人拉车，谢怜就不客气地也坐了上去，把那幼童放到自己腿上。枫林漫漫，车轮缓转，他一边用手指给那孩子梳理头发，一边问："小朋友，我还不知道你叫什么名字呢。"

那孩子似是一跟他说话就腼腆，低下了头，但还是偷偷用一只眼睛盯他，小声道："我没有名字。"

谢怜奇道："你娘亲没给你取名字吗？"

那幼童摇了摇头，道："我娘亲走了。"

谢怜道："那你娘亲以前唤你什么？"

那幼童迟疑片刻，道："红红儿。"

谢怜笑道："你这个小名蛮可爱的！你几岁了？"

"十岁……"

谢怜一怔，捏捏他胳膊，心想："我还以为只有七八岁，居然十岁了？那这孩子真是很瘦弱了。"

一片枫叶落到那孩子头上，谢怜给他拈掉了，回头一看，笑道："小朋友你看，灯亮啦。"

暮色降临，山顶的神武殿亮如白昼，有星星点点的光。每一点明光都是供奉在神武殿内的一盏明灯。每一盏灯都是一个信徒最虔诚的祈愿。

想在皇极观的神武殿内供一盏灯，千金难求。有钱、有权、有能、有情、有缘，五者其一方可入观供灯。可是，世上更多的是五者都没有的人。

四人都出神地望着明灯闪烁处。这时，忽听一个声音道："太子殿下。"

一名道人蓦地闪身出现在前方，对他欠身行礼。即便是坐在小破车上，谢怜依旧是半分不坠气度，欠首还礼，道："师兄何事？"

327

那道人也客气地道："国师在神武殿有请。"

谢怜颔首，道："有劳师兄，我知道了。风信慕情，你们先带这孩子回仙乐宫。"

那道人却道："太子殿下，国师有言，太子殿下今天会带客人上山，他是请你和你带上来的客人，一起去。"

闻言，谢怜一怔。国师梅念卿精于术数，想必是算到了他带人回来。可是，为什么要让他带这孩子一起去？

神武大殿，香鼎生出缭绕烟云，染得整座神武殿犹如幻境。

梅念卿正在神武大帝像前奉香。一排排长明灯整整齐齐码成了灯墙，每一盏长明灯上都以端方凝重的隶书写着供灯人的姓名和祈愿。

三人在殿外候着。那孩子四下打量这金碧辉煌的大殿，倒也不慌，只是风信慕情让他在殿外的蒲团上跪下，他却好像听不懂似的就在那儿戳着，无奈，也只好由他去了。

谢怜则走进大殿，奇道："国师，何事如此急召？"

半响，梅念卿才道："太子殿下，我想了很久，祭天游的事，只有两个解决办法。"

原来是为此事。听到不是让他去选太子妃，谢怜松了一口气，道："国师请讲。"

梅念卿道："这第一个办法，就是太子殿下你于百姓面前自行忏悔，再让我罚你禁闭，面壁一月，向天请罪。"

这已是个非常温和的解决方法了。谁知，谢怜却想也不想就拒绝了："不可。"

梅念卿道："不是当真要你面壁思过，只要意思意思……喀喀。"他忽然想起来这还是在神武大帝像前，连忙改口，"只要有足够的诚心就可以了。"

听他说漏嘴，谢怜也差点笑了，但随即敛了笑容，再次道："不可。"

梅念卿一下子转过身来，大惑不解："理由？"

谢怜道："国师，我今日下山有所见闻，百姓并未责怪于我，反而都在赞许，说明他们都觉得我救这孩子是对的。而若按照您所说的来，我做了对的事却要去面壁，那他们会怎么想？从今往后，他们要怎么做？"

梅念卿道："其实这件事对不对并不重要……"

谢怜口气从容却坚决，道："不。对不对很重要。"

梅念卿道："太子殿下，你干什么要管他们怎么想？他们今天这么想，明天就那么想了。咱们还是小心伺候着上边比较重要。"

谢怜却道："可我们为什么要小心伺候着上边？"

"啊？"

谢怜情知今日不得轻易了结，干脆直抒胸臆，畅所欲言。他道："国师，其实自我修行以来，一直有一个疑惑，未敢明言。今日在此，我斗胆一问。人们跪拜天神，当真是对的吗？"

梅念卿挑眉道："太子殿下这话问得奇怪。人有信仰，难道还错了？"

谢怜微一摇头，道："信仰自是没错。只是弟子所言，乃是'跪拜'。"

他抬起头，指着那尊似乎顶天立地的神武大帝像，道："人飞升而成神。神明之于人，是先辈导师，是指路明灯，但不是主人。我辈凡人自当感恩，当欣赏，当求与之并肩同行，但又何必战战兢兢，甚至奴颜婢膝，失了自己？"

梅念卿不语。谢怜继续道："我愿供灯千盏，照彻长夜，即便飞蛾扑火，也无所畏惧。但我不愿因为做了对的事情而低头。面壁思过，我有何过？这孩子又有何过？天若有情，也不会因此降罪。"

梅念卿冷冷地道："那太子殿下，我问你，万一就真的降罪了呢？到那时，你改不改？"

谢怜道："若真如此，天错我对。我势与天，对抗到底！"

梅念卿脸色沉沉，道："太子殿下，话不要说得太满。你的一些想法，不是没有前人拥有过。可是千百年后，还是那些你不认同的东西在流传，说明那些前人都失败了。你知道吗？许多年来，有一句话口口相传，但其实这句话是错的，只是从没人发现。"

"哪句话？"

"人往上走，成神；人往下走，成鬼。"

"这句话有哪里不对吗？"

梅念卿道："当然不对。你记住，人往上走，还是人；往下走，依旧是人。"

谢怜尚在咀嚼，国师又阴恻恻地道："太子殿下，你要是不肯用第一个办法，那就只好选第二个了。"

谢怜回过神来，道："什么办法？"

梅念卿道："第二个办法，就是把那个破坏了祭典的小孩儿拿来，我开坛作法，封了他的一感，以此赎罪！"

开玩笑！

谢怜猛地抬头，道："不可以！"

原来，国师让他把这孩子带到这里来是为了这个。这个办法当然更不可以。绝对不行！

那孩子就在殿外等着，谢怜心中警铃大作，当机立断要抢出去。可一转身他就知道不妙了。只听一声喝令，大殿门前翻上来一排持剑道人。梅念卿则急速退到殿外，道："拦住太子殿下！"

外面那幼童似乎被人强力扭住，发出痛叫。听了这声音，谢怜是真有点儿生气了。这不就是在欺负一个小孩子？

他轻哼一声。仿佛是有所回应，大殿内外，数百盏长明灯忽然一阵战栗。这些持剑道人也都是百中无一的高手，但听他这么轻不可闻的一哼，却都莫名握紧了剑。二十余道人相觑一刹，率先以网状剑阵扑来！

但听噼里啪啦，飞出去一片白光，二十多把剑齐刷刷钉在殿门前的地面上。都没人看清谢怜是如何出手的，他已清凌凌的一声收剑回鞘，甚至脚下所踩的位置都未曾变过，道："得罪了！"

二十名道人兵刃已失，也不恋战，果然退下。但大殿门口又跃上来新一排持剑道人，这次是四十余人，竟是车轮战一般堵住这门口，不为别的，只为不让他出去。谢怜越过他们往外看，梅念卿抱着手臂，风信和慕情被一圈剑指着围在一旁，对为何会发展到这种局面大为莫名。那幼童则被两个道人拿在手里，仿佛被捕兽夹夹住腿的幼兽，奋力挣扎。谢怜极为不解，微愠道："国师！这根本不是您一贯行事的风格，为何今日一反常态、非要如此不可？"

梅念卿却道："太子殿下，我是为你好。今天不解决这事，后患无穷！"

眼看着他就要扬长而去带人走了，谢怜还被车轮战术堵在神武殿内，他知道即便再击飞这四十人的剑也只会换来八十人的围堵，情急之下，他脱口道："等等！"

殿内殿外，多方僵持。梅念卿等人回头看他，谢怜收回了手，握了握拳。

下一刻，他右手扔了腰间佩剑，左手摘下束发金冠，长发披散下来。

那幼童睁大了眼。风信和慕情也大为愕然。国师道："太子殿下，你这是……"

谢怜无奈地道："我面壁就是！我从现在开始禁闭。"

"……"

众人面面相觑。

谢怜示意自己双手已空，金饰已除，身上没有任何能做武器的东西了，道："一人做事一人当。请国师放下这孩子，他身上还有伤。我带他回来，本意不是想这样吓他的。"

谁都没料到，太子殿下竟然真作了退步。

包括谢怜自己，也没料到会被逼到这一步。不管怎么说，总归是在两个办法里选了一个。梅念卿似乎也松了口气，摆手示意两名道人放人，立即开始对众道下达了新的命令："太子殿下答应面壁了，其他事稍后自有人安排。现在你们的任务就是守好殿下，绝不能再出岔子了！"

其他人赶紧鱼贯而出，殿中只剩谢怜一人。那小孩子一被放下就往里冲，风信、慕情怕国师又要拿他祭天，不得不抓住他道："别乱跑！"谢怜也觉得不能让小孩子多看这些乱七八糟的事，摆手道："你们快带他走。"

梅念卿站在门口，道："那，太子殿下，你的禁闭从今日起开始计算？"

谢怜扫了一眼，整个神武大殿已经被他安排的人包围得水泄不通，心想我若要走，你便是再加一百倍的人手又能拦住我？他嘴上却道："国师爱从哪天算起就从哪天算起。"

他生来从未低头，也不觉这件事上自己有错，但现在却要他去忏悔面壁，还要他昭告天下，实在是十二万分的不情愿。而且国师一向也不是迂腐之人，说是国师，其实更像他兄长，从来很能彼此理解，也从不曾勉强他接受什么理念，今日却突然变了个人似的，这时难免有点儿赌气。梅念卿自然也听得出来，叹道："太子殿下，你……唉，你好好悔过吧。"

神武殿两扇顶天大门缓缓合上，谢怜回过身，直面那尊神武大帝像。

既然答应了面壁，就要做到。正当他一掀衣摆、准备跪下时，门外突然传来一个孩子的吼声。

那声音仿佛极为愤怒，整个神武殿的长明灯也为之一颤。连谢怜都险些一个激灵，怀疑这究竟是什么东西发出的声音？

下一刻，门猛然大开！

钟声大作，一股黑气狂涌而入。梅念卿在外大怒："怎么回事？"

大殿外的广场上已经乱成一团。有人道："国师，我们也不知怎么回事，方才各个封魔殿的邪祟，全都跑出来了！"

太苍山上设有许多封魔殿，用来陈列封印了妖魔鬼怪的容器。不知发生了什么，怨灵竟暴动，全都跑出来了！

谢怜顾不得什么禁闭了，冲出神武殿一看，各座山峰都蹿起了怨灵聚成的黑云，正浓烟滚滚地向这边汇聚，在神武殿上方形成了一片庞大的旋涡云阵。整座太苍山上所有封魔殿的怨灵都会集于此，导致这里几乎伸手不见五指。又听有人叫："不好了！太子殿那边起火了！"

果然，远处山头上仙乐宫的一角火光冲天，映得上方黑云都隐隐发红。谢怜猛地记起那里是他的兵器库，收藏着他父亲从各地给他搜罗来的名兵，突然大为心痛，喊道："风信、慕情！快去救火！"

风信的声音却从广场里传来："殿下，我们走不开，这儿有古怪！"

这时，那些怨灵尖叫起来，发狂在即。谢怜捂了一下耳朵，道："摆阵！"说完他伸手，势如闪电地甩出一道符，打散了一缕格外猖獗的黑烟。疯狂流窜的怨灵立即缓了下来。

当大量怨灵聚集时，它们往往会本能地跟随其中最强的一只。只要灭掉那一只，其余的不知道跟随谁了便会失去方向。谢怜一道符就把那带头的怨灵给打死了。与此同时，护法道人们也摆好了阵，那群失了头领的怨灵没头苍蝇般乱转了一阵，终于不情不愿地回到了容器里。浓郁的黑烟渐渐消散，谢怜这才看清广场的情形。

有些怨灵带来了邪火，道人们还在忙着扑灭残余的火苗。风信和慕情一左一右、以戒备之态把一个人拦在中间。而那个抱着头一语不发的，是一个小小的身影。

正是那个他带上山的幼童。

梅念卿走了过来，脸色极难看，道："这小孩子怎么回事！他做了什么？为什么封魔殿里的怨灵都被他引来了？"

风信衣服都被烧焦了，道："不知道！刚才他一发火大喊大叫，突然这一堆黑乎乎的玩意儿就都飞了过来，越聚越多，看都看不清！"

梅念卿打量这孩子，皱起了眉，掐指开始算。他越算脸色越难看，额头上冷汗也越来越多，喃喃道："难怪……难怪……难怪祭天游给他毁了，被封住的怨灵一闻到他就兴奋，这……这……这真是……"

谢怜道："真是如何？"

梅念卿抹了一把冷汗，突然一下子退开了八丈远，道："太子殿下，你这可真是捡了个了不得的东西上山了！这个小孩儿，毒得很，他是个天煞孤星灭祖绝宗的命，谁沾谁倒霉，谁亲谁丧命啊！"

话音未落，只听一声大叫，那孩子一跃而起，朝梅念卿一头撞去。

他声音虽然稚嫩，这一阵大叫里却满是愤怒，仿佛全身心都是无穷无尽的痛苦和绝望，听得在场数人心中无不一颤。他分明浑身是伤，却连撕带打，简直像一条红了眼的疯狗，果真凶悍至极。风信慕情都险些拖不住他，梅念卿连连后退，边退边道："快放他下山！都别碰他！我说真的，这命太毒了，谁都不要靠近他！"

见旁人避他如避蛇蝎，那孩子一怔，登时打得更凶，声嘶力竭地道："我不是！我不是！我不是！"

忽然，一双手拦住了他的腰，把他整个人抱了起来。一个声音在他上方道："你不是！我知道！好了。我知道你不是。"

那幼童紧抿着嘴，死死揪住腰间这双手的雪白袖子，犟着忍了好久，终于还是没忍住，一只黑眼睛里突然滚下一行泪水。

谢怜从背后抱着他，道："别哭了。不是你的错。"

那孩子猛地转身，把脸扑在谢怜怀里，放声大叫起来。

这叫声没有字句，毫无意义，连哭声都不是，却令人毛骨悚然。这可能是一个成年人濒临崩溃时的嘶吼，或者是被一刀割开了喉咙的野兽在垂死挣扎，却独独不该是一个十岁的孩子发出的。仿佛死都不能成为他的解脱。因此，他把所有人都震住了。

那孩子紧紧抱着谢怜大哭一阵，哭累了，终于睡了过去。谢怜想起很多小孩睡觉喜欢抓着玩具，可他没有玩具，颇为苦恼，到处找人讨了一圈，好容易才讨来个不倒翁，塞到他怀里让他抓着。

把那孩子放到屋内榻上，谢怜随手给他披了披被角，放下帘子，带着风信和慕情退了出来，道："国师，这孩子的命格，当真那么可怕吗？"

由于封魔殿怨灵泄出，仙乐宫失火，兵器库几乎被烧成断壁残垣，里面谢怜爱如性命的名兵器都遭了祸。但也不是没好处，至少闹了这么大一场，禁闭一月的事也无人再提了，大家也都装作无事发生。梅念卿撇嘴道："你不如自己算算看，他出现之后，给你带来的都是些什么事！"

谢怜一一回忆，不禁默然。果真是厄运连连，如影随形。他问道："有办法能帮帮他吗？"

梅念卿道："帮他？你指什么？改命吗？"

谢怜点头。梅念卿道："殿下，你不跟我学数术，所以这方面你真是一点都不懂。如果你懂你就不会这么问了。"

谢怜正襟危坐，道："愿闻其详。"

梅念卿拿了桌上茶壶，斟了一杯茶水，道："太子殿下，你还记得你七岁时，陛下与皇后召我进宫为你卜卦，我问过的一个问题吗？"

望着那杯雾气氤氲的茶水，谢怜想了想，道："您是说，杯水二人吗？"

当年，为给太子谢怜测算命理，梅念卿问了他许多个问题。有有解之问，有无解之问，谢怜每答一个梅念卿就变着花样夸他，听得国主与皇后笑逐颜开，也有不少问答传为佳话。但有一个问题，谢怜答了之后，梅念卿没有作任何评价，并未外传。这个问题就是"杯水二人"。

梅念卿道："二人行于荒漠，渴极将死，唯余杯水。饮者生，不饮者死。若尔为神，杯水与谁？——你先不要说话，我问别人，你看看你这两个侍从是怎么答的。"

慕情斟酌片刻，谨慎地答道："能否请国师告知，这二人分别是何人，品性如何，功过如何？须知根知底，才能决断。"

风信则道："不知道！不要问我，叫他们自己决定。"

谢怜扑哧一笑，梅念卿道："你笑什么？你还记得你自己怎么回答的吗？"

谢怜敛了笑意，正色道："再给一杯。"

闻言，风信和慕情的表情都不忍卒听。谢怜一本正经地道："你们笑什么？我认真的。我若是神，我肯定再给一杯。"

梅念卿的手在那一杯茶水之上轻轻挥动，茶水自行在杯中缓缓流动，如有生命。他道："这天底下所有的东西，都是有一个总定数的。就如同这一杯水，现在荒漠里只有一杯，你喝了，别人就没的喝。一个人多了，另一个人就少了。古往今来，一切纷争归根结底，都是因为人有多个，水只有一杯。"

梅念卿把那茶水喝了，道："如果你改了这个小孩儿的命，那别人的命数也会跟着被改动，又增冤孽。他的厄运势必要转移到别人身上。你当初说要再给一杯水，意在开源，但天底下没有那么美的事。总之，人各有命，这个小孩儿你不要太放心上。很多时候，你会发现自己是无能为力的。"

谢怜道："那如果我飞升了呢？"

梅念卿道："你到底有没有在认真听我说话！"

谢怜道："我听得很认真啊。我应该差不多十年就能飞升了，到时候总能找到办法吧？"

风信和慕情都无语了。梅念卿也彻底给他打败了，喝道："还十年！你以为飞升是捡地瓜？三百年也不一定能飞升一个呢！而且飞升又不一定是什么好事！"

谢怜不知他怎会这样说，飞升难道不是所有修道之人追求的终极目标？但感觉梅念卿要赶人了，谢怜也来不及再问，又抓紧时机道："还有国师，这孩子……"

梅念卿道："知道了！不动他！但你既不肯受禁闭，又不肯我封他一感，那你就给我下山，外出云游！不给我斩个八百妖魔的向天积福就不要回来！"

谢怜终于满意了，放心了，开心道："多谢国师！您看，这不就有第三条路了吗？"

"快走走走！"

然而，无人料到的是，当天晚上，那个孩子便消失了。

更无人料到的是，这一次游历之后，年仅十七岁的仙乐国太子谢怜，于一念桥大败无名鬼魂，就这样，在电闪雷鸣之中飞升了。

三界轰动。

第二章

世中逢尔雨中逢花

"开——"

一声中气充沛的长呼，大红的锦缎落地。千人爆发出直冲天际的欢呼。

这是一尊黄金太子神像。一手仗剑，一手拈花，意喻"坐拥灭世之力，不失惜花之心"。神像面容轮廓柔美，长眉秀目，唇线姣好，嘴角微扬，似笑非笑。说多情而不轻佻，道无情却不冷漠，是个慈悲且俊美的面相。

这是仙乐国土内，整整第八千座太子殿。

飞升三年，平地起八千宫观，可谓是空前绝后。太苍山上太子殿下少年修行时居住的那座山峰，如今已被命名为"太子峰"，就是在那里，建起了第一座仙乐宫。第一尊太子神像铸好后，也是在那里，由国主陛下亲自揭幕的。那一尊太子神像，高达五丈，通体纯金打造，乃货真价实的"金身"。

仙乐宫内，香客踏破门槛，络绎不绝。殿前的香鼎长长短短插得爆满，功德箱也比一般庙里的更为高大敦实，因为如果不做得大一些，往往一天不到就被投满，后来的人就投不进去了。

入观，一泓清池，也被丢满了珠玉、钱币，波光粼粼下青光闪闪，池中的几只老乌龟每天都被石桥上香客的供奉敲打得缩在龟壳里不敢探出头来，道人们怎么劝阻游人都没用。宫观高阔的红墙内种满花树，树枝上缠着无数鲜红的祈福带，一片花海里，红带随风飘，如织似锦。

大殿之内，谢怜正襟危坐在他香云缭绕的神坛上，看着下方香客们议论纷纷。"这太子殿里怎么没有跪拜用的蒲团啊？"

"是啊，这都开观了，不能跪是怎么回事儿？"

"你们是头一回来仙乐宫吧。仙乐宫都是这样的，听说太子殿下飞升之后，托梦给许多庙祝，说信他者不必跪。所以，太子殿里都是没有跪拜之处的。"

虽然旁人都看不见他，但谢怜还是点了点头。谁知，另外几人却笑道："这是什么道理？神仙不就是拿来跪的？讹传吧。"

谢怜噎了一下，又听有人附和："是啊，跪是一定要跪的。跪了才显心诚嘛！"

"就算没有蒲团也没关系，咱们跪在地上吧。"

于是，几个率先跪了，立刻四周跪了一大片。成百上千的人挤在殿内殿外，对着神像叩拜，此起彼伏，口中念念有词。谢怜马上捂耳。可捂耳也没用，无数人声巨浪一般从四面八方向他打来。

"出行平安！"

"求高中！今年一定要高中！中了还愿！"

"我看中的姑娘都看中我师兄，请让他变丑一点，求您了。"

"我就不信我还生不出一个大胖小子！"

求什么的都有……谢怜听得头大如斗，赶紧一挥手将许愿声尽数挥散。这边他耳中刚安静下来，只听一声大叫，风信双手捂耳从殿后奔出，咆哮道："什么鬼东西！"

众香客也浑然不觉，继续叩拜。谢怜吁了口气，拍拍他肩笑道："风信，帝君有令，我要去伏杀妖魔了。这里还是交给你了，辛苦啦！"

这仙乐宫太子殿香火如此旺盛，谢怜每天能听到的祈愿成千上万。一开始，他还凭着一股劲儿猛冲，事无巨细亲力亲为，后来实在是扛不住了，只好让风信慕情筛出要紧的交上来，不要紧的就由他们拍板解决，他则整天被君吾派去斩妖除魔。本以为三年过去了，大家新鲜劲儿也该过了，没想到回一趟自己殿里，还是被铺天盖地的祈福压个半死。风信捂耳的手迟迟不能放下，虽然捂耳朵其实并没有用。他道："殿下，你为什么这么多女信徒？"

谢怜道："女信徒多不好吗？美人如云，赏心悦目。"

风信悚然道："一点都不好！为什么连夫妻和谐这种也到你这儿来求？你是个武神，哪能管这种事！"

看来真是饱受折磨了。谢怜正哈哈笑着，人群忽然一阵骚动。只听有人叫道："快走！小镜王来了！"

一听"小镜王"三个字，众人仿佛听到了"大魔王"，大惊失色，作鸟兽散。犹如龙卷风过境，原本在参拜神像的香客瞬间逃得七七八八。须臾，一名锦衣少年大摇大摆地走了进来。他双手捧着一盏琉璃宝灯，不是戚容又是谁？

如今，戚容也有十七八岁了，长开了脸，也算有几分贵气风采。他进了门，却不许手下随从进来，双手捧灯，一掀披风，在干净的地面跪了，将灯举过头顶，庄重地拜了几拜。

上方神坛上的两人面面相觑。戚容拜完了，抱怨道："太子表哥，这是我给你供的第五百盏灯了，做弟弟的对你这么忠心，你什么时候来见见我？你理都不理我，当真高冷。"

倒不是谢怜不想见他，只是飞升为神后，便不能再擅自于凡人前以真身显灵。这乃是世人皆知的老道理。

戚容托着那盏灯站起身来，拿过一支笔，低头在灯上写起字来。谢怜和风信对他有心理阴影，忍不住一起凑过去看他到底写的什么。见字虽然歪歪扭扭，但是很正常的国泰民安风调雨顺云云，而不是祈求某某全家被砍头于菜市场门口云云，二人双双松了一口气。

看着这盏灯，谢怜不禁想起了另一件事。

戚容的母亲乃是皇后胞妹。她年少时不懂事，情窦初开，一心追求自由，听信甜言蜜语，悔婚和府中一个侍卫私奔了。谁知所嫁非人，千金之躯窝在一个狗窝里过了没半年，那侍卫暴露本性，花天酒地，戚容出生之后，他更是对妻子拳打脚踢。最后，母子二人实在熬不下去了，戚容长到五岁时，她灰溜溜地带了孩子回家，闭门不出，郁郁寡欢，没过几年就去世了。

戚容刚随母亲回家时，有一次，一众王公贵族结伴上太苍山祈福。戚容之母是和贱民私奔后逃回去的，不敢出来见人，但也想给儿子祈福，让他长长见识，不想他整日与自己窝在一处变成井底之蛙，便拜托皇后捎上了戚容。

虽然已是尽量低调了，可贵族丑闻从来都传得比插翅之箭还快，哪个不知道他母子二人怎么回事？因此，路上的贵族子弟都自觉地将戚容排除在外，不与他说话玩耍。谢怜看到秋千跑上去玩儿，所有的同龄孩子都跟他一道玩儿，轮流帮太子殿下推秋千，并以此为荣。谢怜荡到最高处的时候，无意间一低头，就看到戚容躲在最后面，探出一个头，羡慕地仰望着他。

到了神武殿，大人们供完灯，先一步去求签、解签、对谈，留下一群孩子在神武殿里供小灯玩儿。戚容不知皇后已经帮他母子供了灯，见那些灯精致漂亮，也想供灯祈福。他年纪小，懂得不多，到处问人该怎么写祝愿母亲的祈福词。与戚容同族的几个孩子受长辈影响，平时在家中就很讨厌他，觉得他们母子给自家丢脸了，于是故意使坏骗他。谢怜写完了自己那盏灯，放下笔听到有人在背后嘻嘻哈哈，笑得很不对劲，回头一看，就见戚容沾了一脸墨水，宝贝一样地抱着一盏灯，满脸笑容地正准备供起来。而那一盏灯上，歪歪扭扭写着"愿与母早日归天戚容"九个字。

谢怜当场便摔了那盏灯，大发雷霆。

他那时候也不大，却把所有贵族少年都吓得跪了一地，不敢说话。发完火，谢怜亲自重新给戚容写了一盏灯，再没有人敢使坏了。后来下山时，他又去玩儿秋千。这一次，戚容从皇后身后跑了出来，主动在后面给他推秋千。他比谢怜矮，却推得特别卖力，还是在下面仰望他，只不过，眼神从羡慕变成了崇拜。再后来，他就变成了谢怜的尾巴。

必须承认，曾经的戚容还挺可爱的。也不知怎么回事，明明谢怜已经尽力去教他了，他却还是越长越歪。

想到这里，戚容已供完了灯，准备退出殿去。谁知退着退着就撞到了一人。戚容一个趔趄，看都不看就开骂了："贱民！敢挡你老子爷的道！"

他一张嘴，谢怜和风信双双捂额，心道："没变。还是原来那个样！"

也许是因为五岁之前都和父亲住在一起，不可避免地沾染上了市井之气和父亲的暴躁脾性，即便后来皇后再怎么耐心教导戚容，他一激动，还是原形毕露。挡了戚容的，是一个衣衫褴褛的青年，二十四五岁，背着一卷简易的行囊，一双草鞋几乎磨得没底没边了，风尘仆仆。不过，虽然这青年面色憔悴，嘴唇干枯，颧骨微微下陷，五官却十分端朗，且瘦而不弱，目光炯炯，道："这里是什么地方？"

戚容道："这是仙乐宫，太子殿！"

那人喃喃道："太子殿？太子？这里果然就是皇宫？"他看到殿内神像，被那澄澄黄金映得面色发金，又问道，"这是金子吗？"

他竟是看这宫观太华丽，当作皇宫了。一旁有侍从上前来驱赶，道："当然是黄金了。太子殿是太子神殿，不是皇宫的太子殿！你连这是什么地方都不知道，哪里来的野人？"

那人道："那皇宫到底在哪里？"

戚容眯眼道:"你问这个做什么?"

对方认真地道:"我要去皇宫见国主。我有话跟他说。"

戚容和几个侍从都笑了起来,脸带轻蔑之色,道:"哪里来的乡巴佬,你想去皇宫干什么啊?还见国主,你说见就让你见啊?"

那人丝毫不为嘲笑所动,道:"我试试,说不定可以。"

戚容哈哈大笑,道:"那你就去试试吧。"说着他抬手,故意给那人指了反方向。那人道:"多谢。"那人背了背行囊,转身朝观外走去,走到石桥上,忽然驻足往下望。透过清澈的池水,能看到池底沉着一层又一层的钱币。

这青年似乎思考了片刻,便翻过桥栏,跳下了水池。

他身手矫健得很,跳进水池后,弯腰一把接一把地把池底的钱币捞上来,往自己怀中和行囊里塞。因为从没见到过连神的钱都敢抢的人,看得谢怜和风信都呆了。戚容也是一愣,随即勃然大怒,冲过去拍栏大叫道:"狗东西!你在干什么?赶紧地,把他拉上来!这狗东西!"

侍从和道人们忙也跳下水去拉。谁知这青年身手了得,拳打脚踢,竟是无人奈何得了他。戚容在上面看得暴跳如雷又束手无策。那青年捞了一身沉甸甸的钱币就准备爬上岸,谁知踩到青苔,脚底一滑,哗啦啦在水里摔了个仰面朝天。众侍从这才趁机擒住他,扭送上岸来。戚容抬腿就是一脚,骂道:"这钱你也敢偷!"

可他每踢一脚,风信就挡他一下。戚容虽看不见他,但总觉得哪里不对劲,狠狠踢了七八脚都觉得没劲,那青年也一脸茫然仿佛完全没感觉,不禁大为郁闷。那青年咳嗽了几声,道:"这钱放在水池里也是放着,为什么不能给我拿去救人?"

戚容踢得不痛快,终于烦了:"救什么人?你什么人?哪里来的?"

他这么问无非是想给这青年套个罪名投入大牢,那青年却是个实心眼,答道:"我叫郎英,住在永安,那里闹旱灾了,没有水,庄稼长不了,大家都没有吃的,没有钱。这里有水,有吃的,有钱,用金子塑像,把钱丢在水里,为什么不能分一点给我们?"

谢怜奇道:"风信,永安有旱?我怎么没听说?"

永安城在仙乐国西边,风信也奇怪:"不知道,我也没听说过!"

戚容啐道:"原来是从永安那旮旯跑来的,真是穷山恶水出刁民。穷就能抢神仙的钱了?"

郎英道:"那我不抢了。我现在拜你们供的这个神仙,我给他跪地磕头,他会救我们吗?"

戚容噎了一下,心里嘀咕,如果说会,这人该不会就顺杆往上爬理直气壮抱着钱跑了吧?于是他道:"神仙都忙得要死,你们这种刁民谁有空理!"

闻言,郎英缓缓点头,道:"我想也是不会理的。我们也不是没拜过求过,不是根本没用吗?该死的还是会死。"

谢怜心中一震,心想:"他求过我吗?"

戚容则勃然大怒道:"太子表哥是天底下最厉害的,你放什么狗屁!"哪还要他挥手,一群侍从一拥而上对那青年就是一阵拳打脚踢。风信在里面见缝插针化去他们的拳脚,是以郎英虽然看似被按着暴打,却是一脸茫然,不闪不避,只偶尔抬手护一下自己背上的行囊。戚容抓了一把瓜子,边嗑边抖腿,道:"打,给本王狠狠地打!"真是一副十足的恶人做派。听到他的自称,郎英蓦地抬头道:"你是王?什么王?你住在皇宫吗?你能见到国主吗?"

戚容随口喷道:"我是你老子!你还指望着见国主陛下?陛下日理万机,哪有空理你。"

郎英扭着脖子,执拗地问道:"为什么没空理我?神仙没空理我,陛下也没空理我,那到底谁有空理我?我究竟该去找谁?国主知道永安那边死了很多人吗?皇城的人知道吗?知道的话,为什么宁可把钱丢水里也不愿意给我们?"

戚容嘿嘿冷笑道:"我们的钱,爱怎么花怎么花,就是丢去打水漂也不关别人屁事,凭什么要分给你们?你穷你有理?"恰好他看手下殴打郎英也看腻了,拿了个小袋子把瓜子壳装了,道,"把这盗窃的贼人拖去大牢关了!"几人遵命架起郎英。谢怜头也不回,出手一推。前方人等觉察地上影子隐隐晃动,疑惑地转身。下一刻,戚容便惨叫了起来:"太子表哥——"

谢怜这一把,竟是将自己的神像给推倒了!

那仗剑执花、温文俊美的黄金像歪向一旁。戚容一脸仿佛见到亲娘上吊踢凳子的肝胆俱裂,完全顾不得郎英了,狂奔过去死抱住那神像大腿,顽强地顶着,撕心裂肺地道:"你们这群废物都在等什么!快帮我扶住他!别让太子表哥倒了!他不能倒啊!"

他撕心裂肺，谢怜却神色泰然自若地与他擦身而过，迈出了太子殿，风信简直脸都裂了，半晌才道："殿下！那可是你的神像！"

　　倒像这种事，兆头不好，多多少少会有点忌讳。这样自己推了自己神像一把的神官，可真是闻所未闻，三界奇葩。谢怜道："一大坨金子而已，转移他们的注意力罢了。你去压着那黄金像，别让他们抽出身来，我去会会这个人。"

　　风信便伸出一根手指压着神像。数人使出了吃奶的劲儿也扶不起来，只能勉强僵持，咬牙切齿地道："不愧是真金……斤两真足！"

　　而跌坐在外头的郎英见一群人不再理他，盯着那金光璀璨的神像看了好一会儿，兀自从地上站起，拍拍身上的灰，背着行囊跑出去了。谢怜跟在他身后，等他跑出了好一阵，进了一座郁郁葱葱的树林，四下望望，才在一棵树下坐着休息了。谢怜则躲在树后，随手捏了个诀，化了一个白衣小道的形。

　　化了形，他上下看看，确定没有破绽，一甩拂尘，正在想如何出现才不突兀，却见郎英蹲到树旁的一个水洼之边，埋头用双手在地上刨起了坑。

　　"……"

　　这青年双掌宽大，一掌铲下去就是一个洞，泥土飞扬，仿佛一条黑狼狗在刨土。谢怜正奇怪他为何忽然挖坑，却见他在裤子上擦了擦泥土，便用手在水洼里舀了一捧水，送到嘴边。

　　见状，谢怜躲不下去了，连忙走了出去，拦下他的手，从袖里乾坤中取了一个水壶，递给他。

　　郎英已经含了一口水洼里的水，鼓着腮帮子咽了下去，望着这突然出现的小道士，不奇怪，也不推辞，接过就喝，咕咚咕咚，一口就全都下去了。喝完才道："多谢。"

　　既然已经突兀地出现了，谢怜也不讲究什么自然的开场白了。他尽量把拂尘甩得仙风道骨、值得信赖，道："这位朋友，你从哪里来，要往哪里去？"

　　郎英道："我们从永安城来，本来是要到皇宫去。现在我改主意了，不去了。"

　　谢怜一怔，道："我们？"

　　郎英点了点头，道："我们。我和我儿子。"

　　他把背上行囊解下来，打了开来，道："我儿子。"

　　他背上行囊里裹着的，居然是一个小儿的尸体！

　　那幼儿身形极小，看来不过两三岁，面色发黄，脸颊下凹，脑门贴着几根稀稀拉拉发黄的细毛，还长着一些痱子。小脸蛋憋成一个奇怪的表情，看起来要哭不哭，难受极了。眼睛已经闭上了，嘴却是张着的，但是再也发不出声音了。

谢怜一下子看到这种东西，心神大震，说不出话来。难怪他一直感觉这青年有股神气不对劲，不似常人。他说话做事，仿佛完全不考虑后果，横冲直撞，不顾头尾。现在看来，这人哪还有什么后果需要考虑的？

郎英给他看完了儿子，又把孩子裹了回去，仔仔细细掖好了边角。看着他专注的神情动作，谢怜心中一阵难受。他是第一次看到这么小的孩子的尸体，结结巴巴地道："你……你儿子是怎么死的？"

郎英背好了行囊，茫然道："怎么死的……我也不知道怎么死的。又渴，又饿，又生病，好像都有一点吧。"

他挠了挠头，道："刚背着走出永安的时候，他还会咳嗽几声，在后面爹啊爹啊地喊我。后来慢慢没声了，就咳。再后来咳也不咳了，我以为他睡着了。找到东西吃，想叫他起来的时候，他不起来了。"

这孩子竟然是死在逃难路上的。

郎英摇了摇头，道："我不会照顾小孩子。我老婆要是知道儿子死了要骂死我了。"

沉默一阵，他又道："我好想我老婆还能骂我。"

他的神情始终是平淡的，宛如一截枯死的树。谢怜也不知该说什么，半晌才小声道："你……需要我帮什么忙吗？"

郎英道："我想挑个好点的地方给我儿子睡觉，这里就不错，有树挡太阳，还有水。多谢你的水。"

他咳嗽了几声，又弯下腰，继续用手刨坑。谢怜却喃喃道："不。你不要向我道谢……不要向我道谢。"

他觉得还不够，于是把手伸进袖子里，摸了半晌，摸出一个东西，递给他："这个你拿走吧。"

郎英停下动作，仔细看了看他手里的东西。那是一颗不足指甲大小的深红色珠子，色泽莹润、光滑流转，瑰丽得惊心动魄。就算不知这是什么，只要看上一眼，也知道这小东西一定价值连城。

这正是三年前上元祭天游时，谢怜所戴的那一对红珊瑚珠耳坠里仅存的一

343

只。郎英也不推辞,他仿佛什么正常人该有的礼节和顾虑都没了,伸手就接了,道:"谢谢。"

他把那颗珠子收在腰带里,把背上行囊取下放进坑里,道:"爹马上就会回来看你的。"

目睹那青年把孩子埋掉后,谢怜去了永安。

烈日当空,大地皲裂。连空气似乎都是扭曲的。走了许久,他居然都没有看到一块田地。也许有,只是他已经看不出来那原本是一块田地了。

他见到的每一个人都双眼无神、皮包骨,男人小孩都赤膊,胸前肋骨一排一排清晰至极。每一个人都不想动,也没力气动。一切都散发着垂死的恶臭,让人想要尖叫着逃离这片奄奄一息的土地,立即回到歌舞流金的繁华皇都。

谢怜走了没一圈就走不下去了,回到上天庭,直奔神武殿。

大殿内,君吾坐在上首,一众神官都在俯首听命。谢怜一进去便道:"帝君!"

君吾一侧首便看见了他,道:"仙乐,你来了。"

三年前谢怜上元祭天游悦神,悦的便是这位神。他对谢怜素来温和,得他特许,谢怜是任何时候都能直接进殿禀事的,无须通报。君吾看了一圈,众神官便都很知趣地纷纷告退。不一会儿,大殿就空荡荡的只剩他们二人了。君吾从宝座上站起,下来道:"仙乐这么着急,看来是有大事找我。"

谢怜道:"是!我……"

他刚想和盘托出,却听君吾道:"是为永安城的事,对吗?"

谢怜奇道:"您怎么知道?"

君吾道:"我非但知道,而且,正是我让他们的声音,无法传达到你这里来的。"

"……"

难怪谢怜对此事一无所知,也没有听到任何相关愿望!他是真讶异了,道:"这是为什么?"

君吾道:"因为你知道了也没有用。你无能为力。"

谢怜不解:"怎么会无能为力呢?我是神啊。"

君吾道:"神也有无法做到的事。仙乐,你不要问了。"

谢怜愈加迷惑,道:"这到底是为何?永安缺水,便给它水,把其他地方的水运过去不就可以了？或者让永安城的人迁到别处。"

君吾却道："不可以的。"

谢怜道："为什么不可以？总得有个理由，总不会……"

话音未落，他便住口了。君吾看着他，叹了口气，道："你想到了？"

谢怜道："缺水的不是永安，是整个仙乐国？"

"不错，正是如此！"

君吾道："只不过仙乐皇都地利，暂时还不成灾。如果以降雨之法把东边的水挪到西边，永安城的确可解燃眉之急，但与此同时，旱灾就会转移到仙乐之东！而仙乐的繁华地带和绝大多数人口聚集在东，尤其是皇城。一旦出现旱情……"

死的人会更多！

君吾道："同理，也无法让永安的人迁往别处。水只有那么多，他们占了属于别人的，别人一样不能活。"

深吸了一口气，谢怜低声道："所以，这只是做了选择，是吗？"

君吾道："嗯。所以，仙乐，我不希望你去做这个选择。因为怎么做都是错。你救不了所有人。"

他看了看谢怜，温声道："仙乐，你也不要这么难受。这不是你的错，也不是你能解决的。你毕竟是武神，不是水神。就算是水神，也不能凭空造水。天下所有东西都是有一个定数的。"

难道就这样眼睁睁看着，什么都不做吗？

半个时辰后，谢怜伫立在皇城河边时，若有所思的仍是这个问题。

不时有行人从他身边穿行而过，或微笑点头，或好奇瞅瞅，更多的则是乐呵呵地做自己的事。不知站了多久，天边微云聚拢，四周淅淅沥沥，竟是下起了小雨。

路上行人纷纷捂头望天，道："真是倒霉呀！下雨啦，赶快回去！"

"好久都没下雨了，真是说变天就变天！"

雨点滴滴答答，打在谢怜面上和身上。他出了一会儿神，走到一座长屋下。

这时，雨中有几人打着伞奔过，见谢怜兀自发呆，商量了几句，一人走过来，将手里一把旧伞递给了他，客气地道："这位小道长是不是回不去了？要不这把伞你拿去用吧。"

谢怜回过神来，道："多谢了。那您呢？"

前方雨中几人道："我们还有伞，可以挤挤嘛，走啦走啦！"

听同伴催促，那人塞了伞到谢怜手里便跑了。几人啪啪踩着水远去，谢怜则握着那把伞，站了一会儿。

忽然，他看到前方半远不远处有一座不起眼的小庙，遂撑起了伞，在雨中朝前走去。走到近前，见小庙门前左右两边对联分别书写着"身在无间""心在桃源"，终于确定，这是一座太子殿。

三年起八千座宫观，自然不可能每一座都华丽铺张，其中也有不少是民间草根人士建来凑数凑热闹的。不设功德箱，没有庙祝，只立一尊泥塑像，摆几个盘子，供一些点心和果子。有心人偶尔来清扫一下，便可作为一殿。

这就是一座草根太子殿。还没进去，谢怜就看到了那尊几乎可说是憨态可掬的太子神像。花里胡哨的衣服，粉白的大脸蛋，傻乎乎的笑容，简直是个大娃娃。若不是有心事，他肯定就笑出声了。他正要走开，一眼扫过去，又捕捉到了一抹突兀的雪白，于是又扫了回去。

这尊泥塑太子像的左手上，握着一束雪白的花朵。

花瓣洁白，沾着一点晶莹的露珠，娇嫩至极，一缕若有若无的清香浮动，甚是可爱。

太子像的标准姿势是"一手仗剑，一手执花"。那左手执的花，当然是工艺精绝的黄金花、玉石花，这还是谢怜第一次看到拿真花的。

细看他才发现，泥像左手原先应该的确是拿着一枝泥巴花的。但不知是断了还是给人恶作剧摘下了，如今拳中只剩一个小破洞。那束小白花，若是谁特地摘来填补这泥塑神像左手空缺的，那可真是有心了。

刚想到这里，谢怜便听到一阵急促的脚步声。他隐了身形，携着那把伞轻飘飘地掠到了神坛上。只见庙外灰蒙蒙的大雨中，闯进来一个少年。

这少年十二三岁，浑身湿透，身上是脏兮兮的旧衣，脸上是脏兮兮的绷带，右手牢牢地拢在左手拳头上，仿佛在护着什么东西。奔进庙中后，他才缓缓打开双手。

一束小小的雪白花朵，静静绽放在他手中。

谢怜想起了点什么，轻轻"咦"了一声。

那张缠着层层绷带的脸，不可避免地让他想到了三年前遇到的那个小孩子。但他也不能确定。他悲观地想，那幼童逃下太苍山之后，真的还能再活三年吗？

那少年走过来，踮起脚尖，把泥像手里的花朵取下，换上了自己手里那一束。谢怜就坐在神坛上，看得清楚，新换上的这一束花，花瓣更为娇嫩水灵，香气也更加馥郁，一定是刚刚才采来的。莫非，他每天都来到这座不起眼的庙里，给这尊泥塑像的左手换上一束新摘的鲜花？

奉上鲜花后，那少年站在泥塑太子像下，合掌默默祈福，竟不是像旁人那般不分青红皂白地跪了再说，当真是把谢怜的话听了进去。

三年了。那么多参拜过谢怜的信徒，有达官贵人，有当世名流，有惊世才子，可让谢怜第一次觉得用了心的，居然是这样一个才十二三岁的孩子。而且是个衣着寒碜，那些华美金殿都不会放进去的小孩子，所以才只能到这草根神庙来参拜。

这可真不知是何滋味。

这时，庙门口传来一阵啪啪的踩水声，一群孩子撑着雨伞，嬉闹奔过。原本谢怜以为他们只是路过，谁知这群少年跑过去后，又跑了回来，像是发现了什么了不得的稀奇一般，拍手道："呜哇呜哇，丑八怪又被赶出来了！"

这群少年与庙里这名小信徒年纪相仿，却个个都比他高大，看样子被父母养得很好。大概是节日将近，他们都穿着新衣新鞋。他们在庙门口踩水打闹，笑容天真活泼，不带一丝一毫的恶意，仿佛并不觉得"丑八怪"是坏话，也不觉得自己话语伤人，就真的只是觉得这么喊好玩儿。那少年握紧了拳，然而拳头太小，毫无震慑力，门外又喊："丑八怪今天又要睡破庙啦，当心回家你娘打死你！"

谢怜蹙眉。那少年绷带下露出的一只眼睛爬满血丝，他扬拳怒吼："我没有家！我没有娘！她不是我娘！都滚！都滚！再喊我打死你们！"

那群孩子却有恃无恐，吐舌头道："你敢打我们，小心我们再告诉你爹，让他教训你。"

有的则挤眉弄眼，道："是啊，你没有娘，因为你娘不要你啦。你也没有家，你家里人都嫌弃你。所以你只能在这个破庙……"

到这里，那少年突然大叫一声，扑了过去。

他个头虽小，气势却足，一声暴喝，吓得几个孩子要跑，可跟他扭打作一团的那少年喊道："怕什么！我们人多！"于是他们又都回来，七手八脚地去拉他打他。谢怜实在是看不下去了，一挥手，空气中一阵突如其来的怪力分开了两拨孩童。欺负人的孩子都跌到了水洼里。

毕竟是孩子，他们被莫名其妙摔了个诡异的跟斗，又喝了一口泥巴脏水，身上的新衣也全都湿了，变得比他们嘲笑的对象还脏还丑，登时从哈哈大笑变成了哇哇大哭，从地上爬起来，哭哭啼啼抓着伞一溜烟跑掉了。

谢怜摇了摇头。他堂堂武神，斩邪魔鬼怪，保出行平安，还是第一次介入这种幼儿纷争，即便是赶跑了坏的一方，也一点成就感都没有。他回头去望那少年，微微一怔。

混乱中，那少年头上绷带被扯下了一半，露出的半张脸上都是瘀青肿紫，显然不是方才被打的。他一声不吭缠好了绷带，抱着膝盖，坐到了泥塑像脚边。没一会儿，那少年腹中传来咕咕的声响。

供盘里有几个果子点心，虽然看着干瘪，不大好吃，但聊胜于无。谢怜便择了一个，轻轻往他身上一丢。

那少年被果子砸中，一下子双手抱头，蜷成一团，呈现防御姿态，仿佛丢到他身上的是一块石头，而且马上会有更多石头砸来。良久，四下望望，发现只是个果子、也没有第二个人在场之后，他迟疑片刻，捡起果子，在衣服上擦了两下，放回了供盘，竟是宁愿饿着肚子也不吃盘子里的供品。

接着，他走到门口，望了望庙外的大雨，似乎想出去找吃的。但雨实在太大，他不想再淋雨，便又回来，在泥塑像脚边蜷缩着睡下了。

谢怜想了想，对风信和慕情发出召令。少顷，二人便来了。他们已在通灵中得知噩耗，脸色都比平时严肃。风信郁闷道："殿下，你上哪儿找了一个这么小的太子庙？为什么要在这里传令？"一低头，忽然看到一团人缩在地上，险些踩中，他脱口道："什么人？"

那少年在地上辗转反侧，抹了一把脸，竟在口鼻嘴角边抹出了血。见状，谢怜道："不能让他就这么躺着。"

风信道："殿下，火烧眉毛了，眼下没空管这小事了。他家在哪里？我送他回去？"

谢怜摇头："他家里恐怕不太好，不会管他的。"

上天庭的神官，从来没有哪一位是对所有信徒的祈愿都照单全收的。须知世上信徒千千万，每个人都管，岂不是烦也烦死了，因此有时会睁一只眼闭一只眼，对有些微不足道或微妙的祈愿则会假装没听到，这样可以省去许多麻烦。可大抵是谢怜太年轻，还没有到认可这种灵活应变的时候。他想了想，携着路人所赠的那把伞，走到小庙外。

谢怜缓缓撑开那伞，雨珠噼里啪啦地打在伞面之上。地上那少年听到这声音，以为有人走近，微微一动。但可能想到有人来了也不关他的事，他又躺了回去。谢怜把打开的伞放在门口，那少年听声音一直没有消失，大概终于奇怪了，起身出来一看，就看到了一把红伞斜斜搁在雨中地面上，仿佛一朵孤零零盛开的红色的花，当即愣住了。

看到那少年冲过去抱起了伞，慕情道："殿下，到这一步就可以了吧。做太明显给他发现，就横生枝节了。"

谁知，谢怜尚未答话，那少年又冲了回来，在他们身后大声道："太子殿下！"

三人齐齐吓了一跳，回头望去。只见那少年抱着伞，赤红着眼，激动至极，仰头对那泥塑像喊道："太子殿下！是你吗？"

风信不知谢怜之前已经帮他赶走了一群孩童，还丢了果子，奇道："这小孩儿还挺灵光，居然被他发现了。"慕情却似乎猜到了前景，看了一眼谢怜。

那少年道："如果你就在这里，请你回答我一个问题！"

坐在高高在上的神坛上时，谢怜每天都要听到无数次的"请您显显灵吧"。任何声音听多了，都会麻木。可是，每当他听到这样的声音，还是会忍不住为之注目，为之驻足。

那少年双手紧紧抱着那把伞，咬牙道："我很痛苦！我每天都恨不得死了才好，每天都想杀光这世界上的人，再杀死我自己！我活得很痛苦！"

一个十二三岁的小孩子，大声喊出这一席话，这画面大约真是又可笑、又可怜。可是，那副小小的身体里，却有一种爆发的东西，支撑起了他的愤怒和嘶吼。

风信诧异道："现在的小孩儿都这样了？杀光这世上的人再自杀，这是小孩儿会说的话？"

慕情则道："太小没什么阅历罢了。长大一点他就知道，现在经历的这些都不算什么。这世上痛苦的人太多了。就说永安大旱，哪个永安人不比他痛苦。"

谢怜轻声道："或许吧。"

一个人的痛苦，对另一个人来说，大概都是"不算什么"罢了。

那少年仰头望他，一只眼睛红得厉害，却没有流泪，一手抱伞，一手伸出去，抓着泥塑像的衣摆，质问道："我到底是为什么还活在世上？人活着到底有什么意义？"

静默半晌，无人应答，那少年似乎也早就料到了这个结果，慢慢垂下了头。

谁知，忽然，一个声音打破了沉寂，在他上方响起："如果不知道要怎样活下去，那就为了我而活下去吧。"

谢怜身旁的风信和慕情都没料到他当真会回答，而且还是这种回答，皆瞪大了眼："殿下！"

那少年猛地抬头，却没看到任何人，只听到一个轻柔缥缈的声音传来。

"你问的这个问题，我也不知道该怎么回答。不过，如果你不知道活下去有什么意义，那么，不如姑且把我当作那个意义吧。"

风信和慕情的脸都快裂了，双双伸手去堵谢怜的嘴，大叫道："别说了殿下！你犯禁了！"

在被他们捂住之前，谢怜还是抢着又喊了一句："谢谢你的花！很美，我很喜欢！"

那少年完完全全地呆住了。

风信和慕情两个人恨不得生出七手八脚来堵他，好容易才把谢怜拖下来，谢怜却一把就将他们二人挥散了，道："知道了！不说了！我知道犯禁了，你们都假装没听到不就行了？只要你们不说，没人会知道的。只此一次。不许说出去，听到了吗？"

慕情一脸仿佛被迫吃了袜子的表情，摇着头道："怎么会有你这样……理直气壮地说出'为我活下去'这种话，真是……"

谢怜本来根本不觉得有什么的，被他这么一说，反倒闹了个大红脸。风信立即板着脸道："行了，殿下都说不说了，你还提干什么。"自己却嘴角抽搐。谢怜看不下去了，辩白道："干什么干什么，我的话明明就很有用。你们看。"

那少年呆坐了好一阵，没再听到谢怜的声音，于是用力揉了几把脸，取下桌上供盘，抱在怀里，开始吃里面干瘪的果子和点心，用力嚼啊嚼，吃出了一股小动物般可怜巴巴又凶巴巴的劲儿。谢怜弯腰看他，露出笑容，对另外两人道："你们看，有用的。他刚才不吃的，现在吃东西了。"

"……"

慕情道："不说这个了吧，殿下，您召我们来，可是有什么决断了？"

谢怜连忙正色，道："是的，我的确有了决断。"

方才轻松了不到一瞬的氛围又凝重起来。慕情道："这事还管吗？"

谢怜道："管！"

"怎么管？"

谢怜道："很简单。仙乐国内的水不够，就到仙乐之外的国家去。"

慕情迟疑道："到别的国家去？那就只能到南方的雨师国去借了，那也太远了，得消耗多少法力？你法力再多，终归有耗尽之时。你会累死的。"

谢怜道："我先试试吧，总比什么都不做要好。"

他下定决心后，便开始凭一己之力，频繁往来于南北之间作法降雨。

每降一次雨，他都要横跨千里，耗费大量法力。若不是他，恐怕真没人能撑得住这般来回奔波。当然，君吾除外。

君吾本来就不同意他去做这件事，对他离开上天庭的行为睁一只眼闭一只眼，已经格外宽容，他哪里还能再去求君吾。况且，就算君吾肯，谢怜也开不了这个口，君吾统辖之地比他更广，要费精力的信徒和领地远比仙乐一国要多，他总不能让君吾为帮他而分神。

可是，再筋疲力尽，只要看到那些半死不活的人难以置信地冲出门去淋雨欢呼雀跃、急忙把家里洗脸洗脚的大盆小盆都堆出来接雨，谢怜便觉还能再撑撑。

一连几个月，谢怜都在全力搬雨，往往是还没感觉到消耗大量法力的疲倦，就又跑起了下一轮，比以往斩妖除魔时累百倍不止。他许久不回皇城，本已觉得永安旱情稍有起色，这日却突然接到风信的通灵："殿下你在哪里？出事了，你快回皇城！"

神武大街两侧都是百姓，群情激愤。一群士兵押着一众衣衫褴褛、头手带枷的汉子。押送他们的士兵后面还跟着几个老头、一些神色惶恐的妇女和小孩。风信和慕情拦在两侧，似乎在严防百姓暴动。谢怜回来就问："出什么事了？这押的什么人？"

风信道："殿下，你可算回来了。这些都是永安人！"

原来，这几个月来，有许多原先定居永安的人无法忍受那熔炉地狱，陆陆续续逃难到东边。这群一无所有的人来到陌生繁华的城池，自然要抱作一团取暖。可永安土地贫瘠人也贫穷，百姓的脾性风俗也和皇城人士天差地别，眼看着往昔的风雅之地涌现越来越多难民，整天熬药哭丧，许多附近百姓不堪忍受，自然脸色不怎么好。而永安人本来背井离乡便觉凄凉，被看不起当然更是激愤。几个月下来，双方已发生多起口角。

听到这里，那列士兵押着几十个永安男子来到菜市场门口，喝令："跪下！"

那些永安男子个个脸上都是不服气，但刀架在脖子上，不跪也得跪。围观的百姓见他们参差不齐地跪了，有的叹气，有的解气。谢怜道："那今天这又是怎么回事？"

风信和慕情尚未答话，人群里就有妇人哭天抢地道："你们这群贼！偷鸡摸狗还把我夫君打成那样，爬都爬不起来，要是他有个什么万一，我跟你们拼命！"

还有人指责道："背井离乡到了旁人地盘上，也不知道夹着尾巴做人，还偷东西！"

一名戴枷的年轻人沉不住气了，辩解道："早便说了根本不是我们偷的！先动手的也不是我们！而且我们这边也有人受伤……"一名老人喝止道："别说了！"

那年轻人愤愤住嘴。风信道："皇城有个人丢了一条狗，因为以前有永安小孩儿饿极了偷人家的鸭子煮了吃，所以疑心这次也是被永安人捉去烧了吃了，跑到他们那边去问，一言不合，打起来了。"

谢怜只觉不可理喻："就因为一条狗闹这么大？"

风信道："是的，就因为一条狗。两边都忍了多时，小事也变成大事了。两边都赌咒说是对方先动手的，是对方不是，乱七八糟打了一架，不知怎的事情越闹越大。"

一名士兵道："聚众闹事，严惩不贷！戴枷示众！"说完他退了开来。许多人冲这群永安男子丢菜叶子、臭鸡蛋。几名年长者则向四周躬身道："对不住啦，各位，对不住啦。""还请手下留情，手下留情啊。"

谢怜满心的荒谬，道："那狗呢？"

风信摇头道："那谁知道。吃完了骨头渣子一倒，谁还找得着？不过看神情，我倒觉得，不像是他们偷的。"

可是，皇城士兵，裁决当然偏向皇城百姓，不管偷没偷，打起来了，肯定是永安人理亏。尤其是皇城男子多爱玩乐，不如永安男子能打，想来这回是被外地人揍得很惨，面子丢大了，梁子也结大了。谢怜一眼扫过，忽然发现，这一群人里正中间一个低着头的青年十分眼熟，正是那小树林埋儿的青年郎英。

谢怜当即一怔。这时，有人抱怨道："我怎么觉着这几个月皇城里的永安人越来越多了，今天还敢打人了。他们该不会全都要过来吧？"

一男子双手乱挥，道："国主陛下不会允许的！我家屋子前几天就被永安人偷了，要是他们都过来了，那还得了？"

闻言，一直垂首任砸脸的郎英突然抬头，道："你看到了吗？"

那商人没料到这人居然会找他说话，顺口答了："什么？"

郎英道："我们偷了你家的东西，你亲眼看到的吗？"

那商人道："我没亲眼看到，但之前都好好的，自从你们来了之后才突然被偷，难道跟你们一点关系都没有吗？"

郎英点了点头，道："原来如此。我懂了。我们来之前，偷东西的就都是你们，我们来之后，偷东西的就全都是我们……"

话音未落，一个烂柿子打着旋儿飞来，砸在他嘴边，仿佛呕了一大朵血花。旁人扑哧笑出声来，郎英目光淡漠，闭嘴不说了。

谢怜已是精疲力竭，但仍一直守在旁边化去那些投向他们的尖锐石块，让这群永安青年不至于头破血流。风信慕情得他令去解决这件事，总之，这场示众闹剧持续了小半个时辰才打住，围观的百姓渐渐散去，士兵们也倨傲地开了枷，警告一番。几名年长者一直哈腰点头赔笑脸，保证不会再犯，郎英却神色平淡，自顾自走开了。谢怜看他一人独行，看准时机，从树后闪出，拦住了他的去路。

他一闪出来，郎英先是目光一凛，刹那似乎要出手掐他喉咙。电光石火间看清来人之后，郎英收了还没探出去的手，道："是你。"

谢怜被郎英方才那没探出去的一把微微惊了一下，心想："这人身手真是有点厉害。"他道："我送了你那颗珠子，你为何不拿着它回永安？"

郎英望着他，道："我儿子在这里。我也在这里。"

顿了顿，他从腰带中取出那颗珊瑚珠，道："这个你要拿回去吗？给你。"

他递珠子过来的那只手鲜血淋漓，是被铁枷砸的。谢怜默然，没有接，须臾才道："回家吧。永安今天下雨了。"

他指天，道："明天还会下雨。我保证，一定会的。"

郎英却摇了摇头，道："晚了，做什么都没用。没有家了，也回不去了。"

目送他离去，谢怜呆了许久。他感觉有什么东西堵在心口，沉沉地上不来下不去，好半晌，他终于猛地转身，向南方狂奔而去。

他想："再拼一些！再多一些！也许是还不够，我去得再频繁些。不会没用的。一定会有用的！"

可惜的是，虽然他一腔热血，但似乎那青年冷漠的话才是对的。

搬雨之术耗费大量法力，因山长水远，雨水还会在途中不断流失，到了永安城只能滋润一小部分土地，终归是治标不治本。一个月后，永安人开始正式成群结队地向东方迁徙。

原先是几十人一批，现在是几百人、几千人，大批如长河苦流。皇城的压力不断增加，一年之后，仙乐国主陛下终于颁布了一道命令。

鉴于长久以来流民纷争不断、斗殴频发，即日起，流散皇城的永安人必须全部撤出。每人领取一定盘缠，到其他城镇去安家落脚。

也就是从这一道命令开始，仙乐国彻底乱了。

第三章

温柔乡苦欲守金身

"为太子殿下而战,是我等至高无上的荣耀!"

铺天盖地的血气中,永安战士们丢盔弃甲,夺命狂奔。仙乐国的士兵们根本还没反应过来,就见敌人们倒的倒、逃的逃。

而残骑裂甲中,谢怜收剑回鞘,白衣衣角连一丝血迹都没沾上。

这次,不到一炷香的时间战斗就结束了。仙乐国的士兵们确认了己方压倒性的胜利,举剑向天,狂喜高呼。上千人层层叠叠包围住谢怜,一圈一圈地朝中心跪拜下去,高呼:"誓死追随太子殿下!"

"战无不胜,所向披靡!"

又是一次胜利。当夜,仙乐的将士们在城楼上开了一场庆功宴。

士兵们扬眉吐气,觥筹交错间道:"不愧为天神降世!自从两年前殿下回来,我们就再也没输过。殿下一定会带领我们打败那群叛军贼子的。干杯!"

所有人都在为他干杯,谢怜却一个人躲在城楼角落边上吹夜风。

他抱着剑,靠在女墙边,出神地凝望远方星天。那是他离开了两年的地方。

两年前,一场骚乱后,几万永安人终于被遣出了皇城。但他们并未走远,而是撤出一段距离,在山中安营扎寨。

以流离失所的灾民之众,想对抗仙乐皇城军队无异于以卵击石。但无路可退之人,就是会生出螳臂当车的勇气。

这些人背离家乡,一路逃荒到这里已是历经千难万险,如何还有余力继续前行?走也是死,耗也是死,有什么区别?凭借之前国主发放的水粮,山中的野草菜根、虫蛇鼠蚁,以及积压了多日的怨气和不甘,这些人以超乎想象的生命力死钉在深山里。一个多月后，匆匆凑出来的千余人仗着些锄头、石头，杀回来和皇城的士兵们打了一场。

虽然这一场打得是乱七八糟，输得是一败涂地，但也不是一无所获。一个人冲进了城楼，杀了十几个将士，扛了几大袋米粮和几捆兵器回去，虽然负伤惨重，却激起了一众亡命之徒的斗志。这个人就是郎英。

仙乐国为如何解决这些"强盗"吵得天翻地覆。有人主张直接派军剿灭，有人则不以为然。永安之乱始于天灾，驱人出城是迫于水源紧张万不得已，派军剿灭难称仁义之师。防民之口甚于防川，一旦留下了残暴的名声，非但不能服民，还恐其他国家趁机打着替天行道的旗号生事。而且这群叛贼没粮没兵器，能闹多久？

所以，最终占上风的是后一种主张：如果永安人胆敢来犯，来一次杀一次；不来犯，就让他们自生自灭。

最初，永安流民的确更接近于强盗。但一次、两次、三次的战斗后，渐渐地，仙乐这边发现，这群"强盗"在迅速进步。

求生欲是最强的老师。原先毫无经验的袭击者们摸出了门路，来的人一次比一次棘手，回去的人则一次比一次多，还有源源不绝的新一拨灾民闻讯拥来加入，壮大他们的队伍。而此时，仙乐已错过掐灭流民乱寇的最佳时机，开始不支，尤其是郎英出现在战场上的时候，好几次险些给他打进城门里。

蛰伏了许久之后，永安人再次发动攻击。

这一次攻击他们是有备而来，似乎信心十足，不过，他们完全没讨到好。

因为谢怜终于回来了。

他在重返人间之前，去神武殿找了君吾，开门见山地道："帝君，我要回去了。"

君吾看了他许久，缓缓地道："你可知，你这一下去，很难再上来了。"

谢怜平静地道："我知。"

君吾道："你救不了所有人的。"

谢怜欠身俯首，道："但至少，我能让死去的人少一点！一切结束后，我一定回来向您请罪。届时无论您如何处置我，仙乐绝不后悔。"

他维持着俯首的姿势，向殿外退去。君吾叫住他："仙乐！"

谢怜足下一顿，抬头看他。君吾叹道："我怕你非但拯救不了他们，反而被他们拉下神坛。"

当时，君吾的表情很难形容，似是悲伤，似是怜悯，似是对他不肯听从劝告一意孤行的沉怒，似是真的觉得他再也回不来了。现在想起，谢怜依旧心头微动，因为他从没在从容不迫的神武大帝脸上看到这种表情。

国主和皇后欢欣又担心。欢欣的是多年不见的爱子终于回来了，担心的则是谢怜擅自下凡会遭惩罚。国师倒是什么也没说，似乎早就料到了谢怜会回来。

他的重返人间，无疑是振奋人心的。再加上有心之人的大力鼓吹，一时之间，全国大量青年男子踊跃参军，仙乐国军队人数瞬间暴涨。动静如此之大，永安那边似乎也深为忌惮，原本他们活动还算频繁，忽然就哑了，仿佛正在暗中蓄力，搞得仙乐这边的将士也十分紧张，不遗余力地对谢怜描述"那个神出鬼没的郎英"有多可怕。

这时，有脚步声靠近。谢怜头也不回地道："你们不去喝点酒庆祝一下吗？"

慕情的声音传来："有什么好喝的，形势又不乐观。"

谢怜转头，道："你们也看出来了啊。"

是真的不太乐观。

永安那边不光人数在不断增加，他们的阵形、兵器、调度，全都有了质的飞跃。不少人配备了盔甲，虽然简陋，但已俨然是一支正规军队了。一开始真是难以想象他们会发展到今天这一步。

慕情蹙眉道："极端艰苦的环境，的确是会使人飞速成长。但再怎么艰难困苦，也不会凭空生出物资来。事情不对劲。"

风信则说得更直接："他们肯定有外援了。"

谢怜也早料到此节。慕情道："我不相信没别人看出来。但他们还是照样庆祝，无非是因为现在有你，他们觉得必胜无疑。"

谢怜："让他们开心一下也是好的，就当是鼓舞士气了。"

慕情："还有一点，我得提醒一下。殿下你今天没杀人。"

谢怜疑惑道："打退不就好了吗，干吗非要杀人啊？"

慕情摇头道："你今天不杀，下次还不杀，敌人就会发现你对他们手软，然后就会得寸进尺。总有一天，他们会逼到你焦头烂额的。"

谢怜却不以为意，道："就算他们得寸进尺，我一只手也能摁住他们。凡人是不会让我焦头烂额的。"

慕情道："那仙乐国这边的将士呢？你老是留敌人一命，就是给他们留下斩不断的祸根。长此以往，他们也会不满的。"

谢怜道："不会吧。他们好多人可都是我的信徒呢。况且，就算是君吾，也没法管我想不想杀人啊。"

他应对柔中带刚，慕情看出他自有坚持，也没话说了，风信则关心另一件事，道："殿下，你脸色怎么这么差？"

慕情也端详了他一下，道："你是不是还在永安那边降雨？"

谢怜道："嗯。"

慕情一脸并不意外的不认可，道："殿下，降雨就是一个无底洞，杯水车薪，解决不了问题。而且，已经到了这一步，不管你降多少雨，外面这群人都不会撤退的。"

谢怜道："我知道。可我去降雨，不是为了让这群人撤退，只是为了不让那些还留在永安的人渴死。而这就是我本来的目的，不会因为任何事情改变。"

风信还是不太放心，道："你撑得住吗？"

谢怜拍拍他的肩，粲然笑道："放心！我可是太子殿下啊，绝对没问题！不过……"

他两手揽住两人的肩，叹道："还好有你们两个帮忙。"

这段时日，他自是被压得喘不过气，但他这两位侍从比他也快活不了多少。作为神官，谢怜回到人间，跟随他的小侍神自然也没了，谢怜没空干的活堆积如山，都丢给他们了。风信道："这话就不必说了，谁让你是殿下呢！"

谢怜手上微一用力，拉近了三个人之间的关系，由衷地道："一直以来，都多谢你们两个了。我希望我们三个可以永远这样并肩作战，万古流芳！"

风信哈哈大笑。慕情则不可思议地道："我发现你总是能把一些很……的话理直气壮地讲出来，这真是……"他摇了摇头，道，"罢了。"

见他都快翻白眼了，谢怜才笑了。可没笑多久，突然神色一凛，道："谁？"

"铮"的一声，长剑出鞘。剑气凌厉，一道黑影被逼得倒退两步，翻下了城墙。

这黑影一直躲在城墙角落，竟是屏息凝神没被发现。谢怜本以为是刺客什么的，但他摔下城墙，在半空的月光下，三人才看清这人装束，隐约是个仙乐士兵，而且好像是个少年。谢怜迅捷无比地伸手一拉，拉住对方一条手臂，微一用力就把人提了上来。待对方双足在城楼上落地，谢怜打量着他，道："这是哪里来的小孩子？怎么躲在这里？"

这小兵看来只有十五六岁，还是个半大的孩子，头上缠着绷带，沾染血色，身上也有，看来负伤累累。这并不奇怪，今日一场大战，很多士兵都受伤了裹成这么一副样子。但他一直躲在角落不说话，这就很可疑。慕情也疑道："他真是仙乐士兵？"

风信却奇道："殿下，你不记得这小子？"

谢怜迷惑道："啊？"

风信提醒道："白天他一直冲在你前面，就是阵形最前方那个。"

谢怜一怔，白日厮杀，他根本无暇注意任何别的，但又觉得没记住人家很不好意思，只好道："是吗？"

风信肯定地道："是他！我记得这小子，他冲锋挺狠的，活像不要命了。"

听他这么说，谢怜又打量起了那少年士兵。那少年马上站直了，抬头挺胸，莫名僵硬，仿佛在站军姿。慕情道："那他躲在这里干吗？"

仙乐军中大力鼓吹所谓的"天神军队，天命所归"，不少年轻人都为追随谢怜而参军了。这些人里很多都是谢怜的忠实崇拜者，从小拜着他的神像听着他的传说长大的，整天瞅他也不是一回两回了。

谢怜叹了口气，道："你管他干吗呢，我不也深更半夜出来吹冷风吗。真是造孽，竟然连这样的孩子都要早早上战场了。"

那少年听他叹气，站得更直了，道："殿下……"

话音未落，异变突生。他一句话未说完，忽然朝谢怜扑去！

谢怜错身一闪，抬手就要一记手刀斩下，岂料背心蹿上一缕寒气，他手在半路猛地转道，反手一截，截住了一支从背后向他射来的冷箭。

原来这少年扑向他不是为偷袭，而是看到了那支飞箭在半空中的冷光。谢怜分毫不惧，跃上墙头向下望去。只见城门前远远一人独立，引得谢怜望他，他招了招手，一语不发转身就走。风信道："那是谁？"

还能是谁？谢怜道："郎英！"

仙乐士兵们也发现了异状，喝声四起，但出于警惕，并没有立即下令开城门追击，而是到处去请示上级了。郎英射完一箭招手就走，简直就像特地来跟谢怜打个招呼的，慕情皱眉道："他来干什么？示威吗？"

谢怜摸到冷箭上还缠着什么东西，取下来一看，是几块布。有一块似乎是青色锦袍的边角，染了血，谢怜一把捏了那布，道："戚容呢？戚容在哪里！"

这是戚容最爱穿的那件袍子的边角，因为这袍子是谢怜送他的生辰礼，他老爱穿在身上到处炫耀，闹出好些啼笑皆非的窘事，因此谢怜不会记错。风信对一旁士兵道："快下去确认！"

众士兵忙不迭下去了。慕情又择出一片质地华美的白纱，似乎是女子的裙角，还绣着几点星夜小萤。

他看着谢怜，道："小萤公主。"

谢怜微惊，道："什么！"

这位小萤公主，乃是仙乐国一位以美貌高傲著称的宗室公主，而且颇为尴尬，这是一位谢怜得罪过的名姝。只因好几年前国主皇后欲为谢怜选妃，做主安排他去见这位公主，却最终因为谢怜一心修道、落荒而逃而告吹。

虽然他落荒而逃之前已郑重托人私下转告无法赴约，并对此表示歉意，但不知为何，后来却听说这位公主那日竟还是在祭天游观礼台上等他等了一夜，导致时常有些无聊之人拿这事取笑她。谢怜飞升后，她数度过太子殿而不入，从不拿正眼看花冠武神像，被称作全天下唯一一个不拜太子殿下的女子，谢怜也不觉有什么，反而颇为愧疚。毕竟人家好好一位贵族名姝，却因为他老被人嘲笑，面子上怎么挂得住？虽然当时也没有更好的解决办法了，但谢怜始终对其抱有歉意。

想到郎英是出了名地神出鬼没，没准已经把人抓在手里了，谢怜道："事不宜迟，我去看看。你们守住城门，他们八成是想调虎离山。"

风信把弓一背，道："你什么人都不带？"

谢怜道："不带。他们还奈何不了我。带兵过去，反而让他们有理由大动干戈。"

说完，他手在墙上轻轻一按，跃下了城楼，轻盈落地，如一片飞云向郎英撤离的方向追去。奔了一阵，他听身后有脚步声追上来，回头一看，竟是那名少年士兵。谢怜道："我不用人帮，你回去吧！"

那少年摇头。谢怜脚下加速，把那少年远远甩下，再看不见了。

奔出数里，进入一座山头，正是与君山。入夜了，黑漆漆的森林里四下都是怪响，仿佛无数东西潜伏，虎视眈眈。谢怜深入山中，忽见前方一棵树上挂着好几条长长的人形，定睛一看，道："戚容！"

戚容果然在里面。他被倒吊在树上，似乎给人一顿暴打，昏了过去，鼻血倒流，眼睛还青了一只。谢怜拔剑挥断那绳，接住戚容，再去救其他人。不知郎英用了什么法子潜入皇城，竟给他绑来好几个人，而且看上去都非富即贵。戚容旁边吊着的是个华衣少女，想必这就是那位从未见过的小萤公主了。

谢怜放下她后发现她虽未受伤，但裙子给撕破了，略显不雅，想了想伸手要为她把裂衣处拉上。谁知好巧不巧，这少女恰在这时悠悠转醒，一醒来还两眼昏花，就见一名男子向自己裙子伸手，一个激灵就是一掌扇来："无礼！"

谢怜眼疾手快，本能一把抓住她手腕阻止这一掌，但想到什么，生生忍住了。这一耳光就重重落在他脸上，好一声脆响。那少女打完了耳光才看清这人是谁，眼里噙着泪花愣住了。

谢怜这辈子还从没被人打过耳光，只觉脸上热辣辣的，很是难受，但还是笑了笑，温声道："公主，实在对不起了。"

月光黯淡，看不清那少女容貌究竟如何，是否如传闻中一般美丽无双，但能见到她眼中泪意更汹涌了，也不知有没有听懂他话里的对不起是指什么。这时，其他人也陆续醒来，发出"唉唉"叫唤，不解自己为何会在这里。只有戚容一见他就抱住他大声道："太子表哥！你可算是来了，我就知道你会来救我，他们快把我打死了！"

谢怜哭也不是，笑也不是，又好笑又可怜地给他擦掉了额角的血，也反手抱住他拍以示安慰，道："你该反省一下，为什么一群人里只有你被打了一顿！"

这时，他蓦地背心一寒。谢怜一把推开戚容，转身一击击飞了郎英的剑，又是一脚踹倒郎英，道："你不是我的对手。别打了！"

任谁都看得出来，现在郎英就是这群永安人的领袖，谢怜让他"别打了"，意思自然不止一层。

郎英躺在地上，直勾勾地与他对视。那目光看得人心底发毛。谢怜道："你想要什么？要雨，永安还会下雨的；要金子，我把金像推了给你。但是，别再挑起战争了。一起去找解决之道，行吗？"

郎英却毫不犹豫地道："你说的这些，我都不要。我唯一想要的，就是世界上再也没有仙乐国。我要它消失。"

他语气平板，话语中却有某种东西令人不寒而栗。他一字一句地道："我知道你是神。没关系。就算是神，也别想让我停止。"

戚容躲在谢怜背后，气不打一处来，骂道："这贱民吹什么大狗屁！太子表哥，快杀了他！"

可谢怜知道，郎英说的是真心话。因为他语气里的东西，谢怜自己再熟悉不过了——那是一个人义无反顾的决心！

正在此时，他身后传来一声突兀的冷笑。

竟然有人能无声无息靠近他，谢怜吃惊不小，回头一望，当即睁大了眼。

万万没想到，在他身后的，会是这样一个古怪的人。

那人一身惨白的丧服，宽袍大袖，脸上一张惨白的面具，面具半边脸哭，半边脸笑，诡异至极。那阵突兀的冷笑，就是从他口里发出来的。

谢怜厉声道："什么东西？"

他用了"东西"，因为他直觉，这一定不是一个人！

那丧服白衣人忽然欺身而上，那张面具一下子贴到离谢怜的脸不足三寸之处。一个幽灵般的声音在谢怜耳边低语道："你好啊，太子殿下。"

谢怜瞬间毛骨悚然。

他想动，但根本动弹不得。只因为不光背上寒毛倒竖，浑身都跟被冰块冻住了一样，持剑的右手更是被这诡异的白衣人钳住，犹如被钢爪钳死。

这绝对不是人。

这丧服白衣人和郎英是一伙儿的。他到底是什么东西！

那边戚容等几人大叫起来。原来地上郎英趁谢怜与那白衣人僵持，一骨碌爬起便走。见他脱身，那白衣人轻笑一声，指间一松，谢怜这才能抽出手来。他第一反应就是一剑，那白衣人却仿佛对他的招式了如指掌，每一剑都悠闲避过，大袖飘飘甚为美观，甚至还抽了个空，在他剑锋上"叮"地弹一下。这是谢怜常喜欢做的一个动作。

仿佛在戏耍。

谢怜自出山以来，游遍大江南北，几乎从未逢上敌手，更从未遭遇这种完全被压着打的局面，于是他三分怒三分乱，气息不稳起来。那白衣人觉察到此，又发出"喊喊"诡笑，道："不要生气，我让你刺中便是。"

谢怜扬手又是一剑，这一剑果然刺中。而且他能感觉到刺中的是血肉，不是空壳。可他非但没有得手之喜，反而被激怒了。

这情形，好像是对方允许他击中，他才能击中，对一名武神而言，这真是巨大的侮辱。谢怜登时和对方同归于尽的心都有了。可没等他发作，忽觉脚腕一紧，他低头一看，竟有一只黏糊糊的手抓住了他的靴子。

与此同时，四面的灌木丛沙沙作响，爬出几十条硕大肉虫一般缓缓蠕动的东西。戚容失声道："什么人？"

谢怜一剑斩断那只手，道："不是人，是鄙奴！"

趁他分心，那白衣人哈哈笑着退入幽林深处。这个人的出现和消失都诡异至极，一旁几人本来被掳来就惊魂未定，现在更是吓呆了。别说他们了，谢怜都是一阵心惊。因为鄙奴一旦出现，那都是成群结队的，杀一只来十只，总能把人耗死！

这时，一只树上的鄙奴瞅准了谢怜的后背，一扑而下。可它还在半空，一道冷光便将它拦腰截为两段。谢怜回头一看，微微愕然："是你！"

挥剑的，是那名少年士兵！

他早被谢怜甩得不见人影，居然还是跟过来找到了他。那少年竟是身手了得，甚至可说是凶悍，剑过之地血肉横飞，谢怜顿感压力大减。可鄙奴这东西，最不怕你杀，越来越多赤身裸体的肉色人虫源源不绝地爬向他们。这些东西一边爬一边分泌黏性极强的体液，戚容大呼恶心，但在一只鄙奴脑袋上狠踩数脚，发现这玩意儿并不可怕，纳闷道："也不怎么厉害啊！"

他却不知，鄙奴往往是和其他的凶残邪物配合出现的。谢怜没空解释，咬破嘴唇，右手二指沾了鲜血，在剑刃上匀速抹过。末了将那剑塞进戚容手里，道："这剑我开了光，你们几个拿着先走，回去报信，没东西敢靠近你们。路上听到什么都不要回头，记住，绝对不要回头！"

戚容道："那怎么行！万一我们遇上厉害的……"谢怜打断道："厉害的会来这里找我，待会儿来了我就顾不上你们了！"

戚容再不废话，夺剑狂奔。谢怜看女孩子跟不上他，吼道："别跑这么快！

带上所有人，姑娘跑不动的！"

戚容便一把拽住姑娘再狂奔。他宝剑在手，邪物皆不敢近身，一行人畅通无阻，很快消失。而那少年士兵却还没走，谢怜也没有第二把护身宝剑给他了，只得易剑为掌，连连轰杀，加上那少年也奋力配合，一炷香后，鄙奴终于被清除干净。

一地黏液和死鄙奴，腥气不绝。谢怜平复气息，转过身，对那少年道："你剑使得不错。"

那少年握紧了那把剑，原本还在微微喘气，一下子又站直了，道："是！"

谢怜道："我又不是在下命令，你干什么对我说'是'？我方才命令你回去的时候，你怎么不说'是'？"

那少年道："是。"他说完才反应过来，站得更直了。谢怜摇了摇头，想了想，忽然牵了一下嘴角，道："不过，你，比较适合用刀。"

那少年一怔，道："刀？"

谢怜比画几下，道："你没有试过用刀吧？你使剑，剑风诡谲，虽然快且狠绝，但有点没施展开。没用过刀的话，下次不如试试，我想，威力也许会更强。"

他每每看到人出手有精彩之处，都忍不住想交流几句。由于他战斗经验太丰富，往往不假思索凭直觉，却一时说不出所以然，旁人大多是尊他身份就听听，极少有真心去想他说得有没有道理，这少年却听得认真，似在思索，不时也看看手中剑刃。说了几句，四野森林又是一阵窸窸窣窣，谢怜马上记起此刻仍危机四伏，这兴致来得有些不合时宜，立即收神正色："马上还会有东西来，留神戒备。"

那少年用力点头，双手把剑奉上，谢怜摇头道："你护住自己即可。你适才不走，现下也没法走了。我尽力护你，你也千万警惕。"

这时，又见草丛颤动，什么东西飞速蹿过，谢怜甩手便是一掌，击个正着，那东西"嗷"地惨叫一声，不动了。谢怜闻到一阵血腥味，不由得奇怪，若是鄙奴，被打爆后流出来的都是黏糊糊的体液，不会散发这种血腥味，于是拨开草丛，一看，里面果然是一只大头鄙奴，已被他一掌打得四分五裂，但散发血腥味的却不是它，而是它口里叼着的东西——一片带着长发的碎头皮。

鄙奴以啃食残渣为生，看样子，已经有活人遇害了。

它一路爬来，点点血迹滴在草丛上，谢怜立即顺着这血迹往前走，那少年士兵紧跟着他。不久，二人便听到一阵有气无力的哭声。

那少年举剑挡到谢怜身前，谢怜好笑，一把将他拉到身后，道："用不着。"转过一片开花的灌木，一个半大的山洞呈现在二人眼前。

山洞前，十几只鄙奴围着地上一个人。那是个少女，鬓边戴了朵鲜红的花，扭曲的脸衬着她鬓边鲜花，格外残忍。

那群鄙奴正在分食，忽听有人靠近，齐刷刷回头。谢怜哪里跟它们客气，回头之时便是它们殒命之刻，几掌尽数打死，夺步上前。那少女口吐鲜血，恐惧道："救命，救救我！"

她伤势极重，谢怜温声道："别怕，我来了。"

那少年却剑指着她，道："殿下，当心是深山妖精。"

谢怜却已取出灵药，道："没事，是人。"

他扶起那少女时已经迅速给她把了脉，确认过她的掌纹指纹无异样，并且身无利器，是个手无缚鸡之力的柔弱少女。既是人，便得救。谢怜毫不吝惜灵药，一瓶全给她用完了，待她脸恢复了一点血色才问："姑娘你好点了吗？"

那少女虚弱地点点头。谢怜道："你怎么会在这里？是谁把你弄成这样的？是人，还是什么东西？"

那少女哽咽道："把我弄成这样的就是……就是……就是你啊！"

她说到最后一句，突然脸露狞色，两只眼精光暴涨，一把抱住了谢怜！

那少年士兵一直在旁警惕，反应奇快，一剑刺中她喉咙。那少女本就身负重伤，这下绝对是活不成了，然而，她却狂笑不止，死死搂住谢怜，维持着这个姿势气绝身亡。她搂得太紧，那少年士兵好容易才把她的尸体拖出来，道："殿下！你怎么样了？"

谢怜本以为这少女最后是想偷袭。可她甚至连撕咬动作也没有，只是紧紧拥抱着他，仿佛这样就满足了。他奇怪道："我没怎么样啊？我……"

话音未落，仿佛是在嘲笑他一般，一阵突如其来的眩晕袭来。

那少年睁大了一只黑亮的眼，道："殿下！"

谢怜只觉一阵心肺灼烧的难受，说不出话，也不想说话，更不想听人说话，摇了摇头，举手不语。这时，却有一阵女子的嬉笑之声传来。

"嘻嘻嘻嘻……"

"嘻嘻嘻嘻……"

四周并没有第三个人。两人惊觉,发出笑声的,竟然是那些鲜红的花朵!

谢怜一下子明白他落到一个什么样的陷阱里来了——

"温柔乡"!

此温柔乡非彼温柔乡。温柔乡,乃是一种喜爱聚居的花妖,以吸食男子阳气精血为生。它们的香味可不是什么好东西,谢怜立即道:"把你口鼻遮严实了,别吸那花的香气!"

那少年士兵原本脸上就给绷带牢牢挡着,没吸入香气,闻言,他第一反应是撕下全身最干净的袖子,使劲儿拍干净了,双手递给谢怜。谢怜却道:"不必。已经没用了。"

他救那少女时虽有防备,但防的可不是香气。怪只怪血腥的场面冲淡了花朵危险的艳色,血气冲淡了异样的花香,谁能料到她鬓边所戴的是一朵"温柔乡"?临死之前她还抱住谢怜确保万无一失。他早已在不知不觉间深深吸入了花香,可是货真价实的"沁人心脾"了。

花香入体后,男子会血气浮躁。先无力,再狂躁。现在他是浑身软得跟被抽了筋似的,待会儿麻劲儿过了,就要变成一桶炸药了。谢怜马上去摸药瓶,可那药早就被消耗完了。望了一眼身旁尸体,他从没想到一个十五六岁的小女孩脸上能出现这种怨毒又狂喜的神情,能做出这般对别人和自己都决绝狠毒的事。

那边,花妖们兴奋至极,嘀嘀咕咕。

"上钩啦。"

"钓到啦。"

"真是那位太子殿下呀。"

"是他呀。"

"好俊哎……我的根、我的根要控制不住、从土里爬出来啦!"

那少年士兵挥剑斩去,削平了一片花丛,可这花茎竟柔韧得很,那剑斩了一次,再斩便有些钝了。花妖们摇摆惊叫起来:"啊哟!这小哥哥倒是挺凶的!人家好不容易快要开花了,你要怎么赔我!"

那少年士兵眼睛里直冒火:"找死!我看你们是想被一把火烧光!"

花妖们似乎瑟缩了一下,但马上把绿叶子又在茎上,又腰样叫嚣道:"好厉害呀!我们又没招惹你,你这么大火气做什么!"

谢怜也道："别烧！它们是妖，烧了……会生出有毒的瘴气。也不能拔！茎上全是毒刺……"

花妖们娇滴滴地道："啊哟，太子殿下好温柔，谢谢你保护我们啦。等着，我们马上就要结果了！一定会好好疼爱你的，嘻嘻嘻嘻……"

"童子功修到你这个地步的可不多，闻起来香喷喷的呢！虽然破了身法力是要掉一层境界的，不过，也只好委屈你啦，嘻嘻嘻嘻……"

温柔乡的花朵彼此摩擦花叶，咯咯娇笑，听得那少年士兵愣了半天，似乎半懂不懂，但也听出了不是什么好话，一边奋力挥剑斩花，一边怒喝，想盖过那调笑之声不让谢怜听到。谢怜则握拳握到双手骨节咔咔作响。

原来如此！

看来今晚，他是落到连环套里来了。

郎英劫人在先，对方算准了他一定会单枪匹马追来，大事化小。这少女则是为了耗光他的灵药，使他吸入花香后一刻也无法缓解。

谢怜所修之道的确要求保持童子身。这一道的信徒们也都坚信他们所拜之神必然超凡脱俗、不沾人欲。因此，若是没守住身，必然使信徒崩溃、法力大损。

皇极观清规戒律森严，谢怜从不曾破戒逾矩，自认早已臻化境，狂风吹不起心池半点波澜，也经历过不少此类考验，每次都能完美过关。可毕竟年轻脸薄，难免心生羞恼，面上也带了一丝绯色，偏生可恨，就是脚底发软，站不起来。万般无奈，谢怜只得对那少年道："你……过来。"

那少年士兵的背影一僵，缓缓转身，但就是没敢过来。谢怜知道拖不得，一阵心浮气躁，强忍着道："你不要怕，我又不会对你怎么样。快过来！"

终于，那少年迈开了步子。奔到了谢怜身前二尺，又猛地刹步。谢怜向他伸出一只手，道："扶我起来，带我回去。"

天知道，他光是伸手就耗尽全身力气了。那少年小心翼翼地握住了这只手。仿佛濒死之人终于找到依靠，谢怜整个人松懈下来，朝他身上倒去。

由于沉浸于温柔乡之中，他已经浑身发烫，自然觉察不到这少年的手比他还烫，还在微微发颤。

谢怜只靠了一会儿，蓄了点力气，便提了一口气勉强站起。他不愿让别人负担自己的重量，在搀扶之下慢慢走了几步，却听花妖们道："太子殿下，你可千万别走。有人就在路上等你呢，你要是离开了这里，就会遇到'他'了。"

"他"？

谢怜回头道："'他'是谁？"

提到这个人，温柔乡仿佛微微胆寒，凝滞片刻，嘟哝道："'他'就是'他'。"

花朵相互点头，道："'他'就是'他'，就是那个带我们来到此处的人。"

尽管它们不敢说出那个人的名字，可谢怜脑海中立即浮现了那张半哭半笑的面具。

他道："你们的意思是，如果我现在回去，把你们挖到这里来的那个人，就会在路上截杀我；如果我留在这里，他就不会来找我，是吗？"

花妖们十分满意，叽叽喳喳地点头。谢怜心中登时火起。

不杀他，只把他困在这般难以启齿的境地里，根本就是存心折辱他！

可稍稍冷静，他便压下了那阵恼意。看来，那白衣怪人并不想杀他，只是想要他损法力。

仔细想想，即便他强撑着离开，他们也未必能安全回去。若是那怪人连这点也料到了，那在半途扔下几个女子，反而更糟。

权衡片刻，谢怜吐出一口灼热的气息，闭上眼，道："带我到那边。"

那少年士兵依言而行，扶着他来到那座山洞前。谢怜低声道："停。你的剑呢？"

那少年左手支撑他，腾出右手举剑。谢怜伸出一手，挽起衣袖，露出的小半截胳膊在莹白月光下宛如羊脂冷玉。那少年呼吸一滞，谢怜道："刺我一剑。"

举剑的手立即垂下去了，谢怜道："不要怕，你只管刺，刺深一些。我要设阵，眼下手边没别的法宝了，非得见血不可。"

那少年士兵却道："殿下，请用我的血！"说完他举起自己手臂便提剑一割。谢怜道："不用！你的血……"却是没赶上，一道深长的伤口已出现在那少年手臂上，霎时鲜血横流，竟是毫不留情的割法。谢怜叹道："唉……你……罢了。"

他的血是神血，是能开光的无价之宝，凡人的血又如何能与之相比？但见这少年一片诚心，谢怜不忍心直说他做的是无用功，便道："谢谢你了。不过，还是需要一点我的血做引子。"说完自己取了那剑，双手颤抖，割了好几次才下准手，刺在了小臂中心，殷红的血顺着白臂下流，滴在山洞前划出一道屏障。谢怜还特地混了点那少年的血，完成后愈加头晕目眩，道："进去吧……"

山洞里黑黢黢的，那少年从怀中掏出一枚火折子，擦亮了，谢怜此刻的情态一下子暴露无遗。

他发丝微乱，明眸失焦，冷汗涔涔，唇瓣红肿。唇角沾血，是方才咬破嘴唇时留下的伤口。火光刺得他眼睛生疼，热浪灼得他浑身难受，他也知道现在自己的模样肯定不堪入目，立即低喝道："别点火，灭了！"

那少年立即丢了火折子踩熄，四周重陷入黑暗。谢怜以一个冥想静心的姿势坐在地上，缓缓道："现在有一个任务要交给你，你能完成吗？"

那少年半跪在地，对他道："万死不辞！"

谢怜强作镇定道："我在这个山洞前设了屏障，外面的东西进不来，里面的我也出不去。"

无声地喘了一口气，他继续道："但这道屏障对你是无效的，你可以随意进出。你，帮我守住洞口。但不管听到我在里面怎么了，你绝不能进来。"

那少年愕然："殿下，你一个人在里面？"

谢怜道："是。记住，无论如何你都不能进来！"

说实话，他也不知道自己会干出什么，只好先画地为牢，再想办法化去温柔乡。他有气无力地道："花妖魅惑之力极强，它们马上就要成熟了……"

这时，空气中忽然香气大涨，那温软暧昧铺天盖地，打断了他的话语。花妖们发出畅快的咯咯娇笑，道："我的根！我的根牢固了！"

"果子成熟啦！"

闻到那阵馥郁至极的香气，谢怜便觉心跳加速，血直往脑上冲，咬牙道："快出去！你千万不要吸入香气，但它们靠近也不必害怕。只要你踩在血线上，不管外面的东西还是里面的我都不能靠近你，你大可出剑杀伤它们。"

那少年用力点头，持剑奔了出去，踩在血线上。山洞外，一地血泊上的簇簇花丛无比艳丽。一整片花丛都在颤动，仿佛根须就要破土而出。不久，果然有东西破土而出了——那是一个女人的头！

那"女人"的头从土里长了出来，呼吸到土上新鲜的空气，大为陶醉，眼睛都眯成了一条缝。跟着露土的是半个浑圆的肩膀，一条手臂也爬了出来。

温柔乡的果子是结在根须下的。而它们成熟的果实，就是各色各式的女子。

已到了成熟的时候，无数赤身裸体的女郎破土而出，它们扬手摘掉头上的艳红小花，沐浴在月光下，尽情舒展四肢。它们拍了拍丰腴肉体上的泥土，裹挟着一身几乎是在喷发的妖艳香气，理一理长发，朝着山洞口走来，媚声笑道："太子殿下，我们来啦！"

　　山洞之内也充斥着令人窒息的香气，谢怜闭目端坐，心中默诵经文。那些花妖讲起话来丝毫不知羞耻，无数莺声燕语在洞外呢喃，叫得他心烦意乱，于是改默诵为明诵："五色使人目盲五音令人耳聋驰骋畋猎令人心发狂难得之货令人行妨……静胜躁寒胜热清静为天下正……善者吾善之不善者吾亦善之……"他浑没注意平日倒背如流的经文此时背得颠三倒四。洞外女妖们拍手笑道："殿下，你又不是和尚，念什么经呀……哎哟！"

　　只听尖叫声四起，似是那少年士兵一声不吭，手下却发了狠，劈得那群女妖一阵逃窜，道："杀妖啦！"

　　有的远远骂开了："你这天杀的死小鬼，辣手摧花的小怪物！一点儿也不懂得怜香惜玉！"

　　"吓死了吓死了，这么大点人，下手就这么狠！长大了还得了！"

　　这群花妖如饥似渴地往山洞里挤，偏生就是挤不进去，商量了一阵，聚在半远不远处，都道："小哥哥，你干什么非要拦在这里不让咱们过去呀？咱们又不是要干坏事。"

　　"小将军乖，可别打扰咱们啊。"

　　"这小弟弟凶巴巴的倒是挺有劲儿，可惜，就是太小了，忒嫩了。他大概什么都不知道吧！"

　　在花妖们咯咯叽叽笑作一团的讥嘲声中，谢怜微微睁眼，只见山洞口立着一个漆黑的剪影，那是一个双手握剑、仿佛死也不会让开的少年。忽然，一女妖道："我说小哥哥，你也别跟个棒槌似的戳在这儿了，你图什么呀？你喜欢什么样的？我这样的怎么样？"

　　那少年不理会。众女妖以为要进山洞就得过他这一关，纷纷对他使出了浑身解数，起哄道："我这样呢？"

　　"这样的又如何？你看我好看不？"

　　"你看我，喜欢不喜欢？"

　　然而，从一开始的调笑，到后来的抱怨，再到最后的咒骂，那少年始终如一，远了不睬，近了便砍。谢怜知道，温柔乡出土之前，可以在土里随意捏造自己的形貌，想要出声提醒，却苦于某种原因不敢开口。好容易挨过了一阵逼人的热潮，他道："不要看它们……"

光抵御那冲脑的血燥已令他筋疲力尽，因此这句声音极轻极低，那少年士兵却一下子便听到了，急道："殿下！你……你怎么了？"

谢怜还未回答，一名女妖忽然哈哈大笑起来，道："我知道啦！小朋友，我猜，你最喜欢的，一定是这样的吧？"

看样子，又有一株新的温柔乡破土而出了。山洞外，突然一阵死寂。而那少年士兵，似乎也一下子屏住了呼吸。

下一刻，女妖们惊天的笑浪几乎把谢怜整个人都掀翻过去。

它们拍手尖叫道："哎哟！你这一出可不得了、可不得了！"

"我的天！你是怎么想到的？真是绝了哈哈哈哈哈哈……快看哪！这小子整个人都呆了，我看八成就是这样吧！"

"是这样没错了！还以为这死小鬼是块石头，谁知竟是错看了，小小年纪，胆子这般大！"

"甘拜下风、甘拜下风！怎么样小朋友，还不赶快过来？"

"过了这个村，可就没了这个店啰。此时不来，你就是肖想八百年也吃不着啊！还是说，你现在就想……嘻嘻嘻嘻……"

那少年士兵被彻底激怒了，语音带上了森寒之意："你、们、找、死！"

与此同时，洞中的谢怜也快到极限了。

他眼中、耳中都是一片混沌，再也坐不稳了，身体向前倾倒，还好双手勉强撑住了地面。可这一倒，他牙关一时没咬紧，恍惚间唇边泄出了一缕痛苦难耐的呻吟。

这一声泄出去后，他立即捂住口。可已经迟了，那少年猛地转身，道："殿下！"

谢怜躺在地上死死捂嘴，发出犹如啜泣的苦声。正难熬着，迷糊见那少年似乎想进来，谢怜喝道："别过来！我说了无论听到什么都别过来！"

那少年又止步。洞外女妖听谢怜辗转反侧，纷纷拍手笑道："好殿下，这是何苦来的！今儿你怕丢了信徒，明儿你怕丢了信徒，什么都不敢做。这哪里是神官，这难道不是个被你那些信徒绊住了手脚的苦刑犯！这样的神，不做也罢，横竖都是要丢的，干什么不图个自己爽快！来来去去，理他作甚！"

谢怜怒道："闭嘴！"

众女妖自然不怕这时的他，又对那少年调笑起来："小弟弟，你瞧咱们说得有没有道理？你站在这里，难受不难受啊？嘻嘻嘻嘻……"

冷汗早已浸湿了他全身，谢怜烦躁至极，伸手猛地撕开胸前衣物，只求一丝凉意。可"哧哧"撕开了他才反应过来：手怎么忽然有力气了？

这下更不好了。

头先说过，陷入温柔乡，是先无力，再狂躁。眼下麻劲儿已过，再过一会儿，就要狂性大发了。

好在他已在山洞前特地设了屏障，防止自己失去理智冲出去，应该能撑一会儿，他抓紧时机思考对应之策。说起来，温柔乡的发作是很快的，可为何他却支撑到了现在？除了他定力过人，难道就没有别的原因了？

谢怜想到一节，深吸一口气，对洞口那欲入不入的少年道："请你进来一下好吗？"

那少年士兵似乎想立即奔到他身边，几步后却仿佛记起谢怜方才怒喝"无论听到什么也不要进来"，又不知到底该不该进去了。谢怜也知道这样很难为人家，无奈道："你……先进来再说。"

那少年再不迟疑，冲了进来。

洞壁狭长，洞中温暖潮湿，漆黑一片，伸手不见五指，凭借着谢怜压到极细的喘息声，那少年摸索到了他身前。谢怜道："麻烦你把剑放下，放在地上。在我身边，不要太远。"

那少年士兵道："是！"这便将自己唯一的防身武器拱手交出，放在谢怜触手可及之处。谢怜又道："请你扶我起来。"

那少年便半跪在谢怜身旁，伸出双手去扶谢怜。谁知，他一下手，指尖触到的不是布料，而是温热的肌肤。

那只手仿佛被烫到，立即缩回。谢怜也是冷不防被烫了一下，这才想起方才他在心烦意乱挣扎间撕去了自己上衣。原本男子赤着上身也没什么，但放在这个情境下就有点儿尴尬了。谢怜觉察对方退了两步，忙道："等等，别出去！你继续。"

他说什么这少年士兵都立即照做，少年士兵扳着他赤裸的双肩扶起，马上撒手。谢怜道："请你割下一缕我的头发。"

那少年应声伸手。可黑暗中视物不清，他没能一下摸准谢怜的头发，却不小心碰到了谢怜胸口一层薄汗，一沾即滑。

谢怜原本就难受得要死了，忍不住低低一声呻吟。一刹那，洞内两人都僵硬了。

而洞外那群花妖恨不得竖起耳朵扒着听，哪里会漏过？都嘻嘻地道："啊哟，里面这是在做什么呢！"

谢怜咬牙道："你们！"

听他动气，那少年士兵也立即退开，不敢再碰。谢怜自然不是对他咬牙，在他眼里，这少年不过是个小孩子罢了。他放柔了语气，道："别怕，你继续，别理它们。"

对方哑声道："是。"可是，他似乎也心慌了，半天也没碰到该碰的地方，碰一下发现错了就缩手，谢怜苦不堪言，恨不得后脑往洞壁上狠狠一撞，晕死过去算了。终于，那少年摸到谢怜颤动的喉结，往后探去，捉住了他一缕发丝。他小心翼翼割下一缕，立即道："殿下，好了！"

谢怜好容易积蓄了一点力气，道："把手给我。"

那少年乖乖举手。谢怜从他手中取了那细细一缕长发，胡乱在他一根手指上打了个结。那少年愣了好一会儿，颤声道："殿下，这是？"

谢怜头昏眼花地道："花妖香气要进入第二重了，我得借你的剑一用，待会儿有任何东西想伤你，你就举起这只手，可护身保命。回去吧。"

半晌，那少年士兵退出了山洞。花妖们起哄道："舍得出来啦？"

"这么久都在干什么？"

"把咱们挡在外面，你自己却进去了。小朋友，你这事可做得不厚道！"

谢怜逼自己不去听它们的话，定定心神，举剑在左手胳膊上一划。

霎时之间，五感清明，犹如拨开面前迷雾。

果然如此！

谢怜左臂鲜血汩汩，却仿佛在兵荒马乱间抓住了一线生机。

温柔乡之香气，之所以会使人心浮气躁，只因为它唤起人沉睡心底的欲望。欲望压抑得越严重，反弹便越厉害。而很多人被压抑的，便是"杀欲"了。

而且这"杀欲"，对象不能是妖魔鬼怪，必须是人，或是神，如此才会有"犯禁"之感，因为这种事是世人都知道不能做的，偏偏又是很多人心底想做的。

以此为据，就可以找到法子渡过眼前的难关了。

进洞之前谢怜划了自己一剑，当时见了血，所以对温柔乡起到了缓解作用，因为，杀伤自己，也是杀伤！

谢怜毫不犹豫地又是一剑划在左臂上，神志又清明几分。他正要再接再厉，忽然一阵酥麻上涌，长剑跌落在地。

这阵酥麻险些击溃他苦苦支撑多时建立的堡垒，吓得他一个哆嗦，睁大了眼，心道："怎么会这样？"

再一看地上长剑，他忽然想起，那少年用这剑砍过温柔乡。剑刃上，恐怕已经全都是毒汁了。他用这剑来自伤求个缓解，岂非饮鸩止渴！

也是他躁到昏了头才没早早发现。谢怜暗骂自己，但事已至此，只得撕了袖子疯狂拭剑，再撕了衣襟咬在口里。他粗暴至极地堵住自己的嘴，可是，山洞自成回声，所有细微的声音都被湿润又放大，那少年岂有不察之理？

谢怜听到他颤声问道："殿下？"

这般难堪的境地，真是奇耻大辱。永生永世的奇耻大辱！

谢怜恨不得当场去死。真是难以想象被别人撞见了他这副样子会怎样，就算山洞里一片漆黑他也无法忍受，他叫道："不要进来！"

可他忘了一件事。他已经塞住了自己的嘴巴，听上去只是一阵呜呜咽咽，可怜至极，那少年听了，更急了。

谢怜也急。越急下手越狠，下一剑刺入左腿。这一剑刺得颇深，剑刃入肉声清晰，那少年士兵再也忍不住，夺步冲来。他这一来，吓得谢怜连连后退，道："不不不！不要过来！不行！"

他怕那少年一过来他就会忍不住暴起杀人，只能躲避。他退到背抵洞壁还拼命往后缩，那少年听出了他流露的惶恐，用最温和的语气道："殿下……你很难受吗？你需要什么？"

杀意在他血中暴动。谢怜额上青筋暴起，终于忍不住骂人了。他道："傻瓜！我让你……出去！我会杀了你的，我会杀人的你知道吗！"

那少年怔了怔。就在谢怜以为他听懂了时，却见他捡起地上长剑，双手为他奉上。

这是什么意思？

他要杀人，就给他杀的意思吗？

那少年道:"如果这样,殿下你会好受一点的话……"

"……"

疯了。他要疯了!

谢怜一咬牙,忽然脑中灵光一闪,心里有个声音喝道:"我不会死、我不会死、我不会死!"

他劈手夺过长剑。当机立断,剑锋倒转!

黑暗中,那少年士兵看见冷光一闪而过,惊叫道:"殿下!"

而谢怜已经一剑下来,将自己穿腹而过,死死钉在了地上!

一阵尖锐的剧痛在腹部爆炸,将热浪尽数驱散。谢怜双手握住剑柄,双眼猝然大睁。他轻咳一声,唇边溢出一丝鲜血,连呼吸也凝滞,一动不动了。而那少年士兵似乎惊呆了,"扑通"一声,跪在了他身旁。

与此同时,洞外尖叫连天:"什么人!"

花妖们细嗓娇音,叫得甚为刺耳,然而,有个人吼得比它们还刺耳:"什么鬼!"

听到这一声怒吼,谢怜仿佛活了过来,又吸了口气。

风信!

另一个声音闷闷地道:"是温柔乡。不想中招就赶紧捂脸。"

这自然是遮了口鼻的慕情。风信似乎又看到了什么,闷声怒道:"那是……殿下?殿下!该死!真该死!我真……了!这是想干什么!"

慕情也"咦"了一声,道:"真是不成体统,太像话!"

风信连连大骂:"赶紧烧了!烧干净点,不要被别人看到!"

谢怜躺在山洞中,不知他们在说什么,大概猜出他们觉得女妖在自己面前赤身裸体有伤风化。只听一片烈火喷薄和灼烧之声,熊熊火焰中,女妖们的尖叫咒骂之声渐渐消失。谢怜提了一口气,本想说话,却只咳了一下,那两人便听出了他的声音,冲山洞喊道:"殿下,你在里面吗?"

谢怜想说话也没力气了。他虽是不死之身,可还是会痛。这是他第一次受这么重的伤,腹部传来陌生的剧痛让他频频蹙眉。恍惚感觉有人冲了进来,大声喊着什么,可他却一句也听不清,终于闭上眼睛,沉沉睡去。

第四章

永志不忘永志不忘

这夜之前,谢怜已一个多月没合眼,连日积压的疲倦加上这一夜的爆发,他一睡就是三日。三日后他猛然惊醒,发现自己躺在室内,上方天花板富丽堂皇,竟是皇宫。

风信在室外试弓,闻声进来道:"殿下,你醒了!"

谢怜第一句就问:"被郎英劫走的人呢?"

风信道:"安心吧!都平安到了,这几日也没有敌军进犯。上床去,你又没穿鞋。"

谢怜这才放了心,坐回床上,又想起一事,道:"那孩子呢?"

风信道:"哪个?"

慕情也从门外走进来,道:"是说那个小兵吧。"

风信道:"哦。我们那天给你吓死,没人理他,大概自己归队了。你问他干吗?"

谢怜道:"他很好!慕情回头帮我把他找出来,我要用。"

谢怜这个人,就是看到身手好的便爱,一定要放到身边天天看着才美滋滋的,慕情一听就知道他又来了,无奈道:"他看上去才十四五岁,能怎么用?"

谢怜却道:"你们不知道,我看那小朋友是个使刀的绝好材料,若是调教得好,长大必定惊艳!"

看他一脸念念不忘,慕情神色有些微妙,须臾才道:"说起来,这几日虽无敌军来犯,但查出了别的东西。之前不是说永安那边蹊跷,怀疑有外援吗?我们这几日去探了情况,果然有别的国家在暗中支援他们,悄悄运送粮草和兵甲。"

风信骂道:"早知道永安那么多大活人挤在荒郊野岭,根本不可能靠吃野菜树皮撑到现在。这些人，以往假惺惺与我们交好，现在这个关头搅浑水，唯恐天下不乱！"

仙乐国富丽，盛产黄金珠宝，别国垂涎多年，谢怜早已料到此节，摇了摇头。但这还不是最令人头疼的，他神色凝重道："如果只是别的国家在支援他们倒也罢了，但恐怕有更厉害的东西也在帮他们。"

他把那哭笑面具人的事说了。两人都大感诡异，谁也没听说过这种东西。三人埋头也讨论不出什么，这事也没有更明白的人可以问，因为他们自己就是神，也只能彼此勉励，提高警惕了。

也许是因为外援被风信和慕情暗中切断，接下来几个月，叛军安静了一段时间，那诡异的白衣人也没再出现。

因此，降雨之外，谢怜也难得地能离开前线，到处走一走，放松一下心情了。

沿着神武大街慢慢走，一路上行人皆向他或兴奋或恭敬地行礼，称太子殿下，谢怜一一含笑点头。他上了一座小石桥，拨一拨桥边垂柳，看一看桥下流水里红艳艳的鲤鱼悠闲地游过，甚是羡慕。他随手向路人讨了一把小鱼食，一颗一颗丢到水里，看鱼儿姹紫嫣红争食争成一片，忍不住越丢越多，不一会儿就把鱼食投喂完了，两手空空，正想再找路人要一点，忽觉背后有人盯着自己。

一转头，却没见到人，他颇觉奇怪。但因他并没觉出杀气或恶意，也不在意。回头向人借了把鱼食，继续喂鱼，没一会儿，那背后盯他的目光又来了。

这一次他有了准备，突然回头，果然抓个正着，只见桥边一棵柳树后闪回一个影子。谢怜从另一边绕过去，拍了对方一下，笑道："你好！有什么需要帮忙的吗？"

树后是一个少年。冷不防给人从背后拍了一下，简直像只被踩了尾巴的猫，险些蹿上树。他一转身就双臂交叠挡住脸，从打着补丁的袖子后露出一只漆黑的眼，干巴巴地道："殿、殿下！我不是故意的。"

谢怜笑道："吓着你了？对不起。不过你是谁啊？怎么躲在这里？"再一看，这少年脸上缠着绷带，他惊讶道，"你是那天晚上……"

话音未落，他立刻想起几个月前的那一晚发生了什么，脸一下子红了。那少年也似乎很难为情地低下了头。谢怜轻咳一声，假装一点都不尴尬地道："原

377

来是你呀。我一直想找你来着，事情太多给忘了。那天回去后你没事吧？伤都好了吗？"

那少年小声道："殿下，我没受什么伤。倒是殿下，您的伤？"

谢怜摆摆手道："我也没事。"

少年微微扬首，道："怎么会没事！殿下明明用了剑……"

谢怜笑道："那天吓到你了吧？其实没关系的，我是神，那点伤不在话下，很快就好了。"

少年低声说了句什么，谢怜没听清，道："你说什么？"

那少年鼓足勇气，道："那晚，是不是因为我添乱了，所以，殿下才要那样……"

他问得艰难，谢怜一愣，道："不是的。哎，不关你的事，那晚就算你不在，我也是要给自己来那么一下的，可别多想了。你干吗站这么直呀，我又没有要训你话。"

那少年站得是真直，直得像块板子，偏偏头又不敢抬起，谢怜就有点好笑。他往这少年手心里塞了一把鱼食，道："这样，你帮我喂鱼好了。喂完这事你就别记着了。"

少年给他拉上桥去，差点路都不会走了。谢怜丢了两颗小鱼食，忽然想起来一事："对了，你怎么不在军中在这里呀？难道是偷跑出来玩的？"

那少年抓着那把鱼食，好像抓着一把珍珠，闻言一愣："我现在不在军中了。"

谢怜诧异道："啊？为何不在了？"

那少年比他更诧异，道："我……被撵出来了，殿下你……你不知道吗？"

谢怜蒙道："知道什么？"

他分明早对慕情说过这孩子他要用的，怎么反倒被撵了？

那少年却像又是激动又是高兴，道："殿下你果然不知道！我一直……我一直……"

谢怜越听越奇，正想细问，神武大街上传来一声惊恐万状的尖叫："啊！"

谢怜猛地回头望去，只见一人捂着脸，跌跌撞撞朝这边冲来。

那人是个高大汉子，发疯狂奔，行人被他撞倒一片，都叫："干什么呢！""还真是头一回看到走路不带脸的。"

说着好几个人都笑起来了，倒也没真生气。谁知那人横冲直撞，一头撞到一面墙上，血溅当场！

378

原本开玩笑的路人都尖叫起来,谢怜搁下那少年就冲了上去。

那人似乎昏了过去,一头乱发挡住脸,许多人正小心围观。谢怜刚过去,他突然又一跃而起,长声惨叫:"我受不了了!杀、杀!谁快来杀了我!快来!"

路人都道:"这是哪家的癫人没关好跑出来了,押回去押回去……"他们本想上去扭住这人,可刚围上去,一看清这疯汉的脸,他们也惨叫起来,忙不迭躲开,"这是什么怪物!"

那疯汉狂叫道:"快打死我!"

那几人惊骇至极,刚好谢怜上来,他们一见太子殿下如蒙大赦,忙冲到他身后。谢怜不假思索出手一点,那疯汉被他就地点倒。几人指着地上道:"太子殿下!这个人……这个人……他有……他有……"

不用他们说,谢怜也看到了——这个人,竟然有两张脸!

准确来说,是一张脸上,长出了另一张脸。这第二张脸就挤在这疯汉的颧骨上,成人掌心大小,像个皱巴巴的小老头,丑陋至极!

万分惊愕之下,谢怜满脑子只有一句话——

这是什么怪物?

他立即拔出腰间佩剑。此剑便是君吾所赠奇剑——红镜。自从见了那白衣怪人后,他便随身都带着这把剑以备不时之需,说不定哪天就能看一看那东西的真面目了。长剑出鞘,剑光胜雪,可他低头一看,剑刃上映出的还是这两张可怕的脸。也就是说,这疯汉不是妖魔鬼怪中的任何一种,他是个人!

但是,世上真的会有人长成这种模样吗?

他正惊疑不定,忽听一人战战兢兢地道:"他……他怎么变成这样了?"

谢怜把红镜插回鞘中,转头道:"你认识这人?他从前不是这样子的吗?"

好几人道:"认识,我们跟他一块儿干活的。当然不是这样的,他从前,脸上……哪里有这东西!"

眼看着围观者越聚越多,几乎堵了大街,谢怜一边通灵风信和慕情让他们速来,一边疏散人群。众人对太子殿下只有拜服,虽好奇万分,但也老实散开。这时,又见有个人在一旁犹疑,谢怜道:"你是不是有什么想说的?"

那人终于鼓起勇气道:"太子殿下,有一件事,几天前,我胸口长了几个小窝槽,没什么感觉,不痒不痛。但看了这位兄弟,我这心里有点儿……"他干笑着解开衣服,道,"您能不能帮我看看我这……没问题吧?"

他一脱衣服，众人登时倒抽一口冷气。

他胸口的，哪里是"几个小窝槽"，分明已经五官俱全，是一张模糊的女人脸！

那人低头一看，也大惊失色："怎么会这样？之前明明还没有这么……这么……"栩栩如生？惟妙惟肖？无论用哪个词，都十足恐怖！

众人皆是毛骨悚然，这人情不自禁抓住了谢怜的衣摆，高呼道："殿下救我！"

谢怜拍拍他肩膀，道："没事的。我在这里，你先冷静。"

他语气温和笃定，严肃从容，那人以为他成竹在胸，坚信这点小事对太子殿下而言易如反掌，放下了心。然而，谢怜心里却是波澜不小。

这种"人面"，居然是渐渐长成的！而且，有此症状的不止一个人，那么，会不会还有？

风信和慕情收到通灵赶来，应谢怜要求，通报皇宫，传令下去，全城搜问还有没有人身上出现类似症状。由于这东西太过骇人，国主得到消息后极为重视，派出大量人手，效率奇高，当天深夜便确定了。

整座仙乐皇城已有十几人身上出现较为清晰的人脸。他们要么是看见了没当回事，要么是"人面"长在了不易觉察的部位，所以才未发现异常。此外，还有三十多人身上出现了较浅的凹凸坑，疑似是尚未成形的"人面"。

这些人里，女人和小孩居多，他们被带来后都是惴惴不安，相互招呼，随口安慰了彼此几句。谢怜一直在仔细观察他们，注意到此节，觉得哪里不对，问道："你们都是认识的吗？"

忙了一晚的慕情看了一眼册子，道："他们都住在皇城外围的不幽林附近，可能住得比较近，平日邻里有些来往。"

住得比较近，平日有来往？

谢怜忽然头皮发麻，立即道："马上遣散这一带人群！把这里所有人隔离。这东西，可能是会传染的！"

"有怪病，会传染！"这六个字一漏出去，比什么士兵武士来疏散人群都管用，不到两炷香时间，大半条街的房子都空了。谢怜则命前来听从他调配的官员和士兵全副武装，做好防护，跟他前往不幽林，看看到底怎么回事。

一走进不幽林，谢怜就发现不对了。

这片树林有点儿眼熟，他好像来过。一个模糊的猜想驱使他有意无意去寻找什么，这时，一股难以言述的恶臭飘散过来。

这恶臭令人窒息，一众士兵几欲作呕，道："什么东西？"

那气味是从地上一个土包里散发出来的，那土包似乎还在缓缓蠕动。士兵们如临大敌，举剑挡在谢怜面前，谢怜却道："都退下！"

突然，土面高高拱起，一个膨胀的巨大身形破土而出，暴露在众人火把的火光之下。

那阵腐臭瞬间暴涨，有人当场"哇"的一声吐了出来。风信和慕情都挡在了谢怜前方。

那东西已经完全不能用"人"来形容了，任何东西都比它像人。任何人都看不出来，这具几乎可以用"庞大"来形容的尸体，曾经只是个瘦弱的小孩子！

一股呕吐的冲动涌上他喉咙。风信与慕情也惊呆了："这是什么东西？"

谢怜沉声道："这是郎英的儿子。"

这片不幽林，就是郎英亲手埋下他儿子尸体的地方。

谢怜一张符甩出，烈火大作。火光冲天，浓烟滚滚里，远方城楼上传来凄厉的号角声，呜呜催命。

这是敌军来犯的信号！

这一场虽然在谢怜的坐镇之下再次胜了，但所有人，都丝毫没有胜利的喜悦。

这突如其来的"怪病"，被人们叫作"人面疫"，在仙乐皇城以迅雷不及掩耳之势传得沸沸扬扬，闹得人心惶惶。

第一个病人是在大街上冲出来的，从一开始就瞒不住。而且人面疫扩散和发作都极快，短短几天，又在五十余人身上发现了疑似症状。

与此同时，叛军的进攻也频繁起来。多方夹击之下，谢怜几乎无暇抽身去永安降雨，大半法力和精力都消耗在皇城隔离区了。

把那腐尸灭除干净后，不幽林就成了皇城隔离区，搭起了大片简易棚屋。一开始只有二十余人，后来已近百人。每日谢怜只要有空便来以法力为病人压制可怖的症状。虽然只能缓解，但最重要的，其实是压制病人的恐惧。

谢怜走着走着，躺在地上的一个青年突然抓住他衣摆，道："殿下，我还有救，你能治好我，是吧？"

这人有些面善。他仔细一看，不正是几年前送过他一把伞的路人吗？

那天谢怜突然得知永安大旱，心乱如麻，对在这关头雨中送伞的善举心存感激，印象深刻，自然也隐约记得这人的脸。他俯身轻拍这人手背，认真地道："我会拼尽全力。"

那人仿佛得到了生的希望，连声道"好"，这才重新躺下了。这些病人每一个都用最热切的目光看着他，相信太子殿下是无所不能的，太子殿下绝对可以办到！

走了一圈，谢怜坐在风信慕情生起的篝火旁沉思。远处几名小杂役抬着担架离去，窃窃私语。

"这是死的第几个啦？"

"记不清了，快十个了吧。"

其实，人面疫是很难死人的。可不死才可怕。不死，就是说今后一辈子都会变成一个多面的怪物，想想都令人丧失了生的勇气。尤其是一些年轻女子，爱惜容颜，身上脸上长了这种东西，多半还是会选择去死的。

一人叹道："唉！什么时候才是个头哟。"

另一人道："太子殿下会想出办法解决的，放心吧。"

原先那人有点抱怨地道："但就不能快点想到办法吗？咱们都要过不下去了。唉……算了算了，我这可不是在抱怨。你当我没说、当我没说。"

两人走远，慕情看了谢怜一眼，拨了拨火，道："小民之见。"

谢怜怎会跟普通人计较这些言语，摇了摇头，仍在思索。篝火微晃，一人坐到谢怜身边，却是风信回来了。谢怜立即道："如何？"

风信道："永安人果然都好得很，没有一个得人面疫。肯定是他们搞的鬼！"

并不意外。但谢怜现在思考的是更深的问题。他道："那一定是诅咒了。可如果是诅咒，他们为什么不攻击士兵，只攻击平民？"

军中不是没有人面疫患者，但极少，送去隔离后情况便马上被控制住了，并未扩散。风信道："也许因为他们觉得就算打垮了军队，有你在也必败无疑，干脆就不对付军队，直接对付平民了。"

谢怜凝眉道："这些天来，我一直在想，到底怎样才会被传染。"

风信道："不是很清楚了吗？靠得近了，接触多了，一起喝水、吃饭、睡觉什么的，就会被传染。"

谢怜道："可士兵们也都是一块儿喝水吃饭睡觉的，比普通人接触更近更多，但是为什么被传染的士兵就那么少？"

慕情道："同样的条件下，有人会被传染，有人不会。你想问的是到底什么样的人才能抵抗人面疫吧。"

谢怜点头道："慕情懂我。如果能知道这个，就有办法掐断人面疫的传播了。"

慕情一点头，道："那好。我们就反过来看，什么样的人，更有可能得人面疫。这些病人里，什么样的人最多？"

这些天谢怜救治了这么多病人，闭着眼睛也能答出："妇女、小孩、老人、体格不是很强健的年轻男子。"

风信道："莫非是身体弱的才会感染？难道要请国主下令，号召所有人勤加锻炼身体？"

"……"

风信又自己道："不对。"

显而易见不对。因为那第一个冲上神武大街的人面疫患者就是个体格强健的壮汉。

所有的受感染者中，样貌、体格、甚至身份、性格，均是五花八门，总结不出一个固定规律。难道谁感染谁不感染，真的只是运气问题？

谢怜自语道："为什么士兵能抵御人面疫的传播？或者说，究竟有什么事，平民做得少，士兵做得多……"

说到这里，他忽然双目大睁，一下子站了起来，道："不可能！"

风信和慕情也一下子站了起来，道："怎么了殿下？你想到什么了？"

谢怜的确是想到什么了。他想到了一个合理的推测，但也是一个可怕的推测。他来回走了几步，道："你们等等，我有个很荒谬的推测。应该不是真的，但我需要试验一下。"

慕情道："到底什么推测？你要怎么试验？要我给你找个人过来试试吗？"

谢怜立即否决："不行，不能找活人来试。"想了想，他道，"给我把和患病的那几个士兵同吃同住的同营士兵都召集起来，我有话要问他们。"

风信转身要走，谢怜却又道："等等！已经是深夜了，现在去问动作太大，也不能一次召集多人，引人注意。我要问的话不能走漏一点儿风声，这样瞒不住人。"

风信回头道："那要怎么办？一个一个带过去你那里私底下问？"

谢怜道："也只能这样了。明天先把跟那几人走得近的士兵一个一个单独带到我屋子里去，不能让他们知晓彼此都被问过，你记得命令他们绝对不许告诉别人，否则……"

想来想去，他叹道："算了！你还是威胁他们吧，就说若是传出去了格杀勿论。越狠越好！"

两人面面相觑。慕情道："一个一个地问，那得问到什么时候？"

谢怜道："不管问到什么时候也要问。这事容不得猜错……我非弄个清楚不可。"他内心深处却知道，倒希望是自己猜错了。

接下来的几日，谢怜亲自问了三百多名士兵。

每问一个，他的心就沉下去一分。完事之后，风信和慕情走进屋去，见他脸色难看，一言不发，都迟疑了。慕情道："殿下，你问出什么来了吗？"

谢怜点头："问出来了。"

慕情试探着道："那……"

谢怜道："我也知道，什么样的人才会被传染，什么样的人不会了。"

虽是这么说着，可他脸上没有半分终于揭开谜底的欣喜。风信和慕情便觉事情没那么简单，两颗心也沉了下去。

风信道："你脸色太差了，先喝口水吧。"

正在此时，远处一人忽然号叫起来："殿下救我！"

谢怜才接过风信递给他的一碗水，刚喝了一口便呛了出来，一口气也来不及歇就冲了过去。号叫的正是那日给他送伞的青年，因为谢怜对这青年格外温和，这青年对他喊救命便也格外勤。最初这人患病部位是膝盖，谢怜施法压制疫毒扩散，因此他全身只有左腿上长了人面，眼下正狂踢那腿，死去活来。谢怜按住他道："别动！我来了！"

那青年恐惧万分，抓住他道："殿下！殿下救我！我刚才觉得腿很痒，好像有什么草在扎，然后我、我低头看，我看到那些东西……它们的嘴一张一合，在动、在动啊！它们在吃草！它们是活的！"

谢怜给他叫得毛骨悚然。低头一看，果然！这青年左腿上密密麻麻挤满了数十张人脸，有好几张口里都含着草叶，有的嘴巴……还在如饥似渴地咀嚼！

病人都尖叫起来，全靠风信慕情和卫兵们拦着才没暴乱。谢怜按住那青年问旁人："他这条腿还能动吗？"

不幽林的看护们都全副武装，把全身都包裹得严严实实，一个少年答道："殿下，不能了！他这条腿已经废了，里面不知还长了什么东西，重得像灌了铅。而且疫毒一直在往上爬，就快爬出腿扩散到腰上了！"

这青年的腿可以说已经病入膏肓，完全丧失了正常人的知觉。这时，一名医师小声道："殿下，眼下唯一没试过的办法，就只有切了生长人面的部位，说不定能阻止蔓延……"

谢怜道："那就给他切了！"

那青年忙道："不要啊！"他生怕真被截了肢，可又不敢抱住自己那条畸形的腿，痛苦至极地道，"我的腿还没废！说不定还能好！殿下你就没有什么别的办法能救救我吗？"

不知是不是连日心力交瘁所致，谢怜眼前忽然阵阵发黑。苦味泛上喉咙，他道："对不起……我没有。"

太子殿下居然说出这样的话，在场无数人大为惊愕。更有人当场失控，叫了出来："没有？殿下你可是神，怎么会没有办法？我们在这里等你想办法多少天了，你怎么能没有办法！"

说这话的人立刻不知被谁按下去了。这时，一张"人面"仿佛也觉得场面乱糟糟的很烦很吵，突然停止了咀嚼，一张嘴，尖叫起来。

这个东西，它居然尖叫了起来！

虽然声音细弱，但就是从它嘴里发出的无疑。那青年狂叫一声抱紧谢怜，道："殿下救我！救我！"与此同时，他腰侧隐隐生出三个微凹陷的窝坑。众人惊道："殿下，扩散了、扩散了！疫毒要爬出腿了！"

到这一步，谢怜耗费再多法力也没用了，他一咬牙，道："我问你，一句话，这条腿你要还是不要？"

那青年吓到双眼空洞近乎失智，根本不能回答。而他左腿上的人脸一个接一个地尖叫起来，仿佛在欢迎新加入的"同伴"。咿咿呀呀中甚至能辨认出它们愉悦的表情，细小鲜红的舌头在它们嘴里颤抖。光是想象一下这青年左腿的内部到底是怎样一种景象，就要令人发疯了！

不能再拖了！谢怜对那医师道："给他截了。"

那医师却连连摆手道:"殿下恕罪!截了之后会不会好我也没把握啊!而且这地方,我不敢下刀啊!还是不要冒险了!"他暗骂自己没事多嘴,险些摊上个吓人的差事,逃回人群不说话了。那青年喃喃道:"殿下救我、殿下救我!"

四周一片嘈杂,喊什么的都有。那些扭曲的小小人面也挤在下方尖叫。

一瞬间,谢怜觉得他看到了地狱。他好像在死死盯着这个地狱,又好像什么都没在盯,冷汗涔涔之中,他手起剑落——

鲜血狂涌。

"啊啊啊啊啊——"

那青年原本半昏不昏,在谢怜切断了他左腿后突然醒来,狂叫道:"腿!我的腿!"

谢怜跪在血泊之中,一身白衣血污斑斑,按住他厉声道:"别乱动!给他止血!"

几个医师手忙脚乱,慕情看不下去了,道:"都让开!"自己上了,动作比他们冷静麻利得多。

至于那条被切下来的腿,孤零零地躺在地上,忽然一蜷,竟是脱离了身体后还在抽搐蠕动,仿佛一个活物。谢怜非常想吐,反手一张符,火光大起,那腿在熊熊烈火中被烧得缩成一团。那青年又惨叫道:"我的腿!"

谢怜查看他腰侧,见人面并未爬上来,喜道:"好了,停住了,没再扩散了!"

那青年这才止住泪水,睁眼道:"真的吗?真的好了吗?"

人群齐齐倒抽冷气,蠢蠢欲动。有人嚷开了:"殿下,请您也帮我救治吧!"

一个少年道:"别乱来!要再等等,万一他过了一阵再复发了该怎么办?"

有人恐惧地道:"还要再观察多久啊……等不了了,再等……再等这个东西就要长到我脸上去了!"有人则豁出去了:"我愿意冒这个险!"不多时,不幽林中数百人乱哄哄地道:"殿下,求求你解了我们的苦难吧!"

众人前赴后继地对他跪拜起来,谢怜被他们供在中央,面色惨白,一点儿也轻松不下来,道:"请你们先起来。如果一段时间后此人没有复发,我一定竭尽全力救治大家……"

做了诸多承诺,好容易才安抚了人群和伤者,谢怜也被风信和慕情架到一旁坐下。慕情低声道:"你怎么就自己动手了?这种事你不要做主。万一你切了他的腿还是没用,到时候他恨的就是你了。"

谢怜心还在怦怦狂跳，他一手插入冷汗涔涔的长发里，哑声道："……当时不能再等了，没人敢动手，总得有个人出来拍板。总不能就眼睁睁看着人面疫扩散。我……"

他也从没见过这种场面。他也被吓坏了。

风信看着他，难得面带忧色，道："殿下，我看你还是歇歇吧。你真的脸色不太好，这边我们先帮你顶着。"

谢怜话都不想说了，只点点头。恰在此时，林中又有人哭喊起来，风信和慕情便去看怎么回事，谢怜发了会儿呆，就在地上躺下了。

他从来不会就这么躺在荒郊野外的泥巴地上，但他实在有点撑不住了。不知过了多久，迷糊中听见两个侍从叫他，谢怜猛地惊醒，翻身而起，感觉身上有什么东西滑落了，低头一看，竟是一张打着补丁的毯子。

谢怜对风信道："你还有这个啊？下次还是给病人送去吧，他们比较需要。"

风信一愣，道："啊？你说什么？这毯子？这不是我给你的，我刚才回来就看到了。"

谢怜疑惑地转头："那是慕情吗？"

慕情道："也不是我。大概是哪个住在隔离区的信徒给你送来的吧。"

他居然连有人走近也没觉察，这状态可真差极了。谢怜把毯子叠好放在地上，起身道："又有战事了是吗？走吧。"

他是心里带着事走的。而很快，他所担心的事就发生了。

仅仅过了两天，谢怜再去不幽林时，一些医师告诉他：夜里，有十几个人面疫患者无视警告，偷偷爬起来切掉了自己的患处。好几个因为手法不当失血过多，还闷在毯子里不敢作声，悄没声息地就死了。

谢怜好容易挤出精力去降了一次雨，一回来便听到这个噩耗，看着地上那些鲜血淋漓、嗷嗷痛叫的病人，心底积压多时的火气终于按捺不住了。他道："为什么不听劝？怎么能这样乱来！"

众人皆低头不语，噤若寒蝉。

谢怜发完火了，又叹了口气，自觉不该，毕竟他们也是为求生，正想缓和语气，冷不防一人道："太子殿下，你也用不着这么大火气，谁想自残呢？可谁让你救不了咱们呢！咱们也只好自己救自己了。您不是一贯悲天悯人的嘛，怎么这样就现形了呢。"

这人阴阳怪气，风信立即喝道："谁胡说八道！"但那人说完就缩，再找不出来了。

谢怜一下子从热血上涌变成如坠冰窟。

他一生之中从未被人拿这样的话刺过，心中千言万语，嘴上却一句也说不出来。因为他知道，归根结底，是因为他没有找到解决人面疫的办法！

他站了一会儿，突然转身就走，风信和慕情在他身后喊道："殿下！你要去哪里！"

人群中蓦地一阵骚乱，似乎是有个小护工对几个病人拳打脚踢起来，引发了一轮翻翻滚滚大打出手。风信和慕情只好转头去管那边。而谢怜一身杀意、一路狂奔向与君山。

他一步飞出数丈，不多时便杀到当日撞见白衣怪人的树林里。谢怜双目血红，喝道："出来！我知道你在，给我滚出来！"

身后传来一阵诡笑。谢怜猛一回头，坐在树上俯视他的，不就是那左边脸哭、右边脸笑的白衣怪人吗？

谢怜一看到他便失去了理智，飞身扑上。那白衣人竟然不躲。谢怜一手掐住他脖子，一把要摘他面具，但那张半哭半笑的面具却仿佛长在对方脸上摘不下来。那白衣人似乎觉得他这么气急败坏很有趣，哈哈笑了起来，叹道："太子殿下，你挣扎吧。可你输定了，仙乐国就要完蛋啦！"

谢怜怒极，一拳把他脸打歪过去，道："给我闭嘴！我问你，人面疫是什么东西？那些人脸是什么？你怎么弄出来的！"

哪怕是在殴打别人，他也从没这么粗鲁过。那白衣人的头被他打偏过去又自己转回来，道："你不是已经猜到了吗？"

谢怜要的是确认。那白衣人也给他确认了，道："你猜得没错。那些人脸，全都是永安人的亡魂。"

果然！

永安士兵对皇城这边都有着极强的怨念和攻击之意，而他们的父母、妻子、孩子很多在大旱中死去了。这些亡魂混沌无所凭依，会受亲人恨意的感染，驱使它们寄宿在活人的肉体上，争夺活人的养分。而郎英之前在皇城里埋下的婴儿尸体，则成了诅咒的引子。所以永安人才会对人面疫绝缘，它们当然不会伤害自己的亲人。

谢怜道:"你究竟是什么东西?"

白衣人温声道:"我是你带来的东西呀。"

"什么?"

白衣人道:"没人教过你吗?这天底下的运气好坏都是有定数的,你伸手打乱了这盘棋,就一定会有另一只手把被你打乱的棋子放回原位。我就是那只手!古往今来天神下凡都没有好下场,你难道不知?"

谢怜反手就是一掌,厉声道:"没让你说这些,给我闭嘴!闭嘴!闭嘴!"

他就是亏在不会骂人,憋得满脸通红也骂不出足够恶毒的字眼来喷出此刻心中怒恨,只能让这东西闭嘴。白衣人却又笑了,仿佛看到谢怜如此崩乱很是快乐,所以谢怜越生气他声音越温柔:"你当真要我闭嘴?好吧、好吧,我闭嘴就是。不过,其实,还是有一个办法,可以让你们转败为胜的,就看你愿不愿意去做了。"

他最后一句很有问题。他在暗示办法是有的,只是要他付出沉重的代价。谢怜冷然道:"你想让我做什么就直说,少废话!"

那白衣人道:"你靠近一点,我就告诉你。"

谢怜道:"好。"他俯下身道,"你说吧。"

那白衣人用极低的声音对他耳语一阵,谢怜听了一阵,忍无可忍又扇了他一掌,喝道:"我没让你说这个!我要的是解决人面疫的办法,不是制造人面疫的办法!"

那白衣人却道:"我说了,这就是办法,就看你愿不愿意去做了。永安人对仙乐国有怨,仙乐国这边对永安难道就没有怨?"

虽然他戴着面具,可莫名令人感觉他面具后的双眼已经发亮。谢怜呼吸微滞,白衣人又道:"你知道怎么去诅咒了,你就可以用同样的方法,以牙还牙,以眼还眼,制造出只感染永安人的人面疫!一旦他们那边暴发人面疫,疫情传播必然更快,绝无还手之力,必定不攻自破。"

谢怜大怒,脱口道:"这怎么可能!"

白衣人道:"怎么不可能?你怕背骂名?别忘了,先下诅咒的人可是他们,你只是不得已还击。"

谢怜道:"人面疫很难感染士兵,你让我去攻击无辜百姓?"

白衣人哈哈大笑，甚至拍了拍他掐着自己的手，调侃道："太子殿下，你别忘了，以死诱你中温柔乡的是什么人，就是你口中的'无辜'百姓，一个小女孩也能这么歹毒哦！你这般为别人考虑，别人却不曾为你考虑过，岂不是个冤大头？"

谢怜的脸一阵扭曲。
白无相拿这些话扎他，正中心窝。
说实话，的确是有不少郎英和小女孩那样的战争狂人，他完全不在意是不可能的。
可他也知道，更多百姓根本什么都不懂，很多人连为什么要打都不清楚，哪里有吃的就往哪里走，求个活命罢了。一开始的大旱他救不了他们，难道现在还要亲手对他们去下这种恶毒的诅咒？
他脑海中浮现了那条挤满人脸、被切下来后还在抽搐蠕动的腿，几欲呕吐。诅咒，本身就是一把双刃剑。为了诅咒别人，活着的要满心怨毒，死后还要寄居在别人的肉体上苟延残喘，比受感染的人又好多少？
那白衣人又道："我已经告诉你解决人面疫的办法了，解救他们，也是解救你自己。你的信徒开始没有耐心了，你应该也发现了吧？醒醒吧，太子殿下，你没有第三条路，也没有第二杯水！"
连日来的憋屈和疲倦，就在此刻爆发。谢怜双手掐住他脖子，杀心大起！
可谁知，他正要发力，大地却突然一阵剧烈颤动。身形摇晃中，谢怜愕然道："怎么了？"
他马上反应过来：地动了！
那白衣人也不知用了什么诡异身法，一缕阴风一样从他手底下钻出来，道："一旦地动，必有死伤。太子殿下，你不回去救救你的子民吗？"说完白衣人大笑，扬长而去。
看着他的背影，谢怜冷汗直流。
两次了。这白衣怪人总能轻而易举地从他手底下逃脱。不是因为他走神大意，他很清楚，是因为自己根本制不住这个东西。
他的实力，竟是深不可测！
但现下也顾不得这个了。谢怜来不及收拾心情，冲回皇城。

神武大街上已乱成一片，朱墙坍塌，谢怜挥手扶住，让几名路人免受压砸，却听一阵尖叫，众人抬手指他身后的天空。谢怜猛一转头，瞳孔骤缩。只见一座高大华丽的宝塔，如同一个失去生命的巨人，正在缓缓倒下。

天塔倒了！

这座天塔全称是"天人之塔"，有数百年的历史，乃是仙乐皇宫的象征之一，也是整个仙乐皇城最高的建筑，坐落于皇宫和皇城的中心地带，是一处名胜。这塔一倒必然死伤无数，行人逃窜更为疯狂，越疯越乱。情急之下，谢怜朝着太苍山的方向道："来！"

神武大街上，人们忽然感觉到了另一种震动。

这震动也是从大地上传来的，但和地动不同，这震动越来越快、越来越近。待到那天塔歪了三分之一的时候，他们终于发现，那震动，原来是脚步。

一座逾五丈高的黄金神像，一手仗剑，一手执花，正身披霞光，大步流星地朝这边踏来！

有人惊呼："这不是皇极观仙乐宫里的太子像吗！"

"当真！就是那座金像！你们看，它是从太苍山上跑下来的！"

那金像每一步都迈出数丈，几乎像是飞来的，一举扶住了正在倒下的天塔。日落之下，金光流转，那灿灿金身扬起双手，以一己之力，奋力顶住即将倒下的高大宝塔，止住了颓势。

这真是一幅神乎其神的壮观奇景，方才还在没命地逃命的人群瞠目结舌，逐渐安定，光顾着惊叹不已去了。谢怜则松了一口气。

他仰头望那神像，心中忽然一丝迷惑闪过。

这尊金光璀璨的黄金像，是人们为他立的第一座神像，他理应对它很熟悉。可此时此刻，他忽然觉这尊神像无比陌生，忍不住心想："这真的是我吗？"

那丝迷惑一闪而过，他身上又传来一阵压力。

那座天塔毕竟太高了。那黄金神像似乎也微觉吃力，双足下陷，弯了一点腰，隐隐就要托不住了。谢怜暗叫"不好"，飞身而上，在神像脚下坐定，再召法诀。

这次，他亲身上阵，那金像果然振奋，一阵努力，重新将那倾斜的天塔顶了起来！

皇宫内外，无人知道他这是拼尽全力、有苦难言，只知道这是天神显灵，逃也不逃了，反而前赴后继地朝这边跪拜起来，呼道："太子殿下保佑！请您一定要救救我们！"

"救黎民！护苍生！"

"太子殿下，你可千万不能倒下啊！"

这声音吵得人脑中耳中都嗡嗡作响。谢怜咬牙道："我……"他的声音湮没在海潮一般的高呼中，居然无比渺小。他想说这里很危险，他随时可能支撑不住。可当他意识到自己在想什么时，蓦地一阵毛骨悚然。

谢怜也知道，他不能倒。

若是倒了，神武大街的主干、塔中历代先人留下的稀世珍宝、百年古卷就全都没了。而天塔所镇守的仙乐国的皇都之气，也就彻底断了。

可是，他的法力正如永安的水源一般，似乎日渐枯竭。要维持不倒，他就不能离开。

在极度的恐慌和无措中，信徒们蜂拥而至，在此祈福。战事全落在了风信和慕情的肩上，他们每次来汇报，今日又有多少人感染了人面疫，又有多少永安人死于大旱，谢怜都能感觉到被一刀一刀凌迟的钝痛。

国主和皇后每日都来此看望他。国主头发已尽数变白，亲自在烈日下为他撑伞遮阳。谢怜原本有些昏昏沉沉，一睁眼看见他们就一个激灵，勉励提神道："快回去。你们都不要靠近我这里，很危险的！"

皇后从小看着谢怜长大，从来只见爱子天人之姿，眼下看他饱经风吹日晒雨淋，还不肯让人靠近为他遮挡，忍了半晌，还是忍不住流泪了："皇儿，你……你怎么这么遭罪呀！早知道，我们就不该放你去修道，做这什么神，真真是天底下最遭罪的人哪！"

为了掩盖憔悴之色，皇后妆色甚浓，这一流泪冲花了妆，更加显露出这只不过是个青春不再的妇人。她心疼儿子，背对信徒们，却还不敢哭得大声，生怕被百姓发现。

或许说来实在没用，但累日煎熬，一刀一刀割到现在，这一刻，谢怜希望自己是一个十岁的孩童，可以扑到亲人怀里大哭一场。

可时至今日，除了他再没有人能撑起这一片天。他不能流露一丝无力。如果连他都顶不住了，还有谁能顶住？

于是，谢怜努力挤出微笑，保证道："别担心，我没事的。"

劝走了一步一回头的国主与皇后，谢怜又暴露在炎炎烈日下，阖上了眼。不知过了多久，他睁开眼，暮色降临，夕阳残照，底下稀稀拉拉，也没剩几个信徒了。

但他一低头，却见身边不远处，孤零零地放着一朵小花。

谢怜并不是很确定那里是什么时候多出一朵花的，他腾出一只手，将它拾起。

那是一朵极小的花。雪白的花，青绿的萼，细弱的茎，犹带露水，仿若泪滴，很可怜的样子。淡淡的幽香似曾相识，不起眼却沁人心脾。

他情不自禁将那花握紧，贴近了靠近心口的地方。

这时，一只手突然抓住了他，竟是戚容。谢怜差点给他抓岔了气，道："你怎么来了？"

戚容眼冒绿光，道："表哥，我来帮你吧。"

帮他？现在这个情况，还有谁能帮他？

谢怜还没回答，戚容又道："你，知道怎么制造人面疫的方法吧？"

谢怜愕然："谁告诉你的？"

戚容目光闪烁，道："这不重要！重要的是，你知道！你把那个方法告诉我，我帮你去诅咒永安人！"

谢怜简直要气到无力："胡闹！你知道什么是诅咒吗？"

戚容却满不在乎地道："知道啊。表哥我跟你说，我在这方面很有天分的，我经常诅咒我爹，我怀疑他就是被我咒死的！你不告诉我怎么诅咒也行，那你告诉我……到底怎么才能避免得人面疫？"

谢怜的心狠狠一缩，戚容又热切地道："你知道的吧？你知道为什么士兵不会感染不是吗？表哥，你告诉我到底为什么，好不好？"

许多信徒跪在天塔前祈福，此刻不知有多少双耳朵在听着，谢怜根本不能回答这个问题，紧闭双唇。但果然有人按捺不住了，叫道："太子殿下！这是真的吗？"

"您真的知道怎样能治好人面疫？"

"那为什么不说出来？"

那些人眼中冒出和戚容一般的绿光，谢怜紧闭着嘴，齿缝间迸出几个字："不，我不知道！"

人群有小幅的骚动，但不大。这时风信慕情安顿好伤员赶来了，一见戚容便道："你干什么！"

两人知道谢怜此刻受不得干扰，要把戚容拖走，戚容却死死抓住谢怜，眼里竟然闪过一丝凶狠，道："你是神。你一定会把那些贱民叛军都打败的是不是？是不是？"

"……"

若是以前的谢怜，可以马上给他一个毫不犹豫的回答。就算天真要塌下来，他也相信自己一定能顶住。可现在的他不相信了。

不光人们不相信他了，连他自己也不敢相信自己了！

戚容被扭下去了还在大吼："你一定会的吧！是不是？"

他离开之后，谢怜发现自己的手在颤抖。

在留下满地杂乱脚印和飞扬尘土的地面上，谢怜看到了一样东西，那是一朵花。

在方才的拉扯和践踏中，谢怜不小心松开了它。它几乎被碾成了泥土，只有一点残留的花瓣窥得见一点原先的无瑕洁白。那淡淡的清香似乎就要散去，谢怜忍不住朝它再次伸出手。

忽然，一阵血腥掩盖了清幽的花香。谢怜一抬头，一个身影吼叫着向他扑来："为什么？为什么！"

谢怜一袖挥开，道："谁？"

那人在地上翻滚了好几圈，谢怜也认出了他。这人只有一条腿——是那个给他送过伞，又被他亲手截了一条腿的青年！

那青年浑身是血，一双手掌血迹斑斑，他竟是一路手脚并用爬过来的，地上还留下了一道骇人的血痕。谢怜愕然道："你为什么来这里？"

那青年猛地提起仅剩的右腿的裤管，道："为什么！"

谢怜定睛一看，他右腿上，赫然是一张扭曲的人脸在尖叫！

若不是谢怜本来就坐着，只怕他就跌倒了。那青年拍地大吼："为什么你割了我的腿，我还是复发了！我的腿也没了！为什么？你还我的腿！你还我的腿！"

送伞那日，这青年把伞塞到他手里时的一笑仿佛历历在目，眼下这青年却状如疯癫，对比让这一幕冲击力过大，谢怜脑中一片混乱，好半晌才回过神，第一反应就是立即施法压制那青年腿上的疫毒邪气。谁知，四周响起一片哀号声，又有三四人扑过来了，均是哭道："殿下救我！"

"殿下，你看我的脸，我割了半张脸，为什么还是没有痊愈，为什么？到底要怎样才能治好啊？"

"殿下，你看我，你看看我变成了什么样！"

一张张血淋淋的脸强行往他面前塞，谢怜在这恐怖的一幕幕走马观花里双眼发黑，头痛欲裂道："走开，别给我看！你们走开！"

原来，不幽林里的人面疫患者突然集体复发，终于爆发一场大乱，他们居然冲破了卫兵的包围，全都跑出来了！

谢怜怕他们传染更多人，拼命帮他们压制疫毒。然而，这边刚压下，马上就有更多的人向他拥来："殿下，还有我！也帮帮我吧！"

被一群人包围着，谢怜恍惚觉得上方的神像摇摇欲坠，道："等一等！"

"等不了了！我不想再等了，我已经等太久了！"

"殿下，为什么你给他治了，不给我治？"

渐渐地，环绕在他四周的声音变了。

"为什么你给他治他就全消下去了，给我治我却没好多少？你不是神吗？怎么这么不公平！我要公平！"

谢怜道："我没有不公平，是你们病情不一样……"

"你要么就别帮，要帮就帮到底，现在想撂挑子不干了算什么意思？由得你吗？"

谢怜喘不过气了，道："我……"

"你是不是知道怎么治好这个病？"

谢怜一口气呛住。

"你知道那你为什么就是不肯告诉我们？"

谢怜抱头道："我不知道！"

四周的声音毫不留情："你撒谎！我已经听人说了，你分明知道！我看透你了，你不肯告诉我们，根本就是想让我们一直这样求着你，好骗取我们的供奉！骗子，你是一个骗子！"

"到底方法是什么,你快说啊,你还不说!"

谢怜面色苍白,被无数双手推来搡去,有的手已经恶狠狠地掐住了他的脖子。于是,最滑稽的一幕出现了。

他分明是神,此刻心底却有一个微弱的声音叫道:"救命啊——"

似乎有人在拉开这些手,又似乎没有,他不是很清楚,只知道这些满脸血疤、缺胳膊少腿的人好像要把他撕碎成一片片分食了一般。不知过了多久,远处传来一阵鬼哭般的号角声。

众人只顾自己哭号撕扯,根本不管这号角声,谢怜却是一个激灵。

那是叛军胜利的号角声!

他再也坐不住了,抑或再也撑不下去了,身体一倾,扑跪在前方。与此同时,上方那座他苦苦支撑了数日的五丈金身,和他的动作如出一辙,瞬间失去了生命般轰然倒塌。

伴随着一阵轰隆巨响,高大沉重的天塔终于压了下来,和那尊黄金神像一同粉身碎骨!

黄金本身是不会碎的,可谢怜倾注了太多法力在它身上,它早就变得极为脆弱了。漫天碎金里,人群疯窜,有躲天塔残垣的,有躲人面疫患者的,逃的逃、死的死、伤的伤。谢怜则还记着要去抵御攻击,一路跌跌撞撞奔向战场。

城楼起了火,黑烟滚滚,与无数狼狈撤退的士兵擦身而过,谢怜终于冲上城楼。他顶着一脸的黑灰和不知何时流下的泪水俯瞰下方,一片模糊里尸横遍野,唯有一个白色人影站在战场之上,大袖飘飘,远远望见他,潇洒地招招手,似乎就要飘然离去了。

见状,谢怜厉声道:"不要走!"

他毫不犹豫地翻过城墙,纵身一跃。

这一生之中,谢怜曾无数次从极高之处往下跳。仗着法力高强、武艺精绝,每一次他都能安然落地,每一次他都骄傲恣意,每一次都是一个标准的神话里天人登场的情形。可这一次,他不再是个神话了。一落地,一阵钻心剧痛传遍全身。

他摔断了腿。

摔断了腿,其实没什么,很快就能好。只是,从那日起,谢怜就好像变成了另外一个人。

他仿佛诅咒缠身一般，厄运如噩梦一般连连不断。败了第一场，就有第二场、第三场……其实他还是那么竭尽全力，但不知为何，明明就算按实际年龄算他也才刚及弱冠之年，握剑的手却已经像风烛残年的老人一样颤抖了。

他满心恐惧，而且他自己也说不清，到底是什么东西让他恐惧。到了后来，不光是信徒们，原先十分敬重他的将士们也都渐渐失去了耐性。

人群中开始流传这样一个说法：这是什么武神，分明是瘟神吧！

但谢怜不能反驳。因为他自己也在怀疑：莫非他真的变成瘟神了？

若只是如此，倒也还好。对仙乐国而言，真正的灭顶之灾，是人面疫，终于完全失控了。

五百人、一千人、两千人、四千人……到后来，谢怜已经不敢去问，今天又有多少人被传染了。

仿佛是对他下达最后的宣判，这一日，天界终于传达了一个消息给他：太子殿下，该回天界了。

这一趟回去，等待着他的会是什么，不言而喻。风信和慕情都难得有点儿不安起来。谢怜却仿佛松了一口气，反而像是解脱了。

他对那二人道："走之前，我想再去个地方看看。"

风信道："去哪里？"

谢怜道："太苍山。"

沉默片刻，风信道："别去了。"

谢怜却已自顾自地走了，两人拦不住他，也只好一并跟上。

三人徒步上山。

就在这座太苍山上，第一座太子殿拔地而起，第一尊神像也落成于此。不过，那三千弟子早被尽数遣散下山，现在的皇极观，只是一座空观罢了。

走到半山腰，谢怜向下望去。只见皇城里处处都是一簇一簇的明亮火光，映着满天星辉，甚是好看。风信却愤怒至极，骂道："这群疯子！"

谢怜定定地望着那火，风信再次道："别看了！有什么好看的！"

这段日子，风信骂了谢怜无数次：你是喜欢给自己找苦吃还是怎么样？但其实谢怜也不知道自己究竟想怎么样。他只知道，只要他又有一座宫观被人烧了、砸了，他就控制不住自己，一定要亲自过去看一眼。看了又不说话，也不能阻止，他只是眼睁睁地站着罢了。有什么好看的？他也不知道。

这时，山上也有火光亮起。风信惊愕万分，道："怎么他们居然连皇极观也不放过？这些人是被挖了祖坟还是……"

话音未落，他就闭了嘴。因为他想起来，眼下仙乐国许多人的处境，比"被挖了祖坟"更悲惨。

不过，这火起了一会儿，又灭下去了，似乎是给人扑灭的。这下风信更惊愕了。因为这些天以来，只有人敢放火，从没人敢扑火。若是有人阻拦那群穷凶极恶之徒放火砸殿，甚至只是劝解一句，就会被等同"瘟神"谢怜本人，往死里打。看多了这样的事，三人早就不敢再在凡人面前显灵了，俱是隐了身形。

他们一路都听到乒乒乓乓的斗殴之声，上山一看，果然，供奉谢怜的仙乐官早被人拆得七七八八，只剩一个大殿的架子和四面墙还在，偌大的神坛上早就没有神像了，而有一群杂七杂八的人正在这残破的大殿门口打成一团，边打边叫嚣："你这狗杂种！死小鬼！这破烂观是你的命根子不成！"

谢怜一看就知道，这伙人肯定不是出于愤怒才来砸他庙的，他们只是一群唯恐天下不乱的流民，或是为趁火打劫，或是单纯图个好玩儿，就来烧庙了。事到如今，他也不在乎到底砸他庙的到底是什么人了。在这一阵狂殴乱斗中，一个少年凶狠的声音穿透了夜空："滚！"

仔细看看，这竟是一个人和一群人的厮打。而且，这一个人才十几岁，就是个半大的孩子，却丝毫不肯示弱，也不落下风。但毕竟以一对多，那少年已是满脸血污，脸都看不清了。风信道："这小子，长大了必是一条好汉！"

这时，忽有一个汉子眼露诡光，搬起一块大石便要砸向这少年后脑。谢怜下意识一挥手，那人搬起的石头反弹，砸到他自己的脸上，他惨叫一声鼻血狂飙。那少年一愣，回头提起拳头又是一通砰砰哐哐地暴打。他打人的架势太可怕，把一群成年人都吓跑了，他们边跑边指他，虚张声势道："等着！等着老子带人来收拾你！"

那少年冷笑道："敢来我就要你们的狗命！"

那伙人吓得够呛，跑得更快了。那少年骂完，冲去一旁已熄灭的火堆上狠狠踩了几脚，把粒粒火星都踩得气绝了，这才进去大殿，从地上捡起一张纸，小心翼翼地抚平了放在神坛上，最后，才靠着神坛，在地上坐着出神。

谢怜走上前去，发现这少年放在神坛上的竟是一张画。落笔稚嫩，一看就是没学过画的人画的。然而一笔一画都认认真真，俨然是一幅《太子悦神图》。看来，这是用来代替那尊被他召走的神像的。

风信道："画得很不错！"

这么多天来，风信好容易才见到一个还肯维护谢怜的人，方才就赞不绝口，激动得恨不得上去帮他打架，现在看这少年自然是感觉什么都不错。慕情没说什么，但似乎叹了口气。谢怜抬手，轻轻碰了碰那画。

也并不如何明显，只不过如一阵清风拂过罢了。那少年却蓦地把头从双膝上抬起，一张伤痕累累的面容仿佛瞬间被点亮了，道："是你吗？"

风信惊道："这小子怎么这么贼？"

慕情则道："走吧。"

谢怜微一点头，正欲转身，那少年却扑上神坛边缘，呼吸微微急促，道："我知道是你！殿下，你不要走，我有话要对你说！"

闻言，三人皆是一愣。那少年似乎极为紧张，握拳道："虽然，你的宫观被烧了，但是……你不要不开心。我今后会给你造更多、更大、更华丽的，谁都比不上的宫观。没有人会比得上你。我一定会的！"

"……"

三人默然无语。

这少年衣衫褴褛，灰头土脸，鼻青脸肿，惨兮兮的，却说着这样有志气的豪言壮语，真令人啼笑皆非，不知该作何感想。仿佛是怕自己的声音无法传达到对方耳中，他双手拢在嘴边，冲神坛上那幅画大声道："殿下！你听到了吗？在我心中，你是神！你是唯一的神，你是真正的神！你听到了吗？"

他是如此声嘶力竭，以至于整座太苍山都为之回响：你听到了吗！

谢怜突然哈哈笑了一声。这一笑太突兀，把风信和慕情都吓了一跳。谢怜边笑边摇头，那少年自然听不到，但他却仿佛感觉到了什么，目光炯炯，四下环望。冷不防，一滴冰冷的水珠落在他脸颊上。这少年猛地睁大了双目，一刹那，他眼中映出一个雪白的倒影。一眨眼，再睁眼时，那倒影就消失了。

见谢怜居然显形了一瞬，风信道："殿下，你刚才……"

谢怜迷茫道："刚才？哦，我快没法力了，刚才一时没控制住，不好意思。"

那少年站直身体，揉了一把眼睛，似乎还在努力挽留方才那转瞬即逝的影子。谢怜却闭上了眼,半晌,道:"忘了吧。"

终于得到了回音,却是这样的三个字,那少年先是目光一亮,嘴角上扬,随后又是一怔,嘴角的弧度渐渐落下来,道:"什么……忘了什么?"

谢怜叹了口气,对他温声道:"忘了吧。"

虽然这少年可能已经是他所剩无几的信徒之一了,但如果要因为信仰他而遭受如此不幸,承受谩骂、痛殴与侮辱,他实在是……于心不忍。

看到这孩子拼了命地守护这座已经连神像都没有了的神坛,这种于心不忍和担忧甚至远远超过了感动。

那少年愣怔不语。

谢怜又自言自语道:"算了。反正很快你就会忘掉啦……反正很快就没有人会记得了。"

吃了亏,挨了打,这孩子自然会慢慢知道怎么保护自己,慢慢地,也就会离开了。

可听到这一句,那少年睁大了眼,忽然眼中无声无息地流下一行泪水,在他脸上冲刷出一道苍白的痕迹。他颈间的喉结动了动,道:"我……"

风信似乎有些不忍,道:"殿下,别说了。你又犯禁了。"

上天庭的诏令下达时,已经明确了禁止谢怜再在凡人面前显灵。谢怜道:"嗯,不说了。不过,反正已经犯禁那么多了,不差这几句话。"

这一句,他就没再让那少年听到了。三人下了神坛,朝残破的大殿外走去。夜风袭人,谢怜摇了摇头。

照理说,他是不可能会感觉到"冷"的,但此时此刻,他是真真感觉到了彻骨的冰寒。

谁知,被他们甩在身后的那少年忽然在大殿内喃喃道:"不会的。"

他分明看不见谢怜,却准确无误地找到了对的方向,冲了出来,对他的背影道:"不会的!"

三人回头,只见在黑夜里,那少年一双眼睛亮得摄人心魄,一张满是伤痕的脸,似怒似悲,似喜似狂。

汹涌的泪水中,他道:"我不会忘的。

"我永远也不会忘了你的!"

图书在版编目（CIP）数据

天官赐福.上/墨香铜臭著.—广州:广东旅游出版社,2023.5（2025.6重印）
ISBN 978-7-5570-2980-7

Ⅰ.①天… Ⅱ.①墨… Ⅲ.①长篇小说—中国—当代 Ⅳ.① I247.5

中国国家版本馆 CIP 数据核字 (2023) 第 040450 号

天官赐福.上

TIAN GUAN CI FU.SHANG

出 版 人：刘志松
责任编辑：梅哲坤　陈　吉　李　丽
责任技编：冼志良
责任校对：李瑞苑

广东旅游出版社出版发行
地址：广州市荔湾区沙面北街71号首、二层
邮编：510130
电话：020-87347732（总编室） 020-87348887（销售热线）
投稿邮箱：2026542779@qq.com
印刷：北京盛通印刷股份有限公司
（地址：北京市北京经济技术开发区经海三路18号）
开本：700毫米×980毫米　1/16
字数：421千
印张：25.75
版次：2023年5月第1版
印次：2025年6月第14次印刷
定价：329.00元（全三册）

【 版权所有 侵权必究 】

如发现图书质量问题，可联系调换。质量投诉电话：010-82069336